Né en 1969 en Grande-Bretagne, David Mitchell a enseigné pendant huit ans au Japon avant de revenir s'installer en Angleterre. Lauréat de nombreux prix littéraires, il a été trois fois finaliste du Booker Prize.

DU MÊME AUTEUR

Écrits fantômes
Éditions de l'Olivier, 2004
et « Points », n° P1315

Le Fond des forêts
Éditions de l'Olivier, 2009

Les 1 000 automnes de Jacob de Zoet
Éditions de l'Olivier, 2012

David Mitchell

CARTOGRAPHIE DES NUAGES

*Traduit de l'anglais
par Manuel Berri*

Éditions de l'Olivier

TEXTE INTÉGRAL

TITRE ORIGINAL
Cloud Atlas
ÉDITEUR ORIGINAL
Hodder and Stoughton, 2004
© David Mitchell, 2004

ISBN 978-2-7578-2696-6
(ISBN 978-2-87929-485-8, 1re publication)

© Éditions de l'Olivier, pour l'édition en langue française, 2007

Le Code de la propriété intellectuelle interdit les copies ou reproductions destinées à une utilisation collective. Toute représentation ou reproduction intégrale ou partielle faite par quelque procédé que ce soit, sans le consentement de l'auteur ou de ses ayants cause, est illicite et constitue une contrefaçon sanctionnée par les articles L.335-2 et suivants du Code de la propriété intellectuelle.

À Hana et ses grands-parents

JOURNAL DE LA TRAVERSÉE
DU PACIFIQUE D'ADAM EWING

Jeudi 7 novembre

Derrière le hameau indien, sur un rivage délaissé, je découvris une piste d'empreintes encore fraîches. Passé le varech en décomposition, les noix de coco de mer et les bambous, ces traces me conduisirent à leur auteur, un Blanc, pantalon et queue-de-pie retroussés, chapka démesurée et barbe bien taillée, tant affairé à creuser et fouiller le sable cendreux à la petite cuillère qu'il remarqua ma présence seulement lorsque, arrivé à vingt pas de lui, je l'eus hélé. Ainsi fis-je la connaissance du Dr Henry Goose, chirurgien de l'aristocratie londonienne. Sa nationalité ne me surprit guère. S'il est un nid d'aigle à l'abandon ou un îlot lointain exempt d'Anglais, il ne figure sur aucune carte qu'il m'ait été permis de consulter.

Le docteur avait-il égaré quelque chose sur ce sinistre rivage ? Pouvais-je lui offrir mon aide ? Le Dr Goose hocha la tête, dénoua son mouchoir et m'en présenta fièrement le contenu. « Les dents, monsieur, sont le Graal émaillé de ma quête. Autrefois cette grève d'Arcadie accueillait des festins cannibales, ripailles durant lesquelles les forts se gorgeaient des faibles. Les dents, ils les recrachaient, comme vous et moi nous débarrasserions de noyaux de cerises. Mais sachez, monsieur, que ces molaires seront changées en or, et comment? Il est un artisan à Piccadilly qui confectionne des dentiers destinés à la noblesse et qui rachète ces bruxomanes humaines à bon prix. Savez-vous ce qu'en vaut un quart de livre, monsieur? »

Non, avouai-je.

« Souffrez que je n'éclaire point votre lanterne, monsieur, car il s'agit là d'un secret professionnel ! » Il se tapota le nez. « Monsieur Ewing, connaissez-vous la marquise Grace de Mayfair? Non? Dieu vous préserve de ce cadavre en jupons. Cinq années se sont écoulées depuis le jour où cette harpie a souillé mon nom d'imputations me valant le bannissement de la bonne société. » Le Dr Goose scrutait l'horizon marin. « Mes pérégrinations ont débuté en ces sombres heures. »

Je compatis tout haut à son désarroi.

« Merci, monsieur, vraiment, mais ces morceaux d'ivoire » – il secoua son mouchoir – « seront mes rédempteurs. Permettez-moi de m'expliquer. La marquise porte quelque dentier façonné par le docteur susdit. Lors des prochaines festivités de Noël, tandis que cette guenon parfumée se pavanera aux réceptions de ses ambassadeurs, moi, le Dr Henry Goose, je me lèverai et annoncerai à tout un chacun que notre hôtesse mastique grâce à des dents de cannibale ! Sir Hubert, bien entendu, relèvera l'affront : "Fournissez vos preuves, grognera le vieil ours, ou bien j'exige d'obtenir réparation !" Je répondrai alors : "Des preuves, sir Hubert ? Apprenez que j'ai moi-même rapporté des crachoirs du Pacifique Sud les dents de votre mère ! Tenez, monsieur, en voici quelques cousines !" Et je jetterai ces mêmes dents dans la soupière en écaille de tortue : voici, monsieur, comment *moi*, j'obtiendrai réparation. Les gazetiers à la langue bien pendue ne manqueront pas d'échauder la glaciale marquise et, dès l'année suivante, elle s'estimera heureuse si on l'invite à un bal pour indigents ! »

En hâte, je pris congé de Henry Goose. Un pensionnaire du Bedlam[1], sans doute.

Vendredi 8 novembre

Sur le chantier naval installé sous ma fenêtre, l'on s'attelle à réparer le bâton de foc, sous la direction de M. Sykes. M. Walker, unique tavernier de la baie de l'Océan, en est également le principal marchand de bois, et il ne manque pas une occasion de rappeler son passé d'architecte naval à Liverpool (me voilà désormais suffisamment rompu à l'étiquette des antipodes pour laisser libre cours à ces improbables vérités). M. Sykes m'a informé qu'une semaine serait nécessaire pour remettre la *Prophétesse* « à la mode de Bristol ». Demeurer terré au Mousquet sept jours durant me semble une sinistre peine, mais dès lors que je repense aux crocs de ces furieuses tempêtes et aux marins perdus en mer, mon infortune me semble moins cruelle.

Ce matin, je croisai le Dr Goose dans les escaliers, et nous prîmes le petit-déjeuner ensemble. Il loge au Mousquet depuis la mi-octobre après avoir voyagé jusqu'ici sur un navire de la marine marchande brésilienne, le *Namorados*, sur lequel il a embarqué aux îles Fidji, où le médecin exerçait son art au sein d'une mission. À présent, notre docteur attend la venue plus que tardive d'un phoquier australien, le *Nellie*, qui le conduira à Sydney. De cette colonie, il se mettra en quête d'un poste sur un vaisseau en partance pour Londres, sa ville natale.

1. Légendaire asile d'aliénés de Londres. (*N.d.T.*)

J'ai porté un jugement injuste et prématuré sur le Dr Goose. Il faut être cynique comme Diogène si l'on désire prospérer dans ma profession, mais le cynisme nous rend aveugle à de plus subtiles vertus. Le Dr Goose a certes des côtés excentriques qui se manifestent à l'absorption de la moindre goutte de *pisco* (ne jamais en faire excès), il n'en demeure pas moins le seul autre *gentleman* résidant à l'est de Sydney et à l'ouest de Valparaiso. Peut-être irai-je jusqu'à lui rédiger une lettre de recommandation destinée aux Partridge de Sydney, car le Dr Goose et ce cher Fred semblent cousus de la même étoffe.

La médiocrité du temps proscrivant toute sortie matinale, nous nous mîmes à causer au coin d'un feu de tourbe, et les heures défilèrent telles des minutes. J'étais intarissable sur Tilda et Jackson, mais aussi sur les craintes que j'éprouve vis-à-vis de cette « fièvre de l'or » qui embrase San Francisco. Notre conversation retraça le chemin parcouru depuis ma ville natale jusqu'à celle de mes récentes obligations notariales en Nouvelle-Galles du Sud, puis nous évoquâmes Gibbons, Malthus et Godwin, en passant par Leeches et Locomotives. Une conversation soutenue est un émollient dont je manque grandement à bord de la *Prophétesse*, d'autant plus que le docteur est un puits d'érudition. En outre, il a en sa possession une belle armée de pièces d'échecs que nous manœuvrerons jusqu'au départ de la *Prophétesse* ou l'arrivée du *Nellie*.

Samedi 9 novembre

Lever de soleil aussi brillant qu'une pièce d'un dollar. Notre goélette en cale sèche offre un spectacle toujours aussi pénible. Sur le rivage, on radoube une pirogue de guerre indienne.

Henry et moi partîmes de bon cœur vers la « plage des noceurs », saluant joyeusement la servante que M. Walker emploie. Cette jeune renfrognée qui étendait le linge sur un arbuste fit mine de ne pas nous voir. Le soupçon de sang noir qui coule en ses veines me laisse deviner la nature de sa mère, plus proche des espèces de la jungle.

Alors que par l'aval nous contournions le hameau indien, un bourdonnement attira notre curiosité et nous nous résolûmes à en localiser la source. Le campement était circonscrit par une barrière d'épieux en si piteux état qu'on pouvait la franchir en maints endroits. Une chienne galeuse leva la gueule, mais, dépourvue de crocs et moribonde, elle n'aboya pas. La couronne des *ponga* (huttes faites de branches et de murs en terre dont le sol est recouvert de nattes) semblait se prosterner devant l'ombre des habitations de la « noblesse », aux charpentes ornées de linteaux et de porches rudimentaires. Au centre de ce village, était dispensée une flagellation publique. Henry et moi étions les deux seuls Blancs présents, tandis que l'on distinguait trois castes indigènes de spectateurs. Le chef, vêtu d'un manteau de plumes, occupait le trône ; la petite noblesse tatouée des hommes et de leurs femmes et enfants se tenait debout ; on en comptait une trentaine. Les esclaves, plus sombres, plus sales que leurs maîtres au teint noisette et moitié moins nombreux, étaient accroupis dans la boue. Ô consanguine et bovine torpeur ! Le visage marqué par les cratères et les pustules du *hakihaki*, ces damnés assistaient à la flagellation sans rien manifester d'autre que cet étrange bourdonnement d'abeille. Empathie ou condamnation, nous ignorions la signification de ce bruit. Le bourreau possédait une carrure de Goliath propre à intimider le plus barbare des pugilistes. De gigantesques et minuscules lézards tatoués recouvraient toute la musculature du sauvage. Quoique sa peau se fût vendue à vil prix, je n'eusse pas accepté d'œuvrer à l'en déposséder pour toutes les perles de Hawaï ! Marqué par le givre de rudes années, nu, le misérable prisonnier était ligoté à une structure formant un A. Son corps vacillait sous chacun des coups de fouet de la sentence, son dos n'était plus qu'un vélin aux runes ensanglantées, cependant sur son visage impassible transparaissait la sérénité du martyr déjà entre les mains de Dieu.

Je le confesse, je manquais de me pâmer à chaque retombée du fouet. C'est alors qu'une chose étrange se produisit. Le supplicié releva la tête, me surprit à l'épier et me rendit un regard empreint d'une amicale et étrange complicité. Comme un comédien qui aperçoit dans la galerie royale un ami perdu jadis et qui, sans le donner à voir aux spectateurs, lui envoie un signe. Un « noiraud » tatoué s'approcha de nous et tapota sa dague en néphrite, indiquant que nous n'étions guère les bienvenus. Je m'enquis de la nature du délit commis par le prisonnier. Henry posa la main sur mon épaule. « Venez, Adam, un homme sensé ne s'interpose pas entre une bête et sa pitance. »

Dimanche 10 novembre

M. Boerhaave, assis parmi sa coterie de fieffés coquins, affectait les nobles airs d'un anaconda en sa couleuvrine cour. En bas, les « célébrations » sabbatiques avaient débuté avant mon réveil. Je me mis en quête d'eau afin de me raser, mais l'auberge regorgeait de matelots qui attendaient leur tour pour partager les pauvres Indiennes enrôlées par Walker dans ce lupanar improvisé (Rafael ne figurait pas parmi les débauchés).

Je n'ai point l'habitude de rompre le jeûne du dimanche dans un lieu de prostitution. La répulsion éprouvée par Henry égalant la mienne, nous renonçâmes au petit-déjeuner (la servante était certainement invitée à dispenser d'autres services) et nous partîmes nous recueillir à la chapelle le ventre vide.

Nous avions à peine parcouru deux cents mètres quand, à ma consternation, je songeai à ce journal, posé sur la table de ma chambre au Mousquet, à la merci de n'importe quel matelot enivré susceptible de pénétrer dans mes appartements. Craignant pour la sécurité de cet article (et la mienne, si M. Boerhaave venait à mettre la main dessus), je retournai sur mes pas afin de le dissimuler plus habilement. Salué par de larges rictus à mon retour, je croyais être ce loup dont on voit la queue sitôt qu'on l'évoque, mais je fus instruit de la raison véritable de cet accueil en ouvrant la porte de ma chambre : à ma vue s'offrit le postérieur oursin de M. Boerhaave chevauchant sa moricaude Boucles d'or dans mon propre lit, *in flagrante delicto* ! Ce diable de Hollandais daigna-t-il s'excuser ? Nenni ! S'estimant partie lésée, il grogna : « Hors d'ici, Vit-en-plume ! Ou bien je jure sur le s—g de Dieu que je briserai ta penne félonne de Yankee en deux ! »

Je saisis mon journal et dévalai les escaliers sous les quolibets et les railleries de la *débauche-cratie* des sauvages blancs réunis en ces lieux. Je fis des remontrances à Walker : je louais une chambre privative et j'entendais bien qu'elle le reste durant mon absence ; ce à quoi, le coquin ne songea qu'à me proposer un rabais d'un tiers pour « un quart d'heure de galop sur la plus charmante des pouliches de mon écurie » ! Écœuré, je rétorquai que j'étais mari et père ! Et plutôt mourir que perdre toute dignité et décence en compagnie de ses prostituées vérolées ! Walker jura de m'« embellir les yeux » si j'appelais une fois de plus ses chères et tendres filles « prostituées ». Une des couleuvres édentées de Boerhaave railla que si posséder femme et enfant était une vertu, « Eh ben, m'sieur Ewing, j'suis dix fois plus vertueux qu'vous », et une main discrète me vida le contenu d'une chope sur la tête. Je m'éclipsai avant que, de liquide, on ne passât à quelque arme contondante.

Tandis que la cloche de la chapelle convoquait les pieux habitants de la baie de l'Océan, je m'empressai de rejoindre Henry, qui m'attendait, et tentai d'oublier l'immonde spectacle auquel j'avais assisté. La chapelle grinçait comme un vieux tub, et la congrégation dépassait à peine le nombre de doigts comptés sur deux mains, mais nul voyageur n'avait étanché sa soif en cette oasis avec plus de gratitude que Henry et moi dans nos prières ce matin-là. Le fondateur luthérien reposait au cimetière de la chapelle depuis dix hivers, et pourtant aucun ordonné successeur ne s'était encore aventuré à réclamer la régie de l'autel. Dès lors, les cultes que l'on y pratiquait tenaient d'un « salmigondis » de croyances chrétiennes. Les membres de la congrégation qui avaient reçu une instruction lisaient des passages bibliques, et nous nous joignîmes à un ou deux des cantiques sélectionnés par roulement. Le « suisse » de ce troupeau démotique, un certain M. D'Arnoq, qui se tenait sous le modeste crucifix, nous implora de participer pareillement. Me souvenant d'avoir réchappé à la tempête de la semaine passée, je choisis Luc, chapitre 8 : *Ils s'approchèrent et le réveillèrent, en disant : Maître, maître, nous périssons ! S'étant réveillé, il menaça le vent et les flots, qui s'apaisèrent, et le calme revint.*

Henry récita le huitième psaume, usant d'une voix aussi sonore qu'un comédien formé à son métier : *Tu lui as donné la domination sur les œuvres de tes mains, tu as tout mis sous ses pieds, les brebis comme les bœufs, et les animaux des champs, les oiseaux du ciel et les poissons de la mer, tout ce qui parcourt les sentiers des mers.*

Pour tout organiste, nous avions le vent qui jouait un *Magnificat* dans le conduit de cheminée, et pour tout choral le *Nunc dimittis* des mouettes qui hurlaient, et cependant, j'eus l'impression que le Créateur n'était pas mécontent. Nous étions plus proches des premiers chrétiens de Rome que des églises chargées de fastes et d'arcanes qui leur succédèrent. Une prière collective suivit. Les paroissiens priaient *ad libitum* pour l'éradication du mildiou, l'âme d'un innocent, la bénédiction du Tout-Puissant sur un nouveau bateau de pêche, *et cætera*. Henry rendit grâce à l'hospitalité des chrétiens des îles Chatham. Je répétai ces bonnes pensées et priai pour la protection de Tilda, Jackson et mon beau-père durant cette absence prolongée.

Après le service, le docteur et moi-même fûmes fort aimablement abordés par un aîné et « pilier » de cette chapelle, un certain M. Evans, qui nous présenta sa brave épouse (tous deux contournaient le handicap de leur surdité en ne répondant qu'aux questions *prétendument* posées et en ne considérant que les réponses qu'ils nous *imaginaient* formuler – stratagème dont usent bien des avoués américains) et leurs fils jumeaux, Keegan et Dyfedd. M. Evans nous fit savoir qu'il avait coutume d'inviter M. D'Arnoq, notre prédicateur, à venir déjeuner à leur maison toute proche, car ce dernier logeait à Port Hull, un promontoire situé à plusieurs miles. Souhaitions-nous également nous joindre à leur déjeuner sabbatique ? J'avais déjà informé Henry de la présence du tout Gomorrhe au Mousquet, et comme nos estomacs criaient à la mutinerie, nous acceptâmes de bon cœur l'offre des Evans.

La ferme de notre hôte, sise à un demi-mile de la baie de l'Océan au sommet d'une vallée venteuse sujette aux bourrasques, se révéla certes rustique mais à l'épreuve des tempêtes acharnées qui fracassent tant de vaisseaux malchanceux contre les récifs alentour. Dans le salon s'imposaient la monstrueuse gueule prognathe d'un porc au regard flapi, tué par les jumeaux le jour de leur seizième anniversaire, ainsi qu'une horloge de parquet somnambule (en contradiction avec ma montre de gousset de plusieurs heures. Vraiment, l'heure exacte est une marchandise néo-zélandaise prisée). Un Indien employé à la ferme dévisageait les invités de son maître à travers la fenêtre. Jamais *renegado* qu'il me fut offert de contempler ne me parut plus polisson, néanmoins M. Evans jura que le quarteron, Barnabas, était « le plus véloce des chiens de berger à deux pattes ». Keegan et Dyfedd sont d'honnêtes garçons frisés, pour l'essentiel tournés vers ce qui a trait aux moutons (la famille possède un cheptel de deux cents têtes), car ni l'un ni l'autre n'a jamais été « en Ville » (ainsi les insulaires nomment-ils la Nouvelle-Zélande), ni suivi quelque forme d'instruction, en dehors de l'enseignement biblique du père, dont l'acharnement leur a permis d'apprendre à lire et à écrire passablement.

Mme Evans dit le bénédicité et j'eus l'occasion de partager le plus plaisant repas (sans sel, ni asticots, ni jurons) depuis ce dîner de départ en compagnie du consul Bax et des Partridge à la maison Beaumont. M. D'Arnoq nous narra l'histoire des bateaux qu'il avait vendus au cours des dix années passées sur les îles Chatham, tandis que Henry nous divertit d'anecdotes sur les patients – illustres ou obscurs – qu'il avait soignés à Londres ou en Polynésie. Quant à moi, je décrivis les difficultés traversées par un notaire américain sur la piste du bénéficiaire australien d'un testament exécuté en Californie. Nous fîmes glisser le ragoût de mouton et les quenelles de pomme à l'aide d'une petite bière produite par M. Evans et servant de monnaie d'échange avec les baleiniers. Keegan et Dyfedd partirent s'occuper du troupeau, et Mme Evans se retira en cuisine. Henry demanda si des missions se développaient sur les îles Chatham, sur quoi M. D'Arnoq et M. Evans échangèrent un regard, avant que ce dernier nous instruisît : « Non, les Maori n'apprécient guère que nous autres *Pakeha* gâtions leurs Moriori par trop de civilisation. »

Existait-il un mal tel que le « trop civiliser » ? M. D'Arnoq me répondit : « De même qu'il n'est plus de Dieu à l'est du cap Horn, le fameux *Tous les hommes sont égaux* de votre Constitution a également disparu, monsieur Ewing. » J'avais été informé des nomenclatures maori et *pakeha* lorsque la *Prophétesse* avait été arrimée à la baie des Îles, mais je m'enquis de savoir à qui ou à quoi « Moriori » renvoyait. Ma requête ouvrit la boîte de Pandore, d'où jaillit l'histoire du déclin et de la chute aborigènes des îles Chatham. Nous allumâmes nos pipes. Le récit de M. D'Arnoq ne s'interrompit que trois heures plus tard, quand il lui fallut regagner Port Hutt avant que la nuit ne lui dissimulât les fossés jalonnant la route. Son exposé oral, j'y engage ma fortune, rivalise avec la plume d'un Defoe ou d'un Melville, et je tâcherai de le retranscrire sur ces pages après – Morphée m'entende – un sommeil réparateur.

Lundi 11 novembre

Aube humide et sans soleil. La baie semble comme engluée mais l'atmosphère demeure suffisamment légère pour permettre la poursuite des réparations sur la *Prophétesse* ; Neptune en soit remercié. L'on hisse un nouvel artimon au moment où j'écris.

Un peu plus tôt, alors que Henry et moi prenions notre petit-déjeuner, M. Evans fit une arrivée impromptue et importune, réclamant la visite de Henry au logis d'une voisine recluse, une certaine veuve Bryden, tombée de cheval dans un marais pierreux. Mme Evans, présente sur les lieux, craignait que la vie de la veuve ne fût en péril. Henry prit sa trousse de médecin et partit sans délai (j'offris de les accompagner, mais M. Evans me pria de m'en garder, car la patiente lui avait arraché la promesse que seul un docteur la verrait invalide). Walker, qui avait suivi les tractations, m'informa qu'aucun membre du sexe fort n'avait franchi le seuil de la veuve ces vingt dernières années et estima que « cette vieille et frigide truie devait être sur le départ pour se laisser tripoter par un charlatan ».

Les origines des Moriori de « Rēkohu » (dénomination originale de l'archipel de Chatham) demeurent à ce jour un mystère. M. Evans est convaincu qu'il s'agit de descendants des Juifs chassés d'Espagne, il en veut pour preuve leurs nez crochus et leurs lèvres moqueuses. La théorie embrassée par M. D'Arnoq, selon laquelle les Moriori sont d'anciens Maori dont les embarcations ont échoué sur ces îles lointaines, se fonde sur la similitude des langues et des mythologies, et possède en cela un carat de logique supplémentaire. Une certitude demeure : après des siècles, voire des millénaires d'autarcie, les Moriori menaient une existence aussi primitive que leurs cousins disparus de la Terre de Van Diemen. Les arts de la construction des bateaux (à l'exclusion de ces rudimentaires barques tissées destinées à la traversée des détroits) et de la navigation tombèrent en désuétude. Que le globe terrestre comptât d'autres terres foulées par d'autres pieds, les Moriori n'y songeaient guère. En effet, leur langue ne connaît pas de mot pour « race », et « moriori » signifie simplement « peuple ». Ils ne pratiquaient pas l'agriculture car pas un mammifère ne parcourait ces îles avant que des baleiniers n'y abandonnent des porcs en vue de se constituer une réserve de provisions. Dans leur état virginal, les Moriori vivaient de cueillette, ils ramassaient des coquillages nommés *paua*, plongeaient pêcher des écrevisses, dénichaient des œufs d'oiseaux, harponnaient des phoques, récupéraient le varech et déterraient tubercules et larves.

Ainsi reclus, les Moriori n'étaient qu'une variété de païens en pagne de lin et manteau de plumes occupant les rares « points de ténèbres » que l'homme blanc n'avait pas encore policés. Cependant, la particularité de l'ancienne Rēkohu réside dans son credo, unique dans le Pacifique. Depuis des temps immémoriaux, la caste des prêtres moriori édictait que quiconque faisait couler le sang d'un homme éteignait son propre *mana* : son honneur, sa valeur, sa réputation et son âme. Nul Moriori n'était autorisé à offrir le gîte, le couvert, ni adresser la parole, ni même *voir* cette *persona non grata*. Si le meurtrier mis au ban survivait au premier hiver, le désespoir apporté par cette solitude le pousserait jusqu'à un évent du cap Young où il mettrait fin à ses jours.

« Rendez-vous compte, nous exhorta M. D'Arnoq. Deux mille sauvages (d'après les estimations de M. Evans) chérissent le *Tu ne tueras point* en paroles et *en actes*, ratifiant en cela une Grande Charte orale garante d'une harmonie introuvable ailleurs, qui perdure depuis soixante siècles et remonte au jour où Adam goûta au fruit de l'Arbre de la Connaissance. La guerre était un concept aussi étrange aux Moriori que le télescope aux Pygmées. La *paix* – et non pas un hiatus entre les guerres mais les millénaires d'une impérissable paix – régnait en ces îles lointaines. Qui oserait contester que l'Utopie de More s'apparente davantage à l'ancienne Rēkohu qu'à nos États progressistes gouvernés par les nobliaux belliqueux de Versailles, Vienne, Washington ou Westminster ? C'est ici, déclara M. D'Arnoq, et ici seulement que l'insaisissable mythe du bon sauvage est devenu réalité ! » (Alors que nous retournions au Mousquet, Henry me confia : « Jamais je n'aurai la maladresse d'aller jusqu'à qualifier de "bonne" une race de sauvages. »)

À l'instar du verre, la paix révèle sa fragilité sous les chocs successifs. Le premier coup porté aux Moriori fut le drapeau britannique, planté au nom du roi George sur la terre de la baie de l'Escarmouche par le lieutenant Broughton, capitaine du navire royal le *Chatham*, une cinquantaine d'années auparavant. Trois années plus tard, la découverte de Broughton figurait sur les cartes des marchands de Sydney et de Londres, et une poignée de pionniers (parmi lesquels, le père de Mme Evans), des marins échoués et des détenus (« en désaccord avec l'office colonial de la Nouvelle-Galles du Sud quant à la durée de leur incarcération ») cultivaient des potirons, des oignons, du maïs et des carottes. Ces produits étaient vendus aux chasseurs de phoques dans le besoin, qui portèrent un deuxième coup à l'indépendance des Moriori, et déçurent les natifs dans leurs rêves de prospérité en rosissant les rouleaux de sang de phoque (M. D'Arnoq illustra les profits par l'arithmétique suivante : une peau se vendait quinze shillings à Canton et les chasseurs accumulaient jusqu'à deux mille peaux *par bateau* !). En l'espace de quelques années, on ne trouva plus de phoques que sur les rochers éloignés, et les prétendus chasseurs se mirent à leur tour à cultiver des pommes de terre et à élever moutons et cochons, et ce, dans une proportion telle que l'archipel de Chatham est désormais baptisé « le Jardin du Pacifique ». Ces fermiers *parvenus**[1] défrichent le terrain en lançant des feux de brousse qui couvent sous la tourbe des saisons durant avant de resurgir lors des périodes de sécheresse, renouvelant ainsi leur calamité.

Le troisième coup porté aux Moriori le fut par les baleiniers qui mouillent aujourd'hui en grand nombre au large de la baie de l'Océan, de Waitangi, d'Owenga et de Te Whakaru dans l'attente d'être carénés, rééquipés et rafraîchis. Les chats et les rats de ces bateaux se multiplièrent comme les plaies d'Égypte et dévorèrent les oiseaux nidifiant à même le sol, dont les œufs étaient nécessaires à la subsistance des Moriori. En quatrième, les affections diverses, qui éliminent les races noires lorsque la civilisation des Blancs se rapproche, diminuèrent encore le cens d'aborigènes.

Les Moriori auraient certainement enduré toutes ces infortunes, mais l'on rapportait en Nouvelle-Zélande que les îles Chatham étaient un véritable Canaan de lagons grouillants d'anguilles, de criques tapissées de coquillages et d'autochtones qui n'entendaient rien aux combats ni aux armes. Lorsqu'elles parvinrent aux oreilles des Ngati Tama et des Ngati Mutunga, deux clans de Taranaki Te Ati Awa Maori (la généalogie maori, nous a assuré M. D'Arnoq, n'a rien à envier en complexité aux arbres généalogiques si chers à l'aristocratie européenne ; de fait, n'importe quel garçon de cette race analphabète se rappelle le nom du grand-père de son grand-père ainsi que son « rang » en un clin d'œil), ces rumeurs offraient la promesse d'une compensation pour les pans entiers de territoires ancestraux perdus lors des récentes « guerres du mousquet ». Des espions venus éprouver le

---

1. Toutes les expressions en italique suivies d'un astérisque sont en français dans le texte. (*N.d.T.*)

courage des Moriori violèrent leurs *tapu* et spolièrent leurs lieux sacrés. Les Moriori endurèrent ces provocations comme le fit Notre Seigneur dans l'affront : en tendant l'autre joue ; ainsi les pêcheurs confirmèrent l'apparente pusillanimité des Moriori à leur retour en Nouvelle-Zélande. Les *conquistadores* tatoués obtinrent en guise d'armada le *Rodney*, brick du capitaine Harewood qui, dans les derniers mois de l'an 1835, accepta de transporter en deux voyages neuf cents Maori et sept bateaux de guerre, en échange de semences de pommes de terre, d'armes à feu, de porcs, d'une bonne cargaison de lin raclé et d'un canon (cinq ans auparavant, M. D'Arnoq avait rencontré un Harewood indigent dans une taverne de la baie des Îles. Il nia d'abord être Harewood le capitaine du *Rodney* puis jura qu'on l'avait contraint à convoyer ces Noirs, tout en restant très confus quant à la nature de cette coercition).

Le *Rodney* démarra de Port Nicholas au mois de novembre mais son chargement païen de cinq cents hommes, femmes et enfants entassés à fond de cale durant les six jours de traversée, barbotant dans une sentine d'excrétions de toute nature sans provision d'eau suffisante, parvint à la crique de Whangatete dans un tel état que même les Moriori, en eussent-ils eu la volonté, auraient été à même d'occire leurs frères ennemis. Au lieu de cela, ces bons Samaritains choisirent de partager l'abondance amoindrie de Rēkohu plutôt qu'anéantir leur *mana* en répandant le sang, et ils remirent d'aplomb les Maori souffrants et moribonds. « Des Maori étaient déjà venus à Rēkohu , expliqua M. D'Arnoq, puis repartis ; ainsi les Moriori pensaient que, pareillement, ces colons les laisseraient en paix. »

La générosité des Moriori fut récompensée lorsque le capitaine Harewood revint de Nouvelle-Zélande avec quatre cents Maori de plus. Et ces étrangers firent le *takahi* de Chatham, un rituel maori que l'on traduit littéralement par « arpenter la terre pour posséder la terre ». Ainsi l'ancienne Rēkohu fut-elle divisée ; ainsi les Moriori prirent-ils conscience de leur vassalité. Aux premiers jours de décembre, une douzaine d'aborigènes protestèrent et furent tués à coups de tomahawk, sans autre forme de procès. Les Maori se révélaient être les brillants élèves des Anglais dans « la science occulte de la colonisation ».

Le lagon situé à l'est des îles Chatham forme un vaste marais salant nommé Te Whanga, on dirait presque une mer intérieure que l'océan féconde en jaillissant à marée haute à travers les « lèvres » du lagon à Te Awapatiki. Quatorze années auparavant, les Moriori avaient tenu conseil en cette terre sacrée. L'assemblée avait duré trois jours ; il avait été question de savoir si répandre du sang maori détruirait leur *mana*. Les plus jeunes avaient argué que cette croyance garante de paix ne tenait pas compte des cannibales étrangers dont les ancêtres moriori ignoraient l'existence. Les Moriori devaient tuer ou être tués. Les anciens avaient réclamé le calme, car tant que les Moriori préservaient leur *mana* et leur terre, les dieux et les ancêtres les délivreraient de leurs maux. « Étreins ton ennemi, exhortaient les anciens : il ne pourra te frapper. » (« Étreins ton ennemi, railla Henry : sa dague te chatouillera les reins. »)

Les anciens remportèrent la manche, mais cela n'eut guère d'importance. « Quand la supériorité numérique leur fait défaut, expliqua M. D'Arnoq, les Maori prennent l'avantage en frappant fort et en premier, comme peuvent en témoigner depuis leur tombe beaucoup de malheureux Anglais et Français. » De leur côté, les Ngati Tama et Ngati Mutunga avaient parlementé, eux aussi. En revenant de leur conseil, les Moriori étaient tombés dans une embuscade, et s'était ensuivie une nuit d'infamie dépassant les pires cauchemars, une nuit de carnage, de villages incendiés, de rapine, une nuit où les hommes et les femmes furent empalés en rangs sur la plage, où les enfants terrés dans des cachettes se firent débusquer et démembrer par des chiens de chasse. Certains chefs avaient pensé aux lendemains et ne tuèrent qu'afin de soumettre les survivants par la terreur. D'autres chefs avaient montré moins de retenue. Sur la plage de Waitangi, cinquante Moriori furent décapités, découpés, enveloppés dans des feuilles de lin puis placés avec des pommes de terre et des ignames dans un immense four creusé dans la terre. Moins de la moitié des Moriori qui avaient pu contempler le dernier coucher de soleil de l'ancienne Rēkohu survécurent au premier lever de soleil maori. («Moins d'une centaine de Moriori de souche demeure, déplora M. D'Arnoq. Voici des années que, dans ses décrets, la Couronne britannique les a libérés du joug de l'esclavage, mais des décrets, les Maori n'ont que faire. Une semaine de traversée sépare la maison du gouverneur des îles Chatham, et cependant Sa Majesté n'y a point installé de garnison. »)

Pourquoi les Blancs n'avaient-ils pas empêché les Maori de perpétrer pareil massacre? m'enquis-je.

M. Evans ne dormait plus, et il se révéla bien moins sourd que je n'avais songé. «Avez-vous déjà vu des guerriers maori s'adonner à la frénésie sanguinaire, monsieur Ewing?»

Non, répondis-je.

«Mais vous avez déjà vu des requins se livrer à un carnage, n'est-ce pas?»

En effet, acquiesçai-je.

«Fort bien. Figurez-vous un veau blessé se débattant dans des eaux peu profondes infestées de requins. Que faire : rester au sec ou tenter de retenir la mâchoire des squales ? Tel fut notre choix. Oh, nous aidâmes les rares qui parvinrent à notre porte – notre berger Barnabas fut de ceux-là – mais si nous nous étions aventurés à sortir ce soir-là, personne ne nous eût jamais revus. Gardez à l'esprit qu'en ces temps, l'on comptait moins d'une cinquantaine de Blancs à Chatham. Les Maori, eux, étaient neuf cents au total. Les Maori s'inclinent certes devant les *Pakeha*, monsieur Ewing, mais ils les méprisent. Ne l'oubliez jamais. »

Quelle morale tirer de cela ? La paix, que Notre Seigneur révère, est vertu cardinale pour peu que l'on partage avec ses prochains la même conscience.

Dans la nuit

Au Mousquet, le nom de M. D'Arnoq n'est guère apprécié. « Un Blanc noir, un bâtard au sang mélangé, me dit Walker. Personne ne sait *ce* qu'il est. » Suggs, un berger manchot vivant aux dépens du comptoir, affirma que notre homme était un général bonapartiste réfugié ici sous une nationalité d'emprunt. Un autre jura qu'il s'agissait d'un polaque.

Le mot « Moriori » n'a guère plus de succès. Un mulâtre maori ivre me raconta que toute l'histoire des aborigènes n'était que les fantaisies de ce « vieux fou de luthérien », et que M. D'Arnoq évangélisait ses Moriori pour mieux légitimer ses escroqueries territoriales commises à l'endroit des Moriori, véritables héritiers de Chatham, qui vont et viennent en bateau sur cette île depuis des temps immémoriaux ! James Coffee, qui élève des porcs, déclara que les Maori avaient rendu un fier service à l'homme blanc en exterminant cette autre race de brutes, nous laissant ainsi davantage de place, puis il ajouta que les Russes incitaient les cosaques à « attendrir le cuir sibérien » de pareille façon.

Je protestai : amener les races noires à la civilisation par la conversion, telle devait être notre mission, et non pas les exterminer, car elles aussi avaient été forgées par la main de Dieu. Tous les ouvriers de la taverne me lancèrent une bordée d'injures pour ce « mauvais numéro de Yankee sentimentaliste » ! « Le meilleur des Moriori n'est pas digne de crever comme un porc ! s'écria-t-on. Le seul Évangile que les Noirs *pigent*, c'est celui d'un f— tu fouet. » Un autre encore : « Nous autres Britanniques avons aboli l'esclavage dans tout notre empire – les Américains ne peuvent en dire autant ! »

La position de Henry était pour le moins ambivalente. « Après des années passées à œuvrer auprès des missionnaires, je suis enclin à conclure que leurs entreprises ne font que prolonger de dix à vingt ans les souffrances de races en voie d'extinction. Un charitable laboureur achève son fidèle cheval devenu trop vieux pour le labeur. En tant que philanthropes, ne tâcherions-nous pas de soulager ces sauvages en *hâtant* leur disparition ? Pensez à vos Peaux-Rouges, Adam, pensez aux traités signés que vous autres, Américains, abrogez et trahissez en maintes occasions. Ne serait-il pas davantage humain et honnête de leur porter un coup à la tête et d'en finir une bonne fois pour toutes ? »

Il est autant de vérités que d'hommes. Parfois, j'entrevois une vérité plus juste, dissimulée derrière d'imparfaits simulacres d'elle-même, mais dès que je m'en approche, alerte, elle s'enfonce dans les marécages épineux de la dissidence.

Mardi 12 novembre

Aujourd'hui, le noble capitaine Molyneux nous a gratifiés de sa présence au Mousquet afin de marchander le prix de cinq tonneaux de bœuf séché avec l'aubergiste (l'affaire fut réglée par une partie animée de *trentuno* que le capitaine emporta). À ma grande surprise, avant de reprendre l'inspection des travaux sur le chantier naval, le capitaine Molyneux demanda à s'entretenir en privé avec Henry dans l'appartement du médecin. La conversation se poursuit tandis que j'écris ces lignes. Mon ami a été mis en garde contre le caractère despotique du capitaine, cependant je persiste à penser que cela n'augure rien de bon.

Plus tard

Le capitaine Molyneux souffre apparemment d'une affection qui, sans traitement, serait susceptible de mettre à mal les diverses aptitudes requises par ses fonctions. En conséquence, le capitaine a proposé à Henry d'effectuer la traversée avec nous jusqu'à Honolulu (victuailles et cabine privative fournies à titre gracieux) à la fois en tant que médecin du navire et médecin personnel du capitaine Molyneux. Mon ami m'a expliqué qu'il comptait rentrer à Londres, mais que le capitaine s'est montré très insistant. Henry lui a promis de prendre cette requête en considération et de lui livrer sa réponse avant vendredi au matin, jour du départ de la *Prophétesse*.

Henry n'a pas nommé la maladie qui ronge le capitaine ; je me suis d'ailleurs gardé de le lui demander : nul besoin d'être un disciple d'Esculape pour s'apercevoir que le capitaine Molyneux est assujetti à la goutte. La discrétion de mon ami est tout à son honneur. Fi des excentricités de Henry Goose, collectionneur de curiosités ! J'ai la certitude que le Dr Goose, lui, est un médecin exemplaire, et mon vœu le plus pieux – dût-il servir mes intérêts – serait de le voir apporter une réponse favorable à la proposition du capitaine Molyneux.

Mercredi 13 novembre

Je me tourne vers ce journal tel un catholique vers son confesseur. Mes contusions confirment bel et bien que ces cinq extraordinaires dernières heures n'étaient pas quelque démence découlant de mon Affection, mais bel et bien réelles. Je décrirai donc ce qui est survenu aujourd'hui, et m'en tiendrai tant que possible aux faits.

Ce matin, Henry se rendit une fois de plus à la cabane de la veuve Bryden afin de réajuster son éclisse et renouveler son cataplasme. Plutôt que me laisser aller à l'oisiveté, je décidai d'escalader une colline escarpée appelée la Rocaille conique, située au nord de la baie de l'Océan et dont les nobles élévations promettaient une vue imprenable sur l'« arrière-pays » des îles Chatham (Henry, homme plus mature, a trop de bon sens pour vagabonder sur les chemins d'îles peuplées de cannibales). La crique ravinée qui abreuvait la baie de l'Océan me permit de remonter le torrent, traverser les pâtures marécageuses et les versants grêlés de souches, et me projeta dans une forêt vierge si putride, noueuse et enchevêtrée que je fus obligé de la franchir en m'accrochant de branche en branche, tel un orang-outan. Une salve de grêlons s'abattit, abrupte, emplit les bois d'une frénésie percussive, et cessa aussitôt. J'épiai une sorte de merle américain au plumage noir comme le goudron de la nuit et dont la docilité le disputait à l'effronterie. Un *tui* indicible se mit à chanter mais mon ardente fantaisie lui prêta un discours humain : « Œil pour œil ! » lançait-il, voletant à travers le dédale de bourgeons, de brindilles et d'épines, « Œil pour œil ! » Au terme d'une éreintante ascension, cruellement lacéré et griffé, je conquis le sommet, mais à quelle heure, je ne saurai jamais, car j'ai négligé de remonter ma montre de gousset hier soir. La brume opaque qui hante ces îles (le nom aborigène de Rēkohu signifie, selon les informations de M. D'Arnoq, « Soleil des brumes ») était tombée pendant mon ascension, et ce panorama tant convoité ne révéla que la cime des arbres disparaissant dans la bruine. Piètre récompense si l'on juge de mes efforts.

Le sommet de la Rocaille conique était un cratère large de plusieurs mètres, délimitant une cuvette dont le fond était dissimulé sous le feuillage funéraire d'une grosse de *kopi*, voire davantage. Dépourvu de cordage et de piolet, je n'en aurais pas exploré les profondeurs. Je circulais le long de la crête, cherchant un sentier plus praticable qui m'eût permis de rejoindre la baie de l'Océan, lorsqu'un prodigieux *ouwouch !* m'envoya au sol : l'esprit abhorre la vacance, il est enclin à la peupler de spectres ; ainsi entrevis-je d'abord un phacochère à la charge, puis un guerrier maori, la lance armée, le visage empreint de la haine ancestrale caractéristique de cette race.

Ce n'était qu'une mouette dont les ailes claquaient dans l'air tel un grand voilier marchand. Je la regardai disparaître dans la brume diaphane. Je me tenais à un bon mètre du rebord, pourtant, à ma terreur, l'herbe sous mes pieds se désagrégea comme une croûte de suie : je me trouvais sur une crevasse ! Je m'enfonçai jusqu'au torse, saisissant des touffes d'herbe dans mon désespoir, mais celles-ci rompirent sous mon emprise, et je plongeai, tel un pantin jeté dans un gouffre ! Je me souviens d'avoir tournoyé dans le vide, je hurlais, les brindilles me griffaient les yeux, je roulais sur moi-même, ma veste tirait et se déchirait ; la terre avait disparu ; anticipation de la douleur ; pressante et informe prière à l'aide ; buisson me ralentissant dans ma chute sans pour autant y mettre fin, tentative désespérée pour reprendre pied, glissade, puis la terre ferme venant à ma rencontre. L'impact me fit perdre connaissance.

Au milieu d'édredons nébuleux et d'oreillers estivaux, je reposais dans une chambre de San Francisco semblable à la mienne. « Vous êtes un garçon *stupide*, Adam », dit une domestique nabote. Tilda et Jackson entrèrent mais quand je voulus leur exprimer ma joie, au lieu de l'anglais ce furent les aboiements gutturaux d'une race indienne qui me vinrent à la bouche ! Ma femme et mon fils, saisis de honte, regagnèrent une diligence. Je me lançai à leur poursuite afin de régler ce malentendu, mais la voiture rapetissait dans le lointain, puis je me réveillai dans le crépuscule d'un buisson où le silence, éternel, tonitruait. Mes contusions, coupures, muscles et extrémités grondaient tel un tribunal peuplé de plaideurs mécontents.

Un matelas de mousse et de paillis jonchant ce sombre trou depuis le deuxième jour de la Création m'avait sauvé la vie. Les anges avaient pris soin de mes membres, car si l'un de mes membres s'était rompu, je fusse demeuré étendu, incapable de m'extirper de cet endroit, attendant que les éléments ou les griffes des bêtes sauvages me missent à mort. Lorsque je me relevai et découvris de quelle hauteur j'avais glissé et chuté (un huitième de mât de misaine) sans m'être infligé plus de dégâts, je remerciai Notre Seigneur de ma délivrance, car assurément, *Tu as crié dans la détresse, et je t'ai délivré ; je t'ai répondu dans la retraite du tonnerre.*

Mes yeux s'habituèrent à l'obscurité et me livrèrent une vision à la fois impérissable, terrifiante et sublime. D'abord un, puis dix, puis des centaines de visages émergèrent de cette perpétuelle noirceur, taillés à l'herminette dans l'écorce par des adorateurs, comme autant d'esprits sylvestres pétrifiés par un cruel enchanteur. Il n'est de juste épithète pour qualifier cette basilique tribale. Il n'y a que l'inanimé qui paraisse si vivant. Je caressai du pouce les effroyables visages. De toute évidence, j'étais le premier Blanc à pénétrer dans ce mausolée depuis sa création préhistorique. Le plus récent de ces dendroglyphes avait, selon mes suppositions, une dizaine d'années, mais les plus anciens, à qui la croissance des arbres avait distendu les traits, furent ciselés par quelques païens dont les esprits mêmes avaient trépassé jadis. À n'en point douter, de telles antiquités étaient l'œuvre des Moriori évoqués par M. D'Arnoq.

Le temps s'était écoulé en cet endroit ensorcelé ; je cherchais à m'évader, encouragé par l'intuition que les auteurs de ces « sculptures sylvestres » visitaient de manière régulière cette fosse. Un côté de la paroi me parut moins abrupt et de filamenteuses plantes grimpantes offraient quelque « gréement » de fortune. Je m'apprêtais à m'y hisser lorsqu'un bourdonnement retint mon attention. « Qui va là ? lançai-je (une attitude bien effrontée de la part d'un intrus blanc sans armes dans un mausolée païen). Montrez-vous ! » Le silence, qui engloutissait mes paroles et leur écho, se riait de moi. En ma rate, mon Affection remuait. Le bourdonnement émanait d'une nuée de mouches qui gravitaient autour d'une protubérance empalée sur une branche brisée. Je la piquai à l'aide d'une brindille de pin et faillis vomir, car il s'agissait de putrides abats. J'étais sur le point de fuir mais le devoir m'obligea à lever le doute sur le funeste soupçon qu'un cœur humain pendît à cet arbre. Je me cachai le nez et la bouche sous mon mouchoir et, à l'aide du bâtonnet, touchai un ventricule béant. L'organe palpitait comme s'il était encore en vie ! Bouillonnante, mon Affection me parcourut la colonne vertébrale ! Comme dans un songe (ce n'en était pourtant pas un !), une salamandre pellucide émergea de son abri de charogne et remonta jusqu'à ma main en un éclair ! Je lançai le bâtonnet et ne vis pas où la salamandre échoua. Le sang chargé de peur, j'entrepris mon évasion sans plus tarder, chose plus facile à écrire qu'à exécuter, car si j'eusse glissé et trébuché à nouveau de ces murs vertigineux, la fortune n'eût certainement pas adouci ma chute une seconde fois, mais des cavités avaient été taillées dans la roche et, grâce à Dieu, je regagnai le sommet du cratère sans plus d'ennuis.

De retour dans le lugubre nuage, je me languissais de la présence de mes semblables – oui : même des frustes marins du Mousquet – et j'entamai alors une redescente vers ce que j'espérais être le sud. La prime résolution de rapporter ce que j'avais vu (M. Walker, consul *de facto* – mais point *de jure* – ne devait-il pas être informé du vol d'un cœur humain ?) faiblissait à mesure que je m'approchais de la baie de l'Océan. Je reste encore indécis quant à ce que je dois rapporter et à qui. Le cœur appartenait sans nul doute à un porc ou un mouton. Imaginer M. Walker et ses pairs en train d'abattre ces arbres pour en revendre les dendroglyphes à des collectionneurs me donne des scrupules. Sentimentaliste ? Soit, mais je ne ferais pas cet ultime parjure aux Moriori*.

---

* Mon père ne m'a jamais parlé des dendroglyphes et je n'ai pris connaissance de ces œuvres que de la manière décrite dans

En soirée

La Croix du Sud brillait dans le ciel lorsque Henry revint au Mousquet, après avoir été retenu par de nombreux insulaires désireux de consulter le panseur de la veuve Bryden au sujet de leurs rhumes, pians et anasarques. « Si les pommes de terre étaient des dollars, maugréait mon ami, je serais plus riche que Nabuchodonosor ! » Ma mésaventure (passablement retouchée) sur la Rocaille conique l'inquiéta grandement, et il tint à examiner mes blessures. J'avais ordonné tantôt à la servante indienne de me préparer un bain duquel j'étais sorti ragaillardi. Henry me donna un petit pot d'onguent pour mes inflammations et refusa le moindre cent de rétribution. Craignant que ce ne fût la dernière occasion de consulter un médecin talentueux (Henry entend décliner l'offre du capitaine Molyneux), je déposai devant lui le fardeau des peurs suscitées par mon Affection. Il écouta, l'air grave, et m'interrogea sur la fréquence et la durée de mes crises. Henry regretta de ne disposer ni du temps, ni des instruments nécessaires à un diagnostic complet, et me recommanda de consulter en hâte un spécialiste des parasites tropicaux dès mon retour à San Francisco. (Je n'osai pas lui avouer qu'il n'en était point.)

Je ne trouve guère le sommeil.

---

l'Introduction. À présent que les Moriori de Chatham ont franchi le cap de l'extinction, je les considère comme au-delà de toute trahison. – J. E.

embre

...ppareillerons avec la marée du matin. Me voici ... de plus à bord de la *Prophétesse*, mais je ne ... nullement prétendre apprécier ce retour. Trois ... des glènes de haussières sont entreposées dans mon ...rcueil, et il me faut les escalader pour atteindre ma couche, car elles recouvrent entièrement le plancher. M. D'Arnoq a vendu à l'officier de manœuvre une demi-douzaine de tonneaux contenant diverses provisions, ainsi qu'un rouleau de toile à voilure (au grand désarroi de Walker). Il est monté à bord afin de superviser la livraison et recouvrer son paiement en main propre, et me souhaiter l'à-Dieu-vat. Dans mon cercueil, nous nous trouvions serrés comme deux hommes dans un puits, c'est pourquoi nous regagnâmes le pont car l'air du soir était plaisant. Après avoir discuté de diverses affaires, nous nous serrâmes la main et il redescendit jusqu'à son ketch, gardé par deux compétents domestiques de race bâtarde.

M. Roderick n'éprouve guère de sympathie envers ma pétition, qui vise à remiser ailleurs ces encombrantes haussières, car le voici obligé d'abandonner sa cabine privative (pour les raisons évoquées plus bas) et de rejoindre le gaillard d'avant où loge le commun des marins, auxquels se sont ajoutés cinq Castillans débauchés du navire espagnol qui mouille dans la baie. Leur capitaine était la fureur même, quoiqu'il ne fût point en posture de déclarer la guerre à la *Prophétesse* – guerre que, de surcroît, il eût assurément perdue car sa baignoire fuyait de toute part; il lui fallut s'estimer heureux que le capitaine Molyneux ne requît pas davantage de déserteurs. Les mots *À destination de la Californie* sont comme dorés à la feuille : ils appellent les hommes alentour telle une lanterne attirant les papillons de nuit. Ces cinq Espagnols remplacent les deux déserteurs qui se sont volatilisés à la baie des Îles et ceux qui ont péri dans la tempête, mais l'équipage manque néanmoins de plusieurs hommes. Finbar m'a confié que les matelots n'approuvent guère ces nouvelles dispositions car, si M. Roderick loge au gaillard, ils n'auront plus le loisir de se livrer en toute liberté à leurs causeries et beuveries.

Le destin m'offrit une juste rétribution. M'étant affranchi de l'usuraire note de Walker (aussi ne donnai-je pas à ce coquin un seul centime de pourboire), je rangeais mes affaires dans la malle en jaquier lorsque Henry entra et me salua en annonçant : « Bonjour, camarade matelot ! » Dieu a exaucé mes prières ! Henry a accepté de pourvoir au poste de médecin : je ne suis donc plus seul dans cette basse-cour flottante. Le commun des marins est si mauvais qu'au lieu de montrer leur reconnaissance de savoir à bord un médecin à même d'éclisser leurs fractures et soigner leurs infections, on les entend grommeler : « C'est quoi, ce bateau où le docteur est pas capable de marcher sur un beaupré, une barge royale ? »

Il me faut avouer non sans ressentiment que le capitaine Molyneux ne tient à la disposition d'un gentleman s'acquittant de la traversée qu'une lamentable paillasse, tandis que lui se réserve une vaste cabine. Mais il y a une chose d'une bien plus grande importance : Henry me promet d'œuvrer de tout son talent au diagnostic de mon Affection dès que nous aurons levé l'ancre. Mon soulagement est indescriptible.

Vendredi 15 novembre

Nous avons appareillé au point du jour, en dépit du vendredi, que les marins associent à Jonas et maudissent (le capitaine Molyneux grognait : « Les superstitions, la Toussaint et toutes ces fieffées calembredaines sont des amusements de poissonnière bigote, mais nous verrons bien qui est aux commandes ! »). Henry et moi ne nous sommes pas aventurés sur le pont, car tout l'équipage gréait le bâtiment, et un vent du sud très frais soufflait sur une grosse mer. Le bateau remuait de façon pénible hier soir et la situation ne s'améliore guère aujourd'hui. Nous avons passé la moitié de la journée à ranger l'apothicairerie de Henry. Hormis l'attirail du médecin moderne, mon ami possède plusieurs ouvrages érudits en anglais, latin et allemand. Un bagage renfermait plusieurs « jeux » de petites fioles étiquetées en grec contenant des poudres. À partir de celles-ci, il compose divers pilules et onguents. Aux environs de midi, nous jetâmes un œil au-dehors par l'écoutille de l'entrepont, et les îles composant l'archipel de Chatham n'étaient plus que les taches d'encre d'un horizon de plomb, mais le roulis et le tangage mettent en péril ceux dont le pied marin a séjourné une semaine entière sur la terre ferme.

L'après-midi

Torgny le Suédois frappa à la porte de mon cercueil. Surpris et intrigué par ses manières furtives, je l'invitai à entrer. Il s'assit sur une « pyramide » de haussières et chuchota qu'il était porteur d'une proposition émanant d'un cercle de marins. « Dites-nous où sont les meilleurs filons, ceux que vous autres locaux vous réservez. Moi et mes gars, on se chargera de la basse besogne. À vous, il suffira de rester assis, et vous aurez droit à un dixième du butin. »

Je mis un moment à comprendre que Torgny faisait allusion aux mines d'or californiennes. Ainsi, une désertion en masse est-elle le sort qui attend la *Prophétesse* à son port de destination : il me faut l'admettre, ces marins ont ma sympathie ! Cela étant, je jurai à Torgny ne rien savoir de ces gisements d'or car mon départ remontait à douze mois ; cependant, j'étais prêt à composer à titre gracieux une carte de ces fameux « Eldorado », et avec joie. La compagnie de Torgny était agréable. J'arrachai une page de ce journal et représentai sur un schéma Sausalito, Benicia, Stanislaus, Sacramento, etc., quand une voix malveillante retentit : « Êtes-vous homme de providence, monsieur Vit-en-plume ? »

Nous n'avions pas entendu Boerhaave descendre l'escalier des cabines, ni pousser ma porte ! Torgny lança un cri de désarroi et plaida immédiatement coupable. « Et de quelle affaire, poursuivit le second du capitaine, t'entretiens-tu avec notre passager, pustule de Stockholm ? » Le Suédois resta muet ; quant à moi, je ne me laissai pas intimider et dis au mécréant que je décrivais à Torgny les sites dignes d'intérêt de ma ville, de sorte qu'il profitât au mieux de sa permission.

Boerhaave leva les sourcils. « Est-ce vous qui accordez les permissions à présent ? De bien fraîches nouvelles pour mes vieilles oreilles. Ce papier, monsieur Ewing, je vous prie. » Le Hollandais pouvait bien me prier. Ce présent offert au marin ne lui était pas destiné. « Oh, toutes mes excuses, monsieur Ewing. Torgny, prends possession de ton *présent*. » Je n'eus guère d'autre choix que de le tendre au Suédois soumis. M. Boerhaave prononça : « Torgny, donne-moi *ton* présent sur-le-champ, ou par les gonds de l'enfer, je te jure que tu regretteras de t'être extirpé du [ma plume ploie à la retranscription de ces blasphèmes] de ta mère. » Mortifié, le Suédois s'exécuta.

« Fort instructif, remarqua Boerhaave, en étudiant cette cartographie. Le capitaine sera ravi du mal que vous vous donnez à soigner nos brebis galeuses, monsieur Ewing. Torgny, tu seras de quart vingt-quatre heures en vigie. Quarante-huit si je te prends à te reposer. Bois ta p–sse si te vient la soif. »

Torgny s'enfuit mais le second n'en avait pas fini avec moi. « Les requins fréquentent ces eaux, monsieur Vit-en-plume. Ils suivent les bateaux, à l'affût d'un échouage. J'en ai déjà vu un dévorer un passager. Comme vous, il faisait peu de cas de sa sécurité, et il passa par-dessus bord. Nous entendions ses cris. Les requins blancs jouent avec leur nourriture, ils la grignotent lentement, une jambe par-ci, un morceau par-là : le misérable b—gre resta en vie plus longtemps qu'on ne l'aurait supposé. Songez-y. » Il claqua la porte de mon cercueil. Comme tous les mécréants et tyrans, Boerhaave tire quelque fierté de la détestation même que lui vaut sa triste notoriété.

Samedi 16 novembre

Les trois Parques m'ont assurément infligé la plus grande mésaventure de mon voyage à ce jour ! Une ombre de l'ancienne Rēkohu m'a cloué au pilori de la suspicion et des clabaudages, moi dont les seuls desiderata sont la quiétude et la discrétion. Et cependant, je ne suis coupable d'aucun chef d'accusation, outre ma foi chrétienne et une indéfectible mauvaise fortune ! Un mois s'est écoulé depuis notre départ de Nouvelle-Galles du Sud, où j'écrivis cette phrase niaise : « J'entrevois un voyage sans histoires et ennuyeux. » Quelle ironie que cette ligne ! Je n'oublierai jamais ces dix-huit dernières heures, mais comme je ne puis ni dormir, ni réfléchir (Henry est à présent couché), mon seul recours face à l'insomnie reste de maudire le sort sur ces pages complaisantes.

Hier soir, exténué, je me retirai dans mon cercueil. Après avoir prié, je soufflai la chandelle et, bercé par la myriade de clameurs du bateau, je m'enfonçai dans les tréfonds du sommeil quand une voix rauque, *à l'intérieur même de mon cercueil !* me fit ouvrir grands les yeux et me plongea dans la terreur ! « Méssié Ewing, implorait ce chuchotement pressant, ayez pas peur – méssié Ewing – je vous fais pas mal, criez pas, s'il vous plaît, méssié. »

Je me redressai involontairement et me cognai la tête contre la cloison. Aux deux faibles lueurs qui filtraient – l'une, orangée, provenant de la porte mal ajustée, l'autre stellaire, émanant du hublot –, une longueur serpentine de haussière se dévida et une silhouette noire s'en échappa tels les morts à la Dernière Trompette. Une puissante main qui semblait naviguer à travers les ténèbres se referma sur mes lèvres avant même que j'eusse crié ! Mon agresseur souffla : « Méssié Ewing, je vous fais pas mal, tout va bien, je suis ami de méssié D'Arnoq – vous savez : lui chrétien – s'il vous plaît, chut ! »

Ma raison se rallia enfin et contra ma peur. C'était un homme, et non pas un esprit, qui se cachait dans ma cabine. S'il avait souhaité me trancher la gorge pour me dépouiller de mon chapeau, mes souliers et mon secrétaire, j'eusse d'ores et déjà été mort. Si mon geôlier se révélait un passager clandestin, sa vie – et non la mienne – était en péril. À en juger la rusticité de son langage, son corps fluet et son odeur, je déduisis que ce clandestin était un

Indien, seul sur un bateau de cinquante Blancs. Fort bien. J'acquiesçai de la tête, doucement, lui indiquant que je ne crierais pas.

Cette main prudente me délia la bouche. « Je m'appelle Autua, dit-il. Vous connaissez moi, vous avez vu moi. Oui, oui : vous pitoyez moi. » De quoi diable parlait-il ? « Le Maori fouette moi – vous avez vu. » Ma mémoire surmonta l'étrange de la situation, et je me souvins du Moriori flagellé par ce « Roi Lézard ». Cela me rassura. « Vous êtes homme bon – méssié D'Arnoq dit vous êtes homme bon. Il cache moi dans la cabine hier le soir – j'évade – vous aidez, méssié Ewing. » Un grognement s'échappa de mes lèvres ! Et sa main se referma à nouveau sur ma bouche. « Si vous aidez pas – je suis en danger mourir. »

Ce n'est que trop vrai, songeai-je, et en outre, tu m'entraîneras dans ta perte, à moins que je ne réussisse à convaincre le capitaine Molyneux de mon innocence ! (Je brûlais de ressentiment vis-à-vis du geste de M. D'Arnoq, et j'en brûle toujours. Qu'il défende lui-même sa « juste cause » et laisse en paix les témoins innocents !) Je dis au captif qu'il se trouvait déjà en « danger mourir ». La *Prophétesse* était un navire marchand, pas un tunnel de voie ferrée pour esclaves en déroute.

« Je suis bon marin ! insista le Noir. Je paye voyage ! » Très bien, répondis-je (doutant cependant de son pedigree marin), et je l'invitai à s'en remettre sur-le-champ à la grâce du capitaine. « Non, ils écoutent pas moi ! *Rentre à la nage, le nègre*, ils disent, et ils jettent moi à la baille. Vous êtes homme de loi, oui ? Vous allez, vous parlez ; moi, je reste, je cache ! S'il vous plaît. Cap'taine écoute vous, méssié Ewing. S'il vous plaît. »

En vain tentai-je de le convaincre : à la cour du capitaine Molyneux, il n'y avait pas de conciliateur moins favorisé qu'Adam Ewing le Yankee. Cette aventure appartenait pleinement au Moriori, et je ne désirais nullement y prendre part. Sa main trouva la mienne et, à ma consternation, la referma sur le manche d'une dague. Il fit une demande résolue et lugubre. «Alors, tuez moi.» Effroyablement calme et assuré, il pressait la pointe de la dague contre sa gorge. Je dis à l'Indien qu'il était fou. «Je suis pas fou, vous aidez pas moi, vous tuez moi: c'est pareil. C'est vrai, vous savez ça.» (Je l'implorai de se maîtriser et de baisser la voix.) «Alors, tuez moi. Vous disez aux autres, j'attaque vous, alors vous tuez moi. Les requins mangeront pas moi, méssié Ewing. Mourir ici, c'est mieux.»

Maudissant ma conscience une fois, ma mauvaise fortune doublement, et M. D'Arnoq triplement, je demandai à l'Indien de rengainer son coutelas et, par Dieu, de se cacher, de peur qu'un des hommes de l'équipage nous eût entendus et frappât à la porte. Je lui promis d'approcher le capitaine le matin venu, car interrompre son sommeil eût voué l'entreprise à un échec certain. Satisfait, le clandestin me remercia. Il se glissa à nouveau sous les glènes et m'abandonna à l'élaboration pratiquement impossible de la défense d'un Indien clandestinement monté à bord d'une goélette britannique, tout en évitant que ce plaidoyer permît que l'on accusât de complicité celui qui l'avait découvert et hébergé. La respiration du sauvage attestait de son sommeil. Je fus tenté de me ruer à la porte et de hurler à l'aide, mais devant Dieu, je n'avais qu'une parole, fût-ce une promesse faite à un Indien.

La cacophonie du craquement des membrures, du vacillement des mâts, du fléchissement des cordes, du claquement des voiles, des pas résonnant sur le pont, du chevrotement des chèvres, de la cavalcade des rats, du battement des pompes, du tintement de la cloche marquant les différents quarts, des mêlées et des rires au gaillard, des ordres, des chants de marin en provenance du guindeau et du règne éternel de Téthys ; tous ces bruits me berçaient, moi qui spéculais sur la meilleure manière de convaincre le capitaine Molyneux de mon innocence vis-à-vis du dessein de M. D'Arnoq (il me faut désormais me montrer plus vigilant que jamais et éviter à tout prix que ce journal soit lu par des yeux ennemis), quand un hurlement suraigu, d'abord lointain, puis se rapprochant telle une flèche, fut arrêté tout net par le pont, à quelques centimètres tout au plus de l'endroit où j'étais allongé.

Quelle fin terrible ! J'étais couché sur le ventre, raide, dans un tel état de choc que j'en oubliai de respirer. Ici et là, des cris s'élevaient, des bruits de pas se rassemblèrent, puis on s'alarma : « Réveillez le Dr Goose ! »

« Pauvre couil—n tombé des cordages, il est mort maintenant, chuchotait l'Indien tandis que je m'apprêtais à aller découvrir les raisons de ce trouble. Vous pouvez rien, méssié Ewing. » Je lui ordonnai de rester caché et sortis en hâte. Je crois que le clandestin pressentait mon hésitation à profiter de cet accident pour le trahir.

L'équipage était attroupé autour d'un homme sur le ventre, en bas du grand mât. À la lueur des lanternes qui tanguaient, je reconnus un des Castillans. (Je le confesse : ma prime émotion fut le soulagement de constater que non pas Rafael mais un autre s'était jeté dans les bras de la mort. Je surpris l'explication de l'Islandais : le défunt avait emporté aux cartes la ration d'arak de ses compatriotes et avait tout englouti avant son quart. Henry arriva en chemise de nuit, muni de son nécessaire de médecin. Il s'agenouilla près du corps mutilé et chercha un pouls, mais renonça d'un geste de la tête. « Ce gaillard n'a pas besoin d'un docteur. » M. Roderick récupéra les bottes et les habits du Castillan, qu'il vendit à l'encan, et Mankin partit chercher un sac de toile de dernier ordre destiné à la dépouille (M. Boerhaave déduira le coût du sac des bénéfices de l'enchère). Les hommes regagnèrent le gaillard ou leur poste en silence, tout assombris par la fragilité de la vie. Henry, M. Roderick et moi observâmes les Castillans, qui accomplirent leur rituel funèbre catholique sur leur compatriote avant de nouer le sac, puis de le confier aux profondeurs non sans pleurs ni douloureux ¡ *Adios!* « Véhémence toute latine ! » observa Henry, qui me souhaita bonne nuit pour la seconde fois. Je languissais de partager avec lui mon secret, cependant je tins ma langue, de peur que la complicité ne le contaminât.

Au retour de cette scène mélancolique, je vis briller une lanterne dans la cambuse. C'était là que dormait Finbar, afin de « tenir les chapardeurs à l'écart », mais les événements de la nuit l'avaient lui aussi éveillé. Je me rappelai que le clandestin n'avait sans doute pas mangé depuis un jour et demi, et tremblai, car à quelle dépravation bestiale ne se livrait pas un sauvage à l'estomac vide ? Quoique mes agissements fussent susceptibles de jouer en ma défaveur le lendemain, je prétendis néanmoins devant le cuisinier qu'une faim de loup m'interdisait de sommeiller et – au double du prix usuel, « vu qu'l'heure est moins qu'raisonnable » – me procurai une écuelle de choucroute, de saucisses et de petits pains aussi durs que des boulets de canon.

Après que j'eus recouvré les tréfonds de ma cabine, le sauvage me remercia et mangea l'humble chère comme s'il s'agissait d'un dîner présidentiel. Je ne lui confiai guère mes véritables motivations, *id est*, mieux rempli était son estomac, moins grandes seraient les chances qu'il me mangeât, et je préférai lui demander pourquoi, durant sa flagellation, il m'avait souri. « La douleur, c'est fort, oui : mais les yeux d'amis, c'est plus fort. » Je lui dis qu'il ne savait presque rien de moi, et moi, rien de lui. Il désigna son œil, puis le mien, comme si ce geste fournissait quelque plénière explication.

Le vent se leva davantage à mesure que le quart de minuit avançait, faisant craquer les membrures, fouettant la mer, drainant le pont. L'eau de mer s'infiltra promptement dans mon cercueil ; elle coulait le long des cloisons, maculait ma couverture. « Il eût été de plus secs abris que ma cabine », chuchotai-je afin d'éprouver le sommeil du clandestin. « Sain et sauf, c'est mieux que sec, méssié Ewing », murmura-t-il, aussi alerte que moi. Pourquoi, demandai-je, avait-il été battu si sauvagement au hameau indien ? Un long silence suivit. « Je connais trop le monde, je suis mauvais esclave. » Afin de repousser les assauts de mon mal de mer en ces effroyables heures, j'entrepris de soutirer son histoire au clandestin (en outre, je ne nierai pas une curiosité certaine). Il narra son récit dans le patois sien, par pans ; en conséquence, je tenterai sur ces pages d'en restituer l'essence.

Comme l'avait rapporté M. D'Arnoq, les bateaux des Blancs apportèrent des vicissitudes à Rēkohu l'Ancienne, mais également des merveilles. Jeune garçon, Autua languissait d'en apprendre davantage sur ces gens pâles venus de contrées qui, à l'époque de son grand-père, relevaient de la légende. Autua, qui prétend que son père figure parmi les natifs rencontrés à la baie de l'Escarmouche par les premiers colons du lieutenant Broughton, passa son enfance à écouter cette histoire maintes fois narrée : celle du « Grand Albatros » qui voguait à travers les brumes du matin, de ses serviteurs au plumage vif, à l'étrange constitution, qui naviguaient vers le rivage, lui faisant dos ; de leur charabia (quelque langue aviaire ?) ; de leur coutume d'aspirer de la fumée ; de leur odieuse violation du *tapu* interdisant que les étrangers touchassent aux pirogues (cela jetait le mauvais sort sur l'embarcation et la rendait aussi impraticable que si on l'eût entaillée à la hache) ; de l'altercation qui en découla ; de ces « bâtons crieurs » dont la magique colère pouvait tuer un homme situé de l'autre côté de la plage ; et de cette éclatante jupe, bleu comme l'océan, blanc comme les nuages et rouge comme le sang, que les serviteurs hissèrent sur un mât avant de repartir dans leur canot vers le Grand Albatros (ce drapeau fut retiré et présenté à un chef, qui l'arbora jusqu'à ce que la scrofule l'emportât).

Autua avait un oncle, Koche, qui embarqua à bord d'un phoquier de Boston *circa* 1825 (le clandestin n'a pas de certitude quant à son propre âge). Les Moriori étaient des marins prisés sur de tels vaisseaux, car plutôt qu'au travers de prouesses martiales, les hommes de Rēkohu s'illustraient lors de parties de chasse au phoque ou de plongée (en voici encore une illustration : afin d'obtenir épouse, un jeune homme se devait de plonger au fond de la mer et de reparaître en surface une langouste dans chaque main et une autre en bouche). À cela, ajoutons que ces Polynésiens découverts naguère étaient les proies toutes désignées des capitaines indélicats. L'oncle d'Autua revint cinq ans plus tard, accoutré de vêtements *pakeha*, les oreilles parées d'anneaux, muni d'une bourse contenant quelques dollars et *réals* ; il avait rapporté d'étranges coutumes (parmi lesquelles, « respirer la fumée »), de dissonants jurons et des contes évoquant des villes et lieux trop barbares pour que la langue moriori les dépeignît.

Autua se jura d'embarquer sur le prochain navire de la baie de l'Océan en partance et de contempler ces contrées exotiques de ses propres yeux. Son oncle persuada l'officier de marine d'un baleinier français de prendre à son bord en guise d'apprenti le jeune garçon, alors âgé de dix ans (?). Le Moriori, au cours de la carrière marine qui s'offrit à lui, vit les chaînes glaciales de l'Antarctique, les baleines se changer en îlots sanguinolents puis en tonneaux de blanc ; dans de cendreuses Encantadas encalminées, il chassa la tortue géante ; à Sydney, il put observer les grands bâtiments, les parcs, les carrosses à chevaux, les femmes en bonnet et les miracles de la civilisation ; il achemina des cargaisons d'opium entre Calcutta et Canton ; survécut à la dysenterie à Batavia ; perdit une moitié d'oreille dans une rixe avec des Mexicains devant l'autel d'une église à Santa Cruz ; survécut à un échouage au cap Horn et vit Rio de Janeiro, quoiqu'il ne mît pied à terre ; partout il observa la brutalité naturelle que les hommes au teint clair manifestent à l'égard de ceux plus basanés.

Autua revint à Rēkohu l'été de l'an 1835 ; c'était un jeune homme d'une vingtaine d'années, sage de ce qu'il avait connu du monde. Il escomptait prendre une des siennes comme épouse, bâtir une maison, cultiver quelques arpents, mais, comme le relate M. D'Arnoq, dès le solstice d'hiver de cette année-là, les Moriori qui n'avaient pas péri étaient esclaves des Maori. Les années d'expérience d'Autua au sein d'un équipage international ne suscitèrent guère l'estime des envahisseurs. (Je fis observer ô combien ce prodigue retour se révéla être une période malheureuse. « Non, méssié Ewing, Rēkohu appelait moi, comme ça je vois la mort à elle, comme ça je connais – il se tapota la tête – la vérité. »)

Le maître d'Autua était le Maori aux tatouages reptiliens, Kupaka, qui prétendit auprès de ses esclaves horrifiés et anéantis venir les débarrasser de leurs idoles factices (« Vos dieux vous ont-ils sauvés ? » persiflait Kupaka), de leur langue abâtardie (« Mon fouet vous enseignera le véritable maori ! »), de leur sang impur (« La consanguinité a affaibli votre *mana* d'autrefois ! »). Les unions moriori furent ainsi proscrites et tous les rejetons de père maori et de mère moriori, considérés maori. L'on exécuta de cruelle façon les premiers contrevenants ; ceux qui survécurent demeurèrent plongés dans la léthargie qu'engendre la soumission permanente. Autua défrichait, semait le blé et gardait les porcs de Kupaka, et quand il eut gagné suffisamment la confiance de son maître, l'esclave tenta une évasion. (« Les cachettes à Rēkohu , méssié Ewing : les combes, les gouffres, les cavernes profondes dans la forêt Motoporoporo, très dense : les chiens peuvent pas sentir vous là-bas. » Je présume avoir chu dans une de ces cachettes.)

Une année plus tard, on le captura, mais les esclaves moriori étaient désormais trop peu nombreux pour qu'on les massacrât arbitrairement. À leur grand écœurement, les Maori de rang inférieur étaient contraints de partager le labeur des serfs. (« Est-ce pour ce misérable rocher que nous avons tourné le dos à Aotearoa, la terre de nos ancêtres ? » maugréaient- ils.) Autua s'échappa derechef, et durant ce deuxième sursis, M. D'Arnoq lui accorda secrètement l'asile, non sans prendre quelque risque. Lors de ce séjour, Autua fut baptisé et se tourna vers le Seigneur.

Les hommes de Kupaka rattrapèrent le fugitif après une année et demie de recherche mais, cette fois, le chef montra du respect à l'égard de la combativité d'Autua. Après une flagellation infligée en réparation des torts causés, Kupaka fit de l'esclave son pêcheur attitré. Le Moriori passa ainsi une autre année dans ses nouvelles fonctions jusqu'à ce que, un après-midi, vînt se débattre dans ses filets un poisson rare nommé *moeeka*. Il dit à l'épouse de Kupaka que ce poisson tout royal ne pouvait être mangé que par un roi, et lui montra comment le préparer. («Ce *moeeka*, très mauvais venin, méssié Ewing, une bouchée, vous dormez, vous réveillez plus. ») Profitant du festin, Autua s'échappa discrètement du campement, vola le bateau de son maître et, par une nuit sans lune, sur une mer agitée et sujette aux courants, il vogua jusqu'à Pitt, une île située à deux lieues au sud de Chatham (cette île déserte, également connue sous le nom moriori de «Rangiauria», serait le berceau de l'humanité).

Le sort fut favorable au clandestin, qui arriva à destination à l'aube, sain et sauf au moment où éclatait une bourrasque ; aucun bateau ne l'avait poursuivi. Dans cet éden polynésien, Autua subsistait grâce au céleri sauvage, au cresson, aux œufs, aux baies, aux rares marcassins (il allumait un feu à couvert dans les ténèbres ou la brume) et grâce à la consolation que Kupaka avait reçu un châtiment idoine. La solitude ne lui était-elle point insupportable ? «Les nuits, les ancêtres venaient. Les jours, les contes de Maui je racontais à les oiseaux, et les oiseaux racontaient moi les contes de la mer. »

Le fugitif vécut ainsi maintes saisons, jusqu'en septembre de cette année, lorsqu'un vent d'hiver projeta un baleinier de Nantucket – l'*Eliza* – contre les récifs de Pitt. L'équipage périt, mais un certain M. Walker, toujours prompt à glaner des guinées, traversa les détroits afin de dénicher quelque butin d'infortune. Lorsqu'il découvrit des signes de vie et aperçut l'ancien bateau de Kupaka (chaque embarcation est ornée de gravures uniques retraçant l'histoire maori), il comprit avoir mis la main sur un trésor qui susciterait l'intérêt de ses voisins maori. Deux jours plus tard, une battue fut organisée depuis la grande île jusqu'à Pitt Island. Autua s'assit sur la plage et les attendit ; à sa seule surprise, son vieil ennemi Kupaka, certes grisonnant mais bel et bien vivant, entonnait des chants de guerre.

Mon importun compagnon de cabine conclut son récit. « Le chien goulu a volé le *moeeka* dans la cuisine et il est mort, pas le Maori. Oui, Kupaka fouettait moi, mais il est vieux, loin de chez lui, son *mana* il est vide et affamé. Les Maori, c'est fort quand il y a la guerre, la revanche, la querelle, mais la paix, ça tue les Maori. Beaucoup reviennent en Zélande. Kupaka, lui peut pas, il y a plus son pays. Et puis la semaine dernière, méssié Ewing, je vous vois et je sais, vous sauvez moi, je sais ça. »

Quatre coups de cloche sonnèrent le quart du matin, et mon hublot révéla une aube pluvieuse. J'étais parvenu à dormir quelque peu, malheureusement, mes prières que l'aurore fît disparaître le Moriori ne furent point exaucées. Je lui demandai de feindre qu'il venait tout juste de se laisser découvrir et de ne pas évoquer les conversations de la veille. Il donna signe de compréhension, cependant je craignais le pire : l'acuité d'esprit d'un Indien n'égalerait pas celle de Boerhaave.

Je remontai la passerelle (la *Prophétesse* ruait tel un jeune cheval sauvage) jusqu'au mess des officiers, frappai et entrai. M. Roderick et M. Boerhaave écoutaient le capitaine Molyneux. Je me raclai la gorge et leur souhaitai le bonjour, sur quoi le capitaine pesta : « Un "bon" jour ? Fi—z-moi le camp sur-le-champ, vous contribuerez à l'améliorer ! »

Avec calme, je demandai quand le capitaine serait-il disposé à entendre qu'un clandestin de race indienne venait tout juste de s'extraire de sous les glènes de haussières qui encombraient « ma prétendue cabine ». Lors de l'interminable silence qui s'ensuivit, la pâleur de crapaud en rut du capitaine Molyneux vira au rouge roast-beef. Avant que sa colère éclatât, j'ajoutai que le clandestin se disait honnête marin et voulait s'affranchir du prix de la traversée en échange de ses services.

M. Boerhaave devança le capitaine et lança de prévisibles accusations : « Sur les navires marchands hollandais, ceux qui prêtent secours aux clandestins partagent leur sort ! » Je rappelai au Hollandais que nous naviguions sous pavillon anglais, et fis remarquer que si j'étais celui qui avait aidé le clandestin à se cacher sous les glènes de haussières, pourquoi avais-je maintes et maintes fois demandé depuis jeudi soir que l'on enlevât ces prodigieuses haussières, révélant par là même ce putatif complot ? Enhardi par cette estocade, j'assurai au capitaine Molyneux que le clandestin était baptisé et avait eu recours à ce stratagème de peur que son maître maori, qui avait juré de manger le foie encore chaud de son esclave (j'épiçais quelque peu ma version des faits), ne dirigeât son irréligieuse colère contre les sauveurs du captif.

M. Boerhaave jura. « Quoi, nous devrions remercier ce f—u moricaud ? » Non, répliquai-je, le Moriori veut simplement qu'on lui donne l'occasion de se montrer digne de la *Prophétesse*. M. Boerhaave cracha : « Un clandestin reste un clandestin, même s'il ch— des pépites d'argent ! Quel est son nom ? » Je répondis que je l'ignorais, je n'avais pas procédé à un interrogatoire et préféré diligemment partir à la rencontre du capitaine.

Enfin, le capitaine Molyneux s'exprima. « Un marin de premier choix, dites-vous ? » La perspective d'obtenir un employé capable qu'il n'aurait pas à rétribuer le radoucit. « Un Indien ? Et où a-t-il bourlingué ? » Je le répétais, deux minutes ne m'avaient pas permis de connaître son passé, mais mon intuition me disait que cet Indien était un honnête gaillard.

Le capitaine se lissa la barbe. « Monsieur Roderick, escortez notre passager et son intuition, puis amenez son sauvage apprivoisé au pied de l'artimon. » Il lança une clé à son second. « Monsieur Boerhaave, ma carabine, je vous prie. »

M. Roderick et moi nous exécutâmes. « L'affaire est périlleuse, m'avertit-il, les caprices du vieil homme sont la seule loi en vigueur sur la *Prophétesse*. » Il existait une autre loi dénommée conscience, que l'on observait *lex loci* partout où Dieu portait son regard, répondis-je. Autua attendait son jugement dans la culotte de coton que j'avais achetée à Port Jackson. (Du bateau de M. D'Arnoq, il avait grimpé à bord de la *Prophétesse* sans autre habit que son pagne et une dent de requin en pendentif.) Il était torse nu. Les lacérations, espérai-je, témoigneraient de sa ténacité et solliciteraient la compassion des témoins.

Les rats tapis dans l'ombre ayant répandu la nouvelle d'un divertissement imminent, la plupart des marins s'étaient rassemblés sur le pont (mon allié Henry sommeillait encore, ignorant tout de ma mésaventure). Le capitaine Molyneux empoigna le Moriori comme s'il examinait une mule et s'adressa ainsi à lui : « M. Ewing, qui affirme ignorer comment tu es monté à bord de mon vaisseau, dit que tu te prétends marin. »

Courageux et digne, Autua répondit : « Oui, méssié cap'taine. Deux ans sur le baleinier *Mississippi* de Le Havre avec cap'taine Maspero, et quatre ans sur *Cornucopia* de Philadelphie avec cap'taine Caton, trois ans sur un voilier marchand indien... »

Le capitaine Molyneux l'interrompit et désigna la culotte d'Autua. « As-tu volé ce vêtement en cale ? » Autua avait à l'esprit que ce procès était aussi le mien. « Ce bon chrétien a donné, méssié. » L'équipage suivit du regard le doigt du clandestin et remonta jusqu'à moi, et M. Boerhaave profita de cette brèche dans ma défense : « La belle affaire ! Et quand t'a-t-il fait ce présent ? » (Il me souvint d'un aphorisme de mon beau-père : « Pour tromper un juge, feins la fascination, mais pour déconcerter tout le prétoire, feins l'ennui. » Je fis donc mine de m'ôter une poussière de l'œil.) Fort perspicace, Autua répondit : « Dix minutes avant, méssié, moi, pas d'habits, cet homme bon dit : nu c'est pas bien, habille ça. »

« Si tu es un marin » – le capitaine leva le pouce –, « montre-nous comment tu ouvres la grand-voile du grand mât. » À ces mots, l'hésitation et la confusion semblèrent gagner le clandestin, et je jugeai que la déraisonnable confiance misée sur la parole de cet Indien tournait en ma défaveur, quoique en vérité, Autua eut déjoué ce leurre. « Monsieur, ce mât, c'est pas le grand mât, c'est le mât d'artimon, vrai ? » Impassible, le capitaine Molyneux acquiesça. « Alors veux-tu bien ouvrir la perruche de l'artimon ? »

Autua grimpa au mât prestement, et je commençais à penser que tout espoir n'était pas vain. Un soleil tout juste levé brillait au ras de l'eau et nous forçait à plisser les yeux. « À votre arme et en joue, intima le capitaine Molyneux à M. Boerhaave, lorsque le clandestin eut dépassé la corne d'artimon. Feu à mon commandement ! »

Désormais, je protestai avec la plus grande véhémence : l'Indien avait reçu le saint sacrement mais le capitaine m'ordonna de me taire ou bien de retourner à la nage à Chatham. Aucun capitaine américain n'abattrait un homme, fût-il nègre, de façon si odieuse ! Autua atteignit la plus haute vergue et s'y hissa avec une dextérité simiesque, en dépit des eaux agitées. Voyant la voile se déployer, l'une des plus « salées » du navire, un Islandais renfrogné – sobre gaillard obligeant et travailleur – exprima tout haut son admiration, qui parvint à l'auditoire. « Ce noiraud est aussi marin que moi, ce sont des hameçons qu'il a aux pieds ! » J'éprouvais tant de gratitude que j'aurais pu embrasser ses brodequins. Autua acheva bien vite de dérouler la voile – c'était une délicate opération, fût-elle exécutée par quatre hommes. Le capitaine Molyneux grogna son approbation et commanda à M. Boerhaave qu'il rengainât son arme. « Mais que je sois damné si je débourse la moindre pièce. Son labeur couvrira la traversée jusqu'à Hawaï. S'il ne tire pas au flanc, il signera un contrat en bonne et due forme. Monsieur Roderick, il occupera la couche du défunt Espagnol. »

Le récit des émotions du jour est venu à bout de ma plume. Il fait trop noir, on n'y voit goutte.

Mercredi 20 novembre

Fort vent d'est chargé de sel, oppressant. Henry m'a ausculté et apporté de sombres nouvelles, mais point de funestes. Mon Affection est due à un parasite, le gusano coco cervello. Ce ver, répandu dans toute la Mélanésie et la Polynésie, n'est scientifiquement connu que depuis la dernière décennie. Il se reproduit dans la puanteur des canaux de Batavia, assurément le lieu de ma contamination. Ingéré, il emprunte les vaisseaux sanguins de son hôte et atteint le cerebellum anterior (d'où les migraines et vertiges). Installé dans le cerveau, il entre en phase de gestation. « Vous êtes un pragmatique, Adam, m'a dit Henry, je ne tenterai donc pas de rendre votre pilule moins amère. Lorsque les larves du parasite éclosent, le cerveau de la victime devient comme un chou-fleur piqué d'asticots. Des gaz putrides font saillir le tympan et les yeux jusqu'à ce qu'ils explosent et rejettent une nuée de spores de gusano coco. »

Telle est ma condamnation à mort ; pour l'heure, je sursois en procédure d'appel. Un composé d'alcali d'urussium et de manganèse de l'Orénoque calcifiera mon parasite, tandis que la myrrhe laphrydictique le désintégrera. Ces éléments figurent dans l'apothicairerie de Henry, mais un dosage précis n'en demeure pas moins primordial. Moins d'une demi-drachme s'avère inefficace contre le gusano coco, et une dose plus élevée tue le patient. Mon médecin m'avertit qu'à la mort du parasite, ses glandes à venin se fendillent et leur contenu en sourd : par conséquent, mon état empirera jusqu'à mon complet rétablissement.

Henry m'enjoignit de ne piper mot à personne de cette maladie, car les hyènes de l'acabit de Boerhaave dînent des plus vulnérables, et les marins ignorants peuvent se montrer hostiles lorsqu'il retourne d'affections qui leur sont inconnues. (« J'ai ouï dire qu'un marin montrant des signes de lèpre une semaine après son départ de Macao sur la longue traversée jusqu'à Lisbonne, se rappelait Henry, fut jeté par-dessus bord sans autre forme de procès par l'équipage. ») Quand je rentrerai en convalescence, Henry informera ce « tonneau d'eau douce » de capitaine que M. Ewing souffre d'une légère fièvre occasionnée par le climat, et veillera en personne sur moi. Lorsque j'évoquai ses honoraires, Henry prit la mouche : « Des honoraires ? Êtes-vous un comte valétudinaire aux oreillers rembourrés de billets de banque ? C'est la Providence qui vous a dirigé jusqu'à mes offices, car je doute qu'il existe dans tout le bleu du Pacifique cinq hommes à même de vous soigner ! Fi de vos honoraires ! Montrez-vous docile, cher Adam, voilà tout ce que je réclame ! Voulez-vous bien prendre vos poudres et vous retirer dans votre cabine. Je vous rendrai visite à la nuit tombée. »

Mon médecin est une perle à la pureté singulière. Tandis

que j'écris ces lignes, des larmes de gratitude me viennent aux yeux.

Samedi 30 novembre

Les poudres de Henry sont un merveilleux médicament. J'inspire ces précieux granules par les narines à l'aide d'une petite cuillère d'ivoire et, sur l'instant, une incandescente joie embrase mon être. Mes sens s'aiguisent tandis que la torpeur de Léthé gagne mes membres. Mon parasite continue à se contorsionner la nuit venue, tel le doigt d'un nouveau-né, ce qui déclenche des spasmes douloureux, la visite de songes obscènes et monstrueux. « Voilà l'assuré signe, me console Henry, que le vermifuge atteint le ver, qui cherche à s'en protéger en remontant les tréfonds de vos canaux cérébraux, d'où ces visions jaillissent. En vain ce gusano coco se cache, cher Adam, croyez-moi. Nous le débusquerons ! »

Lundi 2 décembre

En journée, mon cercueil chauffe comme un fourneau et ma sueur humecte ces pages. Le soleil des tropiques grossit et occupe tout le ciel zénithal. Les hommes travaillent à moitié nus, le torse tanné, la tête coiffée d'un chapeau de paille. Le pont suinte de goudron brûlant qui colle aux semelles. Des grains éclatent d'on ne sait où et disparaissent avec la même diligence, et le pont sèche en moins d'une minute dans le crissement de la vapeur. Des mercenaires portugais arpentent cette mer d'huile, les poissons volants ensorcellent ceux qui les observent, et l'ombre ocre des requins-marteaux encercle la *Prophétesse*. Tantôt, j'ai marché sur un calamar qui s'était propulsé au-dessus du bastingage (ses yeux et son bec me rappelaient mon beau-père) ! L'eau que nous avons emportée de Chatham est désormais saumâtre, et si je n'y ajoute pas une goutte d'eau-de-vie, mon estomac se rebelle. Lorsque je ne joue point aux échecs dans la cabine de Henry ou au mess, je m'allonge sur ma couche et attends que les berceuses homériques me plongent dans des songes où tourbillonnent les voiles athéniennes.

Hier, Autua a frappé à la porte de mon cercueil et m'a remercié de lui avoir sauvé la mise. Il répétait avoir une dette envers moi (ce qui était juste), dette qui se solderait le jour où lui me sauverait la vie – puisse-t-il ne jamais survenir ! Je lui demandai comment il trouvait ses nouvelles fonctions. « Mieux que servir Kupaka, méssié Ewing. » Et puis, sentant que je craignais qu'on ne surprît notre entrevue et qu'on ne la rapportât au capitaine Molyneux, le Moriori retourna au gaillard d'avant. Il n'a point cherché à me revoir depuis. Henry m'a mis en garde : « Jeter un os à un noiraud est une chose ; le prendre à vie sous son aile en est une autre ! Les amitiés entre deux races, Ewing, ne surpassent jamais l'affection qui unit un fidèle chien de chasse à son maître. »

La nuit, avant d'aller nous reposer, mon médecin et moi aimons à nous promener sur le pont. Comme il est plaisant de respirer un peu d'air frais. L'on se perd dans la contemplation des phosphorescences marines et du Mississippi d'étoiles dérivant dans les cieux. La nuit dernière, les hommes, regroupés sur le pont, s'affairaient à étendre du foin à la lueur des lanternes et à tresser des cordes, et la loi qui interdisait aux « surnuméraires » de se trouver sur le pont avant ne

LETTRES DE ZEDELGHEM

Château Zedelghem
Neerbeke
Flandre-Occidentale
le 29 juin 1931,

Sixsmith,
Me suis retrouvé en rêve dans un magasin d'antiquités encombré de rayonnages s'élevant jusqu'à un très lointain plafond, chargés de toutes sortes d'objets en porcelaine qui menaçaient de voler en mille morceaux au moindre mouvement. L'inévitable est survenu, mais au lieu de fracas, un auguste accord a tonné, mi-violoncelle, mi-célesta – *ré* majeur peut-être –, et tenu quatre mesures. Mon poignet a heurté un vase Ming qui est tombé de son piédestal – *mi* bémol, toute la section des cordes jouait, glorieuse, instant transcendant, les anges pleuraient. Délibérément cette fois, ai fracassé la miniature d'un bœuf sur la ronde qui a suivi, puis une laitière, puis une Bécassine – une débauche d'éclats a envahi l'air, et de divines harmonies ont résonné dans mon crâne. Ah, quelle musique ! Ai entrevu mon père qui, d'une plume véloce, estimait à combien se montaient les dégâts ; qu'importe : me devais de laisser s'exprimer la mélodie. Étais persuadé que je deviendrais le plus grand compositeur du siècle

si je réussissais à me l'approprier. La sculpture d'un monstrueux Cavalier riant qui s'est écrasée contre le mur a déclenché une sourde rafale de percussions.

Me suis éveillé dans ma suite à l'Imperial Western : la porte manquait de céder sous les tambourinements des encaisseurs de Tam Brewer, et un vacarme régnait dans le couloir. Ils auraient pu me laisser le temps de me raser – la vulgarité de ces vauriens me sidère. N'ai pas eu d'autre choix que de m'extraire habilement par la fenêtre de la salle de bains avant que le brouhaha n'alarme le directeur, qui découvrirait que le jeune monsieur de la chambre 237 n'était pas en mesure de s'acquitter d'une note désormais bien rondelette. Une échappée laide, peiné-je à confier. La descente de gouttière s'est dessertie, imitant le bruit d'un violon qu'on torture, puis longue, longue, longue chute de ton vieux copain. Énorme bleu sur la fesse gauche. Un petit miracle : aurais pu me rompre le cou ou m'empaler sur les grilles. Souviens-t'en, Sixsmith. Dans l'insolvabilité, emporter le minimum d'affaires dans une valise assez solide pour être jetée du premier ou deuxième étage sur le pavé londonien. Ne jamais accepter une chambre aux étages supérieurs. Caché à l'intérieur d'un salon de thé situé dans un recoin crasseux de la gare Victoria, ai tenté de retranscrire la musique du magasin d'antiquités – n'ai pu aller au-delà de deux misérables mesures. Serais allé me rendre à Tam Brewer pour que cette musique me revienne. Étais d'humeur massacrante. Entouré de prolos aux dents gâtées, aux voix de perroquets, à l'absurde optimisme. L'on dessoûle de savoir à quel point une maudite nuit de baccara est susceptible de déchoir irrémédiablement un homme de son rang social. Tous ces employés, chauffeurs de taxi et commerçants de l'est de Londres ont engrangé dans l'âcreté de leur matelas plus de demi-couronnes et de pièces de trois pence que n'en compte la fortune à laquelle moi, fils d'un obscur et illustre homme d'Église, je peux prétendre. Ai entrevu dans une ruelle des écrivains publics opprimés gesticulant telles les triples croches dans un *allegro* de Beethoven. Moi, peur d'eux ? Non, je crains davantage de *devenir* l'un d'eux. À quoi bon la culture, l'éducation et le talent si l'on ne possède pas même un pot de chambre ?

N'arrivais toujours pas à y croire. Moi, un ancien élève de Caius, au bord de sombrer dans la misère. Dorénavant, les hôtels respectables ne m'autoriseront plus à souiller leur hall de ma présence. Les autres hôtels demandent à leurs clients de payer rubis sur l'ongle. Suis interdit de jeu dans tous les établissements de ce côté-ci des Pyrénées. N'importe, je considérais mes options.

(i) Utiliser mes dérisoires ressources afin d'obtenir une chambre malpropre dans quelque pension de famille. Glaner deux ou trois guinées auprès de mon oncle « Cecil & Cie », faire s'exercer les jeunes pimbêches aux gammes et les vieilles filles à la technique. Un peu de bon sens. Si j'étais capable de feindre la politesse devant les imbéciles, je serais toujours parmi mes camarades d'université à cirer les croquenots du Pr Mackerras. Non, je t'arrête tout de suite : pas question de retourner chez le Pater et pousser de nouveau le *cri de cœur**. Cela justifierait tout le venin qu'il a craché sur moi. Plutôt sauter du pont de Waterloo et me laisser amender par cette bonne vieille Tamise. Je ne plaisante pas.

(ii) Retrouver des gens de Caius, les caresser dans le sens du poil et m'inviter chez eux tout l'été. Solution problématique, mêmes raisons que pour (i). Combien de temps parviendrais-je à dissimuler la famine rongeant mes livres de comptes ? Combien de temps réussirais-je à me garder de leur pitié, puis de leurs griffes ?

(iii) Voir un book – mais si je perdais ?

Bien entendu, tu me rappelleras que je ne peux m'en prendre qu'à moi-même, Sixsmith ; fais donc abstraction de cette rancœur petite-bourgeoise et suis-moi encore quelques instants. Sur un quai bondé, un agent annonçait que le train à destination de Douvres affrété pour le bateau ralliant Ostende serait retardé de trente minutes. Tel un croupier, ce type m'invitait à doubler la mise ou abandonner. Tiens-toi tranquille, tais-toi et *tends l'oreille* : ô surprise, le monde fouillera dans toutes tes idées pour n'en retenir qu'une ; le phénomène a d'autant plus de chances de se produire dans la noirceur d'une gare ferroviaire de Londres. Ai vidé d'un trait cette infusion de savonnette et traversé la foule amassée devant les guichets. Un aller-retour pour Ostende se révélant trop onéreux – telle était la précarité de ma situation –, j'ai acheté un aller simple. À peine étais-je monté dans le train que le sifflet de la locomotive a retenti, tel un essaim flûté de Furies. Nous étions partis.

Voici le plan que m'a inspiré un article du *Times* et les rêveries suscitées par un interminable bain dans ma suite du Savoy. Reclus dans un coin tranquille de Belgique au sud de Bruges, vit un compositeur anglais, Vyvyan Ayrs. Que tu ne le connaisses pas n'a rien d'étonnant (question musique, tu es un mufle) : sache simplement qu'il figure parmi les grands. Le seul Anglais de sa génération qui ait eu la sagesse de rejeter le faste, les grands apparats, la rusticité et le charme. N'a rien composé de nouveau depuis le début des années vingt, sa maladie l'en empêche – il est à moitié aveugle et se révèle à peine capable de tenir une plume –, mais la critique du *Times* de son *Magnificat séculier* (que l'on a donné la semaine dernière à la cathédrale Saint-Martin) faisait allusion à un tiroir bourré d'œuvres inachevées. Dans la rêverie qui me menait en Belgique, je persuadais Vyvyan Ayrs qu'il avait besoin d'un assistant et acceptais sa proposition de tutelle, devenant ainsi une étoile filante dans le firmament de la musique, jouissant d'une gloire et fortune à la mesure de mon talent, ce qui obligerait le Pater à reconnaître que, oui, le fils qu'il avait déshérité était bien ce même Robert Frobisher, le plus illustre des compositeurs de son temps.

Pourquoi pas ? N'avais pas de meilleure idée. Tu bougonnes et lèves les yeux au ciel, Sixsmith, je le sais, mais tu souris aussi, et c'est pourquoi je t'aime. Voyage vers la Manche sans histoires... faubourgs cancéreux, terres cultivées d'un mortel ennui, crasse du Sussex. Douvres, parfaite abomination peuplée de bolcheviques et de falaises identiques et aussi romantiques que mon cul, dont elles ont également la couleur. Au port, ai changé mes derniers shillings en francs et me suis installé dans ma cabine à bord de la *Reine du Kent*, un tub rouillé si vieux d'apparence qu'il aura servi à la guerre de Crimée. Suis tombé en désaccord avec un jeune steward à gueule de patate : son uniforme bordeaux et sa barbe peu convaincante ne méritaient aucun pourboire. A ricané devant ma valise et ma serviette à manuscrits : « Sage décision que de voyager léger, monsieur. » Et de me laisser à ma misère. Soit.

Au menu du dîner : poulet en balsa, pommes de terre farineuses et bordeaux abâtardi. Mon voisin de table s'appelait Victor Bryant, petit seigneur de la coutellerie à Sheffield. Pas le moindre intérêt pour la musique. A dispensé ses connaissances en matière de cuillères pendant la majeure partie du repas, a pris ma civilité pour de l'enthousiasme, et m'a offert illico un poste dans la vente ! Te rends-tu compte ? L'ai remercié (mon visage restait de marbre) et lui ai confié que je préférerais me faire avaleur de sabres plutôt qu'avoir à vendre des couteaux. Trois grands coups de corne de brume, changement du timbre des moteurs, ai senti le départ du bateau, suis allé sur le pont voir Albion disparaître dans les ténèbres pluvieuses. Ralph Vaughan Williams a dirigé la *Symphonie marine* entonnée par l'orchestre de mon esprit : « Prends le large – ne mets le cap que sur les grands fonds ! Téméraire, ô mon âme, dans tes explorations, moi avec toi et toi avec moi. » (N'ai jamais eu beaucoup d'estime pour cette œuvre, mais l'occasion s'y prêtait à merveille.) Grelottais sous le vent de la mer du Nord et les embruns qui me balayaient de la tête aux pieds. Les eaux sombres et brillantes m'invitaient à sauter. Les ai ignorées. Suis retourné tôt à ma cabine, ai feuilleté la *Contrapuntique* de Noyes, écouté les cuivres lointains de la salle des moteurs, puis griffonné un passage répétitif pour trombone fondé sur le rythme du navire – résultat somme toute exécrable – quand soudain, devine qui a frappé à la porte ? Le steward à gueule de patate – sa garde était terminée. Lui ai donné mieux qu'un simple pourboire. N'avait rien d'un Adonis ; efflanqué quoique assez inventif pour son espèce. L'ai ensuite fichu à la porte puis ai dormi d'un sommeil de plomb. Souhaitais presque que ce voyage ne finisse jamais.

Il s'est achevé, hélas. La *Reine du Kent* a pénétré dans les eaux boueuses qui séparent Douvres de sa sœur jumelle, Ostende : rade édentée, femme de petite vertu. Prémices du jour. Les ronflements de l'Europe grondaient, bien plus graves que des tubas. Ai vu mes premiers aborigènes belges, qui transbahutaient des caisses, se disputaient et *pensaient* en flamand, hollandais ou je ne sais quoi. Ai promptement bouclé ma valise, de peur que le bateau ne reparte en Angleterre avant mon débarquement – ou plutôt, de peur que je ne permette cela. Ai arraché quelques fruits à leur coupe dans la cambuse en première classe, puis filé par la passerelle avant que le premier gradé venu ne me rattrape. Posé le pied sur le macadam du continent et demandé à un douanier le chemin de la gare. Il a tendu le doigt vers un tramway qui geignait sous son chargement d'ouvriers dénutris, rachitiques et indigents. Préférais m'y rendre pedibus, peu m'importait la bruine. Suivais les rails du tramway dans des rues bordées de cercueils. Ostende ne connaît que le gris du tapioca et le brunâtre. T'avouerai avoir songé que cette fuite en Belgique était une sacrée bêtise. Ai acheté un billet pour Bruges et me suis hissé à bord du premier train venu – pas de quai dans la gare, te rends-tu compte ? –, wagon décrépit et vide. Ai changé de compartiment car le mien cocotait ; idem dans les autres. Ai fumé les cigarettes soutirées à Victor Bryant afin d'assainir l'air. À l'heure dite, le chef de gare a sifflé, la locomotive a lutté tel un surveillant d'examen goutteux aux cabinets, puis s'est mise en marche. Le train filait et fumait à travers un paysage brumeux composé de fossés à l'abandon et de taillis ébouriffés.

Si mon plan porte ses fruits, Sixsmith, il se pourrait que tu n'aies pas à attendre bien longtemps avant d'avoir l'occasion de me rejoindre. Quand tu viendras, arrive vers six heures du matin, le moment est *gnossien*. Perds-toi dans les rues maigrelettes, le long des sombres canaux, devant les portails en fer forgé, dans les cours désertes – puis-je continuer ? Bien, merci –, sous les carapaces gothiques et méfiantes, les toits ourartéens, les flèches de brique crevées par des touffes d'arbustes, les encorbellements médiévaux, le linge étendu sous les fenêtres, les pavés disposés en tourbillons entraînant le regard, les princes mécaniques et les princesses écaillées sonnant les heures, les colombes fuligineuses, et trois ou quatre octaves de cloches au timbre tantôt solennel, tantôt joyeux. Des odeurs de pain chaud m'ont attiré dans une boulangerie où une femme difforme sans nez m'a vendu une douzaine de croissants. N'en voulais qu'un seul, mais me suis dit qu'elle avait déjà suffisamment de problèmes. Un chariot a surgi de la brume et le chiffonnier édenté qui le poussait a engagé une amicale conversation, cependant je n'ai su que lui répondre : « *Excusez-moi, mais je ne parle pas flamand** », à quoi il a ri comme le roi des gobelins. Lui ai offert un croissant. Sa main dégoûtante n'était qu'une patte croûteuse. Dans un quartier pauvre (les ruelles empestent les effluents), les enfants aidaient leurs mères à la pompe et remplissaient d'eau brunâtre des pots ébréchés. Enfin, l'excitation passée, désireux de souffler un peu, je me suis assis sur les marches d'un moulin abandonné, emmitouflé pour me protéger de l'humidité, et endormi.

L'instant d'après, une sorcière m'a réveillé en me poussant à l'aide de son manche à balai, et a piaillé quelque chose du genre « Zie gie doad misschen » – à vérifier cependant. Ciel bleu, chaleur du soleil, pas le moindre soupçon de brume. Ressuscité, clignant des yeux, lui ai tendu un croissant. Méfiante, elle l'a accepté, rangé dans la poche de son tablier pour plus tard, puis s'est remise à balayer en marmonnant une vieille rengaine. Une chance de ne pas avoir été dépouillé, je suppose. Ai partagé un autre croissant avec cinq mille pigeons sous le regard envieux d'un mendiant, à qui j'ai dû donner une viennoiserie. Suis retourné par où peut-être j'étais arrivé. Derrière une étrange fenêtre pentagonale, une bonne au teint laiteux et velouté disposait des saintpaulias dans un vase en cristal taillé. Les filles fascinent à leur façon. Essaies-en une un jour. Ai frappé au carreau et lui ai demandé en français si elle acceptait de tomber amoureuse de moi et ainsi de me sauver la vie. Hochement de tête négatif mais sourire amusé. Ai demandé la direction du commissariat. A désigné un carrefour. On identifie facilement un compère musicien, même en contexte policier. Regard de fou ou chevelure ébouriffée ; maigreur d'affamé ou corpulence joviale. Cet inspecteur francophone et corniste à la société lyrique locale avait entendu parler de Vyvyan Ayrs. A eu la gentillesse de me dessiner une carte de la route de Neerbeke. Deux croissants ont récompensé son intelligence. M'a demandé si j'avais affrété mon automobile par bateau – son fils était un féru des Austin. Ai répondu que je n'en possédais pas. S'en est préoccupé. Comment irais-je jusqu'à Neerbeke ? Pas de bus, ni de train, et une randonnée pédestre d'une quarantaine de kilomètres était impensable. Ai demandé si je pouvais emprunter une bicyclette de policier pour une période indéterminée. M'a rétorqué que c'était tout à fait irrégulier. Lui ai assuré que ma situation l'était davantage, puis ai rappelé la nature de ma mission menée auprès d'Ayrs, le plus célèbre des Belges d'adoption (il y en a si peu, peut-être est-ce vrai), au nom de la musique européenne. Ai réitéré mon souhait. Une invraisemblable vérité se montre parfois d'un meilleur secours qu'une plausible affabulation ; ce moment était venu. L'honnête inspecteur m'a emmené jusqu'à un débarras où les objets trouvés attendaient leurs propriétaires plusieurs mois (avant de prendre la route du marché noir). Mais d'abord, il tenait à entendre mon avis sur sa voix de ténor. Il a entonné « Recitar !... Vesti la giubba ! », air tiré de *I Pagliacci* (voix agréable dans les registres graves, toutefois il lui fallait travailler son souffle et son vibrato, qui tremblait telle une machine à tonnerre au théâtre). Lui ai donné quelques indications ; ai reçu en prêt un Enfield datant de l'époque victorienne, ainsi qu'un peu de ficelle afin d'attacher solidement la valise et la chemise à partitions à la selle et au porte-bagages. Il m'a souhaité *bon voyage** et un temps clément.

Adrian n'avait jamais arpenté la route par laquelle je quittais Bruges (bien trop enfoncée en territoire boche), mais nous avions respiré l'air du même pays, aussi me suis-je senti proche de mon frère. La plaine, qui ressemble aux fens du Cambridgeshire, est dans un état déplorable. Me suis requinqué grâce aux derniers croissants puis ai fait une halte devant de misérables chaumières pour demander de l'eau. L'on ne m'a pas dit grand-chose, mais on ne m'a rien refusé. Le vent me faisant face et la chaîne ne cessant de dérailler, je n'ai atteint Neerbeke qu'en fin d'après-midi. Interdit, un forgeron m'a indiqué comment trouver le château de Zedelghem en complétant mon plan à l'aide d'un petit morceau de crayon. Un chemin au milieu duquel poussaient les campanules et le lin sauvage m'a conduit à une loge de gardien abandonnée, puis a débouché sur une allée jalonnée de vieux peupliers italiens. Zedelghem est plus grand que notre presbytère, et malgré les tourelles décrépites qui ornent son aile ouest, le château ne saurait rivaliser avec les manoirs d'Audley End ou de Capon-Tench. Ai épié une jeune fille chevauchant sur une petite colline couronnée par un hêtre échoué en son sommet. Suis passé devant un jardinier parsemant un potager de cendre afin de repousser les limaces. Dans la cour, un valet à l'impressionnante musculature décalaminait le moteur d'une Cowley modèle « nez plat ». Me voyant avancer, il s'est redressé et m'a attendu. Dans un recoin terrassé de cette vignette animée, un homme en fauteuil roulant écoutait la TSF sous l'écume d'une glycine. Vyvyan Ayrs, présumai-je. La partie la plus facile de ma rêverie était terminée.

Ai appuyé la bicyclette contre le mur, déclaré au valet que je souhaitais m'entretenir d'une affaire avec son maître. Somme toute courtois, il m'a mené à la terrasse où se trouvait Ayrs puis a annoncé ma visite en allemand.

Tout décharné, le bonhomme, la maladie semblait lui avoir sucé tout le sang ; je me suis agenouillé sur la cendrée tel Perceval devant le roi Arthur. L'ouverture a démarré à peu près ainsi : « Bonjour, monsieur Ayrs.

– Qui diable êtes-vous ?

– C'est un grand honneur de vous…

– Qui diable *êtes-vous* ?

– Robert Frobisher, monsieur, de Saffron Walden. Je suis – j'étais – l'élève de sir Trevor Mackerras au Caius College et j'ai parcouru tout ce chemin depuis Londres pour…

– Tout ce chemin depuis Londres à bicyclette ?

– Non, je l'ai empruntée à un policier de Bruges.

– Est-ce vrai ? » Il a réfléchi un instant. « Cela a dû vous prendre des heures.

– Un effort que l'on transcende, monsieur. Comme les pèlerins qui gravissent des collines à genoux.

– Que signifient donc ces âneries ?

– Je voulais simplement vous prouver le sérieux de ma candidature.

– Candidature ? À quoi ?

– Au poste d'assistant.

– Êtes-vous dément ? »

Il est toujours plus difficile de répondre à cette question qu'il n'y paraît. « J'en doute.

– Écoutez, je n'ai jamais proposé de poste d'assistant !

– Je comprends, monsieur, mais vous en avez besoin, bien que vous ne le sachiez pas encore. L'article du *Times* dit que votre maladie vous empêche de composer de nouvelles œuvres. Il m'est impossible de laisser perdre cette musique. Elle est bien trop précieuse. Voilà pourquoi je viens vous offrir mes services. »

Au moins, il ne m'avait pas congédié sur l'instant. « Voulez-vous me répéter votre nom ? » Me suis exécuté. « Un des jeunes protégés de Mackerras, c'est cela ?

– En toute honnêteté, monsieur, il m'exécrait. »

Comme tu as pu l'apprendre à tes dépens, je sais me rendre intéressant quand l'envie me vient.

« Allons donc, et pourquoi ?

– J'ai écrit dans le journal de l'université » – raclement de gorge – « que son *Sixième Concerto pour flûte* singeait ce qu'un jeune Saint-Saëns couvert d'acné avait déjà composé. Il l'a mal pris.

– Vous avez dit cela de Mackerras ? » Les poumons d'Ayrs sifflaient comme si on lui sciait les côtes. « Je veux bien croire qu'il l'ait mal pris. »

La suite a été rapide. Le valet m'a conduit à un salon d'un vert infiniment clair que décoraient un Farquharson sans intérêt représentant des moutons et des meules de foin, ainsi qu'un médiocre paysage hollandais. Ayrs a fait appeler sa femme, Mme Van Outryve de Crommelynck. Elle a tenu à conserver son nom – qui lui en tiendrait rigueur ? La maîtresse des lieux, usant d'une fraîche courtoisie, s'est enquise de ma formation. Ai répondu avec sincérité, sauf en ce qui concernait mon expulsion de Caius, affaire que j'ai dissimulée derrière quelque obscure maladie. De ma déroute financière, je n'ai pipé mot : plus le cas semble désespéré, plus le donateur se montre rétif. Les ai passablement séduits. Du moins, l'on s'est accordé à m'offrir l'hospitalité pour la nuit au château de Zedelghem. Ayrs mettrait mes talents musicaux à l'épreuve le lendemain matin, et déciderait si oui ou non il donnerait suite à ma proposition.

Ayrs n'est toutefois pas venu dîner. Mon arrivée coïncidait avec le début d'une migraine bimensuelle qui le tenait reclus dans sa chambre un jour ou deux. Mon audition étant repoussée jusqu'à la rémission du maître, mon destin reste en suspens. Il y a du bon, cependant : le Piesporter et le homard à l'américaine se révélaient dignes de ce que l'on servait à l'Imperial. Ai incité mon hôtesse à bavarder : sans doute se sentait-elle flattée que j'en sache tant à propos de son illustre mari ; mon authentique amour de ses compositions devait transparaître. Ah oui, la fille d'Ayrs était présente, elle aussi – la jeune cavalière entrevue plus tôt. Mlle Ayrs est une créature équine de dix-sept ans qui a hérité du nez retroussé de sa maman. Impossible de lui arracher la moindre civilité de toute la soirée. Peut-être voit-elle en moi un louche pique-assiette anglais qui, jouant de malchance, incite son père malade à rêver d'un été indien où, indésirable, elle n'aurait pas sa place.

Les gens sont compliqués.

Minuit passé. Tout le château est endormi. Je m'en vais en faire de même.

Sincèrement,
R. F.

*

Zedelghem
le 6 juillet 1931,

Un télégramme, Sixsmith ? Idiot.

N'en envoie plus, je te prie : les télégrammes attirent l'attention ! Oui, je suis encore à l'étranger ; oui, j'échappe toujours aux gorilles de Brewer. Ai fait de l'odieuse lettre de mes parents un bateau en papier que j'ai livré aux eaux du Cam. Le Pater se sent « concerné » ? Sans doute mes créditeurs l'ont-ils secoué un peu histoire de voir si des billets de banque n'allaient pas tomber de l'arbre généalogique. Cela étant, les dettes d'un fils déshérité ne concernent que lui – crois-moi, j'ai consulté la loi. La Mater n'est pas « affolée ». Si la carafe devait demeurer vide, là oui, elle s'affolerait.

Mon audition s'est déroulée avant-hier, après le déjeuner, au salon de musique. Cela n'a franchement pas été une grande réussite. Ignore de combien de jours – ou d'heures ? – mon escale se prolongera. Reconnais avoir goûté un certain frisson à me retrouver assis sur le tabouret du piano avant l'arrivée du maître. Le tapis oriental, le divan défoncé, les armoires bretonnes bourrées de pupitres, le piano à queue Bösendorfer, le carillon, témoins de la conception et de la naissance des *Variations des matriochkas* et de sa série de chants intitulés *Îles de la Société*. Ai caressé le premier violoncelle ayant vibré sous les notes de l'*Untergehen Violoncellokonzert*. À l'approche de Hendrick qui poussait le fauteuil de son maître dans le couloir, j'ai cessé de fouiner et me suis tourné face à la porte. Ayrs a dédaigné mon « J'espère que vous allez mieux, monsieur Ayrs ? » et demandé à son valet de le tourner vers la fenêtre qui donne sur le jardin. « Eh bien ? a-t-il demandé, après une demi-minute de tête-à-tête. Allez. Impressionnez-moi. » Lui ai demandé ce qu'il désirait entendre. « Dois-je en plus choisir le programme ? Très bien, êtes-vous venu à bout de "Dansons la capucine" ? »

Je me suis donc assis au Bösendorfer et ai joué à l'insupportable syphilitique cette comptine à la manière d'un Prokofiev pétri d'aigreurs. Ayrs n'a rien dit. Ai poursuivi dans une veine plus subtile avec le *Nocturne en fa majeur* de Chopin. « Vous essayez de me baisser les jupons, Frobisher ? » Ai entonné ses propres *Digressions sur un thème de Lodovico Roncalli*, mais avant même que j'eusse dépassé les deux premières mesures, le maître a proféré le genre d'explétif qui nous valait six coups de bâton, a frappé le sol de sa canne et s'est écrié : « Les flatteries rendent aveugle, ne vous l'a-t-on pas enseigné à Caius ? » Ai feint l'indifférence et terminé le morceau, que j'ai joué *à la perfection*. En guise de bouquet final, me suis aventuré à interpréter la 212e de Scarlatti en *la* majeur, bête noire des musiciens en raison de ses arpèges et autres acrobaties. M'y suis perdu une ou deux fois. Qu'importe : ce n'était pas une audition de soliste. Après que j'ai terminé, V. A. continuait à bouger la tête au rythme de la sonate disparue – à moins qu'il ne dirigeât l'orchestre de la masse des peupliers qui se balançaient. « Exécrable, Frobisher, hors d'ici, sur-le-champ ! » De telles paroles m'auraient chagriné mais point tant surpris. Au lieu de cela, il a annoncé : « Il *semblerait* que vous possédiez l'étoffe d'un musicien. C'est une belle journée. Allez l'amble jusqu'au lac voir les canards. Il me faut, oh, un petit moment, pour décider si, oui ou non, je trouverai quelque emploi à vos... talents. »

L'ai quitté sans mot dire. Cette vieille mule voudrait bien de moi, si tant est que je lui offre le spectacle de ma pathétique gratitude. Si l'état de mes finances l'avait permis, j'aurais demandé qu'un taxi me ramène à Bruges, et renoncé de ce fait à ma folle idée. Ayrs m'a interpellé : « Un conseil, Frobisher, à titre gracieux. Scarlatti jouait du clavecin, non pas du piano. Ne barbouillez pas de couleurs son œuvre, et n'utilisez pas la pédale pour prolonger des notes que vos doigts ne sauraient maintenir. » L'interpellant à mon tour, j'ai annoncé qu'il me fallait, oh, un petit moment, pour décider si, oui ou non, je trouverais quelque emploi à ses... talents.

Ai traversé la cour, où un jardinier au visage rouge betterave débarrassait une fontaine des lentilles d'eau qui l'étouffaient. Lui ai fait comprendre que je souhaitais m'entretenir illico avec sa maîtresse (plutôt long à la détente, le bonhomme), et il m'a vaguement indiqué Neerbeke en tournant un volant imaginaire. Parfait. Et pour l'heure ? Aller voir les canards ? Pourquoi pas ? Je pouvais toujours leur tordre le cou et les accrocher dans la garde-robe de V. A. Comme tu le vois, j'avais des idées noires. J'ai imité les canards et demandé au jardinier : « Où ça ? » Il a désigné le hêtre et signifié de la main : suivez cette direction, c'est de l'autre côté. Je me suis mis en marche, ai sauté une barrière délabrée, mais avant que j'aie atteint la crête, un bruit de galop a fondu sur moi, et Mlle Eva Van Outryve de Crommelynck – que je réduirai dorénavant à Crommelynck, faute de quoi, je me retrouverai bien vite à court d'encre – a surgi, chevauchant son poney noir.

Je l'ai saluée. Elle trottinait autour de moi, feignant l'indifférence de la reine Boudicca. « Comme l'air est humide aujourd'hui. » Sarcastique, je lui tenais de menus propos. « M'est avis que la pluie ne tardera pas, qu'en pensez-vous ? » Elle restait coite. « Votre poney semble mieux dressé que vous », ai-je commenté. Pas un mot. Des coups de feu ont retenti à travers champs ; Eva a rassuré sa monture, très belle d'ailleurs (la bête ne fait pas le mauvais cheval, elle). J'ai demandé à Eva le nom de l'animal. Elle a ramené en arrière quelques anglaises noires qui lui couvraient la joue. « *J'ai nommé le poney Néfertiti, d'après cette reine d'Égypte qui m'est si chère** », a-t-elle lancé avant de s'enfuir. « Mais c'est qu'elle parle ! » ai-je crié en la regardant s'éloigner jusqu'à ce qu'elle ressemble à la figurine d'une scène pastorale de Van Dyck. Ai fait feu sur elle usant de projectiles qui décrivaient d'élégantes paraboles. Ai tourné d'imaginaires canons vers le château de Zedelghem et réduit l'aile où se trouvait Ayrs en un nuage de décombres. Me souvenant dans quel pays je me trouvais, je me suis arrêté.

Au-delà du hêtre fendu, la prairie retombait jusqu'à un lac artificiel où carillonnaient les grenouilles. Ai connu des jours meilleurs. Une passerelle rustique reliait un îlot au rivage ; les anthuriums y fleurissaient en grand nombre. De temps en temps, des cyprins marsouinaient et brillaient tels des sous neufs jetés dans l'eau. Les canards mandarins à moustaches, tels des mendiants élégamment ajustés – un peu à mon image –, réclamaient du pain en cancanant. Des martins-pêcheurs nichaient sous les planches goudronnées d'un hangar à bateaux. Sous une rangée de poiriers – vestiges d'un verger ? –, je me suis étendu et livré à l'oisiveté, art que j'ai eu l'opportunité de perfectionner lors de ma longue convalescence. Il y a autant de différences entre l'oisif et le paresseux qu'entre le gourmet et le gourmand. Ai assisté à la félicité aérienne des libellules qui s'accouplaient. Je parvenais même à entendre le bruissement de leurs ailes, son jouissif s'il en est, pareil à celui d'une lame de papier sur les rayons d'une roue de bicyclette. Ai observé un orvet explorant l'Amazonie miniature aux alentours des racines où j'étais couché. Le silence ? Pas tout à fait, non. Bien plus tard, les gouttes de pluie m'ont réveillé. Les cumulonimbus atteignaient leur masse critique. Ai foncé au château de Zedelghem à une vitesse que je n'atteindrai jamais plus, pour, en définitive, entendre le grondement des vaisseaux qui irriguent mes oreilles et sentir les premières grosses gouttes marteler mon visage telles des baguettes sur un xylophone.

Ai tout juste eu le temps d'enfiler l'unique chemise propre en ma possession avant le retentissement de la cloche du dîner. Mme Crommelynck s'est excusée : son mari n'avait toujours pas recouvré l'appétit et la *demoiselle** préférait manger seule. Cela me convenait parfaitement. Anguilles en ragoût, sauce au cerfeuil, et clapotis de la pluie sur la terrasse. À l'inverse du foyer frobishérien et de la plupart des maisons anglaises que j'ai connues, le silence n'a pas sa place à table, aussi

Mme C. m'a raconté dans les grandes lignes l'histoire de sa famille. Les Crommelynck habitent le château de Zedelghem depuis la lointaine époque où Bruges possédait le plus industrieux port d'Europe (du moins le prétend-elle – difficile à croire), ainsi Eva couronne- t-elle de gloire une lignée qui s'étale sur six siècles. Admets m'être laissé séduire par la mère. Elle s'accoude comme un homme et tire à l'aide d'un fume-cigarette en corne de rhinocéros sur des cibiches aux parfums de myrrhe. Cela étant, elle saurait bien vite si un objet de valeur venait à disparaître : ils avaient souffert de la malhonnêteté de certains domestiques, m'a-t-elle confié, et même d'un ou deux indigents qu'ils avaient hébergés, si je pouvais imaginer que les gens osaient se conduire de la sorte. Lui ai assuré que mes parents avaient connu les mêmes maux, puis ai sondé le terrain au sujet de mon audition. « "Récupérable", c'est en ces termes qu'il a qualifié votre interprétation de Scarlatti. Vyvyan méprise les louanges, qu'il s'agisse d'en donner ou d'en recevoir. "Si les gens vous félicitent, c'est que vous ne suivez pas votre propre voie", répète-t-il. » Croyait-elle qu'il allait m'engager ? « Je l'espère de tout cœur, Robert. » (En d'autres mots, nous verrons bien.) « Il faut le comprendre, il s'était résigné à ne plus écrire une note. Une résolution bien douloureuse. Lui laisser caresser l'espoir de pouvoir composer à nouveau... Bref, la décision n'est pas à prendre à la légère. » Le sujet était clos. J'ai fait part de ma rencontre avec Eva, et Mme C. a lâché : « Ma fille s'est montrée peu civile.

– Réservée. » La réponse parfaite.

Mon hôtesse a rempli mon verre. « Eva est d'une nature mauvaise. Mon mari n'a guère veillé comme il se doit à son éducation. Il n'a jamais voulu d'enfants. Les pères et leurs filles sont pourtant réputés s'entendre à merveille, dit-on. Ce n'est guère le cas chez nous. Les professeurs d'Eva la trouvent studieuse mais secrète ; elle n'a jamais tenté de développer quelque aptitude à la musique. J'ai souvent l'impression qu'elle m'est totalement étrangère. » J'ai rempli le verre de Mme C., ce qui a semblé la réjouir. « Et voilà que je me lamente. Je suis certaine que vos sœurs sont de petites roses anglaises aux manières impeccables, n'est-ce pas, *monsieur**? » Doutais quelque peu de l'intérêt qu'elle portait aux mousmés Frobisher, néanmoins puisque cette femme aimait à me regarder parler, j'ai, à son grand plaisir, dressé de spirituelles caricatures du clan dont j'étais exclu. Je nous donnai l'air si joyeux que j'en éprouvais presque de la nostalgie.

Ce matin, un lundi, Eva a daigné se joindre à nous au petit-déjeuner – jambon de Bradenham, œufs, pain, etc. – mais la fillette ne savait que débiter des mesquineries à sa mère et dédaigner mes interventions d'un *oui** neutre ou d'un *non** sec. Ayrs, qui se sentait mieux, partageait notre repas. Hendrick a ensuite conduit la demoiselle à son école, sise à Bruges – Eva loge chez les Van Machin, une famille dont les filles fréquentent le même établissement qu'elle. C'est tout le château qui a poussé un soupir de soulagement lorsque la Cowley a foncé sur l'allée des peupliers (baptisée « promenade des moines »). C'est dire si Eva empoisonne l'atmosphère. À neuf heures, Ayrs et moi sommes allés au salon de musique. « Une petite mélodie pour violon alto me trotte dans la tête, Frobisher. Voyons si vous saurez la coucher sur le papier. » Étais ravi d'entendre ces paroles, moi qui pensais démarrer par les tâches les plus rébarbatives (comme remettre au propre des manuscrits raturés, ce genre de chose). Si je me montrais digne du rôle de plume-fontaine douée de conscience au service de V. A., ma place serait quasiment assurée. Assis à son bureau, crayon 2B en main, papier à musique vierge en place, j'attendais qu'il dicte les notes les unes après les autres. Quand soudain, le bonhomme a beuglé : « "Ta, ta ! Ta-ta-ta tatitatitati, ta !" Vous saisissez ? "Ta ! Tati-ta !" Puis *piano* "ta-ta-ta-ttttTA ! TATATA ! ?" » Si j'avais saisi ? Cette vieille bique trouvait certainement cela amusant – il n'était pas plus possible de relever ses vociférations galimatiesques que les braiements d'une douzaine d'ânes – pourtant, après trente secondes supplémentaires, je commençais à comprendre qu'il ne s'agissait pas d'une plaisanterie. Ai tenté de l'interrompre, mais le bonhomme, plongé dans sa musique, ne l'a pas remarqué. Me morfondais tandis qu'Ayrs poursuivait sans relâche... la situation était désespérée. Qu'est-ce donc qui m'avait traversé l'esprit à la gare Victoria ? Anéanti, je le laissai poursuivre son morceau et cultivai le vain espoir qu'Ayrs, ayant l'intégralité de sa mélodie en tête, me donnerait ultérieurement l'occasion de la coucher sur le papier.

« Voilà, c'est terminé ! a-t-il proclamé. Vous l'avez notée ? Fredonnez-la-moi, Frobisher, et voyons ce que cela donne. »

Lui ai demandé la tonalité. « *Si* bémol, bien entendu ! » Indication de la mesure ? Ayrs s'est pincé l'arête du nez. « Êtes-vous en train de me dire que ma mélodie est perdue ? » Ai lutté pour garder à l'esprit que son attitude était parfaitement déraisonnable. L'ai invité à répéter sa mélodie, bien plus lentement et à me donner chaque note, l'une après l'autre. S'est ensuivi un silence long comme trois heures pendant lequel Ayrs réfléchit si, oui ou non, il laisserait éclater sa colère. Au final, il a poussé un soupir de martyr. « 4/8, puis 8/8 après la douzième mesure, si vous savez compter jusque-là. » Silence. Me suis rappelé l'état de mes finances et ai tenu ma langue. « Très bien, reprenons depuis le début. » Silence condescendant. « Ta !

Quelle note est-ce ? » Ai passé une infâme demi-heure à deviner successivement chaque note. Ayrs confirmait ou infirmait chaque proposition d'un signe de tête las. J'ai tenté d'adresser du regard un SOS à Mme C., qui apportait un vase de fleurs, mais V. A. lui-même a ajourné la séance. Dans ma fuite, j'ai entendu V. A. qui déclarait (commentaire salutaire ?) : « Le cas est désespéré, Jocasta, ce garçon est incapable de retranscrire un air tout simple. Autant rejoindre l'*avant-garde** et jeter des fléchettes sur des morceaux de papier où l'on inscrit des notes. »

Dans le couloir, Mme Willems – la gouvernante – se plaint de l'humidité, des rafales et de son linge mouillé auprès de quelque invisible subalterne. Elle est plus riche que moi. J'ai déjà embobiné des gens pour obtenir un avancement, leurs faveurs ou un prêt, mais jamais pour le gîte. Ce château qui pourrit sent le champignon et la moisissure. Jamais je n'aurais dû venir ici.

Sincèrement,
R. F.

P.-S. : « Embarras » pécuniaires : le mot est on ne peut plus juste. Pas étonnant que tous les pauvres soient en faveur du socialisme. Écoute, il faudrait que tu m'avances de l'argent. Zedelghem vit sous un des régimes les plus laxistes qu'il m'ait été donné de voir (une chance, car la garde-robe du majordome de mon père est désormais mieux fournie que la mienne), n'empêche qu'il faut savoir se fixer des limites. Impossible de dispenser le moindre pourboire aux domestiques, c'est dire. S'il me restait des amis fortunés, je me serais tourné vers eux, mais à vrai dire, je n'en ai plus. J'ignore si l'on peut envoyer l'argent par TSF, télégramme, pli, que sais-je : c'est toi le scientifique après tout, tu trouveras bien un moyen. Si Ayrs m'ordonne de repartir, je suis fichu. La nouvelle remonterait jusqu'à Cambridge : Robert Frobisher s'est trouvé dans l'obligation d'emprunter de l'argent aux hôtes qui l'avaient éconduit car il ne s'est pas montré à la hauteur du poste auquel il prétendait. J'en mourrais de honte, Sixsmith, je suis sérieux. Pour l'amour de Dieu, envoie ce que tu peux au plus vite.

*

Château Zedelghem
le 14 juillet 1931,

Sixsmith,

Béni sois-tu, Rufus, saint patron des compositeurs indigents, loué soit le Très-Haut, amen. Ton mandat postal est arrivé sans encombre ce matin – je t'ai présenté comme un oncle qui m'adorait et avait laissé filer la date de mon anniversaire. Il y a une banque à Bruges qui l'encaissera, me confirme Mme Crommelynck. Écrirai un motet en ton honneur et te rembourserai dès que possible. Ce qui pourrait arriver plus vite que tu n'imagines. L'augure d'un dégel s'annonce sur mes projets. Suite à l'humiliation subie lors de ma première tentative de collaboration avec Ayrs, j'ai regagné ma chambre, saisi d'une abjecte détresse. Cet après-midi-là, je t'avais écrit cette complainte pleurnicharde – d'ailleurs, si tu ne l'as déjà fait, brûle-la –, l'avenir me paraissait désespéré. Avais chaussé des bottes en caoutchouc, revêtu une pèlerine et bravé la pluie pour trouver le bureau des postes du village ; très franchement, j'ignorais où je serais le mois suivant. À peine étais-je rentré, Mme Willems avait sonné le gong du dîner, et lorsque j'ai pénétré dans la salle à manger, Ayrs m'attendait, seul. « C'est vous, Frobisher ? s'est-il enquis sur le ton bourru coutumier aux hommes âgés qui s'essaient à quelque délicatesse.

Ah, Frobisher, content que nous puissions nous entretenir en privé. Écoutez, je me suis montré dur ce matin. La maladie me rend parfois plus... direct que nécessaire. Je m'en excuse. Voulez-vous bien laisser au vieil acariâtre que je suis une autre chance demain ? »

Sa femme lui avait-elle relaté l'état dans lequel elle m'avait retrouvé ? Lucille lui avait-elle fait part de ma valise à demi bouclée ? Ai attendu que ma voix soit débarrassée de toute trace de soulagement et lui ai répondu, superbe, qu'il n'y avait rien de mal à faire preuve de franchise.

« Mon attitude à l'égard de votre proposition a été bien trop négative, Frobisher. Il ne sera guère aisé d'extirper la musique de ma caboche, mais après tout, notre collaboration a bien une chance de fonctionner. Votre musicalité et votre tempérament suffisent amplement à cette entreprise. Si j'en crois ma femme, vous vous essayez à la composition ? De toute évidence, la musique est pour nous deux source d'oxygène. Si nous y sommes déterminés, en tâtonnant, nous finirons par découvrir une méthode adaptée. » À ce moment précis, Mme Crommelynck a frappé à la porte, jeté un regard furtif à l'intérieur, saisi en un clin d'œil – comme certaines femmes savent faire – l'atmosphère de la pièce, et demandé s'il s'imposait de fêter quelque événement en débouchant une bouteille. Ayrs s'est tourné vers moi. « Cela dépend de notre jeune Frobisher. Qu'en dites-vous ? Êtes-vous prêt à prolonger votre séjour de quelques semaines, voire de plusieurs mois, si tout se passe bien ? Peut-être même davantage, qui sait ? Mais sachez qu'il vous faudra vous contenter d'une modeste rétribution. »

Ai fait passer mon soulagement pour de la joie, lui ai répondu que ce serait un honneur, et me suis bien gardé de contester cette idée de salaire.

« Eh bien, Jocasta, que Mme Willems nous monte un pinot rouge 1908 ! » Nous avons trinqué à la santé de Bacchus et des Muses, et bu un vin aussi riche que le sang de licorne. La cave d'Ayrs, qui compte quelque douze cents bouteilles, figure parmi les plus réputées de Belgique et mérite une courte digression. Elle a échappé au pillage des Boches qui avaient établi leur poste de commandement à Zedelghem. Le cellier doit son salut au père de Hendrick, qui en avait dissimulé l'entrée derrière un faux mur, juste avant la fuite de la famille à Gothenburg. La bibliothèque ainsi que d'autres merveilles encombrantes avaient également traversé la guerre dans des caisses entreposées dans la cave voûtée du monastère d'autrefois. Les Prussiens, qui avaient mis à sac le bâtiment avant l'armistice, l'avaient laissée intacte.

Une routine de travail s'installe. Ayrs et moi nous rendons dans le salon de musique dès neuf heures les matins où ses différents traitements et afflictions le lui permettent. Je m'assois au piano tandis qu'Ayrs, lui, s'allonge sur le divan et fume ses répugnantes cigarettes turques : nous choisissons alors l'un de nos trois modes opératoires. Durant les « révisions », il me demande de parcourir les travaux de la veille. En fonction de l'instrument, je fredonne, chante ou joue, et Ayrs modifie les notes. Pendant les « restaurations », je passe au crible d'anciens partitions, carnets de notes, compositions – parfois écrites avant ma naissance – afin de retrouver un passage ou une cadence qu'Ayrs se remémore vaguement et veut tenter de récupérer. Un formidable travail de détective. Les « compositions » sont exténuantes. Je m'assois au piano et m'efforce de suivre le flot de « double croche, *si-sol* ; ronde, *la* bémol – tenez la note quatre mesures, non, six – noire ! *Fa* dièse – non non non non, *dièse* – et... *si* ! Ta-tati-tati-taaa ! » (Au moins, *il maestro* dicte désormais ses notes.) Ou encore, s'il se sent d'humeur poétique : « Voilà, Frobisher, la clarinette est une concubine ; les violoncelles, les ifs d'un cimetière ; le clavecin, la lune. Et maintenant, qu'un vent d'est souffle en *la* mineur sur seize mesures. »

À l'image d'un bon majordome (mais tu imagines bien que je ne me contente pas d'être bon), neuf dixièmes de mon travail consistent à savoir anticiper. Parfois, Ayrs me demande de porter un jugement artistique : « Pensez-vous que cet accord fonctionne, Frobisher ? » ou encore : « Ce passage trouve-t-il sa place dans l'ensemble ? » Si je lui réponds non, Ayrs me demande ce que je suggérerais comme alternative ; il a même une ou deux fois repris ma proposition. C'est réconfortant. Dans le futur, des gens étudieront cette musique.

Sonnent treize heures, l'on ne peut plus rien tirer d'Ayrs. Hendrick l'emmène dans la salle à manger, où Mme Crommelynck se joint à nous pour le déjeuner, parfois accompagnée d'E., lorsque cette redoutable jeune fille est de retour le temps du week-end ou d'une semaine de congés. Ayrs fait la sieste dans la chaleur de l'après-midi. Quant à moi, je passe la bibliothèque au peigne fin pour y dénicher quelque trésor, compose dans le salon de musique, lis des manuscrits dans le jardin (lis de la Madone, fritillaires impériales, tritomas et roses trémières s'épanouissent et resplendissent), parcours à bicyclette les chemins aux alentours de Neerbeke, ou baguenaude à travers les champs. Suis devenu l'ami des chiens du village, qui me poursuivent comme les rats ou les enfants du joueur de flûte de Hamelin. Les locaux me rendent le «*Goede morgen*» ou le «*Goede middag*» que je leur envoie – l'on me reconnaît désormais comme l'invité permanent du «*kasteel*».

Après le souper, il nous arrive à tous les trois d'écouter la TSF s'il est une émission passable, faute de quoi nous écoutons des disques sur le gramophone (une console La Voix de son maître coiffée d'un boîtier de chêne), la plupart du temps, il s'agit des œuvres majeures d'Ayrs dirigées par sir Thomas Beecham. Lorsque nous avons des invités, ce programme cède la place aux conversations ou à un peu de musique de chambre. D'autres soirs, Ayrs apprécie que je lui lise de la poésie, en particulier celle de Keats, qu'il adore. Il murmure les vers que je déclame, comme si sa voix s'appuyait sur la mienne. Au petit-déjeuner, il me donne à lire le *Times*. Si vieux, aveugle et malade soit-il, Ayrs n'aurait pas son pareil dans les clubs de débats universitaires, quoiqu'il propose rarement des alternatives aux systèmes qu'il tourne en dérision. «Le libéralisme ? La timidité de la richesse ! » «Le socialisme ? C'est le frère cadet d'un despote grabataire à qui il veut succéder.» «Les conservateurs ? De fieffés menteurs qui se bercent d'illusions avec leur doctrine de libre arbitre.» Quel genre de société préconise-t-il? «Aucun ! Plus un pays est organisé, plus ses habitants sont moroses.»

Ayrs se révèle irascible, certes, cependant c'est un des seuls Européens dont je souhaite qu'il influence ma créativité. Musicalement parlant, il incarne Janus. Tandis qu'un visage remonte dans le temps et contemple le lit de mort du romantisme, l'autre est tourné vers l'avenir. C'est le regard de ce dernier que je suis. J'observe sa manière de se servir du contrepoint et de mélanger les couleurs, ce qui enrichit mon langage d'excitante façon. J'ai appris davantage depuis le début de mon séjour à Zedelghem qu'en trois ans à la cour de cette bourrique de Mackerras et sa bande de joyeux onanistes.

Les amis d'Ayrs et de Mme Crommelynck nous rendent régulièrement visite. En général, l'on escompte un ou plusieurs invités deux à trois soirs par semaine. Des solistes de retour de Bruxelles, Berlin, Amsterdam ou plus loin encore ; des gens rencontrés par Ayrs lors de son insouciante jeunesse en Floride ou à Paris ; et ce bon vieux Morty Dhondt ainsi que sa femme. Dhondt possède un atelier de diamantaire à Bruges et à Anvers, parle un nombre vague mais élevé de langues étrangères, concocte des jeux de mots polyglottes sophistiqués qui réclament de longues explications, parraine des festivals, et pratique le football métaphysique avec Ayrs. Mme Dhondt ressemble à Mme Crommelynck, en dix fois plus intense dans le genre : pour tout dire, cette abominable créature dirige la Société équestre de Belgique, conduit la Bugatti de son mari et materne un pékinois tout en houppettes baptisé Wei-wei. Elle ne manquera pas de reparaître dans de prochaines lettres.

Très peu de famille, du côté de mes hôtes : Ayrs était fils unique ; quant à l'influente famille Crommelynck, elle montra tout au long de la guerre une perverse disposition à choisir le mauvais camp dans les moments décisifs. Ceux qui n'avaient pas été tués dans les combats tombèrent dans l'indigence et finirent terrassés par la maladie avant qu'Ayrs et sa femme fussent revenus de Scandinavie. Les autres membres de la famille moururent en fuyant le pays. L'ancienne gouvernante de Mme Crommelynck et quelques vieilles et frêles tantes nous rendent parfois visite, mais elles préfèrent rester sagement dans les coins, tels de vieux portemanteaux.

La semaine dernière, le chef d'orchestre Tadeusz Augustowski, le grand spécialiste d'Ayrs à Cracovie, sa ville natale, a débarqué sans crier gare au deuxième jour d'une migraine. Mme Crommelynck s'étant absentée, Mme Willems, dans tous ses états, m'a supplié de divertir l'illustre visiteur. Je n'avais pas droit à l'erreur. Augustowski parlait aussi bien français que moi, et nous avons passé l'après-midi à pêcher et à débattre des dodécaphonistes. Il pense que ce sont tous des charlatans ; pas moi. Il m'a raconté des histoires d'orchestres survenues du temps de la guerre, ainsi qu'une blague incroyablement salace qui nécessite d'être mimée ; cela attendra notre prochaine rencontre. J'ai attrapé une truite qui mesurait près de trente centimètres, et Augustowski, lui, a sorti une énorme vandoise. À notre retour crépusculaire au château, Ayrs était levé ; le Polonais s'est exclamé que le compositeur avait de la chance de m'avoir engagé. Ayrs a grogné « Moui » ou quelque chose dans ce registre. Enchanté d'entendre pareil compliment, Ayrs. Mme Willems, qui n'était pas vraiment *enchantée** de nos trophées à nageoires et à écailles, les a néanmoins éviscérés, poêlés au sel et au beurre : leur chair fondait sous le couteau à poisson. Augustowski m'a donné sa carte de visite à son départ le lendemain matin. Il dispose d'une suite au Langham Court lorsqu'il visite Londres, et m'a invité à venir la partager lors du festival l'année prochaine. Cocorico !

Zedelghem n'a rien du dédale de la Maison Usher, que ce château rappelle pourtant au premier regard. Pour tout dire, l'état de l'aile ouest, avec ses volets clos et son linceul de poussière, se pose comme une contrepartie à la modernisation et à l'entretien de l'aile est : j'ai bien peur que, sous peu, cette partie désolée du château nécessite l'intervention des démolisseurs. En ai exploré les pièces un après-midi de pluie. Humidité effrayante, morceaux de plâtre accrochés aux toiles d'araignées, crottes de souris et chauves-souris craquant sur les dalles usées, écussons en plâtre du manteau de cheminée dépolis par le temps. Même constat à l'extérieur : il faudrait renouveler les jointoiements des murs de brique, des tuiles manquent, des créneaux effondrés gisent en tas et, par conséquent, l'eau de pluie ruisselle le long des grès médiévaux. Les Crommelynck se sont enrichis grâce à leurs investissements au Congo, mais pas un héritier n'a survécu à la guerre, et les « locataires » boches de Zedelghem ont méticuleusement arraché au château ce qui valait la peine d'être pillé.

L'aile est n'en reste pas moins un petit terrier confortable, quoique la charpente du toit grince tel un navire par vent debout. Cette partie du château dispose d'un chauffage central capricieux et d'un système électrique rudimentaire qui vous envoie de crépitantes décharges électriques quand on touche les commutateurs de l'éclairage. Le père de Mme Crommelynck a eu suffisamment de jugeote pour apprendre à sa fille à gérer une propriété ; c'est elle qui baille ses terres aux fermiers alentour, et tout juste parvient-elle à en tirer profit, si j'ai bien compris. Un mérite que l'on ne peut dénigrer, étant donné l'époque que nous traversons.

Eva persiste à se comporter en pimbêche ; aussi détestable que mes sœurs, à ceci près que son intelligence est à la mesure de son inimitié. En dehors des heures consacrées à sa précieuse Néfertiti, la demoiselle passe son temps à bouder et jouer les martyres. Elle aime pousser les pauvres domestiques à pleurer, puis débouler en annonçant : « Elle ne va pas *encore* nous faire une crise de larmes ! Tu ne finiras donc jamais par la dresser, Maman ? » Comprenant que je n'étais pas une proie facile, elle a engagé une guerre des nerfs : « Papa, combien de temps M. Frobisher restera-t-il chez nous ? » « Papa, paies-tu M. Frobisher autant que Hendrick ? » « Voyons, Maman, je ne faisais que demander : je ne savais pas que la titularisation de M. Frobisher était un sujet sensible. » Elle me déconcerte, il m'en coûte de le reconnaître, pourtant c'est la vérité. L'ai encore rencontrée – ou plutôt, m'y suis frotté une fois de plus – samedi dernier. J'avais emporté la bible d'Ayrs, *Also sprach Zarathustra*, sur le pont pavé du lac qui donne accès à l'île aux saules. Un après-midi torride ; même à l'ombre, je suais comme un bœuf. Après dix pages de lecture, ayant l'impression que c'était Nietzsche qui me lisait, et non l'inverse, je me suis mis à observer les notonectes et les tritons tandis que l'orchestre de mon esprit jouait *Air et Danse* de Fred Delius. Sirupeuse composition florentine, mais efficace flûte traversière somnolente.

L'instant d'après, je me tenais dans une tranchée si profonde que le ciel se réduisait à une étroite bande qui culminait, parcourue d'éclairs plus vifs que le jour. Des sauvages patrouillaient dans la tranchée en chevauchant de gigantesques rats noirs aux dents de diable qui flairaient, débusquaient puis démembraient de petites gens. Me suis mis à marcher, tentant d'afficher un air dégagé et luttant pour ne pas prendre mes jambes à mon cou, quand je suis tombé nez à nez avec Eva. « Que diable faites-vous ici ? »

Eva m'a répondu, telle une furie : « *Ce lac appartient à ma famille depuis cinq siècles ! Vous êtes ici depuis combien de temps exactement ? Bien trois semaines ! Alors vous voyez, je vais où bon me semble* !* » Sa colère était presque physique, tel un coup de pied asséné au visage de ton humble correspondant. En effet, je l'avais accusée d'empiéter sur le domaine de sa mère. Bien éveillé cette fois, je me suis relevé sur mes jambes flageolantes et confondu en excuses, lui expliquant que je rêvais tout haut ! Avais oublié le lac. Y ai trébuché comme un parfait imbécile ! Trempé jusqu'à l'os ! Heureusement, l'eau m'arrivait au nombril et Dieu avait sauvé des eaux le précieux livre d'Ayrs. Lorsque enfin Eva a refréné son rire, je lui ai confié ma joie de la voir faire autre chose que bouder. J'avais des lentilles d'eau dans les cheveux, a-t-elle dit en anglais. N'ai trouvé qu'à la complimenter sur son don des langues, histoire de me montrer condescendant.

« Il en faut peu pour impressionner un Anglais », a-t-elle riposté. Est repartie. N'ai trouvé la bonne réplique que plus tard ; la fille avait donc emporté la manche.

Bon, parlons livres et lucre. Tandis que dans ma chambre, je fouillais une alcôve bardée de livres, je suis tombé sur un drôle de volume mutilé. Je voudrais que tu mettes la main sur un exemplaire intact. Le mien commence page quatre-vingt-dix-neuf, la couverture a disparu et la reliure se découd. Pour peu que je sache, il s'agirait de la publication d'un carnet de voyage écrit entre Sydney et la Californie par un notaire de San Francisco, un certain Adam Ewing. Il est fait mention de la ruée vers l'or, j'en déduis donc que le journal remonte à 1849 ou 1850. Celui-ci semble publié à titre posthume par le fils d'Ewing (?). Le notaire me rappelle cet empoté de capitaine Delano, le personnage de Melville dans *Benito Cereno* qui ne voit pas les intrigants autour de lui – Ewing n'a pas remarqué que son fidèle Dr Goose est un vampire qui attise l'hypocondrie de son patient afin de l'empoisonner à petit feu et mieux le déposséder de son argent.

Un doute quant à l'authenticité de ce journal : il semble trop bien structuré pour un simple carnet de voyage, et la langue sonne un peu faux. Mais qui s'embêterait à contrefaire pareil ouvrage, et pourquoi ?

À mon grand embarras, le récit s'interrompt au beau milieu d'une phrase, quelque quarante pages plus loin, à l'endroit où la reliure est démaillée par l'usure. Ai retourné la bibliothèque de fond en comble afin de dénicher la fin de ce fichu machin. Sans succès. Nous n'avons pas intérêt à attirer l'attention d'Ayrs ou de Mme Crommelynck sur la valeur de ce trésor bibliographique non référencé, ce qui me plonge dans l'embarras. Voudrais-tu bien demander à Otto Jansch de Caithness Street s'il dispose de la moindre information au sujet de ce dénommé Adam Ewing ? Un livre à moitié lu est une aventure amoureuse inachevée.

Ci-joint, un inventaire des plus anciennes éditions que recèle la bibliothèque de Zedelghem. Comme tu peux le constater, certains articles remontent au tout début du XVIIᵉ siècle : envoie-moi les meilleures propositions de Jansch dès que possible et laisse-lui entendre que les bouquinistes parisiens s'y intéressent – ainsi ce vieux grippe-sou saura-t-il se montrer raisonnable.

Sincèrement,
R. F.

*

Château Zedelghem
le 28 juillet 1931,

Sixsmith,

Un petit événement à fêter. Il y a deux jours, Ayrs et moi avons achevé notre première œuvre en collaboration, un court poème symphonique, « Der Todtenvogel ». Quand j'ai exhumé ce morceau, ce n'était que l'arrangement sauvage d'un vieil hymne teuton, haut perché, très sec ; Ayrs l'avait abandonné dans cet état quand sa vue s'était mise à empirer. Drôle d'animal que notre nouvelle version. Celle-ci fait d'abord écho au *Ring* de Wagner, puis le thème se disloque et cède la place à un cauchemar stravinskien où rôdent les spectres de Sibelius. Affreux et délectable, j'aimerais que tu puisses l'entendre. Solo de flûte traversière pour le finale – rien de papillonnant : juste la malédiction que l'oiseau de mort éponyme lance aux nouveau-nés comme aux vieillards.

Hier, Augustowski, de retour de Paris, nous a de nouveau rendu visite. Il a lu la partition et les éloges ont plu tel le charbon qu'un chauffeur jette dans la chaudière. Ils étaient mérités ! À ma connaissance, c'est le meilleur poème symphonique écrit depuis la guerre ; de toi à moi, Sixsmith, plus d'une des meilleures trouvailles qu'il comporte sont les miennes. J'ai beau me dire qu'un assistant doit savoir renoncer à sa part de paternité, j'ai du mal à me taire. Le meilleur reste à venir, cependant : Augustowski tient à diriger en personne la première de l'œuvre au festival de Cracovie, qui aura lieu dans trois semaines !

Me suis levé aux premières lueurs hier matin, ai passé la journée à recopier la partition. Pas si court en fait, ce morceau. La main avec laquelle j'écrivais se déboîtait et les portées restaient imprimées sur la paroi interne de mes paupières ; néanmoins, à l'heure du souper, j'avais terminé. À nous quatre, nous avons bu cinq bouteilles de vin pour fêter cela. Au dessert, il y avait d'excellentes grappes de muscat.

Suis désormais l'enfant chéri de Zedelghem. Il y a longtemps que je ne l'avais été pour quiconque ; j'en retire un certain plaisir. Jocasta a suggéré que je délaisse la chambre d'amis au profit d'une plus vaste au second, agrémentée selon mon plaisir de tout ce qui attirerait mon attention ailleurs dans le château. Ayrs appuyant la motion, j'ai accepté volontiers. À ma grande joie, la pimbêche a perdu son sang-froid et geint : « Oh, pourquoi ne pas l'inclure dans le testament, tant que nous y sommes, Maman, et lui céder la moitié de la propriété ? » Elle est sortie de table sans s'excuser. Ayrs a bougonné assez fort pour être entendu : « C'est la première bonne idée que cette fille ait jamais eue en dix-sept ans ! Au moins, Frobisher mérite son séjour ici, lui ! »

Mes hôtes ne voulaient pas entendre mes excuses, déclarant qu'il revenait plutôt à Eva de me demander pardon et d'abandonner sa vision précopernicienne d'un univers où tout tournerait autour d'elle. Belle musique que ces paroles ! Toujours à propos d'Eva : elle et une vingtaine de camarades partiront bientôt étudier en Suisse, où elles séjourneront deux mois chez des sœurs. Ah, quelle musique, quelle musique ! C'est comme si une dent gâtée tombait. Ma nouvelle chambre est assez grande pour disputer un double au badminton ; elle comporte un lit à baldaquin dont j'ai dû secouer les voilures recouvertes de mites de la saison dernière ; de grosses écailles d'une représentation de Cordoue qui date certes de plusieurs siècles mais conserve un certain charme ; une boule en verre soufflé indigo ; une armoire marquetée en ronce de noyer ; six fauteuils de ministre ; un secrétaire sur lequel je t'écris cette lettre. Le chèvrefeuille enlace une abondante lumière. Au sud, on aperçoit la topiaire grisonnante. À l'ouest, les vaches paissent dans le pré, et l'on voit la flèche de l'église dépasser de la forêt. Ses cloches me servent d'horloge (à vrai dire, Zedelghem fait étal de nombreuses pendules anciennes dont les carillons retentissent en avance ou en retard : le château devient alors une Bruges miniature). Cette pièce est somme toute un tantinet plus grande que nos chambres à Whyman's Lane, mais un tantinet plus petite que la suite du Savoy ou de l'Imperial, quoique plus spacieuse et tranquille. À moins d'une indélicatesse ou autre indiscrétion de ma part.

Ce qui m'amène à *Madame** Jocasta Crommelynck. Que je sois damné, Sixsmith, si cette femme, de façon très subtile, n'a pas commencé à me faire la cour. L'ambiguïté de ses paroles, de son regard, de ses mains qui m'effleurent est trop consommée pour relever du hasard. Je sais ce que tu penses. Hier après-midi, j'étudiais une rare œuvre de jeunesse de Balakirev dans ma chambre quand Mme Crommelynck a frappé. Elle portait sa veste d'équitation et son chignon révélait une gorge plutôt tentante. « Mon mari tient à vous offrir ceci, dit-elle en pénétrant dans la pièce, tandis que je reculais. Tenez. En gage de sa gratitude pour l'aboutissement du "Todtenvogel". Vous savez, Robert » – sa langue s'éternisait sur le T de « Robert » –, « Vyvyan est tellement heureux de travailler de nouveau. Cela faisait des années qu'il n'avait pas été si alerte. C'est un présent purement symbolique. Essayez-le. » Elle me tendait un superbe gilet en soie de style ottoman aux motifs si singuliers que jamais ils ne seraient ni à la mode, ni démodés. « Je l'avais acheté au Caire lors de notre lune de miel ; il avait alors votre âge. Il ne le portera plus. »

Lui ai dit que j'étais flatté, mais que je ne pouvais absolument pas accepter un vêtement possédant une si grande valeur sentimentale. « Voilà justement pourquoi nous aimerions que vous le portiez. Nos souvenirs demeurent dans ses plis. Mettez-le. » Me suis exécuté, puis elle est venue caresser le gilet, soi-disant pour en ôter la poussière. « Venez devant le miroir ! » Ai obéi. La femme se tenait à quelques centimètres derrière moi. « Trop délicat pour les œufs de mites, ne pensez-vous pas ? » En effet. Son sourire était à double tranchant. Si nous étions dans un de ces palpitants romans d'Emily Brontë, les mains de la séductrice auraient enlacé le torse de l'innocent ; mais Jocasta était plus rusée. « Vous avez exactement la même carrure qu'Ayrs à votre âge. N'est-ce pas étrange ? » En effet, derechef. Elle a libéré du bout des ongles une mèche de mes cheveux prise sous le gilet.

Ne l'ai ni refrénée, ni encouragée. Il ne faut pas presser ce genre de chose. Mme Crommelynck est repartie sans mot dire.

Au déjeuner, Hendrick nous a informés qu'on avait cambriolé la maison du Dr Egret à Neerbeke. Par chance, personne n'avait été blessé, cependant la police recommandait que l'on se méfie des gitans et des bandits.

Il faudrait se barricader la nuit venue. Jocasta a tremblé et s'est estimée heureuse de me savoir à Zedelghem pour la protéger. Ai reconnu avoir été pugiliste sans égal à Eton, doutais pourtant de ma capacité à repousser toute une bande de malfrats. Éventuellement, je pourrais prendre la place de Hendrick pendant qu'il leur flanquerait une bonne correction. Ayrs n'a rien ajouté, mais a découvert le pistolet caché sous sa serviette. Jocasta a fustigé Ayrs, qui montrait son arme à feu à table, mais celui-ci a fait mine de l'ignorer. « À notre retour de Gothenburg, j'ai trouvé ce joujou dissimulé sous une latte de plancher mal fixée dans la chambre du commandant ; l'arme était toujours chargée, a-t-il expliqué. Le capitaine prussien a dû partir en hâte ou trouver la mort. Peut-être l'avait-il remisée à cet endroit pour mieux se prémunir des mutins ou des importuns. Je la garde près de mon lit pour les mêmes raisons. »

Ai demandé s'il m'était possible de la prendre en main, car je n'avais jamais tenu autre chose que des fusils de chasse. « Bien entendu », a répondu Ayrs, qui m'a passé l'arme. Tous mes poils se sont hérissés. Ce mignon joujou de fer avait tué au moins une fois, je l'aurais parié, quitte à perdre tout mon héritage, si ce n'était déjà le cas. « Vous voyez bien » – Ayrs poussait un rire d'escroc –, « j'ai beau être vieux, aveugle et impotent, il me reste néanmoins une ou deux dents pour mordre. Ce vieil aveugle armé n'a pas grand-chose à perdre ! Imaginez un peu le carnage que je ferais ! » Impossible de savoir si la tonalité menaçante dans sa voix n'était qu'imaginaire.

Excellentes nouvelles, cette proposition de Jansch, garde-toi toutefois de le lui répéter. Lui expédierai les trois tomes en question lors de mon prochain passage à Bruges : je me méfie du chef du bureau de poste à Neerbeke et de ses airs inquisiteurs. Prends les précautions habituelles.

Envoie le lucre à la Première Banque de Belgique, bureau principal, Bruges – il a suffi que Dhondt claque des doigts pour que le directeur m'y ouvre un compte. Ils n'ont qu'un seul Robert Frobisher, j'imagine.

Ai gardé le meilleur pour la fin : me suis remis à composer.

Sincèrement,

R. F.

*

Zedelghem
le 16 août 1931,

Sixsmith,

L'été a pris un tournant sensuel : la femme d'Ayrs et moi sommes amants. Ne t'emporte pas! L'affaire est purement charnelle. La semaine dernière, un soir, elle a pénétré dans ma chambre, poussé le verrou derrière elle, et s'est déshabillée sans mot dire. Je ne veux pas me vanter mais je m'attendais à sa visite. En fait, j'avais laissé la porte entrouverte en songeant à elle. Essaie donc, Sixsmith, de faire l'amour dans un parfait silence. Si l'on se tient coi, le tapage habituel se transforme en béatitude.

Quand on ouvre à soi le corps d'une femme, toutes les confidences qu'il contient en jaillissent (tu devrais essayer toi aussi ; les femmes, j'entends). Serait-ce en rapport avec leur inaptitude aux cartes ? Après l'amour, je préfère rester allongé, immobile, mais Jocasta parlait de manière compulsive, comme pour enterrer notre grand secret sous un tas de petites confessions. Ai appris qu'Ayrs avait contracté la syphilis en 1915 dans un bordel de Copenhague, lors d'une longue séparation, et n'a plus honoré sa femme depuis ; après la naissance d'Eva, le docteur avait annoncé à Jocasta qu'elle ne pourrait jamais plus avoir d'enfants. Elle sélectionne avec grand soin ses amants et ne se sent pas le moins du monde coupable de ses aventures. Insistante, elle prétendait continuer à aimer Ayrs. Dubitatif, j'ai émis un grognement. Que l'amour aime la fidélité, a-t-elle riposté, était un mythe entretenu par les hommes et leur sentiment d'insécurité.

M'a aussi parlé d'Eva. Elle s'inquiète d'avoir si bien inculqué le sens des convenances à sa fille qu'elles n'ont jamais vraiment établi de complicité, et aujourd'hui, la jeune jument est devenue incontrôlable. Ai somnolé pendant le récit de ces tragédies triviales. Toutefois, me méfierai désormais des Danois et de leurs bordels en particulier.

J. réclamait une seconde reprise, comme pour s'engluer à moi. N'avais pas d'objection à cela. Elle possède un corps de cavalière, plus printanier que ne l'est d'ordinaire celui des femmes matures, et qui réclame davantage de technique, en comparaison avec bien des montures à dix shillings que j'ai eu l'occasion de chevaucher. L'on devine la longue file de jeunes étalons invités à partager sa mangeoire. D'ailleurs, alors que j'allais m'assoupir pour la énième fois, elle a lâché : « Debussy a séjourné une semaine à Zedelghem, avant la guerre. Il dormait dans ce lit, si je ne m'abuse. » Un accord mineur dans le ton employé suggérait qu'elle avait partagé sa couche. Pas impossible. Tout ce qui porte des jupons : voilà ce que j'ai entendu dire de Claude ; et français, il l'était.

Quand Lucille a frappé à la porte ce matin pour me porter l'eau de mon rasage, j'étais bien seul. La prestation de J. était aussi nonchalante que la mienne, constatais-je avec joie. S'est même montrée un tantinet caustique lorsque j'ai laissé tomber une cuillerée de confiture sur le napperon, incitant ainsi V. A. à la réprimander : « Veux-tu cesser tout ce foin, Jocasta ? Que je sache, ce ne sont pas tes jolies mains qui frotteront la tache. » L'adultère est un duo délicat, Sixsmith : comme dans un bridge-contrat, mieux vaut fuir les partenaires moins habiles que soi, sans quoi les événements prennent vite une fâcheuse tournure.

La culpabilité ? Aucune. Le triomphe du cocufieur ? Non, pas vraiment. Hormis qu'Ayrs m'irrite toujours autant, rien à signaler. L'autre soir, les Dhondt sont venus dîner, et puisque Mme D. avait déclaré qu'un peu de piano l'aiderait à faire descendre le repas, j'ai joué « L'Ange de Mons », l'œuvre que nous avons composée pendant nos vacances d'été aux îles Scilly il y a deux ans, mais j'en ai nié la paternité, l'attribuant à un « ami ». Ai retravaillé le morceau depuis. Meilleur, plus fluide et subtil comparé aux sirupeux pastiches de Schubert que V. A. dégobillait à notre âge. J. et les Dhondt ont tant apprécié le morceau qu'ils ont réclamé un *bis*. La sixième mesure à peine franchie, V. A. a exercé un droit de veto jusqu'à présent insoupçonné. « Je conseillerais à votre ami de maîtriser les classiques avant de folâtrer avec la musique contemporaine. » Simple conseil ? N'empêche : la note sur laquelle il avait prononcé le mot *ami* sous-entendait la véritable identité de cette personne. Avait-il usé du même stratagème chez Grieg à Bergen ? « Sans une parfaite maîtrise du contrepoint et de l'harmonie, haletait V. A., ce garnement ne sera jamais qu'un colporteur de niaiseries tape-à-l'œil. Transmettez-lui cela de ma part, à votre *ami*. » Silencieux, je fulminais. V. A. a demandé à J. de déposer sur le gramophone l'enregistrement de son quatuor à vent intitulé *Sirocco*. Elle a obéi au vieux tyran truculent. Je me consolai en songeant au corps de J. sous sa robe d'été en crêpe de Chine et à l'appétit avec lequel elle se glissait sous mes draps. Très bien, délectons-nous de mon employeur et de ses cornes de cocu. Il le mérite bien. Il a beau être vieux et malade, il n'en est pas moins cuistre.

Augustowski a envoyé ce mystérieux télégramme après la série de concerts donnés à Cracovie. PREMIÈRE DU TODTENVOGEL A SUBJUGUÉ STOP DEUXIÈME REPRÉSENTATION BAGARRE STOP TROISIÈME ONT ADORÉ STOP QUATRIÈME TOUTE LA VILLE EN PARLE STOP. Nous ne savions pas trop quoi en penser, mais jusqu'à ce que télégramme soit bien vite suivi de coupures de journaux qu'Augustowski avait traduites au dos d'un programme de concert. Notre « Todtenvogel » était devenu une *cause célèbre**! D'après ce que nous comprenons, la critique a interprété la désintégration du thème wagnérien comme une attaque de front menée à l'encontre de la République de Weimar. Un groupe de parlementaires nationalistes a forcé les organisateurs du festival à programmer une cinquième représentation. Les propriétaires de la salle de concerts, devant la perspective de belles recettes, se sont exécutés avec plaisir. L'ambassadeur allemand a déposé une plainte officielle, et ainsi les billets d'une sixième représentation se sont envolés en moins de vingt-quatre heures. La cote d'Ayrs crève le plafond partout en Europe sauf en Allemagne, où Ayrs est considéré comme un Juif démoniaque, rapporte-t-on. Des journaux nationaux de tout le continent nous écrivent et réclament des interviews. Pour la forme, je suis prié de renvoyer à chacun une réponse polie mais ferme. « Je suis trop occupé à composer, bougonne Ayrs. S'ils veulent comprendre "le fond de ma pensée", ils n'ont qu'à écouter ma musique, bon sang. » N'empêche que ce regain d'intérêt qu'on lui porte réussit au maestro : même Mme Willems reconnaît que, depuis mon arrivée, il s'est ragaillardi.

Les hostilités continuent avec la belliqueuse Eva. Sa capacité à flairer quelque chose de pourri entre mon père et moi m'inquiète. Elle s'interroge tout haut : pourquoi ne reçois-je jamais de lettres de ma famille, ou encore, pourquoi, en Angleterre, n'a-t-on pas encore expédié une partie de mes vêtements ? Elle a demandé si l'une de mes sœurs aimerait devenir sa correspondante. Pour gagner du temps, je me suis engagé à leur soumettre cette proposition, et j'aurai donc peut-être recours à une autre contrefaçon de ta part. Il faudra confectionner la lettre avec soin. Cette vilaine goupille est mon alter ego féminin, ou presque.

Mois d'août torride en Belgique cette année. Les prés jaunissent, le jardinier redoute les départs d'incendie, les fermiers craignent pour leurs récoltes, mais trouve-moi un fermier placide, et je te montrerai un chef d'orchestre sain d'esprit. Vais sceller l'enveloppe et la porter au bureau de poste du village en traversant le bois situé derrière le lac. Il ne faudrait pas que ce courrier traîne : la petite fouine de dix-sept ans pourrait tomber dessus.

Le sujet d'importance, à présent. Oui, je rencontrerai Otto Jansch à Bruges et lui remettrai les volumes enluminés en main propre ; charge à toi de régler tous les détails pécuniaires. Que Jansch n'apprenne surtout pas qui m'héberge. Comme tous les marchands, Jansch est un aigle glouton et glabre, et lui davantage que les autres. Il n'hésiterait pas à me faire chanter pour nous faire baisser le prix, voire lui offrir l'ouvrage. Dis-lui bien que je tiens à être payé rubis sur l'ongle en espèces sonnantes et trébuchantes ; qu'il ne tente pas de s'en tirer avec un de ces crédits louches dont il a le secret. L'affaire conclue, je t'enverrai un mandat postal auquel j'ajouterai la somme que tu m'as prêtée. Ainsi, tu ne seras pas incriminé si les affaires tournent mal. Étant d'ores et déjà dans la disgrâce, ma réputation n'est pas en péril et je n'aurais donc aucun scrupule à dénoncer Jansch. Dis-lui cela, aussi.

Sincèrement,
R. F.

*

Zedelghem
le 16 août 1931 au soir,

Sixsmith,

La fastidieuse lettre de l'« avocat » de mon père est grandiose. Bravo. L'ai lue à voix haute au petit-déjeuner : n'a suscité qu'un intérêt passager. Un coup de maître, le cachet de la poste de Saffron Walden. Te serais-tu tiré de ton laboratoire de l'Essex un après-midi ensoleillé pour la poster toi-même ? Ayrs voulait proposer à ce « M. Cummings » de me rendre visite à Zedelghem, mais comme tu avais écrit que le temps était compté, Mme Crommelynck a décidé que Hendrick me conduirait en ville afin que j'y signe les documents. Ayrs geignait à l'idée de perdre une journée de travail, de toute façon s'il n'a pas l'occasion de grommeler, il est malheureux.

En ce matin encore humide de rosée, Hendrick et moi avions donc pris la même route que j'avais parcourue à bicyclette en sens inverse voilà un demi-été de cela. Portais une chic veste d'Ayrs – la plupart de sa garde-robe atterrit dans la mienne, maintenant que les quelques vêtements ayant réchappé à l'emprise prussienne commencent à s'user. L'Enfield était attaché au pare-chocs arrière ; je pouvais ainsi remettre la bicyclette au bon commissaire. J'avais dissimulé notre butin de vélin sous du papier à musique – article dont les gens de Zedelghem ne me voient jamais dépourvu –, ce paquetage se trouvant à l'abri des regards indiscrets dans un cartable crasseux que je me suis approprié. Hendrick ayant relevé la capote de la Crowley, le vent nous empêchait de discuter. Taciturne, ce type : un caractère qui sied à sa fonction. Étrange, mais depuis que j'offre mes services à Mme Crommelynck, le valet me rend plus nerveux que le mari. (Jocasta continue à m'accorder ses faveurs toutes les trois ou quatre nuits, mais uniquement en l'absence d'Eva au château – sage décision. Et puis d'ailleurs, il ne faut jamais manger tous ses chocolats d'un coup.) La probabilité qu'il soit au courant me met mal à l'aise. Oh, nous qui vivons aux étages aimons à nous féliciter de notre intelligence, pourtant il n'est point de secrets pour ceux qui défont les draps. Je ne m'inquiète pas à outrance. Je ne réclame jamais des choses déraisonnables aux domestiques, et puis Hendrick possède assez de circonspection pour préférer miser sur une maîtresse véhémente disposant encore de belles années à vivre plutôt que sur un vieux maître invalide. Vraiment bizarre, ce Hendrick. Difficile d'imaginer quels sont ses goûts. Ferait un excellent croupier.

M'a déposé devant l'hôtel de ville, détaché l'Enfield et abandonné afin de régler diverses commissions et, m'a-t-il dit, présenter ses hommages à une grand-tante souffrante. Ai traversé à bicyclette la foule des touristes, écoliers et bourgeois, et ne me suis perdu qu'à quelques reprises. Au commissariat, l'inspecteur musicien a fait tout un foin à mon arrivée, et demandé qu'on aille chercher du café et des pâtisseries. Il était ravi d'entendre que tout avait si bien fonctionné avec Ayrs. Quand je suis reparti, il était déjà dix heures, l'heure de mon rendez-vous. Rien ne pressait. Jamais mauvais de laisser les commerçants poireauter un peu.

Accoudé au comptoir du Royal, Jansch m'a accueilli en s'écriant : « Aha, aussi vrai que je respire, voici l'homme invisible, de retour à la demande générale ! » Je te jure, Sixsmith, chaque fois que je pose l'œil sur lui, ce vieil usurier vérolé me paraît toujours plus repoussant. Aurait-il un portrait magique de lui-même planqué dans son grenier, qui embellirait au fil des années ? Ne comprenais pas pourquoi il se réjouissait tant de me voir. Ai inspecté la salle, guettant d'éventuels créanciers à qui il aurait vendu la mèche – la moindre paire d'yeux écarquillés aurait suffi à me faire déguerpir. Jansch a lu dans mes pensées. « Toujours aussi méfiant, Roberto ? Voyons, ce n'est pas moi qui causerais du tort à ma vilaine poule aux œufs d'or. Approche donc. » Il a désigné le bar. « Quel sera ton vice ? »

Ai répondu que se trouver dans la même bâtisse que lui, si large fût-elle, était une situation suffisamment vicieuse, et que je préférais passer illico aux affaires. Il a ricané, m'a donné une tape sur l'épaule et conduit vers la chambre réservée à la transaction. Personne ne nous a suivis, mais cela ne garantissait rien pour autant. Souhaitais alors que tu eusses choisi un lieu de rendez-vous plus fréquenté ; je n'aurais pas couru le risque que des hommes de main de Tam Brewer m'enfilent un sac sur la tête, me jettent dans un coffre et me ramènent à Londres. Ai sorti les livres du cartable, et lui, un pince-nez de la poche de sa veste. Jansch les a examinés sur le bureau situé près de la fenêtre. Il a tenté de baisser le prix, arguant que l'état des tomes se révélait davantage « correct » que « bon ». Ai remballé avec calme les livres, les ai rangés dans le cartable et suis reparti jusqu'à ce que ce pingre de Juif me rattrape dans le couloir et admette que les volumes étaient bel et bien en « bon » état. L'ai laissé me ramener par ses suppliques à la chambre, où nous avons compté l'argent, lentement, jusqu'à ce que la somme convenue soit versée en intégralité. Les affaires conclues, il a soupiré, prétendu que je l'avais ruiné, décoché un sourire au sens familier, et posé sa patte poilue sur mon genou. Lui ai dit que j'étais venu vendre des livres, rien d'autre. Pourquoi les affaires excluraient-elles nécessairement le plaisir ? a-t-il demandé. Un beau jeune homme en voyage saurait certainement comment dépenser un peu d'argent de poche. Ai quitté Jansch une heure plus tard ; le portefeuille saigné à blanc, il dormait. Me suis rendu dans la foulée à la banque, de l'autre côté de la place, où l'assistant du directeur m'a reçu. Douce musique de la solvabilité. Ainsi que le Pater aime à répéter : « Goûter sa propre sueur est la meilleure des récompenses. » Comme si sa sinécure ecclésiastique l'avait déjà mis en nage. Je me suis arrêté ensuite chez Flagstad, le magasin de musique de la ville, où j'ai acheté un paquet de papier à musique destiné à combler la masse manquante dans le cartable, en prévision de possibles regards inquisiteurs. En ressortant, j'ai repéré une paire de guêtres bises dans la vitrine d'un cordonnier. Suis entré, m'en suis saisi. Ai vu une boîte à cigarettes en chagrin. L'ai acquise.

Il me restait deux heures à tuer. Ai bu une bière fraîche dans un café, suivie d'une deuxième, puis d'une troisième, et fumé un paquet entier de ces délicieuses cigarettes françaises. L'argent de Jansch n'a rien d'un butin de pirates, mais c'est pourtant l'impression qu'il procure. Plus tard, au détour d'une ruelle, j'ai trouvé une petite église (je me tenais à l'écart des lieux touristiques de manière à éviter les libraires furieux) regorgeant de bougies, d'ombres, de martyrs, d'encens. N'étais pas retourné à la messe depuis le matin où mon père m'avait fichu dehors. La porte qui donnait sur la rue claquait sans cesse. De vieilles sorcières filiformes arrivaient, allumaient un cierge et repartaient. De premier choix, le cadenas du votif. Les gens s'agenouillaient pour prier, certains remuaient les lèvres. Comme je les envie, vraiment. J'envie ce Dieu qu'ils instruisent de leurs secrets, aussi. La foi, le cercle le plus accessible au monde, a un portier très finaud. À peine cette entrée grande ouverte franchie, je me retrouvais déjà dans la rue. Ai tenté de concevoir de béates pensées, mais mon esprit ne cessait de promener ses doigts sur le corps de Jocasta. Même les saints et martyrs des vitraux suscitaient chez moi une légère excitation. J'imagine que ce n'est pas la meilleure façon de se rapprocher du Seigneur. C'est en fin de compte un motet de Bach qui m'a expulsé – le chœur n'était pas mauvais, en revanche le seul salut possible pour l'organiste eût été une balle dans la cervelle. Le lui ai dit, d'ailleurs : le tact et la retenue sont de rigueur quand on échange de menus propos, mais quand il s'agit de la musique, il ne faut jamais tourner autour du pot.

Dans un jardin public proprent nommé Minnewater, les amoureux allaient l'amble bras dessus, bras dessous entre les saules, les roses de Banks et les chaperons. Un violoneux émacié et aveugle avait posé son chapeau. Et jouer, il savait ! Lui ai demandé « Bonsoir, Paris ! ». S'est exécuté avec tant d'énergie que je lui ai glissé un billet de cinq francs tout neuf dans la main. Il a retiré ses lunettes noires, inspecté le filigrane, invoqué le nom de son saint fétiche, ramassé ses piécettes et déguerpi en coupant par le parterre de fleurs, riant comme un bossu. Celui qui a prétendu un jour que l'argent ne faisait pas le bonheur en possédait sans doute trop.

Me suis assis sur un banc de fer. À une heure de l'après-midi, les cloches, toutes proches, lointaines, carillonnaient. Les employés de bureau déguerpissaient des cabinets d'avocats et des boutiques afin de manger leur sandwich dans le jardin et profiter de la verdeur de la brise. Hésitais à rejoindre Hendrick en retard, quand soudain, qui ai-je vu arriver en trottinant dans le parc, sans chaperon, en compagnie d'un dandy à la silhouette de phasmidés, deux fois plus âgé qu'elle, une alliance vulgaire au doigt, éclatante comme un cuivre ? L'ai reconnue au premier coup d'œil. Eva. Me suis caché derrière un journal abandonné sur le banc par un employé. Elle et son compagnon n'étaient certes pas en contact physique direct, mais ils étaient passés juste devant moi, et il y avait cet air de complicité naturelle qu'elle n'affiche jamais, au grand jamais, à Zedelghem. J'en ai déduit ce qu'il fallait en déduire.

Eva misait sur le mauvais cheval. Il fanfaronnait, cherchant à épater la galerie. « L'époque nous appartient, Eva, si nous et nos alter ego considérons les choses comme acquises, sans nous poser de questions. Réciproquement, un homme court à sa perte quand les temps changent mais que lui n'évolue pas. D'ailleurs, si vous me permettez, les empires déclinent pour la même raison. » Ce mainate philosophe me sidérait. Belle comme elle l'était, E. pouvait trouver mieux. Le comportement de la jeune fille me sidérait, aussi. En pleine journée, dans la ville où elle étudiait ! Tenait-elle à perdre sa réputation ? Serait-elle une de ces suffragettes libertaires de la trempe de Christina Rossetti ? J'ai suivi le couple à distance jusqu'à une maison située dans une rue fréquentée. Le type a jeté un coup d'œil furtif derrière lui avant d'enfoncer sa clé dans la serrure. J'ai bondi me cacher dans une ruelle. Figure-toi la scène : Frobisher se frottant les mains de joie !

Comme à l'accoutumée, Eva est rentrée le vendredi, tard dans l'après-midi. Un trône en chêne est installé dans le vestibule entre la porte de sa chambre et la porte menant à l'étable. Je m'y étais assis. Malheureusement, m'étant égaré dans les accords chromatiques du vitrail, je n'ai pas remarqué l'arrivée d'E., cravache en main, inconsciente de l'embuscade. « *S'agit-il d'un guet-apens ? Si vous vouliez discuter avec moi d'un problème personnel, vous pourriez me prévenir* ?* »

Sous le coup de la surprise, j'ai pensé tout haut et lui ai reproché d'être entrée telle une rôdeuse. Eva avait saisi ces paroles. « Comment cela, telle une rôdeuse ? *Ce n'est pas un mot aimable, monsieur Frobisher. Si vous dites que je suis une rôdeuse, vous allez nuire à ma réputation. Et si vous nuisez à ma réputation, eh bien, il faudra que je ruine la vôtre*.* »

Sur le tard, j'ai ouvert le feu. Sa réputation, voilà exactement ce pour quoi je devais la mettre en garde. Si quiconque de passage à Bruges l'avait surprise à frayer avec un crapaud scrofuleux au jardin de Minnewater pendant les heures de classe, les commères de la ville auraient souillé le nom de Crommelynck en un rien de temps !

J'ai cru un instant que j'allais recevoir une gifle, mais elle s'est empourprée et a baissé la tête. Humble, elle a demandé : « *Avez-vous dit à ma mère ce que vous avez vu* ?* » J'ai répondu que non, je n'en avais parlé à personne, du moins pour le moment. E. a précisément corrigé le tir : « Voilà qui est stupide, monsieur Frobisher, car Maman vous aurait révélé que cette mystérieuse escorte était M. Van de Velde, de la famille qui m'héberge durant la semaine. Il s'agit du fils du plus grand fabricant de munitions en Belgique. *Monsieur** Van de Velde est un bon père de famille. Je n'avais pas classe ce mercredi après-midi ; aussi a-t-il eu la gentillesse de me raccompagner de son bureau à son domicile. Ses filles, elles, s'étaient rendues à la répétition de leur chorale. À l'école, l'on n'aime pas voir les élèves sortir seules, même s'il fait encore jour. Les rôdeurs fréquentent les jardins, voyez-vous ; des personnes aux pensées perverses, qui n'attendent qu'une occasion pour porter préjudice à la réputation d'une jeune fille, voire trouver le moyen de la faire chanter. »

Feindre l'indifférence ou riposter ? J'ai mis toutes mes chances de mon côté. « Vous faire chanter ? J'ai moi-même trois sœurs, je me souciais de votre réputation, voilà tout ! »

Elle avait l'avantage et s'en délectait. « *Ah oui ? Comme c'est délicat de votre part *!* Dites-moi, monsieur Frobisher, à quel genre d'acte croyiez-vous que *Monsieur** Van de Velde allait se livrer ? Étiez-vous à ce point jaloux ? »

Sortant de la bouche d'une demoiselle, cet effroyable franc-parler m'a coupé la chique. « Je suis soulagé que ce malentendu soit dissipé » – j'ai sélectionné le plus hypocrite de mes sourires – « et vous présente mes très sincères excuses.

– J'accepte ces "très sincères excuses" dans le même esprit qu'elles ont été présentées. »

E. s'est dirigée vers l'écurie ; son fouet se balançait comme la queue d'une lionne. Suis reparti au salon de musique pour tenter d'oublier ma lamentable prestation en me plongeant dans ce diable de Liszt. D'habitude, je parviens du premier coup à jouer à la perfection *La Prédication aux oiseaux*, mais pas vendredi dernier. Dieu merci, E. part pour la Suisse demain. Si jamais elle découvrait les visites nocturnes que me rend sa mère... Non, je n'ose pas l'imaginer. Il n'y a pas de garçon que je ne réussisse à mener par le bout du nez (et pas seulement le nez), pourquoi les femmes de Zedelghem semblent-elles l'emporter à chaque fois ?

Sincèrement,
R. F.

*

Zedelghem
le 29 août 1931,

Sixsmith,

Suis en robe de chambre, assis à mon secrétaire. La cloche de l'église sonne cinq heures. Une aube aride, encore. La bougie s'est consumée jusqu'au bout. Épuisante et tumultueuse nuit. J. avait gagné mon lit à minuit et, pendant nos ébats, la porte a été poussée. Terrible farce ! Heureusement, J. avait fermé le verrou à son arrivée. La poignée a cliqueté, puis l'on a frappé avec insistance. Autant la peur permet-elle de rendre à l'esprit sa lucidité, autant peut-elle le plonger dans le noir : me rappelant Don Juan, j'ai dissimulé J. sous le nid de draps et de couvertures de mon lit affaissé et laissé le rideau du baldaquin entrouvert, pour prouver que je n'avais rien à cacher. Je traversais la pièce, fulminant, ne parvenant pas à réaliser ce qui m'arrivait, me cognant volontairement au mobilier afin de gagner du temps ; une fois devant la porte, j'ai crié : « Que se passe-t-il, bon sang ? Y a-t-il le feu ?

– Ouvrez, Robert ! » Ayrs ! Tu imagines, je me préparais au pire. Désespéré, je demandai l'heure pour obtenir davantage de répit.

« Qu'importe ? Je n'en sais rien ! J'ai une mélodie en tête, mon garçon, une mélodie pour violon, un don du ciel, elle ne me laisse pas dormir, il faut que vous la notiez, et tout de suite ! »

Pouvais-je lui faire confiance ? « Cela ne peut-il pas attendre demain matin ?

– Impossible, Frobisher, je risque de la perdre ! »

Ne pouvait-on pas se rejoindre au salon de musique ?

« Nous allons réveiller tout le monde, c'est inutile, j'ai toutes les notes en tête. »

Je lui ai dit d'attendre que j'allume une bougie. Ai déverrouillé la porte et découvert Ayrs qui se tenait devant moi, une canne dans chaque main, momifié par le clair de lune reflété sur sa chemise de nuit. Hendrick se tenait en retrait, interdit et vigilant, tel un totem. « Allons, laissez-moi passer ! » Ayrs m'a bousculé. « Trouvez une plume, sortez une partition vierge, allumez la lumière, vite. Pourquoi diable vous barricader si vous dormez les fenêtres ouvertes ? Les Prussiens sont partis, et les fantômes traversent les portes. » Ai bredouillé je ne sais quelle ineptie sur une prétendue incapacité à dormir dans une pièce ouverte, mais il ne m'écoutait pas. « Disposez-vous de papier à musique ou dois-je envoyer Hendrick en chercher ? »

Soulagé de savoir que V. A. n'était pas venu me surprendre en train de monter sa femme, la requête a paru moins ridicule qu'elle n'était. « Très bien, ai-je dit, j'ai du papier, j'ai une plume, allons-y. » La vue d'Ayrs était trop basse pour qu'il distingue quoi que ce soit de suspect derrière les contreforts du lit, en revanche, Hendrick, lui, représentait un danger potentiel. Mieux valait ne pas s'en remettre à la discrétion des domestiques. Après que Hendrick a aidé son maître à s'asseoir et lui a recouvert les épaules d'un plaid, j'ai précisé au valet que je le sonnerais quand nous aurions terminé. Ayrs ne m'a pas contredit – il fredonnait déjà. Une lueur de conspiration dans le regard de H. ? La pièce était trop sombre pour en avoir la certitude. Le domestique a effectué une imperceptible courbette, s'est éclipsé comme s'il roulait sur des rails, et a refermé doucement la porte derrière lui.

Suis allé m'asperger le visage à la vasque, puis me suis assis en face d'Ayrs, craignant que J. n'oublie le plancher grinçant et ne se risque à une évasion sur la pointe des pieds.

« Prêt. »

Ayrs fredonnait sa sonate, mesure par mesure, puis me dictait les notes. Malgré les circonstances, l'étrangeté de cette miniature m'a bien vite captivé. Elle oscillait, périodique, cristalline. Il a terminé à la quatre-vingt-seizième mesure et m'a demandé d'apposer l'indication *triste** sur la partition. Puis il m'a questionné : « Alors, qu'en pensez-vous ?

– Je ne saurais trop dire, ai-je répondu. Cela ne ressemble pas du tout à vos compositions. Ni à celles de personne, d'ailleurs. Mais la mélodie est hypnotique. »

Ayrs s'était avachi, on aurait dit un tableau préraphaélite qui s'intitulerait *Voyez comment Muse repue délaisse sa marionnette*. Dans le jardin, l'écume du chant des oiseaux emplissait les premières heures du jour. Ai pensé aux courbes de J. dans le lit, à quelques mètres, et même ressenti par empathie une dangereuse trépidation d'impatience. V. A. n'était pas sûr de lui-même, pour une fois. « J'ai rêvé d'un... café cauchemardesque, illuminé de toute part, et pourtant confiné sous terre. J'étais mort depuis longtemps, très longtemps. Les serveuses avaient toutes le même visage. On y mangeait du savon et on y buvait des tasses de mousse. La musique de ce café » – il a désigné d'un doigt épuisé la partition –, « c'était celle-ci. »

Ai sonné H. Voulais qu'Ayrs quitte ma chambre avant que la lumière du jour y révèle la présence de sa femme dans mon lit. Une minute plus tard, H. a frappé. Ayrs s'est levé d'un coup et a clopiné à travers la pièce – il déteste qu'on l'observe étant assisté. « Bon travail, Frobisher. » Sa voix était revenue me trouver du couloir. J'ai fermé la porte et poussé un de ces soupirs de soulagement ! Ai sauté dans le lit, où l'alligator qui se terrait sous les draps humides a refermé ses petits crocs sur sa jeune proie.

Nous avions commencé à échanger un somptueux baiser d'adieu quand soudain, la porte a grincé de nouveau. « Autre chose, Frobisher. » Sainte Marie, mère de tous les blasphèmes ! Je n'avais pas fermé la porte ! Ayrs glissait vers le lit tel le vaisseau du *Hesperus*. J. s'est cachée sous les draps pendant que je faisais des bruits de couvertures et de surprise. Dieu merci, Hendrick attendait dehors – hasard ou tact ? V. A. s'est approché du bout du lit et s'y est assis, à quelques centimètres de la bosse formée par J. Si celle-ci avait eu le malheur d'éternuer ou de tousser, même ce vieil aveugle d'Ayrs aurait fini par comprendre. « La question étant délicate, je n'irai donc pas par quatre chemins. Jocasta. Ce n'est pas une femme très fidèle. Maritalement, s'entend. Mes amis font allusion à ses indiscrétions, mes ennemis me rapportent ses aventures. A-t-elle jamais... auprès de vous... comprenez-vous ce que j'entends par là ? »

Ai durci le ton avec brio. « Non, monsieur, je ne comprends pas ce que vous entendez par là.

– Épargnez-moi votre pudibonderie, mon garçon ! » Ayrs s'est penché. « Ma femme vous a-t-elle déjà fait quelque avance ? J'ai le droit de savoir ! »

Il s'en est fallu d'un cheveu pour que je pousse un petit rire nerveux. « Je trouve la question détestable au possible. » Le souffle humide de Jocasta sur ma cuisse. Elle devait cuire sous les couvertures. « Si j'étais vous, je ne tiendrais pas en amitié ceux qui répandent pareilles ignominies. En ce qui concerne Mme Crommelynck, franchement, je trouve ces insinuations aussi absurdes que déplacées. Si – je dis bien *si* –, dans l'hypothèse d'une dépression nerveuse, ou de quelque mal de cette nature, elle avait été amenée à se conduire de la sorte, eh bien en toute honnêteté, Ayrs, je serais plutôt allé demander conseil à Dhondt, ou m'en serais remis au Dr Egret. » La sophistique : un excellent écran de fumée.

« En un mot, vous n'allez pas me répondre ?

– Oh que si, et en deux mots : non, jamais ! Et j'espère que maintenant le sujet est clos. »

Ayrs a laissé s'écouler un long silence. « Vous êtes jeune, Frobisher, vous êtes riche, vous avez de la cervelle et, ce qui ne gâte rien, vous n'êtes pas complètement répugnant non plus. Je me demande pourquoi vous restez ici. »

Tiens donc. La mièvrerie à présent. « Vous êtes mon Verlaine.

– Est-ce vrai, jeune Rimbaud ? Alors où est votre *Saison en enfer* ?

– En ébauche, dans mon crâne, dans mes tripes, Ayrs. Dans mon avenir. »

N'aurais su dire ce qu'Ayrs a ressenti : de la moquerie, de la pitié, de la nostalgie, ou du dédain ? Il est parti. Ai verrouillé la porte et grimpé dans le lit pour la troisième fois de la nuit. Transposée dans le réel, la comédie de boulevard est d'une intense tristesse. Jocasta semblait en colère contre moi.

« Quoi ? ai-je sifflé entre mes dents.

– Mon mari t'aime », a dit l'épouse, qui se rhabillait.

Le château s'éveille. Les tuyaux émettent des bruits de vieilles tantes. Ai songé à mon grand-père, dont la vivacité d'esprit a sauté la génération de mon père. Une fois, il m'avait montré l'aquatinte d'un temple du Siam. Je ne me rappelle plus le nom du lieu, mais depuis la lointaine époque où un disciple de Bouddha y avait prêché, les rois-bandits, les tyrans et autres monarques de ce royaume avaient agrémenté l'endroit de tours de marbre, d'arboretums parfumés, de dômes recouverts d'or, de voûtes décorées de fresques, de diamants ornant les yeux des statuettes. Lorsque le temple égalera son homologue en Terre pure, alors l'humanité aura accompli son destin, et le temps lui-même s'arrêtera, rapporte-t-on.

Aux yeux des gens comme Ayrs, il me semble, ce temple représente notre civilisation. La masse, les esclaves, les paysans, et les fantassins vivent dans les joints de ses dalles, et ignorent jusqu'à leur propre ignorance. C'est moins le cas chez les grands hommes d'État, scientifiques, artistes, et encore moins chez les compositeurs de cette ère, de toutes les ères, qui sont les architectes, maçons et prêtres de la civilisation. Pour Ayrs, notre tâche consiste à rendre notre civilisation toujours plus resplendissante. Le plus cher souhait de mon patron – ou le seul – est de bâtir un minaret que, dans mille ans, les héritiers du progrès désigneront en s'écriant: « Regardez, voici Vyvyan Ayrs ! »

Quelle vulgarité, ce rêve d'immortalité, quelle vanité, quelle frauduleuse invention ! Les compositeurs sont ces mêmes hommes qui barbouillaient dans les cavernes ! L'on écrit de la musique parce que l'hiver est éternel; si l'on ne composait pas, les loups et la bise nous sauteraient à la gorge.

Sincèrement,
R. F.

*

Zedelghem
le 14 septembre 1931,

Sixsmith,
Sir Edward Elgar est venu prendre le thé cet après-midi. Même un ignare de ton espèce a dû entendre parler de

lui. D'habitude, si l'on demande à Ayrs ce qu'il pense de la musique anglaise, celui-ci répondra : « La musique anglaise ? Cela n'existe pas ! En tout cas, plus depuis Purcell ! » puis il boudera le reste de la journée, comme si nous étions tous responsables de la Réforme. Cette inimitié a bien vite été oubliée quand, ce matin, sir Edward a téléphoné depuis son hôtel à Bruges pour savoir si Ayrs voulait lui accorder une heure ou deux. Ayrs s'est livré à une rouspétance cabotine, néanmoins je voyais bien à la façon dont il harcelait Mme Willems à propos des dispositions à prendre pour le thé qu'il était on ne peut plus ravi. L'invité à qui l'on réservait un tel accueil est arrivé à deux heures et demie, vêtu d'un long manteau Inverness vert foncé, en dépit de la clémence du temps. Son état de santé ne se révélant guère meilleur que celui de V. A., J. et moi avons accueilli notre hôte sur le perron de Zedelghem. « Alors c'est vous, la nouvelle paire d'yeux de Vyv ? » a-t-il annoncé en me serrant la main. Ai confié l'avoir vu diriger des concerts une douzaine de fois au festival de Londres, ce qui l'a flatté. Ai conduit le compositeur au salon Écarlate, où Ayrs attendait. Ils se sont salués de manière très chaleureuse, tout en semblant ménager mutuellement leurs contusions. Elgar est très gêné par sa sciatique, quant à Ayrs, même les bons jours, le premier coup d'œil qu'on lui jette est terrifiant, et c'est encore pire au deuxième. Le thé servi, ils ont causé travail et nous ont royalement ignorés, J. et moi, mais c'était fascinant de les observer telle une petite souris. De temps à autre, sir E. nous épiait afin de s'assurer qu'il n'épuisait pas notre hôte. « Pas du tout », lui répondaient nos sourires. Les vieux hommes sautaient d'un sujet à l'autre : les saxophones dans les orchestres ; Webern : imposteur ou messie ; le patronage et les politiques musicales. Sir E. a annoncé qu'il travaillait à une troisième symphonie après une longue période d'hibernation : il nous a même donné à entendre l'ébauche d'un *molto maestoso* et d'un *allegretto* sur le piano droit. Ayrs, qui tenait à montrer que lui non plus n'était pas encore prêt pour le cercueil, m'a demandé de jouer quelques récentes esquisses d'airs pour piano – plutôt jolis. Plusieurs bouteilles de bière trappiste plus tard, j'ai demandé à Elgar pourquoi il avait composé *Pompe et Circonstance*, une suite de marches militaires. « Oh, j'avais besoin d'argent, mon garçon. Mais n'en dites rien. Le Roi risquerait de reprendre mon titre de baron. » À ces mots, le rire spasmodique d'Ayrs a éclaté ! « Je l'ai toujours répété, Ted : si vous voulez que la foule crie Hosanna, entrez d'abord en ville sur un âne. À reculons si possible, en racontant aux masses les histoires abracadabrantes qu'elles ont envie d'entendre. »

Sir E. ayant entendu parler de l'accueil réservé à Cracovie au « Todtenvogel » (le Tout-Londres est au courant, paraît-il), V. A. m'a envoyé en chercher une partition. De retour au salon Écarlate, j'ai livré l'oiseau de mort à notre invité, qui l'a emporté sur le fauteuil près de la fenêtre et l'a lu à l'aide d'un monocle, tandis qu'Ayrs et moi-même feignions de nous affairer. « À notre âge, Ayrs, a-t-il enfin déclaré, nous n'avons pas le droit de concevoir de si fougueuses idées. D'où les tenez-vous ? »

V. A., tout fier de lui, s'est gonflé comme un crapaud en rut. « Mon arrière-garde aura remporté quelques batailles contre la décrépitude. Ce brave Robert se révèle être un excellent *aide de camp**. »

*Aide de camp**? C'est moi, son général, nom d'un chien ! Lui n'est qu'un vieux sultan adipeux régnant sur ses souvenirs de gloire passée ! Ai souri du mieux que j'ai pu (comme si le toit au-dessus de ma tête en dépendait. De plus, sir E. pourrait m'être utile un jour : mieux vaut ne pas passer pour un casse-pieds). Pendant le thé, Elgar a loué les mérites de mon travail à Zedelghem, comparé à son premier emploi, un poste de directeur musical dans un asile d'aliénés du Worcestershire. « Cette expérience vous a bien préparé à diriger le Philharmonique de Londres, j'imagine ? » a malicieusement souligné V. A. Nous avons ri et j'ai à moitié pardonné au vieux ronchon égoïste d'être ronchon et égoïste. Ai ajouté une ou deux bûches dans le feu. Dans la fumeuse lumière de l'âtre, les deux vieillards piquaient du nez, tels deux rois du temps jadis traversant l'éternité confinés dans leur tumulus. Ai retranscrit leurs ronflements. Elgar sera interprété par un tuba et Ayrs, par un basson. Je ferai la même chose avec Fred Delius et Trevor Mackerras, puis je les mettrai tous en scène dans une œuvre intitulée *Le Musée clandestin des edwardiens empaillés*.

Trois jours plus tard

Reviens tout juste d'une promenade (*lento*) en compagnie de V. A. jusqu'à la loge du gardien sur la promenade des moines. Je poussais son fauteuil roulant. Riche atmosphère du paysage, ce soir : les feuilles d'automne volaient çà et là en spirales persistantes, comme si V. A. était le sorcier et moi, son apprenti. Les longues ombres des peupliers barraient le champ rasé. Ayrs tenait à me dévoiler comment il allait composer son ultime symphonie, une œuvre majeure qu'il nommerait *Éternel Recommencement*, en l'honneur de son bien-aimé Nietzsche. Une partie de la musique sera tirée d'un projet d'opéra abandonné inspiré par *L'Île du docteur Moreau* dont la production à Vienne avait été annulée pour cause de guerre ; l'autre moitié « viendra d'elle-même », prétendait-il ; quant au thème majeur, ce sera « la musique du rêve » qu'il m'avait dictée dans ma chambre pendant cette abominable nuit du mois dernier, mésaventure que je t'avais narrée dans une lettre. V. A. désire que sa symphonie comporte quatre mouvements, un chœur féminin, et une grande section de bois comme il les aime. C'est pour ainsi dire un Béhémoth qui surgit des profondeurs. Ayrs requiert mes services six mois de plus. Lui ai répondu qu'il me faudrait réfléchir. Il a dit qu'il m'augmenterait, ce qui est à la fois vulgaire et rusé de sa part. Lui ai répété qu'il me fallait un peu de temps. V. A. était vexé que je ne lui aie pas immédiatement répondu « Oui ! » dans un souffle ému – je tiens simplement à ce que ce vieil imbécile admette qu'il a plus besoin de moi que moi, de lui.

Sincèrement,
R. F.

*

Zedelghem
le 28 septembre 1931,

Sixsmith,

J. de plus en plus fatigante. Après l'amour, elle s'étend sur mon lit tel un avorton beuglant et me harcelant à propos des autres femmes dont j'ai tiré des trémolos. Depuis qu'elle m'a soutiré quelques noms, elle me dit des choses de ce genre : « Oh, c'est Frederica qui t'a appris cela, j'imagine. » (Elle joue avec la tache de naissance au creux de mon épaule, celle que tu compares à une comète – je ne supporte pas quand elle me suçote la peau.) J. provoque des disputes ridicules en vue de procéder à de pénibles réconciliations, et ce qui m'inquiète davantage, c'est qu'elle permet à ces petits drames nocturnes d'empiéter sur nos vies diurnes. Ayrs ne songe à rien d'autre qu'à son *Éternel Recommencement*, mais Eva sera revenue dans une dizaine de jours, et cette créature au regard de faucon débusquera en un rien de temps ce secret pourrissant.

J. s'imagine que notre liaison scelle mon avenir à Zedelghem – elle répète, d'un ton mi-joueur mi-sombre qu'elle ne va pas me laisser *les* « abandonner », elle et son mari, au moment où *ils* ont le plus besoin de moi. Le diable se cache dans les pronoms personnels, Sixsmith. Le pire, c'est qu'elle a commencé à employer le mot A..., et cherche à l'entendre en retour. Que lui arrive-t-il au juste, à cette femme ? Elle a presque deux fois mon âge ! Qu'est-ce donc qu'elle désire ? Lui ai assuré ne jamais avoir aimé personne d'autre que moi-même, ni avoir l'intention de changer, surtout pas avec l'épouse d'un autre, et d'autant moins quand il suffirait à son mari d'écrire une demi-douzaine de lettres pour me bannir des cercles musicaux européens. La femelle use alors de ses ordinaires stratagèmes, pleure sur mes coussins, m'accuse de me « servir » d'elle. Ce que je reconnais : bien sûr, je me suis « servi » d'elle, tout comme elle s'est « servie » de moi. Notre liaison est de cette nature. Si cela ne lui plaît plus, je ne la retiens pas. Alors elle quitte la chambre en rage et boude pendant deux journées et deux nuits d'affilée, jusqu'à ce que la vieille brebis recouvre son appétit pour les jeunes béliers, puis elle revient à la charge, m'appelle son petit chéri, me remercie d'« avoir rendu à Vyvyan sa musique », et ce stupide manège reprend de plus belle. Je me demande si elle a eu recours aux faveurs de Hendrick par le passé. De la part de cette femme, rien ne m'étonnerait. Si un des docteurs autrichiens de Renwick lui ouvrait le crâne, je suis sûr qu'un essaim de névroses en jaillirait. Eussé-je su à quel point elle est instable, jamais je ne l'aurais laissée entrer dans mon lit. Elle fait l'amour avec maussaderie. Non, avec sauvagerie.

Ai donné une réponse favorable à la proposition de V. A. de demeurer au château jusqu'au prochain été au moins. Ce n'est pas une révélation mystique qui a motivé cette décision mais plutôt l'intérêt artistique, la commodité des conditions financières, et aussi la prise en considération du malaise qui frapperait J. si je partais. Des suites de ce drame, je ne me relèverais pas.

Plus tard, même journée

Le jardinier a fait un feu de joie des feuilles mortes, j'en reviens tout juste. La chaleur sur le visage et les mains, la fumée triste, le feu qui craque et qui siffle. Ça m'a rappelé la cabane du torréfacteur à Gresham. Bref, j'ai tiré une superbe musique du feu : percussions pour les craquements, basson alto pour le bois, et flûte infatigable pour les flammes. Ai tout juste terminé de retranscrire la mélodie. Atmosphère dans le château humide comme une lessive qui refuse de sécher. Les courants d'air claquent les portes du couloir. L'automne abandonne sa douceur et entame sa période hirsute et pourrissante. Ne me souviens pas d'avoir entendu l'été dire au revoir.

Sincèrement,
R. F.

DEMI-VIES, LA PREMIÈRE ENQUÊTE DE LUISA REY

1

Rufus Sixsmith, appuyé sur la balustrade, estime la vitesse de son corps lorsque celui-ci atteindra le trottoir, mettant un terme au dilemme. Un téléphone sonne dans la pièce sombre. Sixsmith n'ose pas décrocher. De la musique disco tonne dans l'appartement voisin, où une fête bat son plein, et donne à Sixsmith l'impression d'avoir bien plus que ses soixante-six ans. La pollution embrume les étoiles, mais du nord au sud de la bande côtière frémissent les milliards de lumières de Buenas Yerbas. À l'ouest, l'éternité du Pacifique. À l'est, l'Amérique ravinée, héroïque, pernicieuse, bigote, gloutonne, le pays fou furieux que l'on connaît.

Une jeune femme émerge de la fête voisine et s'appuie sur la balustrade attenante. Elle a les cheveux très courts, porte une élégante robe violette, et pourtant une solitude et une tristesse inconsolables se dégagent d'elle. *Allez, propose-lui un suicide à deux.* Sixsmith n'est pas sérieux, il n'a pas l'intention de sauter, pas tant qu'une lueur d'humour brille toujours en lui. *Et puis, un accident, c'est exactement ce qu'espèrent Grimaldi, Napier et tous ces loubards en costume trois pièces.* Sixsmith traîne les pieds jusqu'à l'intérieur puis se verse une généreuse dose de vermouth tirée du minibar de son hôte invisible, pose les mains dans le freezer et se les passe sur le visage. *Sors appeler Megan, c'est la seule personne encore à tes côtés.* Il sait qu'il ne le fera pas. *Tu ne vas tout de même pas l'attirer dans ce guêpier.* Les basses du disco percutent ses tempes, néanmoins l'appartement lui a été prêté et Sixsmith juge imprudent de se manifester. *Tu vis à Buenas Yerbas, pas à Cambridge. Et puis l'essentiel, c'est de te cacher.* La brise claque la porte du balcon, et Sixsmith qui sursaute renverse la moitié de son vermouth. *Non, vieil imbécile, ce n'était pas un coup de feu.* Il essuie la flaque à l'aide d'un torchon, tourne le commutateur de la télévision en laissant le son au minimum et cherche la chaîne qui diffuse *M*A*S*H. C'est l'heure du programme. Je vais bien finir par la trouver.*

2

Luisa Rey entend un bruit sourd sur le balcon voisin. « Ohé ? » *Personne.* Son estomac l'enjoint de déposer son verre de tonic. *C'était aux toilettes qu'il te fallait aller, pas sur le balcon*, mais elle ne se voit pas retraverser la foule des invités *et, de toute manière, je n'ai plus le temps* : contre le mur du bâtiment, elle hoquette, une fois, deux fois, vision du poulet gras, trois fois. *Ça* – elle essuie ses larmes –, *c'est bien la chose la plus répugnante que tu aies jamais faite.* Elle se rince la bouche et recrache dans un pot de fleurs placé derrière un paravent. Luisa se tamponne les lèvres à l'aide d'un mouchoir et trouve un bonbon à la menthe dans son sac. *Rentre à la maison, va te coucher et, pour une fois, espère que ces trois cents mots à pondre te viendront dans la nuit. Les gens ne regardent que les images, de toute façon.*

Un homme trop âgé pour se pavaner en pantalon de cuir et torse nu sous son gilet en peau de zèbre débarque sur le balcon. « Lui*saaa* ! » Collier de barbe dorée, croix ansée mi-adulaire, mi-jade accrochée au cou. « Hello ! Alors, on admire les étoiles ? Devine quoi. Bix a apporté deux cent cinquante grammes de blanche. Vraiment cool, ce type. Au fait, je t'ai pas dit pendant l'interview ? En ce moment, j'essaie "Ganja", comme prénom. Maharaj Aja dit que Richard, ça ne colle pas avec mon moi ayurvédique.

– Qui ça ?

– Mon gourou, Lui*saaa*, mon gourou ! C'est sa dernière réincarnation avant... » Les doigts de Richard font *pfuitt !* et montent vers le nirvana. « Viens à une de ses séances. Normalement, il faut attendre une éternité, tu wa, mais les disciples de la croix ansée de jade obtiennent un entretien l'après-midi même de leur demande. Chépa, pourquoi aller à l'université, toutes ces conneries, si Maharaj Aja peut tout t'apprendre sur, chépa moi... sur *ça*. » Il encadre la lune de ses doigts. « Les mots, c'est tellement... étriqué... L'espace, c'est tellement... Tu wa, chépa moi, c'est si *entier*. Tu veux tirer ? De l'Acapulco Gold. Bix me l'a filée. » Il se rapproche. « Dis, Lou, si on allait se défoncer après la fête. Tout seuls, tous les deux, chez moi, tu piges ? Un entretien *très* privé, ça te tente ? Je pourrais même t'écrire une chanson pour mon prochain album.

– Je saute mon tour. »

Le membre de ce groupe de rock de petite envergure a plissé les yeux. « Les Anglais ont débarqué, c'est ça ? La semaine prochaine alors. Chépa moi, je croyais que les journaleuses prenaient la pilule sans faire de pause.

– C'est aussi Bix qui te refourgue tes vannes ? »

Il ricane. « Quoi, qu'est-ce qu'il t'a raconté, ce gonze ?

— Richard, je préfère éviter les malentendus : plutôt sauter de ce balcon que coucher avec toi, et c'est valable tous les jours de l'année. Sincèrement.

— Ouah ! » Il retire ses mains comme s'il avait été piqué. « Tu fais la difficile ? Non mais chépa pour qui tu te prends, Joni Mitchell peut-être ? T'écris des ragots dans un torche-cul que *personne ne lit*, c'est tout ! »

3

Les portes se referment au moment où Luisa atteint l'ascenseur, quand un passager insoupçonné les bloque à l'aide de sa canne. « Merci, dit Luisa au vieil homme. Heureuse de constater que le temps de la galanterie n'est pas tout à fait révolu. »

Il acquiesce, l'air grave.

Luisa pense : *Il a l'air de quelqu'un à qui on vient tout juste d'annoncer qu'il lui reste une semaine à vivre.* Elle appuie sur le bouton RDC. L'antique ascenseur entame sa descente. Une indolente aiguille effectue le décompte des étages. Le moteur couine, les câbles grincent, puis entre le dixième étage et le neuvième, détonne un *katta-katta-katta* qui trépasse en un *phzzz-zzz-zz-z*. Luisa et Sixsmith trébuchent. La lumière bredouille, puis diffuse une bourdonnante lueur sépia.

« Ça va ? Vous pouvez vous lever ? »

Le vieil homme affalé se remet doucement. « Rien de cassé, je crois, mais je préfère rester assis, merci bien. » Avec son accent britannique vieillot, il rappelle à Luisa le tigre du *Livre de la jungle*. « Le courant pourrait subitement revenir.

— Bon Dieu, marmonne Luisa. Une coupure de courant. La journée finit en beauté. » Elle appuie sur l'alarme. Rien.

Elle pousse le bouton de l'interphone et crie : « Ohé ! Il y a quelqu'un ? » Un crachouillis de parasites. « Nous avons un problème ! Vous nous entendez ? »

Luisa et le vieil homme s'observent du coin de l'œil et tendent l'oreille.

Pas de réponse. Rien que de vagues bruits sous-marins.

Luisa inspecte le plafond. « Il y a certainement une trappe de service... » Non. Elle soulève la moquette : un sol métallique. « Ça n'existe que dans les films, j'imagine.

– Toujours aussi heureuse que le temps de la galanterie ne soit pas révolu ? »

Luisa parvient à sourire, de justesse. *Eh bien, au moins, je ne suis pas enfermée avec un psychopathe, un claustrophobe ou Richard Ganja.*

4

Soixante minutes plus tard, Rufus Sixsmith s'adosse à un coin et s'éponge le front à l'aide de son mouchoir. « Je me suis abonné à *Illustrated Planet* en 1967 afin de lire les reportages de votre père au Vietnam. Lester Rey figurait parmi les quatre ou cinq journalistes qui appréhendaient le conflit d'un point de vue asiatique. Je serais fasciné de savoir comment un simple policier est devenu l'un des meilleurs correspondants de guerre de sa génération.

– Puisque vous le demandez. » Le récit se peaufine un peu plus chaque fois. « Papa s'est engagé dans la police de Buenas Yerbas quelques semaines avant l'attaque de Pearl Harbor ; ce qui explique sa présence sur le sol américain pendant la guerre et non pas dans le Pacifique comme son frère Howie, pulvérisé par une mine terrestre japonaise au cours d'une partie de beach volley sur les îles Salomon. Bien vite, ils ont compris que Papa était bon pour la dixième circonscription – c'est d'ailleurs là qu'ils l'ont casé. Chaque ville de ce pays compte une circonscription placard de ce genre : une sorte d'enclos où ils parquent tous les flics droits et incorruptibles qui ne ferment pas les yeux sur ce qui se passe. Bref, le soir de la victoire contre le Japon, toute la ville de Buenas Yerbas était en fête, et vous vous en doutez, les forces de police étaient bien maigrelettes. Papa a capté un appel sur la CB faisant état d'un pillage sur le wharf de Silvaplana, sorte de no man's land situé entre la dixième circonscription, les autorités portuaires de Buenas Yerbas et la circonscription de Spinoza. Papa et son coéquipier, un type du nom de Nat Wakefield, se sont rendus sur place, histoire de jeter un œil. Ils se garent entre deux containers, coupent le moteur, terminent le trajet à pied et surprennent une bonne vingtaine d'hommes qui chargent des caisses dans un fourgon blindé. La lumière était faible, mais ces types n'avaient rien de dockers, et ils ne portaient pas d'uniformes militaires. Wakefield dit à mon père de retourner à la voiture pour appeler des renforts. Au moment où Papa arrive à la CB, on y annonce que l'ordre d'enquêter sur le pillage est annulé. Papa a beau rapporter la scène à laquelle il vient d'assister, l'annulation est réitérée ; alors il repart à toute vitesse vers l'entrepôt et arrive juste à temps pour voir son coéquipier accepter du feu de la part d'un des types et recevoir six balles dans le dos. Papa parvient cependant à garder son sang-froid, court jusqu'à la voiture et parvient à lancer un code 8 – un signal de détresse – juste avant que le véhicule se mette à trembler sous l'impact des balles. Cerné de toute part sauf côté quai, il décide de sauter dans un mélange de diesel, de déchets, de vidanges et d'eau de mer, puis nage jusque sous le quai, où il se réfugie – à l'époque, le wharf de Silvaplana était une structure métallique semblable à une jetée en bois pour promeneurs : ce n'était pas la péninsule bétonnée que l'on connaît aujourd'hui –, puis il remonte une échelle de service, trempé, avec une chaussure en moins et un revolver inutilisable. Impuissant, il observe les types qui terminent leur boulot, lorsque deux voitures du commissariat de Spinoza débarquent sur les lieux. Sans laisser à Papa le temps d'avertir les policiers en contournant la plateforme, une fusillade éclate – le combat est inégal : les malfrats arrosent les deux véhicules *à la mitraillette*. Le fourgon démarre, ils grimpent à l'intérieur et quittent la plateforme en lançant de l'arrière de la camionnette une ou deux grenades. Allez savoir si elles étaient destinées à mutiler les survivants ou à décourager ceux qui auraient voulu jouer les héros... N'empêche qu'une grenade a transformé mon père en pelote d'épingles. Il s'est réveillé deux jours plus tard sans son œil gauche. Les journaux ont relaté la razzia opportune d'une prétendue bande de gangsters qui s'en serait bien tirée. Les hommes de la dixième circonscription, eux, optèrent pour des mafieux qui, après avoir détourné du matériel militaire tout au long de la guerre, avaient décidé de déplacer leur butin : à présent que le conflit était fini, la lutte contre la fraude regagnerait en fermeté. Il y a bien eu des pressions en faveur d'une enquête plus approfondie sur la fusillade de Silvaplana – en 1945, trois policiers tués n'avait rien d'anodin – mais le bureau du maire s'y est opposé. À chacun de tirer ses conclusions. C'est ce que Papa a fait : la foi en son métier était ébranlée. Huit mois plus tard, à sa sortie de l'hôpital, il avait terminé son cours de journalisme par correspondance.

– Dieu du ciel, commente Sixsmith.

– Vous connaissez sans doute la suite. Il a couvert le conflit coréen pour *Illustrated Planet* avant de devenir le spécialiste de l'Amérique latine au *West Coast Herald*. Il se trouvait au Vietnam pendant la bataille d'Ap Bac et il est resté à Saigon jusqu'à son premier collapsus en mars dernier. Un miracle que le mariage de mes parents ait tenu toutes ces années... Vous savez, ma plus longue période à ses côtés, c'était d'avril à juillet, cette année, à l'hospice. » Luisa se tait. « Il me manque, Rufus, c'est maladif. J'oublie sans arrêt qu'il est mort. Je continue à le croire en mission quelque part, bientôt de retour.

– Il devait être fier que vous suiviez sa voie.

– Oh, je ne tiens pas beaucoup de mon père. J'ai gâché pas mal d'années à jouer les femmes rebelles et libérées, et à me prendre pour une poétesse, moi qui travaillais dans une librairie d'Engels Street. Personne ne s'est laissé duper : mes poèmes sont "tellement vides qu'ils ne sont même pas médiocres" – voilà ce qu'en disait Lawrence Ferlinghetti –, et puis la librairie a fait faillite. Voilà pourquoi je ne suis à ce jour qu'une simple chroniqueuse. » Luisa frotte ses yeux fatigués et repense à la dernière réplique de Richard Ganja. « Pas dans un journal récompensé pour couvrir les conflits sur le terrain. J'avais encore bon espoir à mon arrivée chez *Spyglass*, pourtant jusqu'à présent je n'ai pas su trouver mieux qu'écrire des petits ragots assassins sur les soirées show-biz pour me rapprocher de la vocation de Papa.

– Oui, mais ces ragots sont-ils bien écrits ?

– Pardon : question ragots, j'excelle.

– Inutile alors de vous lamenter sur votre vie gâchée. Excusez-moi si j'exhibe ainsi mon expérience, mais vous n'avez pas la moindre idée de quoi il retourne. »

5

« Hitchcock adore être sous les feux de la rampe, dit Luisa, dont la vessie devient gênante, en revanche il déteste les interviews. Il n'a pas répondu à mes questions parce qu'il ne les a pas vraiment entendues, je pense. Ses meilleurs films, commente- t-il, sont un grand huit qui fiche la trouille à ses passagers ; mais une fois ressortis, ces derniers ont envie de remonter. C'est ce que j'ai fait remarquer à ce grand monsieur : dans la fiction, l'épouvante est une question de séparation ou d'isolement : tant que le motel de *Psychose* demeure à l'écart de notre monde, nous y jetons volontiers un œil, un peu comme dans un vivarium de scorpions. Alors qu'un film qui nous donne à voir le monde *comme* le motel de *Psychose*, c'est… Buchenwald, la contre- utopie, la crise économique. Nous sommes prêts à tremper l'orteil dans un univers prédateur, amoral, sans foi ni loi… l'orteil seulement. Hitchcock a réagi ainsi » – l'imitation de Luisa est meilleure que la moyenne : « "Je suis un réalisateur hollywoodien, jeune demoiselle, pas un prêtre delphique." Je lui ai demandé pourquoi Buenas Yerbas n'avait jamais figuré dans ses films. Hitchcock a répondu : "Cette ville cumule ce qu'il y a de pire à San Francisco et à Los Angeles. Buenas Yerbas ne ressemble à rien." Il s'exprimait de cette manière, par des *bons mots**, et ne s'adressait pas à vous mais à la postérité, de sorte que, dans les soirées du futur, les convives disent : "Elle est de Hitchcock, celle-là." »

Sixsmith essore son mouchoir plein de sueur. « J'ai vu *Charade* avec ma nièce dans un cinéma d'art et d'essai l'année dernière. Était-ce de Hitchcock ? Elle me force à voir ce genre de chose, pour ne pas que je me "ringardise".

J'ai plutôt aimé ; ma nièce, elle, trouvait qu'Audrey Hepburn faisait un peu "andouille". J'adore ce mot.

– *Charade*, celui où il y a des renversements de situation successifs ?

– Une intrigue certes artificielle, mais pas un film policier ne tiendrait la route, sans artifice. La remarque de Hitchcock sur Buenas Yerbas me rappelle celle de Kennedy sur New York. Vous la connaissez ? "La plupart des villes sont des noms, New York est un verbe." Ce que Buenas Yerbas peut bien être, je m'interroge.

– Une suite d'adjectifs et de conjonctions ?

– Ou un juron ? »

6

« Megan, ma nièce adorée. » Rufus Sixsmith montre à Luisa une jeune femme bronzée et un Rufus en meilleure condition physique photographiés dans une marina ensoleillée. Le photographe a dit quelque chose de drôle un instant avant le déclic de l'obturateur. Leurs jambes se balancent au-dessus de la poupe d'un petit yacht nommé l'*Étoile de mer*. « C'est ma vieille caisse à savon, vestige de jours où j'étais plus dynamique. »

Luisa émet des bruits polis, mais non vous n'êtes pas vieux.

« Si, je vous assure. Si aujourd'hui je devais effectuer un voyage digne de ce nom, il me faudrait recruter un petit équipage. Je passe encore bon nombre de mes week-ends à son bord, à bricoler dans la marina ou à réfléchir, travailler un peu. Megan aime la mer, elle aussi. Une physicienne dans l'âme, dotée d'une aptitude aux mathématiques comme je n'en ai jamais eu, au grand désespoir de sa mère. Mon frère n'a pas épousé la mère de Megan pour son intelligence, m'est regret de constater. Elle gaspille son argent dans le feng-shui ou le yi-king, ou dès qu'une nouvelle superstition à usage instantané fait sensation. Megan, elle, est brillante. Elle a effectué une année de sa thèse à mon ancienne université de Cambridge. Une femme, à Caius ! À présent, elle termine ses travaux de recherche sous les grands saladiers de Hawai. Tandis qu'au nom de la détente, sa mère et son beau-père se dorent la pilule sur la plage jusqu'à en brûler, Megan et moi triturons des équations au bar.

– Vous avez des enfants, Rufus ?

– Je suis marié à la science depuis toujours. » Sixsmith change de conversation. « Simple supposition, mademoiselle Rey : en tant que journaliste, jusqu'où iriez-vous pour protéger un informateur ? »

Luisa ne réfléchit pas. « Si je crois à la cause que je défends ? Je serais prête à tout.

– Quitte à purger une peine de prison pour outrage à la cour, par exemple ?

– S'il fallait en arriver là, oui.

– Seriez-vous prête à... compromettre votre sécurité ?

– Eh bien... » Cette fois, Luisa réfléchit. « Je crois qu'il le faudrait.

– Comment cela, "il le faudrait" ?

– Mon père a traversé des marécages truffés de pièges et bravé la colère des généraux au nom de son éthique journalistique. Vous imaginez l'injure que sa fille lui ferait si elle battait en retraite devant la moindre difficulté ? »

Dis-lui. Sixsmith ouvre la bouche afin de tout lui révéler – le blanchiment d'argent de Seaboard, le chantage, la corruption –, mais sans prévenir, l'ascenseur chancelle, gronde et reprend sa descente. Les passagers clignent des yeux au retour de la lumière, et Sixsmith découvre que sa détermination a perdu de sa superbe. L'aiguille se rapproche du rez-de-chaussée.

Dans le hall, l'air paraît aussi frais que de l'eau de montagne. « Je vous téléphonerai, mademoiselle Rey, dit Sixsmith tandis que Luisa lui rend sa canne, et bientôt. » *Faillirai-je à ma promesse ou parviendrai-je à la tenir ?* « Vous savez, dit-il, j'ai l'impression de vous connaître depuis des années, pas seulement depuis quatre-vingt-dix minutes. »

7

Un monde plat s'incurve dans l'œil du garçon. Javier Gomez feuillette un album de timbres à la lumière d'une lampe d'architecte. Une meute de huskies aboie sur un timbre d'Alaska, une bernache néné cacarde et se dandine sur un cinquante *cents* en tirage limité. Un bateau à aubes remue la boue d'un Congo d'encre. Une clé tourne dans la serrure et Luisa Rey déboule, retirant ses chaussures sans s'aider des mains, les envoyant valdinguer dans la kitchenette. Elle s'exaspère de trouver le garçon chez elle. « Javier !

— Tiens, salut.

— Arrête avec tes "tiens, salut". Tu m'avais promis de ne plus *jamais* sauter d'un balcon à l'autre ! Tu imagines si quelqu'un appelait les flics pour cambriolage ? Si tu glissais et tombais ?

— Bah, donne-moi la clé, alors. »

Luisa serre un cou invisible. « Je ne suis pas tranquille si je sais qu'un gamin de onze ans peut débarquer dans mon espace vital… » Luisa remplace *dès que sa mère passe la nuit dehors* par : « … dès qu'il n'y a pas grand-chose à la télé.

— Pourquoi tu laisses la fenêtre de la salle de bains ouverte, dans ce cas ?

– Parce que ce qu'il y a de pire, ce n'est pas de t'imaginer franchir l'espace entre les deux balcons, mais deviner que tu vas refaire le parcours inverse si tu n'arrives pas à entrer chez moi.

– J'aurai onze ans en janvier.

– Pour la clé, c'est hors de question.

– Les amis se prêtent leurs clés.

– Pas quand l'un a vingt-six ans et que l'autre est encore à l'école primaire.

– Et pourquoi tu rentres si tard ? Tu as rencontré quelqu'un d'*intéressant* ? »

Luisa lui lance un regard furieux. « Coincée dans un ascenseur à cause de la coupure de courant. Et puis, de toute façon, cela ne te regarde pas, môssieur. » Elle allume le plafonnier et recule en voyant la vilaine zébrure rouge sur le visage de Javier. « Oh put... qu'est-ce qui s'est passé ? »

Le garçon indique d'un coup de tête le mur de l'appartement puis replonge dans ses timbres.

« C'est Wolfman ? »

Javier secoue la tête de droite à gauche, plie une minuscule bande de papier et la lèche des deux côtés. « C'est ce Clark, là, il est revenu. Maman fait veilleuse de nuit toute cette semaine à l'hôtel, et lui il l'attend. Il m'a demandé des trucs sur Wolfman et je lui ai dit que ce n'étaient pas ses oignons. » Javier colle la charnière au timbre. « Ça fait pas mal. J'ai déjà mis du truc dessus. » La main de Luisa est posée sur le combiné téléphonique. « N'appelle pas Maman ! Sinon elle va rentrer, il va y avoir une grosse bagarre, et l'hôtel va la virer comme la dernière fois, et celle d'avant. » Luisa soupèse l'argument, repose le combiné, et se dirige vers la porte. « N'y va pas ! C'est un malade ! Il va se mettre en colère et tout casser chez nous, et puis on va nous expulser ! S'te plaît ! »

Luisa détourne le regard. Elle prend une grande inspiration. « Un chocolat chaud ?

– Oui, s'il te plaît. » Le garçon est déterminé à ne pas pleurer mais l'effort irradie sa mâchoire de douleur. Il s'essuie les yeux sur les poignets. « Luisa ?

– Oui, Javi, tu dormiras sur le canapé cette nuit, ne t'inquiète pas. »

8

Le bureau de Dom Grelsch est un cabinet où règne un chaos ordonné. Le spectacle d'un mur de bureaux ressemblant fortement au sien s'offre sur la Troisième Avenue. Dans le coin, un sac de frappe *L'Incroyable Hulk* pend à un crochet métallique. Le rédacteur en chef du magazine *Spyglass* lance le brief du lundi matin sur les sujets à paraître en pointant un doigt courtaud en direction de Roland Jakes, un homme grisonnant, ridé comme un pruneau, vêtu d'une chemise hawaïenne, d'un pantalon de cow-boy à pattes d'éléphant et chaussé de sandales moribondes. « Jakes.

– Euh, je voudrais poursuivre ma série « Terreur au pays des égouts », ça collera bien avec la fièvre des *Dents de la mer*. Lors d'une inspection de routine sous la 50ᵉ Rue, on retrouve Dirk Melon, disons un journaleux en freelance par exemple. Euh, ou plutôt, ce qu'il en reste. Ses empreintes dentaires et sa carte de presse déchiquetée permettent de l'identifier. Les entailles sur sa chair ne sont pas sans rappeler le *Serasalmus scapularis* – à vos souhaits –, la pire des saloperies piranhéennes, importée par des aquariophiles timbrés puis jetée dans les toilettes quand la note du boucher devient trop salée. Je téléphonerai au M. Vermines de la mairie et lui ferai nier la recrudescence des attaques sur les égoutiers. Tu notes, Luisa ? Ne crois jamais à rien tant qu'il n'y a pas de démenti officiel. Bon alors, Grelsch, tu me la files cette augmentation ?

– Estime-toi heureux que ton dernier salaire n'ait pas fait *pfuuit*. Sur mon bureau demain matin à onze heures, accompagné d'une photo du lutjanidé. Une question, Luisa ?

– Oui. Aurait-on oublié de m'avertir que la nouvelle politique éditoriale excluait les articles contenant un semblant de vérité ?

– Hé, le séminaire de métaphysique, c'est sur le toit. Prenez l'ascenseur jusqu'au dernier puis avancez tout droit jusqu'à vous écraser sur le trottoir. La vérité ne tient qu'au nombre de crédules. Nancy, qu'est-ce que tu me proposes ? »

Nancy O'Hagan s'habille vieux jeu, a une peau de cornichon et des faux cils de girafe tout le temps en train de se décoller. « Ma taupe de confiance a obtenu une photo du bar de l'avion présidentiel. "Gaudriole et alcool à bord de l'*Air Force One*". Ceux qui n'y connaissent rien prétendent qu'on a tiré tout le jus de ce vieil imbibé, mais tatie Nancy, elle, pense le contraire. »

Grelsch réfléchit. Sonneries de téléphone et cliquetis des machines à écrire en fond sonore. « D'accord, si rien de plus frais ne s'annonce. Oh, et interviewe ce ventriloque qui a perdu son bras pour la rubrique "Un malheur n'arrive jamais seul". Nussbaum. À ton tour. »

Jerry Nussbaum essuie de sa barbe la rosée d'esquimau au chocolat, s'adosse de nouveau à son siège, puis déclenche une avalanche de papier devant lui. « Les flics se mordent la queue à propos de l'affaire saint Christophe, alors j'ai pensé écrire un truc du genre : "Êtes-vous la prochaine victime de saint Christophe ?" Établir le profil de tous les macchabées en date et la reconstitution de leurs derniers instants avant le meurtre. Ce qu'ils faisaient, les personnes qu'ils s'apprêtaient à rencontrer, ce qui leur traversait la tête…

– … quand la balle de saint Cri-cri leur a traversé la tête, se gausse Roland Jakes.

– C'est ça, Jakes, espérons qu'il est attiré par les chemises hawaïennes criardes. Après, j'irai voir ce conducteur noir que les flics ont martyrisé la semaine dernière. Il attaque la police pour arrestation abusive et contraire aux droits civiques.

– Ça pourrait faire la couv'. Luisa ?

– J'ai rencontré un ingénieur nucléaire. » Luisa feint de ne pas relever l'indifférence qui glace la pièce. « Engagé comme inspecteur chez Seaboard. » Nancy O'Hagan se fait les ongles, ce qui encourage Luisa à présenter ses suspicions comme des certitudes. « Il pense que le nouveau réacteur nucléaire HYDRE implanté sur l'île Swannekke n'est pas sans danger, contrairement à ce qui est affirmé dans leur ligne officielle. Le réacteur est carrément dangereux, pour tout dire. La cérémonie d'inauguration se déroule cet après-midi, et je veux m'y rendre pour voir si je peux dénicher quoi que ce soit.

– Bordel, la cérémonie de lancement d'une nouvelle technologie ? s'exclame Nussbaum. Vous entendez ce grondement ? Ce ne serait pas le prix Pulitzer qui fonce droit sur nous ?

– Oh, va te faire foutre, Nussbaum. »

Nussbaum soupire. « Avec toi, je suis volontaire… »

Luisa hésite entre riposter – *c'est ça, montre à cette vermine combien elle t'agace* – et faire semblant de rien – *c'est ça, donne-lui le droit de dire toutes les saloperies qu'il veut.*

Dom Grelsch la sort de cette impasse. « Les études de marché prouvent qu'à chaque terme scientifique employé » – un crayon tournoie entre ses doigts – « deux mille lecteurs posent le magazine pour regarder une rediffusion de *Ma sorcière bien-aimée*.

– D'accord, dit Luisa. Que dites-vous de "Seaboard s'apprête à lancer une bombe atomique sur Buenas Yerbas" ?

– Génial, encore faudrait-il le prouver.

– Comme si Jakes pouvait prouver ce qu'il raconte.

– Holà. » Le crayon de Grelsch cesse de tournoyer. « Ce ne sont pas des personnes fictives mangées par des poissons imaginaires qui nous ruineront en dommages et intérêts ou exerceront des pressions sur notre banque jusqu'à ce qu'on ferme boutique. Ce genre de pouvoir, les avocats qui encadrent un projet d'envergure nationale comme celui de Seaboard en disposent, et vous pouvez me croire : au moindre faux pas de notre part, ils n'hésiteront pas à s'en servir. »

9

La Coccinelle couleur rouille longe une route plane menant à un grand pont qui relie cap Yerbas à l'île Swannekke, dont la centrale atomique domine l'estuaire vide. Le point de contrôle du pont n'est pas tranquille aujourd'hui. Une centaine de manifestants qui en bordent les derniers mètres scandent : « Swannekke C la mort assurée. » Un cordon de policiers les empêche d'atteindre la file des neuf ou dix véhicules. Luisa Rey lit les banderoles pendant l'attente. BIENVENUE SUR L'ÎLE AUX CANCERS, met en garde une pancarte ; une autre déclare : ALLER EN ENFER ? PLUTÔT MOURIR ! Puis une autre, énigmatique : MAIS OÙ EST DONC PASSÉE MARGO ROKER ?

Un vigile frappe à la vitre. Luisa tourne la manivelle et voit le reflet de son visage sur les lunettes de soleil du gardien. « Luisa Rey, de *Spyglass*.

– Votre carte de presse, madame. »

Luisa la sort de son sac à main. « Du grabuge en perspective aujourd'hui ?

– Pensez-vous. » Il consulte son écritoire à pince et lui rend sa carte. « Il n'y a que les habituels écolos du campement. Les étudiants sont partis en vacances surfer sur d'autres vagues. »

À mesure que Luisa traverse le pont, la centrale B de Swannekke apparaît derrière les vieilles cheminées grisonnantes de Swannekke A. Une fois de plus, la jeune femme songe à Rufus Sixsmith. *Étrange qu'il ne m'ait pas donné son numéro. Depuis quand les scientifiques ont-ils horreur du téléphone ? Étrange aussi qu'à la loge de son immeuble, personne ne connaisse son nom. Depuis quand les scientifiques se cachent-ils derrière des pseudonymes ?*

Vingt minutes plus tard, Luisa arrive devant une colonie de quelque deux cents résidences de luxe en surplomb d'une baie abritée. Un hôtel et un parcours de golf se partagent le versant partiellement arboré en contrebas de la centrale atomique. Luisa gare sa Coccinelle sur le parking de la division recherche et développement et contemple l'architecture abstraite des bâtiments industriels à moitié dissimulés par le sommet de la colline. Une rangée bien ordonnée de palmiers bruisse sous le vent du Pacifique.

« Bonjour ! » Une Américaine d'origine chinoise avance à grands pas. « Vous m'avez l'air perdue. Vous venez pour l'inauguration ? » Son chic tailleur rouge sang, son maquillage irréprochable et sa parfaite assurance donnent des complexes à Luisa, en veste de velours myrtille. « Fay Li » – la femme tend la main –, « service des relations publiques de Seaboard.

– Luisa Rey, de *Spyglass*. »

Énergique poignée de main de Fay Li. « *Spyglass* ? Je n'imaginais pas que…

– … la question des ressources énergétiques entrait dans notre ligne éditoriale ? »

Fay Li sourit. « Ne vous méprenez pas : votre journal a du mordant. »

Luisa invoque la divinité de prédilection de Dom Grelsch. « D'après les études de marché, un nombre croissant de lecteurs réclament davantage d'articles de fond. Je suis la grosse tête que *Spyglass* a choisi d'embaucher.

– Ravie de votre visite, Luisa, et au diable votre citrouille ! Permettez-moi de vous conduire à la réception. Les règles de sécurité nous obligent à fouiller les sacs, tout le toutim, mais il n'y a rien de pire que de traiter les visiteurs en vulgaires terroristes. Voilà la raison de *mon* embauche. »

10

Joe Napier scrute un panneau de moniteurs dont les caméras couvrent une salle de conférences, ses couloirs adjacents et les jardins du centre public. Il se lève, tapote son coussin favori et se rassoit dessus. *C'est mon imagination ou mes vieilles plaies sont plus douloureuses ces derniers temps ?* Son regard saute d'un écran à l'autre. Sur un moniteur, on voit un technicien procéder à un essai de sonorisation ; sur un autre, une équipe de télévision discute des champs et de l'éclairage ; Fay Li traverse le parking accompagnée d'une visiteuse ; des serveuses remplissent de vin des centaines de verres ; une rangée de chaises sous une banderole où l'on peut lire SWANNEKKE B – UN MIRACLE À L'AMÉRICAINE.

Le véritable miracle, rumine Joe Napier, *c'est d'être parvenu à faire oublier une enquête de neuf mois à onze scientifiques sur douze.* Sur un écran, lesdits experts déambulent sur la scène et bavardent aimablement. *Comme dit Grimaldi, il n'y a personne dont la conscience ne possède un interrupteur.* Napier se replonge dans les passages mémorables tirés des entretiens ayant mené à cette amnésie collective. « *Entre nous, professeur Franklin, les avocats du Pentagone meurent d'envie de mettre en pratique la toute nouvelle loi sur la sécurité intérieure. Le premier à tirer la sonnette d'alarme ne manquera pas de figurer sur la liste noire de tous les employeurs du pays.* »

Un vigile ajoute une chaise à la rangée disposée sur scène.

« *Le choix est simple, professeur Moses. Si vous voulez que la technologie soviétique nous laisse sur le carreau, transmettez votre rapport à l'Union Radicale des Scientifiques Sourcilleux, partez pour Moscou récupérer votre médaille, mais attention, la CIA m'a chargé de vous avertir : un aller simple suffira.* »

L'auditoire de dignitaires, de scientifiques, de membres de comités d'expertise, et de forgeurs d'opinion s'installe. Sur un écran, William Wiley, vice-président du groupe Seaboard, plaisante avec les invités d'honneur assis sur scène.

« *Professeur Keene, les pontes de la Défense sont quelque peu curieux de savoir. Pourquoi avoir attendu aujourd'hui pour émettre vos doutes ? Dois-je croire que vous avez bâclé l'étude du prototype ?* »

Un projecteur de diapositives diffuse un cliché aérien grand angle de Swannekke B. *Onze sur douze. Seul Rufus Sixsmith nous échappe.*

Napier parle dans le talkie-walkie. « Fay ? La cérémonie commence dans dix minutes. »

Parasites. « Bien reçu, Joe. J'escorte une visiteuse à la salle de conférences.

— Rends-toi au poste de sécurité quand tu auras terminé, s'il te plaît. »

Parasites. « Reçu. Terminé. »

Napier soupèse le combiné. *Et Joe Napier ? Sa conscience possède un interrupteur, elle aussi ?* Il sirote son café noir corsé. *Hé, mon gars, lâche-moi. Je suis les ordres, c'est tout. Plus que dix-huit mois avant la retraite. Après, j'irai pêcher dans mes chères et fougueuses rivières jusqu'à ce que je me transforme en héron.*

Milly, feu son épouse, regarde son mari depuis la photographie posée sur la console de commande.

11

« Notre grande nation est sujette à une emprise débilitante. » Alberto Grimaldi, président du groupe Seaboard et désigné homme de l'année par *Newsweek*, est le roi des poses théâtrales. « Cette emprise a un nom : le pétrole. » Les projecteurs auréolent sa silhouette. « D'après les géologues, seulement deux cent soixante-dix-neuf milliards de litres de lie océane du jurassique subsistent. Une quantité suffisante pour tenir jusqu'à la fin du siècle ? Rien n'est moins sûr. L'interrogation majeure qui s'impose à l'Amérique, mesdames et messieurs, tient en quatre mots : "Alors, on fait quoi ?" »

Alberto Grimaldi parcourt l'auditoire des yeux. *Ils te mangent dans la main.* « Certains s'enfoncent la tête dans le sable. D'autres tirent des plans sur la comète : les éoliennes, les barrages hydroélectriques ou encore » – demi-sourire désabusé – « les flatulences porcines. » Ricanements d'appréciation. « Chez Seaboard, nous avons le sens des réalités. » Voix plus forte. « L'objet de ma présence aujourd'hui est de vous annoncer que l'alternative au pétrole est disponible ici et maintenant sur l'île Swannekke ! »

Il sourit tandis que s'éteignent les acclamations. « Aujourd'hui, une forme d'énergie atomique domestiquée, abondante et *sûre* est arrivée à maturité ! Chers amis, j'ai l'immense fierté de vous présenter une des plus grandes innovations technologiques de l'*histoire*... Voici le réacteur HYDRE-zéro ! » La diapositive suivante montre une coupe du réacteur, et les membres de l'assistance qui ont été mis au parfum frappent des mains à tout rompre, entraînant le reste de l'auditorium.

« Bon, allez, vous m'avez assez vu. Après tout, je ne suis que le P-DG. » Rires affectueux. « Il est venu inaugurer la galerie d'observation et pousser le bouton qui permettra de relier Swannekke B au réseau national, l'ensemble de Seaboard a le très grand honneur d'accueillir un prestigieux invité. Surnommé "le Gourou de l'Énergie" au Congrès américain » – sourire jusqu'aux oreilles –, « j'ai l'incommensurable plaisir d'accueillir celui que l'on ne présente plus. Le commissaire fédéral à l'Énergie, M. Lloyd Hooks ! »

Un homme au costume immaculé traverse la scène sous des applaudissements enthousiastes. Lloyd Hooks et Alberto Grimaldi se serrent mutuellement les avant-bras, manifestation d'amour fraternel et de confiance partagée. « Question discours, tes conseillers en communication se sont améliorés », murmure Lloyd Hooks, tandis que tous deux s'appliquent à montrer leurs dents à l'auditoire. « N'empêche, tu restes l'incarnation même de la gloutonnerie ! »

Alberto Grimaldi donne une tape sur l'épaule de Lloyd Hooks et répond avec douceur : « Si tu comptes t'incruster au conseil d'administration de cette société, il faudra d'abord me passer sur le corps, cupide enfant de putain ! »

Lloyd Hooks, tout sourire, fait face au public. « La créativité de tes solutions m'épatera toujours, Alberto. »

Canonnade de flashs.

Une jeune femme en veste myrtille quitte discrètement l'auditorium par la sortie du fond.

12

« Les toilettes pour dames, je vous prie ? »

Un vigile qui parle au talkie-walkie lui indique d'un geste le couloir à suivre. Elle profite du moment où le garde lui tourne le dos pour bifurquer vers une série de couloirs parallèles dont l'atmosphère rafraîchie se noie dans le bourdonnement des climatiseurs. Elle croise deux techniciens pressés qui, sous leur casquette, lorgnent sur sa poitrine, mais ne lui posent pas de questions. Sur les portes, d'énigmatiques inscriptions. W212 SEMI-ÉVACUATION, Y0009 SOUTERRAINS [AC] V770 SANS DANGER [DÉCHARGÉ]. À intervalles réguliers, certaines entrées sont protégées par des codes d'accès électroniques. Arrivée à une cage d'escalier, elle examine un plan de l'étage mais nulle trace de Sixsmith.

« Vous êtes perdue, mam'zelle ? »

Luisa fait de son mieux pour se redonner une contenance. Un vigile noir aux cheveux d'argent la fixe du regard.

« Oui, je cherche le bureau du Pr Sixsmith.

– Hmm. L'Anglais. Troisième étage, C105.
– Merci.
– Ça fait une ou deux semaines que je ne l'ai pas vu.
– Ah bon ? Vous savez pourquoi ?
– Hmm. Parti en vacances à Las Vegas.
– Le Pr Sixsmith ? À Las Vegas ?
– Hmm. C'est ce qu'on m'a dit. »

La porte du bureau C105 est entrouverte. La tentative récente pour effacer « Pr Sixsmith » de l'écriteau a lamentablement échoué. Luisa Rey observe dans l'embrasure un jeune homme assis à une table qui feuillette une pile de carnets de notes. Le contenu de la pièce est rangé dans plusieurs cartons d'expédition. Luisa se remémore les paroles de son père : « Parfois, agir comme quelqu'un de la maison suffit à passer pour tel. »

« Eh bien, remarque Luisa qui pénètre dans le bureau, nonchalante. Vous n'êtes pas le Pr Sixsmith, que je sache ? »

D'un air coupable, le type laisse tomber le carnet de notes ; Luisa sait qu'elle dispose d'une petite marge de manœuvre. « Oh, mon Dieu » – il la regarde –, « vous devez être Megan. »

Pourquoi le contredire ? « Vous êtes ?
– Isaac Sachs. Ingénieur. » Il se lève et interrompt prématurément la poignée de main. « J'ai travaillé avec votre oncle sur son rapport. » De vifs pas résonnent dans la cage d'escalier. Isaac Sachs ferme la porte. Nerveux, il parle à voix basse. « Où se cache Rufus, Megan ? Je me fais un sang d'encre. Vous avez eu des nouvelles, vous ?
– J'espérais apprendre de votre bouche ce qui s'est produit. »

Fay Li entre à grands pas, accompagnée par le vigile taciturne. « Luisa. Vous cherchez toujours les toilettes ? »

Fais l'idiote.

« Non, non, j'ai terminé – qu'est-ce qu'elles sont propres, dites donc –, mais je suis arrivée en retard à mon rendez-vous avec le Pr Sixsmith. Simplement... il semble être reparti pour de bon. »

Isaac Sachs émet une espèce de *hein ?* « Vous n'êtes pas la nièce de Sixsmith ?

– Ah pardon : je n'ai rien prétendu de tel. » Luisa sort un mensonge préparé d'avance destiné à Fay Li. « J'ai rencontré le Pr Sixsmith sur l'île de Nantucket au printemps dernier. Quand nous nous sommes aperçus que nous habitions tous deux à Buenas Yerbas, il m'a donné sa carte de visite. Je l'ai retrouvée dans mon fouillis il y a trois semaines, alors j'ai appelé le Pr Sixsmith et nous avons fixé ce rendez-vous où nous devions discuter d'un article scientifique pour *Spyglass*. » Elle consulte sa montre. « C'était il y a dix minutes. Les discours de l'inauguration ayant duré plus longtemps que je ne pensais, je me suis éclipsée. Je n'ai dérangé personne, au moins ? »

Fay Li joue la carte des convictions. « Nous ne pouvons permettre aux visiteurs de déambuler sans autorisation dans un institut de recherche aussi sensible que le nôtre. »

Luisa joue la carte de la contrition. « Je pensais que la procédure de sécurité consistait à m'inscrire sur le registre et fouiller mon sac... J'ai été naïve, je crois. Le Pr Sixsmith confirmera mes dires. Demandez-lui. »

Les regards de Sachs et du vigile se tournent vers Fay Li, qui ne perd pas son sang-froid une seconde. « Cela ne sera pas possible. Il est au Canada, où un de nos projets demande toute son attention. Je devine que sa secrétaire ne disposait pas de vos coordonnées quand elle a annulé les rendez-vous du professeur. »

Luisa observe les cartons. « Il n'est pas près de revenir, on dirait.

– En effet, c'est pourquoi nous lui faisons suivre ses affaires. Sa mission d'expertise à Swannekke touchait à sa fin. Le Pr Sachs ici présent a réglé les derniers détails avec brio.

– Ma première interview d'un grand scientifique tombe à l'eau. »

Fay Li tient la porte ouverte : « Nous pouvons peut-être vous en trouver un autre. »

13

« Allô ? » Rufus Sixsmith serre dans le creux de sa main le combiné téléphonique d'un motel situé en banlieue de Buenas Yerbas. « J'ai des difficultés à joindre un numéro sur Hawai… Oui. Je tente d'appeler le… » Il lit le numéro de Megan. « Oui, je reste à côté du téléphone. »

Sur une télévision qui n'affiche ni le jaune ni le vert, Lloyd Hooks tapote l'épaule d'Alberto Grimaldi lors de l'inauguration du nouveau réacteur HYDRE de l'île Swannekke. Ils saluent l'assistance en athlètes victorieux, des confettis argentés pleuvent. « *Habitué à la controverse*, commente le reporter, *le président du groupe Seaboard Alberto Grimaldi a donné aujourd'hui le feu vert au démarrage du chantier de Swannekke C. L'État investira cinquante millions de dollars dans le second réacteur HYDRE-Zéro et des milliers d'emplois seront créés. Les craintes de voir se répéter en Californie les arrestations massives survenues au début de l'été à Three Mile Island*[1] *ne se sont pas concrétisées.* »

---

1. Three Mile Island est une île de la rivière Susquehanna située près de Harrisburg, en Pennsylvanie. Son nom est associé à un accident survenu le 28 mars 1979 lorsque le réacteur de la centrale nucléaire TMI-2 a fondu en partie. (*N.d.T.*)

Las, frustré, Rufus Sixsmith s'adresse au poste de télévision : « Et quand la surpression d'hydrogène crèvera le haut de la chambre de confinement ? Quand les vents dominants répandront les radiations sur toute la Californie ? » Il éteint l'appareil et se pince l'arête du nez. *Je l'ai démontré. Démontré. Vous n'avez pu acheter mon silence, alors vous avez tenté de m'intimider. Je me suis laissé faire, Dieu me pardonne, mais à présent, c'est fini. Je ne tairai plus ce que me dicte ma conscience.*

Le téléphone sonne. D'un geste vif, Sixsmith décroche. « Megan ? »

La voix bourrue d'un homme. « Ils arrivent.

– Qui est à l'appareil ?

– Ils ont tracé votre dernier appel, qui émane du motel Talbot, 1046 Olympia Boulevard. Filez immédiatement à l'aéroport, prenez le premier avion pour l'Angleterre, d'où vous ferez vos révélations, si vous y tenez. Mais partez.

– Pourquoi devrais-je croire... ?

– Réfléchissez. Si je mens, vous retournez sain et sauf en Angleterre, et serez toujours en possession de votre rapport. Si je ne mens pas, vous mourrez.

– J'exige de savoir...

– Il vous reste vingt minutes maxi pour fiche le camp. *Filez !* »

La tonalité, bourdonnement d'éternité.

14

Jerry Nussbaum tourne la chaise de son bureau, s'y rassoit à califourchon, s'appuie sur le dossier, le menton posé sur ses bras croisés. « Imagine-toi la scène, moi et six monstres à tresses d'obédience négroïde qui me chatouillaient les amygdales du bout de leur flingue. Note que ça ne s'est pas produit à Harlem en pleine nuit mais en pleine journée à Greenwich Village, bordel, je venais de manger une côte de bœuf de huit kilos en compagnie de Norman Mailer. Bref, un de ces "f'è'es" noirs me paluche de ses pattes bicolores et me déleste de mon portefeuille. "Qu'est-ce c'est qu'ça? De la peau d'alligato'?" » – Nussbaum imite l'accent du comique noir Richard Pryor – « "Tu n'as aucune classe, sale blanc-bec!" Ils me font bien marrer avec leur classe : ces clodos m'ont *lit-té-ra-le-ment* vidé les poches, jusqu'au dernier *cent*. Mais rira bien qui rira le dernier, vous vous en doutez. Dans le taxi qui me ramenait à Times Square, j'ai écrit "Les nouvelles tribus", mon célèbre édito – à quoi bon la fausse modestie ? – repris par *trente* journaux en moins d'une semaine ! Mes agresseurs ont fait ma renommée. Je te propose un marché, Luey-Luey : invite-moi à dîner et, en échange, je t'apprendrai à tirer parti de la cruauté du destin. »

La cloche de la machine à écrire de Luisa retentit. « Si ces assaillants t'ont *lit-té-ra-le-ment* vidé les poches jusqu'au dernier *cent*, explique-moi ce que tu fichais dans un taxi te reconduisant de Greenwich Village à Times Square ? Tu as payé la course en "nature" ?

– Toi » – Nussbaum soulève sa masse –, « tu as le chic pour passer à côté de l'essentiel. »

Roland Jakes verse un peu de cire sur une photographie. « Définition de la semaine, Qu'est-ce qu'un conservateur ? »

En cet été 1975, la blague est déjà périmée. « Un libéral après une agression. »

Jakes, vexé, se replonge dans son travail de retouche.

Luisa traverse la salle de rédaction jusqu'à la porte du bureau de Dom Grelsch. Le patron parle au téléphone d'une voix basse, chargée de colère. Luisa attend à l'extérieur mais entend la conversation. « Si… Si, si, monsieur Frum, les choses sont aussi catégoriques, ça ne vous… Hé, à mon tour de parler ! Une leucémie, ça ne vous semble pas catégorique, comme genre d'"affection" ? Vous savez ce que je pense ? Je pense que ma femme n'est qu'une formalité administrative qui s'interpose entre vous et votre séance de golf programmée à trois heures… Prouvez-le-moi, alors. Vous avez une épouse, monsieur Frum ? Oui ? Imaginez que c'est votre femme qui perd ses cheveux dans un lit d'hôpital… Comment ? Qu'est-ce que vous venez de dire ? "Inutile de vous mettre dans tous vos états" ? C'est tout ce que vous êtes en mesure de me proposer, monsieur Frum ? Oh oui, mon pote, ne t'inquiète pas, je vais t'en donner, moi, du conseil juridique ! » Grelsch raccroche brutalement le combiné, se rue sur son sac de frappe en haletant « Frum ! » à chaque coup, s'effondre dans son fauteuil, allume une cigarette et, dans l'embrasure de la porte, aperçoit Luisa, qui hésite à entrer. « La vie est une tempête de merde force dix. Vous avez entendu quelque chose ?

— L'essentiel. Je reviendrai plus tard.

— Non, entrez et asseyez-vous. Vous êtes jeune, solide et en bonne santé, n'est-ce pas, Luisa ?

— Oui. » Luisa s'assoit sur des cartons. « Pourquoi ?

— Parce que franchement, quand vous aurez écouté ce que j'ai à dire sur vos élucubrations de complot chez Seaboard, vous repartirez vieillie, malade et affaiblie. »

15

À l'aéroport international de Buenas Yerbas, le Pr Rufus Sixsmith dépose un classeur beige dans le casier n° 909, introduit quelques pièces dans la fente, tourne la clé puis la glisse dans une enveloppe kaki rembourrée adressée à Luisa Rey, Magazine *Spyglass*, Bâtiment Klugh, 12e étage, 3e Avenue, B.Y. Le pouls de Sixsmith augmente à l'approche de la boîte aux lettres. *Et s'ils m'arrêtaient juste avant que je la poste ?* Son pouls bat à tout rompre. Les hommes d'affaires, les familles qui poussent des chariots chargés de bagages et les ribambelles de retraités se sont tous ligués pour le ralentir, semble-t-il. La boîte aux lettres grossit. Plus que quelques mètres, quelques centimètres.

L'enveloppe kaki est avalée ; elle a disparu. *À la grâce de Dieu.*

Sixsmith s'engage alors dans une file d'attente afin d'obtenir un billet d'avion. La litanie des annonces de retard l'hypnotise. Il guette les signes de l'arrivée des agents de Seaboard venus l'arrêter au dernier moment. Enfin, une guichetière lui indique d'avancer.

« Je dois me rendre à Londres. En Angleterre, peu importe la ville, en fait. Ni la classe ni la compagnie aérienne. Je paie en liquide.

– Absolument impossible, monsieur. » La fatigue de l'employée transparaît sous son maquillage. « Le tout prochain vol » – elle consulte la feuille qu'elle vient d'imprimer – « à destination de l'aéroport de Heathrow… est prévu pour demain après-midi, départ à quinze heures quinze, compagnie Laker Skytrains, escale à l'aéroport John-Fitzgerald-Kennedy.

– Je dois partir plus tôt, c'est crucial.

– Je n'en doute pas, monsieur, mais à cause de cette grève des aiguilleurs du ciel, des milliers de passagers sont forcés d'attendre. »

Rufus Sixsmith se dit que même Seaboard serait incapable d'organiser une grève dans le seul but de compromettre sa fuite. « Très bien, demain dans ce cas, qu'il en soit ainsi. Un aller simple, classe affaires, je vous prie, non-fumeurs. Puis-je trouver un hébergement pour cette nuit au sein de l'aéroport ?

– Oui, monsieur, au troisième niveau. Hôtel *Bon Voyage**. Vous y serez très bien. Puis-je voir votre passeport, s'il vous plaît, afin de procéder à l'émission du billet ? »

16

Dans l'appartement de Luisa, le couchant traverse la vitre teintée et illumine un Hemingway à la barbe de velours. La jeune femme, plongée dans *Dompter le soleil, deux décennies de paix atomique*, mâchouille un stylo. Javier est assis au bureau de Luisa et résout une page de problèmes comportant des divisions à plusieurs chiffres. L'album *Tapestry* de Carole King tourne en fond sonore. À travers les fenêtres filtre le ronron généré par les automobilistes rentrant chez eux. Le téléphone sonne, mais Luisa ne répond pas. Javier observe le répondeur qui s'enclenche. « *Bonjour, vous êtes bien chez Luisa Rey, je ne peux pas vous répondre pour le moment, alors laissez-moi votre nom et votre numéro de téléphone, et je vous rappellerai.* »

« Ce que je déteste ces machines, maugrée la personne au bout du fil. Trésor, c'est ta mère. Je viens tout juste d'avoir des nouvelles de Beatty Griffin, qui m'a dit que tu avais rompu avec Hal… *le mois dernier ?* J'en suis tout estomaquée ! Tu n'en as rien dit à l'enterrement de ton père ni à celui d'Alphonse. Ce n'est pas bon de garder tout ça pour toi, je me fais du mouron. Dougie et moi organisons une levée de fonds au nom de la Société américaine de lutte contre le cancer. Tu ne sais pas le plaisir que ça nous ferait si tu quittais ton misérable petit nid et nous rejoignais le temps d'un week-end, trésor. Les triplés Henderson seront là, tu sais : Damien le cardiologue, Lance le gynécologue et Jesse le… Doug ? Doug ! Il fait quoi, Jesse Henderson ? Des lobotomies ? Ha, ha, très drôle. Bref, ma fille chérie, Betty m'a dit qu'ils sont inséparables à cause de l'alignement des planètes. Tu ne traînes pas, hein, trésor ! Tu me rappelles dès que tu as mon message, d'accord ? Allez, je t'embrasse. » Elle conclut par un baiser-ventouse. « Mmmmmm*waaaa* !

— On dirait la grand-mère dans *Ma sorcière bien-aimée*. » Javier laisse passer un peu de temps. « Ça veut dire quoi, "estomaquée" ? »

Luisa ne lève pas le nez. « Quand on est tellement étonné qu'on n'arrive pas à parler.

— Elle n'avait pas l'air tellement estomaquée, pourtant… ? »

Luisa est absorbée par ses recherches.

« "Trésor" ? »

Luisa lance une pantoufle en direction du garçon.

17

Dans sa chambre à l'hôtel Bon Voyage, Rufus Sixsmith lit une pile de lettres écrites près d'un demi-siècle auparavant par Robert Frobisher. Sixsmith les connaît par cœur, mais leur texture, leur bruissement et l'écriture jaunie de son ami l'apaisent. Ces lettres, voilà ce qu'il penserait à sauver d'un immeuble en flammes. À sept heures pile, il se lave, change de chemise, et intercale les neuf lettres dans la bible des Gédéons, qu'il replace dans le tiroir de la table de nuit. Sixsmith glisse les lettres qu'il n'a pas relues dans la poche de sa veste afin de les emporter au restaurant.

Au dîner, il y a un steak haché et des aubergines sautées, accompagnés d'une salade mal lavée. Plutôt que le rassasier, ce repas lui coupe l'appétit. Il laisse la moitié de son assiette et sirote son eau gazeuse tout en lisant les dernières lettres de Frobisher. À travers les mots de Robert, il se revoit chercher à Bruges son ami déséquilibré, son premier amour et, *si je suis honnête avec moi-même, le dernier*.

Dans l'ascenseur de l'hôtel, Sixsmith songe aux responsabilités qui reposent désormais sur les épaules de Luisa, et se demande s'il a fait le bon choix. Les rideaux de sa chambre se gonflent au moment où la porte s'ouvre. « Qui va là ? » lance-t-il.

Personne. Personne ne sait où tu es. Voilà des semaines maintenant que son imagination lui joue des tours. Le manque de sommeil. « Écoute, se rassure-t-il, dans quarante-huit heures, tu retrouveras Cambridge et la sécurité de ta petite île pluvieuse. Là-bas, tu disposeras de tout le confort, des alliés et des relations nécessaires à ta riposte contre Seaboard. »

18

Bill Smoke observe Rufus Sixsmith quitter sa chambre d'hôtel, puis attend cinq minutes avant d'y pénétrer. Il s'assoit sur le rebord de la baignoire, et fait craquer ses poings gantés. *Nulle drogue ou expérience mystique n'est aussi puissante que changer un homme en cadavre. Cependant, l'exercice nécessite cervelle, discipline et expertise. Faute de quoi, on finit sur la chaise électrique.* L'assassin caresse son Krugerrand, une pièce d'or qu'il garde en permanence au fond de sa poche. Smoke ne supporte plus d'être assujetti à sa superstition, mais il ne va pas contrarier son amulette pour se prouver qu'il a raison. *Une tragédie pour ceux qui l'aimaient, un événement sans importance pour les autres, et un problème de moins pour mes clients. Je ne suis que l'instrument de leur volonté. Si ce n'était pas moi, un autre tueur à gages des Pages jaunes s'en chargerait. Ce n'est pas au revolver qu'il faut s'en prendre, mais à l'utilisateur ou à l'inventeur.* Bill Smoke entend le bruit du verrou. *Respire.* Les pilules qu'il a avalées un peu plus tôt aiguisent ses sens de manière incroyable, et lorsque sa victime trottine à travers la pièce en chantant « Leaving on a Jet Plane », le tueur à gages jurerait sentir le pouls de sa victime, plus lent que le sien. Smoke épie sa proie dans l'embrasure de la porte. Sixsmith se vautre sur le lit. L'assassin visualise les mouvements à effectuer. Trois pas pour sortir, feu de côté, sur la tempe, à bout portant. Smoke jaillit de la porte ; Sixsmith émet un son guttural et tente de se lever, mais déjà, la balle dont le silencieux étouffe la détonation perfore le crâne du scientifique et plonge dans le matelas. Le corps de Rufus Sixsmith retombe, comme si le scientifique s'était recroquevillé pour faire une sieste.

Le sang imbibe un édredon assoiffé.

La satisfaction palpite dans le cerveau de Bill Smoke. *Vise un peu le travail.*

19

Comme les cent matinées précédentes et les cinquante prochaines, une chape de pollution et de chaleur pèse sur ce mercredi. Luisa Rey boit un café dans la fraîcheur vaporeuse du Snow White Diner situé à l'angle de la Deuxième Avenue et de la 16ᵉ Rue, à deux minutes des bureaux de *Spyglass*, et lit un article sur un ancien ingénieur nucléaire de la marine, un baptiste originaire d'Atlanta nommé James Carter, qui envisage de se présenter à la candidature démocrate. Sur la 16e Rue, dans l'exaspération générale, la circulation oscille entre progression millimétrique et brusques incartades. Le trottoir grouille de gens pressés et de patineurs à roulettes. « Tu ne manges rien ce matin, Luisa ? demande Bart, le cuistot.

– Les nouvelles suffiront », répond la très fidèle cliente.

Roland Jakes trébuche sur le seuil et s'approche de Luisa. « Ah. La place est libre ? J'ai rien bouffé, ce matin. Shirl m'a quitté. Une fois de plus.

– Brief de rédaction dans un quart d'heure.

– Ça nous laisse plein de temps, alors. » Jakes s'assoit et commande des œufs au plat cuits sur les deux faces. « Page neuf, dit-il à Luisa. En bas, à droite. Ça devrait t'intéresser. »

Luisa trouve la page neuf et tend le bras pour saisir la cafetière. Sa main se fige.

Suicide d'un scientifique à l'hôtel de l'aéroport international de B.Y.

Le professeur Rufus Sixsmith, éminent scientifique britannique, a été retrouvé sans vie mardi matin dans sa chambre à l'hôtel Bon Voyage de l'aéroport international de Buenas Yerbas, où il s'est suicidé. Le Pr Sixsmith, ancien président de la Commission atomique globale a effectué un audit de dix mois pour le compte de Seaboard sur le complexe ultra-sécurisé de l'île Swannekke, située en périphérie de Buenas Yerbas. Il s'était battu toute sa vie contre une dépression clinique. Mlle Fay Li, porte-parole de Seaboard, a déclaré : « La toute récente disparition du Pr Sixsmith est une tragédie pour la communauté scientifique internationale. Les habitants de Seaboard Village n'ont pas seulement perdu un collègue profondément respecté, mais aussi un ami très cher. Nos sincères condoléances vont à ses proches et à ses nombreux amis. Il nous manquera énormément. » Le corps du Pr Sixsmith, qui portait un impact de balle unique à la tête quand les femmes de chambre l'ont découvert, sera rapatrié chez lui en Angleterre, son pays natal. Un médecin légiste de la police de Buenas Yerbas a confirmé que les circonstances de l'événement n'avaient aucun caractère suspect.

« Alors ? ricane Jakes. Il m'a l'air foutu, ton scoop du siècle. »

La peau de Luisa picote et ses tympans lui font mal.

« Oups. » Jakes allume une cigarette. « Vous étiez proches ?

– Il n'a pas pu... » Luisa cherche ses mots. « Jamais il n'aurait fait ça. »

Jakes est presque gentil. « Bah, on dirait pourtant que si, Luisa.

– On ne se suicide pas quand on a une mission.

– Sauf quand celle-ci te rend fou.

– On l'a assassiné, Jakes. »

Jakes réprime une moue signifiant : *Ça y est, c'est reparti*. « On peut savoir par qui ?

– Seaboard, bien entendu.

– Ah, son employeur. Bien entendu. Et le mobile ? »

Luisa s'efforce de parler avec calme et fait mine de ne pas relever l'air faussement convaincu que Jakes affecte.

« Il avait rédigé un rapport sur un type de réacteur mis au point à Swannekke B baptisé HYDRE. La mise en œuvre du site C n'attend plus que l'aval de la commission fédérale à l'Énergie. Si ce projet est validé, ils seront en mesure de vendre cette technologie sur le territoire national et à l'étranger : des contrats signés avec le gouvernement rapporteraient à eux seuls plusieurs dizaines de millions par an. Le rôle de Sixsmith était d'entériner le projet, mais plutôt que se cantonner au scénario initial, il a relevé plusieurs erreurs de conception cruciales. En réaction à cela, Seaboard a enterré son rapport et en a nié l'existence.

– Qu'est-ce qu'il a fait alors, ce Pr Sixsmith ?

– Il s'apprêtait à livrer son rapport aux médias. » Luisa frappe le journal du revers de la main. « Voilà ce que lui a coûté la vérité. »

Jakes transperce un dôme de jaune d'œuf tremblant à la baïonnette d'un toast. « Euh, tu sais ce que Dom Grelsch va te dire ?

– "Des preuves", répond Luisa sur le ton d'un médecin annonçant son diagnostic. Écoute, Jakes, tu peux dire à Grelsch que... Dis-lui juste que j'ai dû me rendre quelque part. »

20

Sale journée pour le gérant de l'hôtel Bon Voyage. « Non, vous n'avez pas le droit de visiter sa chambre ! L'entreprise de nettoyage de moquette a effacé toute trace de l'incident. Et nous y avons mis de notre poche, soit dit en passant ! À quel type de rapace ai-je affaire, d'ailleurs ? À une journaliste ? Une chasseuse de fantômes ? Une romancière ?

– Je suis… » – la voix de Luisa Rey tremble sous les larmes, qui jaillissent de nulle part – « sa nièce, Megan Sixsmith. »

Une matrone glaciale ensevelit Luisa qui sanglote dans sa colossale poitrine. Les badauds fusillent le gérant du regard. Celui-ci blêmit et tente de rattraper le coup. « Passez derrière, je vous prie, je vais vous chercher un…

– Un verre d'eau ! aboie la matrone en repoussant d'une frappe sèche la main du gérant.

– Wendy ! De l'eau ! Par ici, je vous prie. Vous ne voulez pas vous…

– Une chaise, que diable ! » La matrone soutient Luisa jusqu'au bureau sombre du fond.

« Wendy ! Une chaise ! Tout de suite ! »

L'alliée de Luisa lui prend les mains. « Laissez sortir votre chagrin, ma petite, allez-y, je suis là pour vous écouter. Je suis Janice, je viens d'Esphigmenou, dans l'Utah, et je vais vous raconter mon histoire. Quand j'avais votre âge, j'étais seule chez moi, je descendais les escaliers de la chambre de ma fille, et sur le palier se tenait ma mère. "Retourne voir le bébé, Janice", m'a-t-elle ordonné. J'ai répondu à ma mère que j'en revenais tout juste, et que ma fille dormait paisiblement. Le ton de ma mère est devenu glacial. "Ne discute pas, jeune demoiselle, retourne voir le bébé sur-le-champ !" Cela peut sembler fou, mais c'est seulement là que je m'en suis souvenue : ma mère était morte l'année précédente, le jour de Thanksgiving. J'ai quand même couru à l'étage : ma fille s'étranglait avec la corde du store. Trente secondes de plus et c'était trop tard. Alors, vous voyez ? »

Les yeux de Luisa clignent, pleins de larmes.

« Vous voyez, ma petite ? Ils trépassent mais ils ne nous quittent pas. »

Penaud, le gérant rapporte une boîte à chaussures. « La chambre de votre oncle est malheureusement occupée, mais la femme de ménage a trouvé ces lettres dans la bible des Gédéons. Le nom de votre oncle figure sur les enveloppes. Bien entendu, je les aurais transmises à votre famille, mais puisque vous êtes ici... »

Il lui tend une liasse de neuf enveloppes jaunies par le temps, toutes adressées à « Rufus Sixsmith, Caius College, Cambridge, Angleterre ». L'une d'elles porte la trace toute fraîche d'un sachet de thé. Toutes les lettres sont salement fripées et ont été défroissées à la va-vite.

« Merci, dit Luisa, sur un ton d'abord hésitant, puis plus assuré. Oncle Rufus chérissait sa correspondance ; c'est désormais tout ce qu'il me reste de lui. Je ne vous retiendrai pas davantage. Désolée d'avoir craqué devant tout le monde. »

Le soulagement du gérant est visible.

« Vous êtes quelqu'un d'unique, Megan, certifie Janice d'Esphigmenou, dans l'Utah, à Luisa lorsqu'elles se séparent dans le hall.

– S'il y a quelqu'un d'unique, c'est bien vous, Janice », répond Luisa, qui retourne au parking souterrain et passe à moins de dix mètres du casier 909.

21

Luisa Rey est de retour dans les locaux de *Spyglass* depuis moins d'une minute et, déjà, le rugissement de Dom Grelsch couvre le bruit ambiant de la salle de rédaction : « Tiens, mademoiselle Rey ! »

Jerry Nussbaum et Roland Jakes lèvent le nez de leur bureau, jettent un œil à Luisa, échangent un regard et poussent un « Ouille ! » silencieux. Luisa dépose les lettres de Frobisher dans un tiroir, le ferme à clé, et pénètre à l'intérieur du bureau de Grelsch.

« Désolée, Dom, je n'ai pas pu assister au brief, j'étais…
— Fermez la porte et épargnez-moi vos excuses de bonne femme.
— Cela n'a jamais été dans mes habitudes.
— Et assister aux réunions, ça vous arrive ? Vous êtes payée pour.
— On me paie aussi pour suivre les affaires en cours.
— Et donc, vous vous êtes rendue sur le lieu du crime. Vous avez déniché une preuve béton que les flics auraient ratée ? Un message en lettres de sang sur le carrelage ? "Alberto Grimaldi m'a tué" ?
— Pour dénicher une preuve qui casse la baraque, il faut d'abord se casser le dos. C'est ce que me répétait mon rédacteur en chef, un dénommé Dom Grelsch. »

Grelsch lui lance un regard furieux.

« Je suis sur une piste, Dom.
— Sur une piste. »

Tu n'es pas de ceux qu'on roule dans la farine. Ma seule chance, c'est de réussir à éveiller ta curiosité.
« J'ai téléphoné au commissariat qui s'occupe de l'affaire Sixsmith.
— Quelle affaire ? C'était un suicide ! À moins qu'il ne s'agisse de Marilyn Monroe, ça n'est pas vendeur, les suicides. Trop déprimant.
— Écoutez-moi. Pourquoi Sixsmith aurait-il acheté un billet s'il avait prévu de se tirer une balle dans le crâne plus tard dans la journée ? »

Dom Grelsch écarte les bras, exprimant le désarroi que cette invraisemblable conversation suscite chez lui. « Ça l'a pris d'un coup.
— S'il avait agi sur un coup de tête, aurait-il *tapé* une

lettre de suicide ? Notez qu'il n'y avait pas de machine à écrire dans sa chambre.

– Je n'en sais rien et je m'en contrefiche ! Le numéro doit être bouclé avant jeudi soir, nous sommes en mauvais termes avec les imprimeurs, il y a cette grève des livreurs qui nous pend au nez, sans compter l'épée de Damoclès que ces foutus publicitaires ont accrochée au-dessus de ma tête. Appelez un médium et interrogez-le directement, votre Sixsmith ! C'était un scientifique. Les scientifiques sont des gens instables.

– Nous sommes restés coincés ensemble une heure et demie dans un ascenseur. Il était d'un calme olympien. "Instable" n'est vraiment pas un qualificatif qui lui convient. Autre chose. Selon l'enquête, il s'est tiré une balle avec le moins bruyant des revolvers. Un Roachford .34 avec silencieux intégré. Disponible sur catalogue uniquement. Pourquoi se serait-il donné tant de peine ?

– D'accord. La police s'est trompée, le médecin légiste s'est viandé, tout le monde s'est gaufré, sauf Luisa Rey, journaliste en herbe qui, grâce à ses dons de clairvoyance, nous apprend qu'un crâne d'œuf de renommée internationale a été assassiné pour avoir fait état de quelques pépins dans un rapport obscur dont tout le monde réfute l'existence. C'est ça ?

– À moitié. La police a vraisemblablement été invitée à tirer des conclusions qui arrangent Seaboard.

– Mais bien sûr : une entreprise du tertiaire qui arrose la police ! Suis-je bête.

– Si l'on prend en compte ses filiales, Seaboard est la dixième plus grosse entreprise du pays. Ils auraient les moyens de racheter l'Alaska, s'ils voulaient. Donnez-moi jusqu'à lundi.

– Pas question ! Il y a les critiques de la semaine. Et la rubrique cuisine, aussi.

– Si Bob Woodward vous avait dit qu'il suspectait Nixon d'avoir commandité un cambriolage au bureau de son adversaire politique et d'avoir même enregistré la conversation téléphonique où le Président en donnait l'ordre, vous lui auriez dit : "Laisse tomber, Bob, mon chou, et ponds-moi plutôt huit cents mots sur les vinaigrettes" ?

– Je vous interdis de me servir le numéro de la féministe outrée.

– Dans ce cas, ne me servez pas celui du rédac' chef aux trente ans de carrière qui connaît tout mieux que tout le monde ! Un seul Jerry Nussbaum dans les locaux suffit.

– Vous voulez réduire une réalité corps 18 en suppositions corps 11. Plus d'un gars talentueux – journaliste ou pas – s'y est cassé les dents.

– Lundi ! Je trouverai un exemplaire du rapport Sixsmith.

– Les promesses que vous êtes incapable de tenir n'ont aucune valeur.

– À part me mettre à genoux et vous implorer, je n'ai rien d'autre à vous proposer. Allez, quoi. Dom Grelsch n'est pas du genre à refuser une solide investigation sous prétexte que celle-ci n'a pas abouti au bout de la matinée. Mon père prétendait qu'au milieu des années soixante vous étiez le plus audacieux des journalistes. »

Grelsch pivote et contemple la Troisième Avenue. « Des conneries, oui !

– Oh, il en racontait parfois, c'est vrai ! Cette investigation sur le financement de la campagne de Ross Zinn en soixante-quatre. Vous étiez parvenu à mettre fin à la carrière politique d'un effroyable défenseur de la suprématie blanche. Papa disait que vous étiez tenace, têtu, infatigable. Il en a fallu, du culot, de la sueur et du temps pour venir à bout de Ross Zinn. Pour ce qui est du culot et de la sueur, je m'en charge ; tout ce que je vous demande, c'est un peu de temps.

– Vous me jouez un sale tour, à ramener votre père dans l'histoire.

– Ce sont les ficelles du métier. »

Grelsch écrase sa cigarette et en allume une autre. « Je veux vous voir lundi avec votre enquête sur Sixsmith, et j'attends des preuves en béton armé, Luisa, il me faut des noms, des sources, des faits. Qui a étouffé la diffusion de ce rapport, pourquoi et comment Swannekke B fera du sud de la Californie un nouvel Hiroshima. Autre chose. Si vous obtenez la preuve de l'assassinat de Sixsmith, nous passerons au commissariat avant le tirage. Je n'ai pas envie de trouver de la dynamite sous le siège de ma bagnole.

– "Informer sans crainte ni astreintes".

– Tirez-vous. »

« Pas mal », signifie la moue de Nancy O'Hagan ; Luisa s'assoit à son bureau et sort la correspondance de Sixsmith qu'elle est parvenue à sauvegarder.

Dans son bureau, Grelsch s'en prend à son sac de frappe. « Tenace ! » *Bam !* « Têtu ! » *Bam !* « Infatigable ! » Le rédacteur en chef entrevoit son reflet, qui se moque de lui.

22

Une romance séfarade composée avant l'expulsion des Juifs d'Espagne emplit le magasin de musique L'Accord perdu situé à l'angle nord-ouest du croisement entre Spinoza Square et la Sixième Avenue. L'élégant homme au téléphone, bien pâle par rapport aux visages basanés de la ville, répète la requête : « *Cartographie des nuages*, sextuor… Robert Frobisher… En effet, je me souviens d'en avoir entendu parler, mais je n'ai jamais eu l'occasion d'en salir un authentique exemplaire de mes mains, moi qui ramasse tout ce qui traîne... Un jeune prodige, ce Frobisher : il est mort en plein envol... Attendez voir, je possède le catalogue d'un détaillant de San Francisco spécialisé dans les disques rares... Franck, Fitzoy, *Frobisher*... Voilà, il y a même une note en bas de page... Cinq cents exemplaires pressés seulement... en Hollande, avant la guerre, eh bien, rien d'étonnant à ce qu'il soit si rare... Ce revendeur en possède un disque acétate, pressé dans les années cinquante... par une bande de faussaires français liquidée depuis. *Cartographie des nuages* semble donner le baiser de la mort à tous ceux qui s'en saisissent... J'essaierai, il en avait un exemplaire le mois dernier, mais je ne puis vous en certifier la qualité et préfère vous prévenir : le prix est loin d'être modique... D'après ce que je lis, il coûte... douze cents dollars... Notre commission de dix pour cent en sus, cela revient à... Oui ? Bien, je prends votre nom... Ray comment ? Oh, Mlle R-E-Y, mille excuses. D'ordinaire, nous demandons un acompte, mais votre voix me paraît honnête. D'ici quelques jours. Je vous en prie, au revoir. »

Le commerçant griffonne un pense-bête, ramène le saphir au début de « ¿ Por qué lloras blanca niña ? », le dépose sur la surface noire et miroitante du vinyle, et se met à rêver de jeunes bergers juifs pinçant leurs lyres sous la voûte stellaire des collines ibériques.

23

Luisa Rey ne voit pas la Chevy noire et poussiéreuse qui, en roue libre, passe à sa hauteur lorsque la jeune femme pénètre dans son immeuble. Au volant, Bill Smoke mémorise l'adresse : 108, résidence Pacific Eden.

En l'espace d'une journée et demie, Luisa a relu les lettres de Sixsmith une douzaine de fois, peut-être plus. Quelque chose la dérange dans ces lettres. Un ami de l'université de Sixsmith nommé Robert Frobisher les a écrites au cours de l'été 1931, lors d'un séjour prolongé dans un château en Belgique. Ce n'est pas tant le fait qu'elles lèvent le voile sur la docilité du jeune Rufus Sixsmith qui ennuie Luisa, mais l'étourdissante clarté des images de lieux et de personnages que la correspondance a libérées. Des images si nettes que le mot « souvenirs » s'impose à elle. La fille du pragmatique journaliste dirait – c'est d'ailleurs ainsi qu'elle se l'explique – que cette impression est due à l'hypersensibilité provoquée par la récente disparition de son père ; cependant il reste ce détail figurant dans une des lettres. Robert Frobisher fait état d'une tache de naissance entre son omoplate et sa clavicule.

Je ne crois pas à ces conneries. Je n'y crois pas. Non.

Des maçons refaçonnent le hall de la résidence Pacific Eden. Des bâches protègent le sol, un électricien installe une applique, un marteleur invisible martèle. Malcolm le gardien aperçoit Luisa et l'apostrophe : « Hé, Luisa ! Un importun est monté à ton appartement il y a une vingtaine de minutes ! » Mais un bruit de perceuse couvre ses paroles, il y a ce type de la mairie au bout du fil qui lui parle du code de régulation des travaux d'aménagement et, de toute façon, Luisa a déjà mis les pieds dans l'ascenseur.

24

« Surprise », lâche sèchement Hal Brodie, que Luisa surprend devant ses étagères en train de glisser des livres et des disques dans son sac de sport. « Tiens, dit-il afin d'escamoter la culpabilité qu'il éprouve, tu te les es coupés court. »

Luisa n'est pas vraiment surprise de cette remarque sur ses cheveux. « Toutes les filles larguées font ça. »

Hal émet un clappement guttural.

Luisa est en colère contre elle-même. « Alors ? C'est le jour des réclamations ?

– J'ai presque fini. » Hal époussette de ses mains une poussière imaginaire. « Elle est à toi ou à moi, la sélection de poèmes de Wallace Stevens ?

– C'était le cadeau que Phoebe nous avait offert à Noël. Appelle-la. Elle tranchera. Sinon, arrache les pages impaires et laisse-moi les pages paires. C'est un raid éclair que tu fais là ? Tu aurais pu téléphoner.

– Bah oui. Mais je tombe systématiquement sur ton répondeur. Balance-le à la poubelle, si tu n'écoutes jamais tes messages.

– Tu es fou, il m'a coûté une fortune. Alors, qu'est-ce qui t'amène en ville, à part ton amour de la poésie moderniste ?

– Un repérage pour *Starsky et Hutch*.

– Starsky et Hutch ne vivent pas à Buenas Yerbas.

– La Triade de la côte Ouest a kidnappé Starsky. Il y a une scène de fusillade sur le pont de la baie de Buenas Yerbas, plus une course poursuite dans laquelle David et Paul courent sur le toit des voitures à l'heure de pointe. Ça va être un cauchemar pour obtenir une autorisation de la police de la circulation, mais il faut qu'on tourne la scène sur place, sans quoi le peu d'intégrité artistique qu'il nous restait sera définitivement perdu.

– Hé. Ne touche pas à *Blood on the Tracks*.

– C'est le mien.

– C'était. » Luisa ne plaisante pas.

Avec une ironique déférence, Brodie ressort le disque

du sac de sport. « Tu sais, j'ai appris pour ton père. Je suis désolé. »

Luisa acquiesce, sent le chagrin monter et sa garde se raidir. « Je sais.

— J'imagine que ç'a dû être... comme une libération, pour lui. »

C'est juste, mais seuls ceux dans le deuil ont le droit de dire ce genre de choses. Luisa résiste à la tentation de lâcher quelque propos amer. Elle se souvient de son père qui taquinait Hal en l'appelant « l'enfant de la télé ». *Ah non, tu ne vas pas pleurer !* « Et toi, ça va ?

— Bien. Et toi ?

— Ça va. » Luisa contemple les nouveaux espaces vides sur ses vieilles étagères.

« Au boulot, ça va ?

— Ça va. » *Abrège nos souffrances.* « Tu as une clé qui m'appartient, je crois. »

Hal remonte la fermeture à glissière de son sac de sport, cherche la clé dans sa poche et la laisse tomber dans la main de Luisa en laissant éclater un « Tata ! » soulignant le côté symbolique de son geste. Luisa renifle les effluves d'un après-rasage inconnu et imagine *celle* qui en a aspergé Hal ce matin. *Il n'avait pas non plus cette chemise, il y a deux mois.* Les santiags qu'ils avaient achetées ensemble le jour du concert de Segovia. Hal marche sur la paire de baskets sales de Javier, et Luisa voit le jeune homme préférer se taire plutôt que faire une blague sur ce nouveau petit ami imaginaire. Au lieu de cela, il lâche : « Bon, adieu. »

Se serrer la main ? Se serrer dans les bras ? « Ouais. »

La porte se referme.

Luisa met la chaîne de la porte et se rejoue la scène. Elle ouvre le robinet de douche et se déshabille. Le miroir de la salle de bains est à moitié caché par l'étagère où s'accumulent les bouteilles de shampooing, d'après-shampooing, les serviettes hygiéniques, les crèmes pour le corps et les échantillons de savons. Luisa les écarte afin de mieux observer la tache de naissance située entre son omoplate et sa clavicule. La rencontre avec Hal est mal tombée. *Cela arrive tout le temps, les coïncidences.* N'empêche, on dirait bien une comète. Le miroir s'embue. *Ton gagne-pain, c'est bien le concret, non ? Les taches de naissance ressemblent à ce que l'on veut, pas seulement aux comètes. Tu ne t'es pas encore remise de la mort de Papa, c'est tout.* La journaliste entre dans la douche, mais son esprit déambule dans les couloirs du château de Zedelghem.

25

Le campement des manifestants est installé sur le continent, entre une plage et un lagon marécageux. Derrière le lagon, des hectares de champs d'agrumes s'élèvent sur les collines arides de l'arrière-pays. Les tentes en piteux état, les fourgonnettes de routards peinturlurées aux couleurs de l'arc-en-ciel, les camping-cars ressemblent à un tas de cadeaux dont personne n'aurait voulu et que le Pacifique aurait rejetés là. Une banderole annonce : LA PLANÈTE CONTRE SEABOARD. De l'autre côté du pont, Swannekke A trône et ondule telle une utopie dans un mirage de l'après-midi. Des poupons au bronzage de cuir barbotent dans l'indolence des hauts-fonds ; un apôtre barbu lave des vêtements dans un baquet ; un couple d'adolescents enlacés s'embrasse dans les herbes des dunes.

Luisa verrouille sa Volkswagen et traverse les broussailles qui la séparent du campement. Les mouettes flottent dans la chaleur maussade. Les machines agricoles bourdonnent au loin. Plusieurs occupants s'approchent d'elle, mais n'ont pas l'air très accueillant. Un type aux traits de faucon et au teint amérindien la jauge : « Hmm ?

– Je croyais me trouver dans une zone publique.

– Vous avez mal cru. C'est une propriété privée.

– Je suis journaliste. J'espérais m'entretenir avec quelques militants.

– Pour qui vous travaillez ?

– Le magazine *Spyglass*. »

La température baisse de quelques degrés. « Vous ne devriez pas plutôt écrire un article sur les dernières aventures du nez de Barbra Streisand ? » lance l'Amérindien, avant d'ajouter un sardonique : « Sauf votre respect.

– Eh bien oui, désolée, je ne bosse pas au *Herald Tribune*, mais pourquoi ne pas me donner ma chance ? Un article positif, ça sert toujours. À moins que vous n'ayez sérieusement l'intention de désamorcer la bombe atomique à retardement sur l'île d'en face en agitant vos banderoles et en grattouillant des chants de contestation. Sauf votre respect.

– Vous nous pompez l'air, m'dame, grogne un type du Sud.

– L'entretien est terminé, dit l'Amérindien. Tirez-vous.

– Laisse, Milton. » Une femme âgée aux cheveux blancs et au visage brun-roux se tient sur le marchepied de son camping-car. « Je m'en occupe. » À côté d'elle, un bâtard aux airs d'aristocrate observe sa maîtresse. Manifestement, elle fait autorité, car l'attroupement se disperse sans plus de protestations.

Luisa s'approche du camping-car. « C'est ça, la génération *peace and love* ?

– Il y a bien plus que sept années entre 1968 et 1975.

Notre réseau est infiltré par Seaboard. Le week-end dernier, les forces de l'ordre voulaient évacuer le campement avant l'arrivée des invités d'honneur, alors le sang a coulé. Un prétexte tout trouvé pour procéder à des arrestations. Instiller un climat de paranoïa est une stratégie qui semble payer. Entrez. Je m'appelle Hester Van Zandt.

– Depuis le temps que je souhaitais vous rencontrer, professeur ! » répond Luisa.

26

Une heure plus tard, Luisa donne son trognon de pomme au chien docile de Hester Van Zandt. Il règne dans ce cabinet bardé de livres un ordre à la hauteur du chaos assaillant le bureau de Grelsch. L'hôtesse de Luisa achève son récit. « Le conflit auquel prennent part l'industrie et les militants est analogue à un combat qui opposerait la narcolepsie à la mémoire. L'industrie dispose d'argent, de pouvoir et d'influence. Provoquer l'indignation de l'opinion publique, voilà notre seule arme. C'est en faisant éclater le scandale que la construction du grand barrage du Yuccan a pu être évitée, que Nixon a été évincé du pouvoir, que l'on a contribué à mettre un terme aux monstruosités commises au Vietnam. Mais le scandale est un produit dont l'élaboration et la manipulation sont complexes. Pour ce faire, nous devons d'abord capter l'attention générale ; ensuite, il faut une prise de conscience collective ; et si celle-ci atteint une masse critique, alors le scandale explose. L'opération est susceptible de capoter à n'importe quelle étape. Les Alberto Grimaldi de la planète peuvent détourner l'attention générale en ensevelissant la vérité sous des rapports de commissions, en jouant sur la désinformation, en tablant sur la lassitude ou en intimidant ceux qui suivent les événements de près. Ils abrutissent les consciences en rabaissant le niveau d'éducation, en achetant des chaînes de télévision, en versant des "indemnités d'hôtes" à ceux qui dans le monde de l'écrit font autorité ou en arrosant simplement les médias. Dans les pays démocratiques, la place médiatique – et je ne parle pas seulement du *Washington Post* – est le front sur lequel les guerres civiles se déroulent.

– Et c'est pourquoi vous m'avez sauvée de Milton et de ses acolytes.

– Je voulais vous montrer la vérité telle que nous la voyons : au moins, vous choisirez votre camp en connaissance de cause. Écrivez un pamphlet sur les néo-transcendantalistes de GreenFront qui ont organisé un mini-festival de Woodstock, et non seulement vous enfoncerez le clou sur les préjugés que les républicains ont contre nous, mais vous enterrerez un peu plus la vérité. Écrivez un article sur la radioactivité dans les fruits de mer, sur les niveaux de pollution soi-disant sans danger décrétés par les pollueurs eux-mêmes ; écrivez un article sur les lois que le gouvernement est prêt à offrir en contrepartie du financement de sa campagne électorale, sur la milice de Seaboard ; alors la température de la prise de conscience collective augmentera progressivement jusqu'à son point d'ignition.

– Vous connaissiez Rufus Sixsmith ?

– Oh oui, Dieu ait son âme.

– J'avais pourtant l'impression que vous n'étiez pas du même bord... je me trompe ? »

Van Zandt hoche la tête, décelant la ruse employée par Luisa. « J'ai rencontré Rufus au début des années soixante dans un comité d'experts du gouvernement lié à la commission fédérale à l'Énergie. J'étais muette d'admiration devant lui ! Lauréat du Nobel, vétéran du projet Manhattan.

– Sauriez-vous par hasard quoi que ce soit au sujet d'un rapport défavorable à l'HYDRE-zéro préconisant l'arrêt de Swannekke B ?

– Le Pr Sixsmith ? Vous êtes sûre ?

– "Sûre et certaine", non. "Quasiment certaine", oui. »

Van Zandt semble nerveuse. « Mon Dieu, si GreenFront mettait la main sur un exemplaire... » Son visage s'assombrit. « Si le Pr Sixsmith a bien écrit ce rapport incendiaire sur l'HYDRE-zéro et s'il menaçait de faire des déclarations publiques, alors je ne crois plus à cette histoire de suicide. »

Luisa remarque que toutes deux chuchotent. Elle lui pose la question que Grelsch pourrait poser à Luisa : « Seaboard commanditerait l'assassinat d'un homme de la stature de Sixsmith, tout cela pour éviter d'avoir mauvaise presse ? Cette supposition ne relève-t-elle pas de la paranoïa ? »

Van Zandt s'empare de la photographie d'une femme de soixante-dix ans punaisée à un tableau en liège. « Un patronyme à retenir : Margo Roker.

– J'ai lu ce nom sur une banderole, l'autre jour.

– Margo a rejoint les militants de GreenFront depuis que Seaboard a acheté l'île Swannekke. Elle nous permet d'opérer depuis ce bout de terrain en sa possession ; une épine dans le flanc de Seaboard. Il y a un mois et demi, son bungalow – situé trois kilomètres plus haut sur la côte – a été cambriolé. Margo n'a pas d'argent, juste quelques bouts de terrain dont elle n'a jamais souhaité se séparer, en dépit des sommes que Seaboard lui faisait miroiter. Tant pis pour elle. Les cambrioleurs l'ont battue à mort – ou du moins, ils croyaient l'avoir tuée – mais n'ont en revanche rien pris. Il ne s'agit pas vraiment d'une affaire de meurtre, puisque Margo est restée dans le coma, alors la police s'en tient à son histoire de cambriolage improvisé qui a mal tourné.

– Pour Margo, surtout.

– Et c'est tout bénéfice pour Seaboard. La famille de Margo croule sous les frais d'hôpital. Quelques jours après l'agression, une agence de gestion de biens de Los Angeles, Open Vista, a débarqué chez le cousin de Margo et proposé de racheter ces quelques hectares de friches côtières au quadruple de leur valeur immobilière. Pour y établir une réserve naturelle privée. J'ai demandé à GreenFront d'enquêter sur Open Vista. La société n'existe que depuis huit semaines, et devinez qui figure en tête de la liste des investisseurs ? » Van Zandt désigne l'île Swannekke d'un hochement de tête.

Luisa prend en considération tout ce qui vient d'être dit. « Vous aurez de mes nouvelles, Hester.

– Je l'espère. »

27

Alberto Grimaldi aime bien que les réunions exceptionnelles de sécurité auxquelles participent Bill Smoke et Joe Napier se déroulent dans son bureau à Swannekke. Il apprécie ces deux hommes qui ne s'embarrassent pas de circonvolutions, cela le change du cortège de ses courtisans et pique-assiettes. Il adore envoyer sa secrétaire dans le hall d'accueil où chefs d'entreprise, représentants syndicaux et membres du gouvernement attendent – et si possible plusieurs heures –, puis l'entendre prononcer : « Bill, Joe, M. Grimaldi dispose d'un créneau pour vous recevoir. » Smoke et Napier laissent Grimaldi s'autosatisfaire de son côté J. Edgar

Hoover. Il voit en Napier un fidèle bouledogue dont trente-cinq années de vie californienne n'ont pas radouci l'enfance, qu'il a passée dans le New Jersey ; Bill, lui, est son démon familier : il sait passer outre les murs, la morale et la loi afin d'exécuter la volonté de son maître.

À cette réunion participe la charmante Fay Li, à qui Napier a demandé d'intervenir à propos du dernier point de l'informel ordre du jour : une journaliste invitée à Swannekke ce week-end – Luisa Rey – pose un potentiel problème de sécurité. « Alors, Fay, demande Grimaldi, qui s'appuie sur le rebord de son bureau, que savons-nous d'elle ? »

Fay Li semble lire une liste de notes invisible. « Journaliste à *Spyglass* – je présume que tout le monde connaît ce magazine ? Vingt-six ans, ambitieuse, plus de centre gauche que d'extrême gauche. Fille du fameux Lester Rey, correspondant à l'étranger, récemment décédé. Mère remariée à un architecte il y a sept ans, après un divorce à l'amiable, vit dans le quartier résidentiel d'Ewingsville, à B.Y. Ni frères, ni sœurs. A étudié l'histoire et l'économie à Berkeley et obtenu son diplôme avec les félicitations du jury. Premier boulot au *L.A. Recorder*, articles de politique dans le *Tribune* et le *Herald*. Célibataire, vit seule, règle ses factures à temps.

– Chiante comme la pluie, commente Napier.

– Alors rappelez-moi pourquoi nous parlons d'elle », intervient Smoke.

Fay Li s'adresse à Grimaldi : « Nous l'avons surprise à fouiner dans le département Recherche mardi dernier, pendant l'inauguration. Elle prétendait avoir rendez-vous avec le Pr Sixsmith.

– À quel sujet ?

– Un article pour *Spyglass*, mais je crois surtout qu'elle allait à la pêche aux infos. »

Le président regarde Napier, qui hausse les épaules. « Difficile à dire, monsieur Grimaldi. Si elle comptait le cuisiner, nous devinons ce qu'elle avait en tête. »

Grimaldi a le défaut de souligner ce qui est évident. « Le rapport.

– Les journalistes ont une imagination débordante, signale Li, surtout les jeunes louves à l'affût de leur premier grand scoop. Je suppose qu'elle irait peut-être jusqu'à croire que la mort de Sixsmith serait... comment vous expliquer ? »

Alberto Grimaldi fait la moue, perplexe.

« Monsieur Grimaldi, intervient Smoke, je crois deviner ce que Fay, par tact, n'ose pas vous dire : cette demoiselle Rey s'imagine que nous nous sommes débarrassés du Pr Sixsmith.

– "Débarrassés" ? Mon Dieu. Vraiment ? Joe ? Qu'en pensez-vous ? »

Napier ouvre les mains. « Fay pourrait bien voir juste, monsieur Grimaldi. Chez *Spyglass*, ils ne sont pas du genre à s'en tenir aux faits.

– Disposons-nous de quelque influence sur ce magazine ? »

Napier hoche la tête, négatif. « Je vérifierai.

– Elle a téléphoné, poursuit Li, afin d'obtenir l'autorisation d'interviewer plusieurs de nos employés en vue d'un article du genre "Une journée dans la peau d'un scientifique". Je lui ai donc retenu une chambre à l'hôtel pour qu'elle assiste à la réception de ce soir et je lui ai promis de la présenter à plusieurs personnes au cours du week-end. En fait » – elle jette un œil à sa montre –, « j'ai rendez-vous là-bas avec elle dans une heure.

– J'ai donné mon aval, monsieur Grimaldi, ajoute Napier. Mieux vaut la laisser fouiner sous notre nez, cela nous permet de la surveiller.

— Très bien, Joe. Très bien. Tâchez d'évaluer le danger qu'elle représente. Et profitez-en pour couper court aux soupçons macabres pesant sur la mort de ce pauvre Rufus. » Tour de table de sourires crispés. « Bien, Fay, Joe, tout a été dit, merci de votre présence. Bill, nous avons quelques problèmes à Toronto dont je voulais vous parler. »

Le président et son homme de main se retrouvent seuls.

« Notre ami Lloyd Hooks, commence Grimaldi. Il m'inquiète. »

Bill Smoke prend la remarque en considération. « De quel point de vue ?

— Il piaffe comme s'il avait un carré d'as. Je n'aime pas cela. Surveillez-le. »

Bill Smoke s'incline.

« Et vous feriez bien d'avoir un accident sous le coude pour Luisa Rey. Exemplaire, votre travail à l'aéroport. Sixsmith était cependant un hôte de marque sur le sol américain : il ne faudrait pas que cette jeune femme sème des rumeurs de meurtre. » D'un hochement de tête, il désigne Napier et Li. « Ces deux-là se doutent-ils de quoi que ce soit à propos de Sixsmith ?

— Li ne pense pas. C'est la potiche des relations publiques, point barre. Napier, lui, ferme les yeux. Il y a les aveugles, monsieur Grimaldi, ceux qui veulent bien jouer les aveugles, et ceux dont la retraite approche à grands pas. »

28

Isaac Sachs, affalé près de la baie vitrée au bar de l'hôtel Swannekke, observe les yachts dans les lueurs crémeuses et bleutées du soir. Sa bière reste posée sur la table, intacte. Les pensées du scientifique se succèdent : la mort de Sixsmith, la crainte que l'on découvre la copie clandestine du rapport Sixsmith en sa possession, la mise en garde de Napier sur les clauses de confidentialité. *Rappelez-vous votre engagement, professeur Sachs : vos idées appartiennent à Seaboard. Il ne serait pas dans votre intérêt de trahir un accord conclu avec quelqu'un comme M. Grimaldi, n'est-ce pas ?* Maladroit, mais efficace.

Sachs tente de se remémorer la sensation qu'on éprouve lorsqu'on se promène sans avoir de nœud à l'estomac. Il se languit de son ancien laboratoire du Connecticut, où son monde n'était que mathématiques, énergie, atomes en cascade, un monde dont il était l'explorateur. Très peu pour lui, les grandes intrigues politiciennes : choisissez le mauvais camp et votre cervelle finira étalée sur les murs d'une chambre d'hôtel. *Tu vas me déchirer ce foutu rapport, Sachs, page par page.*

Puis ses pensées repartent à la dérive : une surpression d'hydrogène, une explosion, des hôpitaux surchargés, les premières morts dues aux radiations. L'enquête officielle. Les boucs émissaires. Sachs se frappe les poings l'un contre l'autre. Jusqu'ici, la trahison demeure virtuelle. *Et si j'osais franchir la ligne ?* Le directeur de l'hôtel conduit un troupeau de fleuristes à la salle de réception. Une femme déambule à l'étage du bas, cherche un retardataire et finit par dévier jusqu'au bar animé. Sachs admire le tailleur de velours qu'elle a sélectionné avec goût, sa silhouette svelte, ses perles tranquilles. Le barman lui verse un verre de vin blanc et sort une plaisanterie qui lui vaut un simple acquiescement. Elle se tourne vers Sachs, et celui-ci reconnaît alors la fille qu'il avait prise pour Megan Sixsmith cinq jours plus tôt : la peur l'étreint d'un coup, et Sachs s'empresse de sortir par la véranda en veillant à détourner le visage.

Luisa marche sans hâte jusqu'à la baie vitrée. Une bière intacte est posée sur la table, mais nulle trace de son propriétaire ; Luisa s'assoit donc sur le siège encore chaud. C'est la meilleure place de tout le bar. Elle observe les yachts dans les lueurs crémeuses et bleutées du soir.

29

Alberto Grimaldi parcourt du regard la salle de réception illuminée de bougies. Celle-ci bouillonne de phrases ayant davantage vocation à être prononcées qu'écoutées. Son discours a récolté des rires plus longs et plus généreux que celui de Lloyd Hooks, qui, assis, s'entretient avec le vice-président de Grimaldi, William Wiley. *Tiens donc, de quoi peuvent-ils bien discuter, ces deux-là ?* Grimaldi griffonne dans sa tête une note de plus à l'intention de Bill Smoke. Comme le directeur de l'Agence pour la protection de l'environnement lui raconte une interminable blague sur les années d'écolier de Henry Kissinger, Grimaldi en profite pour haranguer un auditoire imaginaire sur le thème du pouvoir.

« *Le pouvoir. Qu'entend-on par là ? "La capacité à déterminer le sort d'autrui." Vous, hommes de science, géants du bâtiment et forgeurs d'opinion : en moins de temps qu'il n'en faudrait à mon jet privé pour décoller de l'aéroport de LaGuardia et atterrir à B.Y., je pourrais vous anéantir. Vous, magnats de Wall Street, élus, juges, il me faudrait davantage de temps pour vous faire tomber de votre perchoir, mais au final, votre chute n'en serait pas moins abyssale.* » Grimaldi vérifie si le directeur s'est rendu compte qu'il ne bénéficie plus de l'attention du président – non. « *Cela étant, pourquoi certains hommes parviennent à exercer leur domination sur autrui tandis que la plupart vivent et meurent en larbins, en bêtes de somme ? La réponse est une sainte trinité. Primo, il faut un charisme inné. Secundo, une discipline nécessaire à la maturation de ce don ; bien que le fertile terreau de l'humanité possède toutes sortes de talents, seule une graine sur dix mille fleurira – le manque de discipline en est la cause.* » Grimaldi aperçoit Fay Li, qui conduit la gênante Luisa Rey jusqu'au cercle où Spiro Agnew se pavane. La journaliste est plus belle en chair et en os que sur la photo. *C'est donc ainsi qu'elle a mis le grappin sur Sixsmith.* Il croise le regard de Bill Smoke. «*Tertio, il faut vouloir dominer. Voilà la véritable énigme sous-jacente à la diversité des destinées. Qu'est-ce qui motive certains à obtenir davantage de pouvoir là où la majorité va le perdre, en faire un piètre usage ou s'y dérober ? Est-ce par accoutumance ? Par soif de richesse ? Par instinct de survie ? Est-ce la sélection naturelle ? Je prétends que toutes ces raisons invoquées ne sont que prétextes ou conséquences, et non pas des causes directes. Il n'existe pas de "cause directe", c'est la seule réponse qui vaille. Nous sommes ainsi faits. "Qui ?" "Quoi ?" sont des questions plus pertinentes que "Pourquoi ?".* »

Le directeur de l'Agence pour la protection de l'environnement se met à trembler d'hilarité à la chute de sa propre blague. Grimaldi glousse entre ses dents. « À mourir, Tom, à *mourir*. »

30

Afin de persuader Fay Li qu'elle ne représente aucune menace, Luisa Rey joue la journaliste écervelée qui, question comportement, s'est mise sur son trente et un. Si elle y parvient, Luisa disposera d'une marge de manœuvre suffisante pour débusquer les compagnons de mutinerie de Sixsmith. Joe Napier, le responsable de la sécurité, lui rappelle son père : tranquille, sobre, même âge, même calvitie. Une fois ou deux au cours de ce somptueux dîner composé de dix plats, elle a surpris Napier en train de l'épier d'un air songeur. « Et vous, Fay, vous ne vous êtes jamais sentie à l'étroit à Swannekke, jamais ?

— Swannekke ? C'est le paradis ! s'enthousiasme la publicitaire. Buenas Yerbas n'est qu'à une heure de route ; plus bas sur la côte, il y a L.A., et plus haut, j'ai de la famille à San Francisco : c'est l'idéal. Zone franche pour les commerces et les services, cliniques gratuites, air pur, criminalité inexistante, vue sur la mer. Même les hommes, confie-t-elle, *sotto voce*, ont subi un examen préalable – en fait, j'ai accès à leurs fichiers personnels –, de cette manière, on est sûr qu'aucun déjanté ne figure dans le pool des prétendants. D'ailleurs, quand on parle du loup – Isaac ! Isaac ! » Fay Li lui attrape le coude. « Le sort vous appelle. Vous vous souvenez de Luisa Rey, que vous avez croisée l'autre jour ?

— Un heureux coup du sort, alors. Content de vous revoir, Luisa. »

Luisa ressent comme de la nervosité dans la poigne d'Isaac.

« Mlle Rey est venue écrire un article anthropologique sur Swannekke.

— Ah ? Notre tribu n'est pas bien folichonne. J'espère que vous réussirez à pondre le nombre de mots nécessaire. »

Sourire pleins phares de Fay Li. « Je suis sûre qu'Isaac trouvera le temps de répondre à vos questions, Luisa. N'est-ce pas, Isaac ?

— Je suis vraiment le plus enquiquinant des enquiquineurs.

— Ne l'écoutez pas, Luisa, l'avertit Fay Li. C'est toute

la stratégie d'Isaac. C'est quand votre garde est baissée qu'il attaque. »

Le soi-disant tombeur de ces dames bascule d'un talon à l'autre et regarde ses orteils en souriant, mal à l'aise.

31

« Le gros défaut d'Isaac Sachs, analyse Isaac Sachs, avachi deux heures plus tard près de la baie vitrée, en face de Luisa Rey, le voici : trop lâche pour jouer les guerriers, mais pas assez pour se mettre à plat ventre et rouler sur le dos en bon chien-chien. » Ses paroles glissent comme Bambi sur la glace. Une bouteille de vin presque vide est posée sur la table. Le bar est désert. Sachs ne se souvient pas à quand remonte la dernière fois où il s'est senti aussi soûl, aussi tendu et détendu à la fois : détendu, parce qu'une jeune femme intelligente apprécie sa compagnie ; tendu, parce qu'il est sur le point de donner libre cours à sa conscience. Sachs, surpris et désabusé, éprouve de l'attirance pour Luisa Rey, et il regrette amèrement de ne pas l'avoir rencontrée en d'autres circonstances. La femme et la journaliste ne cessent de se confondre. « Changeons de sujet, décide Sachs. La voiture, votre » – il prend un accent d'officier SS hollywoodien – « *"Volkswagen"*. Comment l'avez-vous baptisée ?

– Comment savez-vous que ma Coccinelle a un nom ?

– Tous les propriétaires de Coccinelle leur en donnent un. Mais par pitié, ne me dites pas qu'elle s'appelle John, George, Paul ou Ringo. » *Nom de Dieu, Luisa Rey, tu es magnifique*.

Elle lui répond : « Vous allez vous moquer.

– Mais non.

– Oh si.

– Moi, Isaac Caspar Sachs, je jure solennellement de ne pas me moquer.

– Surtout avec un deuxième prénom comme Caspar. Elle s'appelle Garcia. »

Secoués de spasmes, silencieux, ils finissent par éclater de rire. *Si ça se trouve, elle me trouve bien, elle aussi, et peut-être qu'elle ne se contente pas de faire son boulot.*

Luisa rattrape son rire au lasso. « C'est tout ce que valent vos promesses ? »

Sachs bat sa coulpe et s'essuie les yeux. « D'habitude, j'arrive à les tenir plus longtemps. Je ne sais pas pourquoi c'est si drôle, enfin je veux dire, Garcia » – il pouffe –, « comme nom, il y a plus marrant. Je suis sorti avec une fille qui appelait sa voiture Rossinante, moi !

– C'est mon ancien petit ami, un hippy de l'université de Berkeley, qui l'avait baptisée ainsi. Garcia comme Jerry Garcia, vous savez, le guitariste des Grateful Dead. Il l'a abandonnée devant ma résidence universitaire quand le moteur a recraché un joint ; c'était à l'époque où il m'a quittée pour une pom-pom girl. C'est nul comme histoire, mais c'est vrai.

– Et vous ne l'avez pas passée au lance-flamme ?

– Ce n'est pas la faute de Garcia si son ancien propriétaire était un faux jeton doublé d'un pistolet à sperme.

– Ce type devait être dingue. » La réponse est sortie toute seule, cependant Sachs n'a pas honte de lui.

Gracieuse, Luisa Rey salue ce compliment d'un signe de tête. « Mais enfin, le prénom de Garcia lui va bien. Elle se désaccorde tout le temps, elle a des coups de flip, c'est une épave, son coffre bâille, elle laisse échapper de l'huile, et pourtant on dirait qu'elle ne rendra jamais l'âme. »

Propose de la raccompagner, pense Sachs. *Ne sois pas bête, vous n'êtes plus des gamins.*

Ils regardent les vagues déferler sous le clair de lune.

Dis-lui. « L'autre jour » – sa voix n'est plus qu'un murmure, il se sent mal –, « vous cherchiez quelque chose dans le bureau de Sixsmith. » Les ombres semblent tendre l'oreille. « Je me trompe ? »

Luisa vérifie que personne ne les écoute et parle très calmement. « J'ai cru comprendre que le Pr Sixsmith a écrit un certain rapport.

– Rufus a dû travailler de concert avec l'équipe qui a conçu et construit le réacteur. Équipe dont je fais partie.

– Alors vous connaissez ses conclusions ? Sur le réacteur HYDRE, je veux dire ?

– Nous les connaissons tous ! Jessops, Moses, Keene... tous sont au courant.

– Du problème de conception ?

– Oui. » *Rien n'a changé, sinon tout.*

« Que se passerait-il en cas d'accident ?

– Si le Pr Sixsmith a vu juste, ce ne sera pas un accident, mais une catastrophe.

– Pourquoi n'arrête-t-on pas Swannekke B le temps d'un examen approfondi ?

– L'argent et le pouvoir, ces deux vieux comparses...

– Vous souscrivez aux conclusions de Sixsmith ? »

Attention, là. « Je suis d'accord pour dire qu'en théorie, il existe un risque non négligeable.

– Vous a-t-on fortement invité à garder vos doutes pour vous-même ?

– Comme tous les autres. Aucun scientifique n'a bronché. Sauf Sixsmith.

– De qui émanent ces pressions, Isaac ? D'Alberto Grimaldi ? De plus haut ?

– Luisa, que feriez-vous du rapport, s'il atterrissait dans vos mains ?

– J'en assurerais la diffusion le plus vite possible.

– Vous êtes consciente que… » *Je n'arrive pas à lui dire.*
« Que dans les hautes sphères, on préférerait me voir morte plutôt que me laisser jeter le discrédit sur l'HYDRE ? Ça oui, croyez-moi.

– Je ne peux rien vous promettre. » *Quelle mauviette, nom d'un chien !* « Je suis devenu scientifique parce que… c'est un peu comme chercher de l'or dans la boue d'un torrent. La vérité est une pépite. Je… Je ne sais pas ce que je veux faire.

– Les journalistes exercent leur métier dans des torrents tout aussi boueux. »

La lune surplombe les eaux.

« Faites, conclut Luisa, ce que vous ne pourriez vous *abstenir* de faire. »

32

Sous les bourrasques et rayons de soleil matinaux, Luisa Rey observe les golfeurs traverser le luxueux parcours, et se demande ce qui aurait bien pu se produire la veille si elle avait invité Isaac Sachs à monter dans sa chambre. Elle l'attend pour le petit-déjeuner.

Luisa ne sait pas si elle aurait dû téléphoner à Javier. *Tu n'es ni sa mère, ni sa tutrice : juste une voisine.* Ces arguments ne la convainquent guère, mais de la même façon qu'elle a été incapable de faire comme si ce garçon qui sanglotait près de la trappe du vide-ordures sur le palier n'existait pas, de la même façon qu'elle n'a pas pu s'empêcher de descendre à la loge du gardien afin de lui emprunter les clés puis fouiller dans les bennes pour en extraire ce précieux album de timbres, elle ignore comment se dépêtrer de cette situation. Personne ne s'occupe de cet enfant, et puis un gamin de onze ans ne comprendrait pas ce genre de finesses. *De toute manière, qui d'autre as-tu dans ta vie, toi ?*

« Vous semblez porter le poids du monde sur vos épaules, lui dit Joe Napier.

— Joe. Asseyez-vous.

— Excusez si je dérange. Je vous apporte de mauvaises nouvelles. Isaac Sachs vous transmet ses plus sincères excuses, malheureusement il a été contraint de vous poser un lapin.

— Ah ?

— Alberto Grimaldi est parti en avion à notre site de Three Mile Island ce matin — il courtise un groupe allemand. Sidney Jessops devait l'accompagner en qualité d'expert technique, mais le père de Sid a eu une crise cardiaque, et Isaac l'a suppléé.

— Oh. Il est déjà parti ?

— Malheureusement, oui. À présent » — Napier regarde sa montre —, « il doit survoler la chaîne des Rockies du Colorado. Il soignerait sa gueule de bois que ça ne m'étonnerait pas. »

Ne donne pas à voir ta déception. « Quand est-il censé rentrer ?

— Demain matin.

— Ah. » *Merde, merde, merde.*

« J'ai beau être deux fois plus vieux et trois fois plus laid qu'Isaac, Fay a tenu à ce que je sois votre guide sur le site. Elle a planifié plusieurs entretiens avec des personnes qui, selon elle, devraient vous intéresser.

— C'est vraiment très gentil à vous de me consacrer une si grande partie de votre week-end, Joe », dit Luisa. *Vous saviez que Sachs était sur le point de retourner sa veste ? Comment ? À moins que Sachs n'ait bluffé ? Je perds pied, là.*

« Je suis un vieux solitaire qui dispose de trop de temps. »

33

« J'imagine que le département recherche et développement s'appelle "le poulailler" parce qu'on n'y trouve que des crânes d'œuf. » Deux heures se sont écoulées, et Luisa prend des notes sur son carnet en souriant, tandis que Joe Napier lui tient la porte de la salle de contrôle. « Comment surnommez-vous le bâtiment qui abrite le réacteur ?

– La maison des braves », lance un technicien qui mâche du chewing-gum.

Très drôle, lit-on sur le visage de Joe. « Ça, gardez-le pour vous.

– Joe vous a dit comment on appelait l'aile de la sécurité ? » ricane un type à la table de contrôle.

Luisa fait signe que non.

« La planète des singes. » Il se tourne vers Napier. « Présente-nous ton amie, Joe.

– Carlo Böhn, Luisa Rey. Luisa est journaliste, Carlo est agent de maîtrise. Si vous restez un peu, vous verrez qu'il a plein d'autres noms.

– Permettez-moi de vous faire visiter mon petit empire, si Joe veut bien vous abandonner cinq minutes. »

Napier observe Luisa, à qui Böhn présente la salle de commande illuminée de lueurs fluorescentes émanant des panneaux et indicateurs de niveau. Les subalternes examinent les listings, froncent les yeux devant les cadrans, tapotent leurs écritoires à pince. Böhn flirte avec Luisa, puis, profitant que celle-ci lui tourne le dos, il adresse un regard à Napier et mime des seins gros comme des melons ; Napier hoche sobrement la tête. *Milly aurait été aux petits soins pour toi*, pense-t-il. *Elle t'aurait préparé à dîner, trop nourri, et asticoté sur les sujets qu'il fallait.* Il se rappelle Luisa, la gamine précoce de six ans. *Au moins vingt ans se sont écoulés depuis la dernière réunion à la dixième circonscription. Parmi toutes les professions que cette gamine insolente pouvait choisir, parmi tous les journalistes susceptibles de flairer l'assassinat de Sixsmith, pourquoi la fille de Lester Rey ? Pourquoi juste avant ma retraite ? Quel est le salaud qui me fait cette plaisanterie ? La ville ?*

Napier en pleurerait presque.

34

À l'heure où le soleil se couche, Fay Li fouille la chambre de Luisa Rey, rapide et adroite. Elle vérifie dans la chasse d'eau, cherche des entailles dans le matelas, une latte mal fixée sous la moquette, dans le minibar, dans le placard. Il pourrait s'agir d'une copie de l'original réduite au quart. La réceptionniste que Li a apprivoisée rapporte avoir vu Sachs et Luisa discuter jusque tard dans la nuit. On a éloigné Sachs ce matin mais il n'est pas bête, il a très bien pu le lui laisser quelque part. Li dévisse le micro du combiné et découvre l'émetteur favori de Napier, celui qui ressemble à une résistance. Elle sonde les moindres recoins du nécessaire de Luisa mais ne trouve aucune publication en dehors de *Traité de zen et d'entretien des motocyclettes*. Elle parcourt le carnet de notes de la journaliste sur le bureau, mais le style télégraphique et cabalistique de Luisa ne laisse rien transparaître.

Fay Li se demande si elle ne perd pas son temps. *Perdre ton temps ? Mexxon Oil a revu son offre à la hausse : cent mille dollars pour le rapport Sixsmith. S'ils sont prêts à te proposer cent mille dollars, ils monteront jusqu'à un million. Une paille, si cela leur permet d'enterrer la totalité des projets d'énergie atomique. Continue donc à chercher.*

Le téléphone bourdonne quatre fois : le signal que Luisa Rey se trouve dans le hall et attend l'ascenseur. Li s'assure qu'aucune trace de sa visite ne subsiste avant de redescendre par les escaliers. Dix minutes plus tard, elle téléphone à Luisa depuis la réception. « Bonjour, Luisa, c'est Fay. Rentrée depuis longtemps ?

— J'ai tout juste eu le temps de prendre une douche.

— L'après-midi a été fructueux, j'espère ?

— Oh oui. J'ai de quoi écrire deux ou trois articles.

— Génial. Écoutez, à moins que vous n'ayez d'autres projets, que diriez-vous de dîner au club de golf ? Les homards de Swannekke sont tout simplement les meilleurs du monde.

— Ça c'est de la publicité !

— Vous n'êtes pas obligée de me croire sur parole. »

35

Une haute pile d'éclats de crustacés s'est formée. Luisa et Fay Li se rincent les doigts puis, d'un mouvement de sourcils, Li indique au serveur de débarrasser. « Regardez-moi un peu ce massacre de mon côté. » Luisa dépose sa serviette. « Je suis un cancre, Fay. Vous devriez ouvrir en Suisse une école de bonnes manières pour jeunes filles.

— Ce n'est pas comme ça que me voient la plupart des résidents de Seaboard Village. On ne vous a pas dit comment on me surnommait ? Monsieur Li. »

Luisa ne sait pas trop comment réagir. « Davantage d'indices ne seraient pas de refus.

— La première semaine de travail, j'étais à la cantine et je me préparais un café. Un ingénieur s'approche, m'annonce qu'il a un problème mécanique et me demande si je peux l'aider. Derrière, ses copains ricanent. Je lui dis que j'en doute. Il me répond : "Mais si, je vous assure." Il veut que je lui graisse le boulon et le soulage de l'excès de pression sur ses écrous.

— Quel âge avait-il, cet ingénieur ? Treize ans ?

— Quarante ans, marié, deux enfants. Ses copains s'étranglent de rire. Comment auriez-vous réagi ? Le rembarrer avec esprit, et leur montrer qu'ils ont su m'énerver ? Le gifler, et passer pour une hystérique ? De plus, ce genre de salopard aime qu'on le frappe. Ne pas réagir, pour que n'importe quel employé puisse impunément vous traiter comme une merde ?

— Déposer une plainte officielle ?

— Et leur prouver que les femmes se cachent derrière leur chef quand les choses se corsent ?

— Qu'avez-vous décidé, alors ?

— Je l'ai muté à notre centrale du Kansas. Au beau milieu de nulle part, en plein mois de janvier. Je plains sa femme, mais après tout, c'est elle qui a choisi de l'épouser. La nouvelle se répand, et l'on me baptise Monsieur Li. Une femme, une vraie, n'aurait jamais traité ce pauvre type avec tant de cruauté, non : une vraie femme aurait pris cette blague comme un compliment. » Fay Li aplanit les plis de la nappe. « Vous vous farcissez ce genre de conneries au travail, vous aussi ? »

Luisa pense à Nussbaum et Jakes. « Ça n'arrête pas.

— Peut-être que nos filles vivront dans un monde libre, mais en ce qui nous concerne, mieux vaut mettre une croix dessus. Nous devons nous entraider, Luisa. Ce ne seront pas les hommes qui voleront à notre secours. »

La journaliste devine qu'il va y avoir un changement de programme.

Fay Li se penche en avant. « Voyez en moi votre informatrice attitrée à Swannekke. »

Prudente, Luisa tâte le terrain. « Les journalistes ont besoin de personnes qui sont dans la place, Fay, je saurai m'en souvenir. Néanmoins, je dois vous prévenir : *Spyglass* ne dispose pas des ressources nécessaires à la rétribution que…

– L'argent est une invention masculine. Les femmes, elles, ont inventé l'entraide. »

Sage est celui qui sait distinguer un piège d'une véritable opportunité, songe Luisa. « J'ignore comment… une journaliste de petite envergure saurait venir en "aide" à une femme de votre stature, Fay.

– Ne vous sous-estimez pas. Les journalistes à nos côtés sont de précieux alliés. Si un jour l'envie vous prend de vouloir traiter d'un autre sujet que la consommation annuelle de frites par les ingénieurs à Swannekke… » – le niveau de sa voix chute sous celui du cliquetis des couverts, du piano-bar et des rires ambiants – « … comme, par exemple, de certaines informations relatives au réacteur HYDRE compilées par le Pr Sixsmith, je vous garantis que je me montrerai bien plus coopérante que vous ne l'imaginez. »

Fay Li claque des doigts, et déjà le chariot des desserts est en route. « Bien, sorbet citron-melon, extrêmement pauvre en calories, purifie le palais, idéal avant un café. Vous me faites confiance, cette fois-ci ? »

La transformation est si radicale que Luisa se demande si elle a bien entendu ce qu'elle vient d'entendre. « Je vous fais confiance, cette fois.

– Contente qu'on puisse se comprendre. »

Luisa s'interroge : *Quel niveau de duplicité est-il permis d'atteindre dans le métier de journaliste ?* Elle se souvient de la réponse de son père, un après-midi au jardin de l'hôpital : *Si parfois je mentais pour obtenir mes tuyaux ? Des salades, j'étais à en avaler des kilos avant le petit-déjeuner si ça pouvait me rapprocher ne serait-ce que d'un centimètre de la vérité.*

36

La sonnerie du téléphone fait chavirer le rêve de Luisa, qui atterrit dans la chambre éclairée par la lune. Elle saisit la lampe, le radio-réveil, puis enfin le combiné. Pendant un instant, elle ne sait plus son nom, ni dans quel lit elle se trouve. « Luisa ? propose une voix d'outre-tombe.

– Oui, Luisa Rey, j'écoute.

– Luisa, c'est moi, Isaac, Isaac Sachs, je vous appelle de loin.

– Isaac ! Où êtes-vous ? Quelle heure est-il ? Pourquoi me...

– Chut, chut, désolé de vous réveiller, et désolé pour hier, j'ai dû filer à l'aube. Écoutez, je suis à Philadelphie. Il est sept heures et demie ici, et il fera bientôt jour en Californie. Vous êtes toujours là, Luisa ? Allô ? »

Il a peur. « Oui Isaac, je vous écoute.

– Avant de quitter Swannekke, j'ai confié à Garcia un cadeau qu'il doit vous remettre. Trois fois rien... » Il tente de banaliser cette phrase. « Vous comprenez ? »

De quoi parle-t-il, nom d'un chien ?

« Vous m'entendez, Luisa ? Garcia a un cadeau pour vous. »

Une partie plus alerte du cerveau de Luisa s'active. *Isaac Sachs a laissé le rapport Sixsmith dans ta Volkswagen. Tu lui avais confié que le coffre ne fermait pas. Il pense*

que nous sommes sous écoute. « C'est très gentil à vous, Isaac. Vous ne vous êtes pas ruiné, j'espère ?
— Cela en valait la peine. Désolé d'avoir troublé le sommeil du juste.
— Bon vol, et à bientôt. Un dîner, ça vous dirait ?
— Et comment ! Je vous laisse, j'ai un avion à prendre.
— Bon vol, alors. » Luisa raccroche.
Partir plus tard, comme si de rien n'était ? Ou déguerpir de Swannekke sur-le-champ ?

37

À cinq cents mètres de distance du quartier résidentiel, la fenêtre de Joe Napier détoure le ciel du petit jour. La console d'un système de surveillance électronique occupe la moitié de la pièce. Jaillissant d'un haut-parleur, la tonalité d'une conversation téléphonique interrompue ronronne. Napier rembobine la bande qui piaille. « Avant de quitter Swannekke, j'ai confié à Garcia un cadeau qu'il doit vous remettre. Trois fois rien... Vous comprenez ? »
Garcia ? Garcia ?
Napier grimace devant son café froid et ouvre un dossier étiqueté « LR n° 2 ». Collègues, amis, contacts... pas de Garcia répertorié. *Mieux vaut avertir Bill Smoke de ne pas s'approcher de Luisa tant que je ne lui ai pas parlé.* Il ranime son briquet. *Bill Smoke est déjà difficile à trouver, alors le prévenir...* Les poumons de Napier aspirent l'âcre fumée. Le téléphone sonne : Bill Smoke. « Qui c'est ce Garcia, bordel ?
— Je ne sais pas, il est absent de nos fichiers. Écoute, je ne veux pas que tu...
— C'est ton boulot de savoir, Napier, merde. »

Ah c'est comme ça que tu me parles, maintenant ? « Oh hé, mets-la en...
— Tes "oh hé", tu peux te les carrer au cul. » Bill Smoke raccroche.

Ça sent mauvais, tout ça, ça sent mauvais. Joe attrape sa veste, écrase sa cigarette, quitte ses quartiers et traverse Swannekke à grands pas pour rejoindre l'hôtel de Luisa. Cinq minutes de marche. Le ton menaçant de Bill Smoke lui revenant, il se met à courir.

38

Une nuée de déjà-vu hante Luisa tandis qu'elle fourre ses affaires dans son sac de voyage. Robert Frobisher déguerpissant d'un hôtel sans payer la note. Elle descend l'escalier et pénètre dans le hall désert. La moquette est silencieuse comme la neige. Une radio susurre des petits riens dans l'arrière-salle de l'accueil. Luisa se glisse vers les grandes portes et espère réussir à partir sans avoir à fournir d'explication. Les portes ne sont verrouillées que pour ceux qui voudraient entrer, alors bien vite Luisa traverse à grands pas la pelouse de l'hôtel et gagne le parking. La brise océane de l'aube murmure de vagues promesses. Côté terre, le ciel de nuit devient rose foncé. Elle n'aperçoit personne, mais cependant plus elle se rapproche de sa voiture, plus Luisa doit s'efforcer de ne pas courir. *Reste calme, ne te presse pas ; comme ça, tu diras que tu roules sur la côte pour assister au lever du soleil.*

Au premier coup d'œil, le coffre est vide, mais la moquette recouvre un renflement. Dessous, elle trouve un paquet emballé dans un sac-poubelle noir. Elle en tire un classeur beige. Elle lit le titre dans la semi-clarté :

Le réacteur HYDRE-Zéro – Méthode d'évaluation opérationnelle – Responsable du projet : Pr Rufus Sixsmith – La détention illégale de ce document est un délit fédéral passible des sanctions définies par la loi sur l'espionnage militaire et industriel de 1971. Cinq cents pages de tableaux, de graphiques d'évolution, de formules mathématiques et de preuves. Un sentiment d'allégresse tonne et résonne. *Du calme, c'est seulement la fin du début.*

Des mouvements à plusieurs dizaines de mètres attirent l'attention de Luisa Rey. Un homme. Luisa se cache derrière Garcia. « Hé ! Luisa ! Attendez ! » *Joe Napier !* Évoluant dans un rêve où les clés, serrures et portes se dérobent à sa volonté, Luisa cache le classeur beige dans le sac-poubelle noir et le glisse sous le siège passager – Napier court, la lueur de sa torche bruisse dans la pénombre. Le moteur pousse un paresseux rugissement : la Volkswagen recule trop vite. Joe Napier percute l'arrière du véhicule, et Luisa le regarde sautiller à la manière d'un acteur comique de film muet.

Elle ne s'arrête pas pour s'excuser.

39

La Chevy noire et poussiéreuse de Bill Smoke freine brutalement devant le point de contrôle du pont de Swannekke. De l'autre côté du détroit, une ribambelle de lumières ponctue la côte. Le gardien reconnaît la voiture et se présente promptement à la vitre du conducteur. « Bonjour, une belle journée qui s'annonce, monsieur !
– On dirait, oui. Richter, c'est ça ?
– C'est bien moi, monsieur Smoke.
– Je devine que Joe Napier vient de vous appeler et vous

a demandé de barrer la route à une Volkswagen orange.

— Tout à fait, monsieur Smoke.

— Je suis venu annuler cet ordre, à la demande personnelle de M. Grimaldi. Vous lèverez la barrière quand apparaîtra la Volkswagen, que je suivrai. Vous allez téléphoner de suite à votre camarade du point de contrôle situé sur la côte et lui dire de n'ouvrir la barrière à personne tant qu'il n'aura pas vu ma voiture. Lorsque, d'ici environ un quart d'heure, M. Napier arrivera, vous lui transmettrez ce message de la part d'Alberto Grimaldi, "Retournez vous coucher." Compris, Richter ?

— Entendu, monsieur Smoke.

— Vous vous êtes marié au printemps dernier, si je ne m'abuse.

— Excellente mémoire, monsieur.

— N'est-ce pas. Vous comptez fonder une famille ?

— Ma femme est enceinte de quatre mois, monsieur Smoke.

— J'ai un conseil à vous donner, Richter, si vous voulez réussir dans ce métier. Aimeriez-vous l'entendre, mon garçon ?

— Avec plaisir, monsieur.

— Le plus bête des chiens est capable de monter la garde. Ce qui réclame un peu de jugeote est de savoir quand on doit fermer les yeux. Saisissez-vous mon propos, Richter ?

— C'est parfaitement limpide, monsieur Smoke.

— Dans ce cas, l'avenir de votre jeune famille est assuré. »

Bill Smoke recule la voiture derrière le poste de garde et laisse tourner le moteur. Une minute plus tard, une Volkswagen asthmatique zigzague sur le promontoire. Luisa s'arrête, descend la vitre, Richter apparaît, et Smoke capte les mots « urgence familiale ». Richter lui souhaite bonne route et lève la barrière.

Bill Smoke passe la première, puis la seconde. La texture sonore de l'asphalte change lorsque la Chevy arrive sur le pont. Troisième vitesse, quatrième, pied au plancher. Les feux arrière de la Coccinelle déglinguée se rapprochent, cinquante mètres, trente mètres... Smoke n'a pas allumé ses phares. Il dévie sur la file de gauche, passe la cinquième et remonte au niveau de la Volkswagen. Smoke sourit. *Elle me prend pour Joe Napier*. Il tourne le volant d'un coup sec, et le métal se met à hurler : la Coccinelle est prise en sandwich entre la Chevy et la barrière de sécurité du pont, qui finit par se dégrafer du béton, et la Coccinelle fait une embardée dans le vide.

Smoke écrase la pédale de frein. Il sort dans l'air frais et renifle l'odeur du caoutchouc brûlé. Derrière, quinze à vingt mètres plus bas, le pare-chocs avant d'une Volkswagen disparaît dans la mer creuse. *Si elle ne s'est pas brisé la colonne vertébrale, elle se noiera d'ici trois minutes.* Bill Smoke inspecte les dégâts infligés à la carrosserie de sa voiture et en éprouve du dépit. *Les homicides anonymes, sans visage*, décide-t-il, *ne procurent pas le frisson de ceux qui impliquent un contact humain.*

Le soleil américain, tournant à plein régime, annonce l'avènement d'une aube nouvelle.

L'ÉPOUVANTABLE CALVAIRE
DE TIMOTHY CAVENDISH

Au crépuscule, il y a quatre, cinq, non, mon Dieu, *six* étés de cela, je flânais en état de grâce sur une avenue du quartier de Greenwich jonchée de fleurs de marronnier et de seringat. Ces résidences de style Régence figurent parmi les propriétés les plus cotées de Londres, mais si par pur hasard tu héritais de pareille demeure, cher Lecteur, revends-la ; n'y habite surtout pas. Il plane sur ce genre de maisons un funeste envoûtement qui change leurs propriétaires en cinglés. Un de ces malheureux, un ancien préfet de police de Rhodésie, m'avait cette soirée-là remis un chèque d'une somme aussi rondelette que son signataire et ce, afin que je révise et publie son autobiographie. Mon état de grâce tenait donc à ce petit papier, mais aussi à un chablis 1983 du domaine Duruzoi, breuvage magique qui dissout la myriade de nos tragédies en misérables malentendus.

Un trio de lolitas déguisées en Barbie prostituée approchait, tel un filet dérivant, filtrant le trottoir sur toute sa largeur. Je m'engageai sur la chaussée afin d'éviter une collision. Mais alors que nos routes se croisaient, elles déchirèrent l'emballage de leurs obscènes esquimaux et le jetèrent par terre. Ce Blitz anéantit mon allégresse. Enfin, une poubelle, ce n'était pas le bout du monde ! Tim Cavendish, en citoyen écœuré, lança aux contrevenantes :

« Ramassez cela, voyons !

– Ah ouais, sinon *kes*tu vas faire ? » ricocha sur mon dos un ricanement porcin.

Fieffées guenons. « Je n'ai d'aucune façon l'intention d'y remédier, précisai-je par-dessus l'épaule. Je relevais simplement que vous... »

Mes genoux se dérobèrent et le trottoir me fendit la pommette, libérant dans cette secousse le vieux souvenir d'une chute de tricycle, avant que la douleur vînt tout effacer sans pour autant s'effacer. Un genou pointu me plaqua le visage dans le compost des feuilles mortes. J'avais un goût de sang dans la bouche. Mon poignet sexagénaire, tordu à quatre-vingt-dix degrés, me remonta le dos dans une atroce douleur, et mon Ingersoll modèle Solar fut dégrafée. Je me rappelle avoir entendu un embrouillamini d'obscénités de jadis et naguère, puis, sans laisser à mes agresseurs le temps de chaparder mon portefeuille, la camionnette d'un marchand de glaces dont le carillon jouait « The Girl from Ipanema » dispersa mes assaillantes qui détalèrent telles des vampiresses à la minute précédant l'aube.

« Et tu n'as pas porté plainte ? Crétin ! remarqua *Madame** X, qui saupoudrait d'aspartame ses All Bran, le lendemain matin. Pour l'amour de Dieu, téléphone à la police. Qu'attends-tu ? Que l'on perde leur trace ? » Hélas, j'avais déjà déformé la vérité et dépeint à mon épouse cinq voyous arborant un svastika sur leur crâne rasé. Comment oser prétendre dans ma déposition que trois filles prépubères armées d'esquimaux étaient venues à bout de moi si facilement ? Les hommes en bleu se seraient étranglés en croquant leur Kit Kat. Non, mon agression n'entra point en compte dans d'indulgentes statistiques nationales. Si cette montre subtilisée n'avait pas été le gage d'amour d'une époque plus ensoleillée de notre mariage, comparée à l'ère glacière que celui-ci aujourd'hui traverse, je me serais bien gardé de piper mot de l'affaire à Madame.

Où en étais-je ?

Curieuse façon dont les souvenirs inopportuns surgissent sans crier gare, à mon âge.

Curieux ? Non, bigrement affolant, plutôt. Je comptais commencer mon récit en parlant de Dermot Hoggins. Voilà le problème lorsqu'on écrit ses mémoires à la main. L'on ne peut modifier ce qui a déjà été couché sur le papier sans saccager davantage son travail.

Écoutez, j'étais l'éditeur de Dermot Hoggins – alias « le Poing américain » –, pas son psy ni son astrologue, bigre non ! Comment aurais-je pu présager le sort qu'il réservait à sir Felix Finch cette maudite soirée-là ? Sir Felix Finch, ministre de la Culture et El Supremo de la rubrique littéraire au *Trafalgar*. Lui qui brillait dans le ciel des médias est toujours visible à l'œil nu douze mois après. Le drame fit la première page de tout ce qui de près ou de loin s'apparente à la presse à scandale. Les lecteurs de la presse quotidienne nationale en laissèrent tomber leurs Granola lorsque la très culturelle BBC Radio 4 annonça qui avait chu, et comment. Dans un gazouillis général, le monde des chroniqueurs – volière où les vautours côtoient les mésanges – rendit hommage sur hommage au défunt saint patron des arts.

Pour ma part, j'ai jusqu'à présent dignement tenu ma langue. Mieux vaut toutefois prévenir le lecteur fort affairé : la menthe au chocolat digestive que représente l'épisode de Felix Finch est le simple amuse-bouche de mes tribulations itinérantes. Ou de l'épouvantable calvaire de Timothy Cavendish, si vous préférez. Bigre, l'excellent titre que voilà !

C'était la nuit de la remise du prix Lemon organisée chez Jake au Starlight Bar, qui avait rouvert en grande pompe au dernier étage d'un édifice du quartier de Bayswater, jardin sur le toit en sus. Toute la chaîne alimentaire de l'écosystème littéraire était venue se percher chez Jake. Les écrivains possédés, les cuisiniers médiatiques, les huiles, les acheteurs barbichus, les libraires sous-alimentés, des nuées de gratte-papier et de photographes qui comprennent « J'en serais ravi » quand on leur dit « Allez au diable ! ». J'en profite pour mettre un terme à cette misérable et insidieuse rumeur selon laquelle j'aurais sciemment invité Dermot à cette soirée ; oh oui, Timothy Cavendish savait combien son auteur rêvait d'une revanche publique, c'est prouvé : toute la tragédie avait été orchestrée à des fins publicitaires. Sornettes de rivaux jaloux ! Personne n'a à ce jour avoué avoir envoyé une invitation à Dermot, et il paraît encore moins probable que la friponne se dénonce aujourd'hui.

Bref, l'on annonça le gagnant ; nous savons tous qui a touché les cinquante mille livres du pactole. Je pris une biture. Guy le Gars me fit découvrir un cocktail baptisé « Ground Control to Major Tom[1] ». Le fil du temps devint élastique et je perdis le compte de mes Major Tom. Un sextuor de jazz attaqua une rumba. Sorti prendre l'air sur le balcon, j'étudiai l'agitation de l'extérieur. La mascarade du Tout-Londres littéraire me rappela Gibbon et son *Histoire de la décadence et de la chute de l'Empire romain* : « Une nuée de critiques, de compilateurs et de commentateurs obscurcissait le champ des sciences, et la

---

1. En écho aux paroles de « Space Oddity », chanson de David Bowie dans laquelle un astronaute (*Major Tom*) part à la dérive dans l'espace, échappant au contrôle de la station terrestre (*ground control*). (*N.d.T.*)

corruption du goût suivit de près la décadence du génie. »

Dermot vint me trouver : il en est toujours ainsi des mauvaises nouvelles. Permettez-moi de le répéter, une rencontre fortuite avec Pie XIII m'eût moins surpris. À vrai dire, Son Infaillibilité aurait eu moins de mal à se fondre dans la masse : l'auteur mécontent portait une veste jaune banane sur une chemise chocolat et une cravate myrtille. Inutile de rappeler au lecteur curieux que *Bourre-pif* n'avait pas encore déclenché cette tempête dans le monde du livre. À vrai dire, il n'avait alors pas franchi le seuil d'une seule librairie, à l'exclusion de la judicieuse librairie John Sandoe du quartier de Chelsea et de quelques malchanceux marchands de journaux autrefois juifs, puis sikhs et de nos jours érythréens officiant à la paroisse cockney des frères Hoggins. C'était d'ailleurs de publicité et de distribution que Dermot souhaitait discuter dans le jardin sur le toit.

Je lui expliquai pour la centième fois qu'un partenariat avec les Éditions Cavendish excluait de dilapider de l'argent en catalogues luxueux ou en week-ends de karting censés développer l'esprit d'équipe des forces de vente. Je lui expliquai, derechef, que le marché du gangstérisme chic était saturé, et qu'à l'époque de Melville, *Moby Dick* avait fait un bide – je n'ai cependant pas eu recours à cette expression. « Votre biographie est fabuleuse, vraiment, lui assurai-je. Laissez-lui du temps. »

Dermot, ivre, malheureux et sourd, regardait par-dessus la balustrade. « Toutes ces cheminées. Ça fait haut. »

La menace, croyais-je, n'était qu'imaginaire. « N'est-ce pas.

— Maman m'a emmené voir *Mary Poppins* quand j'étais môme. Les ramoneurs qui dansaient sur les toits. Elle regardait la vidéo, aussi. La cassette tournait en boucle. À sa maison de retraite.

— Je me rappelle quand le film est sorti. Cela ne me rajeunit pas.

— Regardez là-bas. » Dermot fronçait les sourcils et désignait à travers les portes vitrées l'intérieur du bar. « C'est qui ?

— Qui donc ?

— Le type au nœud pap' qui branche la nana au diadème habillée avec un sac-poubelle.

— Lui ? Felix... oh, Felix comment, déjà ?

— Cet enc*** de Felix Finch ? Le trou du c** qui a ch** sur mon bouquin dans son petit torche-c** de tapette de mes deux ?

— Ce n'était certes pas votre meilleure critique, mais...

— C'est la seule critique que j'aie eue, b****l !

— Je vous assure, elle n'était pas si mauvaise...

— Ah ouais ? "Sur la route de la littérature moderne, ceux qui, à l'instar de M. Hoggins, n'auront même pas connu la gloire sont les hérissons." Vous remarquez la façon dont on vous donne du "monsieur" avant de vous poignarder ? "M. Hoggins devrait présenter ses excuses aux arbres qu'il a fallu abattre pour coucher cette 'autobiographie' infatuée. Les quatre cents vaniteuses pages expirent dans un final dont la platitude et l'ineptie dépassent l'entendement."

— Du calme enfin, Dermot, personne ne lit le *Trafalgar*.

— 'scusez-moi ! » Mon auteur apostrophait un serveur. « Vous connaissez le *Supplément littéraire du Trafalgar* ?

— Bien entendu, répondit le serveur, originaire d'Europe de l'Est. À mon université, tout le monde ne jure que par le *SLT*, les critiques les plus fins y écrivent. »

Dermot jeta son verre par-dessus la balustrade.

« Enfin, qu'est-ce qu'un critique ? le raisonnai-je. Un arrogant qui lit à la va-vite, sans sagacité... »

Le sextuor de jazz marqua une pause, et Dermot laissa

pendouiller la fin de ma phrase. Assez ivre pour justifier un retour en taxi, je m'apprêtai à partir quand les cris d'un garde champêtre cockney firent taire toute l'assemblée : « Mesdames et messieurs du jury ! Votre attention, je vous prie ! »

Par tous les saints, Dermot cognait deux plateaux l'un contre l'autre. « Nous avons un prix supplémentaire à remettre ce soir, amis lutins des livres ! » hurla-t-il. Dédaignant les ricanements moqueurs et les huées, il tira une enveloppe de la poche de sa veste, l'ouvrit d'un doigt et feignit de lire : « Prix du plus éminent critique littéraire. » Son auditoire l'observait, cacatoéssait, le conspuait ou détournait la tête, embarrassé. « Après une féroce compétition, le jury a choisi à l'unanimité Sa Majesté Impériale du *Supplément littéraire du Trafalgar*, j'ai nommé M. – ah non, pardon, je vous le donne Émile : *sir* Felix Finch, chevalier des Arts et des Lettres ! Applaudissez, bon Dieu ! »

Les provocateurs riaient sous cape. « B*rrra*vo, Felix ! Bravo ! » Finch n'aurait jamais exercé ce métier s'il n'aimait pas qu'on lui prête une attention imméritée. À n'en point douter, il composait déjà dans sa tête sa chronique du *Sunday Times*, « Finchtre ! ». Pour les besoins du rôle, Dermot, tout sourire, jouait la sincérité. « Je me demande bien de quelle récompense il s'agit, commenta-t-il, un rictus suffisant aux lèvres, tandis que s'estompaient les applaudissements. Un exemplaire dédicacé de *Bourre-pif* qui aurait échappé au pilon ? Il ne doit pas en rester beaucoup ! » La coterie de Finch poussa des hululements moqueurs qui galvanisaient le parrain. « À moins que l'on ne m'offre un vol gratuit pour un pays d'Amérique du Sud où les accords d'extradition ne sont pas respectés ?

— Oui, mon chou, répondit Dermot en lui décochant

un clin d'œil. Un vol gratuit, voilà *exactement* ta récompense.»

Mon auteur saisit Finch par les revers de sa veste, roula en arrière, lui enfonça les pieds dans la bedaine et, tel un judoka, propulsa ce personnage médiatique qui-paraît-plus-grand-à-la-télé très haut dans l'air de la nuit! Plus haut que les jardinières de pensées qui bordaient la balustrade.

Le cri de Finch – ou plutôt, sa vie – s'acheva dans un bruit de tôle cabossée, douze étages plus bas.

Le verre de quelqu'un se vidait sur la moquette.

Dermot Hoggins, alias «le Poing américain», s'épousseta les épaules, se pencha au balcon et hurla: «*Alors, qui est-ce qui expire dans un final dont la platitude et l'ineptie dépassent l'entendement?*»

La foule sidérée s'ouvrait à mesure que le meurtrier s'approchait de la desserte des amuse-bouches. Par la suite, plusieurs témoins rapportèrent avoir vu un nimbe de ténèbres. Dermot choisit un cracker paré d'anchois de Biscaye et de persil humecté d'huile de sésame.

La foule revint à elle. Brouhaha mêlant haut-le-cœur, «Oh mon Dieu!» et cavalcade vers les escaliers. Le plus épouvantable barouf! Les pensées qui me traversaient? En toute honnêteté? J'étais horrifié. On ne peut plus horrifié. Si j'étais choqué? Et comment. Si je n'en croyais pas mes yeux? Non, bien entendu. Si j'avais peur? Pas vraiment.

Le sentiment qu'à quelque chose malheur est bon m'effleura, je ne le nie pas. Dans mon bureau de Haymarket s'entassaient quatre-vingt-quinze invendus toujours sous cellophane de *Bourre-pif*, biographie passionnée de celui qui serait bientôt le plus fameux meurtrier britannique, Dermot Hoggins. Frank Sprat (mon fidèle imprimeur à Sevenoaks: je lui devais tant d'argent que je le tenais à ma merci) avait conservé les plaques d'impression, paré à lancer les rotatives à n'importe quel moment.

Édition reliée, couverture cartonnée, mesdames et messieurs.

Quatorze livres quatre-vingt-dix-neuf la pièce.

Un goût de miel !

Fort de mon expérience d'éditeur, je désapprouve les recours aux analepses, prolepses et autres procédés roublards ; ils appartiennent aux années quatre-vingt et à leur cortège de maîtrises sur le postmodernisme et la théorie du chaos. En revanche, je ne m'excuserai pas d'avoir (re)commencé mon récit en vous livrant ma version de cette bouleversante affaire. Voyez-vous, la « bonne intention » qui me vint fut le premier pavé sur la route de l'enfer qui me guettait dans l'arrière-pays de Hull, toile de fond de mon épouvantable calvaire. Ma fortune prit la glorieuse tournure dont j'avais eu la prémonition après le Saut final de sir Finch. Porté par les délicates ailes de la publicité gratuite, *Bourre-pif*, bide initial, fit une percée dans le classement des meilleures ventes, et se posa à la cime jusqu'au jour où le pauvre Dermot fut condamné à purger quinze années de prison fermes à Wormwood Scrubs. Chaque épisode du procès faisait les gros titres du journal télévisé de neuf heures. Le défunt sir Felix troqua sa pompe et sa suffisance de petit préposé stalinien au budget de la Culture contre le titre de nouveau saint patron des arts préféré des Anglais.

À la sortie du tribunal d'Old Bailey, sa veuve déclara aux journalistes que quinze années constituaient une peine d'une « clémence scandaleuse », et lança dès le lendemain une campagne de mobilisation dont le maître mot était « Crève en enfer, Hoggins ». La famille de Dermot riposta en participant à des talk-shows ; la critique blessante de Finch fut décortiquée; la chaîne BBC2 réalisa un documentaire dans lequel la lesbienne qui m'avait interviewé avait sorti mes bons mots de leur contexte au montage. Qu'importe : l'argent coulait à flots – bigre, une véritable inondation ! Aux Éditions Cavendish – c'est-à-dire, moi et Mme Latham –, on ne se doutait pas de la taille de la prise. Il nous fallut employer deux des nièces de Mme Latham (à mi-temps bien entendu, je ne tenais pas à être assommé de charges sociales). Les exemplaires sous cellophane du premier tirage de *Bourre-pif* disparurent en trente-six heures, et Frank Sprat en imprimait de nouveaux presque chaque mois. En quarante ans de carrière dans l'édition, rien ne nous avait préparés à un tel succès. Les coûts initiaux de publication avaient été initialement défrayés par les dons de l'auteur – pas par les ventes ! C'en était presque immoral. Et pourtant, je me retrouvais avec un de ces best-sellers comme on n'en voit que toutes les décennies. Les gens me demandent : « Tim, comment expliquez-vous le succès éclair de ce livre ? »

Somme toute, *Bourre-pif* était un roman autobiographique bien écrit et musclé. Les vautours de la culture commencèrent à débattre du sous-texte socioculturel lors des programmes de nuit, puis matinaux. Les néonazis l'achetèrent pour les généreuses doses de violence. Les ménagères du Worcestershire l'achetèrent parce que c'était une lecture épatante. Les homosexuels l'achetèrent par loyauté tribale envers Hoggins. L'on atteignit quatre-vingt-dix mille, oui, *quatre-vingt-dix mille* ventes en quatre mois, et toujours en édition reliée à couverture cartonnée, je vous prie. L'on en tourne une adaptation cinématographique, à l'heure où j'écris ces lignes. À la grande partouze du livre de Francfort, je fus célébré par des gens qui ne s'étaient arrêtés jusqu'à présent que pour me décrotter de leurs semelles. Je passais de l'odieuse étiquette d'« éditeur de carnets mondains » à celle de « financier novateur ». Les droits de traduction pleuvaient tels les territoires au dernier tour d'une partie de Risk. *Glory glory Haleluiah* : les éditeurs américains raffolèrent de cette histoire d'aristo-angliche-devant-son-salut-à-un-jeune-Irlandais-maudit et, outre-Atlantique, les enchères atteignirent des sommets vertigineux. Oui, j'étais bien le bénéficiaire exclusif des droits de cette poule aux œufs de platine à qui une sale affaire collait au cloaque ! L'argent renfloua mes comptes en banque au vide jusqu'alors insondable, telle la mer du Nord engloutissant la digue hollandaise. Mon « conseiller bancaire personnel », un filou nommé Elliot McCluskie, m'envoya à l'occasion des fêtes de Noël une photographie de son coucou de Midwich. « Passez une agréable soirée, monsieur Cavendish », me saluaient les primates gardant l'entrée du Groucho Club, au lieu de me gratifier de l'habituel : « Hep, on n'entre pas sans l'invitation d'un membre ! » Lorsque j'annonçai que je me chargerais entièrement de la publication en poche, les pages littéraires du *Sunday Times* comparèrent les Éditions Cavendish à un jeune premier chauffé à blanc évoluant parmi une nuée de ronds-de-cuir. Même le *Financial Times* s'intéressait à moi.

Dès lors, est-ce surprenant que Mme Latham et moi fûmes un tant soit peu dépassés sur le plan comptable ?

Le succès corrompt le néophyte en un battement de cils. Je me fis imprimer des cartes de visite : « Les Nouvelles Éditions Cavendish, à la pointe de la fiction ». Eh bien, pensai-je, pourquoi ne pas faire dans *les* publications au lieu de me cantonner à un seul genre ? Pourquoi ne pas devenir ce sérieux éditeur que le monde entier louait ?

Las ! Hélas ! Ces cartes mignonnettes furent la cape rouge qu'on agite devant le taureau du destin. Quand apparurent les premières rumeurs que Tim Cavendish était plein aux as, mes créanciers, ces chiens de prairie à dents de sabre, déboulèrent à mon bureau. Comme toujours, je laissai à mon inestimable Mme Latham le soin de déterminer par la gnostique algèbre quel montant verser, à qui et quand. Je n'étais donc guère plus préparé sur le plan mental que sur le plan financier lorsque mes soupirants vinrent me chanter une sérénade, environ un an après la nuit où Felix Finch prit son envol. Je le confesse, depuis que Madame X m'avait quitté (un dentiste m'a cocufié ; que m'importe la douleur, la vérité doit éclater), l'anarchie domestique régnait au sein de ma résidence londonienne sise à Putney (très bien, vous saurez tout : ce salopard était allemand), et depuis longtemps, mon trône de porcelaine était de fait devenu mon fauteuil de bureau (j'ai posé une bouteille de cognac sous le porte-rouleau en robe de bal et quand j'occupe les lieux, je laisse la porte ouverte afin d'entendre la radio de la cuisine).

Le soir en question, j'avais mis de côté mon éternelle lecture défécatoire, *L'Histoire de la décadence et de la chute de l'Empire romain*, en raison de la multitude de manuscrits (tomates vertes immangeables) soumise aux Nouvelles Éditions Cavendish, mon écurie de champions. Il était environ onze heures, je crois, quand j'entendis qu'on trafiquait la porte d'entrée. Blanche-Neige et les sept skinheads ?

Des galopins ? Le vent ?

L'instant d'après, la porte sortit de ses charnières ! S'agissait-il d'Al-Qaïda, d'une boule de feu ? Non : dans le couloir avançait d'un pas lourd ce qui ressemblait à une équipe de rugby, fût-elle réduite à trois intrus (vous noterez que mes agresseurs vont toujours par trois). « Timothy Cavendish, je présume, prononça le plus gargouillesque. On te gaule le froc baissé.

— Mes heures d'ouverture sont de onze à quatorze heures, messieurs, avec une pause de trois heures pour déjeuner. Veuillez sortir », aurait répondu Bogart. Je ne pus me résoudre qu'à aboyer : « Ma porte ! Fichtre, ma porte ! »

Le deuxième babouin alluma une cigarette. « On a rendu visite à Dermot, aujourd'hui. Il se sent un peu lésé. Avoue qu'il y a de quoi. »

Tandis que les pièces du puzzle se mettaient en place, je me brisais, moi, en mille morceaux. « Les frères de Dermot ! » (Je savais tout des protagonistes de *Bourre-pif* : Eddie, Mozza et Jarvis.)

Une cendre chaude me brûla la cuisse, et je ne parvins plus à savoir quel visage me parlait ni ce qu'on me disait. Un triptyque vivant de Francis Bacon. « *Bourre-pif* se vend bien, à ce qu'il paraît.

— Y en a des piles dans les librairies d'aéroport.

— Tu devais te douter qu'on passerait te voir.

— Toi qui as le sens des affaires. »

En temps normal, la simple vue d'un Irlandais de Londres me fait perdre mon sang-froid. « Messieurs, s'il vous plaît. Dermot a signé un contrat de cession de ses droits d'auteur. Tenez, regardez, c'est courant dans le métier, j'en ai une copie dans ma mallette... » J'avais en effet le document à portée de main. « Clause dix-huit, sur les droits d'auteur... Elle précise que d'un point de vue légal, *Bourre-pif* est... euh... » Il n'était guère aisé d'expliquer ceci le slip sur les chevilles. « La... La propriété légitime des Éditions Cavendish. »

Jarvis Hoggins parcourut le contrat un instant, puis le déchira quand sa capacité à demeurer concentré fut épuisée. « Dermot a signé ce ramassis de c*****ies quand son livre n'était qu'un p****n de hobby.

– Un cadeau à not' vieille mère malade, Dieu ait son âme.

– En souvenir des beaux jours de Papa.

– Dermot n'a pas signé de contrat pour l'événement de l'année, b****l !

– On est passés voir ton imprimeur, M. Sprat. Il nous a fait un topo sur ton business. »

Une pluie de confettis contractuels pleuvait. Mozza se tenait si près de moi que je sentais l'odeur de son dîner. « T'en as encaissé, du flouze de la maison Hoggins, hein mon salaud !

– Je suis persuadé que nous saurons nous entendre sur un, euh... comment... sur un échéancier d'indemnisation qui nous...

– On n'a qu'à dire trois, pour demain », coupa Eddie.

Je feignis de grimacer « Comment ? Trois mille livres ? Messieurs, je ne crois pas que...

– Mais non, couillon. » Mozza me pinça la joue. « Trois heures. Demain après-midi. À ton bureau. »

Je n'avais pas le choix. « Avant de clore cette réunion, peut-être pourrions-nous convenir... euh... d'une somme provisoire, une base à des négociations ultérieures.

– Roule ma poule. De quoi qu'on avait *convenu*, Mozza ?

– Cinquante mille, ça nous paraissait raisonnable. »

Je lâchai un authentique cri de douleur. « Cinquante mille *livres* ?

– Pour commencer. »

Mes intestins gargouillèrent, besognèrent et se trouvèrent bien en peine. « Vous pensez réellement que je laisse traîner ce genre de somme dans mes boîtes à chaussures ? » Tentant d'affecter la voix de l'inspecteur Harry, je zézayais tel Frodon Baggins.

« J'espère que t'as des sous planqués quelque part, pépé.
– De la fraîche.
– Pas de plans foireux. Ni de chèques.
– Ni de promesses. Ni de retards.
– Du blé comme on en faisait avant. Dans une boîte à chaussures, ça ira.
– Messieurs, je me félicite de pouvoir négocier ainsi avec vous, mais la loi… »

Jarvis siffla entre ses dents : « Tu crois que la loi aidera un homme de ton âge à se relever après plusieurs fractures des vertèbres, Timothy ? »

Eddie : « À ton âge quand on tombe, on ne se relève pas : on s'écrabouille. »

Je luttais de toutes mes forces : hélas, mon sphincter ne m'appartenant plus, une canonnade éclata. J'eusse été à même de supporter le regard amusé ou condescendant de mes tortionnaires, mais leur apitoiement donnait toute la mesure de mon abjecte défaite. La chasse d'eau était tirée.

« Trois heures. » Les toilettes engloutirent les Nouvelles Éditions Cavendish. L'escadron de babouins qui repartait piétina la porte prosternée. Eddie se tourna et dit un dernier mot : « Il y a un joli petit paragraphe dans le bouquin de Dermot. Sur les mauvais payeurs. »

Je renvoie le lecteur curieux à la page deux cent quarante-quatre de *Bourre-pif*, disponible chez votre libraire habituel. À ne pas lire l'estomac plein.

À l'extérieur de mon bureau à Haymarket, les taxis alternaient entre immobilité et précipitation. À l'intérieur de ma tanière, les boucles d'oreilles Néfertiti de Mme Latham (un présent destiné à marquer sa dixième année aux Éditions Cavendish ; je l'avais déniché dans un panier d'articles bradés à la boutique de souvenirs du British Museum) carillonnaient au rythme de ses hochements de tête, non, non, non. « Et moi, je vous dis, monsieur Cavendish, que je suis incapable de trouver vos cinquante mille livres avant trois heures. Je suis incapable de vous les trouver, tout court. Chaque piécette rapportée par *Bourre-pif* a servi à éponger des dettes de longue date.

– Et à nous, personne ne doit d'argent ?

– Monsieur Cavendish, ma gestion de la trésorerie n'est-elle pas irréprochable ? »

Désespéré, je devins enjôleur. « Mais ne sommes-nous pas dans l'ère des crédits livrés clés en main ?

– Notre ère est celle des crédits *limités*, monsieur Cavendish. »

Je me retirai dans mon bureau, me versai un whisky et engloutis mes pilules pour le cœur avant de retracer l'itinéraire de la dernière expédition du capitaine Cook sur ma vieille mappemonde. Mme Latham apporta le courrier et ressortit sans piper mot. Factures, publicités, harcèlement moral d'organisations caritatives, ainsi qu'un paquet adressé « À l'attention de l'éditeur visionnaire de *Bourre-pif* » contenant un manuscrit intitulé *Demi-vies* – minable titre pour une fiction –, *la première enquête de Luisa Rey*. De pire en pire. Son auteur – à l'en croire, une dénommée Hilary V. Hush – entamait ainsi sa lettre de présentation : « Quand j'avais neuf ans, ma mère m'emmena à Lourdes pour prier à la guérison de mon incontinence nocturne. Imaginez ma surprise lorsque non pas sainte Bernadette mais Alain-Fournier m'apparut en songe cette nuit-là. »

Timbrée à l'horizon. Je jetai la lettre dans la bannette des affaires urgentes et allumai l'ordinateur flambant neuf aux énormes gigaoctets, le temps d'une partie de démineur. Après avoir sauté deux fois, je téléphonai chez Sotheby's afin de mettre en vente le vrai, le véritable, l'authentique bureau de Charles Dickens, prix de départ :

soixante mille livres. Un charmant commissaire-priseur du nom de Kirpal Singh m'annonça, compatissant, que le bureau du romancier figurait déjà au musée de la maison de Charles Dickens ; il espérait que je n'avais pas été trop déraisonnablement détroussé. Je le confesse, je perds le fil de mes petites manigances. Je contactai ensuite Elliot McCluskie et m'enquis de la santé de ses adorables marmots. « Bien, merci. » Lui s'enquit de la santé de mon adorable commerce. Je lui demandai un prêt de quatre-vingt mille livres. Sa réponse considérée commença par : « Je vois… » Je baissai à soixante mille. Elliot me fit remarquer que mon crédit, dont le taux est lié à ma performance, devait encore courir sur un horizon de douze mois avant qu'un redimensionnement fût envisageable. Oh, je me languis de l'époque où les banquiers riaient comme des hyènes, vous disaient d'aller au diable et vous raccrochaient au nez. Je retraçai le voyage de Magellan sur la mappemonde et rêvai d'un siècle où il suffisait d'embarquer sur le premier clipper en partance de Deptford pour prendre un nouveau départ. La fierté en lambeaux, je sonnai Madame X. Elle prenait son bain du matin. Je lui expliquai la gravité de ma position. Elle rit comme une hyène, me dit d'aller au diable et me raccrocha au nez. Je tournai le globe. Je tournai le globe.

Me voyant franchir le seuil, Mme Latham darda sur moi l'œil rond du faucon guettant le lapin. « Inutile de songer à un usurier, monsieur Cavendish. Cela n'en vaut tout simplement pas la peine.

– Soyez sans crainte, madame Latham, je compte rendre une simple visite à la seule personne en ce monde qui croit en moi, calme plat ou tempête. » Dans l'ascenseur, je rappelai à mon reflet que « la voix du sang est la plus forte » avant de m'empaler la main sur le paratonnerre de mon parapluie pliant.

« Par les gonades de Satan, non, pas toi ! Allez, ouste, fiche-nous la paix. » Derrière sa piscine, mon frère me fusillait du regard tandis que j'avançais sous le patio. Autant que je sache, Denholme n'a jamais nagé dans sa piscine, pourtant pas une semaine ne passe sans qu'elle subisse une séance de chlorage et tout le toutim, que soufflent les bourrasques ou tombe le crachin. Il repêchait les feuilles à l'aide d'une longue épuisette. « Je ne t'avancerai pas un sou tant que tu ne m'auras pas remboursé la somme que tu me dois. Pourquoi serais-je toujours celui qui te tirerait du pétrin ? C'est non. Et ne réplique pas. » Denholme retira une poignée de feuilles détrempées du filet. « Remonte dans ton taxi et fous-moi le camp. La prochaine fois, je ne le demanderai pas aussi gentiment.

— Comment va Georgette ? » J'époussetai les pucerons sur les pétales flétris de ses roses.

« Georgette est de plus en plus tarée, mais je remarque que tu ne lui accordes guère plus d'intérêt quand tu n'as pas besoin d'argent. »

Je regardai un lombric retourner dans la terre et me surpris à vouloir prendre sa place. « Denny, j'ai eu une légère prise de bec avec des types peu fréquentables. Si je ne mets pas la main sur soixante mille livres, une effroyable rossée m'attend.

— Demande-leur de nous envoyer le film.

— Je ne plaisante pas, Denholme.

— Moi non plus ! Donc, tu t'es embourbé dans un coup douteux. Qu'y puis-je ? En quoi cela me concerne-t-il ?

— Je suis ton frère ! N'as-tu donc aucune conscience ?

— Tu oublies que j'ai siégé au conseil d'administration d'une banque d'investissement pendant trente ans. »

Un sycomore amputé abandonnait ses feuilles jadis

vertes, comme les hommes désespérés abandonnent des promesses jadis infaillibles. « Au secours, Denny. Je t'en prie. Trente mille, ça m'aiderait déjà. »

J'avais poussé le bouchon trop loin. « Dieu du ciel, Tim, ma banque a fait faillite ! Les vampires de la Lloyd's nous ont saignés à blanc. L'époque où je n'avais qu'à claquer des doigts pour disposer de ce genre de pactole est révolue, ré-vo-lue ! Notre maison est déjà hypothéquée au double de sa valeur ! Je suis le géant déchu ; ta déchéance, elle, est minable. Et puis, tu as ce fieffé livre qu'on s'arrache dans les librairies du monde entier ! »

Sur mon visage se lisait ce que je ne parvenais pas à exprimer.

« Oh nom de Dieu, l'imbécile ! Jusqu'à quand as-tu pour payer ? »

Je regardai ma montre. « Cet après-midi, trois heures.

– Mieux vaut mettre une croix dessus. » Denholme posa son épuisette. « Dépose le bilan. Reynard se chargera de la paperasse, c'est un brave type. La pilule est amère, j'en sais quelque chose, mais c'est le seul moyen de te débarrasser de tes créanciers. La loi est catégorique à ce…

– La loi ? Tout ce que le mot justice évoque à mes créanciers est la nécessité d'avoir à faire ses besoins dans une cellule de prison surpeuplée.

– Dans ce cas, mets-toi au vert.

– Ces gens-là ont des informateurs partout.

– Au-delà de l'autoroute M25, je parie que non. Loge chez des amis. »

Des amis ? Je rayai de la liste ceux à qui je devais de l'argent, les défunts, ceux qui avaient disparu dans le terrier du temps, et il me restait…

Denholme émit une ultime proposition. « Je ne puis te prêter de l'argent. Je n'en dispose pas. Cela étant, il est un lieu où l'on m'est redevable d'une ou deux choses ; tu aurais la possibilité de t'y cacher un moment. »

Le temple du roi des rats, l'arche du dieu de la suie. Le sphincter de Hadès. La voici, la gare de King's Cross, où, selon *Bourre-pif*, une turlute ne coûte que cinq livres : pour ce faire, se rendre dans n'importe lequel des trois derniers cabinets de gauche aux toilettes des hommes du premier sous-sol; service assuré vingt-quatre heures sur vingt-quatre. J'avais prévenu Mme Latham par téléphone que je séjournerais à Prague car une série d'entretiens avec Vaclav Havel m'occuperaient trois semaines durant, mensonge dont les conséquences me colleraient à la peau tel un herpès. Mme Latham me souhaita *bon voyage**. Elle se dépêtrerait des frères Hoggins. Mme Latham saurait s'arranger des dix plaies d'Égypte. Je ne la mérite pas, je sais. Je me demande souvent pourquoi elle n'a pas quitté les Éditions Cavendish. Ce n'est pas pour ce que je la rémunère.

Je parcourus le tableau des catégories de billets sur le distributeur automatique : aller-retour dans la journée en heures creuses avec carte de réduction, aller simple à prix réduit en heures de pointe sans carte de réduction, etc., etc. : bigre, lequel choisir ? Un doigt plein d'inimitié me tapota l'épaule, me faisant exécuter un bond d'un kilomètre : ce n'était qu'une petite dame âgée qui me conseilla d'acheter un aller-retour, moins onéreux que les allers simples. Je crus qu'elle divaguait, mais bigre, elle avait raison ! Je glissai un billet de banque à l'effigie de notre reine tête en haut, tête en bas, d'un côté, puis de l'autre, en vain : à chaque fois, la machine le recrachait.

Je gagnai alors la file d'attente qui me mènerait à un distributeur humain. Trente et une personnes se trouvaient devant moi, oui, trente et une. Les guichetiers arrivaient et repartaient de leur loge à leur guise. Sur un écran, une publicité m'incitant à investir sans délai dans un monte-escalier tournait en boucle. Enfin, *enfin,* mon tour arriva : « Bonjour, je voudrais un billet pour Hull. »

La guichetière jouait avec sa bague-puzzle. « 'partez quand ?

— Dès que possible.

— Comment ça, pour aujourd'hui ?

— La plupart du temps, oui, "pour aujourd'hui" équivaut à "dès que possible".

— 'peux pas vous vendre de billet pour aujourd'hui. Faut qu'zalliez à un des guichets de l'aut' côté. Ici, c'est pour les voyages différés.

— Mais le signal lumineux rouge m'a envoyé devant votre guichet.

— Pas possible. Circulez, maintenant, vous ralentissez la queue.

— Mais je vous répète que le fieffé signal m'a indiqué d'avancer jusqu'à ce guichet ! Cela fait vingt minutes que j'attends ! »

Elle parut enfin s'intéresser à mon cas. « Qu'est-ce que vous voulez ? Que je change le règlement pour vos beaux yeux ? »

La colère crépitait en Timothy Cavendish comme une fourchette dans un four à micro-ondes.

« Je désirerais que la forme d'intelligence qui est la vôtre franchisse le cap de la résolution de problèmes abstraits ; ainsi, vous me vendriez un billet de train pour Hull !

— Ne me parlez pas sur ce ton !

— Bigre, c'est moi, le client ! C'est à *vous* de ne pas me parler sur ce ton ! Qui vous supervise ?

— Je me supervise toute seule. »

Mugissant un juron tiré d'une saga islandaise, je réclamai ma place en tête de queue.

« Hé ! hurla un rocker punk au crâne riveté de boutons de manchette. Y a une queue, bordel ! »

Ne vous excusez jamais, conseillait Lloyd George. Répétez la remarque, mais avec davantage de grossièreté. « J'ai bien vu qu'il y avait une queue, *bordel !* Je l'ai déjà prise une fois et il est hors de question que je la reprenne simplement parce que la Nina Simone de ce guichet-là ne veut pas me vendre de billet ! »

Un yeti de couleur en uniforme bon marché fondit sur nous. « C'est quoi l'embrouille ?

— Le vieillard ici présent prétend que son anus artificiel lui donne le droit de resquiller, dit le skinhead. Et de faire des sous-entendus racistes sur la dame d'origine afro-caribéenne au guichet des achats à l'avance. »

Je n'en croyais pas mes oreilles.

« Écoute, petit père » – le yeti me parlait avec une condescendance d'habitude réservée aux handicapés ou aux vieillards –, « par souci d'égalité, il y a des queues dans ce pays, OK ? Si ça ne te plaît pas, retourne d'où tu viens, pigé ?

— Vous trouvez que j'ai l'air d'un Égyptien ? Non, vraiment, dites-moi ? Je sais bien qu'il y a une queue ! Pourquoi ? Parce que je l'ai déjà empruntée, alors...

— Ce monsieur prétend le contraire.

— *Lui ?* Continuerez-vous à l'appeler "monsieur" lorsqu'il aura écrit à la peinture "quémandeurs d'asile" sur votre résidence HLM ? »

Ses yeux gonflèrent, je le jure. « Écoute, soit la police des transports en commun t'éjecte de la gare, soit tu regagnes la file d'attente en homme civilisé : c'est *ton* affaire. Les resquilleurs, par contre, j'en fais *mon* affaire.

— Mais si je fais à nouveau la queue, je vais rater mes correspondances !

— Saperlipopette, s'appliqua-t-il à prononcer, c'est bien ta veine ! »

J'en appelai aux gens derrière cette saleté de clone

de Sid Vicious. Peut-être m'avaient-ils vu emprunter la queue, peut-être que non, n'importe : ils évitaient tous mon regard. C'est à sa perte que notre fieffé pays court ; à sa perte !

Une heure plus tard, le Sud engloutissait Londres et la malédiction des frères Hoggins. Les employés des villes alentour – misérables individus jouant deux fois par jour à la roulette russe sur un réseau ferroviaire britannique décati – peuplaient les wagons crasseux. Attendant l'autorisation d'atterrir à l'aéroport de Heathrow, les avions tournoyaient en épaisses nuées, tels des moucherons au-dessus d'une flaque en été. Cette fieffée ville est trop dense.

N'empêche. L'excitation du voyage qui débute me gagnait, aussi baissai-je ma garde. Un ouvrage que j'avais jadis publié, *Authentiques Anecdotes d'un magistrat du Territoire-du-Nord de l'Australie*, rapporte que les victimes de requins, anesthésiées par une vision, ont l'impression de dériver dans le bleu du Pacifique, abandonnant tout sentiment de danger quand le tourbillon de crocs les déchiquette. J'étais ce nageur, moi, Timothy Cavendish, et je regardais Londres glisser lentement vers l'horizon, oui, toi, ville aux traits d'animateur de jeu télévisé dont la perruque camoufle la ruse, toi et tes quartiers résidentiels de Somaliens ; tes viaducs, érigés par Isambard Kingdom Brunel ; tes centres commerciaux aux allures de forteresses où le labeur revêt l'apparence du loisir, tes strates de briques bombardées de suie, tes strates d'ossements de tous les docteurs Dee, Crippen et consorts, tes bureaux de verre brûlants où la jeunesse en pleine éclosion se pétrifie en vieilles cactées semblables à mon frère grippe-sou.

L'Essex levait son horrible tête. Lorsque j'étais boursier au pensionnat communal, fils d'un cupide gratte-papier municipal, ce comté était synonyme de « liberté », « succès », « Cambridge ». Regardez ce qu'il en est advenu : les centres commerciaux et lotissements poursuivent leur invasion rampante de nos terres ancestrales. Le vent de la mer du Nord déchirait de ses crocs des franges de nuages et détalait vers les Midlands. Enfin apparut la véritable campagne. Ma mère avait une cousine dans la région, sa famille possédait une grande maison, je crois qu'ils ont déménagé au Canada à Winnipeg, pour une vie meilleure. Là-bas ! Dans l'ombre de l'entrepôt de ce magasin de bricolage, se dressait autrefois une rangée de noyers auprès desquels, un été, Pip Oakes – ami d'enfance mort à treize ans sous les roues d'un camion-citerne – et moi avions vernissé puis fait voguer une barque sur le Say. Les épinoches dans le bocal. Là, à cet endroit précis, au bord de ce bras nous avions allumé un feu pour y cuire des haricots et des pommes de terre enveloppées dans des feuilles d'aluminium ! Revenez, oh, revenez ! Un regard furtif, est-ce donc tout ce à quoi j'ai droit ? Prés uniformes et sans haies. L'Essex ressemble à Winnipeg, désormais. On brûlait du foin, l'air prenait un parfum de casse-croûte au bacon grillé. Mes pensées suivirent d'autres chimères, mais après avoir dépassé Saffron Walden, le train s'arrêta en cahotant. « Euh..., hésitèrent les haut-parleurs. John, c'est allumé ? J'appuie où, John ? » Quinte de toux. « La compagnie Southnet a le regret de vous informer que ce train marquera une halte exceptionnelle à la prochaine gare en raison de l'absence du... chauffeur. Cette halte exceptionnelle durera le temps nécessaire à la provision d'un chauffeur adéquat. La compagnie Southnet vous garantit de déployer tous les moyens possibles » – je distinguai clairement un ricanement lointain ! – « pour recouvrer son habituelle grande qualité de service. » Telle une réaction en chaîne, la rage éclata dans tout le compartiment, même si à notre époque, les actes criminels ne sont plus perpétrés à l'arme blanche par des assassins, mais à coups de stylo assenés par des cadres protégés de la colère de la foule dans les QG postmodernes de verre et d'acier qui hérissent Londres. Et de toute façon, la moitié de cette foule détenait des actions dans ce qu'elle était prête à réduire en miettes.

Nous restâmes assis. J'eusse alors aimé avoir apporté quelque lecture. Au moins j'avais une place assise, place que pour rien au monde je n'aurais cédée à Helen Keller. Le ciel du soir était bleu citron. De part et d'autre de la voie ferrée, les ombres devenaient monolithiques. Les voyageurs appelaient leurs foyers respectifs avec leurs téléphones portables. Je me demandais de quel droit ce louche magistrat australien prétendait savoir ce qui traversait l'esprit des victimes de requins. Plusieurs trains dans lesquels le chauffeur ne faisait pas défaut passèrent à toute vitesse. J'avais envie d'aller aux toilettes, mais mieux valait ne pas y penser. Ouvrant ma mallette afin d'en sortir un sachet de toffees de la confiserie Werner, je tombai sur *Demi-vies, la première enquête de Luisa Rey*. J'en tournai les toutes premières pages. Ce livre gagnerait en qualité si cette Hilary V. Hush n'avait pas eu recours à ces prétentieux petits procédés. Elle avait découpé son histoire en petits chapitroïdes qui trahissaient ses arrière-pensées hollywoodiennes. Les parasites grincèrent dans les haut-parleurs. « Ceci est un message à l'attention des passagers. La provision d'un chauffeur apte à la conduite de ce train se révélant impossible, la compagnie Southnet a le regret de vous informer que nous nous arrêterons en gare de Little Chesterford, où un service de bus gratuit vous conduira jusqu'à Cambridge. Les passagers en mesure de modifier les modalités de leur voyage sont invités à le faire, car ce train n'atteindra pas la gare de

Little Chesterford [comme ce nom carillonne en ma mémoire !] avant… un laps de temps indéterminé. De plus amples détails sont à votre disposition sur notre site Internet. » Le train traversa péniblement un crépuscule d'un kilomètre de long. Les chauves-souris et les détritus portés par le vent nous dépassaient. S'il n'y avait pas de chauffeur dans ce train, qui diable le conduisait ?

Arrêt, tremblement, ouverture des portes. Les plus aptes jaillirent des wagons, empruntèrent la passerelle, abandonnant derrière eux votre serviteur et deux vieilles peaux dont aucun taxidermiste n'aurait voulu, clopinant au quart de leur vitesse. J'escaladai les marches puis m'arrêtai afin de reprendre mon souffle. Je restais là, sur la passerelle de la gare de Little Chesterford. Ô dieux, quelle gare de campagne destinez-vous à mon marronnage ? Le chemin de terre qui menait à la vieille maison d'Ursula bordait toujours le champ de maïs. Hormis cela, je ne reconnaissais pas grand-chose. La Grange sacrée du plus long palot était changée en concession de club de fitness. Un soir, Ursula m'avait donné rendez-vous dans sa batracienne Citroën, en pleine semaine des révisions du premier semestre, oui… sur cette avancée de gravier, là. Quelle vie de bohème, songeait alors le jeune Tim, que d'attendre une femme venant vous chercher en voiture. J'étais comme Toutankhamon dans sa barge royale, entouré d'esclaves de Nubie l'accompagnant au temple des sacrifices. Ursula conduisit, le temps de franchir les quelques centaines de mètres qui nous séparaient de la Maison du Dock, bâtiment de style art nouveau construit à la demande d'un consul scandivégien. La demeure nous appartenait ; père et mère prenaient des vacances en Grèce chez Lawrence Durrell, si j'ai bonne mémoire (« si j'ai bonne mémoire » : la fourbe locution que voilà).

Quatre décennies après, les phares des voitures de cadres

sur le parking de la gare illuminaient une inquiétante nuée de cousins ainsi qu'un respectable éditeur en déroute qui, l'imperméable claquant au vent, contournait un champ dont la jachère donnait droit à quelque subvention de l'Union Européenne. Nous nous imaginons qu'un pays comme l'Angleterre saurait aisément contenir tous les événements d'une humble vie sans que nous retombions sur nos propres traces – nous ne vivons pas au Luxembourg, enfin –, et pourtant, nous croisons et recroisons les croisillons de notre sillage, tels des patineurs artistiques. La Maison du Dock était toujours là, isolée de ses voisines par une haie de troènes. Comme la demeure fleurait bon l'opulence, comparée à la morne boîte à chaussures de banlieue que possédaient mes parents : *un jour*, me promis-je, *je posséderai une maison comme celle-ci*. Une promesse de plus que je n'aurais pas tenue – au moins celle-ci n'avait engagé que moi.

Je contournai la clôture de la propriété en empruntant la voie d'accès à un chantier. Un panneau précisait : LE CLOS DES NOISETIERS – DE LUXUEUSES RÉSIDENCES POUR CADRES EN PLEIN CŒUR DE L'ANGLETERRE. À l'étage de la Maison du Dock, la lumière brillait. J'imaginai un couple sans enfants en train d'écouter la TSF. La vieille porte à vitre teintée avait été remplacée par une meilleure protection contre les cambriolages. Durant la semaine des révisions, j'avais pénétré dans la Maison du Dock, fermement résolu à y abandonner ce honteux pucelage ; cependant, fort impressionné par cette divine Cléopâtre, pris d'une si grande nervosité, obnubilé par le whisky de son père et amolli par les poussées de sève verte, bref, je préfère tirer le rideau sur cette nuit d'embarras, encore quarante ans après. Soit, quarante-sept. Ce même chêne à feuilles blanches gratta à la fenêtre d'Ursula pendant mes infructueuses tentatives, longtemps après que je pus prétendre m'échauffer. Ursula avait dans sa chambre un gramophone du *Deuxième Concerto pour piano* de Rachmaninov, cette pièce là-haut, où la bougie électrique brille à travers la fenêtre.

Aujourd'hui encore, je ne puis écouter Rachmaninov sans vaciller.

La probabilité qu'Ursula vive toujours à la Maison du Dock était certes nulle. Aux dernières nouvelles, elle dirigeait une agence de communication à Los Angeles. Je me faufilai néanmoins à travers le feuillage persistant de la haie et pressai le nez contre une fenêtre dépourvue de rideau donnant sur une salle à manger éteinte. Cette lointaine nuit d'automne-là, Ursula m'avait servi un morceau de fromage grillé sur une tranche de jambon nappant un blanc de poulet. Ici, là. J'en avais encore le goût. Je l'ai encore au moment où j'écris ces lignes.

Un éclair !

Un rose d'Inde électrique illumina la pièce où pénétra – à reculons, une chance pour moi – une petite sorcière aux rousses anglaises. « Maman ! » perçus-je/lus-je sur ses lèvres, à travers la vitre. « Maman ! » Et la maman apparut, coiffée des mêmes anglaises. Ayant suffisamment de preuves du lointain congé d'Ursula, je rebroussai chemin... pour aussitôt faire demi-tour et continuer à épier, car... hum... *je suis un homme solitaire**. Maman réparait un balai cassé tandis que la petite fille assise sur la table balançait les jambes. Un loup-garou adulte surgit et retira son masque et, fait étrange – quoique –, je le reconnus : il s'agissait d'un présentateur de magazine d'actualité, un membre de la clique à Felix Finch. Jeremy Machin, sourcils à la Laurence Olivier, manières de terrier, vous voyez le genre. Il tira un rouleau de chatterton d'un tiroir du buffet gallois et prit le commandement de la réparation du manche à balai. Puis mémé fit irruption dans cette vignette familiale, et que je sois damné si *jument* ! C'était elle ! Ursula. Mon Ursula.

Voyez cette vieillarde alerte ! Dans mon souvenir, elle n'avait pas vieilli d'un jour – quelle maquilleuse avait saccagé sa prime jeunesse ? La même qui avait saccagé la tienne, Timbo. Elle dit quelque chose qui provoqua le rire de sa fille, et de sa petite-fille, oui, elles riaient, et je riais aussi… Quoi ? Qu'a-t-elle dit ? Répétez la plaisanterie ! Elle garnissait un bas rouge à l'aide de boules de papier journal. Une queue de diable. Elle l'épingla à son postérieur, et sur le bord de mon cœur durci se fendit le souvenir d'un bal de Halloween à l'université, le jaune dégoulinait : également déguisée en diablesse à l'époque, elle s'était fardé le visage de rouge ; nous nous étions embrassés toute la nuit, embrassés seulement, et le matin nous avions dégotté un café de prolos qui servait un thé fort et laiteux dans des tasses dégoûtantes accompagné de suffisamment d'œufs pour nourrir – faire mourir, plutôt – tout un régiment suisse. Toasts et tomates en boîte grillées. HP sauce. Regarde-toi en face, Cavendish : as-tu de ta vie connu petit-déjeuner plus délectable ?

Tout ivre de nostalgie, je m'ordonnai de partir avant de me laisser aller à quelque idiotie. Une vilaine voix toute proche m'interpella : « Haut les mains, sinon je t'esplose et pis je te jette à la marmite ! »

Si j'avais sursauté ? Bigre, un décollage de la NASA ! Heureusement, ce prétendu boucher avait dix ans tout au plus, et les dents de sa tronçonneuse étaient en carton ; n'empêche que ses bandages ensanglantés produisaient au final l'effet escompté. Je le lui confiai, à voix basse. Il fronça tout son visage : « T'es un copain de mémé Ursula ?

— Fut un temps, oui.

— T'es venu en quoi, pour la fête ? Il est où, ton déguisement ? »

Il était temps de partir. Je me glissai à nouveau à travers la haie. « Le voilà, mon déguisement. »

Il se curait le nez. « T'es habillé en mort déterré du cimetière ?

— Très flatté, mais non. Je suis déguisé en fantôme de Noël dernier.

— Mais c'est Halloween, pas Noël.

— Non ! dis-je, me frappant le front. Vraiment ?

— Ouais...

— J'ai donc dix mois de retard ! C'est horrible ! Je ferais mieux de remonter dans le temps avant qu'on s'aperçoive de mon absence... et qu'on m'en fasse la remarque ! »

Le garçon prit une posture de kung-fu de dessin animé et brandit sa tronçonneuse. « Pas si vite, vilain monstre vert ! T'avais pas le droit d'entrer ! Je vais le dire à la police ! »

Déclaration de guerre. « Ouh, le vilain petit rapporteur ! Moi aussi, je sais jouer à ce jeu-là. Si tu cafardes, je dirai où tu habites à mon ami le fantôme de Noël prochain, et tu sais ce qu'il te fera ? »

Yeux écarquillés, le sale petit chiard remua la tête, déconfit, inquiet.

« Quand tous ceux de ta famille dormiront, bien bordés dans leurs lits douillets, il s'introduira chez vous en passant sous la porte et *mangera ton petit chien* ! » Le venin de ma vésicule biliaire coulait à flots. « Il déposera sa petite queue frisée sous ton oreiller et c'est toi qu'on accusera. Tous tes petits camarades crieront : "Tueur de chiots !" chaque fois qu'ils te verront. Tu deviendras vieux et tu n'auras plus d'amis, puis tu mourras de solitude et de misère, un matin de Noël, dans cinquante ans. C'est pourquoi, moi à ta place, je ne piperais mot à *personne* de ce que j'ai vu. »

Je me glissai à travers la haie sans lui laisser le temps d'accuser le coup. Tandis que je retournais à la gare en longeant le trottoir, le vent portait les sanglots du petit garçon. «Mais j'en ai même pas, de petit chien…»

Je me cachai derrière le magazine à sensation *Private Eye*, assis au café du centre de fitness, pour qui la présence de nous autres marrons représentait une aubaine. Je m'attendais presque à voir surgir Ursula, hors d'elle, accompagnée de son petit-fils et d'un bobby du coin. Des canots de sauvetage privés venaient à la rescousse des courtiers. Le vieil oncle Timothy prodigue à ses jeunes lecteurs ce précieux conseil, gracieusement inclus dans ses mémoires : menez votre existence de sorte qu'à l'automne de votre vie, quand votre train tombera en panne, une confortable voiture conduite par une bien-aimée – ou un sous-payé, peu importe – vous ramène à bon port.

Trois whiskies plus tard, un vénérable car arriva. Vénérable ? Bigre, il datait du début du siècle ! Il me fallut supporter le bavardage des étudiants toute la route de Cambridge durant. Problèmes de cœur, professeurs sadiques, colocataires démoniaques, téléréalité : diantre, je n'avais pas idée comme, à cet âge, les enfants étaient hyperactifs. Enfin arrivé en gare de Cambridge, je me mis en quête d'une cabine téléphonique dans l'intention d'avertir la Maison de l'Aurore de ne pas m'attendre avant le lendemain, mais les deux premières cabines avaient été saccagées (à Cambridge, je vous le demande !), et une fois devant la troisième, alors que je consultais les coordonnées de l'établissement, je remarquai que Denholme avait omis d'en inscrire le numéro. Je dénichai un hôtel pour représentants commerciaux situé à côté d'une laverie. J'en ai oublié le nom, cependant, en voyant la réception, je sus que l'endroit était un trou à rats, et comme à l'accoutumée, ma première impression fut la bonne. J'étais décidément trop éreinté pour repartir à la recherche d'un lieu plus agréable, et qui plus est, mon portefeuille criait famine. Ma chambre possédait de hautes fenêtres munies de stores que je ne pus baisser, car je ne mesure pas trois mètres. Les boulettes kaki au fond de la baignoire étaient bel et bien des crottes de souris ; le pommeau de la douche me resta dans la main ; l'eau chaude était tiède. Je fumigeai la pièce de fumée de cigare, m'allongeai sur le lit et tentai de me remémorer les chambres de toutes mes amantes, dans l'ordre, dardant un œil à travers la poussiéreuse lorgnette du télescope temporel. Sa Majesté et Ses deux bouffons refusèrent de remuer. Étrange, je ne me sentais pas le moins du monde concerné à l'idée que les frères Hoggins pilleraient mon appartement de Putney. Piètre butin en perspective, comparé aux cambriolages exposés dans *Bourre-pif*. Hormis quelques jolis ouvrages dans leur édition originale, il n'y avait rien de grande valeur. Ma télévision avait rendu l'âme le jour où George Bush II s'était emparé du trône ; je n'avais alors osé la remplacer. Madame X avait récupéré ses antiquités et legs. Je demandai un triple scotch au room-service – que je sois damné si je partageais au bar la compagnie d'une horde de VRP se targuant des poitrines et des primes qu'ils ont touchées. Lorsque ma commande arriva enfin, le triple whisky se révéla aussi chiche qu'un double, fait que je signalai. L'adolescent au regard de fouine se contenta de hausser les épaules. Point d'excuses, un simple haussement d'épaules. Quand je lui demandai de baisser mes stores, il se contenta de jeter un simple coup d'œil aux fenêtres et bougonna : « Trop haut. » Glacial, je lui offris un « Très bien, ce sera tout » en guise de pourboire. Pernicieux, il abandonna une flatuosité à son départ. J'avançai dans ma lecture de *Demi-vies* mais m'endormis juste après la découverte du corps de Rufus Sixsmith. Lucide en mon rêve, je surveillais le rejeton de quelque demandeur d'asile qui réclamait un tour sur ces bascules électriques à cinquante pence que l'on trouve devant les supermarchés. Je lui répondis, « Bon, très bien », mais en redescendant de la machine, l'enfant s'était transformé en Nancy Reagan. Comment l'expliquer à sa mère ?

Je me réveillai dans l'obscurité, la bouche collée à la super-glu. La citation du grand Gibbon sur l'histoire – « qui n'est guère plus que le registre des crimes, horreurs et malheurs de l'humanité » – tournait en boucle sur le téléscripteur de mon esprit sans raison apparente. Le résumé en seize mots de l'existence terrestre de Timothy Cavendish. Je revivais de vieilles disputes, et en vivais d'autres qui n'avaient jamais eu lieu. Je fumai le cigare jusqu'à ce que les hautes fenêtres montrassent les bavures d'une aube aqueuse. Je me rasai les babines. En bas, une Irlandaise de l'Ulster aux airs pincés proposait des toasts brûlés ou congelés accompagnés de beurre doux et de petits pots de confitures aux couleurs de rouge à lèvres. Je me souviens de cette boutade de Jake Balokowsky à propos de la Normandie : la Cornouaille, la nourriture en plus.

De retour à la gare, mes peines reprirent de plus belle quand je tentai d'obtenir le remboursement du voyage interrompu la veille. Le préposé aux billets, dont les boutons d'acné éclataient sous mes yeux, était tout aussi balourd que son homologue de King's Cross. Ils provenaient tous deux de la même souche. Ma pression sanguine atteignait sa valeur record. « Comment cela, le billet d'hier n'est plus valide aujourd'hui ? Bigre, ce n'est pas ma faute si ce train est tombé en panne !

– Ni la nôtre. C'est Southnet qui gère ces trains. Nous, c'est TicketLords.

– Vers qui dois-je alors me tourner ?

– Bah, la Southnet Loco appartient à une holding basée

à Düsseldorf appartenant elle-même à un opérateur finlandais de téléphonie mobile. Je serais vous, j'irais voir quelqu'un de Helsinki. Estimez-vous plutôt heureux que le train n'ait pas déraillé. C'est si fréquent, ces derniers temps. »

Parfois, le lièvre duveteux de l'incrédulité filant sur son rail disparaît si vite au détour du virage que le lévrier du langage, surexcité, reste au fond de sa cage. L'accession au train réclama une claudication combative... tout cela pour découvrir que celui-ci avait été annulé ! « Heureusement », le train qui précédait le mien avait tant de retard qu'il n'avait pas encore quitté la gare. Toutes les places assises étaient occupées, et je dus me contenter d'un créneau d'une dizaine de centimètres de large. Je perdis l'équilibre quand le train démarra, mais de la bourre humaine amortit ma chute. Nous demeurâmes dans cette position, à moitié à terre. Les Diagonaux.

L'on ne trouve plus guère que des pôles scientifiques aux environs de Cambridge. Ursula et moi avions autrefois poussé notre barque sous ce pont pittoresque, du côté de ces espèces de cubes biotechnologiques issus de l'ère spatiale où d'intrigants Coréens couvent des clones humains. Bigre, vieillir est une chose insupportable ! Tous nos moi d'autrefois meurent d'envie de ressusciter, mais sauront-ils jamais s'extirper de leurs cocons calcifiés ? Que nenni.

Des arbres ensorcelés se tordaient devant l'immensité du ciel. Notre train avait effectué une halte aussi inattendue qu'inexplicable sur une bruyère flétrie ; combien de temps, je ne sais plus. Ma montre s'était arrêtée la veille (je me languis encore à ce jour de mon Ingersoll). Les traits de mes compagnons de voyage devenaient presque familiers : l'agent immobilier qui jacassait dans son téléphone portable était le capitaine de mon équipe de hockey sur gazon au lycée, j'en aurais mis ma main à couper ; deux rangées en avant, la femme aux sombres airs qui lisait *Paris est une fête*, n'était-ce pas la contrôleuse fiscale harpie qui m'avait fait passer à la casserole plusieurs années auparavant ?

Enfin, l'attelage gémit et le train repartit, clopin-clopant, vers une autre gare de campagne dont l'écriteau écaillé annonçait : ADLESTROP. Une voix fort enrhumée déclara : « La compagnie Centrallo a le regret de vous informer qu'en raison d'une avarie du système de freinage ce train effectuera une brève halte à cette » – éternuement – « gare. Les voyageurs sont priés de descendre... et d'attendre un service de remplacement. » Mes compagnons de voyage soupirèrent, grognèrent, jurèrent, hochèrent la tête. « La compagnie Centrallo vous présente ses excuses pour la » – éternuement – « gêne occasionnée. Nous vous assurons que nous mettons tout en œuvre pour recouvrer l'excellente qualité habituelle de nos » – monstrueux éternuement – « services. File-moi un mouchoir, John. »

Authentique : les wagons de notre pays sont construits du côté de Hambourg, et quand les ingénieurs allemands veulent tester des trains avant de les livrer en Angleterre, ils utilisent des portions de voie prélevées sur notre réseau esquinté et privatisé, car les chemins de fer européens, correctement entretenus, faussent la précision des tests. Qui diable est sorti vainqueur de la dernière guerre ? Bigre, j'eusse mieux fait de fuir les frères Hoggins en bâton sauteur sur l'autoroute du Nord.

À coups de coude, je me frayai un chemin dans le café malpropre, commandai un gâteau au goût de cirage et un thé où flottaient des morceaux de liège, puis je me mis à suivre d'une oreille discrète la conversation de deux éleveurs de poneys shetland. L'affliction incite l'homme à rêver d'un retour à un mode de vie qu'il n'a jamais eu. Pourquoi t'être consacré aux livres, T. C. ? C'est d'un ennui, d'un ennui ! Les biographies, très peu pour moi, mais bigre, la fiction ! Un héros part en voyage, un étranger arrive en ville, un type veut quelque chose, il l'obtient ou pas, deux volontés se heurtent. « Admirez la belle métaphore que je suis. »

À tâtons, je traversai les effluves ammoniaqués des toilettes dont un plaisantin avait subtilisé l'ampoule. À peine eus-je tiré sur ma braguette qu'une voix s'éleva des ténèbres. « Hé, m'sieur, t'as du feu ? » Tentant de tempérer le rythme de mon cœur arrêté, je cherchai mon briquet d'une main. La flamme révéla le visage tout proche d'un rastafari, tracé à l'ambre par le pinceau de Holbein ; ses grosses lèvres pinçaient un cigare. « Merchi, chuchota ce Virgile noir qui inclinait la tête afin de porter le foin à la flamme.

– Mais... je vous en prie, c'est naturel », répondis-je.

Son large nez épaté palpita. « Alors, ousque tu vas comme ça, mec ? »

Ma main vérifia si mon portefeuille était toujours en place. « À Hull... » Un petit mensonge stupide allait prendre des proportions gigantesques. « Pour y restituer un roman. À un bibliothécaire qui travaille là-bas. Un poète très célèbre. À l'université. Le manuscrit est dans mon sac. Il s'intitule *Demi-vies*. » Le cigare du rastafari sentait le compost. Je ne sais jamais ce qu'ils pensent. Je n'en connais pas vraiment, remarquez. Je ne suis pas raciste, mais j'ai la conviction que la mayonnaise de l'intégration met des années à prendre. « Hé, m'sieur, me dit le rastafari, j'ai c'qu'y te faut. » Je crus défaillir. « Tiens. » J'obtempérai et tirai sur ce cigare aussi large qu'une crotte.

Bigre ! « Qu'est-ce que *c'est* ? »

De sa trachée émanait comme un son de didgeridoo. « Celle-là, elle ne pousse pas chez M. Marlboro. » Ma tête s'élargit plusieurs centaines de fois, comme dans *Alice*, et devint un parking à plusieurs niveaux abritant mille et une Citroën lyriques. « Ma parole, ça vous pouvez le dire », articula faiblement l'homme qu'on connaissait jadis sous le nom de Timothy Cavendish.

L'instant d'après, de nouveau à bord du train, je me demandai qui avait muré mon compartiment de briques maculées de mousse. « Nous allons pouvoir nous occuper de vous, monsieur Cavendish », me dit un débile mental chauve et binoclard. Il n'y avait personne dans le wagon, ni dehors, sauf un agent de nettoyage qui avançait dans le couloir, récupérant les détritus et les jetant dans un sac-poubelle. Je descendis sur le quai. Le froid enfonça ses crocs dans mon cou dénudé et dénicha les endroits où la doublure faisait défaut. Étais-je de retour à King's Cross ? Non, je me trouvais à Gdansk au beau milieu de l'hiver. Paniqué, je me rendis compte que je n'avais plus de mallette ni de parapluie. Je remontai dans la voiture et les retirai du porte-valises. J'avais l'impression que mes muscles s'étaient atrophiés durant mon sommeil. Dehors passait un chariot à bagages électrique conduit par un portrait de Modigliani. Où diable étais-je ?

« Zétahul monga », répondit le Modigliani.

De l'*arabe* ? Mon esprit spéculait ainsi : un Eurostar s'était arrêté à Adlestrop, j'étais monté à son bord et avais dormi tout le trajet jusqu'à la gare centrale d'Istanbul. Confus, l'esprit. Il me fallait l'univocité d'un écriteau en anglais.

BIENVENUE À HULL.

Loué soit le Très-Haut, mon voyage touchait presque à sa fin. Quand m'étais-je fourvoyé pour la dernière fois si loin dans le nord du pays ? Oui, je m'en souvenais : jamais. Je gobai de l'air froid afin d'éteindre une pressante envie de vomir – là, c'est bien, Tim, avale. L'estomac contrarié fournit la photographie de ce qui l'offense : c'est ainsi que le cigare du rastafari flottait devant moi. La gare était toute de noir peinte. Une fois l'angle franchi, je découvris deux horloges lumineuses accrochées au-dessus de la sortie, mais j'eusse préféré me passer d'heure qu'avoir affaire à deux pendules en contradiction. Il n'y eut pas de contrôleur à la sortie pour vérifier la validité du billet que j'avais acheté à vil prix[1] ; j'avais l'impression d'avoir été roulé. Un micheton rôdait çà, une fenêtre s'illuminait là ; en face de la gare, la musique d'un pub jaillissait et retombait. « Une 'tite pièce ? » quémandait, non, réclamait, non, me fustigeait un pauvre chien sous une couverture. Le nez, les sourcils et les lèvres de son maître étaient traversés par tant de quincaillerie qu'un puissant électroaimant lui eût déchiré le visage en une seule passe. Comment font ces gens devant les détecteurs de métaux à l'aéroport ? « Z'avez une pièce ? » Je me suis vu tel qu'il me voyait : un vieux bourgeois sans défense déambulant tard le soir dans une ville hostile. Le chien se dressa sur ses pattes, flairant ma vulnérabilité. Un ange gardien invisible me prit par le coude et me tira jusqu'à une file de taxis.

Le taxi semblait tourner autour du même rond-point depuis une éternité. À la radio, un chanteur braillait à la gloire de ce qui disparaît un jour et finit par revenir[2] (Dieu m'en préserve ! Relisez la fameuse nouvelle de Jacobs, *La Patte de singe*). La tête du chauffeur était vraiment trop énorme, comparée à ses épaules. Souffrait-il du

---

1. En Angleterre, le contrôle des billets peut aussi s'effectuer à la sortie de la gare. (*N.d.T.*)
2. Paroles d'une chanson de Bruce Springsteen. (*N.d.T.*)

même mal qu'Elephant Man ? Non, lorsqu'il se tourna, je compris qu'il s'agissait d'un turban. Il se plaignait de sa clientèle. « Il faut *toujours* qu'ils me disent : "Je parie qu'il ne fait pas aussi froid chez toi, pas vrai ?" et chaque fois je leur réponds : "Tout faux, l'ami. Visiblement, tu n'es jamais allé à Manchester en février."

– Êtes-vous bien sûr de connaître le chemin de la Maison de l'Aurore ? »

À peine la question fut-elle posée que le Sikh répondit : « Regardez, nous sommes arrivés. » L'étroit chemin se terminait par une imposante résidence edwardienne de taille indéterminée. « Seize livres tout rond, mon bon.

– Ce nom ne me dit rien. »

Il me dévisagea, perplexe, puis répéta : « Seize – livres – tout rond.

– Ah, pardon. » Mon portefeuille n'était pas dans les poches de mon pantalon, ni dans celles de ma veste. Ni dans celle de ma chemise. L'effroyable vérité me gifla. « Bigre, le voleur !

– Je n'apprécie pas vos insinuations. Mon taxi est équipé d'un compteur municipal.

– Non, vous ne comprenez pas : on m'a volé mon portefeuille.

– Oh, alors je comprends. » Ouf. « Je comprends même très bien ! » La colère du sous-continent bourdonnait dans le noir. « Vous vous dites : Ce bouffeur de curry se doute bien de quel côté les flics se rangeront.

– C'est ridicule ! protestai-je. Écoutez, il me reste quelques pièces, un peu de monnaie, regardez, j'ai de la monnaie dans ma poche… tenez… oui, Dieu merci ! Oui, je crois avoir le compte. »

Il compta ses deniers. « Et le pourboire ?

– Tenez. » Je déversai l'intégralité de ma ferraille dans son autre main puis me précipitai dehors, plongeant dans la rigole. De mon point de vue de victime de la route, je vis le taxi filer vers le lointain, et le douloureux souvenir de mon agression de Greenwich remonta en surface. La cicatrice laissée par cette histoire n'était due ni à la montre, ni aux contusions, ni à la peur : autrefois, j'étais ressorti vainqueur d'un affrontement m'opposant à quatre galopins arabes du quartier d'Aden ; mais aux yeux de ces filles, je n'étais... qu'un vieux, un petit vieux. Je n'avais pas adopté le comportement du vieillard qui rase les murs, invisible et muet : il y avait là provocation.

J'escaladai les marches menant aux grandes portes vitrées. Le hall d'accueil brillait de l'or du Graal. Je frappai à la porte et une femme digne d'être embauchée dans la troupe de la comédie musicale *Florence Nightingale* me sourit. J'avais l'impression qu'on m'avait donné un coup de baguette magique et annoncé : « Cavendish, c'en est fini de tes soucis ! »

Florence me fit entrer. « Bienvenue à la Maison de l'Aurore, monsieur Cavendish !

– Oh, merci, merci ! Cette journée a été bigrement trop affreuse pour en parler. »

La douceur même. « Le principal est que vous soyez bien arrivé.

– Écoutez, je crois que je devrais d'abord vous faire part d'un léger problème d'ordre pécuniaire. Voilà : lors de mon voyage...

– Tout ce dont vous devez vous préoccuper à présent est de passer une bonne nuit. Nous nous chargeons de tout. Si vous voulez bien signer ici, je vous conduirai à votre chambre. Elle est calme et donne sur le jardin. Vous l'adorerez. »

L'œil humide de gratitude, je la suivis sur la route de mon sanctuaire. Une lumière très douce éclairait les couloirs ensommeillés de l'hôtel moderne et impeccable.

Je reconnaissais des parfums de mon enfance sans toutefois parvenir à clairement les identifier. Je grimpai l'escalier qui menait au lit. Ma chambre était toute simple, les draps pimpants et propres, et des serviettes de toilette attendaient sur le porte-serviettes chauffant. « Tout ira bien, monsieur Cavendish ?

— Ma chère, je suis aux anges.

— Alors faites de beaux rêves. » Je n'en doutais pas. Je pris une douche rapide, glissai dans mon pyj' et me lavai les dents. Mon lit était ferme mais aussi confortable que les plages de Tahiti. L'horrible fratrie Hoggins demeurait de l'autre côté du cap Horn, j'échappais au châtiment et Denny, ce cher Denholme, payait la note. C'est dans le besoin qu'on reconnaît son frère. Le chant des sirènes résonnait dans la guimauve des coussins. Le lendemain matin, une vie nouvelle commencerait, oh oui ! Cette fois-ci, je m'y prendrais comme il faut.

« Le lendemain matin ». Le destin adore cacher des pièges sous ces trois petits mots. Je découvris à mon réveil une jeune femme plus si jeune à coupe au bol qui fouillait mes effets personnels tel un chineur en quête d'une bonne affaire. « Je vous y prends à chaparder dans ma chambre, bigre de truie vérolée ! » dis-je, grondant et sifflant à la fois.

La femelle reposa ma veste sans éprouver la moindre culpabilité. « Comme vous êtes nouveau, je ne vous ferai pas avaler de savon en poudre. Cette fois-ci. Méfiez-vous. Je ne tolère aucune grossièreté à la Maison de l'Aurore. De quiconque. Et je ne profère jamais de vaines menaces, monsieur Cavendish. Jamais. »

Un voleur qui fustigeait la grossièreté de sa victime ! « Je vous parlerai comme cela me chante, répugnante et fieffée voleuse ! Me faire manger du savon en poudre ?

Essayez donc pour voir. Appelons la sécurité de l'hôtel ! Appelons la police ! Vous porterez plainte pour grossièreté et moi, pour vol avec effraction ! »

Elle s'approcha de mon lit et me claqua violemment les côtes.

Choqué, je retombai sur mon oreiller.

« Vous commencez mal. Je suis Mme Noakes. Évitez de me contrarier. »

Séjournais-je dans une sorte d'hôtel pour sado-maso ? Cette folle était-elle entrée dans ma chambre après avoir consulté le registre ?

« Nous dissuadons les résidents de fumer. Je vais devoir vous confisquer vos cigares. Le briquet est bien trop dangereux pour que vous jouiez avec. Tiens tiens, qu'est-ce donc, je vous prie ? » Elle agitait mes clés.

« Des clés. De quoi croyez-vous qu'il s'agisse ?

— Les clés, ça s'envole ! Nous allons les confier à Mme Judd, d'accord ?

— Nous ne les confierons à personne, vieille sorcière dégénérée ! Vous m'avez frappé ! Vous m'avez volé ! Quel est cet hôtel où les femmes de chambre détroussent la clientèle ? »

Le monstre enfouit le butin dans un petit sac de cambrioleur. « Plus d'objets de valeur à me confier ?

— Rendez-moi mes affaires ! Immédiatement ! Ou bien je vous garantis que vous perdrez votre travail !

— Je considère que la réponse est "Non". Le petit-déjeuner est à huit heures *pile*. Aujourd'hui, œuf à la coque et mouillettes. Les lève-tard n'auront rien. »

Sitôt après son départ, je m'habillai et cherchai le téléphone. Il n'y en avait pas. Après une toilette expéditive (la salle de bains, tout en angles arrondis et en rampes d'appui, semblait conçue pour les handicapés), je m'empressai d'aller à la réception, déterminé à obtenir réparation. Je claudiquais sans trop comprendre d'où provenait ce boitement. J'étais perdu. De la musique baroque papillonnait dans les couloirs uniformément jalonnés de chaises. Un gnome lépreux m'agrippa le poignet et me montra un pot de pâte de noisettes. « Si tu veux ramener ça à la maison, je vais te dire pourquoi, moi, je ne veux *pas*.

– Vous faites erreur sur la personne. » Du revers de la main, je me libérai de son emprise et traversai une salle à manger où les clients étaient assis en rangs et à qui les serveuses apportaient des bols préparés en cuisine.

Qu'y avait-il de si étrange ?

Les plus jeunes étaient septuagénaires. Les plus vieux, tricentenaires. Était-on dans la semaine qui suivait la rentrée scolaire ?

C'est alors que je compris. Tu t'en es certainement déjà rendu compte depuis plusieurs pages, cher Lecteur.

La Maison de l'Aurore était une maison de retraite.

Bigre, mon diable de frère ! Voilà bien le genre de blague qu'il affectionnait. Mme Judd et son sourire Oil of Olaz occupaient la réception.

« Bonjour, monsieur Cavendish. En excellente forme, ce matin ?

– Oui. Non. Il y a un absurde malentendu.

– Ah oui ?

– Oh oui, je vous assure. J'ai signé le registre hier soir en pensant que la Maison de l'Aurore était un *hôtel*. C'est mon frère qui s'est chargé de la réservation, voyez-vous. Mais... oh, c'est le genre de tour qu'il aime à jouer. Je ne trouve pas cela drôle du tout. Si son méprisable stratagème a pu "fonctionner", c'est parce que, en gare d'Adlestrop, un rastafari m'a donné une bouffée de son sinistre cigare, et puis ces fichus clones qui m'ont vendu le billet de train : ils m'ont littéralement é-pui-sé ! Mais il y a plus grave, et cela vous concerne directement. Une vieille folle du nom de Noakes déambule dans le bâtiment en se faisant passer pour une femme de chambre. J'imagine qu'Alzheimer lui a criblé la cervelle, n'empêche, fichtre ! la guenon en tient une sévère. Elle m'a volé mes clés ! Dans un bar de strip-teaseuses à Phuket, d'accord : il aurait fallu s'y attendre, mais dans un asile pour vieux déchets à Hull ? Si j'avais été inspecteur, vous auriez été contrainte de fermer boutique, vous savez. »

Le sourire de Mme Judd avait désormais toute l'acidité d'un liquide de batterie.

« Je veux récupérer mes clés, m'accula-t-elle à dire. Tout de suite.

— Dorénavant, vous habitez à la Maison de l'Aurore, monsieur Cavendish. Votre signature nous donne le droit de vous soumettre au règlement. Et, à votre place, je perdrais l'habitude de parler de ma sœur en ces termes.

— Soumettre ? Signature ? Votre *sœur* ?

— La déclaration de tutelle légale signée hier soir. Les papiers de résidence.

— Ah, ça non. C'était le registre de l'hôtel ! De toute façon, cela n'a aucune importance. Je pars après le petit-déjeuner. Non, avant : ils cocotent, ces vieux croûtons ! Bigre, j'aurai une sacrée histoire à raconter lors d'un prochain dîner. Une fois que j'aurai étranglé mon frère. Envoyez-lui la note, à propos. Simplement, je crains de devoir insister en ce qui concerne mes clés. Et vous feriez bien de m'appeler un taxi.

— La plupart des résidents prennent peur, le premier jour.

— C'est gentil à vous mais je vais bien, merci. Je ne crois pas m'être fait bien comprendre. Si vous ne…

— Monsieur Cavendish, pourquoi ne pas d'abord prendre votre petit-déjeuner puis…

— Mes clés !
— Vous nous avez donné l'autorisation écrite de conserver vos objets de valeur dans le coffre-fort du bureau.
— Dans ce cas, je dois parler à un responsable.
— Il s'agira donc de ma sœur, la gouvernante Noakes.
— Noakes ? La responsable ?
— La gouvernante Noakes.
— Dans ce cas, je dois parler à quelqu'un de la direction ou au propriétaire.
— Il s'agira de moi dans les deux cas.
— Écoutez. » Gulliver et les Lilliputiens. « Vous violez les accords de... libre circulation, ou que sais-je.
— Les crises de nerfs ne mènent à rien, à la Maison de l'Aurore.
— Le téléphone, je vous prie. Je souhaite appeler la police.
— Les résidents n'ont pas la permission de...
— Je ne suis pas un de vos fichus résidents ! Et puisque vous ne voulez toujours pas me restituer mes clés, je reviendrai plus tard dans la matinée accompagné d'un policier furibard. » Je poussai sans ménagement la porte d'entrée, mais celle-ci répliqua avec davantage de vigueur. Verrouillée – fieffées mesures de sécurité. Je tentai ma chance avec l'issue de secours située à l'autre bout de la véranda. Verrouillée. Ignorant les protestations de Mme Judd, je frappai à l'aide d'un petit marteau sur le dispositif d'ouverture d'urgence. La porte s'ouvrit : j'étais libre. Bigre, la froidure me gifla à coups de pelle ! Je comprenais pourquoi les barbares du Nord étaient barbus, se peinturluraient de guède et s'abstenaient de se laver. Je suivais le chemin tortueux jalonné de rhododendrons déchiquetés par les vers, résistant à la tentation de prendre mes jambes à mon cou. Je n'ai pas couru depuis le milieu

des années soixante-dix. J'arrivai devant une tondeuse à gazon quand un géant hirsute en bleu de travail jaillit de terre tel un grand paladin vert. Les mains ensanglantées, il retirait de la lame de la tondeuse les restes d'un hérisson. « Sur le départ ?

— Et comment ! Je retourne chez les vivants. » À grands pas, je poursuivis ma route. Les feuilles se changeaient en terre sous mes pieds. Les arbres sont autophages, c'est ainsi. Désorienté, je découvris que le chemin me ramenait au bâtiment annexe, le réfectoire. Je m'étais trompé de voie. Les morts vivants de la Maison de l'Aurore me dévisageaient à travers la paroi vitrée. « Le Soleil Vert, ce sont les gens ! me moquai-je devant ces regards vides. Le Soleil Vert est fait de gens ! » Ils semblaient perplexes — je suis, hélas, le dernier de ma tribu. Un vioque tapota contre la vitre et désigna quelque chose derrière moi. Alors que je me retournai, l'ogre m'empoigna et me jeta sur son épaule. L'air sortait de mes poumons à chaque foulée du géant. Il *pu-ait* le fumier. « J'ai autre chose à faire que...

— Personne ne vous retient ! » répondis-je, cherchant vainement à lui coincer le cou. Je recourus alors à mes atouts linguistiques pour soumettre le coquin. « Fieffé filou, fesse-mathieu, malfrat ! C'est une agression ! Vous n'avez pas le droit de me retenir ! »

De sa poigne d'ours, il intensifia son étreinte afin de me faire taire et, malheureusement, je lui mordis l'oreille. Une erreur stratégique. D'un geste vif et puissant, il me baissa le pantalon : allait-il me sodomiser ? L'acte auquel il se livra fut encore moins agréable. M'ayant étendu sur le capot de sa tondeuse à gazon, il me maintint cloué d'une main tandis que de l'autre, munie d'un bambou, il me cingla les fesses. La douleur fendillait mes jarrets chétifs, une fois, deux fois, et encore, et encore, et encore, et encore !

Seigneur, quelle douleur !

Je criais, pleurais, jappais dans l'espoir qu'il cesse. Vlan ! Vlan ! Vlan ! Enfin, la gouvernante Noakes ordonna au géant de s'arrêter. Mes fesses n'étaient plus que deux immenses piqûres de guêpe ! La femme susurrait à mon oreille : « Vous n'avez pas votre place dans le monde extérieur. La Maison de l'Aurore est dorénavant votre foyer. Vous intégrez cette réalité ? Ou dois-je demander à M. Withers de vous refaire un résumé de la situation ? »

« Dis-lui d'aller au diable, m'avertit mon esprit, ou bien tu le regretteras plus tard. »

« Dis-lui ce qu'elle veut entendre, hurla mon système nerveux, ou c'est maintenant que tu le regretteras. »

L'esprit est prompt, mais la chair est faible.

L'on me renvoya dans ma chambre, privé de petit-déjeuner. Je fomentai quelque revanche, procès et torture. J'inspectai ma cellule. Porte verrouillée de l'extérieur. Fenêtres coulissantes ne permettant qu'une ouverture d'une vingtaine de centimètres. Draps hautement résistants fabriqués à base de boîtes d'œufs recyclées, alèse en plastique. Fauteuil à housse lavable. Moquette traitée. Papier peint « facile d'entretien ». Salle de bains « privative » : savon, shampooing, gant de toilette, serviette miteuse, pas de fenêtre. Dessin figurant une chaumière, la légende précise : « Une maison se bâtit à la force des mains ; un foyer se construit à celle du cœur. » Éventualités d'une évasion : que couic.

Cependant, je croyais que mon incarcération s'achèverait avant midi. Une issue parmi d'autres finirait bien par s'ouvrir. La direction se rendrait compte de son erreur, s'excuserait abondamment, sacquerait l'insupportable Noakes et m'enjoindrait d'accepter une compensation financière. Ou bien, Denholme apprendrait que la plaisanterie avait mal tourné et ordonnerait ma libération. Ou alors, le trésorier s'apercevrait que personne ne pourvoyait à mon séjour, et l'on me ficherait à la porte. Ou encore, Mme Latham signalerait ma disparition, qui donnerait lieu à un sujet dans l'émission *Avis de recherche*, et la police retrouverait ma trace.

Aux environs de onze heures, l'on déverrouilla la porte. Je m'apprêtais à rejeter leurs excuses et envenimer les choses. Une femme qui devait autrefois jouir d'un certain prestige pénétra dans la pièce. Septuagénaire, octogénaire, nonagénaire : qui saurait dire quand ils sont si vieux ? Un lévrier rachitique affublé d'un blazer suivait sa maîtresse. « Belle journée, n'est-ce pas ? » commença-t-elle. Je demeurai debout, refusant de les inviter à s'asseoir.

« Ce n'est pas mon avis.

– Je m'appelle Gwendolin Bendincks.

– Je n'y suis pour rien. »

Déroutée, elle choisit le fauteuil. « Voici » – elle désignait le lévrier – « Gordon Warlock-Williams. Vous ne vous asseyez pas ? Nous dirigeons le comité des pensionnaires.

– Fort aise, mais je ne suis pas un...

– J'avais escompté me présenter à vous lors du petit-déjeuner, malheureusement les désagréments de la matinée ne nous ont pas laissé le temps de vous prendre sous notre aile.

– C'est déjà du passé, Cavendish, m'assura Gordon Warlock-Williams sur un ton bourru. Personne n'en parlera plus, petit gars, sois tranquille. » Gallois, oui : il devait être gallois.

Mme Bendincks se pencha. « Mais il faut que vous compreniez, monsieur Cavendish : les trouble-fête ne sont pas les bienvenus ici.

– Eh bien, renvoyez-moi ! Je vous en supplie !

– L'on ne vous renverra pas de la Maison de l'Aurore,

répondit cette vieille bique moralisatrice, en revanche, on vous sédatera, si votre comportement l'exige, et ce, pour votre bien. »

Terrible présage, n'est-ce pas ? J'étais allé voir *Vol au-dessus d'un nid de coucou* en compagnie d'une poétesse d'une médiocrité incroyable, riche veuve dont j'annotais les œuvres complètes – *Vers farouches et rétifs* – et qui s'était révélée, hélas, un peu moins veuve qu'initialement annoncé. « Écoutez, je suis certain que vous êtes une femme douée de raison. » L'oxymore passa inaperçu. « Alors, vous devez me croire : *je ne suis pas censé être ici*. Je suis rentré dans la Maison de l'Aurore en pensant qu'il s'agissait d'un hôtel.

– Bien sûr, nous comprenons, monsieur Cavendish! acquiesçait Gwendolin Bendincks.

– Non, vous ne comprenez pas!

– Tout le monde a le cafard au début, mais très vite, vous reprendrez du poil de la bête en constatant que vos proches ont agi dans votre intérêt.

– Hormis ce plaisantin de frère, "ceux qui me sont chers" sont soit morts, soit cinglés, soit à la BBC! » Tu me comprends, toi, n'est-ce pas, cher Lecteur ? J'étais dans l'asile d'un film d'horreur de série B. Plus j'enrageais et fulminais, plus je prouvais que j'y avais toute ma place.

« Un hôtel comme celui-ci, tu n'en trouveras pas de meilleur, petit gars ! » Ses dents avaient une couleur de biscuit. S'il avait été un cheval, personne n'en aurait voulu. « Et un cinq-étoiles, encore. On s'occupe de tes repas, de ton linge. Les activités ? Crochet ou croquet, on se charge de tout. Pas de factures incompréhensibles, pas de jeunes qui te fauchent ton auto pour une virée. La Maison de l'Aurore, c'est le panard! Il suffit que tu obéisses au règlement et que tu arrêtes de prendre la gouvernante Noakes à rebrousse-poil. Elle n'est pas méchante.

– "Entre les mains de personnes à l'intelligence limitée, un pouvoir illimité a *toujours* abouti à la cruauté." » Warlock-Williams me dévisageait comme si j'avais parlé chinois. « Soljenitsyne.

– Notre bon village de Betwys y Coed nous a toujours suffi, à Marjorie et moi. Écoute-moi donc : je me sentais comme toi, la semaine de mon arrivée. Je n'ai quasiment parlé à personne, hein, madame Bendincks, vous vous souvenez du pisse-vinaigre que j'étais ?

– Et comment, monsieur Warlock-Williams, et comment.

– Mais maintenant, je suis comme un coq en pâte ? Pas vrai ? »

Mme Bendincks sourit : effroyable spectacle. « Nous sommes ici pour vous aider à reprendre vos marques. Bien, j'ai cru entendre que vous étiez dans l'édition. Malheureusement » – elle se tapota le crâne –, « Mme Birkin a plus de difficultés à saisir les procès-verbaux de nos réunions qu'autrefois. Voilà une excellente occasion pour vous de *participer* à nos activités !

– Je suis *toujours* dans l'édition ! Ai-je l'air d'avoir ma place ici ? » Ce silence était insupportable. « Bon, allez, du balai !

– Je suis déçue. » Elle avait le regard plongé dans la pelouse jonchée de feuilles mortes et ponctuée de déjections de vers. « La Maison de l'Aurore, voilà désormais votre univers, monsieur Cavendish. » Ma tête était un bouchon de liège et le tire-bouchon s'appelait Mme Bendincks. « Oui, vous êtes bien en maison de retraite. L'heure a sonné. Épouvantable ou agréable, votre séjour n'en sera pas moins définitif. Pensez-y, monsieur Cavendish. » Elle toqua. Des forces invisibles ouvrirent à mes tortionnaires et me claquèrent la porte au nez.

Je remarquai que tout l'entretien durant, ma braguette était restée grande ouverte.

Voici ton avenir, Cavendish le Jeune. La tribu des vieillards te réclame, que tu le veuilles ou non. Ton présent ne tiendra pas la cadence de celui du monde. Subissant ce décalage, ta peau se distendra, ton squelette se tordra, ta chevelure et ta mémoire s'éroderont, ta peau s'assombrira de sorte que tes organes vacillants et tes veines persillées transparaîtront. Tu n'oseras t'aventurer dehors qu'en pleine journée, évitant soigneusement les week-ends et les vacances scolaires. Le langage lui aussi te laissera à la traîne, et tu trahiras ton appartenance tribale à la moindre prise de parole. Dans les escaliers roulants, sur les nationales, dans les rayons de supermarché, les vivants te doubleront, infailliblement. Les femmes élégantes ne te verront pas. Ni les agents de surveillance dans les grands magasins. Ni les représentants de commerce, à moins qu'ils ne vendent des monte-escaliers ou de frauduleuses polices d'assurance. Seuls les bébés, les chats et les toxicomanes s'apercevront de ton existence. Ne gaspille pas les jours qu'il te reste. Plus tôt que tu ne le crains, tu te tiendras devant le miroir d'une maison de retraite, tu regarderas ton corps et croiras voir E.T. sortant d'un fieffé placard où il aurait croupi toute une quinzaine.

Un automate asexué m'apporta le déjeuner sur un plateau. Je ne suis pas médisant : j'étais tout bonnement incapable de savoir s'il s'agissait d'un homme ou d'une femme. L'automate avait une légère moustache mais également une toute petite poitrine. L'envie de lui fracasser le crâne puis de tenter une évasion à la Steve McQueen m'effleura, mais j'avais pour toute arme un savon et, hormis ma ceinture, rien pour attacher l'androïde.

Au menu, il y avait une côte d'agneau tiède. Les pommes de terre ? De la mitraille amidonnée. Les carottes en boîte ? Infectes, telle est leur nature. « Écoutez, demandai-je à l'automate, apportez-moi au moins de la moutarde de Dijon. » La chose ne montrait aucun signe d'entendement. « Ou de Beaune. Je ne suis pas difficile. » Elle s'apprêtait à repartir. « Attendez! Vous – parler – anglais ? » Elle avait disparu. Impossible de regarder mon repas en face.

Depuis le départ, j'avais adopté la mauvaise stratégie. J'avais tenté de m'extraire de cette situation absurde en poussant les hauts cris, tentative vouée à l'échec quand on est interné. Les esclavagistes se réjouissent d'avoir à punir le dernier rebelle devant les autres. Dans toutes mes lectures carcérales – qui vont de *L'Archipel du Goulag* aux récits d'ex-otages en passant par *Bourre-pif* –, les droits s'acquièrent au terme de dures batailles et s'élargissent par la ruse. Du point de vue d'un geôlier, une férocité accrue s'impose devant un prisonnier rétif.

Le temps du subterfuge était venu. Il me faudrait prendre de copieuses notes en perspective de futurs dommages et intérêts. Me montrer courtois vis-à-vis de la sombre Noakes. Mais tandis que je poussais les petits pois froids sur ma fourchette en plastique, un chapelet de pétards explosa dans mon crâne, et cette bonne vieille terre connut une brusque fin.

L'ORAISON DE SONMI~451

Au nom de mon ministère, je vous remercie d'accepter cet ultime entretien. Gardez cependant à l'esprit qu'il ne s'agit ni d'un interrogatoire, ni d'un procès. Seule votre version de la vérité importe.

La vérité s'écrit au singulier. Ses « versions » sont des contrevérités.

... Bien. D'habitude, je commence par demander aux prisonniers de se remémorer leurs premiers souvenirs, et ce, pour fournir un contexte aux futurs historiens de la Corpocratie.

Les factaires n'ont pas de premier souvenir, Archiviste. Chez Papa Song, il est impossible de distinguer un cycle de vingt-quatre heures d'un autre.

Dans ce cas, pourquoi ne pas décrire ce « cycle » ?

Si vous voulez. Les serveuses sont réveillées à 04 h 30 par une décharge de stimuline dans l'air suivie du solairage du dortoir. Après une minute d'hygiénaire et de vaporisoir, nous passons un uniforme propre puis avançons en file vers le dînarium. Notre prophète et ses auxiliaires nous réunissent autour du Piédestal de Papa, nous récitons les Six Catéchismes des Matines, et notre vénéré Logogramme apparaît pour dire le Sermon. À 05 h 00, nous gagnons les guichets et attendons que l'ascenseur amène les premiers consommateurs de la nouvelle journée. Durant les dix-neuf heures suivantes, nous saluons les dîneurs, saisissons les commandes, garnissons les plateaux de nourriture, vendons des boissons, rangeons les condiments, essuyons les tables et jetons les déchets. Après le nettoyage viennent les Vêpres, puis nous ingérons notre poche de Savon au dortoir. Voilà l'invariant protocole quotidien.

Vous n'avez pas de pauses?

Seuls les sang-purs ont droit aux « pauses », Archiviste. Aux yeux d'un factaire, les « pauses » constituent un vol de temps. Jusqu'au couvre-feu de 00h00, chaque minute doit être consacrée au service et à la prospérité de Papa Song.

Les serveuses – non-élevées, j'entends – ne se posent jamais de questions sur la vie hors du dôme? Ou peut-être croyiez-vous que l'univers se limitait à votre dînarium?

Oh, nous ne sommes pas frustes au point de ne pas *concevoir* l'existence du monde extérieur. Souvenez-vous, durant les Matines, Papa Song nous montrait des images d'Exultation et de Hawai, ainsi que des influx de promovisions illustrant la cosmologie au-delà de notre passe-plat. De plus, nous savons que les dîneurs et la nourriture que nous servons ne proviennent pas du dôme. Cela étant, nous nous posons rarement des questions sur la vie en surface. En outre, le Savon contient des amnésiades conçues pour éteindre notre curiosité.

Et votre notion du temps? De l'avenir?

Papa Song annonçait chaque heure révolue aux dîneurs: j'avais donc une vague notion du temps, oui. Nous avions également conscience des années qui passaient grâce aux étoiles ajoutées tous les ans à notre collier, ainsi qu'au Sermon de l'Étoile prononcé aux Matines du Nouvel An. Nous n'avions qu'un projet à long terme : Exultation.

Pourriez-vous décrire cette cérémonie annuelle du « Sermon de l'Étoile » ?

Après les Matines du Premier Jour, le Prophète Rhee agrafait une étoile sur le collier de chaque serveuse. L'ascenseur emmenait ensuite ces bienheureuses sœurs aux douze étoiles vers l'Arche de Papa Song. Pour les exitrices, c'est un souvenir mémorable. Pour celles qui restent, le sentiment de jalousie est intense. Plus tard sur les 3D, nous voyions sourire les Sonmi, Yoona, Ma-Leu-Da et Hwa-Soon, qui embarquaient pour Hawai, arrivaient à Exultation et devenaient enfin des consommatrices pourvues d'un anneau-Âme. Celles qui autrefois étaient nos sœurs de labeur louaient la gentillesse de Papa Song et nous exhortaient à rembourser notre Investissement avec application. Nous nous émerveillions devant les boutiques, centres commerciaux, dînariums ; devant les mers de jade, ciels roses, fleurs sauvages ; devant les chemins sinueux, chaumières, papillons – quoique nous ignorions les noms de toutes ces merveilles.

J'aimerais que vous me parliez de la tristement célèbre Yoona~939.

Je connaissais Yoona~939 mieux qu'aucune autre factaire : certains sang-purs en savent davantage que moi sur son cheminement neurochimique ; peut-être y reviendra-t-on plus tard. À mon réveil chez Papa Song, le Prophète Rhee m'avait affectée au guichet de Yoona~939. Il lui paraissait esthétique de répartir les différents types de souches autour de l'Échangeur. Yoona~939 avait dix étoiles cette année-là. Elle semblait distante et morose, aussi regrettais-je de ne pas être le binôme d'une autre Sonmi. Cependant, dès mon premier dixième, j'en étais venue à comprendre que cette apparente distance s'apparentait à de la vigilance. Sa morosité dissimulait une dignité subtile. Elle décryptait ce que demandaient les clients en état d'ébriété et me prévenait quelques instants avant les inspections inopinées d'un Prophète Rhee d'humeur massacrante. Si j'ai survécu aussi longtemps, je le dois à Yoona~939, et c'est peu dire.

Cette « dignité subtile » dont vous parlez... était-elle liée à son élévation ?

Étant donné la modicité des notes de recherche du surlauréat Boom-Sook, il m'est impossible de savoir avec certitude et précision quand fut déclenchée l'élévation de Yoona~939. Néanmoins, je pense que ce processus se contente de laisser libre cours à ce que le Savon inhibe, permettant ainsi à la personnalité innée de chaque factaire de s'exprimer.

La sagesse populaire veut que les factaires n'aient pas de personnalité.

Un préjugé cultivé pour le confort des sang-purs.

« Confort » ? Qu'entendez-vous par là ?

Asservir un individu vous donne mauvaise conscience, Archiviste ; mais d'un point de vue éthique, l'asservissement des clones vous paraît aussi peu dérangeant que posséder une ford 6×6 dernier cri. Parce que vous ne parvenez pas à nous distinguer les uns des autres, vous pensez que nous sommes tous semblables. Ne vous y trompez pas, cependant : les factaires de souche identique issus d'une même matrice sont aussi singuliers que des flocons de neige.

Voilà qui est rectifié. Quand avez-vous remarqué les vices – peut-être devrais-je dire les singularités – de Yoona~939 ?

Ah, difficile de répondre à ce genre de question dans un monde où les calendriers et les véritables fenêtres, à douze niveaux sous terre, n'existent pas. Au M6 de ma première année, je crois, je pris conscience des anomalies langagières de Yoona~939.

Anomalies ?

Premièrement, elle parlait davantage : au guichet pendant les heures creuses ; quand nous nettoyions les hygiénaires des consommateurs ; même lorsque nous ingérions notre Savon dans le dortoir. Cela nous amusait tous, même ces raseuses de Ma-Leu-Da. Deuxièmement, le discours de Yoona gagnait en complexité au fil de l'année. Pendant l'Orientation nous est enseigné le lexique nécessaire à notre travail, mais le Savon efface tout vocabulaire acquis par la suite. À nos oreilles, les phrases de Yoona paraissaient truffées de sons insignifiants. En bref, elle parlait comme une sang-pure. Troisièmement, Yoona prenait un certain plaisir à l'humour : elle fredonnait des variantes absurdes du Psaume de Papa ; dans notre dortoir, en l'absence des auxiliaires, elle affectait des manières sang-pures : elle bâillait, éternuait, rotait. L'humour étant le ferment de la contestation, on comprend la crainte qu'il inspire au Juche.

D'après mon expérience, les factaires éprouvent des difficultés à composer une phrase originale de cinq mots. Comment, dans un univers aussi hermétique, Yoona~939, et vous-même d'ailleurs, avez-vous acquis cette dextérité orale, même si on tient compte de l'augmentation permanente de vos QI ?

Un factaire en cours d'élévation absorbe la langue goulûment, malgré les amnésiades. Quand mon tour est venu, j'étais souvent choquée d'entendre jaillir de ma bouche ces nouvelles paroles glanées auprès des consommateurs, du Prophète Rhee, des promovisions et même de Papa Song. Un dînarium n'a rien d'hermétique : toute prison possède des gardiens et des murs. Les gardiens sont des canots et les murs des canaux.

Une question d'ordre métaphysique, à présent... Étiez-vous heureuse, à l'époque ?

Vous voulez dire, avant mon élévation ? Si, par *bonheur*, vous entendez absence d'adversité, nous autres factaires formons la sphère la plus heureuse de la Corpocratie. En revanche, si par *bonheur*, on entend conquête de l'adversité, sens du but, ou exercice total de sa volonté, alors de tous les esclaves que compte Nea So Copros, nous sommes les plus misérables. J'acceptais mon sort, mais je n'apprécie pas plus que vous les corvées.

Esclaves, vous dites ? Même les consommateurs en bas âge savent que ce mot est banni dans tout Nea So Copros !

La Corpocratie est fondée sur l'esclavage ; que l'utilisation de ce mot soit passible de sanction ne change rien. Archiviste, sans vouloir vous offenser, votre jeunesse est-elle authentique ou induite par les jouvenciers ? Je m'interroge. Pourquoi mon dossier a-t-il été attribué à un corpocrate manifestement inexpérimenté ?

Je comprends, Sonmi. Ma présence est certes opportune, mais l'opportun que je suis ne touche pas aux jouvenciers : je ne suis que dans ma deuxième décennie. Les cadresups du ministère de l'Unanimité répétaient qu'une hérétique comme vous n'avait à offrir aux archives de la Corpocratie

qu'appels à la sédition et blasphèmes. Vous le savez, les génomiciens, pour qui vous représentez le Graal, ont invoqué la Règle 54.iii – le droit à l'archivage – devant le Juche et ainsi contrarié le souhait de l'Unanimité, cependant les génomiciens n'avaient pas songé que les archivistes seniors qui avaient suivi votre procès ne miseraient pas leur réputation – ni leur retraite – sur cette périlleuse affaire. Quant à moi, j'appartiens à la huitième sphère de ce ministère sans influence, et lorsque j'ai demandé à oraisonner votre témoignage, l'aval m'a été donné sans me laisser le temps de revenir sur cette décision insensée. Mes amis m'ont dit que j'étais fou.

Alors toute votre carrière se joue sur cet entretien ?

... C'est exact, oui.

Après tant d'hypocrisie, votre franchise est rafraîchissante.

Un archiviste hypocrite ne serait d'aucune aide aux historiens du futur. Pourriez-vous m'en dire davantage à propos du Prophète Rhee ? Son journal a clairement joué en votre défaveur à votre procès. Quel genre de prophète était-il ?

Corpomane jusqu'à la moelle, ce pauvre Prophète Rhee avait largement dépassé l'âge où les prophètes étaient promus à des postes importants. Comme beaucoup de sang-purs de cette Corpocratie moribonde, il persistait à croire que travailler d'arrache-pied et tenir des registres irréprochables suffirait à sa promotion ; ainsi restait-il dans son bureau du dînarium durant de nombreux couvre-feux afin d'impressionner la corpohiérarchie. En résumé, un bourreau aux yeux des factaires, un flagorneur pour sa supériosphère, et un homme arrangeant vis-à-vis de ses « cocufieurs ».

... ses « cocufieurs » ?

Oui. Pour comprendre le Prophète Rhee, il faut connaître sa femme. Mme Rhee avait revendu son quota d'enfants peu après leur mariage, investissait judicieusement, et traitait son mari en vache à lait. D'après les commérages des auxiliaires, elle dépensait la plupart du salaire de notre prophète en faciexfoliations. La septuagénaire pourrait facilement paraître trentenaire, oh oui. De temps à autre, Mme Rhee effectuait une visite au dînarium afin de passer en revue les nouveaux auxiliaires. Quiconque repoussait ses avances se voyait muté au fin fond de la Mandchourie. Mais Mme Rhee n'a jamais utilisé son apparente corpo-influence pour offrir de l'avancement à son mari : voilà un mystère que je ne verrai pas résolu de mon vivant.

La triste notoriété de Yoona~939 faisait peser une sévère menace sur ces « registres irréprochables », n'est-ce pas ?

Bien entendu. Une serveuse de dînarium au comportement sang-pur entraîne des ennuis ; les ennuis appellent des sanctions ; pour appliquer des sanctions, il faut un bouc émissaire. Lorsque le Prophète Rhee s'aperçut que Yoona s'écartait des Catéchismes, il préféra ordonner l'auscultation de la dévoyée par un corpologue en vue d'une réorientation plutôt que de la rétroétoiler. Cette erreur stratégique explique la carrière peu reluisante du prophète. Yoona~939 feignit la génormité, et le corpologue itinérant conclut à sa parfaite santé. Dès lors, le Prophète Rhee ne pouvait pas punir Yoona sans implicitement critiquer le jugement d'un corpologue senior.

Quand Yoona~939 a-t-elle tenté pour la première fois de vous rendre complice de ses crimes ?

Pendant une heure très calme au guichet, je crois, quand elle m'expliqua le sens du mot *secret*. Puisque l'idée de savoir ce que personne d'autre – pas même Papa Song – ne connaissait me dépassait, ma sœur de guichet, à l'heure où nous étions couchées dans nos lits de camp, promit de me montrer ce qu'elle ne parvenait à m'expliquer.

Puis je fus réveillée, non pas par l'éclat éblouissant du solairage, mais sous les secousses de Yoona dans la pénombre. Nos sœurs sommeillantes demeuraient immobiles, le corps parcouru d'imperceptibles spasmes. Yoona m'ordonna, à la manière d'un prophète, de la suivre. Je protestai : j'avais peur. Elle me répondit de ne pas m'inquiéter, elle voulait me montrer le sens du mot *secret*, puis Yoona me conduisit au dôme. L'inhabituel silence qui y régnait m'effraya davantage : sous les éclairages du couvre-feu, ses vénérés rouges et jaunes n'étaient que gris et noirs. De la porte du bureau du Prophète Rhee filtrait un rai de lumière. Yoona ouvrit.

Notre prophète était effondré sur son bureau. De la bave lui engluait le menton, qui reposait sur son sony ; ses paupières paradoxaient et sa gorge retenait un gargouillis captif. Toutes les nuits de J10, m'informa Yoona, il ingérait du Savon et dormait jusqu'au solairage. Comme vous le savez, le Savon a un impact accru sur les sang-purs et, pour me le prouver, ma sœur botta son corps inerte. Yoona trouvait à peine risible ma réaction horrifiée devant ce geste blasphématoire. « Fais-lui ce que tu veux, me rappellé-je l'avoir entendue dire. Il a tant vécu parmi nous qu'il en est presque devenu factaire. » Puis elle m'annonça qu'elle avait un plus grand secret à me montrer. Yoona subtilisa un jeu de clés dans la poche du Prophète Rhee et m'emmena au quart nord du dôme. Entre l'ascenseur et l'hygiénaire nord-est, elle me demanda d'examiner le mur. Je ne voyais rien. « Regarde encore, m'enjoignit Yoona, ouvre les yeux. » Cette fois-ci je décelai une petite marque, une minuscule fente. Yoona inséra la clé et un rectangle dans la paroi du dôme s'enfonça. Les ténèbres chargées de poussière ne laissaient rien deviner. Yoona me prit la main; j'hésitais. Si errer dans le dînarium en plein couvre-feu ne constituait pas un acte passible de rétroétoilage, franchir une porte mystérieuse l'était sans nul doute. Mais ma sœur avait davantage de volonté que moi. Elle me tira par le bras, referma la porte derrière nous et chuchota : « Sonmi, ma chère sœur, te voici *à l'intérieur* d'un secret. »

Une lame blanche fendit la noirceur : un couteau magique bougeait et donnait forme à la densité du vide. Je distinguai un magasin bourré de piles de sièges, des plantes en plastique, des manteaux, des ventilateurs, des chapeaux, une solaire grillée, de nombreux parapluies, le visage de Yoona, mes mains. Mon cœur battait à toute vitesse. Qu'est-ce que ce couteau ? « De la lumière, ça vient de la torche. » Est-ce vivant, la lumière ? « C'est peut-être la vie même, ma sœur. » Un consommateur l'avait abandonnée sur un siège de notre quart, m'expliqua-t-elle, et au lieu de la remettre à notre auxiliaire, Yoona l'avait cachée ici. D'une certaine façon, cette confession me choquait par-dessus tout.

Comment cela ?

Le Troisième Catéchisme nous enseigne que, pour nous serveuses, garder quoi que ce soit équivaut à renier l'amour que nous porte Papa Song ; c'est tricher avec Son Investissement. Je me demandais si Yoona~939 observait encore le moindre Catéchisme. Mais ces doutes, quoique profonds, se noyèrent bien vite dans les trésors que Yoona me révélait : une boîte contenant des boucles d'oreilles dépareillées, des perles et des diadèmes. L'exquise sensation de revêtir des habits de sang-pur supplanta la crainte qu'on nous surprenne. Toutefois, d'entre toutes ces découvertes, la meilleure fut celle d'un livre, d'un livre d'images.

On n'en trouve plus beaucoup de nos jours.

N'est-ce pas. Yoona prenait le livre pour un sony en panne montrant le monde extérieur. Figurez-vous la forte impression qui nous gagnait à mesure que nous découvrions cette serveuse crasseuse assujettie à trois horribles sœurs, les drôles d'ustensiles des sept factaires rabougris marchant derrière une fille radieuse, et cette maison faite de sucre. Châteaux, miroirs, dragons. Rappelez-vous, en tant que serveuse, j'ignorais tous ces mots, y compris la plupart de ceux qui constituent ce Témoignage. Yoona m'apprit que les portes de l'ascenseur cachaient un monde dont les promovisions et 3D ne montraient qu'une fade partie ; un monde qui englobait Exultation et d'autres merveilles plus lointaines encore. Tant d'étrangetés en l'espace d'un seul couvre-feu ! J'avais la tête entoxée. Ma sœur jugea bon de retourner à nos lits de camp avant le solairage, promettant cependant de m'emmener de nouveau dans son secret, une autre fois.

Combien d'« autres fois » y eut-il ?

Environ dix, voire quinze. Avec le temps, ce fut seulement durant ces sorties dans sa chambre secrète que Yoona~939 redevenait cette serveuse agitée. Elle parcourait les pages de son livre sur l'extérieur, émettait des doutes qui ébranlaient jusqu'à mon amour envers Papa Song, jusqu'à ma foi en les fondements de la Corpocratie.

Quelle apparence ces doutes revêtaient-ils ?

Il s'agissait de questionnements. Comment Papa Song pouvait-il *à la fois* se tenir sur Son Piédestal au dînarium de la place Chongmyo et flâner sur les plages d'Exultation accompagné de nos sœurs dotées d'une Âme ? Pourquoi les factaires avaient-ils une dette de naissance et pas les sang-purs ? Qui avait décidé qu'il fallait douze années pour rembourser l'Investissement de Papa Song ? Pourquoi pas onze ? Six ? Une ?

Comment réagissiez-vous devant tant de blasphèmes et d'orgueil ?

Je suppliais Yoona d'arrêter ou, du moins, de feindre la conformité au dînarium : voyez-vous, je demeurais bien orientée à cette époque ; je n'étais pas cette serveuse malfaisante, cette menace pour la civilisation que j'incarne aujourd'hui. Qui plus est, j'avais peur d'être rétroétoilée pour avoir manqué de dénoncer Yoona au Prophète Rhee. J'implorais Papa Song de soigner mon amie, mais le dévoiement de cette dernière n'en devenait que plus apparent. Yoona regardait les promovisions sans se cacher quand elle nettoyait les tables. Nos sœurs, sentant bien qu'elle commettait des délits, l'évitaient. Une nuit, Yoona me dit qu'elle songeait à s'exiter du dînarium et ne plus jamais revenir. Elle me demanda de l'imiter : les sang-purs obligeaient les factaires à travailler dans des dômes de sorte qu'eux puissent profiter des merveilleux endroits montrés dans son livre – son « sony cassé » – sans avoir à les partager. Ma réaction fut de réciter le Sixième Catéchisme, jamais je n'aurais commis un si vilain écart envers Papa Song et Son Investissement. Yoona~939 répliqua par la colère. Oui, Archiviste, une factaire en colère. Elle me traita d'imbécile, de lâche, dit que je ne valais pas mieux que les autres clones.

Deux factaires dépourvues d'Âme voulant fuir leur corpo sans l'aide de quiconque ? L'Unanimité vous retrouverait en quelques minutes.

Comment Yoona aurait-elle pu le savoir ? Son « sony en panne » portait la promesse d'un monde où s'étendaient forêts perdues, replis montagneux et cachettes labyrinthiques. À vous autres sang-purs, prendre un livre de contes pour Nea So Copros doit sembler risible, mais le moindre mirage de salut paraît accessible quand on n'a connu que l'enfermement. L'élévation engendre une faim si vive qu'à terme, elle vous ronge l'esprit. Chez les consommateurs, on qualifie cet état de « dépression chronique ». Yoona avait sombré dans cette maladie dès mon premier hiver, saison où les dîneurs époussetaient la neige de leur nikes, saison où nous passions régulièrement la serpillière. Elle avait cessé de communiquer avec moi à cette époque ; son isolement était absolu.

Prétendez-vous que des troubles mentaux sont à l'origine de l'Infamie commise par Yoona~939 ?

Je ne le prétends pas, je l'affirme. Des troubles mentaux résultant d'une erreur dans l'expérience.

Pourriez-vous revenir sur les événements de ce réveillon du Nouvel An, de votre point de vue privilégié ?

Comme je nettoyais les tables du promontoire circulaire de mon quart, j'avais une bonne vision de ce qui se passait à l'est. Ma-Leu-Da~108 et Yoona~939 occupaient notre guichet assailli de consommateurs. Il y avait une fête pour les enfants. Baudruches, serpentins et chapeaux cachaient la zone autour de l'ascenseur. Les variétés et le bruit généré par plus de cinq cents personnes tournoyaient dans le dôme. Papa Song boomerangait des pyroéclairs 3D qui passaient au-dessus de la tête des enfants et traversaient leurs doigts en voletant puis réatterrissaient sur la langue sinueuse de notre Logogramme. Je vis alors Yoona~939 quitter le guichet – je la surpris à cet instant précis –, et je compris qu'un terrible événement allait se produire.

Elle ne vous avait donc pas fait part de son projet d'évasion ?

Je vous le répète : elle m'ignorait. Mais je n'imaginais pas qu'elle avait un plan d'évasion : pour moi, elle avait « craqué », comme disent les sang-purs. Sans hâte, ma sœur quitta notre quart et avança vers l'ascenseur. Son approche était calculée. Les auxiliaires, qui avaient fort à faire, ne la remarquèrent pas : le Prophète Rhee était dans son bureau. Peu de dîneurs relevèrent la présence de Yoona, eux qui ne décollaient pas les yeux de leurs sonys ou de leurs promovisions ; d'ailleurs, quelle importance ? Quand elle s'empara d'un petit garçon en costume de marin et se dirigea vers l'ascenseur, les sang-purs témoins de la scène la prirent pour une factaire domestique qui, à la demande de sa maîtresse, ramenait l'enfant à sa charge au foyer.

Les Médias ont dit que Yoona~939 avait volé l'enfant pour s'en servir de bouclier humain une fois en surface.

Les Médias ont relaté cette « Infamie » en suivant à la lettre les indications de l'Unanimité. Sans doute Yoona avait-elle emmené le petit garçon dans l'ascenseur après avoir relevé cette précaution élémentaire prise par les corpos : *sans Âme à leur bord, les ascenseurs ne fonctionnent pas*. Le risque de se faire remarquer dans un ascenseur bondé de consommateurs étant trop grand, Yoona croyait avoir davantage de chances de fuir vers la liberté en empruntant l'Âme d'un enfant, faute de laquelle l'ascenseur resterait comme vide.

Vous avez l'air persuadée de ce que vous avancez.
Si je ne puis me fier à ce que j'ai vécu, sur quelles autres expériences dois-je compter ? Nul besoin de vous rappeler ce qui s'ensuivit.

Voudriez-vous cependant me raconter votre version de l'Infamie de Yoona~939 ?
Très bien. La mère de l'enfant aperçut son fils dans les bras de Yoona à l'instant où les portes de l'ascenseur se refermaient. Elle hurla : « Un clone a kidnappé mon enfant ! » L'hystérie se propagea, telle une réaction en chaîne. Les plateaux volaient, les shakes se renversaient, les sonys tombaient. Certains dîneurs, songeant à une défaillance du système de capitonnage antisismique, plongèrent sous les tables. Un disciplinaire qui n'était pas de service dégaina son colt et alla s'embourber en plein cœur de la zone d'agitation, vociférant le retour à l'ordre. Il tira un coup de semonce – chose à éviter dans un espace confiné : beaucoup crurent que des terroristes tiraient sur les consommateurs. Je me rappelle avoir vu le Prophète Rhee sortir de son bureau, glisser sur une boisson renversée et disparaître sous un afflux de consommateurs se précipitant vers l'ascenseur. Beaucoup furent écrasés. L'auxiliaire Cho braillait dans son sony de poche ; quoi, je l'ignore. Les rumeurs ricochaient dans le dôme : une Yoona avait kidnappé un garçon, non, un bébé ; non : un sang-pur avait kidnappé une Yoona ; un disciplinaire avait tiré sur un garçon ; non, une factaire avait frappé le prophète au nez ensanglanté. Toute la scène durant, depuis Son Piédestal, Papa Song surfait sur des vagues de nouilles. Puis quelqu'un cria que l'ascenseur arrivait, et le silence envahit le dînarium aussi rapidement que la panique l'avait

gagné moins d'une minute auparavant. Le disciplinaire beugla de dégager, se coucha sur le ventre, prêt à tirer. L'agglutinement de consommateurs se dissipa sur l'instant. L'ascenseur atteignit le dînarium, et les portes s'ouvrirent.

Le petit garçon tremblait, recroquevillé dans un coin de la cabine. Son costume de marin avait perdu de sa blancheur. Au Phare, mon ultime pensée sera peut-être pour le corps de Yoona~939, réduit en bouillie par les impacts des balles.

Cette image est gravée dans la mémoire de tous les sang-purs, Sonmi. Quand je suis rentré ce soir-là, mes camarades de dortoir avaient les yeux rivés sur le sony. La moitié des festivités du Nouvel An avaient été annulées à Nea So Copros. Celles maintenues malgré tout parurent bien mornes. Les Médias alternèrent entre l'enregistrement de la nikon du dînarium et celui de l'ordre public de la place Chongmyo, montrant le disciplinaire présent sur les lieux en train de neutraliser Yoona~939. Nous n'en crûmes pas nos yeux. Nous étions sûrs qu'il s'agissait d'une terroriste de l'Union faciexfoliée en serveuse, caressant on ne sait quel dessein propagandiste. Lorsque l'Unanimité a confirmé que la factaire était bel et bien une Yoona... Nous avons... Je...

Vous avez eu l'impression que l'ordre corpocratique mondial avait irrémédiablement changé. Vous vous êtes juré de ne plus jamais faire confiance à un seul factaire. Vous vous êtes dit que l'Abolitionnisme était un dogme aussi dangereux et insidieux que l'Unionisme. De tout votre cœur, vous avez soutenu les Lois Patriotiques imposées par le Président Bien-Aimé à la suite de cet événement.

C'est exact en tout point. Que se passait-il pendant ce temps, dans le dînarium ?

L'Unanimité débarqua en masse, spota l'Âme de chaque dîneur et nikonna le récit des témoins oculaires à mesure que l'on évacuait le dôme. Nous nettoyâmes le dînarium et ingérâmes notre Savon sans aller aux Vêpres. Au solairage suivant, le souvenir de l'assassinat de Yoona~939 demeurait presque intact dans l'esprit de mes sœurs. Au cours des Matines, au lieu de célébrer l'habituelle Cérémonie des Étoiles, Papa Song prononça Son Sermon anti-unioniste.

Je ne m'habitue pas à l'idée qu'un Logogramme ait parlé de l'Union à ses factaires.

L'événement était à la mesure du choc et de la panique ambiants. Sans doute la finalité première de ce Sermon était-elle de montrer aux Médias que la corpo Papa Song avait mis en œuvre un plan d'urgence. Les accents supériosphériques dans le discours prononcé par Papa Song lors de ces Matines étayent cette supposition. Du grand spectacle.

Pourriez-vous vous le remémorer pour mon oraison ?

La tête de notre Logogramme remplissait la moitié du dôme, ce qui nous donnait l'impression de nous trouver dans son esprit. Son visage clownesque était pétri de douleur et de rage, et dans sa voix retentissait le désespoir. Les Hwa-Soon tremblaient, les auxiliaires avaient l'air très impressionné, et le Prophète Rhee semblait pâle et malade. Papa Song nous racontait qu'il y avait dans le monde un gaz nommé le mal ; ceux parmi les sang- purs qu'on appelait terroristes respiraient ce gaz : il engendrait chez eux la haine de la liberté, de l'ordre, du bien et de la Corpocratie. L'Union, un groupe de terroristes à l'origine de l'Infamie de la veille, avait contaminé par le mal une de nos sœurs, Yoona~939 du dînarium de la place Chongmyo. Au lieu de trahir l'Union, Yoona~939 s'était laissé guider vers la tentation et le dévoiement par le mal. Sans tout le dévouement de l'Unanimité, avec laquelle Papa Song avait toujours pleinement coopéré, le fils d'un consommateur serait mort. Le petit garçon avait survécu, mais il en avait gravement coûté à la foi des dîneurs en notre corpo bien-aimée. Le défi qui nous attendait, conclut Papa Song, était de travailler avec plus d'ardeur que jamais pour reconquérir cette confiance perdue.

Par conséquent, nous devions nous méfier du mal, à chaque minute que comptait chaque journée. Ce nouveau Catéchisme avait plus d'importance que tous les autres. Si nous obéissions, notre Papa nous aimerait éternellement. Si nous faillions à obéir, Papa nous rétroétoilerait à zéro d'une année sur l'autre et jamais nous n'irions à Exultation. Était-ce bien clair ?

Mes sœurs avaient tout au plus vaguement compris ce discours : notre Logogramme avait eu recours à de nombreux mots qui nous étaient inconnus. Néanmoins, un cri unanime résonna tout autour du Piédestal : « Oui, Papa Song !

— Je ne vous entends pas ! nous exhorta notre Logogramme.

— Oui, Papa Song ! criait chaque serveuse que comptait chaque dînarium de la Corpocratie. *Oui, Papa Song !* »

Comme je le disais, du grand spectacle.

Vous avez prétendu lors de votre procès que Yoona~939 n'était en aucun cas membre de l'Union. Vous maintenez vos propos ?

Oui. Comment et quand l'Union aurait-elle pu l'enrôler ? Pour quelle raison l'Union s'y serait-elle risquée ? Quel intérêt présentait une serveuse génomée aux yeux d'un réseau terroriste ?

Il y a quelque chose que je ne comprends pas. Si les amnésiades du Savon « annihilent » la mémoire, comment pouvez-vous vous rappeler ces événements avec tant de précision et de clarté ?

Parce que ma propre élévation avait déjà commencé. Même ce parfait imbécile de Boom-Sook avait constaté que la stabilité neurochimique de Yoona~939 s'était dégradée ; il fallait donc conditionner un autre cobaye. L'on réduisit en conséquence la quantité d'amnésiades présentes dans mon Savon et on y instilla des catalyseurs d'élévation.

Bien... Ce Sermon passé, le Jour de l'An se déroula-t-il comme une journée de travail semblable à tant d'autres ?

Une journée de travail, oui. Habituelle, non. La Cérémonie de l'Étoile fut expéditive. Deux serveuses à douze étoiles furent escortées dans l'ascenseur par l'auxiliaire Ahn. Deux Kyelim leur succédèrent. Yoona~939 fut remplacée par une nouvelle Yoona. Le Prophète Rhee ajoutait les étoiles à nos colliers dans un sombre silence. L'on jugea malvenu d'applaudir. Immédiatement après, les Médias défilèrent ; flashant leurs nikons, ils assiégeaient le bureau. Notre prophète ne parvint à les faire sortir qu'après les avoir laissés nikonner la nouvelle Yoona étendue dans l'ascenseur, couverte de sauce tomate, une étiquette « ~939 » collée sur son collier. Plus tard, les corpologues de l'Unanimité nous examinèrent les unes après les autres. J'avais peur de me trahir, mais seule ma tache de naissance suscita quelques commentaires.

Votre tache de naissance ? Je ne savais pas que les factaires en avaient.

Normalement, non. La mienne me gênait, quand nous allions dans le vaporisoir. Ma-Leu-Da~108 l'appelait « la saleté de Sonmi~451 ».

Pourriez-vous la montrer à mon oraison, par simple curiosité ?

Si vous voulez. Là, entre la clavicule et l'omoplate.

Extraordinaire. On dirait une comète, vous ne trouvez pas ?

C'est curieux, Hae-Joo Im m'a fait la même remarque.

Ah... il faut croire que ce genre de coïncidence arrive. Le Prophète Rhee a-t-il conservé son poste ?

Oui, mais le pauvre homme n'en tira que peu de réconfort. Il rappela aux cadresups de sa corpo qu'il avait « pressenti le dévoiement » de Yoona~939 des mois auparavant ; la faute incombait au corpologue qui avait ausculté la serveuse. Les profits de la place Chongmyo revinrent bientôt à la normale : les sang-purs ont la mémoire courte dès lors qu'il s'agit de manger. Kyelim~689 et Kyelim~889 constituaient une attraction supplémentaire : issues d'un nouveau type de souche, elles attiraient des files entières de curieux.

Et c'est vers cette période que vous avez pris conscience de votre élévation ?

C'est exact. Vous voulez que je vous décrive cette expérience, n'est-ce pas ? À mon avis, elle fait écho à celle de Yoona~939. Premièrement, une voix imaginaire me parlait. Ce phénomène m'effraya ; puis je compris que personne ne pouvait entendre cette voix que les sang-purs nomment « conscience ». Deuxièmement, mon langage se mit à évoluer : par exemple, si je voulais dire *bon*, ma bouche substituait à ce mot le terme *favorable*, *agréable* ou *correct*. Alors que partout dans les Douze Panurbis, les sang-purs dénonçaient des dévoiements de factaires au rythme de plusieurs milliers par semaine, mon évolution représentait un danger, et je faisais tout pour la brider. Troisièmement, ma curiosité s'aiguisa tous azimuts : c'était cette « faim » dont parlait Yoona~939. En secret, j'écoutais les sonys des dîneurs, les promovisions, les discours des Administrateurs ; bref, tout ce qui me permettait d'apprendre. À mon tour, je brûlais de savoir où menait l'ascenseur. Je ne manquais pas non plus de remarquer que deux factaires ayant travaillé côte à côte au même guichet du même dînarium avaient toutes deux subi les mêmes bouleversements psychiques. Enfin, un sentiment d'aliénation grandissait en moi. Parmi mes sœurs, j'étais la seule à saisir la futilité et l'asservissement propres à notre condition. Je me réveillais pendant le couvre-feu moi aussi, mais je n'osais toutefois pas me rendre dans la chambre secrète, ni même remuer avant le solairage. Les doutes de Yoona vis-à-vis de Papa Song me hantaient. Ah, comme j'enviais mes sœurs exemptes de questionnements et d'esprit critique.

Mais par-dessus tout, j'avais peur.

Combien de temps avez-vous dû supporter cet état ?

Plusieurs mois. Jusqu'à un J9 au soir, dans la dernière semaine du M4, plus précisément. Un faible bruit de verre brisé m'avait réveillée en plein couvre-feu. Mes sœurs dortoiraient toutes : seul le Prophète Rhee demeurait dans le dôme à cette heure indue. Plusieurs heures s'écoulèrent. Ma curiosité triomphant de ma peur, je finis par ouvrir la porte du dortoir. De l'autre côté du dôme, le bureau de notre prophète était ouvert. Rhee gisait dans la lumière de la lampe, face contre terre ; son fauteuil était renversé. Je traversai le dînarium. Du sang coulait de ses yeux et narines ; il y avait un sachet roulé en boule sur le bureau. Le prophète n'avait pas la couleur de celui qui vit.

Rhee était mort ? Une overdose ?

Peu importe le verdict officiel, le bureau empestait les soporifiques que contient le Savon. Une serveuse n'en ingère que trois millilitres : Rhee semblait avoir absorbé une poche en contenant un quart de litre : on est en droit de conclure à un suicide. J'étais confrontée à un sérieux dilemme. Si je contactais un corpologue à l'aide du sony, j'avais une chance de sauver mon prophète, mais comment justifier mon intervention ? Les factaires sains, comme vous le savez, ne se réveillent pas pendant le couvre-feu. La vie d'un factaire est certes morose, mais la perspective d'une réorientation l'est davantage.

Vous disiez envier vos sœurs dépourvues d'esprit critique et d'entendement.

Ce n'est pas tout à fait la même chose que vouloir *être* comme elles. Je regagnai mon lit de camp.

N'avez-vous pas eu de remords, par la suite ?

Pas vraiment : Rhee avait fait son choix. Néanmoins j'avais le pressentiment que les événements de la nuit n'étaient pas encore terminés, et pour preuve : quand vint le solairage, mes sœurs restèrent dans leurs lits de camp. Aucun effluve de stimuline ne parfumait l'air, et aucun auxiliaire ne s'était présenté à son poste. Je distinguais le son d'un sony en cours d'utilisation. Me demandant si le Prophète Rhee s'était d'une façon ou d'une autre rétabli, je quittai le dortoir et pénétrai dans le dôme.

Un homme en costume sombre se tenait assis dans le bureau. Il s'était dépressurisé un café et me regardait l'observer depuis l'autre côté du dînarium. Enfin, il parla. « Bonjour Sonmi~451. J'espère que tu vas bien ce matin, mieux que le Prophète Rhee, en tout cas. »

Il parlait à la manière d'un disciplinaire.

L'homme se présenta : Chang, chauffeur. Je m'excusai, car je ne connaissais pas ce mot. Un chauffeur, expliqua l'hôte d'une douce voix, conduit les fords des cadresups et des Administrateurs, mais sert aussi de messager parfois. M. Chang avait un message pour Sonmi~451 de la part de son prophète. Il s'agissait en fait d'une proposition. Je pouvais soit quitter le dînarium immédiatement et rembourser mon Investissement à l'extérieur, soit rester à attendre que l'Unanimité enquête sur la mort du Prophète Rhee et démasque grâce à ses détecteurs d'ADN l'espionne de l'Union que j'étais.

Pas vraiment un choix.

Non. Je n'avais ni affaires à emporter, ni adieux à faire. Dans l'ascenseur, M. Chang a appuyé sur un cadran. Alors que les portes se refermaient sur mon ancienne vie – la seule que j'avais –, je n'imaginais pas ce qui m'attendait en surface. Mon buste écrasa mes jambes soudain devenues faibles : M. Chang me soutint, et remarqua que tous les factaires souterrains éprouvaient le même malaise la première fois. Yoona~939 avait certainement laissé tomber le garçon lorsqu'elle avait subi l'élévation mécanique de ce même ascenseur. Afin de réprimer la nausée, je me remémorai des scènes du sony en panne de Yoona : la nébuleuse de ruisseaux, les tours noueuses, les merveilles sans nom. Lorsque l'ascenseur ralentit, mon buste sembla remonter ; sensation perturbante. M. Chang annonça : « Rez-de-chaussée », et les portes s'ouvrirent sur l'extérieur.

Je vous envie presque. S'il vous plaît, décrivez exactement ce que vous avez vu.

Place Chongmyo, avant-aube. Le froid ! Je n'avais jamais connu cette sensation. Comme tout était *vaste* ; le diamètre de la place ne dépassait pourtant pas cinq cents mètres. Circulant autour des pieds du Président Bien-Aimé, les consommateurs se hâtaient. Les balayeuses vrombissaient dans les allées, les taxis klaxonnaient les deux-roues ; pare-chocs contre pare-chocs, les fords fumaient ; les camions à ordures qui roulaient au pas bouillonnaient ; des pylônes solaires jalonnaient les express à huit voies, les canalisations grondaient sous terre, les logonéons beuglaient ; partout, des sirènes, des moteurs, des câblages et des lumières inconnues jaillissaient dans une véhémence et des angles inédits.

Cela devait être bouleversant.

Même les odeurs étaient nouvelles, pour moi qui n'avais connu que les flux odorants du dînarium. Parfums de kimchi, gaz des fords, pestilence des égouts. Lancé à toute vitesse, un consommateur manqua me percuter. Il cria : « Regarde un peu où tu vas, démocrate de clone ! » puis disparut. Mes cheveux ondulaient au souffle d'un ventilateur géant et invisible ; M. Chang m'expliqua que les rues canalisaient et intensifiaient le vent du matin. Il me dirigea vers le bord du passage, jusqu'à une ford réfléchissante. Trois jeunes hommes qui admiraient le véhicule disparurent à notre approche, puis la portière arrière s'ouvrit dans un bruissement. Le chauffeur m'invita à monter, puis referma la portière. Je m'accroupis sur le plancher. Dans le spacieux habitacle, un passager barbu était penché sur son sony. Il exsudait l'autorité. M. Chang s'assit à l'avant, et la ford s'inséra dans la circulation : je voyais les Voûtes d'or de Papa Song sombrer derrière une centaine de corpologos, puis défila une autre ville ornée de symboles, nouveaux pour la plupart. Quand la ford freina, je perdis l'équilibre, et le barbu marmonna que personne ne verrait d'objection à ce que je m'asseye. Je m'excusai de ne pas connaître le Catéchisme de circonstance et récitai ce qu'on m'avait appris à l'Orientation : « Mon collier est immatriculé Sonmi~451. » Mais le passager se frotta les yeux et demanda à M. Chang le bulletin météorologique. Je ne me rappelle pas la réponse du chauffeur hormis un commentaire sur de terribles embouteillages ; le barbu jeta un œil à sa rolex et maudit la lenteur du trafic.

N'avez-vous pas demandé où on vous emmenait ?

À quoi bon une question dont la réponse entraînerait dix autres questions ? Rappelez-vous, Archiviste : je n'avais jamais connu ni l'extérieur, ni les déplacements. Et voilà que j'empruntais une express de la deuxième panurbis de Nea So Copros. Je me sentais davantage dans la peau d'une voyageuse d'un autre temps que dans celle d'une touriste transsectorielle.

La ford échappa à la canopée urbaine aux environs de la Tour Moon, et j'assistai alors pour la première fois à l'aube, jaillissant de la chaîne du Kangwon-Do. Je ne saurais décrire ce que je ressentis. Le véritable, l'unique soleil du Président Immanent et la lumière en fusion, les pétronuages, Son dôme céleste. Autre source d'étonnement, le barbu somnolait. Pourquoi toutes les fords de la panurbis ne s'arrêtaient-elles pas pour rendre grâce à cette implacable beauté ?

Qu'est-ce d'autre qui a attiré votre attention ?

Oh, la verdeur du vert : de retour sous la canopée, notre ford ralentit à l'approche d'un jardin à brumisation entre deux immeubles trapus. Cotonneux, feuillu, humide de mousse, vert. Dans le dînarium, pour tout échantillon de vert nous avions les carrés de chlorophylle et les vêtements des clients ; aussi m'étais-je figuré qu'il s'agissait d'une substance rare et précieuse. C'est pourquoi le jardin à brumisation dont les arcs-en-ciel drapaient les bords de la fordroute me stupéfiait. À l'est, s'étendaient le long de l'express des cités-dortoirs jalonnées de drapeaux corpocratiques. Puis les voies riveraines plongèrent et nous survolâmes une large et venteuse bande brunie d'ordures et dénuée de fords. Je rassemblai mon courage et demandai à M. Chang ce que c'était. Le passager répondit : « Le fleuve Han. Le pont Sōngsu. »

J'en étais réduite à cette question : qu'était-ce que ces choses ?

« De l'eau. Une express d'eau. » La fatigue et la déception ternissaient sa voix. « Eh bien, Chang, une matinée de gâchée. » La différence entre l'eau du dînarium et la boue du fleuve me troublait. M. Chang désigna le petit pic devant nous. « Le Mont Taemosan, Sonmi. Ton nouveau chez-toi. »

On vous a donc directement conduite de chez Papa Song à l'Université ?

Oui, et ce, afin de fausser le moins possible l'expérience. La route zigrimpait à travers les bois. Les arbres, leurs contorsions incrémentielles et le tumulte de leur silence, ah, et leur verdeur, tout cela m'hypnotise encore aujourd'hui. Nous arrivâmes vite au campus bâti sur le plateau. Des constructions cuboïdes s'y aggloméraient : de jeunes sang-purs arpentaient de minces passages où dérivaient les détritus et moussait le lichen. La ford avança en roue libre puis s'arrêta sous une saillie maculée par les pluies et craquelée par le soleil. M. Chang me conduisit dans un hall et laissa sommeiller le passager barbu. Le grand air du Mont Taemosan avait un goût de propre, mais le hall, lui, était sale et sombre.

Nous nous arrêtâmes au pied d'un escalier à double révolution. C'est un ancien type d'ascenseur, expliqua M. Chang. « L'Université façonne autant le corps que l'esprit des étudiants. » Agrippée à la rampe, marche après marche, je luttai pour la première fois contre la gravité. Deux étudiants sur l'hélice descendante se moquaient de ma gaucherie. L'un commenta : « Ce spécimen n'est pas près de faire une tentative d'évasion. » M. Chang m'avertit de ne pas regarder derrière moi ; comme une idiote, je ne suivis pas son conseil, et le vertige me chavira. Si mon guide ne m'avait pas rattrapée, j'aurais chuté.

Il me fallut plusieurs minutes pour atteindre le sixième étage, le dernier. Là, un couloir parcouru de fentes aboutissait à une porte, à peine entrouverte, dont la plaque indiquait BOOM-SOOK KIM. M. Chang frappa, sans obtenir de réponse.

« Attends M. Kim à l'intérieur, m'ordonna le chauffeur. Obéis-lui comme à ton prophète. » J'entrai et me retournai pour demander au chauffeur à quelle tâche me consacrer, mais ce dernier avait disparu. Pour la première fois de ma vie, je me retrouvais seule.

Comment trouviez-vous vos nouveaux quartiers ?

Sales. Notre dînarium était toujours impeccable, voyez-vous : les Catéchismes prônent la propreté. En comparaison, le labo de Boom-Sook Kim était une longue galerie qui sentait l'odeur rance et mâle des sang-purs. Poubelles débordantes, cible d'arbalète pendue à la porte ;

paillasses de labo alignées le long des murs, bureaux recouverts de désordre, sonys obsolètes et bibliothèques croulantes. La kodak d'un garçon souriant et d'un léopard des neiges ensanglanté trônait sur le bureau d'étude, qui, ainsi, semblait être utilisé. Une fenêtre sale donnait dans une cour où se dressait un personnage de marbre sur un Piédestal. Je me demandais s'il s'agissait de mon nouveau Logogramme, mais jamais il ne bougeait.

Dans une antichambre exiguë, je trouvai un lit de camp, un hygiénaire et une espèce de vaporisoir portatif. Quand étais-je autorisée à m'en servir ? Quels Catéchismes gouvernaient ma vie en ces lieux ? Une mouche vrombissait en traçant de nonchalants huit. Ignorant tout du monde extérieur, j'allai jusqu'à m'interroger : la mouche était-elle un auxiliaire ? Je me présentai à elle.

Vous n'aviez jamais vu d'insectes avant ?

Rien que des cafards au génome dévoyé ou morts : la clime de Papa Song instillait de l'insecticide dans l'air de sorte que les insectes pénétrant dans le dôme par l'ascenseur mouraient sur-le-champ. La mouche se cognait obstinément à la fenêtre. Je ne savais pas encore que les fenêtres s'ouvraient – en fait, j'ignorais ce qu'était une fenêtre.

Quelqu'un chantait faux : une variette sur les filles de Phnom Penh. Quelques instants plus tard, un étudiant vêtu d'un bermuda, de sandales, d'une casaque et lesté de sacs à bandoulière savata la porte. « Par la Sainte Corpocratie, qu'est-ce que tu fiches ici ? » grogna-t-il à ma vue.

Je tendis mon collier. « Sonmi~451, monsieur. Serveuse au Papa Song de...

– Ça va, la ferme, je sais *ce que* tu es ! » Le jeune homme avait cette bouche de grenouille et ces yeux de martyr alors à la mode. « Mais tu n'étais pas censée arriver avant le *J5* ! Si ces couillons du secrétariat s'imaginent que je vais annuler une conférence cinq-étoiles à Taiwan parce qu'ils sont incapables de lire le calendrier, ils peuvent aller bouffer des asticots dans un gouffre à ebola. Je suis juste passé prendre mon sony de travail et des disques. Pas question de baby-sitter un clone encore en uniforme alors que je pourrais croquer le fruit défendu à Taipei jusqu'à m'en poisser. »

La mouche cogna de nouveau la vitre ; l'étudiant ramassa une brochure et me bouscula au passage. Le claquement me fit sursauter. Il examina la traînée, un rictus triomphal aux lèvres. « Que ça te serve d'avertissement ! Personne ne se joue de Boom-Sook Kim ! Bon. Ne touche à rien, ne va nulle part. Le Savon est dans le réfrigérateur – le Président soit loué, ta nourriture est arrivée en avance. Je serai de retour tard ce J6. Si je ne pars pas *maintenant*, je vais rater mon vol. » Il disparut, puis reparut dans l'embrasure de la porte. « Tu sais parler, au moins ? »

J'acquiesçai.

« Oh, loué soit le Président ! Véridique : il suffit d'imaginer une bourde pour qu'en moins de temps qu'il ne faut pour le dire, dix couillons de clones du secrétariat la commettent. »

À quoi... étiez-vous censée occuper les trois jours suivants ?

Hormis à regarder la grande aiguille de la rolex éroder les heures, je n'en avais aucune idée. Ce ne fut pas une épreuve : les serveuses sont génomées pour s'éreinter dix-neuf heures d'affilée. Je tuais le temps en me demandant si Mme Rhee ferait une veuve endeuillée ou joyeuse. Des auxiliaires Ahn ou Cho, lequel serait promu prophète de la place Chongmyo ? Le dînarium semblait déjà infiniment loin. Dans la cour, j'entendais comme des épingles sonores jaillir des arbustes assiégeant le Piédestal. Je voyais des oiseaux pour la première fois. Au passage d'un aéro, plusieurs centaines d'hirondelles surgirent dans le ciel. Pour qui chantaient-elles ? Leur Logogramme ? Le Président Bien-Aimé ?

Le ciel couvrit feu, et la chambre s'assombrit ; c'était la première nuit que je passais en surface. Je me sentais seule, mais cela n'allait pas plus loin. De l'autre côté de la cour, les fenêtres solairaient, dévoilant des labos similaires à celui de Boom-Sook, abritant de jeunes sang-purs ; il y avait les bureaux des professeurs, en meilleur ordre ; des couloirs animés, des couloirs déserts. Je ne voyais pas le moindre factaire.

À minuit, me sentant entoxée, j'ingérai une poche de Savon, me couchai sur le lit de camp : j'aurais voulu que Yoona~939 soit là et donne un sens à la légion des mystères de la journée.

Votre deuxième jour à l'extérieur vous a-t-il apporté des réponses ?

Quelques-unes, mais davantage de surprises, surtout. La première se dressait devant mon lit de camp, à mon réveil dans l'antichambre. Vêtu d'une combinaison orange, un homme pylonique mesurant trois mètres inspectait la bibliothèque. Son nez, son cou et ses mains – échaudés de rouge, carbonisés de noir, raccommodés de blanc – ne semblaient pas le faire souffrir. Son collier confirmait son statut de factaire ; toutefois, je n'arrivais pas à me figurer de quelle souche il était issu : lèvres dégénomées, oreilles protégées par des valves onguiformes, voix la plus grave que j'aie jamais entendue. « Ici, pas de stimuline. On se lève quand on veut. Surtout avec un surlauréat aussi paresseux que Boom-Sook Kim. Il n'y a pas pire que les cadresups en troisième cycle. On va jusqu'à les torcher.

De l'école maternelle jusqu'à l'euthanasium. » D'une main immense pourvue de deux pouces, il désigna une combinaison bleue moitié moins grande que la sienne. « Voilà pour toi, petite sœur. » Tout en retirant mon uniforme Papa Song et en enfilant mon nouvel habit, je lui demandai si un prophète lui avait ordonné de venir. « Pas de prophètes non plus, ici, répondit le géant aux brûlures. Nos surlauréats sont amis. Boom-Sook a appelé hier. Il se plaignait de ta livraison inopinée. Je voulais te rendre visite avant le couvre-feu. Mais les surlauréats en chirurgie génomique travaillent tard. Contrairement à ces tire-au-cul en psychogénomique. Je suis Wing~027. Allons découvrir la raison de ton arrivée. »

Wing~027 s'assit au bureau de Boom-Sook Kim et alluma le sony, en dépit de mes protestations : mon surlauréat m'avait interdit d'y toucher. Wing cliqua sur le claviécran ; Yoona~939 apparut. Le doigt de Wing parcourut les lignes de mots. « Prions le Président Immanent... Que Boom-Sook ne commette plus *cette* erreur... »

Wing savait-il lire ? demandai-je.

Wing répondit que si un sang-pur fabriqué au hasard savait lire, un factaire soigneusement conçu saurait apprendre facilement. Une Sonmi surgit alors à l'écran – à son cou, mon collier : ~451. « Regarde. » Wing lut lentement : *Accroissement des capacités cérébrales des factaires tertiaires en milieu dortoir : étude de cas appliquée sur Sonmi~451*, par Boom-Sook Kim. « Pourquoi, marmonna Wing, cet écervelé de surlauréat cadresup viserait-il si haut ? »

Quel genre de factaire était Wing~027 ? Un milicien ?

Non, un agent sur sinistre. Il se vantait d'avoir la capacité d'intervenir sur des terremortes au niveau d'infection ou de radioactivité tel que les sang-purs y périssaient comme des bactéries dans l'eau de Javel ; son cerveau n'avait subi que des modifications génomiques mineures ; l'orientation nécessaire à sa fonction se révélait plus complète que celle dispensée dans la plupart des universités sang-pures. Enfin, il découvrit son avant-bras et me montra ses infâmes brûlures : « Tu connais un sang-pur capable de supporter ceci ? Le mémoire de mon surlauréat porte sur l'ignifugation des tissus. »

La description des terremortes à laquelle se livrait Wing~027 me désolait, tandis que l'agent sur sinistre, lui, anticipait sur leur avancée avec délice. « Quand Nea So Copros ne sera plus qu'une grande terremorte, m'annonça-t-il, les factaires seront les nouveaux sang-purs. » Ces propos fleuraient le dévoiement ; de plus, si ces terremortes étaient tellement répandues, comment expliquer que je n'en avais pas vu une seule au cours de mon voyage en ford ? Wing~027 me demanda quelle idée je me faisais de la taille du monde. Malgré mes incertitudes, je répondis qu'ayant effectué le trajet de la place Chongmyo jusqu'à cette montagne, j'en avais sans doute vu la plupart.

Le géant m'invita à le suivre, mais j'hésitai : Boom-Sook m'avait ordonné de ne pas quitter la pièce. Wing~027 me mit en garde : « Sonmi~451, tu dois inventer tes propres Catéchismes. » Puis il me balança sur son épaule, traversa le couloir parcouru de fentes, tourna dans un recoin exigu et emprunta un escalier en colimaçon en haut duquel il poussa une porte d'un coup de poing. Le soleil du matin nous aveuglait, des vents vifs claquaient et la poussière me piquait le visage. L'agent sur sinistre me posa au sol.

Le souffle coupé, je m'agrippai à la balustrade sur le toit de la faculté de psychogénomique. Six niveaux plus bas, il y avait un jardin de cactées et des oiseaux chassant les insectes dans les piquants ; plus bas sur la montagne, un parking à moitié rempli de fords ; plus loin, une piste d'athlétisme circonscrite par un régiment d'étudiants ; en dessous, un centre commercial ; au-delà, des bois s'étirant vers la vallée jusqu'à la panurbis aux flots de suie et de néons, de haut-s-élève, de cités-dortoirs, jusqu'au fleuve Hans, et jusqu'aux montagnes qui soulignaient les éraflures laissées par les aéros dans le soleil levant. « La vue est vaste. » Je me rappelle la voix douce et brûlée de Wing. « Mais comparé à la terre entière, Sonmi~451, ce que tu vois n'est qu'un gravillon. »

Mon esprit tripota cette énormité un instant avant de l'abandonner ; comment réussirais-je à comprendre ce monde aux dimensions infinies ?

Wing répondit qu'il me faudrait de l'intelligence ; l'élévation m'en fournirait. Il me faudrait du temps : ce temps, l'oisiveté de Boom-Sook Kim me l'offrirait. Cependant, il me faudrait aussi de la connaissance.

Comment trouve-t-on la connaissance ? lui demandai-je.

« Tu dois apprendre à lire, petite sœur », dit Wing~027.

Wing~027, et non pas Hae-Joo Im ou l'Administrateur Mephi, a donc été votre premier mentor ?

C'est inexact, en fait. Notre seconde entrevue fut la dernière. L'agent sur sinistre revint au labo de Boom-Sook une heure avant le couvre-feu afin de me donner un sony « non-perdu » sur lequel était préchargé l'intégralité des autodidacticiels dispensés dans les écoles de la supériosphère. Il m'en expliqua le fonctionnement, puis m'avertit de ne jamais me laisser surprendre par un sang-pur en train d'accéder au savoir, car ce spectacle les terrifiait, et un sang-pur pris de terreur était capable du pire.

Quand Boom-Sook revint de Taiwan le J6, je maîtrisais l'usage du sony et j'avais terminé le cursus virtuel du primaire. Le M6 venu, j'avais terminé l'enseignement secondaire. Vous semblez sceptique, Archiviste, mais rappelez-vous ce que je disais sur les élevants et leur soif de connaissance. Nous ne sommes que ce que nous savons, et moi, je souhaitais être tellement plus que ce que j'étais.

Je ne voulais pas paraître sceptique, Sonmi. Votre esprit, votre discours, votre... être témoignent de la ferveur de votre apprentissage. Cette question me déroute : pourquoi Boom-Sook Kim vous laissait-il tout le loisir d'étudier ? En aucun cas ce rejeton de cadresup était secrètement abolitionniste. Quelles expériences a-t-il menées sur vous dans le cadre de son mémoire ?

Boom-Sook Kim ne s'intéressait pas tant à son mémoire qu'à la boisson, aux jeux d'argent et à son arbalète. Son père, cadresup de l'institut génomique de Kwangju, visait un poste d'Administrateur au Juche – du moins, jusqu'à ce que son fils rencontre l'influente ennemie que je suis. Avec un père appartenant à ce genre de supériosphère, les études se résumaient à une simple formalité.

Mais comment Boom-Sook escomptait-il obtenir son diplôme ?

En payant un agent académique pour collationner son mémoire à partir de sources fournies par l'agent lui-même. Une pratique courante. La formule neurochimique de l'élévation était préparée d'avance, rapports et conclusions inclus. Boom-Sook Kim aurait été incapable d'identifier les propriétés biomoléculaires du dentifrice. En neuf mois, les besoins de l'expérience n'ont pas exigé davantage de ma part que de nettoyer son labo et lui préparer son thé. D'authentiques informations étaient susceptibles de faire tache à côté de celles déjà achetées : il aurait risqué de passer pour un plagiaire, vous comprenez. Et ainsi, durant les longues absences de mon surlauréat, j'avais le loisir d'étudier sans craindre d'être découverte.

Le directeur de recherche de Boom-Sook Kim n'était donc pas au courant de ce scandaleux plagiat ?

Les professeurs qui tiennent à leur poste ne fourrent pas leur nez dans les affaires des fils de futurs Administrateurs au Juche.

Boom-Sook vous parlait-il ?... Cherchait-il à interagir avec vous de quelconque façon ?

Il me parlait à la manière dont un sang-pur s'adresse à un chat. Cela l'amusait de me poser des questions qu'il croyait incompréhensibles pour moi. « Hé, ~451, tu crois que ça vaut le coup de se faire azurer les dents ? À moins que ce ne soit le saphir, la tocade de la saison ? » Il ne s'attendait pas à entendre des réponses avisées, et je me gardais bien de le détromper. Ma sempiternelle réponse me valut le sobriquet de « Je-ne-sais-pas-monsieur~451 ».

Ainsi, neuf mois durant, personne n'a relevé l'évolution fulgurante de votre conscience ?

C'est ce que je croyais. Seuls Min-Sic et Canine rendaient de régulières visites à Boom-Sook Kim. Je n'entendis jamais prononcer le véritable nom de Canine. Ils passaient leur temps à vanter les mérites de leur dernière suzuki, à jouer au poker, et se fichaient bien des factaires sauf quand ils se rendaient aux ruches de réconfort de Huamdonggil. Gil-Su Noon, le voisin de Boom-Sook Kim, un surlauréat et boursier issu de l'infériosphère, se plaignait parfois du bruit en cognant contre la cloison, mais les trois cadresups lui répondaient en frappant plus fort. Je ne l'ai vu qu'à une ou deux occasions.

Qu'est-ce que le « poker » ?

Un jeu de cartes où les menteurs chevronnés soutirent de l'argent aux moins doués. Combien de fois Canine a débité les Âmes de Boom-Sook Kim et de Min-Sic lors de ces séances. Les autres fois, les trois étudiants s'adonnaient aux drogues ; souvent du Savon. À ces occasions, Boom-Sook m'ordonnait de sortir : entoxé, la présence de clones le dérangeait, se plaignait-il. J'allais alors sur le toit de la faculté, je m'asseyais à l'ombre du réservoir d'eau et j'observais jusqu'à la nuit tombée les martinets chasser les moucherons géants, en attendant le départ des surlauréats. Boom-Sook ne se donnait jamais la peine de verrouiller le labo, vous savez.

Comment se fait-il que vous n'ayez jamais revu Wing~027 ?

Au cours d'un humide après-midi, trois semaines après mon arrivée à Taemosan, un frappement à la porte sortit Boom-Sook de son catalogue de faciexfoliation. Comme je vous disais, les visites impromptues étaient rares. Boom-Sook lança : « Entrez ! » et dissimula son catalogue sous *Travaux pratiques de génomique*. Contrairement à moi, mon surlauréat consultait rarement ses livres de cours.

Un étudiant filiforme poussa la porte du bout du pied. « Boom-Sook ? » interpella-t-il mon surlauréat. Boom-Sook bondit, retomba sur son siège et s'avachit. « Tiens, Hae-Joo » – il feignait la nonchalance. « Quoi de neuf ? »

Le visiteur passait simplement pour le saluer, prétendit-il en acceptant néanmoins de s'asseoir. J'appris que Hae-Joo Im était un ancien camarade de classe enrôlé par des chasseurs de têtes à la faculté d'Unanimité de Taemosan.

Boom-Sook m'ordonna de préparer du thé ; ils discutaient de sujets sans importance. Tandis que je versais la boisson, Hae-Joo Im annonça : « J'imagine que tu es au courant, pour l'après-midi catastrophique de ton ami Min-Sic ? »

Boom-Sook nia que Min-Sic fût particulièrement un ami, puis demanda en quoi cet après-midi s'était-il révélé catastrophique ? « Son sujet expérimental, Wing~027, a grillé comme du bacon. » Min-Sic avait confondu un « - » avec un « + » sur une bouteille de pétroalcalin. Mon surlauréat eut un rictus, ricana, pouffa le mot « Délire ! », puis s'esclaffa. Hae-Joo eut alors un geste inhabituel : il me dévisagea.

Qu'y avait-il d'inhabituel à cela ?

Les sang-purs nous voient souvent mais nous regardent rarement. Bien après, Hae-Joo m'a confié qu'il était curieux de voir ma réaction. Boom-Sook ne remarqua rien ; il spéculait sur les indemnités réclamées par la corpo qui sponsorisait le programme de Min-Sic. Dans les travaux de recherche que lui menait seul, se gargarisait Boom-Sook, peu importait si « l'on perdait » un ou deux factaires expérimentaux sur le chemin de l'édification scientifique.

Vous sentiez-vous... Qu'éprouviez-vous, au juste ? Du ressentiment ? De la souffrance ?

De la fureur. Je me retirai dans l'antichambre car je ne sais quoi chez Hae-Joo Im suscitait ma méfiance ; cela dit, jamais je n'avais ressenti pareille fureur m'envahir. Yoona~939 valait une vingtaine de Boom-Sook, et Wing~027, une vingtaine de Min-Sic, au bas mot. La négligence d'un cadresup avait provoqué la mort de mon seul ami sur le Mont Taemosan, et Boom-Sook en riait.

Mais la fureur forge la volonté. Ce jour marqua le premier pas vers mes *Déclarations*, cette capsule de prison et le Phare, où j'irai dans quelques heures.

Quel a été votre sort au cours des vacances d'été ?

Boom-Sook aurait dû me déposer dans un dortoir-consigne, mais mon surlauréat était si pressé d'aller chasser des élans- factaires en Corée de l'Est, à Hokkaido, qu'il m'avait oubliée ou bien s'était imaginé qu'un larbin de l'infériosphère se chargerait de moi.

C'est ainsi qu'un beau matin, je m'éveillai dans un bâtiment entièrement désert. Exit, l'écho des couloirs animés, les sonneries ponctuant les heures, les annonces ; même les climes étaient éteintes. Sur le toit, la panurbis fumait et bouchonnait comme à l'accoutumée, les essaims d'aéros laissaient des traînées de vapeur dans le ciel ; le campus, lui, était vidé de ses étudiants. La moitié des emplacements pour fords étaient libres dans le parking. Sous un soleil de plomb, des ouvriers s'attaquaient au revêtement de la place ovale. En consultant le calendrier du sony, j'appris que les vacances d'été commençaient. Je verrouillai la porte du labo et me réfugiai dans l'antichambre.

Et de ces cinq semaines, vous n'avez pas quitté le labo de Boom-Sook ? Pas même une fois ?

Non. Je craignais que l'on me retire mon sony, vous comprenez. Un agent de sécurité contrôlait la porte du labo tous les J9 au soir. Parfois, j'entendais Gil-Su Noon dans le labo voisin. Hormis cela, rien. Je laissais le store baissé et me gardais d'allumer les solaires le soir venu. Mon importante provision de Savon tiendrait toutes les vacances.

Mais cela représente cinquante jours d'isolement ininterrompu!

Cinquante jours merveilleux, Archiviste. Mon esprit traversa les longueurs, largeurs et hauteurs de notre culture. Je dévorai les douze majeurs : *Les Sept Dialectes* de Jong-Il, *La Création de Nea So Copros* du Premier Président, *L'Histoire des Différends* de l'Amiral Yeng, vous connaissez la liste. Des indices trouvés dans une version non censurée des *Commentaires* me mirent sur la piste de penseurs prédifférendiens. Certes, la bibliothèque me refusa de nombreux téléchargements, mais j'étais parvenue à obtenir les œuvres traduites de l'anglais ancien de deux optimistes, Orwell et Huxley, ainsi que la *Satire de la démocratie* de Washington.

Et vous êtes restée le sujet expérimental – putatif, du moins – de la thèse de Boom-Sook au second semestre ?

Oui. Mon premier automne arriva. J'accumulais en secret une collection de feuilles aux couleurs de flamme à la dérive sur le toit de la faculté. Puis l'automne vieillit à son tour, et mes feuilles perdirent leurs couleurs. Les nuits devinrent glacées ; il gelait même en journée. La plupart des après-midi, Boom-Sook somnolait dans la chaleur de l'*ondul* en regardant des 3D. Au cours de l'été, il avait perdu beaucoup de dollars dans des investissements douteux, et comme son père refusait de payer les dettes de son fils, le surlauréat piquait des colères. Mon seul moyen de défense dans ces moments-là était de feindre un air absent.

Neigeait-il ?

Ah oui, la neige. Les premiers flocons sont tombés tard l'année dernière, pas avant le M12. J'avais senti leur arrivée juste avant mon réveil, au demi-jour. Les flocons de neige auréolaient les fées ornant les fenêtres de la cour à l'occasion du Nouvel An. Les broussailles autour de la statue oubliée croulaient sous le poids de la neige, et même l'air majestueux de la sculpture paraissait comique. Je pouvais regarder tomber la neige depuis mon ancienne capsule ; dans celle-ci, ce spectacle me manque. Au crépuscule, la neige ressemble à du lilas flétri : pure consolation.

Vous parlez parfois comme une esthète, Sonmi.
Peut-être parce que les personnes dépourvues de beauté la perçoivent d'instinct.

C'est donc à cette période que l'Administrateur Mephi intervient dans l'histoire ?
Oui, le soir du Sextet. Il neigeait aussi cette nuit-là. Boom-Sook, Min-Sic et Canine déboulèrent aux environs de vingt heures, surtoxés, les nikes chargées de neige. Recluse dans l'antichambre, j'eus à peine le temps de cacher mon sony : je lisais la *République* de Platon, si j'ai bonne mémoire. Boom-Sook était coiffé d'une toque universitaire et Min-Sic étreignait un bouquet d'orchidées au parfum de menthe aussi grand que lui. Il me les jeta et dit : « Des pétales pour Sans-ami, Seule-au-lit, Sonmi... »

Canine dévalisa le placard dans lequel Boom-Sook conservait son *soju* et jeta trois bouteilles par-dessus son épaule en se plaignant que ces marques ne valaient guère mieux que du pipi de chat. Min-Sic en rattrapa deux, mais une troisième éclata sur le sol et déclencha les rires. Boom-Sook frappa dans ses mains : « Va nettoyer, Cendrillon ! », puis il calma Canine en lui proposant d'ouvrir une bonne bouteille à l'occasion des vacances du Sextet, qui n'arrivaient qu'une fois par an.

Le temps que je finisse de ramasser tous les éclats de verre, Min-Sic avait trouvé un pornosnuff sur la 3D. D'un œil expert et gourmand, ils débattaient de ses qualités et de son réalisme en buvant un excellent *soju*. Il y avait de la véhémence dans leur ivresse ce soir-là, en particulier dans celle de Canine. Je me retirai dans l'antichambre, d'où j'entendais les protestations de Gil-Şu Noon qui, derrière la porte, réclamait davantage de calme. Je les espionnai. Min-Sic se moquait des lunettes de Gil-Su et ne comprenait pas pourquoi sa famille ne trouvait pas les dollars nécessaires à la correction de sa myopie. Boom-Sook conseilla à Gil-Su de bouffer sa propre pine s'il pensait obtenir le calme un soir de Sextet. Canine rit longuement, puis laissa entendre que son père ordonnerait une inspection fiscale sur le clan des Noon. Le boursier fulmina dans le couloir jusqu'à ce que les trois cadresups le chassent en lui lançant des prunes et autres invectives.

Canine était le meneur de la bande, on dirait.
Effectivement. Il savait déceler les failles dans la personnalité des autres et les faire éclater. Sans doute mène-t-il une superbe carrière de juriste dans une des Douze Panurbis. Cette nuit-là, il s'appliquait à énerver Boom-Sook : désignant de la bouteille de *soju* la kodak du léopard des neiges mort, Canine demandait jusqu'à quel point on dégénomait ce gibier pour touristes. La fierté de Boom-Sook était à vif. Les seuls animaux que lui chassait, se récusa-t-il, étaient ceux dont on *sur*génomait la férocité. Dans la vallée de Katmandou, lui et son frère avaient poursuivi des heures durant ce léopard, qui, pris au piège, avait bondi au cou de son frère. Boom-Sook décocha. Le carreau pénétra dans l'œil de la bête en plein saut. À ces mots, Canine et Min-Sic feignirent l'admiration un instant, puis s'écroulèrent en riant grassement. Min-Sic

tambourina sur le sol et s'exclama : « Ce que tu peux raconter comme conneries, Kim ! » Canine examina de plus près la kodak et signala qu'elle était bien mal numérigénérée.

Boom-Sook dessina un visage sur un melon artificiel, inscrivit de manière solennelle « Canine » sur ce front imaginaire et plaça le fruit en équilibre sur une pile de magazines près de la porte. Il saisit l'arbalète posée sur son bureau, marcha vers la fenêtre située à l'opposé et se mit à viser.

Canine protesta : « Non-non-non-non-non-non-non ! » Il lui objecta qu'un melon n'égorgerait pas le tireur d'élite si celui-ci ratait sa cible : faire mouche ne présentait aucun enjeu. Canine me demanda alors de me tenir devant la porte.

Je devinai son intention, mais Canine me coupa net dans mes supplications et m'avertit que si je ne lui obéissais pas, il veillerait à ce que Min-Sic se charge de mon Savon. Le rictus de Min-Sic flétrit dans l'instant. Canine me planta ses ongles dans le bras, m'entraîna vers la porte, me coiffa de la toque et y déposa le melon. « Alors Boom-Sook, railla-t-il, tireur d'élite, mon cul, hein ? »

Les relations entre Boom-Sook et Canine étaient fondées sur la rivalité et la haine. Il leva son arbalète. Je demandai à mon surlauréat de renoncer, par pitié. Boom-Sook m'ordonna de ne plus bouger d'un pouce.

La pointe d'acier du carreau brillait. Mourir à cause des défis que se lançaient ces garçons était vain et idiot, cependant les factaires n'ont aucun droit de regard sur les modalités de leur mort. Un claquement et un sifflement plus tard, le carreau pénétra dans la pulpe du melon. Le fruit roula et tomba de la toque. Min-Sic, désireux de détendre l'atmosphère, applaudit chaleureusement. Le soulagement me submergeait.

Canine dédaigna pourtant l'exploit. « Pas besoin d'un viseur laser pour atteindre un melon aussi énorme. En plus, regarde » – il ramassa ce qu'il restait du melon –, « tu l'as tout juste éraflé. Une mangue est une cible qui siérait mieux à notre chasseur hors pair. »

Boom-Sook tendit son arbalète à Canine et le mit au défi de l'égaler : il devait toucher la mangue à quinze pas.

« D'accord. » Canine saisit l'arbalète. Désespérée, je protestai, mais Boom-Sook me dit de la boucler. Il dessina un œil sur la mangue. Canine compta quinze pas et arma l'arbalète. Min-Sic avertit ses amis que les formalités à remplir en cas de décès d'un sujet expérimental étaient infernales. Ils firent la sourde oreille à ce commentaire. Canine visa longtemps. Un infime tremblement parcourait ses mains. Soudain, la mangue explosa et gicla sur les murs. Je craignais que mon calvaire ne touchât pas à sa fin, et j'avais raison. Canine souffla sur l'arbalète. « Melon à trente pas, mangue à quinze, j'augmente les enchères à dix pas, pour une… *prune*. » Il fit remarquer qu'une prune était toutefois plus grosse que l'œil d'un léopard des neiges, mais ajouta que si Boom-Sook était prêt à admettre qu'il ne racontait, comme le disait Min-Sic, que des conneries et à renoncer au défi, le douloureux incident serait clos – une dizaine de minutes tout du moins. L'air grave, Boom-Sook se contenta de placer la prune en équilibre sur ma tête et me demanda de me tenir très, *très* tranquille. Il compta dix pas, se tourna, arma l'arbalète et se mit à viser. J'avais cinquante pour cent de chances de mourir au cours des quinze secondes qui allaient suivre. Gil-Su frappa de nouveau à la porte. *Va-t'en*, implorai-je mentalement. *Ce n'est pas le moment…*

La mâchoire de Boom-Sook se contractait tandis qu'il remontait la manivelle de l'arbalète. Les coups sur la porte se faisaient plus insistants, à quelques centimètres à peine de ma tête. Canine cria quelque obscénité où il était question des parties génitales de Gil-Su et de sa mère. Crispées sur l'arbalète, les phalanges de Boom-Sook blêmissaient.

C'était comme si un fouet m'avait claqué autour de la tête – la douleur planta ses crocs dans mon oreille. J'eus conscience de la porte qui s'ouvrait grand derrière moi et de l'expression de terreur sur le visage de mes tortionnaires. Enfin, je remarquai la présence d'un homme plus âgé dans l'embrasure ; la barbe chargée de neige, le souffle coupé, il fulminait.

L'Administrateur Mephi ?

Oui, mais ne soyons pas réducteurs : professeur à l'Unanimité, architecte de la solution au problème des boat people américains, détenteur de la médaille d'éminence de Nea So Copros, spécialiste des poètes Tu Fu et Li Po : Aloi Mephi, Administrateur au Juche. À cet instant-là, pourtant, je ne lui prêtais que peu d'attention. Un liquide me coulait le long du cou et du dos. Lorsque je me touchais l'oreille, c'était comme si la douleur m'électrocutait la partie gauche du corps. Mes doigts revinrent écarlates et brillants.

La voix de Boom-Sook défaillait : « Administrateur, nous... » Ni Canine, ni Min-Sic n'offrirent leur soutien. L'Administrateur me comprima l'oreille à l'aide d'un impeccable mouchoir de soie et me recommanda de maintenir la pression. De l'intérieur de sa veste, il sortit un sony de poche. « Monsieur Chang, la trousse de secours. Dépêchez-vous, je vous prie. » Je reconnus alors le passager qui m'avait accompagnée depuis la place Chongmyo huit mois auparavant.

Ensuite, l'homme venu à ma rescousse fixa les surlauréats des yeux : eux n'osaient pas croiser son regard. « Eh bien,

messieurs, l'année du Serpent commence en beauté. »
Le bureau disciplinaire des manquements majeurs se
chargerait de contacter Min-Sic et Canine, promit-il
avant de les congédier. Les deux garçons s'inclinèrent
et s'empressèrent de sortir. Min-Sic oublia sa pèlerine
qui chauffait sur l'*ondul* mais ne revint pas la récupérer.
Boom-Sook avait l'air inconsolable. L'Administrateur
Mephi laissa le surlauréat languir quelques secondes
avant de lui demander : « Allez-vous me tirer dessus avec
cette chose, moi aussi ? »

Boom-Sook Kim lâcha l'arbalète comme si elle était
chauffée à blanc. L'Administrateur inspecta le labo en
désordre, en humant le goulot de la bouteille de *soju*.
La rapine poulpesque projetée par la 3D le distrayait.
La télécommande échappa aux mains de Boom-Sook et
tomba à terre ; il la ramassa, appuya sur arrêt, la tourna
du bon côté, appuya sur arrêt. Enfin, l'Administrateur
Mephi parla. Il était désormais prêt à écouter la raison
pour laquelle Boom-Sook perfectionnait sa pratique de
l'arbalète sur une factaire expérimentale de l'Université.

Oui, je serais curieux de l'entendre, moi aussi.

Boom-Sook fit de son mieux : son degré d'ébriété en ce
Réveillon du Sextet était impardonnable ; il n'avait pas
correctement évalué les priorités, ni tenu compte de son
stress, ni choisi ses amis avec prudence ; il s'était montré
trop zélé dans la punition de son sujet expérimental ; tout
était la faute de Canine. Puis il comprit qu'il valait mieux
se taire et attendre la chute du couperet.

M. Chang apporta un médicube, vaporisa un produit sur
mon oreille, y appliqua du coague, posa une compresse
et prononça les premières paroles aimables qu'on
m'eût adressées depuis la disparition de Wing~027.
Boom-Sook demanda si mon oreille pouvait se soigner.

L'Administrateur Mephi répondit de manière abrupte : le doctorat de Boom-Sook étant terminé, cela ne le concernait plus. Abasourdi, l'ancien surlauréat blêmit devant la perspective d'une chute dans l'infériosphère.

M. Chang me prit la main et m'informa que le lobe de mon oreille était arraché, mais promit qu'un corpologue procéderait à son remplacement le lendemain matin. J'avais trop peur des récriminations de Boom-Sook pour me soucier de mon oreille, et M. Chang ajouta que l'Administrateur Mephi et lui allaient m'emmener dans mes nouveaux quartiers.

Une nouvelle réjouissante.

Abstraction faite de la perte de mon sony, oui. Comment aurais-je pu l'emporter ? Aucun plan réalisable ne me vint à l'esprit. Je me contentai d'acquiescer, et espérais pouvoir le récupérer au cours des vacances du Sextet. Les escaliers en colimaçon se rappelèrent à mon bon souvenir ; la descente était plus périlleuse que la montée. Une fois dans le hall, M. Chang me tendit une grande pèlerine à capuchon et une paire de nikes à glace. L'Administrateur félicita M. Chang d'avoir choisi de la peau de zèbre. M. Chang répondit que cette matière était *de rigueur** dans les quartiers les plus chic de Lhassa, cette saison.

L'Administrateur vous avait-il donné quelque raison justifiant ce secours bien opportun ?

Non, pas à ce moment-là. Il m'informa de mon transfert à la faculté d'Unanimité, située au flanc ouest de l'Université et s'excusa d'avoir permis à ces « trois parasites de cadresups entoxés » de jouer avec ma vie. La météo l'avait empêché d'intervenir plus tôt. Je ne me rappelle plus l'humble réponse attestant de ma bonne orientation je lui donnai.

La foule générée par le Réveillon du Sextet animait les cloîtres du campus. M. Chang me montra comment patiner sur la granuleuse glace de manière à gagner davantage de traction. Les flocons de neige s'amoncelaient sur mes cils et mes narines. Les batailles de boules de neige cessaient à l'approche de l'Administrateur Mephi ; les combattants s'inclinaient. L'anonymat que me procurait ma capuche était délicieux. Durant la traversée des cloîtres, j'entendais de la musique. Non pas une promovision, ni une variette, mais l'écho d'une musique dans son plus simple appareil. « Une chorale, me renseigna l'Administrateur Mephi. Les sapiens de la Corpocratie sont cruels, mesquins et pernicieux, poursuivit-il, mais savent aussi s'ouvrir à de plus grandes choses, le Président soit loué. » Nous écoutâmes cette musique un instant. La tête levée, j'avais l'impression de foncer dans le ciel.

Deux disciplinaires qui surveillaient la faculté d'Unanimité nous saluèrent et se chargèrent de nos pèlerines humides. À l'intérieur de ce bâtiment, l'opulence était inversement proportionnelle au caractère spartiate de la faculté de psychogénomique. Les couloirs étaient garnis de tapisseries, de miroirs iljonguiens, d'urnes des rois de Silla, de 3D représentant les notables de l'Unanimité. L'ascenseur était doté d'un lustre duquel une voix récitait des Catéchismes corpocratiques ; l'Administrateur Mephi lui ordonna de se taire, ce qu'elle fit, à ma grande surprise. M. Chang dut de nouveau me soutenir lorsque l'ascenseur accéléra puis ralentit.

Nous atterrîmes dans un profond et spacieux appartement digne d'une promovision mettant en scène l'art de vivre dans la supériosphère. Un feu 3D dansait dans la cheminée centrale, autour de laquelle flottait un mobilier de salon lévignétique. Les murs de verre offraient une vertigineuse vue nocturne de la panurbis obscurcie par la lueur vaporeuse des flocons de neige. Des tableaux recouvraient les cloisons internes. Je demandai à Mephi s'il s'agissait là de son bureau.

« Mon bureau se trouve à l'étage supérieur, répondit-il. Ce sont vos quartiers. »

Sans même me laisser le temps d'exprimer mon étonnement, M. Chang me suggéra d'inviter mon hôte de marque à s'asseoir. J'offris mes excuses à l'Administrateur Mephi : n'ayant jamais eu d'invité, mes manières étaient frustes.

Le canapé lévignétique tangua sous le poids de l'éminent personnage. Sa belle-fille, commenta-t-il, avait songé à moi en changeant la décoration de mes quartiers. Elle espérait que les toiles de Rothko m'inviteraient à la méditation. « D'authentiques originaux reproduits à la molécule près, m'assura-t-il. J'ai approuvé son choix. Rothko peint ce que voient les aveugles. »

Une soirée ahurissante : séance de tir à l'arbalète, histoire de l'art ensuite...

N'est-ce pas. Puis le professeur s'excusa de ne pas avoir bien mesuré l'étendue de mon élévation lors de notre première rencontre. « Je pensais avoir affaire à un factaire à l'élévation prématurément interrompue dont la dégénérescence mentale n'était plus qu'une question de semaines. Si ma mémoire est bonne, je me suis même endormi. Était-ce bien le cas, monsieur Chang ? La vérité, je vous prie. » Posté près de l'ascenseur, M. Chang se souvint que son maître s'était reposé les yeux au cours du trajet. L'Administrateur Mephi sourit devant le tact de son chauffeur. « Vous vous demandez très certainement ce qui a attiré mon attention sur vous, Sonmi~451. »

Il cherchait à établir le contact à travers cette remarque : *Sortez, je sais que vous êtes là.* Je redoutais un piège.

La serveuse consciente de ses manières sang-pures feignait poliment l'incompréhension. Mephi m'indiqua d'un regard complice qu'il comprenait. L'Université de Taemosan, dit-il, génère plus de deux millions de requêtes en téléchargement par semestre. La majeure partie concerne des ouvrages ou articles relatifs aux cours; quant au reste, il peut s'agir de n'importe quoi: de valeurs boursières ou immobilières, de fords de sport ou de steinways, de yoga ou d'oiseaux domestiques. «C'est dire si les habitudes d'un lecteur doivent être éclectiques, Sonmi, pour que mes amis bibliothécaires se donnent la peine de me prévenir.» Le professeur alluma son sony de poche et lut la liste de mes demandes de téléchargement: 18/M6: *L'Épopée de Gilgamesh*; 02/M7: *Souvenirs*, d'Ireneo Funes; 01/M9: *La Décadence et la Chute*..., de Gibbon. Mephi, baigné dans la lueur mauve de son sony, paraissait fier. «... là: 11/M10: une métarecherche éhontée de références sur l'Union, ce cancer qui ronge notre Corpocratie! En tant qu'unanimiste, une telle soif – pour ne pas dire "débauche" – de connaître les credo des mondes nous alerte de la présence d'un *émigré** de l'esprit. Dans mon domaine, il est connu que ce genre d'émigrés font d'excellents agents de l'Unanimité. Je savais que nous devions nous rencontrer.» Il m'expliqua ensuite qu'il avait identifié l'inquisiteur par son sony: Nun Hel-Kwon, géothermicien d'Onsông, une province en proie aux tempêtes de neige... Il était mort deux hivers plus tôt dans un accident de ski. L'Administrateur Mephi demanda à un étudiant en maîtrise d'effectuer une filature à l'ancienne. Le monitorage des e-ondes permit de localiser le sony dans le labo de Boom-Sook Kim. Cependant, imaginer ce dernier lisant Wittgenstein était inconcevable; c'est ainsi que six semaines plus tôt, Mephi avait envoyé son étudiant de confiance implanter un micro-œil dans chaque sony de la pièce lors d'un couvre-feu. « Le lendemain, nous découvrîmes que notre dissident manqué n'était pas un sang-pur mais, selon toute vraisemblance, la première élevante stable qu'ait connue la science, la partenaire d'une serveuse de sinistre mémoire, Yoona~939. Mon travail, Sonmi~451, est épuisant, dangereux, mais ennuyeux ? Jamais ! »

Il était inutile de nier la vérité.

Tout à fait : l'Administrateur Mephi n'avait rien d'un Prophète Rhee. D'une certaine manière, j'étais soulagée que l'on m'ait trouvée. Beaucoup de criminels font état de ce sentiment. Je m'assis et écoutai son récit des querelles intestines à l'Université qui éclatèrent lorsqu'il révéla sa découverte. Les corpocrates rétrogrades comptaient m'euthanasier en raison de mon caractère dévoyé ; les psychogénomiciens désiraient disséquer mon cerveau ; le département marketing de l'Université de Taemosan voulait rendre la nouvelle publique et revendiquer la paternité de l'avancée expérimentale majeure que j'incarnais.

De toute évidence, aucun parti n'a obtenu satisfaction.

Non. L'Unanimité parvint à imposer une solution temporaire : je pouvais continuer à étudier « librement » le temps qu'ils parviennent à un consensus. L'arbalète de Boom-Sook avait cependant forcé l'Unanimité à intervenir.

Et que comptait faire de vous l'Administrateur Mephi, ensuite ?

Dégager un compromis acceptable aux yeux de ceux qui voulaient leur part du « gâteau ». Des milliards de dollars issus de la recherche avaient été dépensés en vain dans les labos corpocratiques pour aboutir à ce que j'étais et suis toujours : une factaire élevée stable. Afin de contenter les génomicistes, je serais soumise à une batterie de tests transdisciplinaires menés par un panel de scientifiques de renom. Plongeant ses mains dans les flammes 3D, Mephi me promit que ces tests ne seraient ni lourds, ni douloureux, et ne dépasseraient pas trois heures par jour, à raison de cinq journées sur dix. Pour obtenir l'aval de l'Administration de Taemosan, il avait proposé de donner l'accès au programme de recherche au plus offrant : je permettrais ainsi de lever de grosses sommes destinées à mes maîtres.

Cette équation à plusieurs inconnues tenait-elle compte des intérêts de Sonmi~451 ?

Dans une certaine mesure, oui : j'intégrerais l'Université de Taemosan en tant qu'étudiante de premier cycle. L'on m'autoriserait à aller et venir comme bon me semblerait. L'Administrateur Mephi promit d'assurer lui-même mon tutorat durant ses jours de présence au campus. Il retira ses mains du feu et les examina. « Toute la lumière sans la chaleur. Les jeunes d'aujourd'hui ne sauraient reconnaître si une véritable flamme embrasait leurs nikes. » Il me demanda de l'appeler professeur et non plus monsieur.

Il y a quelque chose qui m'échappe. Si Boom-Sook Kim était l'imbécile que vous décrivez, comment aurait-il pu mettre au point le Saint-Graal de la psychogénomique que représente une élévation stable ?

Plus tard, j'ai posé cette question à Hae-Joo Im. Voici ses explications : les informations fournies par l'agent de Boom-Sook provenaient d'autres thèses en psychogénomique enregistrées par un obscur institut technique sis à Baïkal. L'auteur original plagié par mon ancien surlauréat était un immigrant des zones de production nommé Youssouf Souleymane. À cette époque en Sibérie, les extrémistes tuaient des génomiciens : c'est ainsi que Souleymane et trois de ses professeurs périrent dans une voiture piégée. Baïkal étant la ville que l'on connaît, les travaux de recherche de Souleymane croupirent dans l'obscurité dix années durant avant d'être revendus. L'agent de Boom-Sook Kim établit des contacts avec la corpo Papa Song afin d'instiller le neurochimique élévationnel de Souleymane à notre Savon. Yoona~939 fut le premier sujet choisi, je n'étais qu'une variante de remplacement. Si tout cela me paraissait peu plausible, avait ajouté Hae-Joo, il fallait que je garde à l'esprit que la plupart des grandes avancées de la science se produisaient par accident, dans des lieux improbables.

Et pendant tout ce temps, Boom-Sook est resté dans l'ignorance la plus totale de la panique engendrée par son plagiat ?

Seul un parfait crétin ne touchant jamais à la moindre pipette ne se serait aperçu de rien ; Boom-Sook Kim appartenait à ce genre d'individu. Mais cette situation n'était peut-être pas accidentelle, après tout.

Comment trouviez-vous vos nouvelles conditions de vie au sein de la faculté d'Unanimité ? En tant que factaire, qu'est-ce que cela vous faisait de pouvoir assister aux cours magistraux ?

Suite à ma nouvelle affectation survenue lors du Réveillon du Sextet, j'obtins six jours de tranquillité avant que les choses ne commencent sérieusement. Je ne sortis déambuler sur le campus recouvert de neige qu'une fois : je suis génomée pour être à l'aise dans la chaleur des dînariums : la froidure hivernale de la vallée

Han me brûlait les poumons et la peau. Le Jour de l'An, au réveil, je découvris deux cadeaux : le vieux sony cabossé que Wing~027 m'avait donné et une étoile pour mon collier, la troisième. Je songeais à mes sœurs – à mes sœurs d'avant – qui, de toute part de Nea So Copros, assistaient à la Cérémonie de l'Étoile. Je me demandais si, une fois mon Investissement remboursé, je partirais un jour à Exultation. Comme j'aurais voulu que Yoona~939 assiste avec moi à ma première conférence, programmée le J2. Elle me manque toujours.

Quel était le sujet de cette conférence ?

La *Biomathématique* de Swanti, quoique le contenu réel de ce cours fût l'humiliation. J'avais marché à travers la neige boueuse jusqu'à l'amphithéâtre, passant inaperçue sous mon capuchon. Mais dans le couloir, une fois ma pèlerine ôtée, mon visage de Sonmi provoqua l'étonnement, puis le malaise. Dans l'amphithéâtre, la détonation d'un silence hostile m'accueillit.

Cela ne dura pas. « Hé ! cria un garçon. Un ginseng chaud et deux dogburgers ! » Tout l'auditoire éclata de rire. Si l'érubescence m'a été dégénomée, mon pouls n'a pas manqué de s'accélérer. Je pris place au deuxième rang, occupé par des filles. Leur caïd avait une denture émeraude. « Cette rangée est la nôtre, affirma-t-elle. Va au fond. Tu pues la mayo. » Un avion de papier s'écrasa contre mon visage. « Hé, la factaire, est-ce qu'on va vendre des burgers dans ton dînarium, nous ? m'interpella- t-on. Pourquoi tu viens encombrer notre amphi ? » J'étais sur le point de partir quand le filiforme Pr Chu'an déboula sur l'estrade et posa ses feuilles de notes. Je fis de mon mieux pour me concentrer sur le cours qui suivit, mais un peu plus tard, lorsque la femme parcourut son auditoire des yeux et m'aperçut, elle s'interrompit au beau milieu d'une phrase. L'auditoire – qui comprenait pourquoi – riait. Le Pr Chu'an s'efforçait de poursuivre. Moi-même, je m'efforçais de rester mais n'eus toutefois pas le courage de poser mes questions à la fin de l'exposé. À l'extérieur, il me fallut subir un déluge de railleries.

Le Pr Mephi était-il au courant de l'hostilité des étudiants?

Je pense. Durant notre séance de tutorat, le professeur voulut savoir si ce cours m'avait été profitable; j'eus recours au mot *instructif* et demandai pourquoi les sang-purs me méprisaient tant. « Et si les différences entre les sphères sociales n'étaient pas une question de nature génomique, d'excellence inhérente, ni même de dollars, mais de connaissances? Cela signifierait que toute la pyramide repose sur des sables mouvants. »

L'on pouvait prendre cette suggestion pour du dévoiement, spéculai-je.

Mephi semblait ravi. « Du dévoiement, je vais vous en donner: les factaires sont des miroirs placés devant la conscience des sang-purs; ce qui s'y reflète répugne les sang-purs. Ils vous reprochent alors de tenir cette glace. »

Je dissimulai ma stupeur derrière cette question: les sang-purs se résoudraient-ils un jour à se regarder en face?

« Si l'on se réfère à l'histoire, pas tant qu'ils n'y sont *contraints*. »

Quand, demandai-je, viendra ce jour?

Le professeur tourna sa vieille mappemonde et se contenta de répondre: « Le cours du Pr Chu'an continue demain. »

Il a dû vous falloir du courage pour y retourner.

Pas vraiment: un disciplinaire m'escortait; au moins, plus personne ne me lançait d'injures. Courtois et malicieux, il s'adressa aux filles du deuxième rang. « Cette rangée est la nôtre. Allez au fond. » Le groupe se dispersa, mais je n'en tirai aucune gloire. La crainte de l'Unanimité avait prévalu, pas l'acceptation de ma personne. La présence du disciplinaire perturbait tant le Pr Chu'an qu'elle marmonna son cours sans regarder une seule fois son auditoire. Le préjugé est une merzlota.

Avez-vous bravé d'autres cours magistraux ?

Un seul, sur les *Fondements* de Lööw. À ma demande, je m'y étais rendue sans escorte, préférant encore les insultes à cette carapace. J'étais arrivée en avance, avais pris une place sur le côté, gardant ma visière rabattue le temps que la salle se remplisse. L'on me reconnut néanmoins. Les étudiants m'observaient d'un œil méfiant, toutefois je ne reçus pas d'avions de papier. Deux garçons devant moi se retournèrent : ils avaient un visage honnête et un accent rural. L'un me demanda si j'étais une espèce de génie artificiel.

Génie : ce mot n'était pas à employer à la légère, fis-je remarquer.

Les deux s'émerveillaient d'entendre une serveuse parler. « Ce doit être terrible, dit le second, d'avoir un esprit doué d'intelligence coincé dans un corps génomé pour le service. »

En grandissant, je m'étais autant attachée à mon corps que lui au sien, répondis-je.

Le cours se déroula sans incident, mais à ma sortie de l'amphithéâtre m'attendait une foule compacte de questions, de dictaphones et de flashs. De quel Papa Song venais-je ? Qui m'avait intronisée à Taemosan ? Y en avait-il d'autres comme moi ? Quelle était mon opinion sur l'Infamie de Yoona~939 ? Combien de semaines restait-il avant que mon élévation dégénère ? Étais-je une Abolitionniste ? Quelle était ma couleur préférée ? Avais-je un petit ami ?

Les Médias ? Sur un campus corpocratique ?

En fait, les Médias offraient une récompense en échange d'informations sur la Sonmi de Taemosan. Rabattant ma capuche, je tentai tant bien que mal de retourner à la faculté d'Unanimité, cependant la cohue était trop dense : un coup fit tomber ma visière, puis trébuchant à mon tour, j'eus l'occasion d'être piétinée avant que deux disciplinaires en civil parviennent à m'extraire de l'attroupement. L'Administrateur Mephi vint à ma rencontre dans le hall de l'Unanimité et m'escorta jusqu'à mes quartiers, tout en marmonnant que j'avais trop d'importance pour être exposée à la lubricité de la foule. Il tournait sa bague en pierre-de-pluie avec vigueur, geste coutumier quand il était tendu. Nous tombâmes d'accord : désormais, les cours magistraux seraient retransmis sur mon sony.

Et les expériences qu'il vous fallait subir ?

Ah, oui : un rappel quotidien de mon véritable statut. Cela me déprimait. À quoi bon la connaissance, m'interrogeais-je, si cela ne m'aidait pas à améliorer ma condition ? Comment, neuf années et neuf étoiles plus tard, saurais-je m'intégrer à Exultation avec tout mon savoir ? Les amnésiades effaceraient-elles ce que j'avais appris ? Souhaitais-je que cela arrive ? En serais-je plus heureuse ? Le M4 marqua ma première année en tant que bête curieuse du Mont Taemosan, mais ce mois manqua de me procurer la joie que le printemps offre au monde. Ma curiosité se meurt, annonçai-je un beau jour au Pr Mephi, lors d'une séance de tutorat sur Thomas Paine. Je me souviens des bruits de la partie de base-ball qui dérivaient jusqu'à la fenêtre ouverte. Mon tuteur déclara que nous devions découvrir les causes de ce mal, et vite. Je lui tins je ne sais plus quel propos : lire n'est pas connaître, la connaissance sans expérience est une nourriture qui ne tient pas au corps.

« Il vous faut sortir davantage », commenta le professeur.

Sortir où ? Retourner aux cours magistraux ? Au campus ? Faire des sorties ?

La nuit du J9, un jeune surlauréat de l'Unanimité nommé Hae-Joo Im prit l'ascenseur jusqu'à mon appartement. Il me donnait du « mademoiselle Sonmi », m'expliquant que le Pr Mephi l'avait chargé de « venir me réconforter ». Ce dernier exerçait un droit de vie ou de mort sur son avenir, prétendit-il, d'où sa visite. « Je plaisante », ajouta-t-il, nerveux, avant de me demander si je me souvenais de lui.

En effet. Ses cheveux noirs étaient désormais bordeaux, coiffés en brosse, et ses sourcils, autrefois sans artifice aucun, scintillaient ; je reconnus néanmoins l'ancien camarade de Boom-Sook qui avait annoncé la mort de Wing~027 par la faute de Min-Sic. Mon invité posait un regard envieux sur mon domaine. « Rien à voir avec le taudis de Boom-Sook Kim, dites donc. On pourrait y caser tout l'appartement de mes parents. »

J'acquiesçai ; l'appartement était vraiment très vaste. Le silence gonflait. Hae-Joo Im proposa de rester dans l'ascenseur jusqu'à ce que je souhaite son départ. Une fois encore, je m'excusai de mon manque de manières et l'invitai à entrer.

Il retira ses nikes et répliqua : « Non, si quelqu'un manque de manières, c'est bien moi. Je parle trop quand je suis tendu, je raconte des bêtises. Vous voyez, je continue. Je peux essayer votre chaise longue lévignétique ? »

J'acquiesçai, puis je lui demandai pourquoi je le rendais nerveux.

Je ressemblais à une Sonmi sortie de n'importe quel vieux dînarium, répondit-il, mais lorsque j'ouvrais la bouche, je me transformais en maître de philosophie. Le surlauréat s'assit en tailleur sur la chaise longue, perplexe, passant la main dans le champ magnétique. « Une petite voix dans ma tête répète : "Souviens-toi, cette fille – cette femme, plutôt. Non, je veux dire, cette personne – marque un tournant décisif dans l'histoire de la science. La première élevée stable ! Ou élevante, plutôt. Attention quand tu l'ouvres, Im ! De l'éloquence !" Voilà pourquoi je ne sors que des trucs nuls », confia-t-il.

Je lui assurai que je voyais davantage en moi la bête curieuse que le tournant décisif.

Hae-Joo haussa les épaules et m'informa que selon le professeur, une sortie nocturne en ville me serait profitable, et sur ce, il agita un anneau-Âme. « C'est l'Unanimité qui régale ! Crédit illimité. Qu'est-ce qui vous amuserait ? »

Je ne savais pas m'amuser.

Alors que faisais-je pour me détendre ?

Je jouais au Go contre mon sony.

« Pour vous *détendre* ? rétorqua-t-il, incrédule. Qui gagne, vous ou le sony ? »

Le sony, répondis-je, sinon comment progresserais-je ?

« Donc les gagnants, spécula Hae-Joo, sont les véritables perdants parce qu'ils n'apprennent rien ? Alors que seraient les perdants ? Des gagnants ? »

Je lui dis que si les perdants apprenaient à tirer parti de ce que leur enseignait leur adversaire, alors les perdants finiraient par gagner.

« Vive la Corpocratie, soupira Hae-Joo Im. Allons dépenser nos dollars en ville. »

Il ne vous agaçait pas un peu ?

Au début, énormément. Mais je me rappelais qu'il s'agissait de la prescription du Pr Mephi contre mon mal-être. De plus, Hae-Joo m'avait fait l'honneur de me traiter comme une « personne ». Je lui demandai ce que d'ordinaire, il faisait les soirs de J9, quand on ne l'obligeait pas à s'occuper de précieux sujets expérimentaux.

Il me répondit, l'esquisse d'un sourire de diplomate aux lèvres, que les hommes appartenant à la sphère de Mephi n'« obligent » pas : ils suggèrent. D'ordinaire, Hae-Joo allait dans un dînarium ou un bar en compagnie de ses camarades, ou bien, s'il avait de la chance, il allait en boîte avec une fille. Comme je n'étais ni un camarade de classe, ni une fille, il offrit de visiter une galerie où je « goûterais aux joies de Nea So Copros ».

Cela ne le gênait-il pas, m'interrogeai-je, qu'on le voie en compagnie d'une Sonmi ? Je pouvais porter un chapeau et de larges lunettes de soleil.

Hae-Joo Im me proposa plutôt d'opter pour une barbe de sorcier et des bois de renne. Je m'excusai, car je n'en avais pas. Le jeune homme sourit, me pria de lui pardonner cette autre blague idiote et me conseilla d'enfiler des vêtements dans lesquels je me sentirais à l'aise, car je me fondrais bien plus facilement dans le décor urbain que dans celui d'un amphithéâtre. Un taxi stationnait en bas et Hae-Joo m'attendrait dans le hall.

Étiez-vous anxieuse à l'idée de quitter Taemosan ?

Légèrement, oui. La visite guidée de Hae-Joo me changea les idées. À sa demande, le taxi passa par le Mémorial des Ploutocrates déchus, circula autour du palais Kyôngbokkung, descendit l'avenue des Neuf Mille Promovisions. Le chauffeur était un sang-pur indien qui avait flairé la course onéreuse couverte par quelque budget professionnel. « Une nuit idéale pour la Tour Moon, monsieur, fit-il remarquer. Le ciel est dégagé. » Hae-Joo accepta sur-le-champ. Une rampe grimpait le long de la pyramide gigantesque, haut, très haut, bien au-dessus des voûtes, au-dessus de tout, hormis les corpos monolithes. Êtes-vous déjà monté de nuit en haut de la Tour Moon, Archiviste ?

Non, pas même de jour. En général, nous autres citoyens la laissons aux touristes.

Vous devriez vous y rendre. Du deux cent trente-quatrième étage, la panurbis était une tapisserie de xénons, de néons, de mouvements, de dioxycarbe, de voûtes. Hae-Joo me dit que sans le dôme de verre, les vents régnant à cette altitude nous mettraient en orbite tels des satellites. Il désignait diverses bosses ou repères : je connaissais certains noms par les promovisions ou les 3D ; d'autres non. La place Chongmyo se cachait derrière un monolithe, mais son stade bleu comme le jour était néanmoins visible. Cette nuit-là, le sponsor de la lune était SeedCorp. Le faisceau de l'immense projecteur sur le lointain Mont Fuji lançait promovision sur promovision à la face de la lune : des tomates grosses comme des bébés, de crémeux choux-fleurs cubiques, des racines de lotus dépourvues de trous. Des phylactères s'échappaient de la bouche gourmande du Logogramme SeedCorp, qui garantissait que tous ses produits étaient génomiquement modifiés à cent pour cent. Lors de la redescente, le vieux chauffeur de taxi nous raconta son enfance à Bombay, une panurbis lointaine aujourd'hui réduite à l'état de terremorte ; à son époque, la lune avait toujours été nue. Hae-Joo confia qu'une lune sans promovisions le terroriserait.

À quelle galerie êtes-vous allés ?

À celle du Verger de Wangshimi : l'encyclopédie des produits de consommation ! Des heures durant, je tendais le doigt devant des articles dont Hae-Joo me donnait le nom : masques de bronze, soupe de nids d'hirondelle instantanée, factaires jouets, suzukis dorées, filtres à air, tissus résistant à l'acide, prophétiques du Président Bien-Aimé et statuettes du Président Immanent, parfums contenant des joyaux en poudre, foulards de perlesoie, cartes en temps réel, objets retrouvés sur des terremortes, violons programmables. Dans une pharmacie : pilules contre le cancer, le sida, la maladie d'Alzheimer, le saturnisme ; contre l'obésité, l'anorexie, la calvitie, la pilosité, l'exubérance, la morosité ; jouvenciers, remèdes contre la prise excessive de jouvenciers. Vingt et une heures avaient sonné et nous n'avions toujours pas traversé le quartier. L'incroyable voracité des consommateurs : acheter, toujours acheter ! La masse des sang-purs formait comme une éponge de besoins qui aspirait les biens et services de chaque vendeur, dînarium, bar, magasin et recoin.

Hae-Joo me conduisit dans un élégant *café** où il commanda un styrène de starbuck pour lui et un verre d'eau pour moi. Il m'expliqua qu'avec les statuts sur l'Enrichissement, les consommateurs ont un quota de dépenses à réaliser par mois en fonction de leur sphère d'appartenance. Thésauriser était un crime anticorpocratique. Je savais déjà tout cela mais préférai ne pas l'interrompre. Il disait que sa mère ne se sentait pas à son aise dans les galeries modernes ; il lui revenait donc de régler cette question de quota.

Comment était-ce d'avoir une famille ?

Le surlauréat souriait tout en fronçant les sourcils. « Une peine nécessaire, avoua-t-il. Le passe-temps de ma mère consiste à collectionner des maladies bénignes et leurs remèdes. Papa travaille au ministère des Statistiques et dort devant des 3D, un seau sur la tête. » Ses deux parents étaient de conception aléatoire, me confia-t-il, et avaient revendu leur droit à un deuxième enfant de sorte que Hae-Joo soit correctement génomé. Cela lui avait permis de viser la carrière dont il rêvait : rejoindre l'Unanimité était son ambition depuis les disneys de son enfance. Quoi de mieux que gagner sa vie en défonçant des portes ?

Ses parents devaient l'aimer énormément pour avoir consenti à pareil sacrifice, remarquai-je. Hae-Joo répondit que leur retraite dépendrait de son salaire. Puis il demanda si la transplantation de chez Papa Song au labo de Boom-Sook n'avait pas été un choc sismique. Le monde pour lequel j'avais été génomée ne me manquait-il pas ? Les factaires étaient orientés de sorte que rien ne leur manque jamais, dis-je.

Il me toisait : mon élévation n'avait-elle pas pris le pas sur mon orientation ?

Je répondis qu'il me faudrait y réfléchir.

Avez-vous fait l'objet de réactions négatives de la part des consommateurs dans la galerie ? Vous, la Sonmi sortie d'un Papa Song, je veux dire.

Non. Il y avait beaucoup de factaires : gardiens, domestiques, nettoyeurs ; je ne détonnais donc pas tant. Puis, pendant que Hae-Joo était à l'hygiénaire, une femme au visage incrusté de rubis, au teint de jeune fille mais dont les yeux trahissaient l'âge réel, s'excusa de me déranger. « Je déniche les vedettes de la mode, voyez-vous. Appelez-moi Lily. Je vous ai observée ! » Et elle ricana. « Bien sûr, une femme de votre flair, de votre *prescience* devait s'y attendre, n'est-ce pas, ma chère ? »

J'étais déboussolée.

C'était la première fois qu'elle croisait une consommatrice faciexfoliée à la manière d'une célèbre factaire de service. Dans l'infériosphère, confia-t-elle, d'aucuns trouveraient courageux, voire antisphérique, de lancer pareille mode; elle appelait cela du pur et simple génie. Elle me proposa de mannequiner pour « un magazine 3D odieusement chic ». Je serais rémunérée de manière *stratosphérique*, m'assura-t-elle : les amis de mon petit ami en *ramperaient* de jalousie. Et pour nous autres femmes, ajouta-t-elle, les hommes jaloux étaient aussi précieux que les dollars de nos Âmes.

Je déclinai son offre, la remerciai et ajoutai que les factaires n'avaient pas de petit ami. L'agente médiatique feignit de rire à cette prétendue plaisanterie et examina les traits de mon visage. Elle me suppliait de lui dire qui m'avait faciexfoliée. « Un véritable orfèvre, je dois *absolument* le rencontrer. Quelle minutie ! »

Après mon passage en matrice et à l'Orientation, répondis-je, j'avais passé toute ma vie derrière un comptoir chez Papa Song; je n'avais donc jamais rencontré mon faciexfoliateur.

Cette fois, la créatrice de mode émit un rire amusé mais vexé.

Elle n'arrivait pas à croire que vous n'étiez pas sang-pure?

Elle me donna sa carte de visite et m'enjoignit de reconsidérer son offre, m'avertissant qu'une occasion comme celle-ci ne se représenterait pas tous les jours de la semaine.

Quand le taxi me déposa devant l'Unanimité, Hae-Joo Im me pria de l'appeler dorénavant par son prénom. « Monsieur Im » lui donnait l'impression d'être en séance de tutorat. Enfin, il me demanda si je serais libre au prochain J9. Je ne souhaitais pas qu'il perde son précieux temps à des obligations professorales, répondis-je, pourtant Hae-Joo insistait : il appréciait ma compagnie. Je répondis que, dans ce cas, j'acceptais.

Cette escapade vous a donc aidée à vous... débarrasser de votre état de lassitude ?

D'une certaine façon, oui. Cela m'a permis de comprendre que la connaissance de l'environnement d'un individu vous donne la clé de son identité. Cependant, de mon environnement – chez Papa Song –, j'avais perdu la clé. Je me suis surprise à vouloir retourner à mon ancien dînarium souterrain de la place Chongmyo. Je n'arrivais pas bien à expliquer pourquoi ; toujours est-il que, parfois, les pulsions restent floues et sont pourtant pressantes.

De la part d'une serveuse élevée, n'aurait-il pas été déraisonnable de visiter un dînarium ?

Il ne s'agit pas là de raison, mais de nécessité. Hae-Joo s'inquiétait également de ce que cette expérience pouvait « exhumer ». Je répliquai qu'il y avait trop de choses enfouies en moi ; le surlauréat accepta de m'accompagner, à condition que je me travestisse en consommatrice. Au J9 qui suivit, il me montra comment entourbillonner ma chevelure et utiliser les produits de beauté. Un foulard de soie rouge camouflait mon collier, et tandis que nous prenions l'ascenseur qui nous menait au taxi, il fixa de sombres pierres ambrées sur mon visage.

En cette soirée animée du M4, la place Chongmyo ne correspondait plus à l'endroit venteux que j'avais vu à ma libération, mais davantage à un kaléidoscope de promovisions, de consommateurs, de cadresups et de variettes. La statue monumentale du Président Bien-Aimé posait un regard sage et clément sur les petites gens qui grouillaient. Au bord sud-est de la place surgirent les arcs de Papa Song. Hae-Joo me prit la main et me rappela que nous pouvions repartir si je le voulais. Dans la file d'attente de l'ascenseur, il me passa un anneau-Âme au doigt.

Au cas où vous seriez séparés ?

Pour conjurer le mauvais sort, pensai-je : Hae-Joo avait un côté superstitieux. Lors de la descente, je devins fort nerveuse. Soudain, les portes s'ouvrirent, et la vague des consommateurs affamés me poussa dans le dînarium. Dans la bousculade, je m'étonnai : mes souvenirs de ce lieu avaient été si trompeurs !

C'est-à-dire ?

L'immense dôme était si exigu ; ses glorieuses couleurs rouges et jaunes, si crues, si vulgaires. Les relents de gras de cette atmosphère, si saine dans mon souvenir, me prenaient à la gorge. Moi qui avais connu le silence de Taemosan, le vacarme du dînarium résonnait comme une interminable fusillade. De Son Piédestal, Papa Song nous salua. Je voulus déglutir, mais ma gorge était sèche : le Logogramme répudierait très certainement sa fille prodigue.

Non. Il nous adressa un clin d'œil, se propulsa vers le ciel à la force de ses nikes, éternua, s'excusa et piqua vers Son Piédestal. Les enfants hurlaient de rire. Je compris que Papa Song n'était qu'un jeu de lumières. Comment cet inepte hologramme avait-il pu m'inspirer tant de crainte ?

Hae-Joo partit chercher une table pendant que je tournais autour de l'Échangeur. Mes sœurs souriaient sous les lumières mielleuses. Elles travaillaient inlassablement. Ici, des Yoona ; là, Ma-Leu-Da~108 qui arborait onze fières étoiles à son collier. À l'ouest, à mon ancien poste se trouvait une Sonmi fraîchement faciexfoliée. Il y avait Kyelim~889, la remplaçante de Yoona. Je pris place dans la file devant son guichet ; ma nervosité s'intensifiait au fur et à mesure de ma progression. « Bonjour ! Kyelim~889 à votre service ! Il vous met l'eau à la bouche, il est magique, c'est *Papa Song* ! Oui, madame ? Qu'est-ce qui vous ferait plaisir, aujourd'hui ? »

Je lui demandai si elle me connaissait.

Kyelim~889 dilua son trouble dans une dose de sourire supplémentaire.

Je lui demandai si elle se souvenait de Sonmi~451, une serveuse qui travaillait à côté d'elle et qui avait disparu un matin.

Un sourire vide : *se souvenir* est un verbe absent du lexique des serveuses. « Bonjour ! Kyelim~889 à votre service ! Il vous met l'eau à la bouche, il est magique, c'est *Papa Song* ! Qu'est-ce qui vous ferait plaisir, aujourd'hui ? »

Je la questionnai : es-tu heureuse, Kyelim~889 ?

L'enthousiasme illuminait son sourire ; elle acquiesçait. *Heureuse* était un mot du Deuxième Catéchisme : « Si j'observe les Catéchismes, Papa Song m'aime ; si Papa Song m'aime, je suis heureuse. »

Une cruelle pulsion m'effleura. Je demandai à Kyelim si elle ne voulait pas mener la vie des sang-purs ? S'asseoir aux tables du dînarium plutôt que les nettoyer ?

Kyelim~889 souhaitait tant me satisfaire qu'elle répondit : « Les serveuses mangent du Savon ! »

Oui, insistai-je, mais n'avait-elle pas envie de voir l'Extérieur ?

Elle répondit que les serveuses ne vont pas à l'Extérieur tant qu'elles n'ont pas leurs douze étoiles.

Une consommatrice aux bouclettes zinguées et aux ongles plectrés me piqua. « Si vous tenez absolument à tourner ces crétins de factaires en ridicule, faites-le un J1 au matin. Je dois me rendre aux galeries avant le début du couvre-feu, d'accord ? »

En hâte, je commandai un jus de rose et des gencives de requin à Kyelim~889. J'aurais souhaité que Hae-Joo soit resté à mes côtés. Je redoutais que mon anneau-Âme ne défaille et ne me trahisse. L'appareil fonctionna, cependant mes paroles m'avaient fait passer pour une fauteuse de troubles. « Allez démocratiser vos propres factaires ! » Un homme me lança un regard furieux et m'interpella tandis que je me frayais un chemin avec mon plateau. « *Abolitionniste !* » Les autres sang-purs de la file me dévisageaient avec méfiance, comme si j'étais porteuse d'une maladie.

Hae-Joo avait trouvé une table libre dans mon ancien quart. Combien de dizaines de milliers de fois en avais-je nettoyé la surface ? Hae-Joo demanda doucement si j'avais fait une découverte intéressante.

Je chuchotai : « Pendant douze ans, nous ne sommes ni plus ni moins que *des esclaves*. »

Le surlauréat d'Unanimité se gratta l'oreille et vérifia que personne ne nous entendait : mais l'approbation se lisait dans son regard. Il sirota son jus de rose. Nous regardâmes des promovisions pendant dix minutes, interdits : on montrait un Administrateur au Juche qui ouvrait un nouveau réacteur nucléaire plus sûr ; il souriait comme si toute sa carrière en dépendait. Kyelim~889 nettoya la table à côté de la nôtre ; elle m'avait déjà oubliée. J'ai beau avoir un QI plus élevé, elle avait l'air plus heureuse que moi.

Votre visite au Papa Song a donc tourné à la... douche froide ? Avez-vous trouvé la fameuse clé qui donne accès à l'élevée que vous êtes ?

Une douche froide, oui, peut-être. Quant à la clé, il n'y en avait pas, voilà tout. J'avais été esclave chez Papa Song, et au Mont Taemosan, j'étais une esclave privilégiée.

Mais il y eut autre chose : alors que nous nous dirigions vers l'ascenseur, je reconnus Mme Rhee, qui travaillait sur son sony. Je prononçai son nom tout haut.

Jouvencièrement immaculée, perplexe, la femme sourit de toutes ses lèvres lascives et redessinées. « J'*étais* Mme Rhee, je m'appelle désormais Mme Ahn. Mon regretté époux est mort dans un accident de pêche l'année dernière. »

Je répondis que c'était affreux.

Mme Ahn s'essuya le coin de l'œil du bout de la manche et me demanda si j'avais bien connu feu son mari. Mentir se révèle plus difficile que ce qu'on s'imagine en voyant les sang-purs se livrer à cet exercice ; Mme Ahn réitéra.

« Ma femme était au service standardisation qualitative de la corpo avant notre mariage », expliqua Hae-Joo en hâte, la main posée sur mon épaule, puis d'ajouter que la place Chongmyo faisait partie de ma sectorisation et que le Prophète Rhee avait été un excellent membre de la corpo. Les soupçons de Mme Ahn étaient cependant éveillés, aussi voulut-elle savoir à quand cette période remontait. Je sus quoi dire. « À l'époque où son auxiliaire principal se nommait Cho. »

Le sourire de Mme Ahn changea de couleur. « Ah, oui, l'auxiliaire Cho. On l'a envoyé dans le Nord, je ne sais plus où, il y apprendra ce qu'est l'esprit d'équipe. »

Hae-Joo me prit par le bras et dit : « "Tous pour Papa Song et Papa Song pour tous", n'est-ce pas ? Les galeries nous appellent, chérie. Mme Ahn est de toute évidence une femme qui n'a pas de temps à gaspiller. »

Plus tard, de retour dans le calme de mon appartement, Hae-Joo me fit ce compliment. « Si c'était moi qui, en l'espace de douze mois, m'étais élevé du statut de serveuse à celui de prodige, je ne logerais pas dans un appartement d'invité de la faculté d'Unanimité, mais dans le premier internat psychiatrique venu, je te jure. Ces sortes de tourments existentiels dont tu souffres prouvent que tu es humaine. »

Je lui demandai comment remédier à ces souffrances.

« On n'y remédie pas. On vit avec. »

Nous avons joué au Go jusqu'au couvre-feu. Hae-Joo a gagné la première partie. Moi, la seconde.

Combien d'autres fois êtes-vous sortie ?

Chaque J9 soir, jusqu'à la Journée de la Corpocratie. À force de le côtoyer, je développai de l'estime pour Hae-Joo ; puis, comme l'Administrateur Mephi, je me fis une haute opinion de lui. Lors des séances de tutorat, le professeur ne m'interrogeait jamais à propos de nos sorties ; sans doute son protégé lui remettait-il des rapports, mais l'Administrateur Mephi tenait à ce que je conserve au moins l'illusion d'une vie privée. Son travail d'Administration lui prenait davantage de temps et je le voyais de façon moins régulière. Les séances de tests du matin se poursuivaient : une procession de scientifiques courtois et identiques défilait.

Hae-Joo avait une prédilection d'Unanimiste pour les intrigues de campus. J'appris que Taemosan n'était pas tant un organisme solidaire qu'un monticule sur lequel tribus et groupes d'intérêts guerroyaient, à l'instar du Juche. La faculté d'Unanimité y conservait une prédominance qui suscitait le mépris. « Les secrets sont des balles magiques », aimait à répéter Hae-Joo. Toutefois, à cause de cette même prédominance, les apprentis disciplinaires n'avaient que peu d'amis en dehors de leur faculté. Les filles en quête d'un époux, admit Hae-Joo, étaient attirées par son avenir prometteur, mais les hommes de son âge évitaient de se soûler en sa présence.

Archiviste, l'heure de mon rendez-vous au Phare approche. Pouvons-nous avancer jusqu'à ma dernière nuit au campus ?

Je vous en prie.

Hae-Joo avait cette passion pour les disneys, et un des passe-droits offerts par le tutorat du Pr Mephi était l'accès aux items interdits des archives de sécurité.

Vous voulez dire les samizdats réalisés par l'Union dans les zones de production ?

Non, je parle d'un domaine plus verrouillé encore : le passé, le temps d'avant les Différends. Les disneys s'appelaient « films » à cette époque. Hae-Joo prétendait que nos ancêtres possédaient un sens artistique dépassé depuis longtemps par les 3D de la Corpocratie. Comme les seuls disneys que j'avais vus étaient les pornosnuffs de Boom-Sook, je ne pouvais que le croire. Le soir du dernier J9 de M6, Hae-Joo a débarqué muni de la clé d'un disneyrium en m'expliquant qu'une jolie étudiante en science médiatique cherchait à obtenir ses faveurs. Théâtral, il chuchota : « J'ai là un disque qui contient un des meilleurs disneys de tous les temps, je te jure. »

C'est-à-dire ?

Une œuvre picaresque intitulée *L'Épouvantable Calvaire de Timothy Cavendish*, tournée avant la création de Nea So Copros dans une région de l'ancienne démocratie d'Europe changée en terremorte depuis longtemps. Avez-vous déjà vu un disney du début du XXIe siècle, Archiviste ?

Par la Corpocratie, non ! Un archiviste de la huitième sphère n'obtiendrait pas ce genre d'autorisation spéciale,

même dans ses rêves les plus fous ! La demande seule suffirait à mon renvoi, et je suis choqué d'apprendre qu'un simple surlauréat ait eu accès à ce genre de document dévoyé.

Est-ce vrai ? Dans ce cas, la position du Juche sur la question de l'histoire est pétrie d'incohérences. D'un côté, si débattre d'histoire était autorisé, l'infériosphère aurait accès à une banque d'expériences humaines qui rivaliseraient, voire contrediraient ce qu'enseignent les Médias. Mais par ailleurs, la Corpocratie finance votre ministère qui a pour vocation de préserver la trace de l'histoire en vue des ères futures.

Oui, mais notre existence est dissimulée à l'infériosphère. Hormis pour ceux condamnés au Phare.

Quoi qu'il en soit, les ères futures seront toujours corpocratiques. Notre régime n'est pas un de ces systèmes politiques voués tôt ou tard à disparaître : la Corpocratie est dans l'ordre naturel des choses ; elle s'accorde à la nature humaine. Mais nous nous égarons. Pourquoi Hae-Joo Im avait-il choisi de vous montrer cet Épouvantable Calvaire ?

Peut-être le Pr Mephi le lui avait-il ordonné. Peut-être n'y avait-il pas d'autre raison que sa prédilection envers ce disney. Qu'importe : je fus captivée. Le passé est un monde d'une différence indescriptible et cependant semblable en certains points à Nea So Copros. À cette époque, les gens flétrissaient et s'enlaidissaient en vieillissant : on ne connaissait pas les jouvenciers. Les plus vieux sang-purs attendaient la mort dans des prisons pour personnes séniles : il n'y avait ni détermination de la durée de vie, ni euthanasiums. Les dollars circulaient sous la forme de petites feuilles de papier et il n'existait alors qu'un cheptel de factaires chétifs. Cependant, la Corpocratie émergeait, les sphères sociales se démarquaient les unes des autres en fonction des dollars et, fait curieux, de la quantité de mélanine dans la peau.

J'imagine votre fascination...
En effet. Le disneyrium vide formait le cadre hanté de ces paysages pluvieux et perdus. Des géants traversaient l'écran, sous un soleil capturé par une lentille au temps où le grand-père de votre grand-père donnait des coups de pied dans une matrice naturelle, Archiviste. Le temps est cette vitesse à laquelle se désagrège le passé, mais les disneys permettent une brève résurrection de l'antan. Ces bâtiments aujourd'hui déchus, ces visages effacés jadis. « Votre présent, non pas le nôtre, est un mirage », semblaient-ils nous dire. Cinquante minutes durant, pour la première fois depuis mon élévation, je m'oubliais, de manière totale, inéluctable.

Cinquante minutes seulement ?
Le sony de poche de Hae-Joo ronronna au milieu d'une scène capitale, où l'éponyme voleur de livres est saisi d'une sorte de malaise : son visage se crispe au-dessus d'une assiette de petits pois et s'immobilise. Une voix prise de panique vibrait dans le sony de poche : « C'est Xi-Li ! Je suis dehors ! Laisse-moi entrer ! Cas de force majeure ! » Hae-Joo appuya sur le téléverrou ; une bande de lumière glissa sur les sièges vides à l'ouverture de la porte du disneyrium. Un étudiant courait vers nous, le visage luisant de sueur ; il salua Hae-Joo. Les nouvelles qu'il apportait bouleverseraient une fois de plus le cours de ma vie. Quarante ou cinquante disciplinaires avaient envahi la faculté d'Unanimité et arrêté le Pr Mephi ; et à présent, c'était nous qu'ils cherchaient. Ils avaient reçu l'ordre d'arrêter Hae-Joo pour interrogatoire et de me

descendre à vue. Des disciplinaires armés occupaient les sorties du campus.

Vous rappelez-vous quelles ont été vos pensées à ces nouvelles ?

Non. Je pense que je ne pensais pas. Mon camarade dégageait une sinistre autorité présente en lui depuis le début, réalisai-je. Il jeta un œil à sa rolex et demanda si M. Chang avait été capturé. Xi-Li, le messager, rapporta que M. Chang attendait dans le parking du sous-sol. En toile de fond, un acteur mort interprétant un personnage écrit plus d'un siècle auparavant ; se tournant vers moi, l'homme que j'avais connu en tant que surlauréat d'Unanimité sous le nom de Hae-Joo Im déclara : « Sonmi~451, je ne suis pas exactement celui que je prétendais être. »

LA CROISÉE D'SLOOSHA
PIS TOUT C'QU'A SUIVI

Le ch'min d'Georgie l'Ancien et l'mien s'sont croisés plus de fois que c'que j'm'en mémore, pis quand qu'j's'rai mort, j'imagine pas c'que c'te saleté d'diable essaiera d'me faire... alors donnez-moi du mouton, et pis j'vous racont'rai comment qu'on s'est rencontrés. Nan, un morceau bien gras, qui jute, j'veux pas d'vos gratineries toutes sèches...

Adam, mon frère, pis P'pa et moi, on revenait du marché d'Honokaa par les routes boueuses en tirant notre charrette 'clatée à l'essieu pis nos vêt'ments détrempouillants. La nuit nous a vite rattrapés, alors on a campé sur la rive sud à la croisée d'Sloosha, parc'que la rivière Waipio s'était enfouguée d'plusieurs jours d'trombes pis gonflée d'la marée d'printemps. Les terres de Sloosha étaient aimab' mais marécageuses, pis à part un miyon d'oiseaux, personne vivait dans la vallée d'Waipio, c'est pour ça qu'on n'a pas fait camoufle du tent'ment ni d'la charrette, rien. P'pa m'a envoyé cueill'tter du 'tit-bois pis d'la bûche pendant qu'lui et Adam montaient la tente.

Mais c'jour-là, j'avais une terribe coule-au-cul parc'que j'avais mangé une patte de chien faisandée, alors j'm'étais accroupi dans un buisson d'arbustes de fer en amont du ravin quand soudain-coup, j'ai senti des yeux sur moi. « Qui qu'est là ? » qu'j'ai lancé, mais les broussères mitouflantes ont englouti ma voix.

Oh, 'fait bien noiraud dans c'te coin, mon garçon, qu'les broussères mitouflantes ont murmé.

« Qui qu'c'est ! qu'j'ai crié, pas si fort qu'ça. J'ai ma lame sur moi, ouais ! »

Juste au-d'ssus d'moi, quelqu'un a choté : *Qui qu't'es, mon garçon, Zachry-l' brave, ou Zachry-l' froussardet ?* J'ai levé les yeux et, juré, sur un arbre à fer pourri, Georgie l'Ancien était assis en tailleur, un sourire rusaud dans son r'gard vorace.

« Tu m'fais pas peur, toi ! » qu'j'ai répondu, mais véridire, ma voix résonnait pas plus qu'un pet d'canard dans un ouragan. J'tremblais en d'dans, pis Georgie l'Ancien a sauté de sa branche, pis qu'est-ce qui s'est passé ? Il a disparu dans une tourbille trouble, ouais, juste derrière moi. Y avait rien... sauf un poulardu bien dodu qui tarinait des asticots et d'mandait qu'à être plumé pis embroché ! D'accord, Zachry l'brave baissait les yeux d'vant Georgie l'Ancien, ouais, il était reparti débusquer d'autres froussards d'vant qui triompher. J'voulais raconter à P'pa et Adam c't'aventure glaçante, mais une récitance a plus d'saveur devant une boustifaille fracasse-langue, alors à la taiseuse, j'ai levé mes patasses pis m'suis approché lentement d'c'te bête à plume bien viandue... pis j'lui ai plongé d'ssus.

M'sieur l'poulardu m'a glissé entre les doigts et déguerpi, mais j'allais pas abandonner, nan, j'l'ai poursuivi en remontant l'ruisseau à travers les taillis bosselés pis épineux, saut'rellant par-d'ssus l'bois mort et t't ça, les épines m'éraflaient le visage terribe, j'avais la fièv' d'la chasse, alors j'ai pas remarqué qu'les arbres s'dissipaient, ni l'grond'ment des chutes de Hiilawe qui s'rapprochait, jusqu'tant qu'je m'rétame dans l'étang d'une clairière, c'qui a huecrié un troupeau d'ch'vaux. Pas des ch'vaux sauvages, nan, des ch'vaux ensellés d'armures d'cuir riv'tées, et sur la Grande Île, ça signifiait qu'une chose, ouais : les Kona.

Dix-douze d'ces sauvages peinturlurés s'sont l'vés pis ont empoigné leurs fouets pis leurs lames en m'lançant des cris de guerre ! Alors v'là qu'j'ai détalé d'par où qu'j'étais venu, ouais : on pourchassait l'chasseur. L'plus proche d'moi s'est mis à courir, les autres ont sauté sur leurs ch'vaux, la partie de sport les f'sait rire. Ouais, la panique vous flanque des ailes aux pieds mais vous embourbe aussi les pens'ries, v'là pourquoi qu'j'ai levré tout droit vers Sloosha, jusqu'où qu'y avait mon P'pa. J'étais qu'un neufiot, alors j'suivais mon instinct sans m'demander c'qui s'passerait.

J'suis pas arrivé au tent'ment, sinan j'serais pas là à vous faire récitance. Sur une racine cordeuse – p't-être l'pied d'Georgie – j'ai trébuché pis cabriolé dans un trou à feuilles mortes qui m'ont caché pis t'nu à l'écart des sabots kona qui tonnaient au-d'ssus. J'suis resté à écouter passer leurs cris râpeux à quelques longueurs d'à travers les arbres... et filer tout droit vers Sloosha. Vers P'pa et Adam.

Rapide et malin, j'me suis faufilé, n'empêche qu'j'suis arrivé trop tard, ouais. Les Kona encerclaient notre tent'ment, leurs cravaches claquaient. P'pa tournoyait sa hache pis mon frère tenait sa pique, mais les Kona s'jouaient d'eux. J'suis resté au bord de la clairière, la frousse m'pissait dans l'sang, j'pouvais plus avancer. *Clac !* a fait un fouet, pis P'pa et Adam sont tombés et s'sont tortillés comme des anguilles sur l'sable. Le chef kona, un salopiot à tête de r'quin, est descendu d'son ch'val pis gadouillé dans l'eau vers P'pa, s'est tourné vers son frère peinturé pour sourire, a sorti sa lame pis ouvert la gorge de P'pa d'une oreille à l'autre.

J'avais jamais vu quelqu'chose d'aussi rubis qu'le ruban d'sang qui s'échappait de P'pa. L'chef a léché la lame.

Adam était sous l'choc d'la mort, son cran s'était envolé. Un des salopiots peinturés lui a ligoté les pieds pis les poings, pis l'a balancé sur sa selle comme un sac d'taro, tandis qu'les autres pillaient nos objets d'fer et saccageaient l'reste d'notre tent'ment. Le Chef est remonté sur son ch'val, s'est tourné vers moi pis m'a r'gardé droit dans les yeux... C'était Georgie l'Ancien qui m'fixait. *Zachry-l'froussardet*, disait son regard, *tu vois pas qu'tu m'appartiens depuis ta naissance ? À quoi bon chercher à m'empoigner ?*

Si j'l'ai détrompé ? Si j'suis resté aux aguets pour planter ma lame dans le cou d'un Kona ? Si j'les ai suivis jusqu'leur camp pour essayer d'libérer Adam ? Nan, Zachry-l'brave-neufiot a serpenté dans une planquette feuillue pour pleurnicher et prier Sonmi d'pas s'laisser attraper pis esclaver à son tour. Ouais, c'est tout c'que j'ai fait. Oh, si j'avais été Sonmi, j'aurais hoché la tête d'dégoût pis écrasé la misérable tique que j'étais.

L'corps étendu de P'pa tanguait dans les hauts-fonds saumâtres, quand j'suis rev'nu en douce à nuitombée ; l'fleuve s'calmait pis l'temps s'dégageait. P'pa qui m'avait taquinancé, baffé, aimé. Glissant comme un poisson-à-grotte, lourd comme une vache, froid comme une pierre, l'fleuve lui avait sucé tout l'sang. J'pouvais pas m'chagriner comme qu'il fallait, à cause du choc pis d'l'horreur. Pis comme Sloosha était à neuf-dix kilomètres d'vallonnées d'Rivage-d'Os, j'ai fait un tertre sur P'pa là où qu'il était. J'arrivais pas à m'souv'nir des paroles sacrées d'l'Abbesse, à part *Chère Sonmi qui es parmi nous, renvoie c't' âme bien-aimée dans un ventre d'la vallée, nous t'en conjurons.* Alors j'ai dit c'que j'savais, pis j'ai traversé l'Waipio, pis r'monté le ch'min en dents d'scie qui traversait la forêt ennuitée.

Une chouette elfique a hululé : *Beau combat, Zachry-l'brave !* J'ai crié à l'oiseau d'la boucler, mais il a répondu : *Aut'ment quoi ? Tu vas m'clater comme qu't'as 'claté les Kona ? Oh, aie pitié de mes tout-petits-petits-petits !* Plus haut dans les montagnes Kohala, les dingos hurlaient *Frouuussaaaaardeeeeeet Zaaaachryyyyyyy*. Pis la lune a l'vé la tête, mais c'te froide d'moiselle a rien dit, pas b'soin d't't'façon, j'savais c'qu'elle pensait. À quelques kilomètres d'là, Adam regardait c'te lune, lui aussi, mais j'aurais pas pu l'aider, c'était comme s'il était encore plus loin qu'Honolulu. J'ai 'claté pis sangloté, sangloté, sangloté, ouais, comme un babiot ventinoué.

Un kilomètre plus en amont, y avait la maison d'Abel qu'j'ai réveillée d'mes cris. Isaak, l'aîné d'Abel m'a fait entrer pis j'leur ai raconté c'qui s'était passé à la croisée d'Sloosha, mais est-ce qu'j'ai dit tout le vrai ? Nan, pelotonné dans les couvettes d'Abel pis réchauffé par l'feu et la boustifaille, le p'tit Zachry a menti. J'leur ai pas confié comment qu'j'avais m'né les Kona au tent'ment, hein, juste qu'j'étais parti chasser un poulardu dans les fourrés, pis quand qu'j'étais rev'nu... on avait tué P'pa, enlevé Adam, pis y avait des traces d'Kona partout dans la boue. J'pouvais rien faire, ni pendant, ni après. Dix cogneurs kona auraient occis Abel et les siens aussi facil'ment qu'ils avaient occis P'pa.

J'les vois, vos visages : ils demandent pourquoi qu'j'ai menti ?

A'ec c'te nouvelle narrance, v'voyez, j'étais plus Zachry-l'bécile ni Zachry-l'froussardet, mais Zachry-l'malchanceux-chanceux. Les mensonges, c'sont des vautours d'Georgie l'Ancien qui tournoient dans le hautain pis cherchent à piquer sur une âme vortonne et malingue où qu'ils pourraient planter leurs serres, et c'soir-là chez Abel, l'âme vortonne et malingue, c'était moi, ouais.

Enfin, vous r'gardez un bougue tout ridé, et a'ec la glaviote qui m'ronge le souffle, j'suis pas près d'voir beaucoup d'autres hivers, ça nan, j'sais bien. J'ai beau crier à Zachry-l'neufiot, quarante années derrière moi : *Hé, 'coute-donc ! Y a des fois où qu't'es tout faible d'vant l'monde ! Y a des fois où qu'tu peux rien ! C'est pas ta faute si c'te monde est 'claté !* J'peux bien crier : le p'tit Zachry m'entend pas, il m'entendra jamais.

C'est un don, la langue des chèvres, on l'a le jour où qu'on naît ou on l'a pas. A'ec c'te don, les chèvres font comme que vous leur ord'donnez. Sans ça, elles vous sabotent de boue pis restent plantées là à vous dédaigner. Chaque aubée, j'trayais les chèvres pis presque tous les jours, j'conduisais l'troupeau à travers l'gosier d'la vallée d'Élépaio pis l'col des Vertèbres jusqu'la pâture qui s'étale sur les pics du Kohala. J'm'occupais des chèvres d'tante Abeilles, aussi. Ils avaient quinze-vingt chèvres, en tout j'en avais cinquante-soixante à surveiller pis il fallait aider au naissage pis surveiller qu'y avait pas d'malades. J'les aimais bien, ces couillonnes, j'les aimais mieux qu'moi-même. Quand qu'la pluie tonnait, j'restais à m'tremper pour leur enl'ver leurs sangsues ; quand qu'l'soleil brûlait, j'craquelais et brunissais, pis quand qu'on allait sur le Kohala, y avait des fois où qu'je r'descendais pas pendant trois-quatre nuits d'affilée, eh nan. 'fallait balader d'l'œil. Les dingos qui charognaient dans les montagnes, ils étaient prêts à grappiller un nouveau-né chanc'lant si moi et ma pique, on veillait pas au grain. Quand qu'P'pa était p'tit, des sauvages mookini étaient v'nus d'Vau-vent pour s'aventurer ici pis voler une ou deux chèvres, mais quand qu'les Kona ont esclavé tous les Mookini pis les ont ram'nés vers l'sud, la mousse pis les fourmis ont envahi leurs vieilles habitations à Hawi. Nous autres chevriers, on connaissait l'massif du Kohala comme personne, ses failles, ses ruisseaux, les endroits hantés, les arbres d'acier qu'ces anciens charogneurs avaient loupés, pis un-deux-trois édifices des Anciens qu'personne connaissait à part nous.

J'ai planté mon premier babiot dans Jayjo de la maison du Coupe-Pied, sous un citronnier par une journée ensoleillée. En tout cas, l'sien, c'est l'premier qu'j'étais au courant. Les filles, elles sont si malines quand qu'il est question d'savoir qui, l'moment, et t't ça. J'avais douze ans, Jayjo avait le corps ferme et enfievré ; tout rieurs, entortillés pis fous d'amour, qu'on était, ouais, comme vous deux qu'êtes assis, là, pis quand qu'Jayjo s'est emprunée à maturité, on a parlé d'mariage pis qu'elle viendrait vivre chez Bailey. On avait plein d'chambres d'libres, v'voyez. Mais les eaux de Jayjo ont 'claté plusieurs lunes trop tôt, et Banjo m'a amené à Coupe-Pied, où qu'elle était en travail. Le babiot est sorti quelques batt'ments après qu'j'arrive.

C'te récitoriette a rien d'souriarde, mais vous vouliez connaître ma vie à la Grande Île, alors j'vous livre ces souvenirs qui vaironnent vers l'oubli. L'babiot avait pas d'bouche, nan, pis pas d'trous d'nez nan plus, pis comme il pouvait pas respirer, il a commencé à mourir dès qu'la m'man d'Jayjo lui a coupé l'cordon, le pauv' 'tit bougue. Ses yeux s'sont jamais ouverts, il a eu l'temps d'sentir sur son dos l'chaud d'la main d'son p'pa, pis il a pris d'sales couleurs, pis cessé d'gesticuler, pis il est mort.

Jayjo aussi, a'ec ses sueurs froides, elle avait l'air

d'mourir. Les femmes m'ont dit d'laisser ma place à l'herboriste.

J'ai enveloppé l'babiot mort dans un pochon d'laine pis j'l'ai emporté à Rivage-d'Os. Je m'sentais si desseulé, j'me d'mandais si c'était celle d'Jayjo ou la mienne, la graine de pourrie, à moins qu'de pourrie, y avait qu'ma fortune. Elle paraissait flasque, c'te matinée sous les buissons d'fleurs-de-sang, les vagues r'montaient l'rivage en chanc'lant comme des vaches malades, pis s'effondraient. Il a pas fallu autant de temps pour bâtir l'tertre du babiot qu'celui de P'pa. L'rivage sentait l'goémon et la chair pourris, pis d'vieux os s'mêlaient aux cailloux, alors ça donnait pas envie d'traîner plus longtemps qu'il fallait, à moins d'être né mouche ou corbeau.

Jayjo, elle est pas morte, nan, mais elle a plus jamais fait son rire entortillé d'avant, pis on s'est pas mariés, nan, faut bien être sûr qu'les graines donneront un bienformé ou quelqu' chose d'approchant, ouais ? Sinan, qui c'est qu'ira brosser votre toit pour enl'ver la mousse ou huiler votre icône quand qu'vous s'rez parti ? Alors quand qu'j'croisais Jayjo à une rassemblée ou à une troqu'rie, elle disait : *Comme qu'il pleut, c'te matin.* Et moi, j'répondais : *Ouais, il pleuvra jusqu'la nuitombée, j'parie.* Puis chacun continuait sa route. Trois ans plus tard, elle a marié un cuirier d'la vallée d'Kane, mais j'suis pas allé à leur festoyade.

C'était un garçon. Notre babiot mort sans nom. Un garçon.

Les habitants des Vallées avaient qu'un seul Dieu, et elle s'app'lait Sonmi. En général, les sauvages d'la Grande Île avaient plus d'dieux qu'ils pouvaient en honorer. Du côté de Hilo, les gens priaient Sonmi s'ils étaient d'bon-pied, mais ils avaient d'autres dieux aussi : des dieux pour les r'quins, pour les volcans, pour l'maïs, pour les éternuements, pour les verrues poilues : oh, disez-en un, les Hilo vous l'auront pondu. Les Kona avaient une tribu entière d'dieux d'la guerre pis de dieux-ch'vaux, et t't ça. Mais pour les habitants des Vallées, ces dieux d'sauvages valaient pas l'détour, nan, y avait qu'Sonmi qu'existait pour d'vrai.

Elle vivait parmi nous et veillait sur les Neuf Vallées Plissées. La plupart du temps, on pouvait pas la voir, mais d'autres fois, elle apparaissait, en vieille bique qui s'aidait d'un bâton, et moi j'l'ai d'jà vue sous les traits d'une fille qui scintillait. Sonmi aidait les malades, réparait la fortune 'clatée, pis quand qu'un habitant des Vallées véridisant et civilisé mourait, elle prenait son âme pis la ram'nait quelqu'part dans un ventre des Vallées. Des fois on s'souv'nait d'nos vies passées, des fois nan ; des fois Sonmi disait à l'Abbesse qui étaient les gens dans les rêves, des fois nan... mais on savait qu'on r'naîtrait toujours en habitants des Vallées, alors la mort était pas si effroyante pour nous, nan.

Enfin, tant qu'Georgie l'Ancien avait pas votre âme, ouais. Si on f'sait l'sauvage, l'moi-seul, qu'on dédaignait la Civilis'rie, ou si Georgie nous poussait à la barbarie, et t't ça, ben votre âme dev'nait lourde pis épineuse pis empesée d'pierres. Sonmi pouvait pas vous remet' dans un ventre, alors. Les moi-seuls, les malhonnêtes, on les appelait les « pierreux » ; comme destin, y avait pas pire pour un habitant des Vallées.

L'Iconière était l'seul bâtiment sur le Rivage-d'Os entre la vallée d'Kane et celle de Honokaa. Y avait pas d'ord'donnance qui disait d'pas y entrer, n'empêche qu'personne y allait à l'oisive, parc'qu'ça vous pourrissait la fortune si vous aviez pas d'bonne raison d'déranger la nuit entoiturée d'l'Iconière. C'était là qu'après notre mort on mettait nos icônes, qu'on gravait pis ponçait pis écrivait pendant toute notre vie. Y en avait des miyers posées sur les étagères à mon époque, ouais, une pour chaque habitant des Vallées qu'avait vu l'jour, vécu, pis r'vu l'jour, c'était ainsi d'puis qu'la Flotille d'nos ancêtres était parvenue à la Grande Île pour fuir la Chute.

La première fois qu'j'suis allé dans l'Iconière, c'était a'ec P'pa pis Adam quand qu'j'étais septiot. M'man avait eu c'te mauvaise coulance après l'naissage d'Chaton, alors P'pa nous a emm'nés demander à Sonmi d'la réparer, parc'qu'l'Iconière était un lieu saint particuyer, et d'habitude, Sonmi vous y écoutait. Il f'sait sombre pis mouillé, d'dans. Ça sentait la cire pis l'huile de tèque pis l'temps. Les icônes vivaient sur des étagères installées du sol au plafond ; combien qu'y en avait, j'aurais pas su dire, nan, on les compte pas comme des chèvres, mais l'nombre d'vies d'avant dépasse celui des vies d'maintenant pareill'ment aux feuilles qui surnombrent un arbre. La voix de P'pa parlait dans les ombres, familière mais sinistre aussi, elle d'mandait à Sonmi d'empêcher M'man d'mourir pis d'laisser son âme rester dans son corps plus longtemps, et moi, dans ma tête, j'priais pareill'ment. Pis on a entendu comme un grond'ment sous l'silence, un miyon d'chuchot'ments comme l'océan, mais c'était pas lui, nan, c'étaient les icônes, alors on a su qu'Sonmi était là à nous écouter.

M'man est pas morte. Sonmi a eu pitié, v'voyez.

Mon deuxième passage à l'Iconière c'était pour la Nuit de la Songeance. Quand les quatorze encoches sur notre icône disaient qu'on avait grandi, on dormait seul dans l'Iconière, pis Sonmi nous donnait une songeance particuyère. Les filles voyaient qui qu'elles allaient marier pis les garçons trouvaient leur métier ; d'autres fois, on voyait des choses qu'on rapportait à l'Abbesse, qui en tirait des augurales. Quand qu'on quittait l'Iconière au matin, on était dev'nus des hommes et des femmes.

Alors une fois l'soleil couché, j'me suis allongé sous la couvette de P'pa dans l'Iconière et mon icône pas encore gravée m'servait d'oreiller. Dehors, Rivage-d'Os claquait et craquait, pis les brisants écumaient et bouillonnaient, pis j'ai entendu un engoul'vent. Mais c'était pas un engoul'vent, nan, c'était une trappe qui s'ouvrait à côté de moi, et y avait une corde qui pendait dans le ciel des enfers. *Descends*, m'a dit Sonmi, alors j'ai suivi son conseil, mais la corde était faite d'doigts pis d'poignets entremêlés. J'ai l'vé la tête et j'ai vu qu'le feu descendait de par l'plancher d'l'Iconière. *Coupe la corde*, a dit un homme courbé, mais j'avais peur d'le faire parc'que sinan j's'rais tombé, pas vrai ?

Dans la songeance d'après, j'tenais mon babiot malformé dans la chambre d'Jayjo. Il donnait des coups d'pied, s'tortillait pareill'ment qu'à son naissage. *Vite, Zachry*, a dit l'homme, *coupe-lui une bouche pour qu'il respire !* J'avais ma lame dans la main, alors j'ai taillé au garçon une fente souriarde ; comme dans du fromage, qu'ça f'sait. Les mots jaillissaient à travers l'écume : *Pourquoi qu'tu m'as tué, P'pa ?*

Dans ma dernière songeance, j'longeais l'Waipio. Sur la rive d'en face, j'voyais Adam, qui pêchait joyeus'ment ! J'avais beau gesticuler, il m'voyait pas, alors j'ai couru jusqu'un pont qu'existe pas dans la vie des réveillés, nan, un pont d'or et d'bronze. Quand qu'j'suis enfin arrivé d'l'autre côté, j'ai sangloté comme un malheureux parc'qu'il restait plus qu'des bouts d'os pis une anguille d'argent qui flip-flapait dans la poussière.

L'anguille, c'était la lézarde de l'aube sous la porte de l'Iconière. J'ai mémoré les trois rêves pis j'ai traversé la pleuviot'rie des embruns pour aller trouver l'Abbesse sans croiser personne. L'Abbesse nourrissait ses poussinots derrière l'écol'rie. Elle a écouté de près mes songeances, pis m'a dit qu'elles étaient malines, ces augurales, alors elle m'a ord'donné d'attendre dans l'écol'rie pendant qu'elle prierait Sonmi pour en d'mander la signifiance.

La salle d'écol'rie était touchée par l'mystère sacré des Jours d'Civilis'rie. Tous les livres des Vallées r'posaient sur ses étagères, et même tout pendouilleux et asticotés, c'étaient des livres d'mots et d'connaissage, ouais ! Y avait même une boule du monde. Si l'Grand Monde t'nait sur une boule géante, j'comprenais pas pourquoi qu'les gens dégringolaient pas, et pis j'comprends toujours pas, d'ailleurs. R'marquez, j'avais pas trop la Savance pour l'apprentissage d'l'écol'rie, pas comme Chaton, qu'aurait pu succéder à l'Abbesse si les choses avaient tourné autr'ment. L'verre des f'nêtres d'l'écol'rie était resté inclaté depuis la Chute. Mais la plus grande merveille, c'était la pendule, ouais, la seule pendule en marche des Vallées pis d'toute la Grande Île, pis de Hawai, même. Quand qu'j'allais à l'écol'rie, j'avais peur de c't'araignée qui tictacait, nous r'gardait pis nous jugeait. L'Abbesse nous avait appris la langue d'la pendule, mais j'avais tout oublié sauf *pile* pis *et d'mie*. J'me souviens d'l'Abbesse qui disait : *La Civilis'rie, ça d'mande du temps, alors si on laisse c'te pendule mourir, l'temps mourra aussi, pis comment qu'on reviendra aux Jours d'Civilis'rie comme ceux d'avant la Chute ?*

J'ai r'gardé la pendule toquer c'te matinée jusqu'tant qu'l'Abbesse revient d'son augurage et s'assoit d'vant moi. Elle a déclaré qu'Georgie avait faim d'mon âme, alors il avait jeté l'maldire sur mes rêves pour en embrumer la signifiance. Mais Sonmi avait révélé c'que disaient les vraies augurales. Et vous aussi, rapp'lez-vous-en bien, parc'qu'elles chang'ront l'chemin de c'te récitance, pis pas qu'une fois.

Un : *À mains qui brûlent, la corde faut pas couper.*
Deux : *À ennemi qui dort, la gorge faut pas tailler.*
Trois : *À bronze qui brûle, l'pont faut pas traverser.*

J'ai avoué qu'j'comprenais pas. L'Abbesse a répondu qu'elle nan plus, mais qu'moi, j'comprendrais quand qu'le véritable batt'ment viendrait, pis elle m'a cloué ses augurales dans la mémoire. Pis elle m'a donné un œuf de poule en guise d'déjeunette, encore tout glavieux et tout chaud d'l'oiseau, pis elle m'a montré comment en sucer l'jaune à l'aide d'une paille.

Alors vous voulez qu'j'vous parle du Grand Navire des Prescients ?

Nan, c'est pas une légende, c'te Navire. Il était aussi vrai qu'moi et vous. J'l'ai vu d'mes propres yeux, ouh-là, vingt fois ou plus. L'Navire s'arrêtait à la baie d'la Flotille deux fois l'an. Aux moitiés du printemps pis d'l'automne, quand qu'les jours et les nuits avaient la même taille. R'marquez qu'il s'est jamais arrêté chez les sauvages, ni à Honokaa, ni à Hilo, ni dans l'Vau-vent. Et pourquoi ça ? Parc'que pour les Prescients, seuls les habitants des Vallées avaient assez d'Civilis'rie, ouais. Ils voulaient pas troquer a'ec des barbares qui croyaient qu'leur Navire était un énorme dieu-oiseau blanc ! L'navire avait la couleur du ciel, alors on pouvait pas l'voir jusqu'tant qu'il était pas d'vant l'rivage. Il avait ni rames ni voiles, ni b'soin d'vent ou d'courant parc'qu'il fonctionnait à la Savance des Anciens. Aussi long qu'un grand îlot, c'te Navire, haut comme une p'tite colline, y avait deux-trois-quatre cents personnes d'dans, p't-être un miyon.

Comment qu'il bougeait ? Où qu'ses voyageries l'avaient emm'né ? Comment qu'il avait survécu à toutes les pétances pis à la chute ? Ben, j'ai jamais vraiment su, mais les récitances d'Zachry sont pas inventées, c'est pas comme la plupart des raconteurs. Ceux d'la tribu du Navire s'app'lait les Prescients, et ils v'naient d'une île appelée Prescience. Prescience était plus grande qu'Maui, plus p'tite que la Grande Île, pis loin-loin dans l'bleu du nord, plus que c'que j'sais d'jà pas et que j'pourrais pas dire.

Alors l'Navire a lâché l'ancre à 'viron dix jets du d'vant d'l'écol'rie pis deux p'tits bateaux frelons sont sortis d'la proue du Navire pis ont survolé les vagues jusqu'à la plage. Dans chacun, y avait six-huit hommes et femmes. Oh, y avait tout d'étonnant chez eux. Les Prescientes, on aurait dit des hommes, elles avaient les ch'veux courts, ils étaient pas nattés comme ceux des femmes des Vallées, pis elles étaient plus élancées pis plus fortes. La peau des Prescients était saine et douce, sans une trace d'écorchage, mais marron noir comme du breuvage, pis ils se r'ssemblaient tous, contrair'ment aux gens d'la Grande Île. Pis les Prescients parlaient pas trop, nan. Deux gardes restaient d'vant les bateaux rivagés pis si on leur d'mandait : *Comment qu'vous vous appelez, m'sieur ?* Ou : *Vous vous rendez où, mad'moiselle ?* Ils hochaient la tête, comme si qu'ils disaient : *J'vais pas répondre, nan, alors arrête donc a'ec tes questions*. Une mystérieuse Savance nous empêchait d'approcher tout près. L'air épaississait jusqu'tant qu'on pouvait plus avancer. Pis ça donnait d'drôles de vertiges douloureux, alors on s'embourriquait pas, nan.

Les troqu'ries avaient lieu aux Communes. Les Prescients parlaient d'une manière bizarre, pas paresseuse ni boutonneuse comme les Hilo, mais toute salée pis froide. Dès qu'les Prescients posaient l'pied à terre, la parlotte s'déchaînait et la plupart des maisonnées s'bousculaient d'jà vers les Communes munies d'leurs paniers d'fruits, d'légumes pis d'viandes, et t't ça. Pis les Prescients remplissaient des cageots spéciaux a'ec d'l'eau du torrent. En échange, les Prescients troquaient de la ferraillerie de meilleure qualité que c'qu'on trouvait sur la Grande Île. Ils étaient justes en troqu'rie et parlaient sans empoigne, pas comme les sauvages de Honokaa, n'empêche qu'leurs polit'ries traçaient une ligne qui signifiait : *J'te respecte, mais toi et moi, on est pas d'la même famille, alors franchis pas c'te limite, ouais ?*

Ça ouais, les Prescients avaient établi des règles de troqu'rie super-strictes. Ils troquaient jamais des choses de plus grande Savance que c'qu'y avait d'jà sur la Grande Île. Par exemp', après que P'pa a été tué, on s'était mis d'accord pendant une rassemblée pour construire près d'la maison d'Abel une garnison qui protég'rait la piste d'Muliwai, le ch'min principal qui reliait le pont d'Sloosha à nos Neuf Vallées. L'Abbesse avait d'mandé aux Prescients des armes particuyères pour nous protéger des Kona. Les Prescients avaient dit nan. L'Abbesse les avait plus-et-moins implorés. Ils avaient r'dit nan, pis c'était tout.

Une autre règle, c'était d'pas nous parler de c'qu'y avait au bout d'l'océan, pas même d'Prescience, même s'ils nous avaient révélé l'nom d'leur île. Le Napes d'chez Inouye leur avait proposé d'payer pour embarquer sur l'Navire, pis c'est là qu'j'ai vu c'qui s'rapproche l'plus d'un Prescient qui rigole. Leur chef a dit nan et ça a surpris personne. On a jamais trop poussé leurs règles à courbure, parc'qu'ils f'saient d'jà honneur à notre Civilis'rie en troquant a'ec nous. L'Abbesse les invitait toujours à la festoyade, mais l'chef r'fusait toujours a'ec polit'rie. De r'tour à leurs bateaux, ils chargeaient leurs troqu'ries. Une heure plus tard, l'Navire r'partait, vers l'est au printemps, vers l'nord en automne.

Voilà comment qu's'déroulaient ces visites, autant qu'quiconque s'en souvenait. Jusqu'ma seizième année, quand qu'une Presciente nommé Méronyme est restée un moment dans notre maison, pis alors ni ma vie, ni les Vallées ont plus jamais été les mêmes, nan : plus jamais.

En amont du col des Vertèbres y avait une crête en haut des patûrages du Kohala qu'on appelait l'Nid-d'la-Lune et qui donnait la meilleure vue possible d'Front-d'vent. Un après-midi pailleté d'printemps, alors qu'j'emm'nais l'troupeau au Nid-d'la-Lune, j'ai guetté l'Navire qu'approchait d'la baie d'la Flotille, et ça aussi, c'était un super spectacle : il était du même bleu qu'l'océan, pis si on l'regardait pas direct, on l'voyait pas, nan. Même si j'savais qu'j'devais rappliquer vite-net à la troqu'rie, 'fallait bien qu'j'm'occupe des chèvres, et t't ça, et pis au moment qu'j'arriverais aux Communes, les Prescients s'raient sans doute d'jà sur l'départ, alors j'suis resté à m'la couler douce pis à r'garder c't'strordinaire Navire de Savance qui venait pis r'partait a'ec les oies sauvages ou les baleines.

Ouais, v'là la raison qu'j'avais trouvée pour pas redescendre, c'que j'me répétais ; mais la vraie raison c'était une fille du nom d'Roses qui ramassait des feuilles d'*palila* pour les méd'cinages d'sa mère. On s'était fiévriquement enrutés l'un d'l'autre, v'voyez, pis dans l'étourderie de c't'après-midi, j'ai sucioté ses mangues lascives et sa figue juteuse, alors véridire, j'avais pas envie d'aller ailleurs, pis Roses a pas ramassé beaucoup d'feuilles d'*palila* nan plus, nan. Oh, vous riez, vous rougissez, jeunesse, mais à une époque j'étais tout comme vous, ouais.

L'soir v'nu, quand qu'j'ai ram'né mes chèvres à la maison, M'man s'ébrouait et s'anxiétait comme un jars qu'aurait plus qu'une aile, elle m'maldisait comme une folle, alors c'est par Sussy qu'j'ai eu toute la parlotte. Après la troqu'rie aux Communes, l'chef des Prescients a d'mandé à s'entret'nir seul à seul a'ec l'Abbesse. Après d'longs batt'ments, l'Abbesse est sortie d'la rencontre pis nous a convoqués à une rassemblée. Tous les habitants des Vallées des maisons alentour étaient là, sauf ceux de Bailey, là où qu'on habite. V'voyez, M'man s'était pas rendue aux Communes, nan plus. Mais la rassemblée a commencé quand même. *L'chef Prescient veut faire un troc particuyer c't' année*, a dit l'Abbesse. *Une dame du bateau veut vivre pis travailler dans une d'nos maisons pendant six lunes pour apprendre nos coutumes pis nous comprendre, nous autres gens des Vallées. En échange, l'chef nous donnera l'double de tout c'qu'a été troqué aujourd'hui. Filets, pots, cass'roles, ferrerie, tout au double. Imaginez un peu l'honneur qu'c'est, pis imaginez tout c'qu'on pourra avoir en échange à la troqu'rie de Honokaa.* Il a pas fallu longtemps pour qu'un grand *ouais!* tournoie dans la foule de la rassemblée, du coup l'Abbesse a dû crier sa deuxième question par-d'ssus la gueulerie. *Qui va héberger notre hôte prescient?* Oh, c'te *ouais!* s'est refroidi d'un coup. Les gens avaient des sacs entiers d'escuses. *On n'a pas assez d'place. On a deux babiots en route. L'invitée pourrait pas bien dormir. Les moussiques qu'y a près d'chez nous vous la bouff'rait.* Volvo-la-rouille, c'te bougue huileux, c'est lui qu'a lancé l'idée. *Et chez les Bailey?* V'voyez, y avait ni M'man, ni moi pour effroider leur plan avant qu'il flambe. *Ouais, y a des chambres vides d'puis la mort de P'pa Bailey! Les Bailey ont pris plus aux Communes qu'ils y ont engrangé à la récolte d'avant, ouais, c'est leur devoir! Ouais, ils ont b'soin d'mains chez les Bailey, comment qu'M'man Bailey s'ra* contente *de c't'aide !* Et l'ord'donnance de la rassemblée a ainsi été décidée.

Eh ben, à présent le jars à une aile, c'était moi, ouais. Qu'est-c'que les Prescients mangeaient pis buvaient ? Est-c'qu'ils dormaient dans la paille ? Est-c'qu'ils *dormaient*, d'ailleurs ? Six lunes ! M'man m'maldisait d'pas avoir été présent à la troqu'rie du Navire : même si M'man était l'vrai chef des Bailey, j'étais l'homme l'plus vieux d'la maison alors j'aurais dû y aller, c'était juste. J'ai fait : *R'garde, j'vais aller voir l'Abbesse et lui dire qu'on peut pas héberger une Presciente chez nous...* quand qu'la porte est intervenue : *toc, toc, toc.*

Ouais, c'était l'Abbesse et Mylo, l'assistant d'l'écol'rie, qui am'naient la Presciente pour qu'elle s'installe. On savait qu'on s'était fait plomber a'ec l'invitée des Vallées, mais qu'ça nous plaisait ouais ou nan, on pouvait pas les envoyer pâturer, v'voyez. Ç'aurait j'té la honte sur notre toit pis sur nos icônes. La femme du Navire avait c't'odeur vinaigrée d'Savance, pis elle a parlé en premier, tell'ment qu'moi pis M'man, on avait la langue nouée. *Bonsoir*, qu'elle a dit. *J'm'appelle Méronyme, et j'vous r'mercie bien d'm'héberger pendant mon séjour dans les Vallées*. Mylo, qui voyait qu'j'm'anxiétais, f'sait son sourire moqueur d'crapaud ; j'aurais pu l'tuer.

Sussy a été la première à s'mémorer comment qu'on r'cevait, alors elle a installé nos invités pis envoyé Jonas chercher du breuvage et d'la boustifaille, et t't ça. Méronyme a parlé : *Mon peuple a pour coutume d'offrir un p'tit cadeau à ses hôtes au début d'une visite, j'espère qu'ça vous dérange pas...* Elle a fouillé dans l'sac qu'elle avait apporté pis a distribué des présents. M'man a eu un bon pot qu'aurait coûté dans les cinq-six mottes de laine à Honokaa, alors ça l'a laissée en soufflette pis elle a dit qu'elle pouvait pas accepter un présent aussi particuyer, parc'qu'c'était dans les façons d'Sonmi d'accueillir les étrangers, ouais, quand qu'on accueillait, ça d'vait être gratuit ou alors c'était pas d'l'accueil, mais la Presciente a répondu qu'ces cadeaux servaient pas d'paiement, nan c'était juste des mercis en avance des gentillesses, alors M'man a pas r'fusé l'pot une deuxième fois. Sussy pis Chaton ont eu des colliers qui scintillaient comme des étoiles ; joyeuses, qu'elles étaient, elles f'saient des yeux d'poisson, pis Jonas a eu un miroir carré entier, ça l'fascinait, c'te miroir brillait tell'ment plus qu'les brisures 'clatées qu'on trouve ici ou là.

Mylo avait beau perdre son sourire d'crapaud, ces cadeaux m'disaient rien d'bien, nan, v'voyez, c't'étrangère ach'tait les miens, et ça m'plaisait pas du tout. Alors j'ai dit qu'la femme du Navire pouvait rester chez nous mais que j'voulais pas d'ses cadeaux pis c'était tout.

J'l'avais dit a'ec plus d'grossièr'té que j'voulais, du coup M'man m'a lancé des piques du r'gard, mais Méronyme s'est contentée d'répondre : *Bien sûr, j'comprends*, comme qu'si j'avais parlé d'façon ordinaire et normale.

Alors c'te nuit-là pis celles d'après des troupeaux d'visiteurs d'toutes les Neuf Vallées sont v'nus bêler chez nous : des proches, des frères, des familles d'nos vies d'avant, des méconnus qu'on voyait qu'aux troqu'ries, ouais : des gens venus d'Mauka et d'Mormon toquaient pour voir si la vieille Parlotte avait dit vrai, comme quoi une vraie Presciente vivait chez les Bailey. Bien sûr, il nous fallait tous les inviter jusqu'le dernier, pis alors ils béaient d'merveillage comme si qu'Sonmi en personne était assise dans notre cuisine, mais ça les empêchait pas d'bâfrer notre boustifaille pis d'descendre notre breuvage, ça nan, pis plus ils buvaient, plus les années d'questions sur l'île Prescience et l'super Navire coulaient à torrents.

N'empêche, y avait une chose bizarre. Méronyme avait l'air d'répondre aux questions, mais ses réponses étanchaient pas notre curieus'rie d'une puce, nan. Alors mon couse Spensa qu'habite chez Cluny a d'mandé : *C'est quoi qui fait bouger votre Navire ?* La Presciente a répondu : *Des moteurs à fusion.* Tout l'monde f'sait ouais d'la tête a'ec un air d'sagesse à la Sonmi : *Ah, des moteurs à fusion, alors c'est ça,* ouais, personne d'mandait c'que c'était, un « moteur à fusion », parc'qu'ils voulaient pas avoir l'air barbare ou crétin d'vant la rassemblée. L'Abbesse lui a d'mandé d'nous montrer Prescience sur la carte du monde, alors Méronyme y a pointé son doigt pis a dit : *Ici.*

Où ça ? qu'on a d'mandé. V'voyez, y avait rien qu'du bleu de mer, alors j'ai pensé un batt'ment qu'elle nous taquinançait vilainement.

Prescience apparaissait pas sur les cartes dessinées juste avant la Chute, parc'qu'les fondateurs d'Prescience avaient gardé l'secret de c't'île. On la voyait sur des cartes plus anciennes, ouais, mais pas sur celles d'l'Abbesse.

Comme j'avais rassemblé un peu d'courage, j'ai d'mandé à notre invitée c'qu'les Prescients, a'ec leur grande Savance et t't ça, comptaient apprendre auprès d'nous autres, les habitants des Vallées. Qu'est-ce qu'on pouvait bien lui instruire qu'elle savait d'jà pas ? *Un esprit qu'apprend, c'est un esprit qui vit,* a dit Méronyme, *pis toute sorte de Savance – ancienne ou nouvelle, grande ou p'tite –, c'est d'la Savance.* À part moi, personne avait r'marqué les flèches d'flatt'rie qu'ces paroles décochaient, ni comment qu'c't'ingénieuse guetteuse s'servait d'notre ignorance pour embrumer ses véritables intentions ; alors j'ai enquillé a'ec c'te titillade : *Mais vous autres Prescients, vous avez plus de c'te grande pis énorme Savance que l'reste du monde, ouais ?* Oh, a'ec quelle malin'rie elle a choisi ses mots ! *Plus qu' les Tribus de Hawai, moins qu' les Anciens d'avant la Chute.* V'voyez ? Ça dit pas grand-chose en fait, pas vrai ?

J'me souviens seul'ment d'trois réponses honnêtes qu'elle nous a données. Rubis d'chez Potier a d'mandé pourquoi qu'les Prescients avaient tous la peau brune comme les noix d'coco ; ça nan, on avait jamais vu d'Prescient pâlot ou roset descendre du Navire. Méronyme a répondu qu'ses ancêtres d'avant la Chute avaient changé leurs graines d'façon qu'leurs babiots ont la peau brune pis qu'ça les protège d'la gale rouge, du coup les babiots d'leurs babiots avaient aussi la peau brune, aussi vrai qu'un p'pa aime son fils pis qu'les lapins aiment l'concombe.

Napes qu'habite chez Inouye a d'mandé si elle avait marié, parc'qu'lui il était garçon et qu'il avait un verger a'ec un macadamia, pis un figuier pis un citronnier à lui. Tout l'monde a ri, même Méronyme a souri. Elle a dit qu'elle avait marié une fois, ouais, pis eu un fils Anafi qui vivait à Prescience, mais son mari à elle avait été tué par des sauvages des années avant. Elle s'est désolée d'devoir r'noncer aux figues pis aux citrons, mais elle était trop vieille pour l'marché des maris, alors Napes a hoché la tête d'dépit pis a soupiré : *Oh, tu m' brises le cœur, femme du Navire, ouais, c'est vrai.*

En dernier, mon cousin Tipote a d'mandé, *Quel âge qu't'as, alors ?* C'est vrai, c'est bien c'qu'on s'demandait. Personne s'attendait à c'te réponse : *Cinquante ans.* L'air d'notre cuisine a changé comme qu'si un vent froid s'était soudain l'vé. Vivre jusqu'cinquante ans c'est pas strordinaire, ça nan, c'est sinistre pis pas naturel, pas vrai ? *Jusqu'quel âge vivent les Prescients, alors ?* a d'mandé Melvil, un gars de Bœuf Noir. Méronyme a épaulé. *Soixante, soixante-dix ans...* Oh, c't'étrangl'ment qui nous a pris ! Normal'ment, à partir d'quarante ans, on prie Sonmi d'mettre fin à notre supplice. Et d'nous faire renaître dans un corps neuf, comme quand qu'on passe sa lame dans l'cou d'un chien malade et agonisant qu'on aimait. Le seul habitant des Vallées qu'avait vécu jusqu'cinquante sans s'ensquamer d'gale rouge ni s'engluer d'glaviote, c'était Truman le troisième, et tout l'monde savait comment qu'il l'avait topé a'ec Georgie l'Ancien un soir d'tempête, ouais, c'te crétin avait vendu son âme en échange d'quelques années d'plus. Alors la récitance a 'claté net, pis c'te troupeau d'cacards ont livré à la parlotte c'qu'avait été d'mandé pis répondu, tout en s'répétant, *Sonmi-soit-louée, c'est pas chez nous qu'elle reste*.

J'étais content qu'c'te saleté d'invitée malhonnête avait appris à tout l'monde qu'il faudrait s'montrer rusaud d'vant elle et pas lui faire confiance, ça nan, pas d'une puce, mais j'ai pas dormi c'te nuit-là, à cause des moussiques, des oiseaux d'nuit, des crapauds qui carillonnaient pis de c't' inconnu qui chamboulait en douceur notre maison, qui ramassait des trucs ici pour les r'poser là ; c't'inconnu, il s'appelait Chang'ment.

En un-deux-trois jours, la Presciente s'était asticotée dans notre maison. Faut bien l'avouer, elle f'sait pas l'abeille-reine, nan, y avait jamais un batt'ment où qu'elle paressait. Elle aidait Sussy au laitage pis M'man au tourne-fil, pis Jonas l'emm'nait chercher des œufs d'oiseaux, pis elle écoutait les piailleries de Chaton à propos d'l'écol'rie, pis elle rapportait d'l'eau pis bûchait le bois et faut dire qu'elle apprenait vite. Bien sûr la parlotte la guettait, pis les visiteurs continuaient d'passer voir la merveilleuse femme d'cinquante ans qu'en paraissait vingt-cinq. Les gars qui s'attendaient à la voir faire des tours pis des savant'ries étaient déçus parc'que nan, elle en savait pas. M'man avait perdu son anxiétude vis-à-vis d'la femme du Navire en un ou deux jours, ouais, pis elle a commencé à être aimable a'ec elle pis à s'en esbroufer. *Notre invitée Méronyme* ceci pis *Notre invitée Méronyme* cela, elle cocoriquait du matin au soir, pis quant à Sussy, c'était dix fois plus pire. Méronyme elle a continué à travailler, mais l'soir elle s'asseyait à notre table pis écrivait sur du papier particuyer, tell'ment plus fin qu'le nôtre. Elle écrivait super-vite, mais pas dans notre langue, nan, dans une autre. V'voyez, on parlait d'autres langues dans les Pays d'Antan, pas juste c'qu'on parlait nous. *Qu'est-ce que t'écris, tante Méronyme?* d'mandait Chaton, et la Presciente s'contentait d'répondre: *J'raconte mes journées, ma belle, mes journées.*

Ma belle, j'détestais entendre c'te genre de machin chez moi, et j'aimais pas voir rôder les vieux venus lui d'mander comment qu'on f'sait pour vivre longtemps. Mais c'qui m'anxiétait l'plus, c'était c'qu'elle écrivait sur les Vallées et qu'aucun habitant pouvait lire. Qu'est-ce que c'était: d'la Savance, du guettage, ou la marque d'Georgie l'Ancien?

Une aube vaporeuse, alors qu'j'avais terminé d'traire, notre invitée a d'mandé à conduire les chèvres a'ec moi. M'man a répondu ouais, bien sûr. Moi, j'avais encore rien dit, qu'j'les ai coupées, froid et pierreux: *Emm'ner paître les chèvres, c'est pas intéressant pour vous autres qu'avez tell'ment d'Savance*. Méronyme a répondu poliment: *Tout c'que font les habitants des Vallées, pour moi, c'est intéressant, hôte Zachry, mais si tu veux pas qu'j'te r'garde travailler, très bien, cache-toi pas et dis ton ord'donnance.* V'voyez? Ses paroles, c'étaient des lutteurs poisseux qui r'tournaient votre *nan* sur l'dos et l'changeaient en *ouais*. M'man me fauconnœillait tell'ment, il a fallu qu'j'dise : *Bon, ben ouais, viens.*

De tout l'trajet sur la piste d'Élépaio, là où qu'mes chèvres r'montaient, j'ai pas dit un mot. En passant d'vant chez Cluny, Gubboh Porcin, un frère à moi, a crié *Comment-va, Zachry !* histoire d'lancer la caus'rie, mais quand qu'il a vu Méronyme, il a gauché en disant : *Gare, en ch'min, Zachry.* Oh, c'qu' j'voulais m'débarrasser d'c'te bonne femme, alors j'ai ord'donné à mes chèvres *Arrêtez de traîner, bouguesses de limaçardes*, pis j'ai marché plus rude, j'espérais claquer la Presciente, v'voyez, et on a grimpé en coupant par l'col des Vertèbres mais elle a pas abandonné, nan, pas même sur l'chemin rocailleux qui mène au Nid- d'la-Lune. La robust'rie du Prescient vaut celle du chevrier, c'est c'que j'ai compris. J'me suis dit qu'elle d'vinait mes pens'ries et qu'elle d'vait bien rire, alors j'lui ai plus rien dit.

Qu'est-ce qu'elle a fait quand qu'on est arrivés au Nid-d'la-Lune ? Elle s'est assise sur le Roc-Pouce pis a sorti un livre à écrire et dessiné une super-vue. Oh, Méronyme avait une super-Savance du dessin, il m'fallait bien l'avouer. Sur le papier, y avait les Neuf Vallées Plissées pis les côtes pis les caps pis les monts pis les creux, comme qu'si c'étaient les vrais. J'voulais pas lui montrer qu'ça m'intéressait, mais j'arrivais pas à m'en empêcher. J'lui ai donné l'nom d'tout c'qu'elle m'montrait, pis elle les écrivait jusqu'tant qu'y a eu autant d'écriture que d'dessin, pis d'ailleurs, j'lui ai fait r'marquer. *C'est zact'ment ça*, a répondu Méronyme, *on a dessiné une carte*.

Et bon. J'ai entendu craquer une brindille dans la bande d'sapins derrière nous. C'était pas l'vent du hasard, nan, c'étaient des pattes qu'avaient provoqué c'te bruit, ouais, mais si au bout y avait un pied, un sabot ou des griffes, j'savais pas. Personne avait vu d'Kona sur le versant d'Front-d'vent du mont Kohala, mais personne n'en avait vu à la croisée d'Sloosha nan plus, alors j'suis allé faire un jette-l'œil dans l'fourré. Méronyme a voulu m'accompagner mais j'lui ai dit d'pas bouger. Est-ce que Georgie l'Ancien était revenu m'empierrer l'âme ? P't-être que c'était seul'ment un ermite mookini en quête de boustifaille ? J'ai pris ma pique et m'suis rapproché des sapins, rapproché... rapproché...

Roses était assise à ch'val sur une grosse souche moussue. *J'vois qu't'as d'la compagnie toute fraîche*, qu'elle a dit poliment, en m'jetant un r'gard d'femelle dingo enfuriée.

Elle ? j'désignais Méronyme, qui nous r'gardait, assise. *La parlotte t'a pas raconté ? C'te femme était d'jà plus vieille qu'ma mémé quand Sonmi l'avait fait r'naître ! Toi, jalouse d'elle ? Elle est pas comme toi, Roses. Elle a tell'ment d'Savance dans sa tête qu'ça lui a 'claté l'cou.*

Roses était plus polie du tout. *J'ai pas d'Savance, alors ?*

Les femmes, ah, les femmes ! Elles vont jusque trouver l'plus pire d'vos paroles pis elles l'agitent d'vant vous et disent : *Regarde un peu a'ec quoi qu'tu m'attaques !* Moi qu'avais la tête chauffée par l'désir, j'croyais qu'quelques paroles en bourre-pif lui r'mettraient les yeux en face des trous. *Tu sais qu'c'est pas ça que j'dis, couillonne de bonne femme à la...*

J'ai pas eu l'temps d'finir mes soins qu'Roses m'a schnocké en pleine gueule et tell'ment fort qu'le sol a basculé pis qu'j'me suis écrasé sur l'derche. Tout choqué, j'suis resté assis comme un babiot abandonné, j'me suis touché l'nez pis mes doigts sont r'venus rouges. *Oh*, a dit Roses, pis *Ha !* pis : *Raillebouche tes chèvres tant qu'tu veux, troupeleur, mais pas moi ! Qu'Georgie t'empierre l'âme !* Notre amourage et notre palpitage s'sont 'clatés en un miyon d'tibouts, pis Roses est r'partie en balançant son panier.

La misère et la peine ont faim d'représailles, et si j'avais perdu Roses, c'était à cause de c'te foutue Presciente. L'lendmain matin sur l'Nid-d'la-Lune, j'me suis l'vé pis j'ai hêlé mes chèvres, pis j'les ai r'descendues vers la pâture du Pouce sans même saluer Méronyme. Elle avait assez d'Savance pour m'laisser tranquille : rapp'lez-vous, elle avait un fils à l'île de Prescience.

Quand j'suis rentré c'soir-là, M'man pis Sussy pis Jonas étaient assis en rond. Quand qu'ils ont vu mon nez, ils ont échangé des r'gards pleins d'malin'rie. *Qu'est-ce qui t'est donc arrivé au tarin, mon frère ?* a d'mandé Jonas en f'sant des manières. *Ça ? Oh, j'me l'suis schnocké en glissant au Nid-d'la-Lune,* qu'j'ai répondu vite-net.

Sussy a lâché une espèce d'rican'ment. *Tu t'l'aurais pas plutôt schnocké en tombant du Nid-d'Roses, frère Zachry ?* Pis ils s'sont mis tous les trois à glousser comme une pendouill'rie d'chauves-souris crieuses, pis j'suis dev'nu tout rouge et fumant. Sussy m'a dit qu'elle t'nait c'te parlotte d'Wolt, l'cousin d'Roses, qui l'avait répété à Doujézu qu'avait rencontré Sussy, mais j'écoutais pas vraiment, nan, j'maldisais Méronyme d'vant Georgie l'Ancien, et j'arrivais pas à m'arrêter, pis heureus'ment qu'elle était pas chez nous c'soir-là, nan, elle apprenait à tisser chez tante Abeilles.

Alors j'suis descendu jusqu'l'océan pis j'ai regardé Dame Lune histoire de r'froidir ma misère enfuriée. Une tortue billet-vert est r'montée pondre sur la plage, j'me souviens, et j'ai failli l'empiquer, comme ça, par dépit ; v'voyez, si ma vie était pas juste, alors pourquoi qu'celle d'un animal d'vait l'être ? Mais j'ai r'gardé ses yeux, ils étaient si vieux qu'ils avaient vu l'futur, ouais, alors j'l'ai laissée r'partir. Gubboh et Tipote sont arrivés a'ec leurs planches pis ont commencé à glisser sur l'eau étoilée, un super-glisseur, c'te Tipote, pis ils m'ont appelé, ils voulaient que j'les r'joigne mais j'étais pas d'humeur, nan, j'avais un truc de plus apaisant à faire dans l'écol'rie, quelqu'chose à exposer à l'Abbesse. J'y suis donc allé lui raconter longu'ment mes soucis.

L'Abbesse m'a écouté, mais elle m'a pas cru, nan, elle pensait que j'cherchais juste à m'débarrasser d'Méronyme. *T'as vu leur Navire, pis leur ferrerie, pis c'qu'ils nous ont montré d'leur Savance. Si les Prescients avaient l'intention d'envahir les Neuf Vallées, tu crois vraiment qu'on s'rait encore en train d'en causer? Apporte-moi une preuve qu'Méronyme s'prépare à nous tuer tous dans notre lit, et j'appel'rai à une rassemblée. Si t'as pas d'preuve, alors garde tes conseils pour toi. Lancer des accus'ries contre un invité particuyer, c'est vraiment pas poli, Zachry, et ton P'pa aurait pas été content.*

Notre Abbesse ord'donnait jamais à personne, mais on savait quand la discut'rie était terminée. Voilà, c'était tout, et j'me r'trouvais tout seul, ouais. Zachry contre les Prescients.

Les journées s'levaient pis r'tombaient, pis l'été s'est mis à chauffer, tout verdoyait et moussait. J'regardais Méronyme s'asticoter partout dans les Vallées, elle rencontrait des gens pis apprenait comment qu'on vivait, c'qu'on possédait, combien d'habitants étaient aptes au combat, pis elle dessinait des cartes des cols qui reliaient le Kohala aux Vallées. Un ou deux des hommes les plus vieux et malins, j'ai essayé d'déceler s'ils avaient pas d'doutes ou d'anxiétude vis-à-vis d'la Presciente, mais quand qu'j'ai parlé d'*invasion* ou d'*attaque*, ils m'ont j'té des piques du r'gard, tell'ment qu'ils étaient choqués pis surpris d'mes accuseries, alors j'ai pris honte pis j'l'ai bouclée, v'voyez, j'voulais pas qu'la parlotte m'souillonne. Il m'fallait faire un peu plus d'manières d'vant Méronyme, comme ça elle s'relâcherait pis elle baisserait son masque un peu pis ça m'laisserait voir les véritables intentions qu'y avait derrière, ouais, des preuves que j'pourrais montrer à l'Abbesse, et qui m'permettraient de d'mander une rassemblée.

J'avais pas d'autre choix qu'd'attendre. Méronyme était vraiment populaire. Les femmes lui f'saient des confidences parc'qu'c'était une étrangère et qu'elle répétait rien à Mémé Parlotte. L'Abbesse a d'mandé à notre invitée d'enseigner les nombres à l'écol'rie, alors Méronyme a dit ouais. Chaton a dit qu'elle f'sait bien apprendre mais qu'elle leur montrait pas d'choses qui dépassaient la Savance d'l'Abbesse, pourtant Chaton savait qu'la Presciente aurait pu si elle avait voulu. Des écol'riers ont même commencé à s'foncer l'visage à l'encre pour r'ssembler aux Prescients mais Méronyme leur a dit d'se nettoyer, sinan, elle leur apprendrait rien, parc' qu'la Savance et la Civilis'rie avaient rien à voir a'ec la couleur d'la peau, nan.

Pis un soir sur notre véranda, Méronyme nous posait des questions sur nos icônes. *Les icônes, c'est une maison pour l'âme ? Une mémoire commune des visages pis des familles pis des âges, et t't ça ? Une prière pour Sonmi ? Une pierre tombale gravée d'messages d'la vie d'maint'nant pour la vie d'après ?* V'voyez, c'était toujours quoi pis pourquoi a'ec les Prescients, comme si qu'ça suffisait jamais qu'quelqu'chose existe, pis voilà. Duophysite était pareil quand qu'il est arrivé à Maui, nan ? Oncle Abeilles essayait d'répondre mais il s'est embrumé, pis il a admis qu'il savait zact'ment c'que c'était qu'une icône jusque c'te jour où qu'il fallait l'expliquer. L'Iconière, a dit tante Abeilles, réunissait l'passé et l'présent des habitants des Vallées. Bon, j'arrive pas souvent à lire les pens'ries des gens mais à c'te batt'ment-précis, j'avais vu la femme du Navire s'dire *Hoho! Faut qu'j'visite l'Iconière, ouais*. Nan, j'ai gardé ça pour moi, pis l'lend'main au levant, j'suis descendu à Rivage-d'Os pis m'suis caché sur l'Rocher-Sucide. V'voyez, j'pensais qu'si j'prenais l'étrangère à manquer d'respect à nos icônes ou encore mieux, à en chiper une, j'pourrais monter les doyens des Vallées contre elle pis lui mettre les miens au parfum des véritables intentions des Prescients, et t't ça.

Alors j'me suis assis pis j'ai attendu sur le Rocher-Sucide, où j'pensais à ceux qu'Georgie avait poussés dans l'écumerie aux crocs grinçants en contrebas. C'était une matinée venteuse, ouais, j'm'en souviens bien, l'herbe sur le sable et les dunes qui cinglait, pis les buissons de fleurs-de-sang qui battaient, pis la crête des brisants qui s'envolait. J'mangeais des truffes qu'j'avais ram'né pour la déjeunette, mais avant même qu'j'ai fini, qui qu'j'vois pas traînailler sur la plage en direction d'l'Iconière? Méronyme pis Napes d'chez Inouye. Ils grappaient pis parlaient comme des voleurs acoquinés! Oh, comment qu'mes pens'ries vertiginaient! Est-ce que Napes cherchait pas à d'venir le bras droit d'l'étrangère? S'posez qu'il s'voyait remplacer l'Abbesse au poste d'chef des Neuf Vallées quand qu'les Prescients nous auraient r'poussés jusque derrière l'Kohala pis jusqu'la mer, a'ec leur Savance serpentarde de traîtres?

Faut dire qu'Napes savait plaire, ouais, tout l'monde l'aimait, lui et ses récitances farceuses pis ses sourires, et t't ça. Si j'savais causer aux chèvres, Napes, lui, savait causer aux hommes. On peut pas s'fier aux gars qu'attrapent les mots au lasso a'ec tell'ment d'adresse.

Napes pis Méronyme ont pénétré dans l'Iconière comme deux cocoriques. Le chien Py attendait dehors, là où qu'Méronyme lui avait indiqué.

Calme comme les brises, j'ai rampé derrière eux. Napes avait laissé la porte ouverte pour qu'l'éclairance entre, alors ça a pas grincé quand qu'j'ai pointemarché à l'intérieur. Protégé par l'sombre et l'ombrance des étagères où qu'y avait les plus anciennes icônes, j'entendais Napes murmer. Des plans pis des conspirades, j'le savais ! J'me suis rapproché pour entendre c'que j'avais entendu.

Mais nan, Napes vantait le p'pa d'son grand-p'pa, qui s'app'lait Truman, ouais, Truman-le-Troisième, çui-là même qui marche encore d'récitance en récitance sur la Grande Île et sur Maui, aussi. Bon, si vous autres jeunots, vous connaissez pas l'histoire d'Truman Napes, il s'rait temps, alors t'nez-vous tranquille, patience, pis passez-moi c'te foutue herbe.

Truman Napes était un récupeur à l'époque où qu'on r'trouvait encore des affaires d'Anciens en état d'ordurage dans des caisses ici pis là. Un matin, une idée lui a raciné l'esprit : les Anciens avaient p't-être planqué des objets précieux au sommet du Mauna Kea. L'idée a grandi, grandi jusqu'le soir, quand qu'Truman a décidé d'gravir c't'effroyante montagne et d'aller y voir c'qu'il verrait bien, ouais, et d's'mettre en route dès l'lend'main. Sa femme l'a averti : *T'es fou, y a rien sur l'Mauna Kea, à part les temples qu'Georgie l'Ancien dissimule derrière des remparts. Il t'laiss'ra pas rentrer tant qu't'es pas mort et qu'il a pas ton âme.* Truman s'est contenté d'répondre : *Va t'coucher, vieille folle, tout ça, c'est rien qu'des mauvaises superstitions,* alors il s'endort pis aux premières lueurs d'l'aube, il quitte la vallée du Waipio d'un pas leste.

Truman-le-brave randonne et grimpe trois solides journées pis il lui arrive quelques aventures qu'j'ai pas l'temps d'vous raconter, mais il survit à chaque fois, jusqu'le moment où qu'il arrive à c'te sommet frousseux et fantômeux perdu dans les nuages qu'on aperçoit depuis n'importe quel point d'la Grande Île, tell'ment haut qu'Truman voyait pas le monde d'en-bas. C'était cendreux, ouais, y avait pas la moindre trace de verdure, rien qu'un miyon d'vents qui vous lacéraient çà pis là comme des dingos enragés. Pis v'là qu'un strordinaire mur en pierre de fer qu'entourait l'pic sur des kilomètres pis des kilomètres, plus haut qu'les séquoias, a coupé Truman dans sa marche. Truman a tourné pendant des jours, en quête d'une brèche, parc'qu'y avait pas d'échelle ni d'tunnel, mais d'vinez c'qu'il a découvert à l'heure d'avant la nuit ? Un Hawi, ouais, il avait bien serré son capuchon pour pas laisser passer l'froid ; assis derrière un rocher les jambes croisées, il fumait une pipe. Le Hawi f'sait récupe sur l'Mauna Kea, lui aussi, et il cherchait la même chose qu'Truman, vous imaginez ? C't'endroit était si desseulé qu'Truman et le Hawi ont décidé d's'associer pis d'partager les choses qu'ils trouveraient, moit'-moit'.

Alors la chance a souri à Truman dès c'te batt'ment, ouais. Les nuages épaississeux s'diluaient pis s'affinaient, pis un portail d'acier en forme d'voûte dans les remparts a cliqu'té pis a grondé comme le tonnerre et s'est mis à bouger tout seul. Si c'qu'y avait derrière ces grandes portes, c'était d'la Savance ou d'la magie, Truman savait pas, n'empêche qu'notre héros a entrevu des tas de temples sinistres, comme dans les vieilles récitances qui s'disaient, mais Truman a pas eu peur, nan, les affaires pis les façonn'ries précieuses d'Anciens qu'il d'vait y avoir lui inspiraient d'juteuses pens'ries. Il a claqué le Hawi dans l'dos pis a dit, *Ho ho ho ! On est plus riches qu'les rois pis qu'les sénateurs d'avant la Chute, Frère Hawi !* N'empêche, si Truman était comme qu'son arrière-p'tit-fils, il cherchait sûr'ment comment qu'il pouvait s'garder l'butin pour lui.

Le Hawi souriait pas, nan, il parlait lugubre sous son capuchon. *Frère des Vallées, l'heure d'mon sommeil est enfin v'nue.*

Truman Napes était tout perpexe. *C'est pas encore l'couchant, qu'est-ce qu'tu racontes ? J'ai pas sommeil moi, pourquoi qu'toi, t'en as envie ?*

Mais l'portail endeuillé le Hawi a traversé. Truman s'indécisait, pis il a crié, *C'est pas l'heure d'dormir, Frère Hawi ! C'est l'heure d'récuper les affaires super précieuses des Anciens !* À travers les remparts silencieux, Truman a suivi son compagnon d'récupe. Y avait partout des rochers noirs et tordus, pis l'ciel, il était noir et tout 'claté. Le Hawi est tombé à g'noux pis il a prié. L'cœur d'Truman était frappé d'froidure, v'voyez, une main d'vent glacial avait enl'vé l'capuchon du Hawi ag'nouillé. Truman a vu qu'son compagnon était un cadavre mort y a longtemps, à moitié squelette, à moitié viande véreuse, et c'te main d'vent glacial, c'était celle d'Georgie l'Ancien, ouais, c'te diable s'tenait là, agitant une langue crochue. *Tu d'vais t'sentir bien en peine pis bien desseulé dehors, mon précieux*, a dit l'roi des diables à l'homme de Hawi, *pour rester à errer sur les terres des vivants a'ec ton âme pierreuse d'jà morte ? Pourquoi qu't'as pas répondu à ma convoqu'rie plus tôt, crétin d'humain ?* Pis Georgie l'Ancien a plongé sa langue crochue dans des trous d'yeux du Hawi, ouais, pis en a extrait une âme dégoulinante d'cervelle pâteuse qu'il a croquée, ouais, elle craquait entre ses dents d'cheval. Le Hawi est tombé à terre pis s'est soudain-coup changé en un d'ces rochers noirs et tordus qui jonchaient les remparts.

Georgie l'Ancien a avalé l'âme du Hawi, s'est essuyé la bouche, a roté du cul, pis s'est mis à hoquer. *Les âmes d'barbares, un délice fin*, rimait c'te diable en dansant vers Truman, *Les noix en saumure, un fétide vin*. Truman pouvait pas bouger ses membres, nan, c'te spectacle le paralysait, v'voyez. *Mais les âmes des Vallées : tell'ment pures, tell'ment suaves, elles m'font couler la bave.* L'haleine du diable puait l'poisson et l'pet. *Moitié-moitié, qu'tu voulais.* La langue crochue et couverte de verrues d'Georgie l'Ancien roulait sur elle-même. *Tu veux ta moitié maint'nant ou quand qu'tu s'ras mort, Truman Napes ?*

Alors Truman a r'pris possession d'ses membres pis il a levré, couru, trébuché jusqu'au portail endeuillé, pis a dévalé d'la montagne éboulissante sans r'garder une seule fois derrière lui. Quand qu'il est rev'nu dans les Vallées, tout l'monde le r'luquait d'un œil étonné avant même qu'il avait raconté ses aventures. Les ch'veux d'Truman – noir corbeau avant – étaient d'venus plus blancs qu'la crête du brisant. Tous sans exception.

Rapp'lez-vous qu'moi, Zachry, j'étais r'croqu'villé derrière ma planquette dans l'Iconière, j'écoutais Napes raconter sa récitance mildiousée à la malvenue invitée chez moi, pis lui montrer les icônes de ses vies-mortes familiales. Il lui a appris c'qu'elles signifiaient pis à quoi qu'elles servaient l'temps d'quelques batt'ments, pis Napes a dit qu'il d'vait rafistoler des filets, pis il est parti, pis alors Méronyme est restée toute seule. Alors y a presque pas eu d'temps entre l'moment où il est parti pis celui où qu'Méronyme a dit dans l'noir, *Alors, tu penses quoi d'Truman, Zachry ?*

Oh, c'te choc qu'j'ai eu ! J'aurais pas imaginé qu'elle savait qu'j'l'écoutais en s'cret ! Mais elle truquait sa voix comme qu'si elle cherchait pas à m'embarrasser ou à m'faire la honte, nan, elle truquait sa voix comme qu'si on était entrés ensemble dans l'Iconière. *Tu crois qu'Truman, c'est juste une bête récitance de vieille femme ? Ou qu'y a du vrai d'dans ?*

Ça servait à rien d'faire semblant, nan, elle savait qu'j'étais là, y avait pas d'tortill'rie possible. J'me suis l'vé pis j'me suis avancé jusqu'à l'étagère où qu'elle dessinait une icône. Mes yeux s'sont hibulés à la pénombre, du coup j'voyais mieux l'visage d'Méronyme. *C't'endroit, c'est l'saint des saints*, qu'j'lui ai dit. *T'es chez Sonmi, ici.* Ma voix avait dit son ord'donnance au plus fort, mais comme j'l'avais guettée, c'était pas aussi fort qu'j'voulais. *Les gens d'ailleurs ont pas l'droit d'rôder d'l'œil autour d'nos icônes.*

Méronyme était d'autant plus polie que j'l'étais pas. *J'aï d'mandé la permission d'entrer à l'Abbesse. Elle m'y a autorisé. J'touche pas aux autres icônes qu'celles d'la famille d'Napes. Il m'y a autorisé. S'te plaît, explique-moi c'qui t'tracasse tell'ment, Zachry. J'voudrais bien comprendre mais j'y arrive pas.*

V'voyez ? C'te fichue Presciente prévoyait vos attaques avant même que vous avez eu l'temps d'y penser ! *Tu peux bien crétiner notre Abbesse,* j'lui ai répondu, froid et vilain, *pis tu peux crétiner ma M'man pis ma famille pis ces Neuf fichues Vallées, mais moi tu m'crétin'ras pas un seul batt'ment, nan ! Tu dis pas tout l'vrai, j'le sais !* – ça f'sait du bien d'plus avoir à m'cacher pis à sortir au grand jour c'que j'croyais.

Méronyme a comme froncé les sourcils. *J'dis pas tout l'vrai à propos d'quoi ?* Ouais, j'l'avais bien coincée, la reine d'la Savance.

À propos d'pourquoi qu't'es là à flairer nos terres ! À flairer nos manières ! À nous flairer, nous !

Méronyme a soupiré pis r'posé l'icône des Napes sur l'étagère. *C'est pas un problème de d'mi-vrai ou d'vrai, Zachry. La question, c'est savoir si on fait du mal ou pas, ouais.* C'qu'elle a dit après, ç'a été un coup d'pique dans mes tripes. *Toi-même, t'as pas un secret dont tu caches « tout l'vrai » aux autres, Zachry ?*

Mes pensées s'sont floutées. Comment qu'elle savait pour la croisée d'Sloosha? Ça f'sait des années! Les Prescients étaient d'mèche a'ec les Kona? Est-ce qu'ils possédaient une espèce d'Savance capable d'creuser au fin fond des esprits pis d'y puiser les hontes enfouies? J'disais rien.

J'te l'promets, Zachry, elle a continué, *j'jure sur Sonmi…*

Oh, j'lui ai crié d'ssus, ceux d'ailleurs pis les sauvages croyaient même *pas* à Sonmi, alors qu'elle salit pas d'sa langue l'nom d'Sonmi !

Méronyme a parlé calme pis tranquille comme toujours. J'me trompais complèt'ment, qu'elle disait, elle croyait en Sonmi, ouais, et même plus qu'moi, mais si j'préférais, elle jur'rait sur son fils Anafi. Sur sa vie et son destin, elle a juré qu'les Prescients avaient pas l'intention d'faire du mal aux habitants des Vallées, jamais, pis qu'les Prescients respectaient ma tribu beaucoup beaucoup *beaucoup* plus que qu'j'imaginais. Elle a juré qu'quand qu'elle pourrait, elle m'dirait tout l'vrai.

Pis elle est partie, en emportant la victoire a'ec elle.

J'suis resté un moment pis j'ai rendu visite à l'icône d'mon P'pa, et en apercevant son visage gravé sur les veines du bois, j'ai r'vu son visage dans le Waipio. Oh, des larmes chaudes de honte et d'désolance ont coulé. J'étais censé être l'chef des Bailey, mais j'dét'nais pas plus d'ord'donnance qu'un agnelet effroyé, ni plus d'tressautance d'esprit qu'un lapin empiégé.

Apporte des preuves, homme des Vallées, avait dit l'Abbesse, *ou garde tes conseils pour toi*, alors j'arrêtais pas d'penser à comment qu'j'allais trouver une preuve, pis si j'arrivais pas à en dénicher une d'façon honnête, grand-bien-lui-fasse, j'l'obtiendrais en fouinant. Un paquet d'jours plus tard, ma famille s'était rendue chez tante Abeilles a'ec Méronyme, où qu'la Presciente apprenait à mieller. J'rev'nais d'une pâturance matinale, ouais, l'soleil était encore au-d'ssus du Kohala, pis j'ai grimpé dans la chambre d'l'invitée et j'ai cherché son sac d'affaires. Il m'a pas fallu longtemps, la femme du Navire l'avait fourré sous l'plancher. D'dans, y avait des p'tits cadeaux comme ceux qu'elle nous avait donnés quand qu'elle était arrivée, mais y avait des affaires d'Savance aussi. Plusieurs boîtes qui raffûtaient pas et dépourvues d'couvercles, alors du coup j'ai pas pu les ouvrir ; un outil sinistre que j'connaissais pas : un truc lisse en forme de tibia de chèvre, mais gris pis léger comme d'la pierre ponce, deux paires de bottes bell'ment façonnées, trois-quatre livres d'dessins pis d'écritures dans la langue s'crète des Prescients. J'savais pas où qu'ces dessins avaient été faits, mais pas sur la Grande Île en tout cas, ça nan, il y avait des plantes pis des oiseaux qu'j'avais jamais vus, même en rêve, nan. Mais l'dernier truc était l'plus strordinaire.

Un gros œuf d'argent, qu'c'était, d'la taille d'une tête de babiot, a'ec des creux pis la marque des doigts qu'avaient r'posé d'ssus. L'œuf était bizarr'ment lourd pis il roulait pas. J'sais qu'ça a pas l'air croyab', mais les récitances qui parlent de la Savance des Anciens et d'leurs maisons volantes, pis d'leurs bébés en bouteilles, pis d'leurs images qui fonçaient à travers l'Grand Monde, ça a pas l'air d'rimer à grand-chose nan plus, n'empêche qu'c'était comme ça avant, c'est les raconteurs et les vieux livres qui l'disent. Alors j'ai pris c't'œuf d'argent dans l'creux d'mes mains pis il s'est mis à ronronner pis à briller un peu, ouais, comme si qu'il était vivant. J'l'ai lâché vite-net, pis il est r'devenu tout mort. Est-ce qu'c'était la chaleur d'ma main qui l'animait ?

Ma curieus'rie avait tell'ment faim, j'ai ramassé l'œuf, pis il s'est mis à vibrer pis à chauffer jusque qu'une fille fantôme a scintillé ! Ouais, une fille fantôme était apparue juste au-d'ssus d'l'œuf, aussi vrai qu'j'suis assis dans c'te pièce, sa tête pis son cou flottaient, comme un r'flet dans l'eau-d'lune, pis elle *parlait* ! Ça m'a fait peur alors j'ai enl'vé mes mains d'l'œuf, mais l'fantôme est resté, ouais.

C'qu'elle f'sait ? Rien qu'parler, parler, comme moi d'vant vous. C'était pas une raconteuse normale, nan, elle parlait dans une langue d'Ancien pis elle jouait pas la comédie, nan, elle répondait aux questions d'un homme à voix taiseuse qui montrait jamais son visage. Pour chaque mot que j'comprenais, y en avait cinq-six que j'connaissais pas. Les lèvres d'la fille fantôme étaient figées dans un sourire amer, et ses yeux crémeux paraissaient tristes, tell'ment tristes mais forts, pis fiers aussi. Quand qu'j'ai eu assez d'cran, j'ai d'mandé à voix haute, ou plutôt murmé, *Sœur, t'es une âme perdue ?* Comme si qu'j'étais pas là, qu'elle a fait, alors j'ai continué, *Ma sœur, tu m'vois ?* Après, j'ai pigé qu'la fille fantôme m'parlait pas à moi pis qu'elle pouvait pas m'voir.

J'ai essayé d'caresser sa peau nuageuse pis ses ch'veux hérissés, mais j'le jure, mes doigts passaient à travers, ouais, comme un r'flet sur l'eau. Des papillons d'papier vol'taient dans ses yeux scintillants pis dans sa bouche aussi, de çà pis d'là ouais, de çà pis d'là.

Oh, elle était sinistre pis tell'ment belle et triste, j'en avais mal à l'âme.

Soudain-coup, la fille fantôme a disparu dans l'œuf pis un homme a pris sa place. C'était un Prescient fantôme, il m'voyait, lui, pis il m'a parlé féroce. *Qui qu't'es, garçon, pis où qu'elle est, Méronyme ?*

Le Prescient s'est penché, alors son visage a grossi. Sa voix était toute grognante et canine. *J't'ai posé deux questions, garçon, réponds-y maintenant ou j'maldirai ta famille si terrib'ment qu'vos futurs babiots vivront jamais plus d'une lune !*

J'avais la suée pis j'avalai du sec. *Zachry, m'sieur,* j'lui ai dit, *pis Méronyme va bien, ouais, elle apprend à mieller chez la tante Abeilles.*

Le Prescient m'tiraillait l'âme du r'gard, ouais, il décidait si ouais ou nan, il allait m'croire. *Et est-ce qu'Méronyme sait qu'son hôte farfouine dans les affaires d'son invitée quand qu'elle est d'sortie ? Réponds l'vrai parc'que j'sais reconnaître les menteurs.*

J'répondais nan d'la tête, tout en tressaillant d'douleur à l'avance.

Écoute bien. L'bonhomme avait autant d'ord'donnance qu'n'importe quelle Abbesse. *Tu vas r'mettre c't'oraison, l'« œuf » qu'tu tiens là, où qu'tu l'as pris. Raconte rien à personne et même pas à personne. Ou sinan, tu sais c'que j'f'rai ?*

Ouais, qu'j'ai répondu. *Vous maldirez ma famille si terrib'ment qu'nos babiots survivront pas.*

Ouais, t'as pigé, a répondu c'te tonnerre d'homme. *J'te surveille, Zachry d'la maison des Bailey,* a déclaré l'Prescient fantôme, pis il connaissait même ma maison v'voyez, comme Georgie l'Ancien. Il a disparu, pis l'œuf argenté a cessé p'tit à p'tit d'bouillonner pis il est mort. Vite-net, j'ai rangé les affaires d'Méronyme dans son sac pis j'l'ai r'mis sous l'plancher en r'grettant d'être v'nu fourrer mon nez. V'voyez, tout c'que j'y avais trouvé, c'était une malédiction Savante qui coll'rait à mon destin d'pierreux, pis aussi, j'me l'avouai à moi-même, une trace de sale sur mon honneur d'hôte.

Mais j'arrivais pas à oublier c'te fille fantôme, nan, elle hantait mes rêves d'réveillé ou d'endormi. J'sentais tell'ment d'choses qu'y avait pas assez d'place pour tout. Oh, c'est pas facile d'être jeune parc'que tout c'qui vous perplexe et vous anxiète, ça vous perplexe et vous anxiète pour la première fois.

Dame Lune a grossi, Dame Lune a minci, pis soudain-coup, trois des six lunes avant l'retour du Navire prescient étaient d'jà passées. La trêve était comme signée entre la Presciente pis moi. J'lui f'sais pas confiance mais j'tolérais poliment sa présence chez moi d'manière à mieux la guetter. Pis un après-midi d'bourrasques, le premier évén'ment d'une série est arrivé, ouais, des évén'ments qui transform'raient c'te trêve en quelque chose où son destin s'entremêl'rait au mien, comme un entortill'ment d'vigne.

Un matin d'pluie, Laid'ron, le p'tit dernier d'Munro, a gravi la pente à toutes pattes pour v'nir me trouver r'croqu'villé sous des feuilles d'parape sur la Côte du Ranch. Il m'ram'nait les pires nouvelles. Ma sœur Chaton avait marché sur un poisson-scorpion en pêchant sur l'rivage au Roc du Chien, et elle était en train d'mourir d'tremblements et d'chaleurs chez Munro. Wimoway, ouais, la mère de Roses s'occupait d'elle pendant qu'Leary, l'soigneur de Hilo, f'sait ses incant'ries, mais la vie d'Chaton s'éteignait, ouais. En général, les costauds bien musclés survivaient pas à une piqûre d'poisson-scorpion, nan, alors la pauve Chaton avait plus qu'deux-trois heures à vivre.

Laid'ron a gardé les chèvres pis j'ai dévalé à travers les

cornouillers jusqu'chez Munro pis ouais, c'était tout comme qu'Laid'ron avait raconté. Chaton brûlait pis suffoqu'tait pis elle r'connaissait pas nos têtes. Wimoway r'tirait les aiguillons empoisonnés pis baignait la piqûre dans d'la pulpe de *noni* pis Sussy lui posait des trempettes froides sur la tête pour la calmer. Jonas était parti prier Sonmi à l'Iconière. Leary-l'barbu marmonnait ses incant'ries Hilo pis agitait sa pique touff'teuse et magique afin d'chasser les mauvais esprits. C'qu'il f'sait avait pas l'air d'servir à grand-chose, nan, Chaton mourait, l'air sentait la mort, mais M'man t'nait à c'qu'Leary reste, v'voyez, on est prêt à croire à un miyon d'croyances différentes quand qu'on s'imagine qu'une seule saura p't-être nous aider. Qu'est-ce que j'pouvais faire, à part m'asseoir pis t'nir les mains brûlantes d'Chaton pis m'rapp'ler d'quand qu'j'avais r'gardé sans bouger les Kona fouetter pis encercler P'pa pis Adam ? Bon, p't-être qu'c'était P'pa ou Sonmi ou juste moi, n'empêche qu'une voix taiseuse a 'claté comme une bulle dans mon oreille : *Méronyme*, ça disait.

La Parlotte m'a indiqué qu'Méronyme était en haut du ravin d'Gusjaw, alors j'y ai couru pis ouais, elle remplissait d'eau d'pluie fumante des p'tits pots Savants, v'voyez, Wolt l'avait croisée plus tôt pis lui avait rapporté la parlance. La Presciente avait son sac d'affaires particuyères, alors j'ai r'mercié Sonmi. *Bonjour*, a lancé la femme du Navire quand qu'elle m'a vu r'monter l'ruisseau où qu'je pataugeais.

Un « bon » jour ? qu'j'ai répondu, dépité. *Chaton est en train d'mourir !* Méronyme a écouté d'un air enchagriné l'histoire du poisson-scorpion, et elle s'est navrée, parc'que, nan, elle avait pas de r'mède Savant et pis les herb'ries de Wimoway et les incant'ries d'Leary, c'étaient les r'mèdes d'la Grande Île, c'était c'qu'y avait d'mieux pour les malades d'la Grande Île, nan ?

D'la crotte de dingo, qu'j'ai dit.

Elle a agité la tête tell'ment triste.

Alors j'ai eu r'cours à la malin'rie. *Chaton t'appelle Tantine par c'qu'elle, elle croit qu't'es d'la famille. Tu fais comme qu'si t'en étais, ça, y a pas d'doute. Est-ce qu'c'est encore un d'tes tours pour r'garder comment qu'on est ? C'est encore une des cachott'ries d'une invitée qui « dit pas tout l'vrai » ?*

Méronyme a bronché. *Nan, Zachry, c'est pas ça.*

Eh ben alors, qu'j'ai tenté, *moi j'dis qu'tu connais une Savance particuyère qui aidera ceux d'ta famille.*

Les paroles d'Méronyme m'jetaient une pique. *T'as qu'à farfouiner dans mes affaires pis voler ma Savance presciente toi-même.*

Ouais, elle savait pour l'œuf argenté. Elle avait fait semblant qu'nan, n'empêche qu'elle savait. C'était inutile de nanir, alors j'ai pas nani. *Ma sœur est en train d'mourir pendant qu'on reste là à s'empoigner.*

Tous les fleuves et la pluie du monde ont coulé autour de nous. Enfin, Méronyme a dit ouais, elle voulait bien voir Chaton, mais l'poison du poisson-scorpion était rapide pis épais, alors elle pourrait sans doute rien pour ma p'tite sœur, et fallait mieux l'comprendre tout d'suite. J'ai pas dit ouais ou nan, j'l'ai juste am'née vite-net chez Munro. Quand qu'la Presciente est entrée, Wimoway a expliqué comment qu'elle avait soigné Chaton, bien qu'Leary-l'barbu s'écriait, *Oooh... une diablesse arrive... ooooh elle approche, j'la sens grâce à mes pouvoirs particuyers...*

Chaton avait sombré, ouais, elle était immobile et raide comme une icône, on entendait plus qu'un chuchote-souffle gratter dans sa gorge. Sur l'visage enchagriné d'Méronyme on lisait, *Nan, elle est partie trop loin, j'y peux plus rien*, pis elle a embrassé ma sœur sur l'front pour lui dire au r'voir et elle est r'partie toute triste sous la pluie. *Oh, r'gardez la Presciente*, s'vantait Leary, *ils ont beau posséder la Savance qui déplace des navires d'acier magiques, y a qu'le Chant Sacré d'l'Ange Lazare qu'offre une chance d'tirer l'âme de c'te p'tite fille d'ces marécages désolés d'l'entre-vie-et-mort.* J'étais désespéré, ma sœur mourait, la pluie tambourinait, pis c'te voix dans ma tête voulait pas s'taire. *Méronyme.*

J'savais pas pourquoi, mais j'ai suivi la Presciente. Abritée sous l'entrée d'la pot'rie d'Munro, elle r'gardait tomber les cannes de pluie. *J'ai pas l'droit d'te d'mander d'faveurs, j'ai pas été un bon hôte, nan, j'ai même été nul, mais…* J'avais plus d'mots.

La Presciente a pas bougé et m'a pas r'gardé, nan. *La vie d'ta tribu suit un ordre naturel. Chaton aurait marché sur c'te poisson-scorpion même si j'avais pas été là.*

Les oiseaux d'pluie déversaient le clapetis-clapotis d'leurs chants. *J'suis rien qu'un couillon d'gardien d'chèvres, mais j'sais qu'rien qu'par ta présence, tu 'clates c't'ordre naturel. J'sais qu'en f sant rien, tu tues Chaton. Pis j'sais qu'si c'était à ton fils Anafi qu'le poison liquéfiait les poumons et l'cœur, c't'ordre naturel compt'rait pas autant, ouais ?*

Elle a pas répondu, mais j'savais qu'elle écoutait.

Pourquoi qu'la vie d'un Prescient vaut mieux qu'celle d'un habitant des Vallées ?

Elle a perdu son calme. *Tu crois qu'j'suis là pour jouer à Dame Sonmi à chaque fois qu'malheur arrive et claquer des doigts pour tout arranger ? J'suis un être humain, Zachry, comme toi, comme tout l'monde.*

J'ai promis, *Ce s'ra pas à chaque fois qu'malheur arrive, ce s'ra qu'cette fois.*

Les larmes lui montaient aux yeux. *Ta promesse est impossible à t'nir ou à trahir.*

Soudain-coup, j'me suis mis à lui raconter jusqu'la dernière puce d'vérité sur c'qu'il s'était passé à la croisée d'Sloosha, ouais, tout. Comment qu'j'avais conduit les Kona à tuer mon p'pa pis à esclaver mon frère, pis qu'j'avais jamais rien confié à personne, jusque c'te batt'ment. J'savais pas pourquoi que j'versais c'te s'cret bouchonné à mon enn'mie, il m'a fallu attendre la fin, quand qu'j'ai pigé pourquoi et qu'j'lui ai dit. *C'que j't'ai dit c'est une pique pointée sur ma gorge et un bâillon sur ma bouche. Raconte-ça à mémé Parlotte, et tu pourras m'détruire quand qu'tu veux. Elle t'croira pis elle aura raison, parc'qu'c'est qu'du vrai, pis tout l'monde t'croira parc'qu'les gens sentent bien qu'mon âme est pierreuse. Alors si tu détiens n'importe quel genre d'Savance, ouais, n'importe quoi pour aider Chaton, donne-moi-le, dis-moi-le ou sers-toi-z'en. Personne saura jamais, nan, jamais, j'te l'jure, y aura qu'toi pis moi.*

Méronyme a posé les mains sur sa tête comme si la douleur y tonnait pis elle a charabié pour elle-même un truc du genre : *Si jamais mon président l'apprenait, toute ma faculté s'rait dissoute,* ouais, des fois elle utilisait un troupeau entier d'mots qu'j'connaissais pas. D'un des pots sans couvercle qu'son sac cont'nait, elle a tiré un minuscule caillou turquoise p'tit comme un œuf d'fourmi, pis elle m'a dit d'le glisser s'crètement dans la bouche d'Chaton d'façon qu'personne voit rien, nan, fallait même pas qu'ils *croient* avoir vu quelqu'chose. *Pis pour l'amour d'Sonmi,* qu'Méronyme m'a prév'nu, *si Chaton survit, mais j'te promets pas qu'ça arriv'ra, assure-toi qu'c'est l'herboriste qui recevra tous les hourrahs, pas c'te faiseur d'huile serpentine de Hilo, ouais ?*

Alors j'ai pris l'médicament turquoise, pis j'l'ai r'merciée rien qu'une fois. Méronyme a dit, *Raconte rien, ni maintenant, ni jamais jusqu'tant qu'j'suis vivante*, et c'te promesse, j'l'ai t'nue ferme. Dans la bouche d'ma sœur chérie, j'ai mis l'médicament pendant qu'j'lui changeais sa trempette, comme qu'Méronyme m'avait conseillé, d'façon qu'personne voit. Pis qu'est-ce qui c'est passé ?

Trois jours après, Chaton r'tournait apprendre des choses à l'écol'rie, ouais.

Trois jours ! Bon, alors j'ai arrêté d'chercher des preuves comme quoi qu'les Prescients voulaient nous esclaver. Leary le Hilo clamait aux crapauds des routes pis au Grand Monde qu'y avait pas plus grand soigneur qu'lui, pas même les Prescients, même si la plupart des gens pensaient qu'c'était grâce à Wimoway, ouais, pas grâce à lui.

Une lune après la maladie d'Chaton, alors qu'on soupait d'lapins pis d'taro grillés, Méronyme a annoncé quelqu'chose d'étonnant. Elle s'était mis en tête d'gravir le Mauna Kea avant l'retour du Navire, qu'elle disait, elle voulait voir c'qu'elle y découvrirait. M'man a parlé la première, d'jà toute souciarde. *Pourquoi donc, Méronyme, ma sœur ? Y a rien à voir au sommet du Mauna Kea, à part un interminab' hiver pis un gros tas d'rochers.*

M'man disait pas à quoi qu'on pensait tous parc'qu'elle voulait pas avoir l'air sauvage ou barbare, mais Sussy a pas t'nu sa langue, elle. *Tante Méro, si tu vas là-haut, Georgie l'Ancien t'changera en statue pis t'arrachera l'âme a'ec sa vilaine langue crochue pour t'la manger, alors tu pourras pas renaître et ton corps s'transform'ra en grosse pierre gelée. Faut rester dans les Vallées, là où qu'on est en sécurité.*

Méronyme s'est pas du tout moquée d'Sussy, elle a juste répondu qu'les Prescients possédaient une Savance qui r'pouss'rait Georgie l'Ancien. C'était nécessaire pour elle d'gravir l'Mauna Kea pour dessiner la carte d'Front-d'vent qu'elle disait, pis d't't'façon, fallait bien renseigner les habitants des Vallées sur les déplac'ments des Kona du côté des villes d'Vau-vent et d'Waimea. À une époque, mes soupçons auraient fourmillé à c'te genre d'parole, mais là j'y pensais pas, nan, n'empêche que j'm'inquiétais terrib'ment pour notre invitée. La parlotte a couru pendant des jours dès qu'la nouvelle s'est sue. *La Presciente s'en va gravir l'Mauna Kea !* Les gens passaient prév'nir Méronyme d'pas fourrer son nez dans l'fort d'G. l'A., sans quoi, elle r'viendrait jamais. Même Napes lui a rendu visite pour lui raconter qu'gravir Mauna Kea dans une histoire, c'était une chose, mais qu'le faire pour d'vrai, c'était d'la fêlure et d'la foll'rie. L'Abbesse disait qu'la Presciente pouvait aller pis v'nir où qu'bon lui semblait, mais qu'elle ord'donnanc'rait à personne d'l'accompagner, c'était trop risqué, on connaissait pas assez l'sommet, il fallait trois jours pour monter pis trois autres pour r'descendre, sans compter les dingos pis les Kona pis Sonmi-sait-quoi d'autre qu'on crois'rait en ch'min, pis d't't'façon, les préparatifs d'la Troqu'rie d'Honokaa réclamaient la participation d'tout l'foyer.

Alors j'ai surpris tout l'monde, ouais, pis moi aussi, quand qu'j'ai décidé d'partir a'ec elle. Dans la basse-cour, j'étais pas connu pour être l'plus couillu des bouvillons. Alors pourquoi qu'j'avais pris c'te décision ? C'était simple. D'une, a'ec Chaton, j'avais une dette envers Méronyme. D'deux, mon âme était d'jà à moitié pierreuse, ouais, j'risquais pas d'renaître, alors qu'est-ce qu'j'avais à perdre ? Mieux valait qu'Georgie l'Ancien m'bouffe mon âme plutôt qu'celle d'quelqu'un qui pourrait r'naître, nan ? C'était pas du courage, nan, c'était du bon sens. M'man f'sait comme si qu'ça lui plaisait pas, c'était la saison d'tous les efforts dans les Vallées, a'ec les récoltes qu'arrivaient, et t't ça. Mais à l'aube du jour où qu'Méronyme pis moi, on est partis, elle m'a donné d'la boustifaille qu'elle avait fumée ou salée pour l'voyage pis a dit que P'pa s'rait fier de m'voir maint'nant qu'j'étais grand et tout tripu. Jonas m'a offert une fine pique bien acérée pour attraper des poissons d'roche, pis Sussy nous a donné des amulettes d'coque-à-perle pour éblouir et aveugler l'œil d'Georgie quand qu'il nous poursuivrait. Mon cousin Tipote qu'était v'nu s'occuper des chèvres nous a tendu un sac d'raisins secs produits dans les vignes d'sa famille. Chaton était la dernière, elle m'a fait une bise à moi pis à Méronyme, pis elle nous a chacun forcés à promettre qu'on s'rait r'venus dans six jours.

On a pas pris la piste du Kuikuihaele à l'est d'Sloosha, nan, on a r'monté par l'sud vers l'intérieur des terres en suivant l'torrent Waiulili, pis j'ai r'connu la clairière située près d'la clairière des Chutes-de-Hiilawe où qu'j'avais surpris les Kona qu'avaient tué P'pa y avait cinq-six ans. Tout avait r'poussé depuis, il restait juste la brûlure des feux d'camp au milieu. Debout dans l'bassin de Hiilawe, j'avais piqué un-deux poissons d'roche grâce au cadeau d'Jonas, nos provisions dureraient plus. La pluie tombait si bien qu'le Waiulili coulait trop féroce pour y crapahuter, alors on est r'partis en coupant par les champs d'canne à sucre, ouais, il nous a fallu une d'mi-journée pour atteindre la crête du Kohala; l'vent du vide nous suffoquait pis à travers les crevasses des nuages, on voyait l'Mauna Kea, plus haut qu'le ciel, ouais. Bon, j'avais d'jà vu l'Mauna Kea d'puis Honokaa, 'sûr, mais quand qu'c'est la montagne qu'on envisage d'gravir, c'est pas pareil. Elle est pas si jolie qu'ça, nan. Si vous vous taisez, vous l'entendrez… Les cannes sont d'venues des pins brindilleux, pis on est arrivés sur la route des Anciens qui mène à Waimea. Plusieurs kilomètres après avoir claqué du sabot sur c'te vieux ch'min craqu'lé, on a rencontré un trappeur pis son chien rigolard qui f'saient la sieste ensemble près d'une mare accrochée à la pente. L'trappeur s'appelait Yanagi-l'Vieux, il avait une glaviote tell'ment vilaine qu'ce s'rait Yanagi-l'Jeune qui r'prendrait p'tit à p'tit l'affaire familiale, j'me disais. On s'est fait passer pour des herboristes qui farfouinaient des plantes rares ; p't-être qu'Yanagi nous a crus pis, p't-être qu'nan, mais il nous a troqué des truffes en échange d'poissons d'roche, pis nous a avertis qu'Waimea était plus la ville accueillante d'avant, ça nan, les Kona v'naient y ord'donnancer et s'y empoigner au p'tit bonheur, on savait jamais à quoi s'attendre a'ec eux.

À deux ou trois kilomètres à l'est de Waimea, on a entendu des sabots ferrés alors on a déguerpi d'la route tout juste avant qu'trois guerriers kona sur leurs étalons noirs pis un écuyer sur un poney passent d'vant nous en galopant. La haine et la peur m'ont s'coué, et j'ai eu envie d'les embrocher comme des crevettes, très lent'ment. J'pensais qu'c'était p't-être Adam c'te garçon, mais j'me disais ça à chaque fois qu'j'croisais des jeunes Kona, pis comme ils portaient toujours un casque, j'étais jamais bien sûr, nan. On a plus beaucoup parlé, après, parc'qu'ça pouvait tomber dans les oreilles d'guetteurs qu'on aurait pas guettés. On a ch'miné en direction du sud à travers une bruyère d'arbustes jusque c'qu'on arrive à Grande-Allée. J'avais entendu les raconteurs parler d'c'te lieu, c'était donc ça : une longue étendue plate de pierre-à-route à ciel ouvert. Les arbrisseaux pis les buissons y avaient percé, n'empêche qu'c't'endroit venteux était incroyab' pis sauvage. D'après Méronyme, les Anciens l'app'laient Aéro-port, c'était là qu'leurs bateaux volants j'taient l'ancre, ouais, un peu comme les oies sauvages aux marécages d'Pololu. On n'a pas coupé par Grande-Allée, nan, on l'a contournée, l'endroit était entièr'ment à découvert.

Au couchant, on a campé dans un renf'ment à cactus, pis quand qu'il a fait assez sombre, j'ai allumé un feu. J'me sentais desseulé à m'trouver si loin d'mes Vallées et des miens, mais en c'te territoire neutre, le masque d'Méronyme glissait, pis j'la voyais plus nett'ment qu'avant. J'lui ai d'mandé direct'ment, *Comment qu'c'est, l'Grand Monde, les ailleurs d'l'autre côté d'l'océan ?*

Son masque est pas tombé tout d'suite, nan plus. *Qu'est-ce qu't'en penses ?*

Alors j'lui ai raconté c'que j'm'étais imaginé en r'gardant les vieux livres pis les images à l'écol'rie. Des pays où qu'la Chute leur était pas tombée d'ssus, des villes plus grandes qu'toutes celles d'la Grande Île, pis des tours pleines d'étoiles et d'soleils qui brillaient plus haut dans l'ciel qu'le Mauna Kea, des baies où flottaient pas qu'un seul Navire prescient mais des miyons, des boîtes d'Savance qui fabriquaient plus d'boustifaille délicieuse qu'on pouvait en avaler, des tuyaux d'Savance d'où qu'jaillissait plus d'breuvage qu'on pouvait en boire, des endroits où qu'c'était toujours le printemps, où qu'y avait jamais d'maladies, pas d'empoignades et pas d'esclavage nan plus. Des endroits où qu'tout l'monde avait d'beaux babiots bienformés qui vivaient jusqu'cent cinquante ans.

Méronyme a r'monté sa couvette. *Mes parents pis leur génération croyaient comme toi Zachry, qu'quelqu'part d'l'autre côté d'l'océan, des cités entières d'Anciens avaient survécu à la Chute. D'très vieux noms hantaient leur imaginerie... Melboun', Orqueland, Jo'bourg, Buenas Yerbs, Bombay, S'gapour.* La femme du Navire m'apprenait des choses qu'aucun habitant des Vallées connaissait, alors j'la bouclais pis j'écoutais ferme.

Enfin, cinquante ans après qu'mon peuple est arrivé à Prescience, on a r'pris l'Navire qui nous y avait amenés. Les dingos hurlaient au loin-loin pour des gars qu'allaient bientôt mourir, j'priais Sonmi pour qu'c'était pas nous. *Ils ont trouvé les cités promises par les vieilles cartes, des cités décombrées par la mort, étouffées par la jungle, pourries par la peste, mais jamais les cités vivantes d'leurs rêves. Nous autres Prescients, on croyait pas qu'notre flamme d'Civilis'rie était la plus lumineuse du Grand Monde. On s'sentait si desseulés. Deux miyers d'paires d'mains pour un fardeau tell'ment précieux! J'le jure, y a pas plus qu'quelques endroits dans l'Grand Monde qui possèdent la Savance des Neuf Vallées.*

J'ai été tout anxiet pis fier en entendant ça, comme un p'pa ; comme si qu'entre moi et elle, y avait plus c'te distance qui sépare un dieu d'son adorateur.

L'deuxième jour, des nuages duv'teux levraient en direction d'l'est pis tout là-haut, l'soleil d'Vau-vent bruissait d'chaud. On a bu comme des baleines l'eau glaciale et cendreuse des ruisseaux. Plus haut on grimpait, plus l'air fraîchissait, jusqu'tant qu'les moussiques nous ont plus piqués. Les bois roule-boulants et secs étaient parfois entravés d'barres de lave noire et tranchante qu'le Mauna Kea avait crachées et dégobillées. C'était long à franchir, ces champs d'rocaille, ouais, il suffisait d'effleurer un rien la roche pour qu'vos doigts saignent à vite et à verse, alors j'me suis bandé les bottes pis les mains a'ec des lanières d'cachécorce, pis j'ai fait pareil pour Méronyme. Les ampoules lui avaient encroûté les pieds, ses s'melles étaient pas fourrées d'laine de chèvre, v'voyez, mais c'te bonne femme, allez savoir qui c'était vraiment, mais en tout cas, elle avait rien d'une geignarde, ça nan. On a installé notre tent'ment au milieu d'une forêt d'aiguilles et d'épines, où qu'la brume cireuse rendait invisible notre feu d'camp pis nous cachait aussi les mouchards en amont; ça m'rendait nerveux. On avait l'corps 'claté d'fatigue mais l'esprit pas encore ensommeillé, alors on a parlé un peu pendant l'manger. *T'as pas peur*, j'ai dit, en désignant du pouce les hauteurs, *d'rencontrer Georgie quand qu'on arriv'ra au sommet, comme qu'c'est arrivé à Truman Napes?*

Méronyme a dit qu'c'était plus du temps qu'elle avait peur.

J'ai dit c'que j'avais dans l'crâne : *Tu crois pas qu'il existe, pas vrai?*

Méronyme a répondu qu'pour elle, Georgie l'Ancien existait pas, mais qu'ça l'empêchait pas d'exister pour moi.

Alors c'est qui, qu'j'lui ai d'mandé, *qu'a déclenché la Chute, si c'est pas Georgie l'Ancien?*

Des oiseaux bizarres que j'connaissais pas ont fait parlotte dans l'noir pendant un-deux batt'ments. La Presciente a répondu : *Les Anciens ont déclenché la Chute tout seuls.*

Oh, ses mots étaient une corde d'fumée. *Mais les Anciens possédaient la Savance!*

J'me mémore d'sa réponse : *Ouais, la Savance des Anciens leur permettait d'contrôler les maladies, les kilomètres, les graines pis d'faire du miracle un ordinaire, mais y avait quelqu'chose qu'ils pouvaient pas contrôler, nan, une faim qui s'loge dans l'cœur des humains, ouais, la faim d'en avoir plus.*

Plus de quoi? qu'j'ai d'mandé. *Les Anciens possédaient la Savance!*

Oh, plus d'affaires, plus d'nourriture, plus d'vitesse, des vies plus longues, plus faciles, plus de pouvoir, ouais. Alors l'Grand Monde, c'est grand, mais pas assez pour c'te faim qu'a poussé les Anciens à déchirer l'ciel pis à faire bouillir les mers, pis à empoisonner la terre d'atomes enfoliés, pis à tripoter des graines pourries qu'ont donné vie aux pestes pis aux babiots malformés. Alors p'tit à p'tit, et vite-net ensuite, les États ont' claté en tribus barbares pis ç'a été la fin des Jours d'Civilis'rie, à part çà et là dans quelques plis ou renf'ments, où qu'en brillent encore les dernières faibles lueurs.

J'ai d'mandé pourquoi qu'Méronyme avait jamais fait c'te récitance dans les Vallées.

Les gens des Vallées voudront pas entendre qu'la faim des hommes a donné vie à la Civilis'rie, pis qu'c'est la même faim qui l'a tuée. C'est c'que j'ai appris chez d'autres tribus où qu'j'suis restée. Des fois, quand qu'tu dis à quelqu'un qu'ses croyances sont pas vraies, il croit qu'tu dis qu'sa vie et leurs vérités sont pas vraies.

Ouais, elle avait sûr'ment raison.

L'troisième jour, l'ciel était clair pis bleu, mais les jambes d'Méronyme médusaient, alors j'me suis tout trimbalé sur l'dos sauf son sac d'affaires. On a avancé sur les épaules d'la montagne jusqu'la face sud, où qu'les cicatrices d'un ch'min des Anciens zigzaguait vers l'amont. Aux alentours d'midi, Méronyme s'est r'posée pendant qu'je ramassais deux fagots d'bois, vu qu'on arrivait à la fin d'la forêt. En r'gardant en direction du Mauna Loa, on a zieuté un troupeau de ch'vaux sur la route de la Selle, leurs métalleries kona éclintillaient au soleil. On était tell'ment haut, les ch'vaux étaient aussi p'tits qu'des termites. J'aurais voulu écrabouiller ces sauvages entre mes doigts pis m'les essuyer sur ma culotte. J'ai prié Sonmi qu'les Kona surgissent pas sur l'ch'min du sommet, bourré d'bons coins d'où qu'on pouvait nous embuscader : Méronyme s'empoignerait pas bien fort ni longtemps, j'me disais. J'avais pas trouvé d'traces de sabots ou d'tent'ment, d't't'façon.

Y avait plus d'arbres, et l'vent s'est musclé pis énervé, il ram'nait plus la moindre r'niflette d'fumée, d'ferme ou d'crottin, juste une poussière très très fine. Les oiseaux se f'saient rares sur ces pentes abruptes et broussailleuses, on voyait plus qu'des buses qui glissaient là-haut dans l'ciel. L'soir v'nu, on est arrivés d'vant un r'group'ment d'bâtiments d'Anciens, Méronyme disait qu'c'était un village d'astronomes, des prêtres de la Savance qui permettaient d'lire les étoiles. C'te village avait pas été habité d'puis la Chute, j'avais jamais vu un endroit délaissé comme ça. Y avait pas d'eau et pas d'terres, pis la nuit est tombée, oh l'froid plantait ses crocs, du coup on s'est habillés épaiss'ment pis on a allumé un feu dans une maison vide. Les lueurs de flammes dansaient avec les ombres sur ces murs mal-aimés. La montée au sommet du lend'main m'anxiétait, alors un peu pour aveugler mes pensées, j'ai d'mandé à Méronyme si l'Abbesse disait vrai quand qu'elle prétendait qu'c'était l'Grand Monde qui tournait autour du soleil ou si c'étaient les Hilo qu'avaient raison d'croire qu'le soleil tournait autour du monde.

C'est l'Abbesse qu'a raison, a répondu Méronyme.

Alors la vraie vérité est souvent différente de la vérité qu'on voit ? qu'j'ai fait.

Ouais, pis c'est souvent l'cas, j'me rappelle qu'elle a dit, *pis c'est pour ça qu'la vraie vérité est plus précieuse et plus rare qu'les diamants.* P'tit à p'tit, l'sommeil l'encapuchonnait, tandis qu'mes pens'ries me t'naient en éveil, pis une femme silencieuse est v'nue s'asseoir près du feu ; elle éternuait et tremblait, taiseuse. Avec son collier d'cauris, ça d'vait être une pêcheuse de Honomu, et si elle avait été vivante, elle aurait paru bien juteuse. Dans l'feu elle a déroulé ses doigts, dans d'très jolis pétales de bronze et d'rubis, mais v'voyez, elle a poussé un soupir plus desseulé qu'un oiseau en cage au fond d'un puits, parc'qu'les flammes la réchauffaient pas. Elle avait des cailloux à la place des yeux, alors j'me suis d'mandé si elle grimpait au sommet du Mauna Kea pour qu'Georgie l'Ancien plonge son âme dans l'sommeil de la pierre. Les morts entendent les pensées des vivants, alors c'te pêcheuse noyée m'a r'gardé a'ec ses cailloux, elle a fait ouais d'la tête pis elle a sorti une pipe pour s'réconforter mais j'ai pas voulu tirer, nan. J'me suis réveillé bien plus tard, l'feu mourait et la Honomu avait pris congé. Elle avait pas laissé d'trace par terre, n'empêche qu'pendant un batt'ment ou deux, j'ai senti l'odeur d'sa pipe. *Tu vois*, j'me suis dit, *Méronyme en sait long sur la Savance pis la vie, mais les gens des Vallées en savent plus sur la mort.*

À la quatrième aube soufflait un vent qui v'nait pas de c'te monde, nan : il voilait la lumière brutale et tintante, il cercelait l'horizon, il vous arrachait les mots d'la bouche pis la chaleur qu'votre corps gardait derrière l'tissu goudronné et la fourrure. Le ch'min du sommet qui partait du village des astronomes était 'claté pis terrib'ment corrodé, ouais, il était croqué d'partout, pis y avait ni d'feuilles ni d'racines, ni même d'mousse, seul'ment c'te poussière mêlée d'gravillons secs et g'lés qui vous griffait les yeux comme une femme enfoliée. Nos bottes des Vallées étaient en lambeaux, alors Méronyme a sorti pour chacun une paire d'bottes d'Savance faites en j'sais pas quoi mais super douces pis chaudes, pis fourrées, c'qui a fait qu'on a pu continuer. Neuf- dix kilomètres plus loin, la terre s'est aplatie, alors on avait plus l'impression d'être sur une montagne, nan, on s'sentait plutôt comme une fourmi sur la table qu'formait c'te grande étendue plate qui flottait entre deux mondes. Enfin, vers midi, au détour d'un virage, j'me suis étranglé parc'qu'j'ai eu un choc en apercevant l'bastion, pareil que c'qu'avait décrit Truman, même si la muraille était pas aussi haute qu'un séquoia, nan, mais plutôt d'la taille d'un épicéa. La piste m'nait direct'ment au portail d'acier, ouais, mais les murs intaques étaient pas si longs, nan, un quart d'matinée aurait suffi pour en faire l'tour. À l'intérieur du bastion, y avait des temples en forme de bol, ouais, les constructions d'Anciens les plus bizarres de tout Hawai et p't-être même du Grand Monde, qui sait ? Comment entrer ? Méronyme a caressé c't'impressionnant portail pis a murmé, *Il nous faudrait une d'ces fichues pétances pour les éjecter d'leurs gonds, ouais*. D'son sac d'affaires elle a pas sorti d'pétance, nan, mais une corde d'Savance, comme celles qu'les Prescients nous troquaient des fois, les toutes fines et légères. Deux chicots saillaient d'au-d'ssus du portail d'acier, alors elle a essayé d'en passer un au lasso. L'vent était plus malin qu'sa façon d'viser, mais j'ai essayé après elle et j'ai réussi du premier coup, pis du coup on a escaladé l'bastion d'Georgie l'Ancien main par main par main.

À l'intérieur de c'te lieu effrayant posé au sommet du monde, le vent était taiseux comme dans l'œil d'un cyclone. Tout en haut du ciel, le soleil nous assourdissait, ouais, il rugissait, et c'était d'lui qu'le temps jaillissait. Y avait pas d'chemin à l'intérieur du bastion, mais rien qu'des miyons d'rochers pareils qu'dans la récitance d'Truman Napes ; des corps d'pierreux et d'désâmés, alors j'me suis d'mandé si Méronyme ou moi ou tous les deux, on finirait en rochers l'soir v'nu. Dix-douze temples nous attendaient çà et là, blanc et argent, or et bronze, comme accroupis, en forme d'couronne, pis sans fenêtres, la plupart. L'plus proche était à quelques pas, alors on s'y est dirigés en premier. J'ai d'mandé si c'était là où qu'les Anciens vénéraient la Savane.

Méronyme a parlé, elle était aussi merveillée qu'moi : c'étaient pas des temples, c'étaient des *arb'servatoires* : les Anciens s'en servaient pour étudier les planètes, la lune, les étoiles, pis l'espace qu'y avait entre, histoire d'comprendre comment qu'tout commence pis qu'tout finit. On a avancé a'ec prudence entre les rochers tortillés. Derrière un d'ces rochers, j'ai vu des tibouts d'cauris arrangés à la façon des Honomu, alors j'ai su qu'il s'agissait d'l'invitée d'la nuit précédente. L'vent m'rapportait la voix d'mon grand-p'pa qui chuchait depuis l'loin-loin,... *Judas*. Bizarre, ouais, mais pas surprenant, en c't'endroit, tout était bizarre,... *Judas*. J'ai rien dit à Méronyme.

Comment qu'elle a ouvert la porte d'c't'arb'servatoire, j'saurais pas vous dire, alors pas la peine de m'mousticoter. L'espèce d'cordon ombilical qui reliait son œuf d'oraison à la p'tite niche pleine de poussière et toute rouillée à côté d'la porte a fait l'affaire en moins d'deux batt'ments. Moi, j'me chargeais d'nous protéger des habitants de c'te bastion. Les chuch'ments d'mon grand-p'pa s'étaient changés en espèces de visages maldisants qui disparaissaient quand qu'on les r'gardait direct. En s'ouvrant, la porte d'l'arb'servatoire a poussé un grinc'ment aigu. On aurait dit qu'c'te vesse d'atmosphère aigre et croupie, c'était l'air qu'on respirait avant la Chute, et sûr'ment qu'c'était l'cas. On a pénétré dans la salle et qu'est-ce qu'on a trouvé ?

Pas facile d'décrire c'te genre d'Savane. Les affaires qu'y avait, on s'en mémorait pas à Hawai, pis on s'mémorait pas nan plus d'leurs noms, y avait presque rien qu'j'pigeais dans c't'endroit. Sol brillant, murs et plafond blancs ; une grande salle, ronde et basse de plafond occupée par un immense tube plus large qu'un homme pis cinq fois plus grand aussi, c'que Méronyme app'lait un *radillot té'escope*, un œil construit par les Anciens qui voyait très très loin – c'est c'qu'elle m'apprenait. Tout était blanc et pur comme les robes d'Sonmi, y avait pas une puce d'sal'té, nan, à part c'qu'on avait traîné à l'intérieur. Sur les balcons d'acier qui résonnaient comme des gongs sous nos pas, des tables entourées d'chaises attendaient qu'on vient s'asseoir. Même la femme du Navire semblait giflée d'merveill'ment d'vant toute c'te Savance parfaite. Elle montrait à son oraison tout c'qu'on voyait. L'oraison brillait pis ronronnait pis des f'nêtres apparaissaient et disparaissaient. *Il mémore l'endroit*, m'expliquait Méronyme, même si j'comprenais pas bien pis, alors j'lui ai d'mandé c'que c'était en vrai qu'c't'œuf d'Savance.

Méronyme s'est arrêtée un batt'ment pis a bu une gorgée d'breuvage à sa gourde. *Une oraison, c'est un cerveau a'ec des f'nêtres, pis c'est aussi une mémorance. L'cerveau permet d'faire des choses, ouvrir la porte d'l'arb'servatoire par exemple, comme qu't'as vu. A'ec ses f'nêtres on peut parler à d'autres oraisons dans l'loin-loin. A'ec sa mémorance on peut voir c'que les oraisons du passé ont vu et entendu, pis ça protège c'que mon oraison voit et entend d'l'oubli.*

J'avais honte d'mémorer à Méronyme mes farfouin'ries ouais, mais si j'lui avais pas d'mandé, j'aurais p't-être pas eu d'autres occasions, alors j'ai dit, *La fille scintillante pis toute belle qu'j'ai vue... dans c't'oraison, avant... C'était une mémorance ou une f'nêtre ?*

Méronyme a hésité. *Une mémorance.*

J'ai voulu savoir si c'te fille était toujours vivante.

Nan, a répondu Méronyme.

C'était une Presciente ?

Elle a hésité, pis elle a dit qu'elle voulait m'révéler toute une vérité maintenant, mais c'était une chose qu'les gens des Vallées étaient pas préparés à entendre. J'ai juré sur l'icône de P'pa d'rien dire à personne, rien. *Très bien. C'était Sonmi, Zachry. Sonmi, un être humain malformé qu'vos ancêtres ont pris pour leur dieu.*

Sonmi ? Un être humain comme vous pis moi ? J'm'étais jamais imaginé c'genre d'chose, pis j'avais jamais entendu l'Abbesse dire une couillonn'rie pareille, nan. Sonmi était née d'un dieu d'Savance nommé Darwin, c'est c'qu'on pensait. Est-ce que Méronyme croyait qu'Sonmi avait vécu sur Prescience ou sur la Grande Île ?

Elle est née pis morte y a des centiers d'années d'l'autre côté d'l'océan, vers l'ouest-nord-ouest, a dit Méronyme, *sur une péninsule entièr'ment en terremorte aujourd'hui pis qui s'appelait Nea So Copros, pis Corée, avant. Sonmi a vécu une vie courte et entraîtrée, pis c'est seul'ment après sa mort qu'elle a obtenu ord'donnance sur les pens'ries des sang-purs et des malformés.*

Toutes ces nouvell'ries choquantes m'bourdonnaient et m'clataient dans la tête, j'savais pas c'qu'il fallait croire. J'ai d'mandé c'que la mémorance de Sonmi f'sait dans l'oraison d'Méronyme des centiers d'années après.

J'ai alors vu qu'Méronyme r'grettait d'avoir parlé, ouais. *Sonmi a été tuée par des chefs Anciens qu'avaient peur d'elle, mais avant sa mort, elle a raconté dans une oraison ses faisez-gestes. J'ai obtenu sa mémorance parc'que j'voulais connaître sa courte vie pour mieux vous comprendre, vous autres, gens des Vallées.*

C'était pour ça qu'c'te fille m'avait tell'ment hanté. *J'ai vu une espèce d'fantôme Savant ?*

Méronyme a fait ouais. *Zachry, il nous reste beaucoup d'autres bâtiments à visiter avant la nuitombée.*

Pendant qu'on traversait l'bastion pour gagner l'deuxième arb'servatoire, les rochers s'sont mis à parler. *Oh, t'avais raison la première fois, Zachry mon frère ! Elle t'embrume les croyances pis te les r'tourne d'ssus d'ssous d'vant derrière !* J'me bouchais les oreilles, mais nan, ces voix m'passaient à travers les mains. *C'te bonne femme a sauvé Chaton rien qu'pour t'ennébuler les pens'ries de dette et d'respect !* Les silhouettes pis les paroles de ces pierres étaient toutes crampues. J'serrais la mâchoire d'façon à pas leur répondre. *Elle charogne et farfouine la Savance d'la Grande Île qu'appartient qu'aux habitants des Vallées !* Des gravillons diaboliques m'rentraient dans l'œil. *Ton p'pa aurait jamais laissé s'asticoter dans sa confiance un d'ces menteurs v'nus d'ailleurs, frère, pis jamais il lui aurait servi d'bourrique !* Ces paroles étaient si vraies que j'ai rien pu répondre, et j'ai trébuché d'douleur.

Méronyme m'a r'mis d'bout. J'lui ai pas confié qu'les rochers l'empuantaient, n'empêche qu'elle a vu qu'quelqu'chose allait pas. *À c'te hauteur, l'air est fin et humide*, qu'elle a dit, *alors ton cerveau va en avoir une faim terrib' pis rendre c't'endroit bizarre encore plus bizarre.*

On est arrivés d'vant l'deuxième bâtiment pis j'me suis effondré d'fatigue pendant qu'la Presciente s'est att'lée à ouvrir la porte. Oh, c'te soleil hurlant qui m'creusait la tête. *C'est une maline, y a pas d'tortill'rie possible, Zachry !* Truman Napes-le-troisième était perché sur son rocher. Méronyme l'avait même pas entendu. *Qui qu'tu préfères croire : elle ou les tiens ?* qu'il s'désespérait. *Tes vérités, c'est rien qu'de « l'air fin et humide », alors ? Pis moi aussi ?* Oh, c'que j'ai été soulagé quand qu'la porte d'l'arb'servatoire s'est ouverte. Ces fantômes pis ces piques de vérité nous suivaient pas à l'intérieur, v'voyez, j'pense qu'la Savance, ça les r'poussait.

Ça a continué pareil tout l'après-midi, ouais. La plupart des arb'servatoires étaient comme le premier. La Presciente ouvrait la porte, explorait les lieux a'ec son oraison et oubliait presque qu'j'étais là. Moi, j'restais assis à respirer c't'air d'Savance jusqu'tant qu'elle avait fini. Mais entre deux bâtiments, les rochers tordus répétaient *Judas!* et pis *Bourrique!* pis *Larbin du Navire!* Les fantômes des gens des Vallées m'suppliaient d'leurs lèvres immobiles mordues par le froid, ouais : *Elle est pas d'chez toi! Pis même pas d'la même couleur qu'toi!* et par p'tites touches, ils avaient terrib'ment raison, j'vous l'confie.

Les soupçons m'pourrissaient.

Les Prescients avaient jamais été directs a'ec les habitants des Vallées, et c'jour-là, j'étais persuadé qu'Méronyme était pas différente. Quand qu'on est arrivés au dernier bâtiment, les rochers avaient viré du bleu du ciel au gris anxiet du silex. Méronyme m'a appris qu'c'était pas un arb'servatoire mais un *générateur* qui produisait une Savance magique qu'on app'lait les *lectriques*; elles f'saient fonctionner tout l'fort, comme le cœur f'sait fonctionner tout l'corps. Elle admirait les machines, et t't ça, pendant qu'moi, j'me sentais crétin pis entraîtré d'avoir été aveuglé par la femme du Navire d'puis tout l'temps qu'elle s'était incrustée chez nous. J'savais ni quoi ni comment faire pour déjouer son plan, mais pour ça, Georgie lui aussi avait un plan, c'te diable maldit.

Les entrailles de c'te générateur r'ssemblaient pas à celles des autres bâtiments. La Presciente était radieuse pis fascinée quand qu'on est rentrés d'dans; moi, pas. V'voyez, j'savais qu'on y était pas seuls. La femme du Navire m'a pas cru, bien sûr, mais dans la plus grande

salle où qu's'dressait un cœur d'acier silencieux, y avait
une espèce de trône entouré d'tables à p'tites f'nêtres et à
nombres, et t't ça, pis sur l'trône, un prêtre Ancien mort
avachi, en d'ssous d'une voûte en verre. La Presciente a
avalé sa salive pis s'est approchée tout près. *Un astronome
en chef, j'pense,* qu'elle a dit, taiseuse, *il a dû s'sucider
au moment d'la Chute, et l'air confiné a empêché son
corps d'pourrir.* Ça d'vait être un prêtre-roi, pas un chef,
vu c'te strordinaire palais, que j'me disais. Elle s'est
mise à mémorer chaque centimètre de c'te lieu damné
dans son oraison pendant qu'je m'suis approché de c'te
prêtre-roi v'nu d'un monde de parfaite Civilis'rie. Ses
ch'veux pendaient et ses ongles étaient crochus et pis
les années lui avaient bien rétréci et déformé l'visage,
mais ses habits célestes d'Savance étaient chouettes et
impèques, des saphirs lui transperçaient l'oreille, pis
il m'mémorait l'oncle Abeilles, il avait l'même nez
porcin, ouais.

*Écoute-moi, homme des Vallées, qu'le prêtre-roi sucidé
a dit, ouais, écoute-donc. Nous autres les Anciens avions
la maladie d'la Savance, et notre remède a été la Chute.
La Presciente sait pas qu'elle est malade, mais c'est
pourtant l'cas, ça ouais.* Au-d'ssus d'la voûte en verre,
des trombes de neige s'enroulaient pis s'déroulaient et
noyaient l'soleil. *Endors-la, Zachry, sinan, elle pis les
siens amèn'ront leurs maladies d'ailleurs dans vos belles
Vallées. J'gardienn'rais son âme en ces lieux, t'inquiète
pas.* La femme du Navire déambulait a'ec son oraison, elle
murmait une babiot'rie presciente qu'elle avait apprise
à Chaton et Sussy. Mes pens'ries tictacaient. Est-ce
qu'c'était pas barbare et sauvage d'la tuer?

C'est pas une question d'bien ou d'mal, m'enseignait
l'astronome-roi. *Tu préfères protéger ou trahir les
tiens? T'as un caractère de fort ou d'faible? Tue-la,*

mon frère. C'est pas une déesse, elle est faite de sang et d'tuyaux.

J'ai dit que j'pouvais pas, qu'la parlotte m'trait'rait en assassin, et qu'l'Abbesse appell'rait à la rassemblée, et pis que j'devrais m'exiler des Vallées.

Oh, réfléchis, Zachry, m'taquinançait l'roi. *Réfléchis! Comment qu'la parlotte en aura vent? La parlotte, elle dira : « C'te dame d'ailleurs qui savait tout voulait rien entendre à nos récitances pis à nos coutumes, alors elle est allée fureter en haut du Mauna Kea et c'te courageux Zachry l'a accompagnée pour essayer de la protéger, mais la Presciente était pas aussi Savante qu'elle croyait. »*

Les batt'ments passaient. *Très bien,* qu'j'ai fini par répondre, abattu, *j'l'empiqu'rai quand qu'on sortira.* Le prêtre-roi a souri, satisfait, pis il a plus parlé. Ma victime est v'nue m'faire un comment-va. *Bien,* qu'j'ai répondu, alors qu'j'étais nerveux, parc'que, v'voyez, la plus grosse chose qu'j'avais tuée, c'étaient des chèvres, et qu'là, j'avais juré d'tuer une Presciente. Elle a dit qu'il fallait r'partir, parc'qu'elle voulait pas rester coincée là-haut dans une tempête d'neige, et elle nous a entraînés vers la sortie du générateur.

Dehors, les rochers s'taisaient, bâillonnés par la neige-à-ch'villes. Une tempête était passée mais une plus grosse arriv'rait, j'savais bien.

On s'est dirigés vers l'portail d'acier, elle d'vant, moi agrippé à la pique d'Jonas, j'vérifiais du bout du pouce qu'ça piquait bien.

Allez, maintenant! ord'donnançaient toutes les pierres assassines du Mauna Kea.

J'avais rien à gagner en r'tardant c'moment, nan. À la taiseuse, j'ai visé le haut du cou d'la Presciente, pis Sonmi a pitié d'mon âme, j'ai lancé c'te pointe requine sur ma victime aussi fort qu'j'ai pu.

Nan, j'l'ai pas assassinée, parc'que v'voyez, entre l'demi-batt'ment qui séparait la visée et l'tir, Sonmi a eu pitié d'mon âme, ouais, elle a dévié mon lancer et ma pique s'est envolée par-d'ssus l'portail d'acier. Méronyme a même pas pigé qu'elle avait failli s'faire embrocher l'crâne, mais moi j'savais bien qu'celui qui m'emmagiquait, c'était l'diable du Mauna Kea – ouais, on sait tous son nom, maldit qu'il est.

T'as vu quelqu'chose là-haut ? a d'mandé Méronyme en suivant des yeux la trajectoire d'ma pique.

Ouais, qu'j'ai menti, *mais c'était personne, rien qu'un des tours qu'nous joue c't'endroit.*

On s'en va, qu'elle a dit, *on s'en va tout d'suite*.

Georgie l'Ancien avait perdu, v'voyez, j'pouvais pas tuer Méronyme vite-net sans ma pique, n'empêche qu'il allait pas s'résigner à contempler ma victoire, nan, il était malin c'te vieux bougue, j'savais bien.

Pendant qu'j'grimpais à la corde a'ec l'sac d'affaires, l'Mauna Kea a pris une grosse poumonée pis dans un braill'ment, il a soufflé une neige étourdissante, alors j'voyais plus bien l'sol, dix vents nous lacéraient l'visage, mes doigts étaient g'lés pis à mi-hauteur, j'ai glissé et suis r'descendu jusqu'au sol, pis la corde m'a brûlé les mains, pis j'ai quand même réussi à me hisser en haut du mur pis à r'monter l'sac à la force d'mes paumes à vif, où qu'la douleur lancinait. Méronyme était pas aussi rapide, mais juste avant qu'elle arrive en haut du mur, l'temps s'est soudain-coup arrêté.

L'temps s'est arrêté, ouais, vous avez bien entendu. Partout dans l'Grand Monde, sauf pour moi pis un diable très malin – ouais, vous d'vinez qui c'est qui s'approchait d'moi en marchant fièrement sur le haut du mur – l'temps s'était... arrêté.

Les flocons d'neige figés mouch'taient l'air. Georgie l'Ancien les a balayés. *J'ai essayé d'te raisonner, Zachry, p'tit têtu, maint'nant, il m'aura fallu t'envoyer des avertiss'ments et des augurales, pis maint'nant des ord'donnances. Sors ta lame pis coupe-moi ça.* Son pied touchait la corde qui r'tenait Méronyme, figée dans l'temps. L'visage usé d'la Presciente s'fronçait dans la tempête de neige, et ses muscles luttaient. Six mètres d'vide en d'ssous. *La chute la tuera p't-être pas quand qu'j'laiss'rai r'partir le temps*, Georgie l'Ancien voyait mes pens'ries, *mais les rochers d'en bas lui clat'ront l'échine pis les jambes, elle travers'ra pas la nuit. J'la laiss'rai réfléchir à ses dingu'ries.*

J'lui ai d'mandé pourquoi qu'il tuait pas Méronyme lui-même.

Pourquoi-pourquoi-pourquoi ? taquinançait Georgie l'Ancien. *J'veux t'voir le faire, voilà pourquoi-pourquoi-pourquoi. Si tu coupes pas c'te corde, d'ici trois lunes ta p'tite famille chérie s'ra morte, j'te l'garantis ! Ça ouais. Alors choisis. D'un côté, y a ta brave m'man, Sussy-la-solide, Jonas-l'brillant pis Chaton-la-douce, tous morts. Zachry-l'froussardet vivra sur ses r'grets pis s'en voudra jusqu'sa mort. D'l'autre côté, y a d'morte qu'une étrangère qu'personne r'grett'ra. Quatre que t'aimes contre une que t'aimes pas. J'pourrais même emmagiquer Adam et l'faire revenir d'chez les Kona.*

Plus d'reculette possible. Méronyme devait mourir.

Hé nan, plus d'reculette, gamin. J'compte jusqu'cinq...

J'ai sorti ma lame. Mais une graine a germé à travers la surface d'ma mémoire, et c'te graine, c'était un mot qu'Georgie v'nait juste de prononcer : *augurale*.

Vite-net, j'ai envoyé ma lame r'joindre ma pique pis j'ai r'gardé les yeux terrifiants d'c'te diable. Il avait la curieus'rie surprise, pis derrière son sourire mourant, y avait un baquet d'vilain'ries. J'lui ai craché d'ssus, mais mon crachat m'est r'venu. Pourquoi ? Est-ce qu'j'm'enfoliais d'dingu'ries ?

Georgie l'Ancien avait fait une erreur terrible, v'voyez, il m'avait mémoré mes augurales de la Nuit d'la Songeance. *À mains qui brûlent, la corde faut pas couper.* J'avais décidé, v'voyez, mes mains brûlaient, alors c'était c'te corde qu'Sonmi m'avait ord'donné d'pas couper.

Ma lame a tinté au contact du sol pis l'temps est r'parti et les miyons d'mains et d'cris d'la tempête déclenchée par c'te diab' m'griffaient et m'martelaient, mais elles ont pas pu m'faire tomber du mur du bastion, et j'me suis débrouillé pour r'monter Méronyme pis nous faire r'descendre d'l'autre côté sans qu'on s'casse rien. On a lutté contre c'te tempête noire et blanche jusqu'le village des astronomes, on titubait et on trébuchait et pis on y est arrivés plus g'lés qu'vivants, mais, grâce à Sonmi, un fagot sec nous attendait alors j'me suis débrouillé pour faire craqu'ler l'feu, et j'vous jure qu'c'est c'te feu qui nous a sauvé la vie. On a fait bouillir d'la glace, pis on s'est dégelé les os, et on a séché nos fourrures du mieux possible. On a pas parlé, on était trop glacés et lessivés. Si j'regrette d'avoir envoyer paître Georgie l'Ancien ?

Nan, pas sur l'moment, ni aujourd'hui. J'sais pas pourquoi qu'Méronyme t'nait à grimper en haut d'c'te maldite montagne, mais j'savais du fond d'mon cœur qu'elle entraîtrait jamais les gens des Vallées, ça nan, pis les Kona auraient tôt ou tard infligé aux Vallées c'qu'on connaissait, d't't'façon. C'était inscrit dans l'av'nir depuis c'te première nuit au sommet. Après la boustifaille, mon amie a sorti des pilules de méd'cine pis on a dormi du sommeil sans songeance de l'astronome-roi.

L'retour aux Vallées, ç'a pas été une balade d'été nan plus, ça nan, mais c'est pas c'soir que j'vous f'rai récitance d'ces aventures. Méronyme et moi, on a pas trop parlé pendant la r'descente, y avait comme une confiance pis une compréhension qui nous liait désormais. C'te maldit Mauna Kea avait fait d'son mieux pour nous tuer mais ensemble, on avait survécu. Je d'vinais qu'elle s'sentait loin-loin d'sa famille pis d'ses proches, et mon cœur avait mal d'la voir tell'ment desseulée. Abel nous a accueillis dans sa maison-garnison trois soirs plus tard, pis il a envoyé un message aux Bailey comme quoi on était r'venus. Ils posèrent tous la même question : *Qu'est-ce qu'vous avez vu là-haut ?* C'était desseulé pis taiseux, j'leur ai dit, y avait plein d'temples où qu'il restait qu'de la Savance perdue pis des oss'ments abandonnés. Mais j'ai pas parlé d'l'astronome-roi, ça nan, ni de c'que m'avait révélé Méronyme sur la Chute, et pis surtout pas d'mon empoignade a'ec Georgie l'Ancien, nan, entre-temps, j'ai laissé v'nir et r'partir d'nombreuses années.

J'comprenais pourquoi qu'Méronyme avait pas dit tout l'vrai sur son île pis sa tribu. Les gens croient qu'le monde est construit *comme ça* alors quand qu'on leur dit qu'c'est pas *comme ça*, c'est l'toit qui leur tombe sur la tête, et p't-être bien aussi sur la vôtre.

Mémé Parlotte avait répandu la nouvelle qu'le Zachry r'venu du Mauna Kea était pas l'même qu'celui qui y était parti, ça d'vait être vrai, j'me dis, y a pas d'voyage qui vous changent pas. Mon cousin Tipote a avoué qu'tous les m'mans et les p'pas des Vallées interdisaient à leurs filles d'traîner a'ec l'Zachry d'chez les Bailey, parc'qu'ils pensaient qu'j'avais dû traiter a'ec Georgie l'Ancien pour r'partir de c'te lieu d'cris en ayant gardé mon âme dans l'crâne, et même si c'était pas vrai, quelqu'part c'était pas faux. Jonas pis Sussy m'taquinançaient plus. Et M'man a eu la larme à l'œil quand qu'elle nous a vus arriver à la maison, pis elle m'a serré dans ses bras – *Zach', mon p'tit bonhomme* –, et pis mes chèvres étaient contentes, et Chaton avait pas changé. Elle et ses frères à l'écol'rie avaient un nouveau jeu : *Zachry et Méronyme sur l'Mauna Kea*, mais l'Abbesse leur a dit d'arrêter parc'que des fois, faire semblant, ça peut changer l'cours des choses. Un super jeu qu'c'était, a dit Chaton, n'empêche qu'moi, j'voulais pas en connaître les règles ni l'but.

P'tit à p'tit, la dernière lune d'Méronyme aux Neuf Vallées a grossi, pis est v'nu l'jour d'la Troqu'rie de Honokaa, la plus grande rassemblée des peuples de Front-d'vent, qui s'tenait une fois l'an à la lune d'la récolte, alors pendant des jours pis des jours, ça tissait dur des couvettes en laine de chèvre, la meilleure troque d'notre maison. Depuis la mort d'mon p'pa, on allait à la troqu'rie de Honokaa en groupe d'dix pis même plus, mais c't'année, on était deux fois plus nombreux à cause de toutes ces pill'ries particuyères qu'les Prescients nous avaient offertes pour héberger Méronyme. On avait des charrettes à bras pis des mules pour la viande séchée, l'cuir, l'fromage et pis la laine. Wimoway et Roses s'y rendaient pour r'vendre des herbes qui poussaient qu'dans les Vallées, bien qu'Roses pis Tipote s'galochaient mais j'm'en fichais. J'souhaitais bien d'la chance à mon cousin parc'qu'il en aurait b'soin, d'ça pis d'un fouet et d'un dos d'acier, aussi.

J'ai eu d'la peine quand qu'j'ai traversé la croisée d'Sloosha et qu'j'ai vu les voyageurs déposer des pierres sur l'tumulus de P'pa, c'était la coutume, P'pa avait une potée d'amis pis d'frères qui l'aimaient vraiment. Au sommet du Mauna Kea, l'diable affûtait ses griffes sur une pierre à aiguiser, pour l'jour où qu'il dégust'rait c'te p'tit froussardet d'menteur, ouais. Après Sloosha, y a eu l'lacet qui r'montait à Kukuihaele. Comme une des charrettes à bras s'est cassée pis renversée, la route a été longue pis assoiffante, ouais, pis midi était loin derrière quand qu'on a atteint le hameau maigrichon haut perché sur l'versant d'en face. Nous autres jeunots on a grimpé au cocotier chercher d'la boustifaille, et tout l'monde a bien accueilli c'te bon lait, sans tortiller. Tandis qu'on vagabondait vers l'sud sur la route ruante des Anciens qui m'nait à Honokaa, la brise d'l'océan est d'venue fraîche et ça nous a rapiécé l'esprit, alors on a raconté des récitances, histoire d'raccourcir les kilomètres, l'raconteur s'asseyait à l'envers sur la bourrique en tête d'cortège, d'façon qu'tout l'monde entend. Rod'rick a fait récitance du conte de Rudolf le voleur de chèvres au trou d'balle rouge, suivi d'celui d'Billy « barre-de-fer » et d'son horrible pique, pis ensuite, Wolt a chanté une chanson galocharde, « Ô Sally des Vallées, oh » malgré qu'on lui a j'té des bâtons parc'qu'il clatait c't'air harmonié. Pis l'oncle Abeilles a d'mandé à Méronyme d'nous apprendre une récitance prescient. Elle a hésité un batt'ment ou deux avant d'réponde qu'les contes prescients dégoulinaient d'regrets pis d'chagrin pis d'mauvais augures qu'étaient pas bons à dire l'après-midi ensoleillé d'une veille de troqu'rie, mais elle voulait bien nous en raconter une qu'elle tenait d'quelqu'un qu'habitait sur les terres brûlées d'un endroit loin-loin nommé l'Panama. On a tous ouayé, alors elle s'est installée sur la mule de d'vant pis elle a dit une brève et gentille récitance que j'm'en vais vous rapporter pour peu qu'vous la bouclez et qu'vous vous t'nez tranquilles, et pis qu'quelqu'un m'ramène une bonne tasse de gnolette, j'ai la gorge collante et toute sèche.

À l'époque où qu'la Chute chutait, les hommes avaient oublié comment qu'on f'sait du feu. Oh, des choses terribles pis mauvaises les guettaient, ouais. Quand qu'venait la nuit, les gars pouvaient rien voir, quand qu'venait l'hiver, ils pouvaient rien réchauffer, quand qu'venait l'matin, ils pouvaient rien faire rôtir. Alors la tribu est allée voir l'Sage pis a d'mandé, *Toi, le Sage, aide-nous ; t'vois, on a oublié comment qu'on fait du feu : ah, on est plus qu'douleur.*

Alors l'Sage a convoqué l'Corbeau pis l'a ord'donné ainsi : *Traverse l'océan enfolié d'palpitudes jusqu'au Grand Volcan, et sur sa pente forestueuse, trouve-toi un long bâton. Prends-le en bec pis envole-toi jusqu'la bouche du Grand Volcan pis plonge le bâton dans l'lac où qu'les flammes y bouillonnent et crachent. Ensuite, rapporte c'te bâton enflammé jusqu'le Panama pour qu'les hommes s'mémorent à nouveau du feu pis comment qu'on en fait.*

L'Corbeau a suivi l'ord'donnance du Sage et traversé l'océan enfolié d'palpitudes jusqu'tant qu'il a vu la fumée du Grand Volcan dans l'pas-loin. Il a descendu en tournoyant sur ses pentes forestueuses, grappillé quelques groseilles, avalé un peu d'printemps frais, pis s'est mis à farfouiner une longue branche de pin. Un, deux, trois pis hop, le Corbeau s'est envolé, l'bâton en bec, pis hop, il a piqué dans la bouche soufreuse du Grand Volcan, ouais, il s'est redressé au dernier batt'ment d'son plongeon pis a trempé dans le feu liquide le bâton, *wouuu-ouuu-ouuuch* ! l'bâton a flammé ! L'Corbeau est r'monté vers le ciel pis r'ssorti d'la bouche du volcan, il volait a'ec c'te bâton brûlant dans l'bec, ouais, il f'sait cap vers chez lui, ses ailes battaient, son bâton brûlait, les jours passaient, la grêle tombait, les nuages noircissaient, oh, la langue de feu r'montait l'bâton, ses yeux s'enfumaient, ses plumes crissaient, son bec l'brûlait... *J'ai mal !* croassait l'Corbeau. *J'ai mal !* Alors, il l'a lâché, c'te bâton ou pas ? On s'mémore comment qu'on fait du feu ou pas ?

V'voyez ? qu'a dit Méronyme, qui ch'vauchait la mule d'devant à l'envers, *c't' histoire parle pas d'corbeaux ou d'feu, ça raconte d'où nous vient notre caractère.*

J'dis pas qu'c'te récitance a beaucoup d'sens, mais j'm'en suis toujours mémoré, et y a des fois quand y a pas beaucoup d'sens, ça donne plus de sens. Bref, la journée mourait sous les mottes de nuages pis comme plusieurs kilomètres nous séparaient toujours de Honokaa, on a monté l'tent'ment pour la nuit pis on a j'té les dés pour désigner l'garde ; les temps étaient durs, v'voyez, on préférait éviter une ambuscade. J'ai fait un six-et-six alors j'ai pensé qu'p't-être j'guérissais d'ma malchance, crétin du destin qu'j'suis, pis qu'on est tous.

Honokaa était la ville la plus animée du nord-est d'Front-d'vent, v'voyez, les Anciens l'avaient bâtie bien en hauteur pour survivre à la montée d'l'océan, pas comme à Hilo et Kona, où qu'la moitié d'la ville se r'trouvait inondée presque tous les mois. Les hommes de Honokaa étaient des marchands ou des artisans pour la plupart, ouais, ils vénéraient Sonmi mais comme ils étaient malins, ils étalaient leur chance en vénérant aussi les dieux hilo, c'est pour ça qu'nous autres gens des Vallées, on les prenait un peu pour des sauvages. Le chef s'appelait l'Sénateur, il avait plus d'pouvoir qu'notre Abbesse, ouais, et il possédait une armée d'dix-quinze empoigneurs armés d'super-piques chargés d'forcer l'ord'donnance du Sénateur, mais personne avait choisi d'avoir c'te Sénateur, nan, c'était une affaire barbare qui r'gardait qu'le p'pa et son fils. Honokaa s'trouvait à mi-ch'min des Hilo pis des Honomu, pis des gens des Vallées et des Mookini avant qu'ils ont été esclavés, et pis des tribus des collines d'l'arrière-pays. Dans c'te ville, on arrêtait pas d'reconstruire les murs des Anciens pis d'réparer les toitures arrachées ; n'empêche, quand qu'on s'prom'nait dans les rues étroites et venteuses, on s'maginait les kayaks volants pis les charrettes sans ch'vaux qui d'vaient roulotter çà pis là. Enfin, il y avait la halle à troqu'rie, un bâtiment super-vaste qu'avant on app'lait *église*, d'après l'Abbesse, où qu'on vénérait un dieu d'antan, mais c'qu'on savait sur c'dieu s'est perdu dans la Chute. L'église avait des murs solides pis d'belles vitres colorées, et pis elle trônait dans un grand espace touffu d'vert a'ec plein d'dalles plantées où qu'on pouvait parquer les moutons, les chèvres pis les cochons, et t't ça. Pendant la troqu'rie, les gardes du Sénateur surveillaient l'entrée d'la ville et les granges, et pis ils avaient une prison a'ec des barreaux d'fer. Mais jamais un armiste avait empoigné un marchand si c'dernier avait pas volé quelqu'chose ou 'claté la tranquillité et la loi. Y avait plus de lois à Honokaa qu'partout ailleurs sur la Grande Île à part les Neuf Vallées Plissées j'pense, mais bon, la loi et la Civilis'rie, c'est pas toujours la même chose, nan, r'gardez, les Kona ont beau avoir des lois kona, ils ont pas une puce d'Civilis'rie.

À c'te troqu'rie, les affaires avaient roulé pour nous autres gens des Vallées et nos Communes. Les tribus des collines nous avaient donné vingt sacs de riz contre les toiles goudronnées prescientes, ouais, pis des vaches et du cuir en échange d'ferronneries. On a dit à personne qu'Méronyme v'nait d'ailleurs, nan, on l'avait r'nommée Loutresse, d'la maison d'l'Ermite tout en haut du ravin d'la Vallée d'Pololu ; Loutresse l'herboriste était malformée mais chançarde, qu'on disait, pour justifier sa peau noire pis ses dents blanches. Les affaires prescientes, c'étaient des pill'ries qu'on avait récemment trouvées dans une planque bien replète, 'fin bon, quand qu'on d'mande *Où qu't' as dégoté ça ?* à quelqu'un, on espère jamais obtenir une réponse véridite. Mémé Parlotte boucle son claque-merde quand qu'on sort des Neuf Vallées, alors quand qu'un raconteur prénommé Lyons m'a d'mandé si j'étais bien l'Zachry d'la Vallée d'Élépaio, celui qu'avait gravi l'Mauna Kea la lune dernière, j'ai été terrib'ment surpris. *Ouais*, qu'j'ai fait, *c'est bien moi, mais nan, j'aime trop la vie pour m'approcher d'trop près du toit de c'te montagne.* J'lui ai raconté qu'j'étais allé dénicher des feuilles pis des racines particuyères a'ec Loutresse, une tante dans ma vie-d'avant, mais qu'on avait pas grimpé plus haut qu'là où qu'les arbres s'arrêtaient, alors si on lui avait laissé entendre autre chose, il d'vait avoir mal entendu. Lyons avait la parole assez aimable, mais quand qu'mon frère Harrit m'a raconté qu'il avait vu Lyons et Leary-l'barbu marmonner au fond d'un cul-d'sac enfumé, j'me suis dit qu'j'irais l'rapporter à l'Abbesse à notre retour, histoire d'voir c'qu'elle en pensait. J'avais toujours senti comme un r'lent d'cul d'rat du côté d'Leary, et ça, j'allais découvrir pourquoi quelques heures plus tard, oh, ça ouais, j'avais raison.

Méronyme pis moi on a eu vite fait d'troquer nos fil'ries d'laine de chèvre et nos couvettes, ouais, une Kolekole à la peau sombre m'a donné un sac d'café d'Manuka, des tuyaux en plastique impèques, des oies bien grasses, des sacs de raisins secs, et pis d'autres choses que j'me mémore plus. Les Kolekole sont pas vraiment sauvages, d'accord, n'empêche qu'chez eux, les vivants enterrent leurs morts sous leurs maisons toutes longues pour qu'ces derniers s'sentent moins seuls. Après, j'ai participé un batt'ment ou deux à la troqu'rie des Communes pis j'suis parti bagu'nauder, j'donnais l'comment-va à certains marchands des carrefours, les sauvages sont pas toujours d'mauvais bougues, nan. J'ai appris qu'les Mackenzyens s'étaient inventé un dieu-requin et qu'ils sacrifiaient des moutons qu'ils jetaient dans la baie après les avoir entaillés pis dépattés. J'ai entendu d'habituelles récitances de tapag'ries kona survenues c'te fois-ci un peu plus à l'est qu'leur terrain d'chasse courant, et ça nous a tous assombri l'cœur pis l'humeur. J'ai vu qu'on s'attroupait autour d'quelqu'un, j'me suis glissefeutré plus près et j'ai r'connu Méronyme, ou plutôt Loutresse, assise sur un tabouret en train d'dessiner l'visage des gens, ouais ! Elle troquait ses dessins contre des breloqueries ou un peu d'boustifaille, et les gens étaient contents comme tout quand qu'ils voyaient leur visage sur l'papier surgir d'nulle part, alors d'autres gens s'agglutinaient pis disaient, *Moi, ensuite ! Moi, ensuite !* Ils lui d'mandaient où qu'elle avait appris ça, pis à chaque fois elle répondait, *C'est pas une question d'apprendre, mon frère, c'est une question d'pratique*. Aux moches, elle donnait davantage d'beauté qu'y en avait dans leur visage, mais à toute époque, les artistes avaient fait ça, qu'elle disait, Loutresse l'herboriste-dessineuse. Ouais, quand qu'il s'agissait d'visages, les jolies ment'ries valaient mieux qu'une vérité galeuse.

La nuit est tombée et on est r'tournés d'vant nos provisions pis on a tiré au sort pour monter la garde, et dans ces maisons particuyères qu'on appelait « bars », la fête a commencé. Mon tour d'garde était tôt, alors a'ec Wolt et l'oncle Abeilles, on a montré des endroits à Méronyme, pis après, des musiquards nous ont ram'nés à l'Église. Un presse-et-souffle, des banjos, des violes poissons-chats pis une rare et précieuse guitare d'acier, et pis des barriques d'liqueurs qu'chaque tribu apportait, histoire d'montrer qu'ils étaient riches, et des sacs d'herbe-de-joie aussi, parc'qu'là où y a des Hilo, y a d'l'herbe-de-joie. J'ai tiré fort sur la pipe d'Wolt et alors les quatre journées d'marche qui reliaient nos terres libres d'Front-d'vent à celles des Kona d'Vau-vent ont semblé en faire quatre miyons, ouais, les babiotes de l'herbe-de-joie m'ont bercé c'te nuit-là, et pis les tambours s'sont mis à résonner, chaque tribu avait son tambour propre, v'voyez. Foday, qu'habite à la maison d'la Mare-aux-lotus, pis deux-trois autres gens des Vallées tapaient sur des peaux d'chèvre et des lattes de ping, pis des Hilo barbus frappaient leurs tambours à flumfi-flumfi, et pis une famille d'Honokaa cognait sur ses sachh-kranggs, pis des types de Honomu ont sorti leurs agite-coques, alors pensez si c'te super festin d'percussions f'sait vibrer la corde à joie des jeunots – et la mienne aussi, ouais –, pis y avait l'herbe pour vous guider entre les couac-crac et les boum-poum et les pam-pim-pom jusqu'tant qu'nous autres danseurs étions plus qu'grond'ments d'sabots et palpitations sanguines et années échues, chaque rythme était une vie qui me quittait, ouais, j'ai vu toutes les vies qu'mon âme avait vécues jusqu'loin-loin avant la Chute, ouais, j'les voyais du haut de c'te ch'val au galop pris dans un ouragan, mais j'pourrais pas vous raconter ces existences parc'qu'les mots m'fuient, en r'vanche j'me souviens bien d'c'te Kolekole à la peau sombre pis des tatouages d'sa tribu, ouais, c'était un arbuste qui pliait, pis moi, j'étais l'ouragan, quand qu'j'soufflais, elle pliait ; quand qu'j'soufflais plus fort, elle pliait plus fort, presque collée à moi, pis j'étais les ailes du Corbeau qui battaient, et elle, la langue des flammes, pis quand qu'l'arbuste kolekole m'a env'loppé l'cou a'ec ses doigts d'saule, ses yeux ont quartzé, alors elle m'a murmé dans l'oreille, *Je recommenc'rai, ouais, et nous recommenc'rons, ouais*.

Debout, garçon, mon p'pa m'cognait, anxiet, *c'est pas l'jour pour limacer dans les draps, maldit garnement!* Mon rêve bulleux a 'claté pis j'me suis réveillé pour d'bon sous d'râpeuses couvettes kolekole. La fille à la peau sombre pis moi, on était entortillés, ouais, comme deux lézards huileux qui s'avalaient l'un l'autre. Elle sentait les vignes et la cendre d'volcan pis ses seins d'olive s'soulevaient et r'tombaient, alors en la r'gardant, j'ai eu les tendrillons, comme qu'si c'était mon babiot qui sommeillait à côté d'moi. L'herbe-de-joie m'enfumait toujours, pis j'entendais dans l'pas-loin les cris d'une furieuse fête bien qu'l'aube brumeuse était d'jà là, ça arrive des fois pendant les troqu'ries des récoltes, ouais. Alors j'ai bâillé pis j'me suis étiré, ouais, j'avais mal et j'me sentais bien et j'étais reinté, vous savez c'que c'est quand qu'on s'est serré une belle fille. Des déjeunettes grillaient à quelques pas, alors j'ai mis mon pantalon, ma veste, et t't ça, pis les yeux fauves d'la Kolekole s'sont ouverts et elle a murmé, *B'jour, gardien d'chèvres,* pis j'ai ri et répondu, *J'reviens a'ec d'la boustifaille,* mais elle m'croyait pas, alors j'ai décidé qu'j'la mettrais dans l'tort histoire d'voir son sourire quand qu'j'ramèn'rais le p'tit-déj. Devant la grange kolekole, y avait une piste pavée qui courait l'long d'la muraille d'la ville, mais j'pigeais pas si fallait aller vers l'nord ou l'sud, j'en étais donc là à m'perplexer d'vant mon ch'min quand qu'un garde de Honokaa est tombé des remparts pis a manqué d'me tuer d'un centimètre.

Mes tripes sont à moitié r'montées et r'descendues.

L'corps d'un carreau d'arbalète lui rentrait dans l'nez pis la pointe lui r'ssortait d'derrière la tête. L'impact de c'te pointe en fer renvoyait c'te matinée à sa terrible réalité, ouais.

C'te furieuse fête dans l'pas-loin, c'était des bataillades pis des combats, ouais ! La déjeunette qui grillait, c'était du foin qui brûlait, ouais ! J'ai d'abord pensé aux miens, alors j'ai détalé jusqu'la grange des gens des Vallées dans l'centre d'la ville en criant *Kona, Kona !* Ouais, les ailes noires de c'te mot effroyant battaient furieus'ment à travers Honokaa pis j'ai entendu tonner une fracasserie pis un terrible cri s'est l'vé alors j'ai pigé qu'les portes d'la ville avaient sauté. J'suis arrivé à la place, mais une explosion d'paniqu'rie m'a coupé la route et la peur, ouais, la peur et sa chaude puanteur m'ont fait r'brousser ch'min. J'tournais dans les voies étroites, mais les rugiss'ments kona, les ch'vaux pis les coups d'fouet s'rapprochaient et remplissaient comme un tsunami les p'tites rues brumeuses et en flammes, et j'savais plus d'où qu'j'venais ni où qu'j'allais, pis *p-pam !* J'me suis fait pousser dans l'ruisseau par une vieille aux yeux d'lait qui donnait des coups dans l'vide a'ec son rouleau à pâtiss'rie en harpiant : *Jamais vous pos'rez vos mains dégoûtardes sur moi !* mais quand qu'j'me suis r'mis d'bout, elle était immobile pis toute pâle, v'voyez, un carreau avait éclos sur son cœur, pis soudain-coup *ouah*, un fouet m'a lié les jambes et *ouah* j'me suis envolé pis *ouah* j'me suis r'trouvé tête en bas pis *ouiiiille* les pavés m'ont broyé l'crâne, ouais, plus féroces qu'un coup d'biseau glacial.

Après, quand qu'j'me suis réveillé, mon jeune corps était plus qu'un vieux baquet d'douleur, ouais, j'avais les g'noux 'clatés pis l'coude raide et bleui pis les côtes fracassées pis deux dents en moins pis les mâchoires qui s'joignaient plus bien pis une bosse qui me f'sait comme une deuxième tête sur l'crâne. J'étais encagoulé comme une chèvre qu'on va égorger pis j'avais les pieds et les poings cruell'ment liés pis j'me trouvais allongé au-d'ssus pis en d'ssous d'autres misérables corps, ouais, c'que j'avais mal ! J'avais jamais connu ça avant et j'ai pas r'vécu ça d'puis, nan. Les roues d'la charrette grondaient pis les fers clip-clopaient pis à chaque balanc'ment la douleur m'tournoyait dans l'crâne.

Bah, y avait pas d'mystère. On nous avait esclavés et on nous ram'nait dans une charrette vers les terres kona, comme Adam, mon frère perdu. J'étais particuyèr'ment content d'être toujours en vie, j'étais plus rien, j'avais mal comme un poulardu pétrifié et impuissant qu'on saignait à un crochet. Un pied qui tortillait m'écrasait les glaouis, alors j'ai murmé, *Y'en a qui sont réveillés ?* V'voyez, j'pensais encore pouvoir détaler d'c'te trou, mais à quelques centimètres, un cri cru et freux d'Kona a lancé : *Fermez vos gueules, mes mignons, sans quoi j'jure sur ma lame qu'j'vous coup'rai la langue à tous sans exception, saletés d'chiures d'dingos !* Une mouillure chaude m'a r'couvert le bras, c'était quelqu'un au-d'ssus qui pissait, et ça r'foidissait à m'sure qu'les batt'ments passaient. J'ai r'censé cinq Kona qui parlaient, trois ch'vaux, pis une cage de poussinots. Nos ravisseurs parlaient des filles qu'ils avaient éventrées ou serrées pendant la prise de Honokaa, c'est comme ça qu'j'ai compris qu'ça f'sait une demi-journée qu'j'avais c'te cagoule sur la tête. J'avais pas faim mais oh, j'étais aussi assoiffé qu'une cendre chaude. J'reconnaissais une des voix kona : où est-ce que j'l'avais entendue ? Tous les grands batt'ments, un tonnerre d'sabots guerriers r'tentissait sur la route, suivi d'un *Comment-va, capitaine !* pis d'un *Ouais, m'sieur* et d'un *La bataillade s'déroule bien !* alors j'ai compris qu'les Kona s'étaient pas contentés d'un assaut d'essai à Honokaa, mais qu'ils s'emparaient d'toute la partie nord d'la Grande Île, ouais, et ça voulait dire des Vallées, aussi. Mes Neuf Vallées Plissées.

Sonmi, qu'j'ai prié, *Sonmi pleine de grâce, protège les miens.*

Et l'sommeil a fini par m'emporter, alors j'ai rêvé d'la Kolekole, mais sa poitrine et ses flancs étaient d'neige et d'roche de volcan, et quand qu'j'me suis réveillé dans la charrette, y avait sous moi un esclave mort qui pompait la chaleur d'mon corps. J'ai crié, *Hé Kona, y a un mort ici, alors p't-être ton ch'val te r'merciera d'lâcher du lest.* Un garçon au-d'ssus d'moi a couiné quand qu'le conducteur d'la charrette lui a flanqué un coup d'fouet pour l'remercier d'ma si-gentille attention, c'était p't-être lui qu'avait pissé. J'devinais au chant des oiseaux qu'la nuit approchait, ouais, toute la journée on nous avait transportés.

Un long batt'ment après, on s'est arrêtés pis on m'a tiré d'la charrette pis donné des coups d'pique. J'ai hurlé et tortillé, pis entendu un Kona dire *Celui-là est encore vivant*, pis on m'a soul'vé et posé contre un rocher d'la taille d'une hutte, et un long batt'ment plus tard, on m'a r'tiré ma cagoule. J'me suis r'dressé, j'clignais dans la pénombre endeuillée. On s'situait sur la piste d'Waimea et il pleuviotait, j'savais bien où qu'on était, v'voyez, parc'qu'on s'trouvait à côté d'la mare sur la pente pis c'te rocher où qu'on s'appuyait, c'était là qu'Méronyme pis moi, on avait rencontré l'vieux Yanagi à peine une lune plus tôt.

Alors j'ai r'gardé les Kona jeter aux dingos et aux corbeaux trois esclaves morts, pis j'ai su pourquoi qu'j'avais r'connu c'te voix familière : v'voyez, parmi nos captiveurs, y avait Lyons l'raconteur, l'frère d'Leary. Raconteur et guetteur, qu'Georgie l'Ancien maldit sa carcasse. À part moi, y avait pas d'autre habitant des Vallées parmi les dix survivants, nan, la plupart étaient honomu et hawi. J'ai prié pour qu'y avait pas mon cousin

Tipote parmi ceux qu'ils avaient balancés. On était tous des jeunes hommes, ouais, ils avaient dû tuer les plus vieux à Honokaa, qu'j'me disais, pis Méronyme aussi, parc'que j'savais qu'elle aurait pas pu survivre ni s'extirper d'une bataille aussi furiante. Un des Kona nous a versé une gorgée d'eau d'mare sur l'visage, et on a ouvert la bouche pour récupérer jusqu'à la dernière d'ces gouttes saumâtres, mais c'était pas assez pour détremper notre dessèch'ment. Le chef a ord'donné à l'écuyer d'monter l'tent'ment pis il s'est adressé à ses proies trembloteuses. *Depuis c'te matin*, a commencé l'bougue peinturluré, *votre vie pis votre corps, ouais, c'est la possession des Kona, alors plus vite vous l'accept'rez, plus vous aurez d'chance d'survivre en esclaves des véritables héritiers d'la Grande Île, et bientôt du grand Hawai.* L'chef nous a dit qu'c'te nouvelle vie comportait d'nouvelles règles, et heureus'ment, elles étaient faciles à r'tenir. *Première règle, les esclaves exécutent l'ord'donnance d'leurs maîtres, et vite-net, sans pourquoiller. 'clatez c'te règle pis votre maître vous 'clat'ra un peu ou beaucoup, ça dépendra d'son envie, pis jusqu'tant qu'vous apprendrez à mieux obéir. Deuxième règle, les esclaves parlent pas sauf quand qu'leur maître l'leur d'mande. 'clatez c'te règle pis votre maître ou moi, on vous tranch'ra la langue. Troisième règle, perdez pas votre temps à manigancer une fugue. Après votre revente à la prochaine lune, on vous marqu'ra sur les deux joues du signe d'votre maître. Jamais vous pourrez passer pour un Kona pur de sang, et véridire, du côté d'Front-d'vent, y a qu'des merdeux malformés. 'clatez c'te règle pis j'vous jure qu'quand il vous attrap'ra, votre maître vous délam'ra les mains et les pieds, pis vous tranch'ra la bite pour vous la fourrer dans la bouche, et il vous abandonn'ra au bord d'un ch'min au grand festoiment des rats et des mouches.*

Ça vous paraît p't-être rapide, comme mort, mais j'l'ai fait plusieurs fois, et c'est surprenant c'que c'est lent, croyez-moi. L'chef a ajouté qu'tout bon maître tuait un esclave médiocre ou inactif d'temps en temps histoire d'rapp'ler aux autres c'qui arrive aux feignants. Enfin, il a d'mandé si y avait des plaignards.

Des plaignards, y en avait pas. Quant à nous autres pacifiques habitants d'Front-d'vent, notre corps était 'claté par les blessures, la soif et pis la faim, et notre esprit lui, 'claté par les tueries qu'on avait vues pis l'à-v'nir d'esclave qui nous attendait, ça nous avait 'claté l'esprit. Pas d'famille, pas d'liberté, rien : qu'du travail et d'la souffrance pis du travail et d'la souffrance jusque notre mort, pis alors où c'est qu'notre âme r'naîtra quand qu'c'te moment viendra ? J'me d'mandais si j'avais une chance d'revoir Adam ou s'il était pas d'jà mort. Un garçon hawi aux airs d'elfe s'est mis à chouiner, mais c'était qu'un neufiot ou dixiot, alors personne lui a soufflé d'la fermer, en fait c'est pour nous tous qu'il versait des larmes, ouais. Jonas d'vait sans doute être esclavé, pis Sussy et Chaton aussi, mais d'rudes pensées m'traversaient l'esprit, v'voyez, parc'qu'c'étaient deux assez jolies filles. M'man vieillissait, elle... Qu'est-ce qu'les Kona allaient faire d'elle ? J'voulais plus penser à la vieille au rouleau à pâtiss'rie qui m'avait poussé dans l'ruisseau à Honokaa, mais j'arrivais pas. Lyons s'est approché d'nous, a fait *Bouh !* au p'tit elfe qu'a chouiné encore plus, pis Lyons a rigolé, et il m'a arraché mes bottes prescientes. Il les admirait à ses pieds. *Finies les pill'ries au sommet du Mauna Kea pour Zachry-l'chevrier*, qu'il disait c'te trahisseur, *il aura plus b'soin d'ça, nan.*

J'ai rien répondu, mais Lyons a pas aimé ma façon d'rien répondre, alors, chaussé d'mes bottes à moi, il m'a filé un coup d'pied dans la tête pis dans les couilles. J'étais pas sûr mais j'pense qu'c'était l'sous-chef, en tout cas personne lui a réclamé les bottes.

La nuit a dégouliné, pis les Kona ont rôti des poussinots sur le feu, et nous, on aurait été prêts à troquer notre âme en échange d'une lapée d'gras. On commençait à avoir très froid, pis même si les Kona voulaient pas qu'on soit trop 'clatés avant la foire aux esclaves, ils t'naient à c'qu'on reste fragiles et tout faibles parc'qu'on était dix et eux, seul'ment cinq. Ils ont ouvert une barrique d'alcool et ils ont bu et rebu pis déchiré ces poussinots qui sentaient l'délicieux, et rebu. Ils ont murmé un peu pis ils nous ont r'gardés, et un Kona a marché vers nous muni d'un bout d'bois entorché. Il l'a approché d'chacun d'nous pendant qu'les autres Kona grognaient *Ouais !* ou *Nan !* Final'ment, il a détaché les pieds du p'tit elfe hawi pis l'a aidé à marcher jusqu'le feu d'camp. Là, ils l'ont nourri pis lui ont donné du poussinot pis d'l'alcool. Nous autres esclaves délaissés pis lessivés par la faim, la douleur et pis les moussiques d'la mare du flanc d'montagne, on enviait c'te p'tit Hawi terrib'ment, jusqu'tant qu'Lyons a fait un signe de tête pis qu'les Kona ont arraché son pantalon à l'Elfe pis ils l'ont maint'nu pour lui 'clater l'troufignon, qu'ils huilaient d'gras d'poussinot entre chaque tour.

Lyons était en train d'fourrer c'te pauve enfant quand qu'j'ai entendu un *kssssss* et qu'le traître a chaviré. Les quatre autres ont 'claté d'rire ; v'voyez, ils croyaient qu'Lyons était envessié d'alcool, mais *ksss-ksss* : deux points rouges s'sont mis à grossir entre les yeux d'un autre Kona, pis il est tombé raide mort, lui aussi. Un Kona encapé pis encasqué avançait à grands pas dans la clairière en t'nant une sorte d'tibia pointé en direction d'nos trois derniers captiveurs. Un autre *ksss*, et l'jeune Kona s'est effondré. Pis l'chef a pris sa pique et l'a lancée sur l'tueur encasqué, qu'a comme plongé pis roulé en avant, et la pique lui a déchiré la cape sans l'toucher au corps. Un *ksssSSSsss* a fait une entaille pentue sur l'buste du chef qui s'est séparé en deux. L'espoir r'prenait l'dessus sur ma stupeur mais *crac !* le fouet du dernier Kona s'est enroulé autour d'c'te tibia qui tuait net, pis *crac !* La tireuse a quitté vite-net les mains d'notre sauv'teur pour r'tomber dans celles d'notre captiveur comme par magie. Alors l'dernier Kona a r'tourné l'arme contre notre sauv'teur et s'en est approché tout près d'façon à pas l'louper pis j'ai vu quand qu'ses mains ont appuyé sur la gâchette pis *KSSS !* L'dernier Kona avait plus d'tête pis l'arbre à pain derrière lui était plus qu'un *woouuuchh* de flammes cendreuses qui craqu'taient et fumaient sous la pluie.

Son corps abandonné est resté d'bout pendant un batt'ment, comme un babiot qu'apprend à marcher, pis... *poum-fff !* V'voyez, comme qu'il avait confondu la bouche pis l'cul d'la tireuse, il s'était grenadé la tête. Notre mystérieux sauv'teur kona s'est rassis, frotté les coudes douc'ment, a enl'vé son casque, pis nous a posé un r'gard de misère sur les cinq morts.

J'suis trop vieille pour c'te genre d'chose, a soufflé Méronyme, qui fronçait dur.

On a détaché les autres esclaves pis on leur a laissé la boustifaille des Kona, Méronyme avait assez pour deux dans l'sac à selle d'son ch'val, pis ces pauves bougues désesclavés avaient b'soin d'toute l'aide possible. Des cinq morts, on a juste récupéré mes bottes, qu'j'ai r'tirées des pieds d'Lyons. *En temps d'guerre*, m'a appris Méronyme, *anxiète-toi d'abord d'tes bottes, c'est après qu'il faut t'anxiéter d'la boustifaille, et t't ça.* Un long batt'ment plus tard à l'intérieur d'un bâtiment d'Anciens perdu dans l'maquis vau-ventien du Kohala, ma sauv'teuse a allumé un p'tit feu pis m'a fait la récitance d'tout c'qui lui était arrivé.

Pas bien longue, comme récitance, nan. Méronyme était pas dans la grange des habitants des Vallées quand qu'les Kona ont pris Honokaa d'assaut, nan, elle avait grimpé en haut des remparts d'la ville pour dessiner la mer, quand qu'un carreau entorché lui avait arraché son carnet à dessin des mains. Elle est r'tournée à la grange des habitants des Vallées avant qu'les portes d'la ville sautent, mais comme l'oncle Abeilles criait qu'j'avais disparu, elle est r'partie à ma r'cherche, pis c'est la dernière fois qu'elle a r'vu mon oncle. Son ch'val et son casque, elle les avait pris à un chef kona qu'avait donné l'assaut dans une ruelle mais qu'en avait pas réchappé. A'ec ses vêt'ments kona pis dans la narchie des émeutes, Méronyme a réussi à ressortir incognito d'c'te ville injectée d'sang pis entorchée. Y a pas vraiment eu d'bataille, nan, ça r'ssemblait plutôt à une rafle : v'voyez, l'armée du Sénateur s'est rendue avant tout l'monde. Méronyme a ch'vauché en direction des Vallées, vers le nord, mais les Kona s'amassaient autour du Kukuihaele avant d'essaimer dans les Vallées, alors elle a suivi la piste de Waimea par l'intérieur des terres, mais c'te route était si épaiss'ment jalonnée d'sentinelles qu'elle aurait pas pu passer pour kona si on l'avait arrêtée. Méronyme a pris la direction du sud histoire d'atteindre Hilo pis une fois là-bas, voir si la ville était toujours entre les mains d'gens libres. Mais Sonmi l'a fait rester l'temps qu'elle aperçoit une charrette qui roulait, et d'c'te charrette, deux pieds dépassaient, pis sur ces deux pieds, y avait des bottes prescientes, et, à sa connaissance, y avait qu'un seul habitant d'Front-d'vent qui portait des bottes prescientes. Elle a pas osé me v'nir en aide en plein jour, pis elle a même perdu la charrette d'vue parc'qu'elle avait dû contourner une armée d'cavaliers, et dans la pénombre, sans les r'frains d'ces Kona complèt'ment vésiculés qui brinquebéaient le p'tit Hawi, elle nous aurait sans doute ratés pis continué sa route. Oh, les risques qu'elle avait pris pour m'sauver ! *Pourquoi qu'tu t'es pas cachée et qu't'as pas sauvé ta peau ?* qu'j'ai d'mandé.

La bouille qu'elle tirait signifiait, *question idiote*.

Ouais, d'accord, mais qu'est-ce qu'on allait faire ? Mes pens'ries oragaient pis craintaient. *Sûr'ment qu'les Vallées sont partout à feu pis à sang... Alors si Hilo est pas encore chutée, elle chut'ra bientôt...*

Mon amie s'est contentée d'soigner mes blessures a'ec des bandages pis d'autres trucs, pis elle a porté une coupe et un noyau d'méd'cine à mes lèvres. *Ça aid'ra ton corps tout 'claté à s'réparer, Zachry. Fais taire tes parlott'ries et dors, maint'nant.*

Les murmeries d'un homme m'ont réveillé : j'étais dans un abri d'Anciens tout fuiteux où qu'les feuilles s'clataient à travers les trous des f'nêtres. J'avais mal en douze points d'mon corps, mais ça m'doulourait pas d'manière trop intense. La matinée était vive et sentait l'Vau-vent, pis j'me suis souv'nu d'la nouvelle ère qui ombrageait Front-d'vent, et dans ma tête, oh, comment que j'grognais d'me réveiller. D'l'autre côté d'la pièce Méronyme parlait grâce à son oraison au Prescient à l'air sévère qui m'avait pincé à farfouiner dans les affaires d'Méronyme. J'ai observé quelques batt'ments, j'me merveillais d'nouveau, v'voyez, parc'qu'les couleurs sont plus piquantes pis plus lumineuses dans les f'nêtres d'oraison. Il s'est vite aperçu qu'j'étais d'bout, alors il m'a salué d'un l'ver d'tête. Méronyme s'est tournée aussi pis m'a fait un comment-va.

Mieux qu'hier. J'ai avancé pour observer d'plus près c'te Savance tell'ment particuyère. Mes articulations et mes os grognaient. Méronyme a annoncé qu'j'avais d'jà rencontré c'te Prescient qui s'app'lait Duophysite, qu'elle a précisé, et j'ai dit qu'j'l'avais pas oublié, il m'avait fait terrib'ment peur. L'Prescient enfenestré nous écoutait, pis son visage squelettueux s'est un rien radouci. *Oh, j'regrette qu'on doit s'rencontrer en c't'heure sombre, Zachry*, a commencé Duophysite, *mais il m'faut te d'mander d'guider Méronyme dans un dernier périple jusqu'le Doigt-d'Ikat. Tu connais c't'endroit ?*

Ouais, j'connaissais, c'était au nord d'la Dernière Vallée, d'l'autre côté du pont d'Pololu, un long crachouillis d'terre qui pointait vers l'nord-est. L'Navire prescient y avait j'té l'ancre pour attendre Méronyme ?

Les deux Prescients ont troqué un r'gard, pis un batt'ment après, Duophysite a parlé. *C'est r'grettable mais d'notre côté aussi, y a des mauvaises nouvelles. Les oraisons d'Prescience et du Navire ont pas envoyé d'transmissions d'puis des jours et des jours.*

C'est quoi, une transmission, qu'j'ai d'mandé.

Un message, a répondu Méronyme, *une f'nêtre, une rassemblée par oraison, comme c'te discussion a'ec Duophysite.*

J'ai d'mandé, *Les oraisons sont cassées ?*

Ça pourrait être bien pire, a déclaré l'homme enfenestré, *v'voyez, d'puis ces dernières lunes, une peste s'rapprochait d'Prescience, par l'ouest, d'puis Anch'rage, ouais, une effroyante maladie qu'notre Savance peut pas guérir. Seule une personne sur deux centiers qu'attrape c'te peste en réchappe, ouais. Nous autres Prescients installés à Hawai d'vons faire comme si qu'on était livrés à nous-mêmes, parc'qu'le Navire reviendra sans doute pas.*

Mais Anafi, l'fils à Méronyme ? En voyant l'visage d'la Presciente, j'ai r'gretté d'pas m'être coupé la langue avant d'l'ouvrir.

Il m'faudra vivre sans savoir, qu'a dit mon amie d'une voix tell'ment lugubre qu'j'en aurais chouiné. *J'suis pas la première à vivre ça, et j's'rai pas la dernière nan plus.*

C'te dernière parlance a 'claté en moi un espoir qu'j'pensais pas avoir. J'ai d'mandé à Duophysite combien d'Prescients y avait dans l'Grand Hawai.

Cinq, qu'a répondu l'homme.

Cinq cents ? qu'j'ai d'mandé.

Duophysite a vu ma consternation pis la comprenait, aussi. *Nan, rien qu'cinq. Un sur chaque grosse île du chap'let. L'vrai est dit, voilà, et l'temps est pour toi v'nu d'l'apprendre. On avait peur qu'c'te peste atteint Prescience et mouche les dernières flammes vives d'Civilis'rie. À Hawai, on cherchait d'bonnes terres où cultiver davantage d'Civilis'rie, et on avait peur qu'des grands nombres d'gens d'ailleurs, ça vous effroyent, vous autres, gens des îles.*

Tu vois, a commenté Méronyme, *quand qu'tu t'méfiais d'mes vraies intentions, et t't ça, t'avais pas complèt'ment tort.*

J'me fichais bien d'ça. J'ai dit qu'si les Prescients étaient comme Méronyme, on en accueill'rait bien cinq mille dans les Vallées, ouais.

Duophysite s'est assombri en pensant au si p'tit nombre d'Prescients toujours en vie. *Le chef d'ma tribu ici à l'île Maui d'où que j'te parle est aussi aimable qu'ton Abbesse. Il a ord'donné à deux kayaks de guerre d'traverser l'détroit d'Maui. Ils arriv'ront après-d'main vers midi.*

J'lui ai juré qu'Méronyme y arriv'rait saine pis sauve.

Alors j'me dois d'te r'mercier pour lui apporter ton aide

personnelle. Duophysite a ajouté qu'y aurait d'la place sur ces kayaks si j'souhaitais fuir la Grande Île a'ec elle.

Ça m'a aidé à décider. *Merci*, qu'j'ai dit à c'te Prescient isolé à Maui, *mais j' dois rester pis r' trouver ma famille.*

On est restés cachés dans c'te ruine la nuit suivante le temps qu'mes muscles s'raccommodent pis qu'mes blessures guérissent. Ça nous embouguait l'cœur d'pas r'tourner fissa défendre les Vallées ou y aller en r'pérette, mais Méronyme avait vu les ch'vaux pis les arbalétiers kona qui s'déversaient sur l'ch'min Kukuihaele pour gagner les Vallées, pis ça elle m'l'a certifié, y avait pas eu d'bataille aux Neuf Vallées, nan, il leur a pas fallu plusieurs jours mais seul'ment quelques heures pour s'en assurer la prise, ouais.

Lugub' pis hantée, qu'elle était, c'te journée. Méronyme m'a appris à utiliser la tireuse en forme d'tibia. On s'entraînait sur des ananas pis sur des brouts géants pis sur des glands jusqu'tant qu'j'ai une visée nette. J'f'sais l'guet pendant qu'Méronyme dormait, pis elle f'sait l'guet quand qu'j'redormais. Bien vite, notre feu s'est r'mis à salir la brume du crépuscule alors on a mangé les rations kona d'mouton salé pis d'algues pis les fruits des *lilikoi* qui poussaient dans ces ruines. J'ai rempli l'sac à avoine du ch'val pis j'l'ai caressé et j'l'ai app'lé Wolt parc'qu'il était aussi moche qu'mon cousin et alors j'me suis obscurci d'douleur parc'que j'me suis d'mandé qui parmi les miens était toujours en vie. Véridire, pas connaître le pire, c'est encore plus pire qu'le connaître.

Une pensée papillonnante m'a effleuré, alors j'ai d'mandé à Méronyme comment qu'ça s'f'sait qu'une passagère du Navire ch'vauchait aussi bien qu'n'importe quel Kona. Elle a confié qu'la plupart des Prescients savaient pas monter sur les bêtes, mais elle avait vécu parmi ceux du peuple de Swannekke, une tribu qu'habitait loin-loin derrière Anch'rage et 'Couver. Les Swannekke él'vaient des ch'vaux comme qu'les habitants des Vallées él'vaient des chèvres, ouais, pis leurs p'tits savaient monter avant d'savoir marcher, et donc elle avait appris pendant son séjour chez eux. Méronyme m'a enseigné beaucoup d'choses sur les tribus où qu'elle avait vécu, mais j'ai pas l'temps d'vous faire ces récitances, nan, il commence à être tard. On a parlé d'notre trajet du lend'main pour aller au Doigt d'Ikat, v'voyez, on pouvait soit franchir la crête du Kohala, qui dominait les Neuf Vallées, soit d'abord suivre le fleuve Waipio jusqu'la garnison d'Abel pour guetter c'qu'on pourrait y guetter. V'voyez, on savait pas si les Kona avaient tailladé pis brûlé et pillé les Vallées comme chez les Mookini ou s'ils comptaient s'installer dans nos maisons pis nous esclaver sur nos propres terres. Bon, j'avais juré qu'Méronyme arriv'rait au Doigt d'Ikat saine et sauve, et une mission de r'pérette là où qu'y aurait des cavaliers kona, ç'avait rien d'sain ni d'sauf, mais Méronyme avait ord'donné qu'on irait d'abord guetter les cavaliers kona pis c'est comme ça qu'on a choisi le ch'min à prendre pour le lend'main.

L'aube brouillardait comme d'la cire et du limon. C'était pas facile d'faire franchir au ch'val les crêtes du Kohala et les fourrés pour r'descendre à la source du Waipio : on savait pas si un bataillon kona nous attendait derrière les murs d'canne qu'on tailladait à grand bruit. La plupart du ch'min, il nous a fallu descendre d'selle et guider la bête, mais en fin d'compte, on a atteint la source vers midi, alors on a attaché le ch'val dans un p'tit renfonc'ment en amont et rampé sur deux kilomètres le long d'l'ép'ron aux épicéas qui m'nait chez Abel. A'ec l'brouillard, chaque souche d'arbre dev'nait une sentinelle kona tapie, mais j'remerciais malgré tout Sonmi pour la camoufle. Du haut d'l'ép'ron, on a guetté la garnison. Un spectacle sinistre, ouais. Y avait plus qu'le portail fermé d'Abel qui t'nait encore debout, v'voyez, tout l'reste, les murs pis les annexes, avait été brûlé pis 'claté. Un homme nu était pendu par les ch'villes aux traverses du portail, ouais, à la mode kona, p't-être qu'c'était Abel, pis p't-être qu'c'était pas lui, n'empêche qu'les corbeaux lui creusaient d'jà les entrailles, pendant qu'une paire d'dingos couillus chapardaient les bouts flasques qu'en dégoulinaient.

Pendant qu'on r'gardait, une raflade d'trente-quarante esclaves des Vallées était conduite à Kukuihaele. J'me mémor'rai d'c'te scène jusqu'le jour où j'meurs, pis même après. Certains étaient att'lés à des charrettes chargées d'pill'ries et d'affaires. Les cris pis les ord'donnances des Kona vacarmaient, les fouets claquaient. L'brouillard trop marécageux m'empêchait d'reconnaître l'visage d'ceux d'ma tribu, mais oh, quelle désol'rie dans ces visages crottés qu'avançaient pénib'ment jusqu'la croisée d'Sloosha. Des fantômes. Des fantômes vivants. *R'garde l'destin d'la dernière tribu civilisée d'la Grande Île*, que j'pensais, *servir les Kona d'Vau-vent dans leurs champs, dans leurs maisons, dans leurs étables, dans leurs lits, dans leurs mines, ouais, le v'là, l'fruit d'notre écol'rie et d'notre Iconière.*

Qu'est-ce qu'j'pouvais faire ? M'ruer sur eux ? Une vingtaine d'cavaliers kona qui les escortaient en terre d'Vau-vent. A'ec la tiraille d'Méronyme, j'aurais pu en descendre cinq, p't-être plus a'ec un peu d'chance, pis quoi ? Les Kona empiqu'raient à mort les habitants des Vallées jusqu'le dernier au moindre souffle d'empoignade. C'était pas Zachry-l'froussardet qui s'empoignait a'ec Zachry l'Brave, nan, c'était Zachry-l'sucidaire qui s'empoignait a'ec Zachry-l'survivant, et j'ai pas honte de dire qui des deux a victorié. À Méronyme j'ai signalé qu'on r'bross'rait ch'min jusqu'le ch'val, malgré les larmes dans mes yeux.

'Tit-cul, ramène-moi du taro grillé. Ça creuse de s'mémorer des désespérances pareilles.

Alors qu'on r'broussait ch'min jusqu'les pâturages kohala, la brume a glissé en d'ssous d'nous pis au sud, l'Mauna Kea s'est él'vé d'c't'océan d'nuages, tell'ment proche qu'on aurait pu lui cracher d'ssus, pis c'est c'que j'ai fait, ouais, j'ai craché fort. Mon âme est p't-être pierreuse et ma chance pourrie, mais j'peux encore maldire l'maldit. D'chacune des Neuf Vallées Plissées s'él'vaient des cobras noirs d'fumée, et sûr'ment qu'chaque charognard à pattes et à plumes d'la Grande Île croassait et festoyait dans nos Vallées c'te matin-là. En haut des pâturages, on a trouvé des chèvres égarées, y en avait des à moi, d'autres à Kaima, mais en r'vanche, on a pas vu d'chevrier, nan. J'en ai trait quelqu's-unes, et on a bu le lait d'chèvre du dernier habitant libre des Vallées. On est r'descendus jusqu'le Roc-Pouce par l'col des Vertèbres, là où qu'Méronyme avait dessiné sa carte cinq lunes plus tôt, ouais, pis on a traversé la bruyère gazonneuse qu'avait accueilli l'corps d'Roses sous l'mien y avait six lunes de ça. L'soleil vaporait la brume et la rosée, pis à travers un arc-en-ciel tissé fin, j'ai vu qu'l'écol'rie avait été démolie, ouais, c'était plus qu'un coquillage noir, les derniers livres et la dernière pendule. On a ch'vauché vers l'aval jusqu'le ruisseau d'l'Élépaio, où qu'j'ai sauté à terre et qu'Méronyme a mis son casque pis m'a attaché moll'ment au cas où qu'on nous guett'rait, pour qu'j'ai l'air d'un esclave qu'elle v'nait d'rattraper, c'qui nous f'rait p't-être gagner un batt'ment décisif. On a descendu la piste pour aller du côté d'chez Cluny, dont la maison culminait. Méronyme est descendue d'ch'val pis est restée agrippée à sa tirailleuse pendant qu'on s'glissait à l'intérieur du bâtiment aussi taiseux qu'des souris, mais taiseux mon cœur l'était pas, lui, nan. On a pris d'la boustifaille fraîche pour la suite du voyage, j'savais qu'ç'aurait pas dérangé Cluny. En r'partant par l'portail de d'vant, j'ai vu une noix d'coco empiquée sur un poteau taché où qu'les mouches bourdonnaient, c'était bizarre et pas normal, alors on a r'gardé d'plus près, pis c'était pas une noix d'coco mais la tête à Macca Cluny, ouais, il avait encore sa pipe en bouche.

Des bougues de barbares, ces peinturlurés d'Kona, j'vous l'dis mes frères. Faites-y confiance que quand qu'vous s'rez morts, croyez-moi. Pendant toute la r'descente jusqu'à la maison des Bailey, j'ai eu les nerfs tout enfuriés à cause d'la tête à Macca.

Y avait un seau d'lait d'chèvre qui caillait au beau milieu d'la lait'rie, alors j'ai pas arrêté d'penser à Sussy qu'on avait arrachée d'c'te tabouret et à c'qu'on avait pu lui faire, oh ma pauve, gentille, chère p'tite sœur. Dans la boue d'la cour s'était imprimée une meute de traces de sabots. On avait fait déguerpir toutes les chèvres et volé tous nos poussins. C'te calme. Plus d'tour de porte qui claquait, plus d'Chaton qui chantait, plus d'Jonas qui feignassait. Le ruisseau et pis une grive qui riait sur l'avant-toit, rien d'autre. Y avait pas d'horreur qui nous attendait sur l'poteau du portail, j'ai r'mercié Sonmi d'tant d'égards. À l'intérieur, les œufs pis les abricots étaient tombés d'la table renversée. J'redoutais c'que j'allais découvrir dans chaque pièce mais, nan, j'rends grâce à Sonmi, il semblait qu'ma famille avait pas encore été tuée...

La culpabilité et l'chagrin m'ont giflé.

La culpabilité parc'qu'j'avais toujours survécu et réussi à m'échapper malgré mon âme pierreuse et souilleuse. L'chagrin parc'qu'les vestiges d'mon ancienne vie toute 'clatée gisaient çà pis là pis partout. Les jouets d'Jonas qu'P'pa lui avait sculptés y avait des années. Le rideau d'porte de M'man qu'ondulait sous l'dernier souffle tendre d'l'été. Des odeurs d'poisson brûlé et d'herbe-de-joie flottaient dans l'air. Y avait encore des exercices d'écriture pour l'écol'rie sur la table où qu'Chaton f'sait ses d'voirs. J'savais ni quoi penser, ni quoi dire, rien. *J'dois faire quoi ?* J'posais la question à mon amie autant qu'à moi-même. *J'dois faire quoi ?*

Méronyme s'est assise sur une boîte en bois qu'Jonas avait fabriquée, son premier chef-d'œuvre, qu'elle avait décrété, M'man. *C'est une décision lugub' et sombre qu'tu dois prendre, Zachry*, qu'elle a répondu. *Reste dans les Vallées jusqu'tant qu'on t'esclave. Réfugie-toi à Hilo pis reste jusqu'tant les Kona lancent l'assaut sur c'te ville pis qu't'es tué ou esclavé. Reste vivre dans l'arrière-pays sauvage en bandit-ermite jusqu'tant qu'on t'attrape. Traverse a'ec moi l'détroit jusqu'Maui, et tu r'viendras p't-être jamais à la Grande Île.* Ouais, v'là toutes les possibilités qu'j'avais, sans tortill'ries, mais j'arrivais pas à m'décider, tout c'que j'savais, c'était qu'j'voulais pas m'enfuir d'la Grande Île avant d'm'être vengé d'c'qui s'était passé.

C'est pas l'endroit l'plus sûr pour rester s'asseoir et réfléchir, Zachry, a dit Méronyme a'ec tell'ment d'tendresse qu'mes larmes s'sont enfin mises à sourdre.

Alors que je r'montais en selle pour r'partir vers l'amont, j'me suis mémoré qu'les icônes d'ma famille étaient restées dans notre autel. Si j'les laissais là, elles finiraient en 'titbois et y aurait plus d'preuves qu'la maison des Bailey avait existé. Alors j'suis r'tourné les récupérer en courant, tout seul. En r'traversant l'couloir, j'ai entendu une pot'rie tomber du garde-manger. Ça m'a stoppé net.

J'me suis r'tourné lent'ment pis j'ai r'gardé.

Un gros rat s'pavanait, il m'jetait un regard puant et son museau moustachu frétillait. *J'parie qu'tu t'désoles d'pas avoir coupé c'te corde quand qu't'étais perché en haut d'la muraille d'mon bastion, pas vrai, Zachry? Ça t'aurait évité tous ces malheurs pis c'te chagrin.*

J'ai pas écouté les ment'ries d'c'te menteur. Les Kona auraient fini par donner l'assaut, d't't'façon, ç'avait rien à voir a'ec ma défiance vis-à-vis d'c'te bougue de diable. J'ai ramassé un pot pour l'lancer sur Georgie l'Ancien, mais quand qu'j'ai voulu viser, l'rat avait d'jà disparu, ouais, pis d'la pièce vide à ma gauche s'est él'vée la brise d'un soupir qui jaillissait du lit où qu'j'avais pas r'gardé. J'aurais mieux fait d'détaler, ouais, j'le savais mais j'suis resté pis j'ai pointe-d'épié dans la chambre pis j'ai vu c'te sentinelle kona allongée dans un p'tit nid douillet d'couvettes pis qui tirait d'profondes bouffées sur son herbe-à-joie d'la vallée des Mormons. V'voyez, il était tell'ment certain qu'nous autres habitants des Vallées, on était tous enrôlés pis esclavés qu'il s'permettait d's'embéater pendant sa garde.

Alors c'était ça, mon terribe enn'mi. Dix-neuf-vingt ans, qu'il d'vait avoir. Une veine palpitait sur sa pomme d'Adam toute blanche, logée entre deux tatouages lézardeux. *Ouais, tu m'as trouvée, alors tranche-moi*, chotait la gorge. *Fends-moi donc.*

Vous vous mémorez d'ma deuxième augurale, alors pensez si j'm'la mémorais, moi. *À ennemi qui dort, la gorge faut pas tailler.* C'était c'batt'ment-là qu'c't'augurale avait prédit, pas d'tortill'ries possibles. J'ai ord'donné à ma main pis mon bras d's'exécuter : ils étaient comme bloqués. J'avais connu pas mal d'empoignades, comme tout l'monde, mais j'avais jamais tué personne. V'voyez, la loi des Vallées interdisait les meurtres, ouais, et si on volait la vie d'un autre, personne troqu'rait plus rien a'ec vous, plus personne v'nait vous voir, et t't ça, parc'qu'votre âme était tell'ment poisonneuse qu'vous pouviez leur r'filer une maladie. Mais bon, moi j'étais près d'mon propre lit, j'tenais la lame à quelques centimètres d'c'te gorge tendre et pâle.

C'te grive rieuse f'sait d'rapides parlances sonores. L'chant d'l'oiseau r'ssemblait au bruit d'une lame qu'on aiguise, c'était la première fois qu'j'pigeais ça. J'savais pourquoi fallait pas tuer c'te Kona. Ça rendrait pas les Vallées à ses habitants. Ça empierrait mon âme d'jà maldite. Si j'renaissais en Kona dans c'te vie-là, c'type pourrait être moi, et ce s'rait moi qu'j'tuerais. Si Adam avait été adopté pis d'venu kona, ce s'rait mon frère qu'j'tuerais. Georgie l'Ancien t'nait à c'que je l'tue. C'était donc pas des raisons suffisantes pour l'laisser tranquille pis r'partir à la taiseuse ?

Nan, qu'j'ai répondu à mon enn'mi, et j'lui ai planté ma lame dans la gorge. Le rubis, magique, a jailli pis écumé sur la peau d'mouton et formé une mare sur l'sol de pierre. J'ai essuyé ma lame sur la ch'mise du mort. J'savais qu'j'le paierais tôt ou tard, mais comme qu'j'ai d'jà dit y a longtemps, dans c'te monde 'claté, c'est pas toujours possible d'bien agir.

En r'ssortant, j'ai percuté Méronyme qui s'précipitait à l'intérieur. *Kona !* qu'elle a sifflé entre ses dents. J'avais pas l'temps d'lui expliquer c'qu'j'avais fichu dans la maison ni pourquoi. À toute vitesse, j'ai fourré les icônes d'ma famille dans l'sac, pis elle m'a aidé à grimper sur l'ch'val. Le clapot'ment d'trois-quatre ch'vaux remontait le ch'min qui menait chez la tante Abeilles. On est partis d'la maison Bailey une dernière fois comme si qu'Georgie l'Ancien nous becqu'tait l'derche, oh ouais. J'entendais des voix d'hommes alors j'ai j'té un coup d'œil derrière nous et j'ai vu miroiter leurs armures à travers les figuiers du verger, mais grâce à Sonmi, ils nous ont pas vus disparaître. Un batt'ment plus tard, une conquade stridente a résonné dans la Vallée, ouais, trois coups y avait, alors j'ai compris qu'les Kona avaient découvert la sentinelle qu'j'avais tuée pis ils avaient sonné l'alarme, *Les habitants des Vallées sont pas tous esclavés ou massacrés*. J'avais pas voulu t'nir compte d'la deuxième augurale, et maint'nant il m'faudrait payer, moi pis Méronyme aussi.

Mais notre fortune n'allait pas encore flétrir. D'autres conquades ont répondu à la première, ouais, pis elles prov'naient d'l'aval, alors on a pris l'col des Vertèbres en s'anxiétant mais y a pas eu d'ambuscade. Une esquive super juste, ouais : j's'rais resté un batt'ment d'plus chez moi, les cavaliers kona nous auraient vus et s's'raient lancés à notre poursuite. Pour éviter les endroits trop à découvert – comme la crête du Kohala et les pâturages, par exemple – on a contourné la forêt pour la camoufle, et c'est seul'ment à c'moment qu'j'ai avoué à Méronyme c'que j'avais fait à la sentinelle endormie. J'sais pas pourquoi, mais les secrets, si on s'les arrache pas, ça nous pourrit comme d'mauvaises dents. Elle s'est contentée d'm'écouter sans m'juger, nan.

J'connaissais une planque, une caverne près des chutes d'Mauka, alors c'est là-bas qu'j'nous ai conduits pour c'qui s'rait la dernière nuit d'Méronyme sur la Grande Île, si tout fonctionnait comme prévu. J'avais espéré qu'Wolt, ou qu'Tipote ou qu'un autre chevrier aurait réussi à s'échapper et s'y s'rait planqué, mais nan, l'endroit était vide, y avait juste les couvettes qu'nous autres chevriers on laissait pour quand qu'on y dormait. L'alizé à-hue-à-diait, et j'avais craignance pour les kayakistes qui partiraient d'Maui à l'aube, puis comme qu'il f'sait pas trop froid, j'ai pas pris l'risque d'allumer un feu, nan, l'enn'mi était tell'ment pas loin. J'ai trempé mes blessures dans l'bassin et Méronyme s'y est baignée et pis on a mangé la boustifaille qu'j'avais prise chez Cluny, et la miche de figues qu'j'avais piquée chez moi en récupérant les icônes.

J'cessais pas d'me mémorer ni d'faire parlance d'ma famille et d'P'pa et pis d'Adam pendant qu'on mangeait, nan, c'était comme que si ils vivaient à travers les mots, ils pouvaient pas mourir dans leur chair. V'voyez, j'savais qu'après son départ, Méronyme m'manqu'rait terrib'ment, j'avais pas d'autre frère sur la Grande Île qu'était pas d'jà esclavé. Dame Lune s'est l'vée pis fixait d'ses yeux d'argent pleins d'désolance mes belles Vallées toutes 'clatées, et les dingos pleuraient les morts. J'me suis d'mandé où qu'les âmes d'ceux d'ma tribu r'naîtraient, maint'nant qu'les femmes des Vallées donn'raient plus d'babiots. J'aurais voulu qu'l'Abbesse était là pour m'apprendre, parc'qu'j'avais pas d'réponse à ça, et Méronyme nan plus. *Nous autres Prescients*, elle a répondu après avoir laissé passer un batt'ment, *on croit qu'quand qu'on meurt, c'est sans retour.*

Et l'âme ? qu'j'ai d'mandé.

Les Prescients croient pas à l'existence des âmes.

Mais c'est d'une froidure terribe, la mort, si y a rien après, nan ?

Ouais – elle rigolait mais sans sourire du tout –, *notre vérité est d'une froidure terribe.*

C'est la seule fois où qu'j'ai r'ssenti d'la désolance pour elle. Les âmes traversent les ciels du temps, dit l'Abbesse, comme les nuages traversent les ciels du monde. Sonmi, c'est l'est et l'ouest, Sonmi, c'est la carte et les bords de la carte et c'qu'y a au-d'là. Les étoiles brillaient, j'ai monté la garde en premier, mais j'savais qu'Méronyme dormait pas, nan, elle pensait et tanguait sous sa couvette alors elle a r'noncé pis elle est v'nue s'asseoir à côté d'moi r'garder la cascade dans l'clair de lune. Les questions m'mousticotaient d'façon pestifiante. C'soir-là, les feux des gens des Vallées pis des Prescients étaient mouchés, qu'j'avais parlé. C'était pas une preuve qu'les sauvages étaient plus forts qu'les civilisés, ça ?

C'est pas qu'les sauvages sont plus forts qu'les civilisés, pensait Méronyme, *c'est qu'les grands nombres sont plus forts qu'les p'tits. La Savance nous a donné un plus pendant des années, un peu comme ma tireuse à la Mare-en-pente, mais a'ec davantage d'mains et d'esprits, c'te plus r'tomb'ra à zéro.*

Alors c'est mieux d'être sauvage qu'civilisé ?

C'est quoi l'sens tout nu qui s'cache derrière ces deux mots ?

Les sauvages ont pas d'lois, qu'j'ai dit, alors qu'les civilisés, ouais.

V'là c'qu'y a quand qu'on y r'garde d'plus près. L'sauvage satisfait ses b'soins tout d'suite. Quand qu'il a faim, il mange. Quand qu'il est en colère, il empoigne. Quand qu'il s'gonfle, il serre une femme. Son maître, c'est sa volonté, et si l'ord'donnance d'sa volonté c'est « Tue ! » alors il tue. Comme les bêtes à crocs.

Ouais, c'étaient bien les Kona, ça.

L'civilisé éprouve les mêmes b'soins, lui aussi, mais il voit plus loin. Il mange la moitié d'sa boustifaille tout d'suite, ouais, mais il plante l'autre moitié pour pas avoir faim demain. Quand qu'il est en colère, il va réfléchir d'façon à pas être en colère la prochaine fois. Quand qu'il s'gonfle, bon, il a des sœurs pis des filles qu'il faut respecter, alors il respect'ra les sœurs et les filles d'ses frères. Sa volonté, c'est son esclave, et si l'ord'donnance d'sa volonté c'est « Nan ! » alors il f'ra rien.

Mais alors, qu'j'ai r'demandé, c'est mieux d'être sauvage qu'civilisé ?

Écoute, c'qui sépare les sauvages pis les civilisés, c'est pas les tribus ni les chaînes de montagnes, nan : chaque humain est un peu des deux, ouais. Les Anciens avaient la Savance des dieux pis la sauvag'rie des chacals aussi, et c'est ça qu'a provoqué la Chute. J'ai connu des sauvages qu'avaient un beau cœur d'civilisé enfoui sous leurs côtes. Y a p't-être des Kona comme ça. Pas suffisamment pour qu'leur ord'donnance pèse sur toute leur tribu, mais un jour, qui sait ? Un jour.

Un jour, pour nous c'était qu'une puce d'espoir.

Ouais – j'me mémore c'qu'elle a répondu – *mais les puces, c'est pas facile d's'en débarrasser.*

Quand qu'mon amie s'est enfin endormie, Dame Lune a illuminé une super bizarre tache d'naissance juste en d'ssous d'sa clavicule. Une sorte d'trace de main, ouais, une tête d'où qu'partaient six traînes, la tache était toute pâle sur l'noir d'sa peau, alors j'me curiosais d'pas avoir r'marqué ça avant. J'ai r'monté la couvette d'ssus pour pas qu'Méronyme attrape froid.

L'torrent dégringolait dans la sombre vallée d'Mauka, serpentant et jaillant, ouais, il abreuvait au total qu'cinq-six habitations parc'que c'te vallée était pas très aimable ni estiveuse, nan. Aucune des maisons d'Mauka él'vait d'chèvres, alors la piste se f'sait étrangler d'broussailles et d'épineux prêts à vous dépustuler les yeux si vous y preniez pas garde, et pis ça rendait la progression du ch'val difficile. J'ai été méchamment griffé après moins d'un d'mi-kilomètre alors qu'pourtant, j'm'abritais derrière Méronyme. L'habitation la plus en amont d'la vallée et la première qu'on a croisée, c'était la maison Sainte-Sonmi, où qu'le chef, un borgne du nom d'Silvestri, cultivait du taro pis d'l'avoine. La parlotte prétendait qu'Silvestri aimait ses nombreuses filles plus que d'raison, pis on l'taffebouchait parc'qu'il payait pas sa juste-part aux Communes. La lessive était éparpillée dans la cour pis les filles d'Silvestri avaient été enl'vées, mais Silvestri avait pas bougé, lui : en haut d'un poteau sa tête délamée nous a r'gardés poursuivre notre ascension. Ça f'sait un bout d'temps qu'elle d'vait y être, v'voyez, parc'qu'elle était toute véreuse et un rat v'nu farfouiner en haut du poteau lui avait mangé l'œil. Ouais, la truffe pointue d'c'te diable moustachu a frétillé dans ma direction. *Comment-va, Zachry, Silvestri est mieux comme ça qu'avant, tu trouves pas ?* mais j'lui ai pas prêté attention. Un cocorique a surgi du conduit d'cheminée, et l'choc a failli m'faire tomber de ch'val : j'croyais qu'le signal d'un assaut était lancé, v'voyez.

Bon, on avait un dilemme : soit dire adieu au ch'val et arachner jusque sur la crête friable pis r'descendre à la vallée d'Pololu, soit dévaler l'sentier d'Mauka jusqu'le rivage, au risque d'rencontrer des Kona à la traîne qu'épongeaient leurs attaques. L'temps a décidé pour nous, v'voyez : on rest'rait à ch'val, il fallait arriver à midi au Doigt d'Ikat, à quinze kilomètres d'chez Silvestri. On s'est pas arrêtés à la maison Choux-Bleu, ni à celle d'Dernière-Truite parc'qu'y avait plus l'temps pour la r'pérette, nan. Malgré la marée d'pluie qui nous a chassés des Kohala et r'poussé au fond d'la vallée, on est arrivés au rivage en évitant les ambuscades, n'empêche qu'y avait des traces fraîches de Kona sous les palmiers-à-doigts-d'couteaux. L'océan avait rien d'une mare, c'jour-là, nan, mais il était pas nan plus démonté au point d'roulétanguer un kayak bien pagayé. Le bouillonnement d'une conque kona dans l'pas-loin m'a vibré d'malaise. J'entendais mon nom dans ses r'mous. L'air était tendu comme un tambour, pis j'savais qu'j'allais payer pour la vie qu'j'avais volée inutil'ment, moi qu'avais pas voulu t'nir compte d'la deuxième augurale.

Quand qu'la mêlée des rochers d'la plage s'est amonc'lée pour former les falaises d'la Méduse, on a dû s'enfoncer dans les terres et traverser la banan'raie jusqu'le sentier d'Pololu, qui nous f'rait sortir d'la vallée la plus au nord et entrer dans les Terres-à-personne où qu'on atteindrait enfin l'Doigt d'Ikat. L'ch'min s'étroitait entre deux rochers noirs, pis on a entendu un siff'ment qui semblait plus prov'nir d'un humain qu'd'un oiseau. Méronyme a farfouiné dans sa cape mais elle a pas eu l'temps d'attraper son espèce d'tibia qu'sur chacun des rochers, deux sentinelles kona à tête requine ont bondi. Quatre arbalètes armées pis chargées étaient donc pointées à quelqu'centimètres d'nos têtes seul'ment. À travers les caoutchoucs j'apercevais toute une armée kona ! Y avait une douzaine d'cavaliers ou plus assis autour d'un tent'ment, alors j'ai su qu'on était fichus, si près du but, et t't ça.

Mot d'passe, cavalier ? a aboyé une sentinelle.

À quoi qu'ça rime, soldat, explique ? a dit un autre qui machinait son arbalète sur mes rustines. *Un cul d'esclave qui salope un bon ch'val kona ? Qui qu'c'est ton général, cavalier ?*

J'froussais terrib'ment, et j'savais qu'ça s'voyait.

Méronyme a poussé un grogn'ment sinistre et chargé d'colère, elle a r'gardé les quatre sentinelles à travers son casque, pis a suivi l'éruption d'un cri si explosif qu'les oiseaux s'sont envolés en s'faisant tout p'tits, un cri si enfurié qu'ça dissimulait l'boit'ment d'langue de la Presciente. COMMENT QU'VOUS OSEZ VOUS ADRESSER À UN GÉNÉRAL SUR C'TON, SALETÉS D'CHIURES DE RATS, FENTES DE TRUIES ! L'CUL D'MON ESCLAVE SALOPERA C'QUE J'LUI ORD'DONNANC'RAIS D'SALOPER ! QUI QU'C'EST MON GÉNÉRAL ? C'EST MOI, L'GÉNÉRAL, VERMINES DE VESSIES D'VERMISSEAUX ! DESCENDEZ D'CES FOUTUS ROCHERS VITE-NET ET FILEZ M'CHERCHER VOTRE CAPITAINE, OU BIEN J'VOUS JURE PAR TOUS LES DIEUX D'LA GUERRE QU'J'VOUS F'RAI ÉCORCHER VIFS ET CLOUER AU PREMIER ARBRE À FRELONS !

Une statégie désespérée et malformée, ouais.

L'coup d'bluff d'Méronyme a victorié l'temps d'un batt'ment, pis ça nous a presque suffi. Deux des sentinelles ont pâli pis baissé leurs arbalètes pis ont sauté sur l'ch'min. Les deux autres ont disparu par où qu'elles étaient v'nues. *Ksss ! Ksss !* Les deux Kona d'vant nous s'sont pas r'levés. Soudain-coup, Méronyme a talonné, notre ch'val a henni, s'est cabré, pis s'est emballé, et mon équilibre s'est 'claté. La main d'Sonmi m'a r'tenu, ouais, et si c'est pas elle, alors qui d'autre ? Des cris, des *Stop !* et des conches brouhahaient derrière nous, mais le ch'val galopait, et un *fisssss*-kwannnnng a r'tenti quand qu'l'premier carreau s'est planté dans la branche qu'j'ai évitée en m'baissant, et pis un craquetis d'douleur m'a enflammé la ch'ville gauche juste là pis j'ai r'ssenti c'te calme qu'on r'ssent quand qu'notre corps sait qu'y a quelqu'chose de trop 'claté pour être réparé à la rapide. R'gardez, j'vais r'trousser mon pantalon pour vous montrer où qu'le carreau s'est logé... Ouais, ça f'sait aussi mal qu'on imagine, même plus.

On dévalait l'ch'min d'Pololu en galopant par-d'ssus l'sol noueux et racineux, plus rapides qu'quand qu'on surfe dans un rouleau, et aussi dur pour garder l'équilibre, pis y avait rien à faire contre c't'atroce douleur qui m'empoignait, à part serrer Méronyme d'plus en plus fort pis essayer d'rester dans l'rythme du ch'val a'ec la jambe droite ou bien finir éjecté, ouais, et alors là, y aurait plus l'temps d'r'monter en selle avant qu'nous rattrapent des Kona prêts à nous transpercer les os à coups d'arbalète.

L'sentier nous a conduits dans des tunnels d'arbres qui nous éraflaient l'crâne pis on est r'ssortis d'vant l'pont des Anciens qui enjambait l'embouchure du Pololu, la frontière nord d'c'te vallée. On s'trouvait à une centaine de pas d'c'te pont quand qu'le soleil s'est dénuagé, alors j'ai r'gardé d'vant, et les planches usées brillaient comme l'or, pis les étais rouillés s'ombraient d'bronze. Ma douleur a fait tomber l'fruit d'un souv'nir, ouais, ma troisième augurale : *À bronze qui brûle, l'pont faut pas traverser.* J'pouvais pas expliquer ça à Méronyme sur un ch'val au galop, alors j'lui ai crié dans l'oreille, *J'suis touché !*

Elle a arrêté l'ch'val à un mètre du pont. *Où ça ?*

Ma ch'ville gauche, qu'j'lui ai dit.

Méronyme a r'gardé derrière, terrib'ment anxiète. Y avait pas encore d'enn'mi en vue, alors elle a sauté à terre pis a j'té un œil à ma douleur. Quand qu'elle a touché la blessure, j'ai grogné. *Comme que c'est là, l'corps d'la flèche bouche la plaie, ouais, faut arriver d'abord en terrain ami pis j'*...

C'est là qu'j'lui ai dit qu'on pouvait pas traverser c'te pont. *Quoi ?* Elle s'tortillait pour pas lâcher mon r'gard. *Zachry, t'es en train d'me dire qu'c'te pont est dang'reux ?*

Bon, jusqu'là, j'savais qu'le pont était costaud, v'voyez, on allait souvent au nord ramasser des œufs d'mouette a'ec Jonas quand qu'il était p'tit, pis presque toutes les lunes, McAulyff d'Dernière-Truite franchissait l'pont a'ec son tomb'reau quand qu'il partait chasser l'phoque, mais une songeance à l'Iconière, ça mentait pas, nan, ça avait jamais menti, et l'Abbesse m'avait fait r'tenir ces augurales pour un jour particuyer, et c'te jour-là, il était v'nu. *J'te l'répète, Sonmi m'a dit d'pas l'traverser.*

A'ec la peur, Méronyme s'montrait sarcaste, elle était pas moins humaine qu'vous ou qu'moi, v'voyez. *Et Sonmi sait qu'on a un essaim d'Kona enfuriés aux trousses ?*

L'Pololu est large à son embouchure, j'lui ai appris, mais il fonce pas profond et son courant sinuse pas trop. Le ch'min fourchait pile à l'endroit où qu'on était, avant l'pont, ouais, pis il m'nait tout près d'là où qu'on pouvait traverser à gué. L'tambourin'ment des sabots s'rapprochait, les Kona allaient bientôt nous apercevoir.

Et pis, Méronyme a eu foi en mon ord'donnance d'dingue, j'saurais pas dire pourquoi, c'est comme ça, pis bien vite, l'Pololu froid et clair m'a engourdi la blessure, mais le ch'val glissait terribe sur l'lit d'galets au fond du fleuve. *Paddamm paddamm*, trois Kona ont galopé sur l'pont et nous ont aperçus, alors l'air qui nous entourait a chevroté pis s'est fendu d'un carreau, pis d'deux, pis l'troisième a frappé l'eau pis nous a éclaboussés. Trois autres Kona ont rattrapé les trois premiers mais s'sont pas arrêtés pour tirer, nan, *paddam*, ils franchissaient l'pont d'Pololu pour nous couper la route sur l'autre berge. J'étais désespéré, j'me maldisais, *Ouais, nous v'là faits comme des poulardus, plus d'tortill'rie possible*, que j'pensais.

Bon, vous voyez quand qu'vous donnez l'dernier coup d'herminette dans un arbre qu'vous abattez ? L'bruit d'l'ultime taillade, quand qu'les fibres hurlent pis qu'tout l'tronc tombe dans un long grogn'ment ? C'est c'que j'ai entendu. V'voyez, un ou deux habitants des Vallées qui traversaient l'pont tout-doux a'ec un tomb'reau, c'était une chose, mais six-sept-huit montures de guerre chargées d'armures, ça f'sait trop. L'pont a 'claté comme si qu'il était en paille et en bouse, ouais, les étais ont pété et les planches ont cassé et les câbles usés ont claqué.

C'était pas une p'tite chute, nan. Quinze hommes de haut qu'il f'sait, l'pont d'Pololu. Les ch'vaux sont tombés, l'poitrail tourné vers l'ciel, emportant les cavaliers a'ec eux, et t't ça, pis comme qu'j'ai raconté, l'Pololu, c'était pas un fleuve profond qui les rattrap'rait pis qui les maintiendrait à flot, nan, c'était une rivière chargée d'rochers tabuleux et pointus qui les a moch'ment 'clatés dans leur chute, moch'ment. Aucun des Kona a r'surgi, nan, y restait qu'deux-trois pauves ch'vaux qui tortillaient sur le flanc et agitaient les pattes, mais on avait pas l'temps d'jouer aux soigneurs d'animaux, nan.

Voilà, ma récitance s'ra bientôt dite. Méronyme et moi, on a traversé à gué jusqu'l'autre rive, pis j'ai r'mercié Sonmi en prière ; malgré qu'y avait plus d'Civilis'rie à préserver dans les Vallées, elle m'avait quand même sauvé la mise une dernière fois. J'suppose qu'le reste du bataillon kona était trop occupé à compter ses morts et ses noyés pour chercher à nous débusquer, ouais. On a franchi les Dunes Desseulées et on a enfin atteint l'Doigt d'Ikat, sans plus d'encombre. Y avait pas d'kayak qui nous attendait, mais on est quand même descendus d'selle pis Méronyme a utilisé sa Savance pour soigner ma ch'ville mutilée par l'carreau. Quand qu'elle a r'tiré la flèche, la douleur m'est r'monté dans tout l'corps et m'a encagoulé la conscience, alors véridire, j'ai pas vu les kayaks maui arriver a'ec Duophysite. Mais bon, Méronyme avait une décision à prendre, v'voyez, soit elle m'mettait dans c'te kayak, soit elle m'laissait sur la Grande Île, moi qu'étais incapable d'marcher, rien, moi qui m'trouvais à une p'tite ch'vauchée du territoire kona. Enfin, j'suis là d'vant vous à vous faire récitance, alors vous vous doutez bien du choix d'Méronyme; y a des fois où qu'j'regrette sa décision, pis d'autres fois, nan. J'ai été réveillé par les chantonn'ries des rameurs d'ma nouvelle tribu au beau milieu du détroit. Méronyme ref'sait mon bandage, l'médicament d'Savance qu'elle y mettait m'engourdissait grand'ment la douleur.

Allongé sur le fond du kayak, j'ai r'gardé les nuages flageoler. Les âmes traversent les âges comme les nuages traversent les ciels, pis leur forme, leur couleur et leur taille ont beau changer, ça reste des nuages, et c'est pareil pour les âmes. Qui sait d'où qu'sont soufflés les nuages ou bien en qui demain une âme se réincarn'ra? Ceux qui savent, c'est Sonmi, l'est et l'ouest, pis la boussole, pis la carte, ouais, la carte des nuages, c'est la seule à l'savoir.

Duophysite m'a vu les yeux ouverts, alors il a désigné la Grande Île, toute pourpre dans l'bleu du sud-est, a'ec l'Mauna Kea qui baissait la tête comme une mariée intimidée.

Ouais, toute ma vie et mon monde avaient tell'ment rétréci qu'ils t'naient dans le « O » qu'dessinent mon pouce et mon index.

*

Un drôle de bougue, mon vieux p'pa Zachry, inutile d'continuer à l'nannir maint'nant qu'il est mort. Oh, la plupart des récitances de P'pa, c'étaient des pets d'canard bien 'musants, pis dans la dinguerie d'ses dernières années, il croyait même qu'Méronyme la Presciente, c'était sa chère et précieuse Sonmi, ouais, il en démordait pas, il disait qu'il l'avait lu dans les taches d'naissance pis les comètes, et t't ça.

Si j'crois qu'c'est vrai, la récitance des Kona et d'sa

fugue d'la Grande Île ? La plupart des récitances ont qu'un peu d'vrai, y en a qu'en ont, mais y en a peu qu'en ont beaucoup. C'qu'il racontait sur Méronyme la Presciente, c'était en grande partie vrai, j'crois. V'voyez, après qu'P'pa est mort, ma sœur et moi, on a fouillé dans ses affaires, et j'ai trouvé c't'œuf d'argent qu'il app'lait *oraison* dans ses récitances. Comme qu'P'pa disait, si tu réchauffes l'œuf dans tes mains, une belle fille fantôme apparaît et s'met à parler dans une langue d'Anciens qu'personne comprend plus et comprendra plus jamais, nan. C'est pas une Savance réutilisable parc'qu'ça permet pas d'tuer les pirates kona ou d'se remplir l'ventre, mais des fois, au crépuscule, mes proches ou mes frères réveillent la fille fantôme rien qu'pour la voir flotter et scintiller dans l'air. Elle est belle, pis elle stuppe les p'tiots, et ses murmades babiote nos babiots jusqu'le sommeil.

Assieds-toi donc un batt'ment.

Tends les mains.

R'garde.

L'ORAISON DE SONMI~451

Alors qui était Hae-Joo Im, s'il n'était pas celui qu'il prétendait être ?

Je me surpris à apporter la réponse à cette question : l'Union.

Hae-Joo annonça : « Cette honorable cause est la mienne, en effet. »

Xi-Li, l'étudiant, paraissait extrêmement agité.

Hae-Joo me prévint : je pouvais lui accorder ma confiance ou bien mourir – c'était une question de minutes.

Je lui signifiai mon consentement : il aurait ma confiance.

Mais il vous avait déjà menti sur son identité : pourquoi le croire une deuxième fois ? Comment saviez-vous qu'il n'allait pas vous enlever ?

Je ne le *savais* pas : je n'en étais pas sûre. Je me fiais au personnage. Il ne me restait plus qu'à espérer que l'avenir démontrerait le bien-fondé de ce choix. Nous abandonnâmes notre ancêtre Cavendish à sa destinée et courûmes embrasser la nôtre, traversant les couloirs, les portes coupe-feu, évitant la lumière et les gens autant que possible. Hae-Joo me porta dans les escaliers : nous n'avions pas le temps d'attendre que je les descende toute seule.

Au deuxième sous-sol, M. Chang nous attendait dans une ford noire. Nous n'avions pas de temps à gaspiller en civilités. Le véhicule poussa un cri de résurrection et accéléra à travers les tunnels et les parkings déserts. M. Chang jeta un œil à son sony, qui indiquait que la voie de halage restait accessible. Hae-Joo lui ordonna de la franchir, puis tira de sa sacoche un couteau à cran d'arrêt avec lequel il se trancha le bout de l'index gauche, creusa et en sortit un minuscule œuf métallique. Il le jeta par la vitre et m'ordonna de faire de même avec mon anneau-Âme. Xi-Li extirpa son Âme, lui aussi.

Les membres de l'Union se débarrassent donc vraiment de leur Âme éternelle ? J'avais toujours cru qu'il s'agissait d'une légende urbaine...

Comment un mouvement de résistance saurait échapper à l'Unanimité autrement ? Sans cela, on risquait de les repérer au premier feu rouge venu. La ford orbitait sur une rampe lorsqu'un blizzard de flammes phosphorescentes tonna contre les vitres ; le verre vola dans l'air, les plaques de métal grondèrent ; notre véhicule s'érafla contre les murs, grinça et pila.

Accroupie, j'entendis un coup de feu.

La ford brailla et accéléra. Un corps percuta le véhicule.

Un hurlement humain empreint d'une douleur insupportable jaillit du siège avant : Hae-Joo appuya un colt contre la tête de Xi-Li et tira.

Comment ? Un de ses hommes ? Pourquoi ?

Les balles dum-dum de l'Unanimité contiennent de la kalodoxalyne associée à de la stimuline. La kalodoxalyne est un poison qui pétrifie la victime, dont les cris de douleur permettent la localisation ; la stimuline empêche le sujet de perdre connaissance. Xi-Li retomba en position fœtale. De Hae-Joo Im, le surlauréat boute-en-train, il ne restait plus rien, à tel point que je me demandais s'il avait bel et bien existé. Le vent et la pluie s'engouffraient. Arrachant les descentes de gouttière au passage, M. Chang fonçait le long d'une ruelle à peine plus large que la ford. Il ralentit à l'approche de la rocade du campus. Des flashs rouges et bleus nous attendaient aux portes de l'université. Un aéro qui survolait la zone amochait les arbres et balayait la circulation à l'aide d'une solaire d'identification; s'adressant à on ne sait qui, les haut-parleurs donnaient des ordres contradictoires. M. Chang nous demanda de nous baisser et de nous accrocher; il coupa le moteur et, dans une embardée, quitta la route. La ford rua, le toit me fracassa le crâne; Hae-Joo parvint à se coucher sur moi. La ford prit de la vitesse, du poids puis entra en apesanteur. La chute finale libéra un souvenir lointain où se mêlaient la noirceur, l'inertie, la gravité et la sensation d'avoir été captive dans une autre ford. Où était-ce? Qui était-ce?

Les bambous volèrent en éclats, le métal se tordit, mes côtes heurtèrent le sol.

Enfin, le silence. La ford était à l'arrêt. J'entendais le chant des insectes, la pluie sur les feuilles, puis des murmures insistants qui se rapprochaient. Hae-Joo m'écrasait; il remua et grogna. J'étais couverte de bleus mais n'avais rien de cassé. Des aiguillons de lumière me piquèrent les yeux. Dehors, une voix chuchota: « Commandant Im ? »

M. Chang répondit en premier: « Ouvrez la portière. »

Des mains nous tirèrent du véhicule. L'on abandonna le corps de Xi-Li à l'endroit où il gisait. J'entrevis une succession de visages anxieux, déterminés, marqués par le manque de sommeil: une brigade de l'Union. L'on me porta jusqu'à un abri de béton et l'on me fit descendre à travers une bouche d'égout. « Ne t'inquiète pas, me dit Hae-Joo, je suis tout près. » Mes mains agrippaient des échelons rouillés, mes genoux s'éraflaient sur la paroi d'un petit tunnel. D'autres bras encore me hissèrent chez un garagiste, puis me redéposèrent dans une ford de cadresup à deux places. L'on ordonna d'autres choses, puis Hae-Joo sauta dans son siège et mit le contact. M. Chang avait une fois de plus disparu. Devant, les portes du garage s'ouvrirent en grand. Puis je me souviens de la douce pluie qui tombait, des contre-allées dans les banlieues, puis d'une express encombrée. Autour de nous, les fords contenaient des gens se rendant seuls à leur travail, des couples en sortie, de petites familles paisibles ou tapageuses. Quand Hae-Joo parla enfin, ce fut avec froideur. « Si une balle dum-dum devait ne serait-ce que m'érafler, euthanasie-moi aussi vite que Xi-Li. » Je ne trouvais rien à lui dire. « Tu dois avoir une centaine de questions à me poser, Sonmi. Je te demande encore un peu de patience : si on nous arrête maintenant, moins tu en sauras, mieux ce sera, crois-moi. Nous avons une longue nuit devant nous. D'abord, un petit tour par Huamdonggil. » Connaissez-vous cette zone de la panurbis, Archiviste ?

Mon ministère me renverrait si jamais on m'Œillait dans ces bas quartiers pour untermensch. Mais faites-en une description pour mon oraison, s'il vous plaît.

Huamdonggil est un dangereux labyrinthe d'infâmes petites baraques, de maisons délabrées, de prêteurs sur gages, de bars à drogues, de ruches de réconfort qui s'étendent sur environ huit kilomètres carrés au sud-est de la gare de transit de la Vieille Séoul. Les rues y sont trop étroites pour les fords ; les ruelles empestent les détritus et les égouts. Il faut croire que MerdiCorp déserte ce quartier ! Hae-Joo abandonna la ford dans un box et me demanda de bien garder mon capuchon sur la tête :

les factaires kidnappés en ce lieu atterrissent dans des bordels après une opération chirurgicale improvisée. Des sang-purs étaient affalés devant les portes, la peau enflammée à force d'exposition prolongée aux pluies acides. À quatre pattes, un garçon lapait de l'eau à même une flaque. « Des immigrés qui souffrent d'encéphalo ou de pulmoplomb, m'informa Hae-Joo. L'hôpital leur assèche l'Âme jusqu'à ce qu'il leur reste tout juste de quoi se payer une injection euthanasique ou un voyage à Huamdonggil. Ces pauvres crétins ont pris la mauvaise décision. »

Je ne comprenais pas pourquoi les immigrés fuyaient les zones de production pour ce destin sordide. Hae-Joo énuméra la malaria, les inondations, la sécheresse, les récoltes génomiquement dévoyées, les parasites, l'avancée des terremortes, et le désir naturel d'offrir une vie meilleure à leurs enfants. Chez Papa Song, m'assura-t-il, le traitement paraissait humain, comparé aux usines que ces immigrés fuyaient. Les passeurs racontaient que dans les Douze Panurbis, les dollars pleuvaient, chose que les candidats à l'exil mouraient d'envie de croire. La vérité ne filtre pas jusqu'à leur pays d'origine, car les passeurs n'opèrent que dans un sens. Hae-Joo m'écarta de la route d'un rat à deux têtes qui miaulait : « Ils mordent. »

Je demandai pourquoi le Juche tolérait pareille situation dans la deuxième panurbis ?

Chaque panurbis, répondit mon guide, possède une fosse septique où tranquillement, dans une semi-clandestinité, se décomposent les déchets humains dont la cité ne veut plus. Cela motive l'infériosphère : « Travaillez, dépensez, travaillez, semblent répéter les bas quartiers tels que Huamdonggil, sans quoi vous finirez vos jours *ici*, vous aussi. » De plus, les entrepreneurs tirent parti du vide juridique de ce quartier pour établir de macabres zones de plaisir réservées à une supériosphère lassée des lieux plus respectables. Huamdonggil s'acquitte ainsi de son existence en taxes et pots-de-vin divers. MédiCorp ouvre en semaine une clinique pour untermensch moribonds et leur échange une poche d'euthanasiol contre leurs organes sains. CorpOrganic a signé un juteux contrat avec la ville leur permettant d'envoyer chaque jour des factions de factaires immuno-génomés, à l'instar des agents sur sinistre, qui ramassent les cadavres avant l'éclosion des œufs de mouches. Hae-Joo me dit soudain de garder le silence : nous avions atteint notre destination.

Où était-ce, précisément ?

Précisément où, je ne saurais dire : Huamdonggil n'est ni cadastré, ni cartographié. Il s'agissait d'une maison de mah-jong en surplomb protégée contre le ruissellement des eaux par un haut linteau, mais je doute de pouvoir retrouver le bâtiment. Hae-Joo frappa à une porte blindée ; un judas cligna, des pênes claquèrent et un portier ouvrit. L'armure du portier était tachée de noir et la barre de fer qu'il tenait avait un funeste aspect ; dans un grognement, il nous demanda d'attendre Ma Arak Na. Je me demandais s'il portait un collier de factaire sous son gorgerin.

Un couloir enfumé et muré de paravents de papier filait au loin. J'entendais cliqueter des tuiles de mah-jong, sentais des odeurs de pieds, regardais des serveuses sang-purs aux costumes exotiques apporter des plateaux de boissons. L'ennui sur leur visage se morphait en air mutin dès qu'elles faisaient coulisser un paravent. Imitant Hae-Joo, je retirai mes nikes souillées par les ruelles de Huamdonggil.

« Bon, vous n'êtes pas du genre à venir sans qu'il y ait de mauvaises nouvelles. » L'interlocutrice s'adressait à nous depuis la trappe du plafond ; je ne savais si ses lèvres toilées, ses yeux en croissant de lune et sa voix épineuse étaient le fruit d'un génomage ou d'une mutation. Ses doigts vérolés de pierres précieuses agrippaient le bord de l'ouverture.

Hae-Joo donnait du madame à Ma Arak Na. Une cellule était devenue cancéreuse, l'informa-t-il ; Mephi avait été arrêté ; Xi-Li, touché par une dum-dum, puis tué : certes, les nouvelles ne pouvaient pas être pires.

La double langue de Ma Arak Na se dévida et s'enroula une ou deux fois, puis la mutante voulut connaître l'étendue de ce cancer. Le membre de l'Union déclara que le but de sa visite était d'apporter une réponse à cette question. La dame de l'établissement nous invita à gagner le parloir sans délai.

Le parloir ?

Une antichambre, dissimulée entre le brouhaha d'une cuisine et une fausse cloison, illuminée par une faible solaire. Une tasse de citron vermeil reposait sur le bord d'un brasero en fonte sans doute antérieur au bâtiment, sinon à la ville. Nous nous assîmes sur des coussins très usés. Hae-Joo sirota l'infusion et me dit de me découvrir. Les lattes du plafond résonnèrent et grincèrent, une trappe s'ouvrit et le visage de Ma Arak Na apparut. Elle ne s'étonna pas de voir une Sonmi. Puis un système de circuits imprimés très moderne bourdonna dans l'antique brasero. Les reflets noirs d'une sphère au silence réfringent grossirent jusqu'à remplir tout le parloir et liquéfia les bruits de la cuisine. Enfin, une lumière pie flottant au-dessus du brasero se morpha en carpe.

En carpe ?

Oui, en poisson. Une terrifiante carpe de cinquante centimètres orange et nacrée, tachée de fongus, qui arborait des moustaches de mandarin. D'un coup de queue nonchalant, l'animal se propulsa jusqu'à moi. Les racines des nénuphars s'écartaient à son passage. Ses antiques yeux lisaient les miens. Ses nageoires pectorales ondulaient. La carpe descendit de quelques centimètres pour inspecter mon collier, puis un vieillard prononça mon nom. Dans cette trouble atmosphère aquatique, Hae-Joo était à peine visible.

« Je vous sais fort gré de vous voir en vie. » Le timbre de cette voix retransmise par 3D était celui d'une personne cultivée, mais le son paraissait comme étouffé, brisé en éclats : « C'est un véritable honneur de vous rencontrer. Je suis An-Kor Apis, de l'Union. » Le poisson s'excusa de toute cette mise en scène, néanmoins ce camouflage se révélait nécessaire car l'Unanimité monitorait toutes les transmissions.

Je lui répondis que je comprenais.

An-Kor Apis me promit que j'en saurais davantage très bientôt, et se pencha vers Hae-Joo. « Commandant Im. »

Hae-Joo s'inclina et rapporta l'euthanasie de Xi-Li.

Le doyen de l'Union était déjà au courant ; aucun anesthésiant n'atténuerait la douleur de Hae-Joo. Mais seule l'Unanimité était responsable de la mort de Xi-Li ; Hae-Joo n'avait fait qu'épargner à son frère une mort ignoble dans une cellule. Apis exhorta ensuite Hae-Joo à s'assurer que le sacrifice de Xi-Li ne resterait pas vain. S'ensuivit un briefing : six unités avaient été démantelées et douze autres mises en quarantaine. Il y avait une « bonne » nouvelle : l'Administrateur Mephi était parvenu à se suicider avant le début de la neurotorture. An-Kor Apis ordonna ensuite à mon compagnon de m'exiter de Séoul par la porte Ouest 1, de nous faire escorter jusqu'au camp nord et de bien réfléchir à ses conseils.

La carpe tournoya, disparut dans le mur du parloir puis réapparut par ma poitrine. « Vous avez sagement choisi vos amis, Sonmi. Ensemble, nous transformerons peut-être la civilisation corpocratique au point de la rendre méconnaissable. » Elle me promit que nous nous reverrions prochainement. La sphère diminua et s'engouffra dans le brasero, puis le parloir reprit son apparence normale. La carpe ne fut bientôt plus qu'un filet de lumière, un point, puis plus rien.

Sans Âme, comment Hae-Joo comptait-il franchir la porte d'une panurbis ?

L'implémenteur d'Âme fit une discrète arrivée quelques minutes plus tard. Un homme menu et anonyme examina le doigt déchiré de Hae-Joo avec le dédain du professionnel. À l'aide d'une pince à épiler, il tira un minuscule œuf d'une poche de gel, la logea dans du tissu neuf puis vaporisa de la cutane. Qu'un pois aussi insignifiant confère à ses détenteurs tous les droits du consommatoriat et condamne le reste de la Corpocratie au servage me paraissait – et me paraît toujours – d'une étrange obscénité. « Ton nom est Ok-Kyun Pyo », indiqua l'implémenteur d'Âme à Hae-Joo, avant d'ajouter que ce dernier pourrait télécharger son passé à partir de n'importe quel sony.

L'implémenteur se tourna vers moi et sortit une pince à laser. Cet outil permettait de couper l'acier sans effleurer les tissus vivants, m'assura-t-il. D'abord, il me retira le collier : j'entendis un déclic et sentis comme un chatouillement lorsqu'il me l'ôta ; puis l'objet atterrit dans mes mains. Drôle de sensation : comme si vous teniez votre propre cordon ombilical, Archiviste. « Le code-barres sous-cutané, à présent. » Il me tamponna de l'anesthésiant sur la gorge et m'avertit que ce serait douloureux, mais que l'imbibeur de son outil empêcherait le code-barres d'exploser au contact de l'air.

« Ingénieux. » Hae-Joo examinait l'opération.

« Bien sûr que c'est ingénieux, rétorqua l'implémenteur. Je l'ai conçu moi-même. Ce qui me tue, c'est de ne pas pouvoir le breveter. » Il demanda à Hae-Joo de se tenir prêt à éponger. La douleur me planta ses crocs dans la gorge. Tandis que Hae-Joo étanchait le saignement, l'implémenteur me montra l'ancienne identité de Sonmi~451 : une micropuce tenant dans une pincette. Il prendrait le soin de s'en débarrasser lui-même, me jura-t-il. Il vaporisa du cicatrisant sur ma blessure et y appliqua un pansement couleur chair. « Et maintenant, poursuivit-il, un crime si original qu'il n'a pas de qualificatif. L'adjonction d'une Âme à un factaire. Comment louera-t-on mon génie ? Au son d'une fanfare ? Par l'attribution d'un nobel et d'une planque à l'université ?

– Un paragraphe dans l'histoire de la lutte contre la Corpocratie, répondit Hae-Joo.

– Oh, tout un paragraphe. Merci, mon frère. »

Cette intervention fut rapide, elle aussi. L'homme posa la paume de ma main droite sur un linge, vaporisa la pulpe de mon index de coague et d'anesthésiant, pratiqua une incision de moins d'un demi-centimètre, inséra une Âme et y appliqua de la cutane. Cette fois-ci, j'entrevis derrière son cynisme un fond de sincérité. « Que cette Âme te porte chance sur la terre promise, sœur Yun-Ah Yoo. »

Je le remerciai. J'avais complètement oublié que Ma Arak Na nous observait depuis la trappe du plafond, mais voici qu'elle parla. « Notre sœur Yoo ferait bien de coordonner son visage à sa nouvelle Âme, sans quoi on vous posera des questions embarrassantes, sur le chemin vers la terre promise. »

Dois-je en déduire que l'étape suivante a été le faciex-foliateur ?

En effet. Le portier nous escorta jusqu'à la rue T'oegyero, qui marque le début d'un quartier attenant à Huamdonggil à peu près fréquentable. Nous prîmes le métro jusqu'à une galerie de Shinch'on autrefois en vogue et empruntâmes un escalator qui traversait le carillon des lustres. Nous arrivâmes au niveau des voûtes, dans un dédale fréquenté exclusivement par des consommateurs au fait de leur destination. Des entrées discrètes et des plaques cabalistiques jalonnaient les coins et recoins ; au fond d'un cul-de-sac, à côté d'une porte blindée, un lis tigré s'épanouissait dans une niche. « Ne dis rien, m'avertit Hae-Joo, cette femme possède des griffes ; mieux vaut ne pas la prendre à rebrousse-poil. » Il sonna.

Des rayures lumineuses parcoururent le lis tigré. Il nous demanda ce que nous voulions.

Hae-Joo l'informa de notre rendez-vous avec *Madame** Ovide.

La fleur se plia afin de nous observer de plus près puis nous dit d'attendre.

La porte coulissa. « Je suis Madame Ovide », annonça une sang-pure blanche comme un os. Les jouvenciers avaient pétrifié jadis l'âpre beauté de ses vingt ans ; sa voix résonnait comme une scie circulaire. « Vous n'avez pas rendez-vous, qui que vous soyez. Cet établissement est réservé à la supériosphère. Mes biocosméticiens ne consultent que sur invitation. Je vous renvoie aux "colleurs de masques" des niveaux inférieurs. »

Elle nous claqua la porte au nez.

Hae-Joo se racla la gorge et s'approcha du lis tigré. « Auriez-vous l'amabilité de transmettre à l'inestimable Madame Ovide les très sincères et chaleureuses salutations de dame Heem-Young ? »

Un moment de silence s'ensuivit. Le lis tigré rougit et demanda si nous avions longuement voyagé.

Hae-Joo compléta le message codé. « Les longs voyages mènent à soi-même. »

La porte s'ouvrit, mais l'air dédaigneux de Madame Ovide persistait. « Qui peut discuter un ordre de dame Heem-Young ? » Elle nous ordonna de la suivre sans plus tarder. Après une minute de trajet à travers des couloirs voilés de rideaux et tapissés d'absorbeurs de son et de lumière, un homme silencieux surgit de nulle part et une porte s'ouvrit sur un atelier bien éclairé. Nos voix résonnaient. Les instruments de faciexfoliation brillaient sous la solaire de stérilisation. Madame Ovide m'ordonna de me découvrir. À l'instar de Ma Arak Na, elle ne parut pas le moins du monde surprise. Je doute qu'une femme de son rang ait jamais mis les pieds dans un dînarium Papa Song. Madame Ovide voulut savoir de combien de temps nous disposions. Quand Hae-Joo lui annonça que nous devions partir dans quatre-vingt-dix minutes, notre hôtesse perdit son redoutable sang-froid. « Pourquoi ne pas effectuer vous-même ce travail avec de la gomme et du rouge à lèvres ? Dame Heem-Young croit-elle qu'au Lis tigré, on ravale des façades au rabais et qu'on placarde des kodaks "avant/après" en vitrine ? »

Hae-Joo s'empressa d'expliquer que nous ne demandions pas une morphose intégrale, seulement quelques adaptations cosmétiques capables de tromper un Œil ou un simple regard. En effet, le délai imparti était ridicule, voilà pourquoi dame Heem-Young avait besoin des services de la meilleure d'entre toutes. La faciexfoliatrice avait conscience de la flatterie, mais n'y fut pas moins sensible. « Il est vrai, se vanta-t-elle, que personne, *personne* ne voit comme moi le visage qui se cache derrière un visage. » Madame Ovide m'inclina la mâchoire et déclara qu'elle pourrait me retoucher la peau, le teint, les cheveux, les paupières et les sourcils. « Il faut *absolument* lui teinter les yeux d'une couleur sang-pure. » On me creuserait des fossettes et la saillie de mes pommettes serait atténuée. Elle promit de tirer le meilleur parti de nos quatre-vingt-neuf précieuses minutes.

Mais qu'est-il arrivé à l'œuvre de Madame Ovide, alors ? Vous avez l'air d'une Sonmi tout droit sortie de sa matrice.

L'Unanimité m'a revisagée pour mes comparutions très audiencées. La vedette doit paraître telle qu'on l'attend. Mais je vous assure qu'à ma sortie du Lis tigré, mon visage lancinant de douleur était méconnaissable ; même le Prophète Rhee se serait laissé duper. Mes iris d'ivoire étaient devenus noisette, mes yeux s'étaient allongés et mes follicules, ébénisés. Vous n'avez qu'à consulter les kodaks de mon arrestation.

Madame Ovide ne nous salua pas. Dehors, un enfant aux cheveux d'or tenant un ballon de baudruche rouge nous attendait près de l'escalator. Nous le suivîmes jusqu'à un parking animé situé sous la galerie. Le garçon avait disparu, mais le fil de son ballon était accroché aux essuie-glaces d'une voiture tout-terrain. Nous roulâmes à bord de ce véhicule jusqu'à la porte Est 1 via l'express 1.

La porte Est 1 ? Mais le chef de l'Union, Apis, avait dit « Ouest ».

Oui, mais il avait également ajouté de « bien réfléchir à ses conseils », ce qui signifiait de prendre le contre-pied de ces directives. Ainsi, Ouest signifiait Est, Nord signifiait Sud et « nous faire escorter », voyager seuls.

Une crypto dangereusement simple, il me semble.

Les esprits méticuleux passent à côté de ce qui est simple. Tandis que nous foncions sur l'express, je demandai à mon compagnon si Hae-Joo Im était son nom ou bien un pseudonyme. L'activiste répondit que les individus de son rang n'avaient pas de véritable nom. La bretelle d'exit s'incurva et retomba devant une rangée de barrières ; la ford avançait au ralenti ; dans chaque file devant nous, les conducteurs passaient la main par la vitre pour Œiller leur Âme. Les disciplinaires arrêtaient des véhicules au hasard et procédaient à des interrogatoires, ce qui nous inquiétait. « Une chance sur trente, marmonna Hae-Joo. Une bonne marge. » Vint notre tour. Hae-Joo posa l'index sur l'Œil ; une alarme stridente retentit et la barrière s'abaissa. Les fords qui nous entouraient compromettaient tout espoir de fuite. Hae-Joo siffla : « Souris, joue les écervelées ! »

Un disciplinaire arriva à grands pas, et fit un signe du pouce. « Sortez. »

Hae-Joo obéit, un sourire de garnement aux lèvres.

Le disciplinaire réclama un nom et une destination.

« Ah, pardon, Ok-Kyun Pyo » – même la voix de Hae-Joo avait changé –, « monsieur l'agent. Bah, on roulait vers un motel situé dans une panurbis extérieure. » Hae-Joo regarda autour de lui et fit un geste de la main dont j'avais appris l'obscène signification en fréquentant Boom-Sook et ses amis. À quelle distance se trouvait ce motel, demanda le disciplinaire. Ne savait-il pas qu'il était déjà vingt-trois heures passées ?

« Au Pan-Pan T'es Mort ! de Yōju. » Hae-Joo prit un ton de conspirateur ridicule. « L'endroit est douillet, les prix raisonnables ; ils laisseraient certainement un disciplinaire goûter aux joies de leur établissement gratis. À trente minutes à peine de la voie rapide, sortie 10. » Il lui garantit que nous y arriverions largement avant le couvre-feu.

« Qu'est-il arrivé à votre index ?

– Ah, c'est pour ça que l'Œil a cligné ? » Il poussa un gémissement cabot et se mit à déblatérer : il s'était coupé en dénoyautant un avocat naturel chez sa tante ; il avait mis du sang partout ; en ce qui le concernait, ce serait désormais les avocats sans noyau ou rien : la nature générait plus de problèmes qu'elle n'offrait d'avantages.

Le disciplinaire jeta un œil dans la ford et m'ordonna de me découvrir.

J'espérais que ma peur passerait pour de la coquetterie.

Il me demanda si mon ami parlait toujours autant.

Timide, j'acquiesçai de la tête.

Était-ce pour cela que je ne parlais pas ?

« Oui, monsieur, répondis-je, certaine qu'il reconnaîtrait une Sonmi. Oui, monsieur l'agent. »

Le disciplinaire prévint Hae-Joo : les filles demeurent obéissantes et sages jusqu'au mariage ; c'est après qu'elles se mettent à jacasser sans jamais la boucler. « Disparaissez. »

Où avez-vous réellement couvert feu cette nuit-là ? Pas dans un motel miteux ?

Non. Nous avons emprunté la sortie 2 de l'express aérienne, puis bifurqué sur une route de campagne sans solaires. Une digue d'épineux dissimulait une zone industrielle de plus de cent unités. À quelques minutes du couvre-feu, seule notre ford circulait encore. Nous nous garâmes et traversâmes une cour où soufflait le vent, puis nous arrivâmes devant un bâtiment de béton dont l'écriteau indiquait PÉPINIÈRES DE L'HYDRE. L'Âme de Hae-Joo spota la porte déroulante, qui s'ouvrit.

À l'intérieur, au lieu d'une unité d'horticulture, se dressait une arche illuminée de rouge qui abritait des containers géants. Humide et chaude, l'atmosphère était désagréable. Le bouillon trouble et filandreux que je distinguais à travers les hublots camoufla un instant leur contenu. Puis des membres et des mains apparurent ; des visages naissants, identiques.

Des matrices ?

Oui. Nous étions dans une unité génomique. J'observais les grappes d'embryons de factaires flottant dans le gel utérin ; j'assistais au spectacle de mon origine, figurez-vous. Certains dormaient, suçaient leur pouce, agitaient un bras ou un pied, comme s'ils creusaient ou couraient. Je demandai à Hae-Joo si j'avais été générée ici. Hae-Joo répondit que non, Papa Song possédait des pépinières cinq fois plus grandes à Kwangju. Les embryons que je regardais avaient été conçus pour travailler dans des carrières d'uranium sous la mer Jaune. Leurs yeux, grands comme des soucoupes, étaient génomés pour l'obscurité. D'ailleurs, ces factaires deviendraient fous si on les exposait à la lumière directe et vive du jour.

Avec la chaleur, Hae-Joo se retrouva bien vite luisant de sueur. « Tu dois avoir besoin de Savon, Sonmi. Notre suite est de ce côté. »

Une suite ? Dans une pépinière de factaires ?

L'activiste avait cette tendance à ironiser. Notre « suite » était la petite pièce du veilleur de nuit, quatre murs de béton qui contenaient juste une douche, un lit de camp, un bureau, une pile de chaises, une clime obstruée et une table de ping-pong cassée. De larges tuyaux palpitaient de chaleur au plafond. Un panel de sonys monitoraient les matrices, et une fenêtre donnait sur la pépinière. Hae-Joo me suggéra de prendre ma douche car l'occasion ne se représenterait peut-être pas le lendemain soir. Il tendit un rideau afin de préserver mon intimité et s'improvisa un lit avec les chaises pendant que je me lavais. Une poche de Savon m'attendait sur le lit de camp ainsi que de nouveaux vêtements.

Vous ne vous sentiez pas vulnérable, à dormir au milieu de nulle part sans même savoir le véritable nom de Hae-Joo Im ?

J'étais trop entoxée. Les factaires restent éveillés plus de vingt heures grâce au Savon. Ensuite, nous nous effondrons.

À mon réveil quelques heures plus tard, Hae-Joo ronflait sur sa pèlerine. J'examinais la croûte de sang séché sur la joue qu'il s'était éraflée lors de notre fuite de Taemosan. La peau des sang-purs est si délicate, comparée à la nôtre. Ses yeux gyraient sous leurs paupières ; rien ne bougeait dans la pièce. Il prononça le nom de Xi-Li, mais peut-être n'était-ce qu'un bruit. Je me demandais quel « moi » l'animait quand il rêvait. Puis je spotai mon Âme sur le sony de poche de Hae-Joo afin de connaître mon personnage, Yun-Ah Yoo. Étudiante en génomie, j'étais née un 30/M2 à Naju pendant l'année du cheval. Mon père était auxiliaire à Papa Song ; ma mère, femme au foyer ; ni frères, ni sœurs... Les données défilèrent sur des dizaines de pages, des centaines. Le couvre-feu s'effaça. Hae-Joo s'éveilla et se massa les tempes. « Ok-Kyun Pyo adorerait une tasse de starbuck bien fort. »

Je décidai que le moment était venu de lui poser la question qui m'avait assaillie dans le disneyrium. Pourquoi l'Union s'acharnait-elle à payer si cher la protection d'un factaire expérimental ?

« Ah, marmonna Hae-Joo, qui chassait le sommeil de ses yeux. La route est longue ; la réponse aussi. »

Encore une manière de se débiner ?

Non. Il me répondit à mesure que nous nous enfoncions dans le pays. En voici un résumé, pour votre oraison, Archiviste. Nea So Copros succombe à son propre empoisonnement. Ses terres sont polluées ; ses rivières, inertes ; son air, toxichargé ; ses sources de nourriture, génomiquement dévoyées. De ces calamités, l'infériosphère n'a pas les moyens d'acheter les palliatifs. Les ceintures de mélanomes et de malaria remontent vers le nord à la vitesse de quarante kilomètres par an. Les zones de production d'Afrique et d'Indonésie qui approvisionnent les zones de consommation sont désormais inhabitables à plus de soixante pour cent. Les richesses de la Corpocratie – gage de sa légitimité – sont en train de se tarir. Les nouvelles lois du Juche sur l'enrichissement ont autant d'effet qu'un cautère sur une jambe de bois. La seule stratégie restant à la Corpocratie est la même que celle adoptée jadis par les idéologies déchues : le déni. Les sang-purs de l'infériosphère sombrent dans les siphons à untermensch. Les cadresups se contentent de regarder et de répéter le Septième Catéchisme : « La valeur d'une Âme se compte au nombre de ses dollars. »

Mais qu'y a-t-il de logique à laisser les sang-purs de l'infériosphère échouer... dans des endroits comme Huamdonggil ?... Toute une classe sociale ? Qu'est-ce qui pourrait remplacer le travail qu'ils fournissent ?

Nous. Les factaires. Notre production ne coûte quasiment rien et nous n'aspirons ni à une vie meilleure, ni à davantage de liberté. Faute de Savon spécifique, nous expirons en quarante-huit heures, ce qui est bien commode. Nous sommes la machine organique idéale. Vous persistez à prétendre qu'il n'y a pas d'esclaves à Nea So Copros ?

Et comment l'Union compte-t-elle éradiquer ces... soi-disant « maux » de notre société ?

Par la révolution.

Mais comme il est clamé dans l'hymne de l'Administrateur, Nea So Copros est l'unique soleil levant de ce monde ! L'Asie du Sud-Est qui précédait la période des Rixes proposait le même chaos de démocraties chétives, d'autocraties démocidaires et de terremortes galopantes auquel le reste du monde ressemble aujourd'hui ! Si le Juche n'avait pas réuni et isolé la région nous serions retombés dans la barbarie, à l'instar du reste de la planète ! Quelle organisation sensée adopterait une croyance s'opposant à la Corpocratie ? Ce serait non seulement du terrorisme, mais également du suicide.

Tous les soleils levants finissent un jour par se coucher, Archiviste. Notre Corpocratie sent la sénilité à plein nez.

Ma foi, vous semblez vouée corps et âme à la propagande de l'Union, Sonmi~451.

Je pourrais quant à moi remarquer que vous semblez voué corps et âme à la propagande corpocratique, Archiviste.

Vos nouveaux amis vous avaient-ils expliqué en détail comment ils comptaient renverser un État doté d'une armée de deux millions de sang-purs épaulée par deux millions de factaires-soldats supplémentaires ?

Oui. En provoquant l'élévation simultanée de six millions de factaires.

Fantasme. Délire.

Voilà ce qu'on dit de toute révolution qui ne s'est pas

encore réalisée ; puis l'événement devient un tournant historique inéluctable.

Comment l'Union s'imaginait-elle provoquer cette « élévation simultanée » ?

Le champ de bataille est neuromoléculaire. Quelques centaines de membres de l'Union employés dans des pépinières et des usines de Savon pourraient déclencher cette grande vague d'élévation en ajoutant le catalyseur de Souleymane dans les principaux circuits.

Quand bien même, quels dégâts pourraient infliger, mettons, dix millions de factaires sur la plus stable pyramide étatique jamais érigée dans l'histoire des civilisations ?

Qui opérerait sur les chaînes des usines ? Vidangerait les égouts ? Nourrirait les poissons dans les fermes d'aquaculture ? Extrairait le pétrole et le charbon ? Entretiendrait les réacteurs ? Construirait les bâtiments ? Servirait dans les dînariums ? Éteindrait les incendies ? Surveillerait les frontières ? Alimenterait les cuves d'exxon ? Qui soulèverait, creuserait, tirerait, pousserait ? Sèmerait, récolterait ? Vous commencez à comprendre maintenant ? Les sang-purs n'ont plus ces compétences sur lesquelles la Corpocratie ou n'importe quelle autre société repose. Posez-moi plutôt cette question-ci : quels dégâts *ne sauraient* infliger six millions d'élevés, associés aux frontaliers et sang-purs de l'infériosphère comme ceux de Huamdonggil, qui n'ont rien à perdre ?

L'Unanimité maintiendrait l'ordre. Les disciplinaires ne sont pas tous membres de l'Union.

Même Yoona~939 a préféré la mort à l'esclavage.

Et votre rôle dans cette hypothétique rébellion ?

Mon premier rôle consistait à fournir la preuve que le catalyseur de l'élévation de Souleymane fonctionnait. C'est ce que j'avais fait et continue à faire, en n'ayant pas dégénéré. Les neurochimiques requis étaient synthétisés dans des usines clandestines réparties sur les Douze Panurbis.

« Ton second rôle, m'informa Hae-Joo ce matin-là, serait celui d'une ambassadrice. » Le général Apis souhaitait que j'assure la fonction d'interlocutrice entre l'Union et les factaires en cours d'élévation. Que j'aide à mobiliser des révolutionnaires.

Que ressentiez-vous face à l'idée d'incarner une figure emblématique du terrorisme ?

Un sentiment d'inquiétude : je n'avais pas été génomée pour changer le cours de l'histoire, dis-je à mon compagnon de fugue. Hae-Joo répliqua que nul révolutionnaire ne l'était. L'Union ne me demandait qu'une chose pour le moment : de ne pas rejeter d'emblée l'offre d'Apis.

N'étiez-vous pas curieuse de savoir comment l'Union escomptait accéder à des lendemains meilleurs ? Comment aviez-vous la certitude que ce nouvel ordre ne donnerait pas naissance à une tyrannie pire que le régime dont il viendrait à bout ? Pensez aux bolcheviques, aux révolutions d'Arabie Saoudite. Au désastreux coup d'État des pentecôtistes d'Amérique du Nord. N'était-il pas plus sage de passer par un programme progressif de réformes et d'actions pour parvenir à vos fins ?

Vous faites preuve d'une extraordinaire érudition pour un archiviste de huitième sphère. Je me demande si vous connaissez ce dicton prononcé par un homme d'État du XXe siècle : « L'on ne peut franchir un gouffre en deux enjambées. »

Nous nous attardons sur une question houleuse, Sonmi. Revenons à votre voyage.

Nous arrivâmes aux environs de onze heures dans la plaine de Suanbo par des chemins détournés. Les agripoudreuses répandaient des nuages d'engrais couleur safran qui masquaient l'horizon. Notre exposition aux ŒilSat inquiétant Hae-Joo, nous empruntâmes une piste qui coupait à travers les plantations de la corpo des forêts. Des averses avaient sévi la nuit précédente et des flaques entravaient la piste boueuse, ce qui nous ralentit dans notre progression ; cependant, nous ne croisâmes aucun autre véhicule. Les rangées et files d'hybrides sapin-latex formaient une armée d'un milliard de soldats défilant devant notre ford. Je ne sortis qu'une fois, lorsque Hae-Joo remplit le réservoir d'exxon à l'aide d'un bidon. La plaine paraissait limpide ; pourtant, une fois dans la plantation, même le soleil de midi semblait humide, froid et crépusculaire. Tout ce que nous entendions était le bruissement stérile du vent à travers les épines émoussées. À cause des arbres génomés pour repousser les insectes et les oiseaux, l'air stagnant empestait l'insecticide.

La forêt disparut aussi brutalement qu'elle était apparue, et le paysage se vallonna davantage. Nous roulions vers l'est ; on distinguait la chaîne des Woraksan au sud, et au nord s'étendait le lac Ch'ungju. Les effluents produits par les bassins flottants de saumons empuantissaient l'eau du lac. De l'autre côté des eaux, les collines placardaient de gigantesques corpologos. Une statue en malachite du Prophète Malthus contemplait la cuvette de poussière. Notre piste passait en contrebas de l'express Ch'ungju-Taegu-Pusan. Hae-Joo dit que si nous prenions le risque de l'emprunter, nous serions à Pusan en deux heures, néanmoins une lente progression par l'arrière-pays restait plus sûre. Notre route, sinueuse et criblée de nids-de-poule mais exempte d'ŒilSat, s'enfonçait dans le massif des Sobaeksan.

Hae-Joo n'essayait pas d'atteindre Pusan dans la journée ?

Non. Vers dix-sept heures, il cacha la ford dans un hangar à bois désaffecté, et nous commençâmes alors à marcher. Cette première randonnée en montagne me fascina autant que ma première traversée de Séoul en ford. Les concrétions calcaires suintaient de lichens ; dans leurs anfractuosités poussaient de jeunes sapins et sorbiers ; les nuages défilaient ; la brise portait la fragrance de pollens naturels ; des papillons de nuit génomés jadis tournoyaient autour de nos têtes, tels des électrons. Les logos sur leurs ailes avaient muté sur des générations pour aboutir à ce syllabaire du hasard : petite victoire de la nature sur la Corpocratie. Se tenant sur une saillie rocheuse, Hae-Joo désignait l'autre côté du golfe. « Tu le vois ? »

Qui donc ? Je ne voyais qu'un front de roche.

Il m'invita à regarder encore, et du flanc de montagne émergea la silhouette sculptée d'un géant assis en tailleur. Sa main élancée était figée dans une attitude gracieuse. Les armes et les éléments lui avaient mitraillé, ravagé, fissuré le visage ; toutefois, le contour en demeurait visible, à condition de savoir où poser les yeux. Je confiai que le géant me rappelait Timothy Cavendish, ce qui fit sourire Hae-Joo, acte auquel il ne s'était pas livré depuis un moment. Il dit que le géant incarnait un dieu qui vous sauvait d'un cycle futile de naissance et renaissance ; peut-être une divinité couvait-elle encore sous cet amas de pierres craquelées. Il n'y a que l'inanimé qui paraisse si vivant. J'imagine que la corpo des carrières le détruira quand ils viendront exploiter ces montagnes.

Pourquoi Im vous a-t-il emmenée en expédition au beau milieu de nulle part ?

Nulle part : l'endroit se trouve forcément quelque part, Archiviste. Une fois le géant assis en tailleur dépassé et la crête franchie, nous croisâmes sur notre route une modeste parcelle de céréales dans un coin défriché ; des vêtements séchant sur un buisson, des carrés de légumes, un rudimentaire système d'irrigation fabriqué à l'aide de bambous, un cimetière. Une cascade assoiffée. Hae-Joo me fit traverser une faille étroite débouchant sur une cour entourée de bâtiments chargés de décorations ; je n'avais jamais rien vu de tel. Au milieu d'un dallage, le cratère d'une explosion toute récente avait soufflé les charpentes et démoli un toit de tuiles. Une pagode qui avait succombé à un typhon s'était écroulée sur sa jumelle. Cette dernière tenait sur pied davantage grâce au lierre qu'à sa charpente. Ce serait notre logis pour la nuit, m'apprit Hae-Joo. Une ancienne abbaye s'y était dressée quinze siècles durant, jusqu'à ce que, au lendemain des Différends, la Corpocratie supprime les religions préconsuméristes. Le site sert désormais d'abri aux sang-purs déshérités qui préfèrent mener une rude existence sur le flanc d'une montagne plutôt que vivre en paria dans une panurbis.

Ainsi l'Union cachait son interlocuteur, son... messie dans une colonie de récidivistes ?

Messie : un titre bien prestigieux pour une serveuse chez Papa Song. Derrière nous, une paysanne fripée et brûlée par le soleil, dont le grand âge égalait celui d'un senior du temps de Cavendish, prenait appui sur un garçon à l'encèphe balafré. Muet, l'enfant sourit à Hae-Joo, que la femme serra dans ses bras avec toute l'affection d'une mère. Il me présenta à l'Abbesse sous le nom de Mlle Yoo. Elle avait un œil voilé ; l'autre était vif et alerte. Elle me prit les mains dans les siennes ; le geste était charmant. « Sois la bienvenue ici, me dit-elle, la bienvenue. »

Hae-Joo s'enquit de la bombe qui avait engendré le cratère.

L'Abbesse expliqua qu'un régiment local de l'Unanimité se faisait la main sur la colonie. Un aéro avait surgi le mois dernier et largué un obus sans préavis. Un colon était mort et plusieurs autres, sévèrement blessés. L'Abbesse attristée spéculait : geste prémédité ? Un pilote qui s'ennuyait ? Ou peut-être qu'un entrepreneur voulait faire raser ce site à fort potentiel afin d'y construire un centre de remise en forme pour cadresups.

Mon compagnon promit de mener l'enquête.

Qui étaient vraiment ces « colons » ? Des squatters ? Des terroristes ? Des membres de l'Union ?

Chaque colon avait sa propre histoire. L'on me présenta des dissidents ouighour, des fermiers du delta semi-désertique de Hô Chi Minh, de respectables habitants de la panurbis persécutés par des corpoliticiens, des dévoyés inaptes au travail, d'autres qu'une maladie mentale avait dédollarisés. Le plus jeune des soixante-quinze colons avait neuf semaines ; le plus vieux – l'Abbesse – soixante-huit ans. J'aurais cru cette dernière si elle avait prétendu avoir trois cents ans : elle avait un air si grave.

Mais... comment les gens arrivaient-ils à survivre sans franchises ni galeries ? Que mangeaient-ils ? Que buvaient-ils ? Et l'électricité ? Les distractions ? La discipline, l'ordre ? Comment imposaient-ils une hiérarchie ?

Rendez-leur visite, Archiviste. Dites à l'Abbesse que vous venez de ma part. Non ? Bref, la nourriture provenait de la forêt et des jardins ; l'eau, de la cascade. Des expéditions jusqu'à la décharge, on rapportait le plastique et le métal nécessaires à la fabrication des outils. Le sony de leur « école » était alimenté par une turbine à eau. Les solaires de nuit se rechargeaient pendant la journée. Ils se distrayaient tout seuls ; les consommateurs ne sauraient vivre sans 3D ni promovisions, pourtant les humains d'autrefois s'en passaient ; ils s'en passent encore aujourd'hui. La loi ? Certes, des problèmes voire des crises surgissaient de temps à autre. Mais rien n'est insurmontable dès lors que les gens s'entraident.

Et les hivers en montagne ?

Ils survivaient de la même manière que les nonnes avaient survécu quinze siècles durant : en prévoyant, en effectuant des réserves et en se montrant courageux. Le monastère était bâti sur une caverne agrandie par des bandits pendant l'annexion du Japon à la Corée. Ces tunnels offraient aux colons une protection correcte contre l'hiver et les aéros de l'Unanimité. Oh, ce genre d'existence n'a rien d'une utopie bucolique. Les hivers sont rudes, ça oui ; les périodes de pluies, implacables ; les récoltes, sujettes aux maladies. Leur pharmacopée est malheureusement limitée. Rares sont les colons qui vivent aussi longtemps que les consommateurs de la supériosphère. Ils se chamaillent, s'accusent et se chagrinent comme n'importe qui, mais ils appartiennent à une communauté où, au final, la camaraderie est un remède en soi. Nea So Copros ne compte plus de communautés ; seules subsistent des sphères de consommateurs se méfiant les uns des autres. Cette nuit-là, un fond sonore de bavardages, de musique, de lamentations et de rires conforta mon sommeil ; pour la première fois depuis que j'avais quitté le dortoir de Papa Song, je me sentais en sécurité.

Mais quel intérêt l'Union avait-elle à fréquenter ces colons ?

C'est simple : l'Union fournissait du matériel – les solaires, par exemple – et en échange, la colonie offrait un abri sûr, à des kilomètres du premier Œil. M'étant réveillée dans le tunnel-dortoir un peu avant l'aube, je décidai de ramper jusqu'à l'entrée du temple. Une femme d'une quarantaine d'années montait la garde ; elle faisait tournoyer doucement son colt et son breuvage de stimuline. Elle souleva la moustiquaire, me prévenant que des coyotes rôdaient autour des remparts du monastère. Je promis de rester à portée de voix, fis le tour de la cour et franchis l'étroite faille menant à la terrasse où se mêlaient le noir et le gris.

Le flanc de montagne plongeait ; un vent remontant de la vallée rapportait cris, clameurs, grondements et nasillements animaux. Je n'en reconnus pas un seul ; en dépit de tout le savoir que j'avais puisé dans les arcanes interdits, je me sentais pauvre. Et ce ciel étoilé ! En montagne, les étoiles ne sont pas ces misérables points lumineux dans le ciel de la panurbis ; de ces fruits charnus s'écoulait la lumière. À un mètre de moi, un rocher remua. « Tiens, vous êtes une lève-tôt, mademoiselle Yoo ? » dit l'Abbesse.

Je la saluai.

Les plus jeunes colons, me confia-t-elle, s'inquiétaient de ses flâneries aurorales : et si la vieille femme tombait dans le vide ? Elle sortit une pipe de sa manche, en bourra le foyer et l'alluma. C'était la feuille d'une plante locale certes âpre, admit-elle, mais voilà des années qu'elle avait perdu le goût pour des marlboros plus raffinées. La fumée possédait des arômes de cuir et de bouse sèche.

Je l'interrogeai sur le personnage de pierre logé dans l'escarpement, de l'autre côté du gouffre.

Siddhārta avait d'autres noms, m'apprit-elle, presque tous oubliés aujourd'hui. Les prédécesseurs de l'Abbesse en connaissaient tous les histoires et sermons, hélas l'ancienne Abbesse et ses nonnes avaient été condamnées au Phare à l'époque où les religions contraires à la consommation étaient fustigées. L'Abbesse actuelle n'étant qu'une novice, l'Unanimité la jugea suffisamment jeune pour être réorientée. Elle fut élevée dans un pupillaire à la panurbis de Pearl City, même si, spirituellement parlant, elle n'avait pas quitté l'abbaye. Elle y retourna des années après et instaura cette colonie dans les décombres.

Je lui demandai si Siddhārta était un dieu.

Beaucoup lui donnaient ce titre, convenait l'Abbesse, mais Siddhārta n'exerce aucune influence sur la chance ou le temps, et il ne remplit pas les fonctions coutumières aux divinités. Siddhārta est un homme mort et un idéal de vie. Il apprenait aux gens à surmonter leur douleur et à préparer leur future réincarnation. « Moi, je prie pour un idéal. » Elle désigna le géant qui méditait. « Je prie tôt, de sorte qu'il sache que je suis sérieuse. »

Je lui dis espérer que Siddhārta me réincarnerait dans sa colonie, confessai-je.

La lumière du jour naissant répandait sa clarté sur le monde. L'Abbesse me demanda ce qui motivait mon souhait.

Il me fallut un moment pour formuler ma réponse. J'évoquai la faim et l'insatisfaction rongeant tous les sang-purs, qui épargnaient les colons que j'avais rencontrés.

L'Abbesse acquiesçait. Si les consommateurs se satisfaisaient d'une chose digne, se hasarda-t-elle, la Corpocratie disparaîtrait. C'est pourquoi les Médias sont si prompts à dénigrer les colonies comme la sienne, à les comparer à des parasites intestinaux, à les accuser de voler la corpo de l'eau, la corpo de l'air, de ne pas payer les royalties subséquentes aux brevets déposés par la corpo agricole. L'Abbesse craignait que le jour où l'Administration considérerait cette communauté comme une véritable alternative à l'idéologie corpocratique, « notre statut de "parasites intestinaux" passerait à celui de "terroristes", des bombes malignes nous bombarderaient et inonderaient nos tunnels de flammes ».

La colonie devait prospérer de manière invisible, dans l'ombre, suggérai-je.

« C'est exactement cela, chuchota-t-elle. Ce numéro d'équilibriste est aussi éprouvant que se faire passer pour sang-pure, j'imagine. »

Elle savait depuis le début que vous n'étiez pas sang-pure ? Comment ?

Cette question aurait manqué de tact. À travers un judas, peut-être m'avait-on surprise à ingérer du Savon. Mon hôte m'informa que les colons avaient appris par expérience à garder un œil bienveillant sur leurs invités, y compris ceux de l'Union. Personnellement, l'Abbesse n'appréciait pas qu'on viole le code d'hospitalité de la vieille abbaye, mais les plus jeunes parmi les colons étaient inflexibles : il fallait surveiller les hôtes de près. L'Abbesse m'avait révélé ce secret simplement pour me porter chance dans mes futures entreprises car, parmi tous les crimes perpétrés contre l'inférisophère, déclarait-elle, « rien n'est plus détestable que l'asservissement des tiens ».

J'imagine qu'elle parlait des factaires. Mais désignait-elle les serveuses de dînariums ou les factaires de Nea So Copros en général ?

Je l'ignorais et ne compris que la nuit suivante à Pusan. C'est alors que les casseroles du petit-déjeuner tintèrent dans la cour. L'Abbesse regarda la fente dans la roche et changea de ton. « Tiens, tiens, le petit coyote que voilà ! »

Le garçon muet avança à pas feutrés et s'assit aux pieds de l'Abbesse. La lumière du soleil se courbait sur la surface du monde et prêtait de délicates couleurs aux fleurs sauvages.

Ainsi a donc débuté votre deuxième journée de fugitifs.
Oui. Hae-Joo mangea des galettes de pommes de terre au miel de figues. Contrairement à la veille au soir, personne ne m'enjoignit de manger la nourriture des sang-purs. Tandis que nous faisions nos adieux, deux ou trois adolescentes qui pleuraient de voir partir Hae-Joo me jetèrent des regards outrés, au grand amusement de mon guide. Par nécessité, Hae-Joo affectait le comportement d'un révolutionnaire endurci mais, à certains égards, il se comportait comme un garçon. Tout en me serrant dans ses bras, l'Abbesse susurra : « Je demanderai à Siddhārta d'exaucer ton vœu. » Sous le regard de la divinité, nous quittâmes la délicatesse des hauteurs et redescendîmes dans la forêt bruyante, où la ford nous attendait, intacte.

Nous progressions à bonne allure vers Yŏngju. Nous doublions des camions conduits par de robustes factaires tous issus de la même souche ; ils remontaient la vallée, chargés de bois de construction. Mais la rizière au nord du lac Andongho était quadrillée de pistes forestières trop à découvert ; nous restâmes donc dans la ford presque toute la journée, à l'abri des ŒilSat jusqu'à quinze heures environ.

Sur un vieux pont suspendu qui franchissait le fleuve Chuwangsan, nous fîmes une pause pour nous dégourdir les jambes. Hae-Joo me pria de bien vouloir excuser sa vessie sang-pure et alla uriner dans les bois deux mètres en contrebas. Penchée de l'autre côté du pont, j'observais les perroquets monochromes juchés sur des corniches maculées de guano ; leurs battements d'ailes et leurs cris me rappelaient Boom-Sook Kim et ses amis cadresups. Une ravine serpentait en amont ; en aval, des collines aplanies canalisaient le Chuwangsan, qui disparaissait sous la canopée d'Ūlsŏng pour en abreuver les égouts. Des grappes d'aéros stagnaient au-dessus de la panurbis, petits points noir et argent.

Les câbles du pont grincèrent sous le poids d'une ford de cadresups lustrée qui arriva sans prévenir. Une ford bien luxueuse sur une route bien piteuse : c'était louche. Hae-Joo alla chercher son colt dans notre véhicule. Il revint vers moi, la main dans la poche de sa veste, et me glissa : « Laisse-moi parler et sois prête à te jeter à terre. »

Et bien sûr, la ford de cadresup ralentit et s'arrêta. Un homme trapu au menton faciexfolié pivota sur le siège conducteur et sortit en nous adressant un amical hochement de tête. « Un bel après-midi. »

Hae-Joo hocha la tête à son tour et remarqua que l'atmosphère n'était pas trop lourde.

Côté passager, une sang-pure déplia ses jambes. Ses épaisses lunettes de soleil panoramiques ne laissaient dépasser qu'un nez pointu et des lèvres pulpeuses. Elle s'appuya sur la balustrade opposée à la nôtre, nous tournant le dos, et alluma une marlboro. Le conducteur ouvrit le coffre et en tira le genre de boîte percée dans laquelle on transporte les petits chiens. Il fit sauter les cliquets puis sortit de cette cage une belle créature humaine parfaitement proportionnée, mais minuscule, ne mesurant qu'une trentaine de centimètres ; celle-ci geignait de terreur et se débattait. À notre vue, son cri miniature et sans paroles se changea en supplications.

Sans nous laisser le temps de dire ou faire quoi que ce soit, l'homme, qui tenait la créature par les cheveux, la jeta par-dessus le pont et la regarda sombrer. Quand elle percuta les rochers, il clappa et ricana. « Voilà comment se débarrasser à moindres frais, dit-il, un grand sourire aux lèvres, d'un joujou hors de prix. »

Je m'efforçais de rester muette. Hae-Joo, qui sentait ce qu'il m'en coûtait, me toucha le bras. La scène du disney de Cavendish où un sang-pur est jeté du haut d'un balcon par un criminel se rejouait dans ma tête.

J'imagine que ce personnage s'était débarrassé d'une poupée-factaire.

Oui. Le cadresup tenait à tout nous raconter. « L'avant-dernier Sextet, il fallait *absolument* avoir une poupée Zizzi Hikaru. Ma fille ne m'a pas lâché une *seconde*. Bien entendu, mon épouse officielle » – il fit un signe de tête en direction de la femme de l'autre côté du pont –, « la soutenait et me serinait matin, midi et soir : "Comment veux-tu que je regarde les voisins en face si notre fille est la seule gamine du carrousel résidentiel à ne pas en avoir une ?" N'empêche, fortiches, ceux qui fabriquent ces machins. Un jouet-factaire de pacotille génomé en poupée ancienne tape-à-l'œil : cela justifie bien les *cinquante mille dollars* à débourser, sans compter ce qu'il faut claquer pour les tenues haute couture, la maison, les accessoires. Qu'ai-je fait, à votre avis ? Je l'ai acheté, ce foutu jouet, je voulais que les bonnes femmes du foyer la bouclent ! Deux mois plus tard, devinez quoi ? La branchitude vire de bord, et Marilyn Monroe détrône la pauvre Zizzi désormais passée de mode. » Il ajouta d'un air dégoûté que les services d'un expirateur de jouet-factaire coûtaient trois mille dollars, tandis qu'une chute accidentelle – du pouce, le cadresup désignait le vide – était gratuite.

À quoi bon jeter l'argent par les fenêtres ? « Dommage » – il adressa un clin d'œil à Hae-Joo – « que ce ne soit pas aussi simple de divorcer, pas vrai ?

– Je t'ai entendu, gros porc ! » L'épouse ne daignait pas se retourner. « Tu aurais dû rapporter le jouet à la franchise et demander un dédollarement. Cette Zizzi était défectueuse. Elle ne savait même pas chanter. Cette saleté m'a même mordue. »

Le gros porc répondit avec tendresse : « Et dire que ça ne l'a pas tuée, mon amour. » Sa femme marmonna quelque obscénité pendant que son mari promenait son regard sur mon corps. Et demanda à Hae-Joo si nous étions en vacances dans ce coin reculé ou si nous passions par là pour une affaire.

« Ok-Kyun Pyo, monsieur, à votre service. » Hae-Joo fit une petite courbette et il se présenta : auxiliaire de cinquième sphère chez Aigle, la franchise de comptabilité d'une modeste corpo.

La curiosité du cadresup s'éteignit sur l'instant. « Tiens donc. Je dirige le links situé entre P'yŏnghae et Yŏngdŏk. Vous jouez au golf, Pyo ? Non ? *Vraiment ?* Le golf n'est pas seulement un jeu, vous savez, c'est un avantage de carrière ! » Le parcours Paegam assurait-il, disposait de cinquante-quatre trous praticables en toute saison ; ses greens impeccables et ses lacs n'étaient pas sans rappeler les fameux jardins aquatiques du Président Bien-Aimé. « Nous avons remporté la vente de la nappe phréatique, n'en déplaise à l'infériosphère locale. En temps normal, ni l'amour, ni l'argent ne permettent d'accéder à ce club : seuls les prophètes y ont droit d'entrée. Mais vous m'êtes sympathique, Pyo. À votre inscription, dites à mes employés que vous venez de la part du Prophète Kwon. »

Ok-Kyun Pyo débordait de gratitude.

Flatté, le Prophète Kwon commença à raconter l'histoire de sa vie de cadresup, mais sa femme visa Zizzi Hikaru, lança son mégot de marlboro, grimpa dans la ford, et garda la main appuyée sur le klaxon pendant une dizaine de secondes. La canonnade des perroquets s'envolant dans le ciel éclata. Le cadresup lança à Hae-Joo un sourire chagrin et lui conseilla d'allonger les dollars supplémentaires nécessaires à l'obtention d'un garçon quand il se marierait. La ford repartait : je souhaitais tant que le véhicule tombât dans le vide.

Vous le considériez comme un assassin ?
Évidemment. Sa désinvolture était telle que lui-même l'ignorait.

Mais si vous vous mettez à haïr des gens comme le Prophète Kwon, c'est la terre entière qu'il faudra haïr.
La terre entière, non, Archiviste ; seule la pyramide corpocratique, qui banalise le massacre licencieux des factaires.

Quand êtes-vous enfin arrivés à Pusan ?
À la nuit tombée. Hae-Joo désigna les nuages d'exxon provenant des raffineries de Pusan ; ils viraient du rose melon au gris anthracite. Hae-Joo annonça que nous avions atteint notre destination. Nous pénétrâmes à Pusan par le nord, via un chemin de cultures dépourvu d'Œil. Hae-Joo abandonna la ford dans un box situé en banlieue de Sōmyōn, puis nous prîmes le métro jusqu'à la place Ch'oryang. Celle-ci était plus petite que la place Chongmyo, quoique aussi animée, mais surtout étrange après le vide silencieux des montagnes. Les factaires-nounous couraient après les enfants de cadresups, des couples nonchalants toisaient d'autres

couples nonchalants, des 3D sponsorisées par des corpos rivalisaient d'effets en tout genre pour surpasser la concurrence. Dans une galerie d'appoint défraîchie se tenait une foire d'autrefois où des colporteurs vendaient des curiosités, des « amis pour la vie » : crocos édentés, singes élastiques, baleines Jonas en pots. Hae-Joo raillait ces camelots refourguant de sempiternels attrape-couillons : « Ces bestioles meurent deux jours après, ça ne rate jamais. » Un homme de cirque hélait les passants à l'aide d'un mégaphone : « Émerveillez-vous devant le schizoïde à deux têtes ! Admirez Mme Matriochka et son embryon enceint ! Tremblez de peur devant un véritable Américain bien vivant, mais restez loin de la cage, sinon gare à vos doigts ! » Des marins sang-purs venus de tout Nea So Copros étaient assis dans des bars entièrement visibles de l'extérieur, flirtant avec des consolatrices aux seins nus, sous la surveillance des agents de la corpo des maquereaux : des Himalayens au teint de cuir, des Han de Chine, des Baïkaliens à la peau claire et poilue, des Ouzbeks barbus, des Aléoutiens filiformes, des Thaïs et des Viets cuivrés. Les maisons de confort promettaient de combler les moindres désirs d'un sang-pur affamé. « Si Séoul incarne la fidèle épouse d'un Administrateur, commenta Hae-Joo, Pusan est sa maîtresse déculottée. »

Les ruelles devenaient plus étroites. Le vent qu'elles canalisaient poussait les bouteilles et les canettes ; des silhouettes encapuchonnées se hâtaient. Hae-Joo m'entraîna derrière une porte discrète, puis nous traversâmes un tunnel sous-solairé se terminant par une herse. À côté, sur une fenêtre, on lisait RÉSIDENCE KUKJE. Hae-Joo appuya sur un buzzer. Des chiens aboyèrent, le store remonta et deux molosses à dents de sabre bavèrent contre la vitre. Une femme qui ne s'épilait pas les repoussa et nous jeta un regard. Lorsqu'elle reconnut Hae-Joo, son

visage vérolé de joyaux s'illumina, et elle s'exclama :
« Nun-Hel Han ! Près de douze mois que je ne vous avais
pas vu ! Remarquez, cela ne m'étonne pas, si ce qu'on
raconte au sujet de vos empoignades n'était qu'à moitié
avéré ! Alors, les Philippines ? »

La voix de Hae-Joo avait encore changé. Sans le vouloir,
je me tournai vers celui qui prenait ce ton de dur à cuire :
oui, c'était bien Hae-Joo à mes côtés. « Elles s'enfoncent
dans la mer, madame Lim, et vite, encore. Vous n'avez
pas sous-loué ma chambre, au moins ?

– Dites donc, c'est une maison sérieuse, ici, ne vous
inquiétez pas ! » Feignant la vexation, elle l'avertit
cependant qu'un nouveau flashage de dollars serait
nécessaire si le prochain séjour durait aussi longtemps.
La herse se leva, et la tenancière me jeta un regard. « Dites,
Nun-Hel, si votre poulette reste ici toute la semaine, les
chambres simples comptent pour des doubles. C'est le
règlement. Que ça vous plaise ou non. Ça m'est égal. »

Nun-Hel Han le marin dit que je resterai le temps d'une
ou deux nuits. « Une dans chaque port, commenta la
tenancière d'un œil lubrique, c'est donc vrai. »

Elle appartenait à l'Union ?

Non. Les tenancières d'asile de nuit trahiraient leur
propre mère pour un dollar. Dénoncer un membre
de l'Union lui rapporterait bien plus. Mais comme
disait Hae-Joo, elles repoussaient aussi les fouineurs.
À l'intérieur, dans l'escalier criblé résonnaient les
disputes et les 3D. Je commençais à m'habituer aux
marches, c'était déjà ça. Au neuvième étage, un couloir
vermoulu menait à une porte éraflée. Hae-Joo retira le
morceau d'allumette préalablement coincé sur un gond
et remarqua qu'une vilaine poussée d'honnêteté criblait
l'établissement.

La chambre de Nun-Hel comportait un matelas aigre, une kitchenette bien rangée, une armoire remplie de vêtements pour tous les climats, une kodak floue de prostituées nues chevauchant des marins, quelques souvenirs des Douze Panurbis et autres petits ports, et bien sûr, une kodak sous verre du Président Bien-Aimé. Un mégot de marlboro maculé de rouge à lèvres tenait en équilibre sur une canette de bière. Le store de la fenêtre était baissé.

Hae-Joo prit une douche et se changea. Il me dit qu'il lui fallait assister à une réunion de cellule, et me recommanda de ne surtout pas remonter les stores et de ne répondre à personne qui frapperait à la porte ou téléphonerait, à moins qu'il ne s'agisse de lui ou du général Apis, qui fournirait un crypto. Il écrivit « Toutes les choses ont leurs larmes » sur un morceau de papier qu'il brûla ensuite dans un cendrier. Il déposa une petite réserve de Savon dans le réfrigérateur et promit de revenir au matin, juste après le couvre-feu.

En transfuge distinguée ne méritiez-vous pas davantage de prestige ?

Le prestige attire l'attention. Je passai plusieurs heures à étudier la géographie de Pusan sur mon sony avant de me doucher et d'ingérer mon Savon. Je me réveillai tard, après six heures. Hae-Joo revint épuisé, un sac de ces ttŏkbukgi très relevés en main. Je lui préparai une tasse de starbuck qu'il but, reconnaissant, puis il mangea son petit-déjeuner. « Bon, Sonmi : mets-toi devant la fenêtre et ferme les yeux. »

J'obéis. Le store rouillé remonta. « Ne regarde pas... Ne regarde pas... Vas-y, ouvre les yeux. »

Un grouillement de toits, d'express, de capsules à travailleurs, de promovisions, de béton... et là-bas, au loin, les sédiments du soleil lumineux de printemps s'étaient déposés et formaient une sombre bande de bleu. Ah, j'étais hypnotisée... autant qu'avec la neige. C'était comme si toutes les souffrances contenues dans les mots « je suis » s'y étaient dissoutes, sans douleur, en paix.

« L'océan », annonça Hae-Joo.

Vous ne l'aviez jamais vu ?

Seulement dans les 3D de Papa Song sur la vie à Exultation. Jamais de mes propres yeux. Je mourais d'envie d'y aller, de le toucher, de le longer, mais Hae-Joo jugeait plus sûr de demeurer caché la journée, jusqu'à ce qu'on nous reloge dans un endroit plus isolé encore. Puis il s'étendit sur le matelas et se mit à ronfler dans la minute.

Des heures s'écoulèrent ; sur les franges d'océan entre les constructions, j'observais les cargos et bâtiments. Sur le toit des immeubles, les ménagères de l'infériosphère faisaient sécher des draps de lin usés. Plus tard, le ciel s'assombrit et les aéroblindés se mirent à bougonner derrière les nuages bas. J'étudiai. Il plut. Hae-Joo, encore endormi, se retourna, bredouilla : « Non, juste l'ami d'un ami », puis se tut. De la bave s'échappant de sa bouche imprégnait l'oreiller. Je songeais au Pr Mephi. Lors de notre dernier séminaire, il m'avait parlé de la famille dont il était séparé et confessé qu'il consacrait davantage de temps à mon éducation qu'à celle de sa propre fille. À présent, il était mort, à cause de sa foi en l'Union. J'éprouvai de la gratitude, de la culpabilité et d'autres émotions aussi.

Hae-Joo se réveilla en plein après-midi, se doucha, et se prépara un thé au ginseng. Comme j'envie aux sang-purs leur cuisine multicolore, Archiviste. Avant mon élévation, le Savon me paraissait la plus délicieuse des substances, mais aujourd'hui, ce produit me semble fade et insipide. Malheureusement, ne serait-ce que goûter la nourriture sang-pure provoque chez moi nausées et vomissements. Hae-Joo baissa le store. « C'est l'heure d'établir la liaison », m'informa-t-il. Puis il décrocha la kodak du Président Bien-aimé et la posa à plat sur la table basse. Hae-Joo connecta son sony à une prise dissimulée dans le cadre abîmé.

Un transceveur illégal ? Caché dans la kodak de l'architecte de Nea ?

Pour le profane, le sacré constitue une cachette de premier choix. La 3D d'un vieil homme devint plus nette et lumineuse : il ressemblait à un brûlé soigné à moindre coût. Lèvres et paroles désynchronisées, il me félicita d'être arrivée saine et sauve à Pusan et me demanda qui avait la plus belle gueule : la carpe ou lui ?

Je répondis avec honnêteté : la carpe.

Le rire d'An-Kor Apis se changea en toux. « Voici pourtant mon vrai visage, mais que cela signifie-t-il de nos jours ? » Il s'accommodait fort bien de son apparence maladive, car les disciplinaires croisés çà et là le croyaient contagieux. Il s'enquit de savoir si la traversée de notre cher pays avait été agréable.

Hae-Joo Im s'était bien occupé de moi, répondis-je.

Le général Apis me demanda si je comprenais le rôle que l'Union souhaitait me confier dans leur combat visant à promouvoir les factaires au rang de citoyens. « Oui, commençai-je, sans avoir le temps de lui faire part de mon incertitude. Nous désirons vous emmener visiter un endroit... digne d'intérêt. À Pusan. Ce sera une expérience formatrice préalable à votre décision, Sonmi. » Il m'avertit que la chose n'aurait rien de plaisant mais qu'elle s'imposait. « Pour un choix éclairé sur votre avenir. Si vous êtes d'accord, Hae-Joo va vous y emmener dès maintenant. »

J'acceptai volontiers, répondis-je.

« Dans ce cas, nous nous reparlerons, et bientôt », promit Apis, qui déconnecta son imageur. Hae-Joo sortit deux uniformes de technicien et des visières semi-couvrantes de son placard. Nous nous habillâmes puis enfilâmes une pèlerine, eu égard à la tenancière. Il faisait froid dehors, et je n'étais pas mécontente d'être doublement couverte. Nous empruntâmes le métro jusqu'au terminus du port et prîmes une navette qui nous conduisit jusqu'aux postes d'amarrage du front de mer ; les gigantesques vaisseaux en partance défilaient. De nuit, l'eau avait la noirceur du pétrole et les bateaux étaient d'une égale austérité, sauf un navire éclatant qui bombait ses arcs d'or tel un palais sous-marin. Je l'avais déjà vu, dans une autre vie. « L'Arche d'Or de Papa Song », m'exclamai-je, apprenant à Hae-Joo ce qu'il savait déjà : que le navire emportait les serveuses à douze étoiles vers l'est et traverserait l'océan jusqu'à Exultation.

Hae-Joo me confirma que l'Arche d'Or de Papa Song était bien notre destination.

Sur la passerelle, les mesures de sécurité étaient minimes : un sang-pur à l'œil vitreux, les pieds posés sur son bureau, regardait à la 3D des factaires-gladiateurs s'entretuer dans le colisée de Shanghai. « Vous êtes ? »

Hae-Joo spota son Âme sur l'Œil. « Technicien de cinquième sphère, Shik Gang. » Il jeta un regard sur son sony de poche et déclara qu'on nous avait envoyés effectuer le recalibrage des thermostats qui avaient claqué sur le pont numéro sept.

« Le sept ? » Le garde eut un rictus. « J'espère que vous ne sortez pas de table. » Puis il me regarda. Je regardais le sol. « Et cette marathonienne du bavardage, technicien Gang ?

– Ma nouvelle auxiliaire. L'auxiliaire technique Yoo.
– Allons donc. C'est en jeune fille que vous visitez notre maison des plaisirs, ce soir ? »

D'un hochement de tête, j'acquiesçai.

Le gardien dit que rien ne valait la première fois. D'un indolent mouvement du pied, il nous fit signe de passer.

Était-ce si facile d'accéder au navire d'une corpo ?

L'Arche d'Or de Papa Song n'attire pas vraiment les passagers clandestins, Archiviste. L'équipage, les auxiliaires et autres techniciens se hâtaient sur les principaux passages, trop occupés pour nous prêter attention. Les escaliers de service étant déserts, nous descendîmes *incognito* jusqu'au bas-ventre de l'Arche. Nos nikes faisaient retentir les marches métalliques. Le roulement de tambour d'un moteur gigantesque résonnait. Je croyais entendre des chants et pensais que mes oreilles me jouaient un tour. Hae-Joo consulta son plan du pont, ouvrit une trappe de maintenance, puis je me souviens de l'avoir vu hésiter, comme s'il voulait me dire quelque chose. Mais il changea d'avis, se hissa à l'intérieur du conduit, m'aida à grimper, puis referma la trappe derrière nous.

Je me retrouvais à quatre pattes sur une étroite et longue nacelle accrochée au plafond d'une assez grande salle de transit. Des rabats masquaient l'extrémité de la nacelle, mais à travers le sol grillagé, je pouvais observer quelque deux cents serveuses décorées de douze étoiles qui, les unes derrière les autres, franchissaient des tourniquets ne leur permettant que d'avancer. Des Yoona, des Hwa-Soon, des Ma-Leu-Da, des Sonmi, et d'autres souches qui n'existaient pas au dînarium de la place Chongmyo, toutes vêtues de cet uniforme or et sang si familier. Il y avait quelque chose d'onirique à voir celles qui autrefois étaient mes sœurs en dehors d'un dôme Papa Song. Elles répétaient à l'envi les Psaumes de Papa Song ; en retrait, les infrabasses des systèmes hydrauliques soutenaient cette mélodie littéralement écœurante. Mais quelle jubilation dans leurs voix ! L'Investissement était remboursé. Le voyage vers Hawai allait débuter, et bientôt commencerait une vie nouvelle à Exultation.

À vous entendre, vous semblez les envier.
Du haut de la nacelle, j'enviais leur foi en l'avenir. Après environ une minute, un auxiliaire en tête de file invita la serveuse à franchir les arcs d'or et toutes ses sœurs l'applaudirent. La bienheureuse aux douze étoiles salua ses amies de la main et passa sous les arcs pour qu'on la conduise dans une des luxueuses cabines que nous avions toutes vues à la 3D. Les tourniquets tournèrent et poussèrent les serveuses un cran en avant. Nous observâmes ce processus s'accomplir plusieurs fois, puis Hae-Joo me tapota le pied et me fit signe d'avancer sur la nacelle et de franchir les rabats qui donnaient accès à la salle suivante.

Ne risquiez-vous pas d'être repérés ?
Non. Protégés par l'éclat des pendulaires se balançant sous la nacelle, nous demeurions invisibles du bruyant enclos situé à plusieurs mètres en contrebas. De toute façon, nous étions de simples techniciens effectuant des travaux de maintenance. La salle suivante était une antichambre pas plus grande que cette capsule. Les chants et le vacarme étaient étouffés ; il régnait une atmosphère calme et inquiétante. Un siège en plastique trônait sur une estrade ; au-dessus, suspendu à un monorail accroché au plafond, pendait un volumineux mécanisme se terminant par un casque. Trois auxiliaires souriants portant l'habit écarlate de Papa Song expliquèrent que ce casque servait

à retirer le collier, comme Papa Song le promettait lors de toutes les Matines, année après année. « Merci, Auxiliaire, jacassait la serveuse surexcitée. Oh, merci ! »

Le casque enveloppa le crâne et le cou de cette Sonmi. Et à ce moment précis, je remarquai le nombre étrange de portes dans l'antichambre.

Comment cela, « étrange » ?

Il n'y en avait qu'une : l'accès à l'enclos. Comment les serveuses précédentes étaient-elles ressorties ? Un vif claquement émanant du casque ramena mon attention à l'estrade. La tête de la serveuse retomba anormalement. Ses yeux se révulsèrent et la colonne câblée reliant le casque au monorail se raidit. Horrifiée, je vis le casque remonter, la serveuse se redresser, puis son corps s'élever dans l'air. Le cadavre esquissait une petite danse ; son sourire anticipé et figé par la mort se crispa lorsque la peau du visage se tendit sous la traction. Plus bas, pendant ce temps, un auxiliaire aspirait le sang épanché sur le siège en plastique qu'un autre essuyait. Le casque relié au monorail convoya son chargement sur une trajectoire parallèle à notre nacelle, franchit un rideau, puis disparut dans la salle suivante. Un autre casque descendit au niveau du siège en plastique, où les trois auxiliaires asseyaient déjà une nouvelle serveuse surexcitée.

Hae-Joo me chuchota à l'oreille : « Tu ne peux pas les sauver, Sonmi. Leur sort s'est scellé quand elles ont embarqué. » En fait, songeai-je, elles étaient condamnées depuis la matrice.

Un autre casque claqua et remonta le chargement. C'était une Yoona.

Vous comprenez, il n'y avait pas de mots pour ce que je ressentais, à cet instant-là.

Tant bien que mal, je finis par obéir à Hae-Joo, qui

m'ordonnait d'avancer sur la nacelle et de traverser le bloque-bruit de la salle suivante. Les casques transportaient les cadavres dans une grande pièce voûtée à la lumière violette dont le volume représentait bien un quart de l'Arche de Papa Song. À notre entrée, le celsius chuta de manière brutale et le grondement des machines nous creva les tympans. En dessous de nous s'étirait une chaîne d'équarrissage jalonnée de silhouettes maniant des ciseaux, sabres-scies, et autres ustensiles servant à trancher, couper, broyer. Les ouvriers étaient barbouillés de sang des pieds à la tête. « Ouvriers » : des bouchers, en l'occurrence. Ils coupaient les colliers, lacéraient les vêtements, raclaient les follicules, pelaient la peau, tranchaient les mains et les jambes, découpaient la chair, évidaient les corps de leurs entrailles... les drains aspiraient le sang... Le bruit, vous imaginez bien, Archiviste, était assourdissant.

Mais... pourquoi - quel serait le but de ce... carnage ?

L'économie de la Corpocratie. L'industrie génomique réclame des quantités énormes de matière organique liquéfiée nécessaire aux matrices et surtout à la fabrication du Savon. Quel est le moyen le plus économique de fournir ces protéines ? En recyclant les factaires à la fin de leur vie de labeur. D'autre part, les résidus de ces « protéines consignées » servent à fabriquer les produits Papa Song ingérés par les consommateurs des dînariums de tout Nea So Copros. La chaîne alimentaire parfaite.

Ce que vous décrivez va au-delà de... l'entendement, Sonmi~451. Assassiner des factaires afin d'approvisionner les dînariums en nourriture et en Savon... non. L'accusation est ridicule ; non, démente ; non, blasphématoire ! En tant

qu'archiviste, je ne dis pas que vous n'avez pas vu ce que vous avez cru voir, mais en tant que consommateur de la Corpocratie, je me sens obligé de contester : ce dont vous avez été témoin est sans doute, non, est une... mascarade préparée par l'Union à votre intention. Jamais l'existence de ce... bateau-abattoir ne serait autorisée. Le Président Bien-Aimé ne le permettrait pas ! Le Juche ioniserait toute la sphère des cadresups de Papa Song dans le Phare ! Si les factaires n'avaient pas en rétribution de leur labeur droit aux communautés de retraite, notre pyramide tout entière ne serait qu'une... ignoble perfidie.

Les affaires sont les affaires.

Ce que vous avez décrit n'a rien à voir avec les affaires, il s'agit du mal... industrialisé !

Vous sous-estimez les capacités de l'humanité à donner vie au mal. Réfléchissez. Vous avez vu les 3D, mais avez-vous déjà personnellement visité un village de retraite de factaires ? J'interpréterai ce silence par la négative. Connaissez-vous quiconque ayant déjà visité ce genre de village ? Encore une fois, non. Où vont donc les factaires quand sonne l'heure de la retraite ? Et je ne parle pas simplement des serveuses, mais des centaines de milliers de factaires qui finissent leur vie de corvéables chaque année. Ils devraient de nos jours peupler des villes entières. Où sont-elles ?

Un crime de pareille ampleur ne prendrait jamais racine à Nea So Copros. Même les factaires ont des droits bien définis dont le Président se porte garant !

Les droits sont aussi sujets à la subversion que le granit à l'érosion. Ma cinquième *Déclaration* démontre comment, dans l'antique cycle du tribalisme, l'ignorance de l'autre engendre la peur, la peur engendre la haine, la haine engendre la violence, la violence engendre une plus grande violence, jusqu'à ce que les seuls « droits » ou la seule loi subsistants ne tiennent plus qu'au bon vouloir du dominant. Dans le cas de notre Corpocratie, il s'agit du Juche. L'extermination méthodique d'une sous-classe de factaires : voilà ce que souhaite le Juche.

Mais les 3D d'Exultation, et toutes ces choses ?... Vous les avez vous-même vues au Papa Song de la place Chongmyo. La voilà, votre preuve.

Exultation est un simulacre numérigénéré à Neo Edo. Exultation n'existe ni à Hawai, ni ailleurs. À ce propos, pendant les dernières semaines chez Papa Song, j'avais l'impression que les séquences d'Exultation se répétaient. La même Hwa-Soon courait le long du même chemin sablonneux menant au même bassin creusé dans la roche. Mes sœurs non-élevées ne le remarquaient pas ; de plus, je doutais de ma propre interprétation. Désormais, j'avais une explication.

Votre Témoignage demeurera tel quel, en dépit de mes protestations. Je... nous devons avancer... Combien de temps avez-vous assisté à ce massacre ?

Je ne saurais dire précisément. Peut-être dix minutes, peut-être une heure. Je me souviens que Hae-Joo me fit traverser le réfectoire, moi qui étais encore sous le choc. Des sang-purs jouaient aux cartes, mangeaient des nouilles, fumaient, travaillaient sur leurs sonys, plaisantaient, tous plongés dans leur quotidien. Comment pouvaient-ils savoir ce qui se passait dans le bas-ventre du navire et se contenter de... rester assis, indifférents ? Comme s'il ne s'agissait pas de factaires que l'on mettait en boîtes mais de sardines au vinaigre ! Pourquoi leur conscience ne hurlait- elle pas, de sorte que cesse cette ignominie ? Le gardien barbu m'adressa un clin d'œil et me lança : « Reviens-nous vite, poulette. »

Dans le métro qui nous ramenait à notre asile de nuit, les voyageurs qui oscillaient se transformaient en cadavres du monorail. Dans les escaliers, je les « voyais » monter vers la salle d'exécution. Hae-Joo n'alluma pas la solaire de la chambre ; il releva le store de quelques centimètres pour que les lumières de Pusan diluent les ténèbres, puis il se versa un verre de *soju*. Nous n'avions pas échangé un mot.

De toutes mes sœurs, j'étais la seule à avoir vu le véritable visage d'Exultation et à en avoir réchappé.

Il n'y eut dans nos ébats improvisés dans la nécessité ni joie, ni grâce : c'était par instinct de survie. Hae-Joo m'offrit sur son dos des étoiles de sueur que je récoltai avec la langue. Puis le jeune homme fuma une marlboro, nerveux, et observa ma tache de naissance d'un œil curieux. Il s'endormit sur mon bras, que sa tête écrasait. Je ne le réveillai pas : la douleur se changea en engourdissement ; l'engourdissement, en picotements ; je me dégageai alors de sa masse. J'étirai la couverture au-dessus de Hae-Joo : les sang-purs attrapent des rhumes par n'importe quel temps. La ville se préparait au couvre-feu. La lueur baveuse faiblissait à mesure que les promovisions et les éclairages s'éteignaient. La dernière serveuse de la dernière file était sans doute morte, à cette heure-ci. La chaîne de traitement serait propre et muette. Les équarrisseurs, s'il s'agissait de factaires, seraient retournés à leur dortoir ; et s'il s'agissait de sang-purs, ils seraient rentrés chez eux. L'Arche d'Or repartirait le lendemain vers un autre port, où le recyclage des factaires consignés reprendrait.

À 00h00, j'ingérai mon Savon et rejoignis Hae-Joo sous la couverture, que son corps avait chauffée.

N'en vouliez-vous pas à l'Union de vous avoir emmenée à l'Arche d'Or sans vous y avoir préparée de manière adéquate ?

Quels mots Apis ou Hae-Joo auraient-ils pu employer ?

Avec le matin apparut une brume humide. Hae-Joo se doucha, puis dévora un énorme bol de riz, des légumes vinaigrés, des œufs et une soupe aux algues. Je me lavai. À table, mon amant sang-pur s'assit en face de moi. Je parlai pour la première fois depuis notre retour de cette chaîne d'extraction protéinique. « Ce bateau doit être détruit. Chaque bateau d'équarrissage de Nea So Copros doit être coulé. »

Hae-Joo approuva.

« Les chantiers navals qui les construisent doivent être démolis. Les systèmes qui facilitent leur existence doivent être neutralisés. Les lois qui soutiennent ces infrastructures doivent être déchirées et réécrites. »

Hae-Joo approuva.

« Chaque consommateur, cadresup et Administrateur au Juche de Nea So Copros doit comprendre que les factaires *sont* des sang-purs, qu'ils grandissent dans des matrices industrielles ou humaines. Si la persuasion échoue, les factaires élevés devront lutter avec l'Union pour parvenir à cette fin, et tous les moyens seront bons. »

Hae-Joo approuva.

« Les factaires élevés ont besoin d'un Catéchisme qui définisse leur idéal, bride leur peur et canalise leur énergie. Je serai celle qui composera cette déclaration de droits. L'Union voudra – non – *saura*-t-elle veiller à la germination de ce Catéchisme ? »

Hae-Joo dit : « C'est ce que nous attendions. »

De nombreux experts venus témoigner à votre procès nièrent que ces Déclarations puissent être l'œuvre d'un factaire, élevé ou non, et soutinrent que l'Union ou un abolitionniste sang-pur lui avait servi de nègre.

Notez la façon qu'ont les « experts » d'écarter ce qu'ils ne parviennent pas à comprendre !

Moi, et moi seule, ai écrit ces *Déclarations*. Elles m'ont demandé trois semaines de travail dans les environs de Pusan, à Ūlsukdo Ceo, dans une villa de cadresup isolée surplombant l'estuaire du Nakdong. Durant la rédaction, j'ai consulté un juge, un génomicien, un syntaxiste et le général An-Kor Apis. Mais les Catéchismes Élevés de mes *Déclarations* – dont la logique et l'éthique ont été qualifiées de « pires horreurs jamais commises dans les annales du dévoiement » lors de mon procès – sont le fruit de *mon* esprit, qui s'est nourri des expériences relatées ce matin, Archiviste. Personne d'autre n'a vécu ma vie. Ces *Déclarations* ont germé à l'exécution de Yoona~939, ont été soignées par Boom-Sook et Fang, se sont renforcées grâce à la tutelle de Mephi et de l'Abbesse, pour enfin voir le jour dans le navire d'équarrissage de Papa Song.

Et votre arrestation est survenue rapidement après la finalisation de ce texte?

L'après-midi même. Dès lors que mon rôle était rempli, l'Unanimité n'avait plus aucune raison de me laisser vagabonder. La mise en scène de mon arrestation était destinée aux Médias. Je remis à Hae-Joo les *Déclarations*, que j'avais saisies sur le sony. Nous échangeâmes un dernier regard : quoi de plus éloquent que le silence. Je savais que nous ne nous reverrions plus, et peut-être le savait-il aussi.

À la limite de la propriété, une petite colonie de canards sauvages avait su résister à la pollution. Leur génome dévoyé leur offrait une résistance qui manquait à leurs ancêtres sang-purs. Je devais me sentir proche d'eux, je pense. Je leur donnai du pain, j'observai les araignées d'eau faire onduler la surface chromée de l'eau, puis je retournai dans la maison afin d'assister à ce spectacle de l'intérieur. L'Unanimité ne me fit guère attendre.

Six aéros rôdaient au-dessus de l'eau pendant qu'un autre atterrissait dans le jardin floral. Des disciplinaires en jaillirent ; ils armèrent leurs colts et serpentèrent sur le ventre jusqu'à ma fenêtre, signes de main et bravades en sus. J'avais gardé portes et fenêtres ouvertes pour leur arrivée, mais mes ravisseurs s'en tinrent au scénario initial : état de siège, tireurs d'élite, mégaphones, et démolition du mur à l'explosif.

Êtes-vous en train de dire que vous vous attendiez à cette intervention, Sonmi ?

Une fois mon manifeste achevé, l'étape suivante ne pouvait être que mon arrestation.

Comment cela, l'« étape suivante » ? De quoi parlez-vous ?

De la pièce écrite à l'époque où je n'étais qu'une serveuse chez Papa Song.

Attendez, attendez. Pensez à... tout ce qui s'est passé : vous prétendez que toute votre confession est composée d'événements scénarisés ?

Les événements majeurs, du moins. Certains comédiens ont participé malgré eux : Boom-Sook et l'Abbesse, par exemple, mais la plupart étaient de mèche. Hae-Joo Im et l'Administrateur Mephi, notamment. N'avez-vous pas décelé les failles de l'intrigue ?

Lesquelles ?

L'élévation de Wing~027 était aussi stable que la

mienne : étais-je à ce point unique ? Vous l'avez suggéré vous-même, l'Union prendrait-elle le risque d'exposer son arme secrète aux dangers d'une cavale à travers la Corée ? Le meurtre de la façonneuse Zizzi Hikaru commis par le Prophète Kwon sur le pont suspendu ne soulignait-il pas un peu trop la brutalité des sang-purs ? Ce drame ne tombait-il pas à point ?

Et Xi-Li, le jeune sang-pur tué la nuit où vous avez fui le Mont Taemosan ? Son sang n'était pas... du ketchup !

Non, en effet. Ce pauvre idéaliste était un figurant superflu dans le disney de l'Unanimité.

Mais l'Union ? Vous n'allez pas me dire que l'Union a été inventée pour ce scénario ?

Non. L'Union me préexiste, mais sa *raison d'être** n'est pas de fomenter quelque révolution. Premièrement, elle a pour rôle d'attirer les mécontents de la société tels que Xi-Li, ce qui permet à l'Unanimité de les surveiller. Deuxièmement, elle fournit à Nea So Copros l'ennemi nécessaire à tout régime hiérarchique souhaitant conserver une cohésion sociale.

Je ne comprends toujours pas pourquoi l'Unanimité se serait donné tout ce mal pour mettre en scène ces fausses... aventures.

Pour réaliser le procès-spectacle de la décennie. Pour que chaque sang-pur de Nea So Copros se méfie du moindre factaire. Pour que l'infériosphère approuve la nouvelle loi sur l'expiration des factaires. Pour discréditer l'Abolitionnisme. Comme vous le constatez, cette conspiration a été couronnée d'un retentissant succès.

Mais si vous aviez idée de cette... conspiration, pourquoi en avoir joué le jeu ? Pourquoi avoir été si proche de Hae-Joo Im ?

Pourquoi les martyrs collaborent-ils avec leurs judas ?

J'aimerais le savoir.

Pour nous, le jeu se poursuit au-delà de la partie. Je vous renvoie à mes *Déclarations*, Archiviste. Les Médias ont inondé Nea So Copros de mes Catéchismes. Tous les écoliers de la Corpocratie connaissent mes douze « blasphèmes ». Mes gardiens parlent même d'une rumeur de « journée de vigilance » nationale contre les factaires montrant des signes de ce que l'on trouve dans mes *Déclarations*. Mes idées ont été reproduites à des millions d'exemplaires.

Mais dans quel but ? Une future... révolution ? Cela ne marchera jamais.

Ainsi Sénèque mettait en garde Néron : « Peu importe combien des nôtres tu tueras, jamais tu ne tueras ton successeur. » Bien, mon récit est terminé. Éteignez votre oraison d'argent. Dans deux heures, des disciplinaires m'emmèneront au Phare. Voici ma dernière volonté.

... Je vous écoute.

Votre sony et vos codes d'accès.

Que souhaitez-vous télécharger ?

Un certain disney que j'avais commencé à regarder une nuit jadis, dans une autre époque.

L'ÉPOUVANTABLE CALVAIRE
DE TIMOTHY CAVENDISH

« Monsieur Cavendish ? On se réveille ? » Flou au départ, un serpent de réglisse se tortille sur un champ de crème. Le chiffre cinq. Le cinq novembre. Pourquoi ce bon vieux Popaul me fait-il tant souffrir ? Est-ce une blague ? Un tube me remonte dans la bistouquette ! Je lutte et tente de me libérer, mais non, mes muscles ignorent mes injonctions. Tout là-haut, un flacon remplit un tube. Le tube remplit une aiguille dans mon bras. L'aiguille me remplit. Une femme au visage sévère, encadré par une coupe au bol. « Tst *tst*. Heureusement que vous étiez chez nous quand vous avez défailli, monsieur Cavendish. Vous avez eu beaucoup de chance. Imaginez que nous vous ayons laissé errer dans la lande, on vous aurait retrouvé mort dans un fossé ! »

Cavendish, un nom familier, Cavendish, qui est donc ce « Cavendish » ? Où suis-je ? J'essaie de le lui demander mais je ne parviens qu'à couiner, tel Pierre Lapin catapulté au-dessus du clocher de la cathédrale de Salisbury. Les ténèbres m'engouffrent. Merci, Seigneur.

Le chiffre six. Le six novembre. Je me suis déjà éveillé ici. Le dessin d'une chaumière. Texte en cornouaillais ou langue druidique. On m'a retiré le tuyau de la quéquette. Quelque chose pue. Quelle est cette odeur ? Mes talons sont levés et on m'essuie vivement le cul à l'aide d'un linge froid et humide. Excréments, fèces ; il répugne, il colle, il salit… le caca. Me serais-je assis sur un tube de cette substance ? Oh. Non. Comment est-ce arrivé ? J'essaie de repousser les assauts du linge, mais c'est à peine si mon corps frémit. Un automate renfrogné me regarde dans les yeux. Une amante éconduite ? J'ai peur qu'elle m'embrasse. Elle souffre d'une carence en vitamines. Elle devrait manger davantage de fruits et légumes, elle a mauvaise haleine. Au moins, elle contrôle ses fonctions motrices. Au moins, elle sait se servir des toilettes. Sommeil, sommeil, ô sommeil, viens me délivrer.

Parle, ma mémoire. Non, pas un mot. Mon cou se meut. Alléluia ! Timothy Langland Cavendish a retrouvé l'usage de son cou, et son nom est revenu au bercail ! Sept novembre. Je me souviens de la veille et conçois un lendemain. Le temps, ni flèche, ni boomerang : un concertina. Des escarres. Depuis combien de jours suis-je allongé ici ? Quel est l'âge de Tim Cavendish ? Cinquante ? Soixante-dix ? Cent ans ? Comment peut-on oublier son âge ?

« Monsieur Cavendish ? » Un visage s'élève devant la surface trouble.

« Ursula ? »

Cette femme me dévisage. « Ursula était-elle votre épouse, monsieur Cavendish ? » Ne lui fais pas confiance. « Moi, je suis Mme Judd. Vous avez eu une attaque, monsieur Cavendish. Vous comprenez ? Une toute petite petite attaque. »

Quand est-ce arrivé ? tentai-je de dire. Ce qui donna : « Kanssè 'rrivé. »

Elle, d'une voix de miel : « Voilà pourquoi dans votre esprit, tout est tourneboulé. Mais ne vous inquiétez pas, le Dr Alahaus dit que vous effectuez de superbes progrès. Pas de vilain hôpital pour vous ! » Une attaque ? Contre-attaque ? Qui m'a attaqué ? On a attaqué Margo Roker. Margo Roker ?

Qui diable sont tous ces gens ? *Mémoire, vieille saligaude.*

Ce trio de vignettes était destiné aux heureux lecteurs dont la psyché n'a jamais été transformée en un tas de gravats par une rupture de leurs capillaires cérébraux. Raccommoder le bout du nez de Timothy Cavendish réclama un effort équivalent à la révision d'un manuscrit de Tolstoï, fussé-je celui qui condensa jadis les neuf volumes de l'*Histoire de l'hygiène buccale sur l'île de Wight* en quelque sept cents pages. Tantôt les souvenirs ne trouvaient pas leur place dans le puzzle, tantôt les pièces se délogeaient. Passeraient les mois, comment saurais-je si un pan de moi-même demeurait perdu ?

Mon attaque s'était certes révélée relativement modérée, mais les mois qui suivirent furent les plus mortifiants de mon existence. Je parlais comme un handicapé. Mes bras étaient morts. Je me trouvais dans l'incapacité de m'essuyer seul. Mon esprit en errance dans le brouillard avait néanmoins conscience de la stupeur sienne, et il en éprouvait de la honte. Je n'osais pas me résigner à demander au docteur, à la gouvernante Noakes ou à Mme Judd : « Qui êtes-vous ? » « Nous sommes-nous déjà rencontrés ? » « Où irais-je quand je partirai d'ici ? » Je réclamais Mme Latham.

Mais *basta !* Ne tenez pas pour battu un Cavendish abattu. Quand *L'Épouvantable Calvaire de Timothy Cavendish* sera adapté à l'écran, je te conseille – ô réalisateur adoré que j'imagine suédois, passionné, au cou de tortue et qu'on prénommerait Lars – de restituer ce mois de novembre par le truchement d'une séquence de type boxeur-s'entraînant-pour-le-grand-combat. Cavendish le dur à cuire se soumet aux piqûres sans broncher. Cavendish, curieux, redécouvre le langage. Cavendish le sauvage réapprivoisé par le Dr Alahaus et la gouvernante Noakes. John Wayne Cavendish utilise un déambulateur. (Depuis, je suis passé à une canne dont je continue à me servir. Veronica dit que cela me confère un air à la Lloyd George.) Cavendish le sourire illuminé de Carl Sagan[1] aux lèvres, emprisonné dans une aigrette de pissenlit. Tant que son amnésie l'anesthésiait, vous aviez le droit de penser que Cavendish était heureux ainsi.

À ce moment-là, cher Lars, plaque un accord sinistre.

Le journal de six heures du premier décembre (l'on y diffusait un marronnier sur les calendriers de l'avent) venait à peine de commencer. J'avais fini de manger tout seul ma banane écrasée au lait en poudre sans en avoir renversé une goutte sur mon bavoir. La gouvernante Noakes traversa le couloir, et mes compagnons de détention se turent, petits oiseaux dans l'ombre du faucon.

Soudain, la ceinture de chasteté qui bridait ma mémoire se déverrouilla et tomba.

J'eusse alors préféré qu'elle restât en place. Mes « amis » de la Maison de l'Aurore étaient des goujats séniles qui trichaient au Scrabble avec une ineptie épatante, et s'ils manifestaient tant d'intérêt à mon égard, c'était parce qu'au royaume des moribonds, le plus affaibli représente la ligne Maginot les séparant d'un invincible

---

1. Carl Sagan, célèbre astrophysicien mort en 1996, avait dans les années quatre-vingt produit et présenté une série de vulgarisation scientifique intitulée *Cosmos*, qui connut un grand succès. (*N.d.T.*)

Führer. La détention orchestrée depuis plus d'un mois par ce vindicatif et mien frère paraissait si naturelle que nulle chasse à l'homme d'ampleur nationale n'avait été lancée. Il me faudrait donc pourvoir moi-même à mon évasion, mais comment distancer Withers, le jardinier mutant, quand un sprint de cinquante mètres demandait un quart d'heure ? Comment se montrer plus rusé que la Gouvernante du Lagon Noir, quand on ignore jusqu'à son code postal ?

Oh, l'horreur, l'horreur. La banane écrasée m'obstruait la gorge.

Mes sens ayant retrouvé une fière allure, j'observais les rituels que suivent les hommes, la nature et les animaux en décembre. La mare se gela durant la première semaine, et les canards glissaient sur la surface, dépités. La Maison de l'Aurore, glaciale au matin, était une véritable fournaise le soir venu. L'aide-soignante asexuée, Deirdre, accrocha des guirlandes aux appliques et manqua de s'électrocuter – il fallait s'y attendre. Un arbre en plastique fit son apparition dans un seau enveloppé de papier crépon. Gwendolin Bendincks organisa un atelier ribambelle, activité à laquelle les morts vivants participèrent en masse ; aucune des parties n'en voyait l'ironie. Hurlant à qui mieux mieux, vociférant, les morts vivants voulaient tous ouvrir la case du calendrier de l'avent, un privilège que Bendincks accordait telle la reine remettant l'argent collecté pour les œuvres de charité : « Regardez, tout le monde, Mme Birkin a trouvé un bonhomme de neige tout joufflu, n'est-ce pas fabuleux ? » Dans le rôle de chien de berger de Noakes, Bendincks et Warlock-Williams avaient trouvé refuge. Je songeais à *Les Naufragés et les Rescapés* de Primo Levi.

Le Dr Alahaus était un de ces monstres d'arrogance primés aux oscars que l'on croise dans les administrations scolaires, judiciaires, ou hospitalières. Il passait à la Maison de l'Aurore deux fois par semaine, et si, à l'âge d'environ cinquante-cinq ans, sa carrière n'avait pas atteint les sommets promis par son patronyme, la faute nous incombait à nous autres *malades*, méprisables embûches sur le chemin des émissaires de la guérison. J'avais renoncé à le rallier à ma cause à l'instant même où mon regard s'était posé sur lui. Les torche-culs, frotte-baignoires et réchauffe-bouillasse à temps partiel n'étaient pas davantage pressés de mettre en péril leur éminente place dans la société en aidant à s'échapper ceux dont ils avaient la garde.

Ma foi, j'étais bel et bien coincé à la Maison de l'Aurore, cette horloge sans aiguilles. « Liberté ! » Tel est le jingle inepte de notre civilisation, où seuls ceux qui manquent de cette denrée savent de quoi il retourne.

Quelques jours avant l'anniversaire de Notre Sauveur, un minibus déversa sa cargaison de marmots soustraits à quelque école privée venus entonner des chants de Noël. Les morts vivants qui les accompagnaient se trompaient de couplets et poussaient des chevrotements macabres ; le raffut, qui n'était pas même risible, me poussa dehors. Claudiquant autour de la Maison de l'Aurore, je recherchais ma vigueur perdue, moi qui devais aller aux toilettes toutes les demi-heures (nous connaissons tous les organes de Vénus, mais apprenez, chers frères, que l'organe de Saturne est la vessie). Tapis dans l'ombre, les doutes ne me lâchaient pas d'une semelle. Pourquoi Denholme versait-il ses derniers deniers à mes ravisseurs dans le seul but de m'infantiliser ? Georgette, que la sénilité rendait incontinente, avait-elle parlé à mon frère de cette brève déviation survenue il y avait si longtemps sur la nationale de la fidélité ? Ce piège marquait-il la revanche du cocu ?

Mère disait que l'évasion nous attend au premier livre venu. Eh bien non, désolé de te contredire, Maman. Tes chères sagas familiales imprimées en gros caractères, avec leur lot de pauvres, de riches et de cœurs brisés, n'offraient-elles pas un piètre camouflage face aux misères que te renvoyait le lance-balles automatique de la vie ? Cependant, oui, Maman, une fois de plus, tu as raison : si les livres n'offrent pas de réelle évasion, ils évitent toutefois au cerveau de se gratter jusqu'au sang. Hormis la lecture, il n'y avait que couic pour m'occuper à la Maison de l'Aurore. Le lendemain de ma guérison miraculeuse, je ressortis *Demi-vies* et, grands dieux, je commençais à me demander si Hilary V. Hush n'avait pas somme toute écrit un polar publiable. J'eus la vision de *La Première Enquête de Luisa Rey* en exemplaires noir et bronze disposés devant les caisses des supermarchés Tesco ; viendrait ensuite une *Deuxième Enquête*, puis une *Troisième*. La reine Gwen(dolin Bendincks) troqua un crayon 2B bien taillé contre une flatterie épointée (les missionnaires deviennent malléables dès lors qu'on leur fait miroiter une possible conversion), et je me lançai dans une révision exhaustive du manuscrit. Une ou deux choses devront sauter : le sous-entendu que Luisa Rey est la réincarnation de ce Robert Frobisher, par exemple. Sornettes new age de hippies enschnouffés (j'ai moi aussi une tache de naissance, sous mon aisselle, mais aucune de mes amantes ne l'avait jamais comparée à une comète. Georgette l'appelait « la crotte de Timbo »). Néanmoins, tout bien pesé, je conclus que cette histoire de jeune-journaliste-luttant-seule-contre-les-magouilles-d'une-grande-entreprise avait du potentiel. (Le fantôme de Felix Finch geignait : « Mais cela a été fait des centaines de fois ! » – comme si on ne s'était jamais répété entre l'époque d'Aristophane et celle de ce cuistre d'Andrew Lloyd-Webber ! Comme si l'art était la question du quoi, et non celle du comment !)

Ce travail de révision sur *Demi-vies* se heurta à un obstacle naturel quand la voiture de Luisa Rey plongea d'un pont et que ce fieffé manuscrit arriva à la dernière page. Je m'arrachai les cheveux, me frappai le poitrail. La deuxième partie existait-elle ? Reposait-elle chez Hilary V. à Manhattan, dans une boîte à chaussures ? Dormait-elle toujours dans l'utérus créatif de son auteur ? Pour la vingtième fois, je fouillais les compartiments secrets de ma mallette afin de retrouver la lettre de présentation, que j'avais laissée dans mon bureau de Haymarket.

Le reste de la sélection littéraire était maigre. D'après Warlock-Williams, la Maison de l'Aurore se targuait autrefois d'une petite bibliothèque aujourd'hui à l'abandon. (« Ce que j'en dis, c'est que la téloche, c'est tellement plus *vrai* pour les gens ordinaires. ») Bigre, je dus m'équiper d'un casque de mineur et d'un piolet pour aller repérer la bibliothèque. Elle était localisée au fond d'un cul-de-sac entravé par les plaques d'un monument aux morts sur lesquelles on lisait : « Nous n'oublierons jamais. » La poussière formait un voile épais, net et uniforme. Une étagère de rééditions de *This England*, magazine où fleurissent photographies, illustrations et poèmes léchés, une douzaine de westerns signés Zane Grey (en gros caractères), un livre de cuisine intitulé *Sans viande, merci !* Il me restait donc *À l'ouest, rien de nouveau* (transformé jadis en flip-book par un écolier inventif qui avait dessiné un bonhomme se masturbant à l'aide de son nez – que sont-ils devenus ?) et *Les Jaguars des cieux*, ou les incroyables histoires de simples pilotes d'hélicoptère racontées par « le maître américain du suspense militaire » (en réalité l'œuvre d'un nègre de son « centre de commande » – je ne citerai aucun nom par peur de poursuites judiciaires) ; quant au reste, mieux vaut ne pas en parler.

Je repartis avec la totalité. De pelures de pommes de terre, un homme affamé se délecte.

Entrez Ernie Blacksmith et Veronica Costello, l'heure a sonné. Ernie et moi n'avons certes pas toujours su nous entendre, mais sans l'assistance de ces deux compagnons de mutinerie, cette fieffée gouvernante Noakes continuerait aujourd'hui à me gaver de médicaments. Un sombre après-midi, tandis que les morts vivants répétaient le numéro du grand sommeil, que le personnel assistait à une réunion, et que le seul bruit venant perturber la torpeur régnant à la Maison de l'Aurore était celui d'un match de catch de la WWF opposant le petit gros Fauntleroy à l'Atomiseur, je relevai – chose inhabituelle – qu'une personne peu soigneuse avait laissé la porte principale entrouverte. Je me glissai à l'extérieur en vue d'effectuer une mission de reconnaissance, prompt à prétexter un vertige et un besoin d'air frais. Le froid me roussit les lèvres, je frissonnai ! La convalescence m'avait dévêtu de ma graisse sous-cutanée ; ma carrure quasi falstaffienne avait été ramenée à celle d'un Don Quichotte. Je m'aventurai à l'extérieur pour la première fois depuis le jour de mon attaque, survenue six ou sept semaines plus tôt. Contournant la cour intérieure, je découvris les ruines d'un vieux bâtiment, puis je traversai péniblement un massif d'arbustes à l'abandon afin de gagner le mur de brique circonscrivant la propriété, histoire de dénicher d'éventuels trous ou brèches. Un béret vert aurait pu l'escalader au moyen d'une corde de nylon ; pour la victime d'une attaque qui s'aidait d'une canne, la tâche s'annonçait plus difficile. Le vent poussait sur mon chemin des traînées de feuilles érodées couleur papier kraft. J'arrivai devant un magnifique portail de fer dont un gadget électronico-pneumatico-tape-à-l'œil contrôlait l'ouverture et la fermeture. Bigre, il y avait même une caméra de surveillance et un interphone! J'imaginais la gouvernante Noakes se vanter devant les enfants (j'ai failli écrire «parents») de possibles pensionnaires que, grâce à ce dispositif de surveillance dernier cri, ces derniers dormiraient en toute sécurité, signifiant par là: «Réglez-nous en temps et en heure, et vous n'entendrez plus parler d'eux.» Le tableau ne présageait rien de bon: la ville de Hull, qui s'étendait vers le sud, se situait pour un vigoureux jeune homme à une demi-journée de marche le long d'une route jalonnée de poteaux télégraphiques. Seuls des vacanciers égarés passeraient devant le portail de l'institution. Au retour, sur le chemin, j'entendis des crissements de pneus et un furieux coup de klaxon en provenance d'une Range Rover rouge comme Jupiter. Je fis un pas de côté. Le conducteur était un type à la carrure bovine revêtant ce genre d'anorak argenté qu'affectionnent les collecteurs de fonds planétaires. Tel un as du pilotage tout droit sorti de *Jaguars des cieux*, la Range Rover stoppa dans une gerbe de graviers devant le perron, que le conducteur gravit avec arrogance. Revenant à l'entrée principale, je dépassais la chaufferie lorsque la tête d'Ernie Blacksmith en dépassa. «Un petit verre de gnole, monsieur Cavendish?»

Inutile de me le demander deux fois. La chaufferie sentait l'engrais, mais la chaudière à charbon réchauffait la pièce. Sur un sac de charbon, babillant de satisfaction, juchait un dénommé Meeks, pensionnaire de longue date et véritable mascotte de l'institution. Ernie Blacksmith était ce genre de personne tranquille qu'on remarque au second coup d'œil. Cet Écossais à qui rien n'échappait ne se séparait jamais de Veronica Costello, qui, selon la légende, avait tenu la plus prestigieuse chapellerie jamais ouverte à Édimbourg. Leurs manières étaient celles de deux pensionnaires d'un hôtel miteux dans un roman de Tchekhov. Ernie et Veronica respectaient ma volonté de demeurer un pauvre bougre, et je respectais cela. Ernie tira une bouteille de whisky irlandais d'un seau à charbon. « Vous êtes à moitié dingue si vous comptez vous échapper sans hélicoptère. »

Nulle raison de vendre la mèche. « Moi ? »

Ma tentative de bluff se brisa contre le roc d'Ernie. « Asseyez-vous », dit-il, d'un air à la fois sévère et entendu.

Je m'exécutai. « Il fait bon ici.

– J'ai eu un diplôme de chauffagiste, il y a longtemps. J'entretiens gratuitement la tuyauterie, alors la direction ferme les yeux sur une ou deux petites libertés que je m'octroie. » Ernie versa deux généreuses doses dans des gobelets en plastique. « Cul sec. »

La pluie sur le Serengeti ! Les cactées fleurissaient, les guépards bondissaient ! « Où l'avez-vous obtenue ?

– Le marchand de charbon n'est pas un type déraisonnable. Plus sérieusement, faites attention. Withers va tous les jours à quatre heures moins le quart au portail, après la deuxième tournée du facteur. 'faudrait pas qu'il vous surprenne à préparer une évasion.

– Vous m'avez l'air bien informé.

– J'ai été serrurier aussi, après l'armée. Quand on bosse dans la sécurité, on finit par avoir des accointances dans la petite criminalité. Les gardes-chasse, les braconniers, tout ça. Remarquez, je n'ai jamais rien fait d'illégal, je suis blanc comme neige. Mais j'ai appris que trois quarts des cavales foirent parce que toute la matière grise » – il se tapotait la tempe – « a été consacrée à la belle. Les amateurs causent stratégie ; les professionnels, eux, discutent logistique. Cette fantaisie de cadenas électronique sur le portail par exemple, je pourrais vous le démonter les yeux fermés si je voulais, mais avez-vous pensé à un véhicule derrière le mur ? À l'argent ? Aux planques ? Vous voyez bien, sans logistique, où va-t-on ? Droit dans le mur, je vous le dis, moi, et cinq minutes plus tard, c'est Withers qui vous ramasse à l'arrière de sa camionnette. »

M. Meeks plissa son visage de gnome et déterra les deux seuls mots cohérents qui lui restaient : « Je *sais* ! Je *sais* ! »

Sans me laisser le loisir de discerner si Ernie Blacksmith m'avertissait ou sondait mon cœur, Veronica entra dans la pièce par la porte intérieure, coiffée d'un chapeau écarlate à faire fondre une glace. Je me retins tout juste de m'incliner. « Bonjour, madame Costello.

– Monsieur Cavendish, quelle bonne surprise. Vous baguenaudez par ce froid intense ?

– Mission de reconnaissance, répondit Ernie. Ordre du comité d'évasion dont il est le seul membre.

– Oh, une fois votre passage initiatique dans le monde de la vieillesse effectué, la société ne veut plus de vous. » Veronica s'assit sur une chaise en rotin et réajusta d'un rien son chapeau. « De par notre simple existence, nous autres – j'entends : quiconque ayant dépassé la soixantaine – commettons deux infractions. La première est le manque de vitesse. Nous conduisons, marchons, parlons trop lentement. L'humanité traite avec les dictateurs, les pervers et les barons de la drogue, mais ralentir son allure ? C'est inacceptable ! La seconde tient au fait que nous incarnons le *memento mori* de tout un chacun. Tant que nous restons invisibles, le monde continue à trouver la paix dans un refus naïf de la mort.

– Les parents de Veronica ont purgé perpète dans le quartier réservé à l'intelligentsia », intervint Ernie, non sans une pointe de fierté.

Elle sourit avec tendresse. « Il suffit de regarder les gens qui viennent aux heures de visite ! Il leur faudrait un traitement de choc. Sinon, pourquoi nous rabâcheraient-ils que rester jeune est une question de mentalité, ce genre de sornette ? Non vraiment, qui espèrent-ils duper, sinon eux-mêmes ? »

Ernie conclut : « Nous autres vieillards sommes les pestiférés d'aujourd'hui. Voilà la vérité. »

Je contestai : « Je ne suis pas un paria ! J'ai ma propre maison d'édition, et je dois retourner au travail ; je ne vous demande pas de me croire, mais il n'empêche qu'on me retient ici contre ma volonté. »

Ernie et Veronica échangèrent un regard dans leur langue secrète.

« Vous *êtes* éditeur ? Ou vous l'*étiez*, monsieur Cavendish ?

– Je suis éditeur. Mon bureau est sis à Haymarket.

– Alors expliquez-moi, demanda Ernie à juste titre, ce que vous fichez ici. »

En effet, bonne question. Je leur livrai mon improbable récit en date. En adultes sains d'esprit, Ernie et Veronica y prêtèrent attention. M. Meeks piqua du nez. J'avais franchi l'épisode de l'attaque lorsqu'à l'extérieur, un hurlement m'interrompit. Je pensai d'abord qu'un mort vivant piquait sa crise de nerfs, puis je vis dans l'embrasure le conducteur de la Range Rover rouge crier dans son téléphone portable. « À quoi ça sert ? » La frustration lui déformait le visage. « Elle est sur son nuage ! Elle croit qu'on est en 1966 !... Mais non, elle ne fait pas semblant. Tu pisserais dans ta culotte pour déconner, toi ?... Non. Elle me prenait pour son premier mari. Elle prétendait ne pas avoir de fils... Alors, si tu me dis que c'est œdipien... Si, si je le lui ai encore décrit. Trois fois... Mais oui, en détail. Tu n'as qu'à venir toi-même si tu penses mieux t'en tirer... Oh, elle non plus, elle ne s'est jamais souciée de moi. N'oublie pas d'emporter du parfum... Non, pour *toi*. Elle fouette... De quelle autre odeur tu crois qu'il s'agisse?... Bien sûr qu'ils s'en occupent, mais ça doit être dur pour eux de tenir le rythme, le problème, c'est qu'elle... fuit en permanence. » Il mit le pied à l'étrier de sa Range Rover et partit en trombe sur le chemin. L'idée de me lancer à sa poursuite et de plonger entre les battants du portail me traversa l'esprit, mais je me souvins de mon âge. Quand bien même, la caméra de surveillance me filmerait, et Withers me rattraperait sans me laisser le temps d'arrêter une voiture.

« C'est le fils de Mme Hotchkiss, dit Veronica. Une femme si douce, mais son fils, ouh là, non. On n'acquiert pas la moitié des fast-foods de Leeds et Sheffield par la gentillesse. Pas dans une famille où on n'a jamais eu le sou. »

Un Denholme miniature. « Au moins, il lui rend visite.

– Et pour cause. » Une lueur attirante et malicieuse illuminait le regard de la vieille dame. « Quand Mme Hotchkiss a compris que son fils comptait l'expédier à la Maison de l'Aurore, elle a entassé tous les bijoux de famille dans une boîte à chaussures et l'a enterrée. Aujourd'hui, elle ne sait plus où, à moins qu'elle s'en souvienne et préfère se taire. »

Ernie partagea les dernières gouttes de whisky. « Ce que je ne pige pas chez ce gars, c'est sa manie de laisser les clés sur le contact. Ça ne rate jamais. Vous croyez qu'il ferait ça, dans le monde réel? Tout rouillés que nous sommes, il n'a pas besoin de se méfier quand il vient ici. »

Je jugeai superflu d'interroger Ernie sur le sens de cette remarque. De sa vie, il n'avait jamais prononcé un vain mot.

Je me rendais quotidiennement à la chaufferie. La provision de whisky était inconstante, contrairement à la compagnie. M. Meeks tenait le rôle du labrador noir au sein d'un vieux couple, quand les enfants ont quitté le foyer depuis longtemps. Si Ernie savait décocher des remarques ironiques à propos de sa vie ou du folklore régnant à la Maison de l'Aurore, son épouse de facto pouvait discuter de nombreux sujets. Veronica entretenait une vaste collection de photographies dédicacées de starlettes. Elle avait assez de culture pour apprécier mes belles-lettres, mais point assez pour en connaître les sources. J'aime quand les femmes sont ainsi. Je pouvais par exemple déclamer : « La plus singulière différence entre le bonheur et la joie ? Le bonheur est un solide et la joie, un liquide », et, protégé par son ignorance de J. D. Salinger, je me trouvais plein d'esprit, charmant, voire jeune. Dans ces moments d'esbroufe, je sentais peser sur moi le regard d'Ernie ; que m'importait ? Un homme a bien le droit de flirter.

Veronica et Ernie s'étaient accrochés à la vie. Ils me mirent en garde contre les dangers de la Maison de l'Aurore, dont les odeurs d'urine et de Javel, le pas traînant des morts vivants, la méchanceté de Noakes et la nourriture redéfinissent le concept de l'ordinaire. Selon Veronica, dès lors qu'on se résigne à subir quelque joug au quotidien, notre défaite est certaine.

C'est grâce à elle si j'ai repris du poil de la bête. Je me coupai les poils du nez et empruntai du cirage à Ernie. « Cire tes chaussures tous les soirs, disait mon vieux, et tu ne vaudras pas moins qu'un autre. » Rétrospectivement,

je comprends pourquoi Ernie tolérait mon cabotinage :
il savait que Veronica se contentait de m'amadouer.
Ernie n'avait pas lu la moindre œuvre de fiction de sa
vie – « Moi, ç'a toujours été la radio » – mais quand je le
voyais tendrement ramener à la vie le système de chauffage
victorien, je me trouvais futile. C'est indéniable : à trop
lire de romans, on devient aveugle.

En solitaire, je concoctai ma première tentative d'évasion
– dénomination quasi abusive quand on en connaît la
simplicité. Il fallait de la détermination et un minimum
de courage, mais point de cervelle. Appel téléphonique
nocturne du bureau de la gouvernante Noakes et dépôt
d'un message sur le répondeur des Éditions Cavendish.
SOS adressé à Mme Latham, dont le neveu rugbyman
possède une puissante Ford Capri. Ils arrivent à la Maison
de l'Aurore ; après maintes menaces et remontrances, je
grimpe dans le véhicule ; le neveu démarre. Fin. La nuit du
quinze décembre (je crois), je me levai au petit jour, mis
ma robe de chambre et me glissai dans le couloir sombre
(ma porte n'était plus verrouillée depuis que je faisais le
mort). Hormis les ronflements et les craquements de la
plomberie, pas un bruit. Je songeais à Luisa Rey fouinant
à Swannekke B. (N'ai-je pas de la suite dans les idées ?)
Quoiqu'il n'y eût personne à la réception, je rampai sous
le niveau du comptoir à la manière d'un commando, puis
me redressai avec peine – pas un mince exploit. Le bureau
de Noakes était éteint. Je tentai d'actionner la poignée
de porte, qui – ô joie – tourna. J'entrai. La lumière qui
pénétrait par l'embrasure suffisait. Je saisis le combiné
et composai le numéro des Éditions Cavendish. Je ne
parvenais pas à joindre mon répondeur.

« Le numéro que vous avez demandé n'est pas attribué.
Veuillez raccrocher, vérifier le numéro, et rappeler. »

Consternation. Je me figurai le pire : les Hoggins avaient si bien incendié le bureau que les lignes téléphoniques avaient fondu. J'essayai encore une fois, en vain. Le seul autre numéro de téléphone que je pouvais me rappeler après mon attaque venait en ultime recours. Après cinq ou six insoutenables sonneries, Georgette, ma belle-sœur, répondit par un miaulement boudeur que je lui connaissais si bien, oh Seigneur, oui. « Il est plus que tard, Aston.

– Georgette, c'est moi, Timbo. Passe-moi Denny, veux-tu ?

– Aston ? Mais qu'est-ce qui te prend ?

– Ce n'est pas Aston, Georgette ! C'est Timbo !

– Eh bien repasse-moi Aston !

– Je ne connais pas d'Aston ! Écoute, il faut absolument que je parle à Denny.

– Denny n'est pas disponible pour le moment. »

Georgette n'a certes jamais eu les pieds sur terre, mais à l'entendre, elle avait définitivement quitté le plancher des vaches. « Tu es soûle ?

– Seulement dans les bars sympathiques dotés d'une bonne cave. Je ne supporte pas les pubs.

– Non, écoute-moi, c'est Timbo, ton beau-frère ! Je dois parler à Denholme.

– Tu as la voix de Timbo. Timbo ? C'est toi ?

– Oui, Georgette, c'est moi et si c'est une...

– Plutôt surprenant de ta part de ne pas avoir assisté à l'enterrement de ton frère. Voilà ce qu'a pensé toute la famille. »

Le sol tournoya. « *Quoi ?*

– Nous étions au courant de vos prises de bec, *mais tout de même...* »

Je tombai. « Georgette, tu viens de dire que Denny est mort. Tu mesures tes paroles ?

– Mais oui, enfin ! Tu t'imagines que je suis timbrée, nom d'un chien ?

– Répète-le-moi. » Je perdis ma voix. « Denny... est... mort ?

– Tu crois que j'inventerais une chose pareille ? »

Le fauteuil de la gouvernante Noakes grinça de perfidie et de tourments. « Comment est-ce arrivé, Georgette, comment ?

– Mais qui êtes-vous ? Vous avez vu l'heure ? Qui est-ce, enfin ? Aston, c'est toi ? »

J'avais une boule dans la gorge. « C'est Timbo.

– Tiens donc. Où diable t'étais-tu caché ?

– Attends, Georgette. Comment Denny est-il » – prononcer le mot le rendait plus vif – « décédé ?

– Il nourrissait ses inestimables carpes. J'étalais du pâté de caneton sur des crackers en guise de dîner. Quand je suis allée chercher Denny, il flottait dans la mare, sur le ventre. Sans doute est-il resté ainsi toute la journée, je ne suis pas sa nounou, que diable. Dixie lui avait pourtant dit de réduire le sel, avec les attaques qui courent dans sa famille. Bon, tu veux bien cesser de monopoliser la ligne et me passer Aston ?

– Non, attends : qui est avec toi en ce moment ?

– Denny, c'est tout.

– Mais Denny est mort !

– Je le sais ! Il flotte dans la mare depuis... des semaines, à présent. Comment veux-tu que je l'en tire ? Écoute, Timbo, sois mignon, passe chez Fortnum & Mason's et rapporte-moi un panier garni, un petit quelque chose. J'ai terminé tous les crackers, et les grives ont fini leurs miettes ; je n'ai guère autre chose à manger que de la nourriture pour poissons et de la sauce Cumberland. Aston ne m'a pas rappelée depuis qu'il a emprunté la collection d'art de Denny pour la montrer à ses amis commissaires-priseurs, cela fait bien... plusieurs jours, oh oui, je dirais même plusieurs semaines. La compagnie de gaz a coupé le compteur et... »

La lumière me piquait les yeux.

La silhouette de Withers remplissait l'embrasure de la porte. « Encore toi. »

Je perdis la boule. « Mon frère est mort ! Mort, vous entendez ? Raide mort ! Ma belle-sœur est cinglée, elle est désemparée ! C'est une urgence familiale ! Si votre fieffée carcasse recèle un tant soit peu de charité chrétienne, aidez-moi à mettre un terme à cet horrible cauchemar ! »

Mais Withers ne vit qu'un détenu hystérique s'amusant à passer des appels anonymes en pleine nuit, cher Lecteur. Du pied, il dégagea un fauteuil qui s'interposait. Je hurlai au téléphone : « Georgette, écoute, je suis piégé dans un sordide asile de fous baptisé *La Maison de l'Aurore* situé à *Hull*, tu as compris ? *La Maison de l'Aurore* à *Hull*, alors pour l'amour de Dieu, envoie quelqu'un à ma rescou... »

Un doigt énorme coupa la communication. Son ongle était tordu et noir.

La gouvernante Noakes rossa le gong du petit-déjeuner et déclara les hostilités ouvertes. « Mes amis, nous avons pincé un voleur parmi nous. » Le silence s'abattit sur l'assemblée des morts vivants.

Une vieille noix desséchée frappa de la cuillère. « Les Arrrabes savent comment traiter ce genre d'énergumène, gouvernante ! Pas de chichi en Arabie, pas vrai ? Les vendredis après-midi sur le parking des mosquées, *tchac !* Hein ? Pas vrai ?

– Le ver est dans le fruit. » Je vous le jure, j'étais retourné à l'école de garçons de Gresham, soixante ans après. Le même biscuit de blé tendre se désintégrait dans le même bol de lait. « Cavendish ! » La voix de la gouvernante

Noakes stridulait comme un pipeau. « Debout ! » Les têtes de ces disséqués encore à moitié en vie, au tweed mildiousé et aux robes délavées se tournèrent vers moi. Réagir en victime reviendrait à énoncer moi-même le verdict.

Peu m'importait. Je n'avais pas fermé l'œil de la nuit. Denny était mort. Retourné à l'état de carpe, selon toute vraisemblance. « Enfin, pour l'amour de Dieu, gardez un peu vos pieds de bonne femme sur terre. Les joyaux de la couronne sont toujours dans la Tour de Londres. Il m'a fallu émettre un appel de haute importance. Si la Maison de l'Aurore avait disposé d'un cybercafé, j'aurais volontiers envoyé un e-mail ! Je ne voulais réveiller personne, c'est pourquoi j'ai pris l'initiative d'emprunter le téléphone. Mes plus profondes excuses. Je paierai la communication.

– Oh oui, vous allez payer. Vous autres, comment punissons-nous ce genre de parasite ? »

Gwendolin Bendincks se leva et tendit le doigt : « Ouh, le voleur ! »

Warlock-Williams suivit : « Ouh, le voleur ! »

Les uns après les autres, les morts vivants suffisamment alertes se joignirent à la coalition. « Ouh, le voleur ! Ouh, le voleur ! Ouh, le voleur ! » M. Meeks dirigea la chorale à la manière de Herbert von Karajan. Je me versai du thé mais, d'un coup sec, une règle de bois dégagea la tasse que j'avais dans les mains.

La gouvernante Noakes cracha des étincelles électriques : « Je vous *interdis* de détourner le regard quand on vous humilie ! »

La chorale s'épuisa ; seuls quelques retardataires persistaient.

Mes poings geignaient. La colère et la douleur ravivèrent mon esprit tels les coups de bâton que l'on assène au *zazen*.

« J'imagine que ce cher M. Withers a omis de vous en avertir, mais il transpire que mon frère Denholme est mort. Oui, bel et bien mort. Appelez-le, si vous ne me croyez pas. Allez-y, je vous le demande. Ma belle-sœur n'a plus toute sa tête et il lui faut de l'aide pour les funérailles.

– Comment auriez-vous pu être au courant de la mort de votre frère avant de vous introduire dans mon bureau ? »

L'habile double Nelson. La voyant tripoter son crucifix, je trouvai l'inspiration. « Saint Pierre. »

Vilain froncement de sourcils. « Qu'a-t-il à voir dans cette histoire ?

– Il m'a prévenu en rêve que Denholme venait de passer de vie à trépas. "Appelle ta belle-sœur. Elle a besoin de ton aide." Je lui ai rétorqué que le règlement de la Maison de l'Aurore prohibait l'usage du téléphone, mais saint Pierre m'a assuré que la gouvernante Noakes était une bonne catholique qui ne tournerait pas mon explication en dérision. »

Et de fait, ce baratin coupa la *Duca* dans son élan (où le « Connais ton ennemi » supplante le « Connais-toi toi-même »). Noakes considéra ses options : étais-je un dangereux pervers, un doux dingue, un stratège, un adorateur de saint Pierre ? « Le règlement de la Maison de l'Aurore veille à l'intérêt de tous. »

C'était l'occasion de conforter mes acquis. « Nous le savons bien.

– J'en toucherai deux mots au Seigneur. Entre-temps, » – elle s'adressa à l'ensemble du réfectoire – « M. Cavendish est en sursis. L'incident n'est pas clos ; nous en rediscuterons. »

Après cette modeste victoire, je m'en remis à la patience (le jeu de cartes, pas la vertu, au grand jamais) dans le salon, chose que je n'avais pas faite depuis la lune de fiel passée à Tintagel en compagnie de Madame X (ville-cloaque s'il en est : maisons de brique rouge délabrées et magasins d'encens). L'erreur de conception de la patience me sauta aux yeux pour la première fois de ma vie : le résultat n'était pas déterminé en cours de partie, mais au mélange des cartes, avant même le début du jeu. A-t-on connu jeu plus inepte ?

Certes, n'empêche que cela distrayait. Même si la distraction n'était pas folichonne. Voilà un moment que Denholme était mort, et je n'avais toujours pas quitté la Maison de l'Aurore. Je me refourguais un nouveau scénario catastrophe dans lequel Denholme, innocemment ou à mauvais dessein, s'acquittait de ma pension à la Maison de l'Aurore par prélèvement automatique sur un de ses comptes louches. Denholme mourait. On classait l'affaire liée à mon départ précipité par la visite des frères Hoggins, et tout le monde ignorait où j'étais. Le prélèvement automatique survivait à son créateur. Mme Latham déclarait à la police qu'à ma dernière apparition, je me rendais chez un usurier. L'inspecteur Lourdaud se figurait qu'après avoir été débouté en ultime recours, j'avais grimpé dans le premier Eurostar. Et ainsi, six semaines plus tard, plus personne ne poursuivait les recherches, pas même les Hoggins.

Ernie et Veronica vinrent à ma table. « Avec ce téléphone, je consultais les résultats du cricket. » Ernie était d'humeur massacrante. « Maintenant, elle fermera son bureau à clé toutes les nuits.

– Un dix noir sur le valet rouge, me conseilla Veronica. Ce n'est pas grave, Ernie. »

Ernie feignit de ne pas l'entendre. « Noakes va tout tenter pour vous démolir.

– Et comment ? En me supprimant les céréales ?

— Elle empoisonnera votre nourriture ! Comme la dernière fois.

— De quoi diable parlez-vous ?

— Vous vous souvenez de la dernière fois que vous l'avez contrariée ?

— Non, quand ?

— Le matin de votre malaise, qui tombait à pic : voilà quand.

— Vous me dites que mon attaque... n'était pas accidentelle ? »

L'expression sur le visage d'Ernie (« C'est évident, crétin. ») m'agaça horriblement.

« Foutaises ! Mon père est mort d'une attaque, et mon frère également, selon toute vraisemblance. Imaginez ce que vous voulez, Ernest, mais ne mêlez ni Veronica, ni moi à cela. »

Ernie me fusillait du regard. (Lars, baisse l'éclairage.) « Ah, c'est comme ça. Vous vous croyez bougrement intelligent, mais vous n'êtes rien de moins qu'un petit péteux de pignouf du Sud !

— Je préfère être un pignouf – peu importe de quoi en votre esprit la chose retourne – qu'un poltron. » Je savais que j'allais le regretter.

« Un poltron ? Moi ? Traitez-moi donc de "poltron" rien qu'encore une fois, allez-y.

— Poltron. » (Maudite sois-tu, Harpie de la vilenie ! Pourquoi t'ai-je laissée t'exprimer en mon nom ?) « Voici ce que je pense. Vous avez mis une croix sur la vie à l'extérieur parce que le monde vous intimide. L'évasion d'un autre vous renverrait face à ce goût que vous cultivez pour les lits de morts. Voilà pourquoi vous nous piquez cette crise de nerfs. »

Tel un brûleur à gaz, Ernie flamboyait. « Je fais halte où bon me semble et ce n'est pas à vous d'en juger, Timothy

Cavendish ! » (Les Écossais savent transformer un nom parfaitement ordinaire en coup de tête.) « Vous seriez incapable de vous échapper d'un magasin de jardinage !

— Si vous avez un plan infaillible, je serai ravi de l'entendre. »

Veronica tenta de s'interposer. « Messieurs ! »

Le sang d'Ernie bouillonnait. « Infaillible, infaillible : tout dépend du crétin qui l'exécute.

— Un conseil avisé, j'imagine. » Mon propre sarcasme me dégoûtait. « L'on doit vous considérer comme un génie en Écosse.

— Non. En Écosse, un génie, c'est quelqu'un qui se fait *accidentellement* enfermer dans une maison de retraite. »

Veronica ramassa les cartes que j'avais éparpillées. « L'un de vous connaît-il les règles de l'horloge ? C'est ce type de patience où il faut réaliser une série de quinze cartes, n'est-ce pas ?

— On s'en va, Veronica, grogna Ernie.

— Non », aboyai-je ; dans mon propre intérêt, je me levai, évitant ainsi à Veronica d'avoir à choisir entre nous deux. « *Je* m'en vais. »

Je jurai de ne plus retourner à la chaufferie avant d'avoir obtenu des excuses. Je ne m'y rendis donc point l'après-midi, ni le lendemain, ni le surlendemain.

Toute la semaine de Noël, Ernie refusa de croiser mon regard. Veronica m'adressait des sourires navrés à chaque passage, néanmoins elle avait choisi son camp. A posteriori, cela me sidère. À quoi songeais-je ? Je risquais de perdre mes seuls amis pour une simple bouderie ! J'ai toujours été un boudeur doué ; cela explique bon nombre de choses. Les boudeurs raffolent de fantasmes solitaires. Des fantasmes sur l'hôtel Chelsea de la 23e Rue ouest, où je frappe à une porte. Mlle Hilary V.

Hush ouvre, ravie de me voir, la chemise de nuit défaite, aussi innocente que Kylie Minogue mais tout aussi louve que Mrs Robinson. « J'ai pris tous les avions du monde pour vous retrouver », lui avouai-je. Elle sort une bouteille de whisky du minibar et me sert un verre. « Mature. Velouté. Et quel malt. » Le vilain husky femelle me tire dans son lit défait, où je plonge chercher la fontaine de jouvence.

Demi-vies, deuxième partie est posé sur une étagère au-dessus du lit. Flottant dans la mer Morte postorgasmique, je lis le manuscrit pendant que Hilary se douche. La deuxième partie se révèle encore meilleure que la première, mais le maître montrera à son apprentie comment la transformer en chef-d'œuvre. Hilary me dédie le roman, remporte le Pulitzer et confesse lors de son discours d'acceptation du prix qu'elle doit tout à celui qui est à la fois son agent, son ami et, à bien des égards, son père.

Ah, les fantasmes. Un cancer contre le remède.

À Noël, la Maison de l'Aurore proposa un repas tiède. Je fis une promenade (privilège âprement négocié par les bons offices de Gwendolin Bendincks) jusqu'au portail afin de jeter un œil au monde de dehors. Agrippé à la grille, je regardais à travers les barreaux. (Ironie visuelle, Lars. Pense à Casablanca.) Mon regard parcourait la lande ; il fit une halte sur un tertre funéraire puis dans un enclos à moutons abandonné, s'attarda devant une église romane qui finissait par fléchir devant les éléments druidiques, sauta une centrale atomique, écuma la mer Baltique jusqu'au pont de Humber, puis suivit un avion militaire qui survolait des champs ondulés. Pauvre Angleterre : son histoire est trop riche pour sa superficie. Ici, les années s'incarnent, tels les ongles de mes orteils. La caméra de surveillance m'observait. Elle avait tout son temps. J'hésitai à mettre un terme à ma bouderie et aller voir Ernie Blacksmith, ne fût-ce que pour entendre un « Joyeux Noël » de la courtoise Veronica.

Non. Qu'ils aillent au diable, tous les deux.

« Révérend Rooney ! » Il avait un verre de sherry dans une main ; je lui entravai l'autre à l'aide d'une tartelette fourrée. Derrière le sapin de Noël, les lumières enchantées nous rosissaient le teint. « J'aurais une faveur minuscule à vous demander.

— Et de quoi s'agit-il, monsieur Cavendish ? » Pas du genre comique, ce pasteur. Le révérend Rooney était un ecclésiastique carriériste, le portrait craché d'un encadreur gallois adepte de la fraude fiscale avec qui j'avais un jour croisé le fer à Hereford, mais ceci est une autre histoire.

« J'aimerais que vous postiez une carte de Noël en mon nom, révérend.

— Voilà tout ? Pourquoi ne pas le demander à la gouvernante Noakes ? Elle acceptera certainement de s'en charger. »

La sorcière l'avait donc ensorcelé, lui aussi.

« La gouvernante Noakes et moi ne voyons pas toujours les choses d'un même œil en ce qui concerne la communication avec le monde extérieur.

— La période de Noël offre une excellente occasion de se rapprocher des autres.

— La période de Noël offre une excellente occasion de laisser roupiller le chien qui dort, révérend. Mais j'aimerais tant que ma sœur sache que je pense à elle, en ce jour où nous célébrons l'anniversaire de Notre Seigneur. La gouvernante Noakes vous a peut-être signalé la mort de mon cher frère ?

— Une si triste nouvelle. » Il avait eu vent de toute l'affaire saint Pierre. « Je suis navré. »

Je tirai une carte de Noël de la poche de ma veste. « Je l'ai adressée à son infirmière, de sorte que mes vœux de fin d'année parviennent à leur destinataire. Ça ne tourne plus très rond » – je me tapotai la tête – « chez ma sœur, suis-je au regret de constater. Tenez, je vous la glisse dans la poche de votre soutane… » Il se débattait, mais je l'avais coincé. « Vous n'imaginez pas, révérend, comme je remercie le ciel de m'avoir donné des amis sur lesquels je peux compter. Merci, du fond du cœur, merci. »

Simple, efficace, subtil : vieille canaille, Cavendish. Avant le nouvel an, la Maison de l'Aurore prendrait acte un beau matin de cette évasion digne de Zorro.

Ursula m'invite dans son armoire. « Tu n'as pas vieilli d'un jour, Timbo, ni ce gentil petit serpent, d'ailleurs ! » Son faune se frotte contre mon réverbère de Narnia et mes boules de naphtaline… Mais comme chaque fois, je me réveille, l'appendice gonflé, tout aussi opportun et utile qu'une appendicite. Six heures. La tuyauterie du chauffage composait une œuvre digne de John Cage. Les engelures me brûlaient les orteils. Je songeai aux Noëls passés, dont le nombre supplantait ceux à venir.

Combien d'autres matinées me faudrait-il encore supporter ?

« Courage, T. C. Un train postal rouge vif en route vers le sud acheminera ta lettre jusqu'à mère Londres. Les bombes à fragmentation qu'elle contient se libéreront instantanément et atteindront la police, les travailleurs sociaux et Mme Latham à l'ancienne adresse de Haymarket. Tu seras tiré d'affaire en un rien de temps. » Mon imagination décrivait les cadeaux de Noël avec lesquels, sur le tard, je fêterais ma liberté. Cigares, whisky millésimé, badineries avec Boucle d'or sur sa ligne à quatre-vingt-dix pence la minute. Pourquoi s'arrêter en si bon chemin ? Que dirais-tu d'un match retour en Thaïlande en compagnie de Guy le Gars et du capitaine Viagra ?

Je remarquai qu'une chaussette en laine difforme était accrochée au manteau de cheminée. Elle ne s'y trouvait pas quand j'avais éteint la lumière. Qui donc s'était glissé dans ma chambre sans me réveiller ? Ernie, en émissaire d'une trêve de Noël ? Bien sûr que oui ! Ce bon vieil Ernie ! Trépidant joyeusement dans mon pyjama de flanelle, je décrochai le bas et l'emportai dans mon lit. Il était tout léger. Lorsque je le retournai, un blizzard de morceaux de papier en jaillit. Mon écriture, mes mots, mes phrases !

Ma lettre !

Mon salut, en lambeaux. Je me frappai le torse, grinçai des cheveux, m'arrachai les dents et m'esquintai le poignet en boxant mon matelas. Crève en enfer, révérend Rooney ! Gouvernante Noakes, sale bigote de gougnotte ! Elle s'était penchée sur moi pendant mon sommeil, tel l'ange de la mort ! Joyeux Noël, monsieur Cavendish !

Je succombai. Succomber : verbe apparu à la fin du XVe siècle, du latin *succumbere*, impératif de la condition humaine – et de la mienne en particulier. Je succombai devant le petit mot sur mon cadeau : « À M. Cavendish, de la part de ses nouveaux camarades. Que la lumière du Christ éclaire encore longtemps votre vie à la Maison de l'Aurore ! » Je succombai devant mon cadeau : un calendrier à présentation bimensuelle intitulé « Les merveilles de la nature » (date de décès non incluse). Je succombai devant la dinde coriace, la farce chimique, les choux de Bruxelles amers ; devant les *Christmas crackers* dépourvus de pétards (mauvais pour les affaires, les arrêts cardiaques) et leur minuscule couronne de papier, le coin-coin de leurs kazoos ou leurs plaisanteries insipides. (Le barman : « Ce sera quoi ? » Le squelette : « Une pinte et une serpillière, s'il vous plaît. ») Je succombai devant les séries télévisées qui relevaient leur épisode « spécial Noël » d'une dose de violence saisonnière ; devant le discours que notre petite reine donnait d'outre-tombe. Et, à ma sortie des toilettes, croisant la gouvernante Noakes, je succombai devant ses salutations triomphales : « Meilleurs vœux, monsieur Cavendish ! »

Un documentaire historique diffusé cet après-midi-là sur BBC 2 montrait de vieilles images tournées à Ypres en 1919. Ce mortifère simulacre d'une ville qui avait jadis fière allure me renvoyait à ma propre âme.

Trois ou quatre fois seulement dans ma jeunesse, j'ai entrevu les îles de la Joie avant que les brouillards, dépressions, fronts froids, vents mauvais et courants contraires ne les emportent... Croyant qu'il s'agissait des terres de l'âge adulte, je pensais les revoir au cours de mon périple ; aussi ne pris-je la peine d'en enregistrer ni la latitude, ni la longitude, ni la voie d'approche. Jeune et fieffé crétin. Que ne donnerais-je aujourd'hui pour obtenir une carte définitive d'un immuable ineffable ? Posséder, si pareille chose existait, une cartographie des nuages.

Je tins bon jusqu'au vingt-six décembre car j'étais dans un état trop épouvantable pour me pendre. Non, je mens. Je tins bon jusqu'au vingt-six décembre car j'étais trop lâche pour me pendre. Au déjeuner, il y eut un bouillon de dinde (accompagné de lentilles croquantes), repas que seule la recherche du téléphone portable égaré de Deirdre (l'automate androgyne) vint égayer. Les zombis s'amusèrent à imaginer des endroits où l'on pouvait espérer le retrouver (entre les coussins d'un canapé), où l'on avait peu de chances de le retrouver (le sapin de Noël), et enfin où l'on était certain de ne pas le retrouver (le bassin hygiénique de Mme Birkin). Je me surpris à frapper à la porte de la chaufferie, en jeune chien penaud.

Ernie examinait des pièces de machine à laver étalées sur du papier journal.

« Devinez qui c'est-y pas.

– Bonjour, monsieur Cavendish. » Sous sa chapka, Veronica affichait un large sourire. Un gros recueil de poésie était posé sur ses genoux. « Qu'attendez-vous ? Entrez.

– Cela fait bien un jour ou deux..., minimisais-je, maladroit.

– Je *sais* ! s'exclama M. Meeks. Je *sais* ! »

Ernie persistait à irradier la pièce de dédain.

« Euh... puis-je entrer, Ernie ? »

Il leva puis baissa le menton de quelques degrés, exprimant ainsi son indifférence. Une fois de plus, il démontait la chaudière, petites vis argentées entre ses gros doigts enduits de cambouis. Il ne me facilitait pas la tâche. « Ernie, finis-je par dire, je suis désolé pour l'autre jour.

– Ouais.

– Si vous ne m'aidez pas à sortir d'ici... je vais devenir fou. »

Il démonta une pièce dont j'ignorais même le nom. « Ouais. »

M. Meeks se balançait d'avant en arrière.

« Alors... vous voulez bien ? »

Il descendit sur un sac d'engrais. « Oh, arrêtez de pleurnicher. »

Je n'avais pas souri depuis le Salon du livre de Francfort. La peau de mon visage tirait.

Veronica rajusta son chapeau d'enjôleuse. « Annonce-lui nos honoraires, Ernest.

– Ce que vous voudrez. » Jamais je n'avais été si sérieux. « Combien vous faut-il ? »

Ernie me tint en haleine jusqu'à ce que le dernier de ses tournevis fût rangé dans sa trousse à outils. « Veronica et moi avons décidé de partir vers d'autres horizons. » Il désigna le portail de la tête. « Dans le nord. J'ai un vieil ami qui prendra soin de nous. Nous partirons avec vous. »

Je ne m'y attendais pas, mais que m'importait ? « Bien, parfait. Je suis ravi.

– Marché conclu, dans ce cas. Nous sommes à J-2.

– Déjà ? Vous avez un plan ? »

L'Écossais fit la moue, dévissa sa thermos et versa un âcre thé noir dans le capuchon. « Pour ainsi dire. »

Le plan d'Ernie consistait en une chute de dominos séquentielle et très risquée. « Dans toute évasion, exposait-il, la stratégie doit supplanter l'ingéniosité des gardiens. » Ingénieux, le plan l'était, mais qu'un domino faillît à déclencher la chute de son voisin, et de fâcheuses conséquences s'ensuivraient sur l'instant, *a fortiori* si la macabre présomption d'Ernie au sujet de la médication forcée se révélait exacte. Rétrospectivement, je m'étonne d'avoir accepté de me joindre à cette entreprise. Grisé par la gratitude envers ces amis qui m'adressaient de nouveau la parole et par l'espoir inouï de sortir un jour de la Maison de l'Aurore – sortir vivant, s'entend –, j'avais muselé mon habituelle prudence ; voilà au demeurant comment j'explique ce phénomène.

L'on arrêta la date du vingt-huit décembre car Ernie avait appris par Deirdre que Mme Judd irait à Hull, où l'attendaient ses nièces et un spectacle de Noël. « Travail préliminaire de renseignement. » Ernie se tapota le nez. J'aurais plutôt préféré que Withers ou cette harpie de Noakes fussent ailleurs, mais Withers ne quittait les lieux qu'en août afin de rendre visite à sa mère, à Robin Hood's Bay ; quant à Mme Judd, Ernie la tenait pour le plus équilibré de nos geôliers – et donc, le plus dangereux.

Jour J. Je gagnai la chambre d'Ernie à dix heures, trente minutes après que l'on eut couché les morts vivants. « Dernière occasion de vous débiner si vous ne vous en sentez pas le courage, me dit l'astucieux Écossais.

– Je ne me suis jamais débiné de ma vie », mentis-je à travers mes dents gâtées. Ernie dévissa la grille du conduit d'aération et retira le téléphone portable de Deirdre de sa cachette. « C'est vous qui avez la voix la plus snob, m'avait-il appris lors de la répartition des rôles. Et puis, embobiner les gens au téléphone, c'est votre boulot. » Je saisis le numéro de téléphone de Johns Hotchkiss, relevé par Ernie dans le répertoire de Mme Hotchkiss plusieurs mois auparavant.

L'on répondit par un « Kèssessè ? » ensommeillé.

« Euh, oui, monsieur Hotchkiss ?

– Lui-même. Vous êtes ? »

Tu aurais été fier de moi, Lecteur. « Dr Conway, de la Maison de l'Aurore. Je remplace le Dr Alahaus.

– Nom de Dieu, il est arrivé quelque chose à ma mère ?

– J'en ai bien peur, monsieur Hotchkiss. Vous devez vous préparer au pire. Je ne pense pas qu'elle passera la nuit.

– Oh ! Ah ? »

En retrait, la voix d'une femme : « *Qui est-ce, Johns ?*

– Seigneur ! C'est vrai ?

– Je suis formel.

– Mais qu'est-ce… qu'est-ce qu'elle a ?

– Une sévère pleurésie.

– Une *pleurésie* ? »

Certes, ma complaisance vis-à-vis du rôle a sans doute un rien dépassé mes compétences. « La pleurésie de Healey n'est *jamais* impossible chez les femmes de l'âge de votre mère, monsieur Hotchkiss. Écoutez, je vous donnerai un diagnostic complet dès votre arrivée. Votre mère vous réclame. Je lui ai administré vingt milligrammes de, euh, morphadine-50, de sorte qu'elle ne souffre pas. Chose étrange, elle ne cesse de parler de bijoux. Elle répète à l'envi : "Je dois le dire à Johns, je dois le dire à Johns..." Cela fait-il sens à vos oreilles ? »

L'instant de vérité.

Il mordit à l'hameçon ! « Bon Dieu. Vous en êtes certain ? Elle se souvient de l'endroit ? »

La femme dans la pièce : « *Quoi ? Quoi ?*

– Elle a l'air de tenir à ce que ces bijoux restent dans la famille.

– Oui, oui, bien sûr, mais où sont-ils, docteur ? Où est-ce qu'elle dit les avoir fourrés ?

– Écoutez, je dois retourner à sa chambre, monsieur Hotchkiss. Rendez-vous à la réception de la Maison de l'Aurore... d'ici combien de temps ?

– Demandez-lui où... Non, dites-lui... Dites à Maman de... Écoutez, docteur, euh...

– Euh... Conway ! Conway.

– Docteur Conway, vous pouvez approcher le téléphone de la bouche de ma mère ?

– Je suis médecin, pas animateur d'un club de rencontres. Venez donc. Elle vous le dira.

– Dites-lui... Tenez bon jusqu'à notre arrivée, nom de Dieu. Dites-lui... que Choupinou l'aime beaucoup. J'arrive d'ici... une demi-heure. »

La fin du début. Ernie tira la fermeture de son sac. « Beau travail. Gardez le téléphone au cas où il rappelle. »

Pour le deuxième domino, il fallait que je me poste dans la chambre de M. Meeks et surveille le couloir à travers la fente de la porte. Attendu l'état de décomposition avancé de notre fidèle mascotte à la chaufferie, M. Meeks n'était pas de notre grande évasion ; cependant, sa chambre se situait en face de la mienne, et il comprenait le mot « Silence ! » À dix heures et quart, Ernie se rendit à la réception afin d'annoncer mon décès à la gouvernante Noakes. Il y avait des chances que ce domino retombe dans une mauvaise direction (nous avions abondamment débattu afin de choisir celui qui incarnerait le cadavre et celui qui porterait la nouvelle du décès : la mort de Veronica aurait exigé de la part d'Ernie d'inaccessibles talents de comédien, faute desquels les soupçons de la mégère se seraient éveillés trop vite ; la mort d'Ernie, rapportée par Veronica, était exclue, cette dernière ayant tendance à sombrer dans le mélodramatique ; les chambres d'Ernie et de Veronica étaient entourées de morts vivants lucides et donc susceptibles de nous mettre des bâtons dans les roues. En revanche, la mienne se trouvait dans l'aile des vieux de la vieille, et j'avais pour tout voisin M. Meeks). La grande inconnue résidait dans la haine singulière que me vouait la gouvernante Noakes. S'empresserait-elle d'aller voir son ennemi déchu et de lui planter une épingle à chapeau dans le cou afin de vérifier qu'il était bel et bien mort ? Ou préférerait-elle d'abord fêter l'événement comme il se doit ?

Bruits de pas. L'on frappe à ma porte. La gouvernante Noakes renifle l'appât. Le troisième domino titubait, mais il y avait déjà des écarts par rapport au scénario. Ernie était censé accompagner Noakes jusqu'au seuil de ma chambre mortuaire. Elle s'était sans doute précipitée sans l'attendre. De ma cachette, je vis la prédatrice jeter un œil dans la pièce. Elle alluma la lumière. Bluffée par le classique subterfuge des oreillers enfouis sous les couvertures, dont l'effet se révèle plus réaliste que vous ne l'imaginez, elle entra. Je fonçai dans le couloir et claquai la porte. Dès cet instant, le sort du troisième domino dépendait du mécanisme de verrouillage – le bouton rotatif du verrou extérieur était coriace –, mais avant que je n'eusse le temps de l'actionner, Noakes entrouvrit la porte, le pied calé contre le chambranle, me déracinant les biceps et m'arrachant les poignets de sa force démoniaque. La victoire, pressentis-je, ne serait pas mienne.

Je pris donc un grand risque et relâchai soudain la poignée. La porte s'ouvrit grand, et, dans l'élan, la sorcière traversa la pièce en trombe. Sans lui laisser le temps de charger derechef, je refermai la porte et tournai le verrou. Un catalogue d'injures tirées de *Titus Andronicus* heurtait la porte. Encore aujourd'hui, elles hantent mes nuits. Haletant, Ernie arriva, armé d'un marteau et de clous d'une dizaine de centimètres de long. Il cloua la porte au chambranle et abandonna la chasseresse à ses grognements dans la cellule qu'elle avait elle-même conçue.

À la réception, le quatrième domino bipait au désespoir sur l'interphone du portail. Veronica savait où appuyer. « Ça fait dix minutes que je sonne sur cette sa*****ie de machin alors que ma mère est en train de crever, p****n ! » Johns Hotchkiss était contrarié. « À quoi vous jouez, bande d'enf***és ?

– Il m'a fallu aider le Dr Conway à sangler votre mère, monsieur Hotchkiss.

– La sangler ? Pour une *pleurésie* ? »

Veronica pressa le bouton d'ouverture, et à l'autre bout du domaine, le portail s'ouvrit – du moins, nous l'espérions (je devance le lecteur du genre à écrire des lettres, susceptibles de demander pourquoi nous n'avons pas utilisé ce bouton pour nous évader, et lui rétorque que la grille se refermait automatiquement après quarante secondes, que d'ordinaire quelqu'un occupait la réception, et que des kilomètres de lande hivernale s'étendaient tout autour). Perçant la brume glaciale, les crissements de pneus s'intensifiaient. Ernie se cacha dans le bureau situé derrière le comptoir de la réception, tandis que j'accueillais la Range Rover debout sur le perron. La femme de Johns Hotchkiss était au volant.

« Comment va-t-elle ? demanda Hotchkiss, en passant devant moi.

– Elle est toujours parmi nous, monsieur Hotchkiss, et elle ne cesse de vous réclamer.

– Dieu merci. C'est vous, Conway ? »

Je préférais éviter d'autres questions médicales. « Non, le docteur est au chevet de votre mère ; je travaille ici.

– Je ne vous ai jamais vu.

– Ma fille travaille ici comme infirmière assistante, mais avec cette pénurie de personnel et tout cet affolement autour de votre mère, j'ai repris du service et m'occupe de l'accueil. D'où le temps qu'il m'a fallu pour ouvrir la grande grille. »

Sa femme claqua la portière. « Johns ! Hé, on se les gèle et ta mère est en train de mourir. On pourra régler la question des manquements au protocole plus tard ? »

Veronica apparut, coiffée d'un bonnet de nuit pailleté. « Monsieur Hotchkiss ? Nous nous sommes rencontrés à plusieurs reprises. Votre mère est l'amie la plus chère que je compte ici. Empressez-vous de la rejoindre, je vous prie. Elle est dans sa chambre. Le docteur a estimé trop dangereux de la déplacer. »

Johns Hotchkiss commençait à se douter de quelque chose, mais comment oser suspecter cette bonne vieille carne de mensonge prémédité ? Sa femme, insistante, l'entraîna dans le couloir.

Je redécouvrais la place de conducteur. Ernie hissa à bord du véhicule sa *cara* arthritique, rangea un nombre déraisonnable de boîtes à chapeau dans le coffre, puis sauta sur le siège passager. Je n'avais pas acheté de voiture depuis le départ de Madame X, et les années qui s'interposaient entre cette époque et le soir de notre évasion ne disparurent pas comme je l'avais espéré. Bigre, à quoi correspondaient toutes ces pédales ? Accélérateur, frein, embrayage, rétroviseur, clignotant, manœuvre. Ma main se dirigea vers le contact. « Qu'est-ce que vous attendez ? » demanda Ernie.

Mes doigts insistaient : point de clé.

« Dépêchez-vous, Tim, allez !

– La clé, bigre ! Elle n'est pas là.

– Mais il la laisse *toujours* sur le contact ! »

Mes doigts insistaient : point de clé. « C'est sa femme qui conduisait ! Elle a pris les clés ! Cette fieffée femelle a emporté les clés ! Sainte Marie mère des morues ! Que fait-on à présent ? »

Ernie chercha sur le tableau de bord, dans la boîte à gants, par terre.

« Vous ne pouvez pas tripoter les fils de contact ? proposai-je, désespéré.

– Arrêtez de pleurnicher ! » cria-t-il, les doigts plongés dans le cendrier.

Le cinquième domino était collé à la super-glu. « Excusez-moi, intervint Veronica.

– Regardez sous le pare-soleil !

– Rien du tout, oh bigre bigre bigre !

– Excusez-moi, dit Veronica, serait-ce une clé de voiture ? »

Ernie et moi nous retournâmes et hurlâmes « *Noooooon !* » en stéréo devant une clé de cadenas. Nous hurlâmes derechef à la vue de Withers qui traversait le couloir du réfectoire annexe éclairé par les veilleuses, et que suivaient deux Hotchkiss.

« Oh, s'exclama Veronica, il y a ce gros machin aussi… »

Nous observâmes Withers arriver à la réception. Le regard qu'il me lança à travers la vitre me transmit l'image mentale d'un rottweiler déchiquetant une poupée représentant Timothy Langland Cavendish, soixante-cinq ans trois quarts. Ernie verrouilla toutes les portières, mais en quoi cela nous favoriserait-il ?

« Et celle-ci ? » Était-ce une clé de voiture que Veronica agitait sous mon nez ? Elle comportait le logo Range Rover.

Ernie et moi hurlâmes : « *Ouiiiiii !* »

Withers poussa violemment la porte et descendit les marches du perron quatre à quatre.

Mes doigts, maladroits, lâchèrent la clé.

Withers glissa et tomba cul par-dessus tête sur une flaque gelée.

Je me cognai la tête contre le volant et le klaxon retentit.

Withers tirait sur la poignée de la portière verrouillée. Mes doigts fourgonnaient tandis qu'un feu d'artifice de douleur illuminait l'intérieur de mon crâne. Johns Hotchkiss vociférait. « Sortez vos vieilles carcasses osseuses de ma voiture ou je vous colle un de ces… *Et puis merde ! Je vous traînerai en justice, quoi qu'il arrive !* » Withers cognait sur la vitre conducteur à l'aide d'une massue – ah non : c'était son poing –, la pierre précieuse sur la bague de Mme Hotchkiss raya la vitre, la clé parvint malgré tout à retourner sur le contact, le moteur rugit et revint à la vie, le tableau de bord s'illumina de lumières enchantées, Chet Baker chantait « Let's Get Lost », Withers, accroché à la portière, tambourinait encore et encore, la lumière des phares éclairait les Hotchkiss agenouillés tels les pécheurs d'une toile du Greco, je passai la première vitesse, mais faute d'avancer, la Range Rover cahota car le frein à main n'était pas retiré, la Maison de l'Aurore s'illumina tel l'ovni de *Rencontre du troisième type*, je me débarrassai de la sensation d'avoir déjà plusieurs fois vécu cet instant, je libérai le frein à main, percutai Withers, passai la deuxième, les Hotchkiss ne se noyaient pas mais gesticulaient pourtant, puis ils disparurent : nous avions décollé !

J'effectuai le tour de la mare, située à l'opposé du portail, parce que Mme Hotchkiss avait garé la Range Rover dans cette direction. Je jetai un œil dans le rétroviseur : bigre, un commando composé de Withers et des Hotchkiss était à nos trousses. « Je vais les éloigner des grilles, lâchai-je à Ernie, afin de vous laisser un peu d'avance pour crocheter le verrou. Combien de temps cela vous prendra-t-il ? Vous disposerez de quarante-cinq secondes, je pense. »

Ernie n'avait pas entendu.

« Combien de temps vous faudra-t-il pour crocheter le verrou ?

– Vous allez devoir enfoncer le portail.

– *Quoi ?*

– Avec une grosse Range Rover lancée à quatre-vingts kilomètres heure, ça devrait aller.

– *Quoi ?* Mais vous aviez dit que vous sauriez crocheter le verrou de la grille les yeux fermés !

– Ce bidule dernier cri ? Impossible !

– Jamais je n'aurais enfermé Noakes ni volé une voiture si j'avais su que vous ne pouviez pas crocheter le verrou !

– Je sais bien, vous êtes une petite nature, vous : il fallait vous motiver.

– Me motiver ? » Je braillais, effrayé, désespéré et furieux en pareilles mesures. La voiture aplatit un arbuste qui se redressa l'instant d'après.

« Comme c'est *excitant* ! » s'exclama Veronica.

Ernie parlait comme si nous causions bricolage. « Si la barre centrale n'est pas trop profondément enfoncée dans le sol, les battants voleront au moment de l'impact.

– Et dans le cas contraire ? »

La part d'excentricité de Veronica se dévoilait. « Alors, ce sera nous qui nous envolerons ! Allez, pied au plancher, monsieur Cavendish ! »

Le portail – à dix, huit, six longueurs de distance – fonçait vers nous. La voix de Papa résonnait dans mon plancher pelvien : « As-tu la moindre idée des ennuis dans lesquels tu es en train de te fiche, mon garçon ? » Obéissant à mon père – oui, c'est ainsi – j'écrasai le frein. Maman me susurra à l'oreille : « Merde, Timbo chéri, qu'est-ce que tu as à perdre ? » La pensée que je n'avais pas appuyé sur le frein mais sur l'accélérateur fut la dernière – deux longueurs, une, *boum !*

Les barres verticales devinrent diagonales.

Les battants jaillirent de leurs gonds.

Mon cœur sauta à l'élastique et plongea dans mes entrailles, me remonta dans la gorge, plongea, remonta, plongea, remonta ; la Range Rover dérapait sur la route, je serrais les intestins de toutes mes forces, les freins crissèrent, et je parvins à éviter le fossé, à garder le moteur allumé et le pare-brise intact.

J'avais pilé.

Le brouillard se corsait et s'édulcorait dans le faisceau des phares.

« Nous sommes fiers de vous, dit Veronica, n'est-ce pas, Ernest ?
– Ça oui, chou, je veux ! » Ernie me claqua le dos. J'entendis les clabaudements furieux de Withers qui jurait notre perte, non loin derrière nous. Ernie descendit la vitre et hurla en direction de la Maison de l'Aurore : « Piiiiiiiiignouuuuuuuuuffff ! » J'appuyai sur l'accélérateur. Les pneus broyèrent le gravier, le moteur s'exprima et la Maison de l'Aurore disparut dans la nuit. Bigre, quand vos parents meurent, c'est chez vous qu'ils emménagent.

« Carte routière ? » Ernie fouinait dans la boîte à gants. Parmi ses trouvailles, des lunettes de soleil et des toffees de chez Werner.

« Inutile. J'ai mémorisé notre itinéraire. Je le connais comme ma poche. Une évasion, c'est neuf dixièmes de logistique.

– 'feriez mieux d'éviter les autoroutes. De nos jours, ils y fourrent des caméras, ce genre de bidules. »

Je méditais sur mon revirement de carrière, moi qui passais d'éditeur à voleur de voitures. « Je sais. »

Veronica imita M. Meeks – à la perfection, au demeurant. « *Je sais ! Je sais !* »

Je m'étonnais tout haut de cette interprétation incroyable de réalisme.

Silence. « Je n'ai rien dit. »

Ernie se retourna et poussa un cri de surprise. Apercevant dans le rétroviseur M. Meeks qui clignait des yeux tout au fond du véhicule, je manquai de nous envoyer dans le bas-côté. « Comment…, commençai-je. Quand… Qui…

– Monsieur Meeks ! roucoula Veronica. Quelle agréable surprise !

– Une surprise ? commentai-je. Le bougre a triomphé des lois de la physique !

— Pas question de faire demi-tour à Hull, déclara Ernie, et puis il fait trop froid pour l'abandonner. C'est un bloc de glace qu'on retrouverait le lendemain.

— Nous nous sommes évadés de la Maison de l'Aurore, monsieur Meeks, expliqua Veronica.

— Je sais, chevrota le vieillard balourd et aviné. Je sais.

— "Un pour tous et tous pour un", si je comprends bien ? »

M. Meeks laissa échapper un ricanement, suça un toffee et fredonna « The British Grenadiers », tandis que la Range Rover lancée vers le nord engloutissait les kilomètres.

Un panneau – SCOTCH CROSS : CONDUISEZ AVEC PRUDENCE – brillait dans la lumière des phares. Ernie avait marqué la fin de notre itinéraire d'une grande croix rouge sur la carte ; je comprenais alors pourquoi. C'était une station à essence ouverte de nuit située sur la nationale, à côté d'un pub baptisé Édouard le pendu. Minuit avait depuis longtemps sonné, mais les lumières brillaient toujours. « Garez-vous devant le pub. J'irai chercher un bidon d'essence, de sorte que personne ne nous voie. Après, je ne serais pas contre une pinte sur le pouce, histoire de fêter une affaire rondement menée. Ce crétin de Johns a laissé sa veste dans la voiture, et dedans : ta-taaa ! ! » Ernie agita un portefeuille aussi gros que ma mallette. « Je parierai que Johns a de quoi nous payer une tournée.

— *Je sais !* s'enthousiasma M. Meeks. Je sais !

— Un Drambuie cola, décida Veronica, ce serait merveilleux. »

Ernie revint cinq minutes plus tard muni d'un bidon. « Au poil. » Il versa l'essence dans le réservoir, puis nous traversâmes tous les quatre le parking et gagnâmes le pub. « L'air est vivifiant, ce soir », remarqua Ernie, qui offrait son bras à Veronica. Il faisait bigrement froid, et je ne cessais de grelotter. « La lune est magnifique, Ernest, ajouta Veronica, passant son bras dans le sien. Belle nuit pour fuir en amoureux ! » Elle gloussait comme une adolescente. Je retins ce vieux démon mien, la jalousie. Comme M. Meeks ne tenait pas bien sur ses jambes, j'épaulai le vieillard jusqu'à l'entrée, devant laquelle un tableau vantait « Un match énorme ! » Dans la chaleur de la caverne, la foule était captivée par la retransmission d'un match de football se déroulant sous un lointain et fluorescent fuseau horaire. À la quatre-vingt-unième minute, l'Écosse avait un but d'avance sur l'Angleterre. Personne ne s'aperçut de notre arrivée. L'Angleterre affrontait l'Écosse, à l'étranger, au beau milieu de l'hiver : était-ce de nouveau les qualifications pour la coupe du monde ? Bigre, quand le sommeil de la Belle au bois dormant vous prend !

Je ne suis pas fana des pubs équipés d'une télévision, mais au moins, il n'y avait pas cette musique acidulée – poumti-poumti-poum –, et ce soir de liberté avait un parfum exquis. Un chien de berger nous fit de la place sur un banc près de la cheminée. Ernie se chargea de la commande : avec mon accent du sud de l'Angleterre, ils risquaient de cracher dans mon verre. Je pris un double Kilmagoon et le plus onéreux des cigares qu'on pût proposer au bar, Veronica eut son Drambuie cola, M. Meeks une bière au gingembre, et Ernie une pinte de « gonze fumasse », une bière amère. Le barman ne décollait pas les yeux de la télévision : il préparait les boissons grâce au seul sens du toucher. Alors que nous nous installions, une tornade de désespoir balaya le bar. L'Angleterre avait obtenu un penalty. Le tribalisme électrifiait les spectateurs.

« J'aimerais vérifier l'itinéraire. Ernie, la carte, je vous prie.

– C'est vous qui l'aviez en dernier.

– Ah. Elle doit se trouver dans... » Ma chambre. Très gros plan de Cavendish se rendant compte de son erreur fatidique, Lars. J'avais laissé la carte sur mon lit. Pour la gouvernante Noakes. Notre itinéraire était tracé au feutre. «... la voiture... oh, mon Dieu. Nous ferions mieux de boire notre verre en vitesse et de nous remettre en route.

– Mais on vient tout juste d'entamer cette tournée. »

Je déglutis avec peine. « La... euh, la carte... » Je consultai ma montre, estimai les distances et les vitesses.

Ernie commençait à comprendre. « Quoi, la carte ? »

Ma réponse se noya dans le hurlement de douleur tribale. L'Angleterre avait égalisé. Et, je le jure, à cet instant précis, Withers entra. Son regard de gestapiste se posa sur nous. N'avait pas l'air heureux, le bonhomme. Johns Hotchkiss surgit à ses côtés, nous repéra et parut très heureux, lui. Il sortit son téléphone portable afin d'invoquer les archanges de sa vengeance. Un troisième lascar à la combinaison maculée de cambouis vint compléter la clique, mais selon toute vraisemblance, la gouvernante Noakes avait réussi à dissuader Johns Hotchkiss d'appeler la police. Je ne connaissais et ne connaîtrai jamais l'identité de ce troisième et graisseux lascar, mais je sus d'emblée que la partie était terminée.

Veronica émit un faible soupir. « J'avais tant espéré revoir..., chantait-elle à moitié, le thym sauvage des montagnes, partout dans la bruyère... »

Nous finirions nos jours embués par les médicaments, sanglés devant les programmes télévisés de l'après-midi. M. Meeks se leva pour suivre nos geôliers.

Il lâcha un beuglement biblique. (Lars : travelling depuis le parking, traversée de la foule du bar et zoom sur les amygdales pourries de M. Meeks.) Les spectateurs du match interrompirent leurs discussions, renversèrent leurs verres, et tournèrent leurs têtes. Même Withers. L'octogénaire sauta sur le bar, comme Fred Astaire à sa prime jeunesse, et rugit ce SOS lancé à sa fratrie universelle : « Y a-t-il encore de *vrrrrrais Écossais* dans c't *endrrrrroit* ? »

Toute une phrase ! Ernie, Veronica et moi étions abasourdis.

Du grand théâtre. Personne ne bougeait.

M. Meeks désigna Withers d'un index squelettique et entonna une antique malédiction : « Ces *frrripouilles* d'Anglais ont bafoué les *drrroits* qu'le ciel m'a donnés ! Ils s'sont *outrrrrrageusement* servis d'moi et d'mes copains, alors un tantinet d'aide s'rait pas d'*rrrrrefus* ! »

Withers grogna : « Bouclez-la, votre punition vous attend. »

La bretonnerie de notre ravisseur était percée à jour ! Un rocker se dressa tel Poséidon et fit craquer ses phalanges. Un grutier le rejoignit. Puis un homme au menton de requin vêtu d'un costume à mille livres. Puis une bouchère dont les cicatrices attestaient de la sauvagerie.

L'on éteignit la télévision.

Un montagnard parla d'une voix douce : « Nulle *crrrainte*, l'ami. On ne te *laisserrra* pas en *misèrrre*. »

Withers, qui observait la scène, opta pour un rictus signifiant : *Ouvrez les yeux !* « Ces types ont volé une voiture.

– T'es flic ? » La bouchère s'avança.

« Montre-nous ton insigne, alors. » Le grutier s'avança.

« Pff, des conneries, mec ! » cracha Poséidon.

S'ils avaient gardé leur sang-froid, la défaite eût sans doute été nôtre, mais Johns Hotchkiss marqua un fatidique but contre son camp. Voyant son chemin barré par une queue de billard, il apposa ceci à son désarroi : « Écoute-moi bien, sale hardos de mes deux, tu peux enfiler ton kilt et aller te faire foutre si tu crois... » Une de ses dents plongea dans mon verre de Kilmagoon, posé quatre mètres plus loin (je récupérai la dent afin de conserver une preuve de cette anecdote, faute de quoi personne ne me croirait). Withers saisit et brisa un poing qui fonçait sur lui, projeta un Tom Pouce sur le billard, mais l'ogre était seul, et ses adversaires, légion. Oh, trafalgaresque fut la scène qui s'ensuivit. Je le confesse, le spectacle de cette brute à son tour brutalisée n'était pas totalement déplaisant, toutefois, quand Withers percuta le bar et que des coups le défigurant commencèrent à pleuvoir, je proposai de déguerpir judicieusement de scène côté jardin afin de regagner notre véhicule d'emprunt. Nous sortîmes par l'arrière et cavalâmes à travers le parking balayé de rafales aussi vite que nos jambes, dont l'âge cumulé dépassait trois siècles, le permettaient. Je pris les commandes. Direction: le nord.

Où tout cela nous mènera, je l'ignore.

FIN

Entendu, cher Lecteur, tu mérites bien un épilogue, puisque tu m'as suivi jusqu'ici. Mon épouvantable calvaire s'acheva à Édimbourg dans une impeccable chambre d'hôte tenue par une discrète veuve originaire de l'île de Man. Après cet épisode houleux au pub, nous autres, quatre souris vertes, roulâmes jusqu'à Glasgow, où Ernie connaissait un ripou qui se chargerait du véhicule de Hotchkiss. Le temps était venu pour notre confrérie de se dissoudre. Ernie, Veronica et M. Meeks agitèrent leurs mouchoirs sur le quai de la gare. Ernie promit d'endosser la responsabilité de toute l'affaire si d'aventure la justice nous rattrapait, car il était trop vieux pour être jugé. Bigrement chic de sa part. Veronica et lui prenaient la route des Hébrides, où le cousin d'Ernie, un prêtre bricoleur, remettait d'aplomb des fermettes en ruine à la demande de mafieux russes et d'Allemands passionnés par le gaélique. Je leur souhaite à travers mes plus laïques prières tout le bien-être possible. L'on avait projeté d'abandonner M. Meeks dans une bibliothèque, un écriteau précisant : « Merci de vous occuper de ce vieil ours », mais je suspecte qu'Ernie et Veronica auront fini par l'emmener avec eux. Une fois arrivé chez la veuve Manx, je me couchai sous une couette de duvet d'oie, et mon sommeil fut aussi profond que celui du roi Arthur sur l'île d'Avalon. Pourquoi n'ai-je pas sauté dans le premier train à destination de Londres ? Je l'ignore toujours. Peut-être songeai-je à la remarque de Denholme sur la vie au-delà de l'autoroute M25. Je ne saurai jamais dans quelle mesure il avait participé à mon incarcération, néanmoins, il avait raison : Londres est une ombre au tableau, le polype dans les entrailles de l'Angleterre. On découvre tout un pays là-haut.

Je recherchai le numéro personnel de Mme Latham à la bibliothèque. Nos retrouvailles téléphoniques furent un instant émouvant. Bien entendu, Mme Latham dissimula son émotion derrière des réprimandes, puis me fit un résumé des événements survenus depuis. Constatant mon absence à la séance de castration programmée à trois heures, les Hoggins de Lerne avaient saccagé nos locaux, mais à m'avoir vu pratiquer des années durant la stratégie du bord de l'abîme, ma redoutable alliée s'était aguerrie. En effet, Mme Latham avait filmé les vandales à l'aide d'une ingénieuse caméra vidéo fournie par son neveu. Les Hoggins étaient pris au piège : n'approchez pas de Timothy Cavendish, les avertit Mme Latham, ou cette séquence sera diffusée sur Internet, et de vos divers sursis écloront des peines de prison ferme. On les persuada ainsi d'accepter une part équitable des futures royalties (je devine leur admiration devant le sang-froid de mon bouledogue à talons hauts). Le syndic de l'immeuble prétexta mon absence – et le saccage de mon bureau – pour nous fiche à la porte. Au moment où j'écris, les lieux sont convertis en Hard Rock Cafe pour Américains en mal d'Amérique. Les Éditions Cavendish sont gérées depuis Tanger par une maison que dirige le plus âgé des neveux de ma secrétaire. Et j'ai gardé le meilleur pour la fin : un studio hollywoodien a acheté les droits de *Bourre-pif, le film* pour une somme aussi insensée qu'un numéro de code-barres. Une grosse partie reviendra certes aux Hoggins, n'empêche que, pour la première fois depuis mes vingt-deux ans, je suis plein aux as.

Mme Latham ayant réglé mes problèmes de cartes bancaires et tout le tralala, me voilà en train de dessiner le futur sur des sous-bocks, tel Churchill ou Staline à Yalta ; avouons-le, l'avenir ne s'annonce pas si sombre. Il me faudra trouver un nègre avide qui convertira les notes que vous lisez en script de film. Eh bien oui, merde à la fin, si Dermot Hoggins, alias « le Poing américain » est capable d'écrire un best-seller adapté ensuite au grand écran, pourquoi pas Timothy Cavendish, dit « Lazare » ? Ne pas oublier de mettre la gouvernante Noakes dans le livre, sur la sellette puis le billot. La bonne femme était certes sincère – comme la plupart des fanatiques – mais dangereuse, aussi sera-t-elle dénoncée et décriée. Il s'agira d'abord avec tact la question de moindre enjeu que représente le véhicule de Johns Hotchkiss ; au demeurant, on a déjà pris plus grosses vessies pour des lanternes. Par courrier électronique, Mme Latham a manifesté à Hilary V. Hush notre intérêt pour *Demi-vies* ; il y a deux heures à peine, le facteur nous en a livré la seconde partie. Une photographie était incluse dans le paquetage : il s'avère que ce « V. » signifie Vincent ! Quel gros plein de soupe, par-dessus le marché ! Moi-même, je ne suis pas un Chippendale, mais Hilary possède un embonpoint que deux sièges de classe économique ne suffiraient pas à contenir. Luisa Rey a-t-elle survécu ? Je l'apprendrai dans un recoin du Chardon qui siffle, mon bureau *de facto* : une taverne de ruelle aux allures d'épave de galion où Mary, reine des Écossais, invoqua le diable afin qu'il la soutienne dans son combat. Le tenancier, dont les doses doubles passeraient pour des quadruples dans le Londinium infesté de cabinets d'audit, jure qu'il rencontre régulièrement Sa Funeste Majesté. *In vino veritas.*

Voilà plus ou moins toute l'histoire. La quarantaine est loin derrière moi ; or c'est bien l'attitude et non les années qui condamne les uns à rejoindre le royaume des morts vivants, tandis que les autres trouvent le chemin du salut. Là-bas, sur les terres de la jeunesse, erre plus d'une âme déchue. Si promptes à ruer çà et là, leur putréfaction intérieure demeurera cachée quelques décennies, tout au plus. Dehors, de gras flocons de neige tombent sur l'ardoise des toitures et le granit des murs. Comme Soljenitsyne à son labeur dans le Vermont, je travaillerai d'arrache-pied dans l'exil, loin de la ville qui a fait de moi ce que je suis.

Comme Soljenitsyne, je reviendrai dans la clarté crépusculaire.

DEMI-VIES, LA PREMIÈRE ENQUÊTE DE LUISA REY

40

En s'engouffrant, la mer sombre rugit. Le froid ramène les sens de Luisa à la vie. L'arrière de sa Volkswagen ayant percuté l'eau à quarante-cinq degrés, le siège a protégé la colonne vertébrale de la jeune femme, mais voilà que la voiture se retourne. La ceinture de sécurité retient Luisa, que quelques centimètres séparent du pare-brise. *Sors ou c'est la mort assurée.* Elle panique, boit la tasse, se débat pour atteindre une poche d'air et tousse. *Détache la ceinture.* Elle se tortille et se contorsionne afin de saisir le clip de la ceinture. *Le bouton.* Il ne s'enclenche pas. La voiture effectue un demi-tonneau, s'enfonce toujours plus, et dans un bruit de déchirement, une énorme bulle d'air en forme de calamar s'envole. Luisa, d'un geste franc, appuie sur le bouton et libère la ceinture. *De l'air.* Elle trouve une poche d'air coincée sous le pare-brise noir d'eau. La masse de la mer bloque la portière. *Descends la vitre.* La vitre s'enfonce jusqu'à mi-parcours et se coince *à l'endroit où ça a toujours coincé.* Luisa s'agite, passe la tête, les épaules et le thorax à travers l'ouverture.

Le rapport de Sixsmith !

À la force des bras, elle retourne dans le véhicule qui s'enfonce. *Je n'y vois rien. Un sac-poubelle noir. Calé sous le siège.* Elle se plie en deux dans l'espace confiné... *Il est là.* Elle tire, comme une femme tire un sac de gravats. Elle se glisse par les pieds à travers l'ouverture de la vitre, mais le rapport est trop gros. La voiture qui coule entraîne Luisa vers le fond. Ses poumons lui font mal, à présent. Le poids du papier détrempé a quadruplé. Le sac-poubelle a franchi la vitre, mais tandis que Luisa continue à battre des pieds et à lutter, elle sent sa masse s'alléger. Des centaines de pages s'échappent du classeur beige et tournoient, virevoltant au gré de la mer, virevoltant autour d'elle, *comme les cartes dans* Alice. Elle se débarrasse de ses chaussures. Ses poumons vocifèrent, la maudissent, l'implorent. Chaque pulsation résonne comme un coup dans les oreilles de Luisa. *Où est le haut ?* L'eau est trop trouble. *Vers le haut, c'est la direction opposée à celle de la voiture.* Ses poumons vont céder d'un instant à l'autre. *Où est la voiture ?* Luisa comprend alors que le rapport Sixsmith lui a coûté la vie.

41

Isaac Sachs pose les yeux sur la superbe matinée qui s'offre à la Pennsylvanie. Banlieues labyrinthiques de petites propriétés ivoirines et soyeuses, pelouses serties de piscines turquoise. Le hublot du jet privé lui rafraîchit le visage. Deux mètres derrière son siège, une valise dans le rack à bagages contient assez de plastic pour transformer un avion en météore. *Voilà*, pense Sachs, *tu as obéi à ta conscience. Luisa Rey détient le rapport Sixsmith.* Il se remémore le maximum de détails possible sur le visage de la jeune femme. *Alors, comment ça fait ? Tu doutes ? Tu es soulagé ? Inquiet ? Tu sens que tu as bien agi ?*
J'ai le pressentiment que je ne la reverrai jamais.

Alberto Grimaldi, l'homme qu'il a trahi, rit à la remarque d'une hôtesse. Cette dernière passe devant Sachs avec un plateau sur lequel les verres s'entrechoquent. Sachs se réfugie dans son carnet de notes, où il écrit les phrases suivantes.

- *Exposition : on peut illustrer les mécanismes du passé réel + virtuel à travers les mécanismes d'un événement connu de l'histoire collective, ex. le naufrage du Titanic. La catastrophe telle qu'elle s'est réellement déroulée sombre un peu plus dans les ténèbres à mesure que disparaissent les témoins du drame + périssent les documents + se dissout l'épave du paquebot dans son tombeau Atlantique. D'autre part, le naufrage virtuel du Titanic, qui prend corps à travers des souvenirs réarrangés + articles + on-dit + récits fictifs – bref : des croyances –, gagne en « véracité ». Le passé réel est très délicat ; il s'obscurcit en permanence, toujours plus difficile à retrouver + à reconstruire. À l'inverse, le passé virtuel est malléable, toujours plus lumineux, et sa supercherie devient toujours plus difficile à déceler / démontrer.*
- *Le présent fait un usage détourné du passé virtuel afin d'entretenir ses propres mythes + justifier l'imposition d'une volonté. Le pouvoir est l'entité qui recherche + incarne le droit d'« aménager » le passé virtuel (celui qui rémunère l'historien impose sa loi).*
- *Par symétrie, il existe également un futur réel + virtuel. Nous imaginons à quoi ressemblera la semaine prochaine / l'année prochaine / l'an 2225 : un futur virtuel composé de nos désirs*

> + *prémonitions + rêveries. Ce futur virtuel est susceptible d'influencer le futur réel, ex. une prophétie qui s'accomplit à force qu'on s'y est préparé. Mais de même que demain éclipse le jour présent, le futur réel éclipsera le futur virtuel. Comme l'utopie, futur + passé réels appartiennent à un vague pays lointain où ils ne nous sont d'aucune aide.*
> - *Q : Y a-t-il un trait distinctif entre le jeu des voiles + miroirs + ombres du passé réel et l'autre simulacre de nature identique que constitue le futur réel ?*
> - *Un modèle du temps : une infinité de poupées gigognes d'instants figés, où chaque poupée (le présent) est enfermée sous une série de poupées (les présents précédents) que je nomme passé réel mais que nous percevons comme le passé virtuel. La poupée qui correspond à « maintenant » renferme une série de présents à venir, que j'appelle futur réel mais que nous percevons comme le futur virtuel.*
> - *Proposition : je suis tombé amoureux de Luisa Rey.*

Le détonateur s'enclenche. Le plastic détone. Une boule de feu engloutit le jet. Le métal de l'avion, les matières plastiques, les circuits électriques, les passagers, leurs os, vêtements, carnets de notes et cerveaux fusionnent dans des flammes excédant les 1 200 °C. Les morts et ceux qui n'ont jamais vu le jour n'existent que dans nos passés réel et virtuel. À présent, la trajectoire de ces deux passés va diverger.

42

« Betty et Frank avaient besoin de renflouer leur caisse », raconte Lloyd Hooks devant l'auditoire venu assister à son petit-déjeuner à l'hôtel Swannekke. Un cercle de néophytes et d'acolytes prête une enthousiaste attention au présidentiable Gourou de l'Énergie. « Ils décident donc que Betty fera le tapin, histoire de ramasser un peu d'oseille. La nuit tombée, Franky conduit Betty à la rue des prostituées pour qu'elle y exerce son nouveau métier. "Hé, Frank, dit Betty, combien je leur demande ?" Frank fait le calcul et répond : "Cent dollars pour le grand jeu." Alors Betty sort de la voiture et Frank se gare dans une ruelle calme. Bien vite, un type arrive dans une vieille Chrysler déglinguée et lance à Betty : "Combien pour la nuit, poupée ?" Betty répond : "Cent dollars." Le type dit : "J'en ai seulement trente. À ce prix-là, j'ai droit à quoi ?" Betty file alors interroger Frank. Frank lui répond : "Dis-lui que pour trente dollars, il a droit à une branlette." Betty retourne voir le type et... »

Lloyd Hooks remarque la présence de Bill Smoke, qui reste à distance. Bill Smoke déplie un, deux, puis trois doigts ; les doigts se referment et forment un poing ; le poing mime un couteau taillant une gorge. *Alberto Grimaldi, mort ; Isaac Sachs, mort ; Luisa Rey, morte. L'escroc, le mouchard, la fouine.* Hooks lui indique du regard qu'il a compris, et les images d'un mythe grec lui viennent à l'esprit. *La forêt sacrée de Diane était gardée par un prêtre guerrier qui vivait dans le luxe ; pour accéder à ce poste, il avait dû tuer son prédécesseur. Quand il dormait, c'était au péril de sa vie. Grimaldi, tu t'es assoupi trop longtemps.*

« Donc, Betty retourne voir le type et lui dit que pour

trente dollars, il a droit à une branlette, à prendre ou à laisser. Le type lui répond : "Roule, ma poule : monte. Va pour la branlette. Tu connais une rue calme dans le coin ?" Betty le guide jusqu'à la ruelle où se trouve Frank, puis le type déboutonne son pantalon et sort un mastard aux proportions vraiment... gargantuesques. "Bouge pas, lui dit Betty. Je reviens." Elle descend de la voiture du gars et frappe à la vitre de Frank. Frank baisse la vitre et lui dit : "Quoi encore ?" » Hooks marque un temps d'arrêt avant la chute. « Betty répond : "Hé, Frank, tu veux pas lui prêter soixante-dix dollars ?" »

Les candidats au conseil d'administration s'esclaffent comme des hyènes. *Quiconque prétend que l'argent ne fait pas le bonheur*, songe Lloyd Hooks, qui jubile, *n'en a de toute évidence pas eu assez.*

43

Derrière ses jumelles, Hester Van Zandt observe les hommes-grenouilles sur la chaloupe. Dans un poncho, une adolescente qui n'a pas l'air heureuse traîne le pas le long de la plage tout en caressant le bâtard de Hester.
« Ils n'ont toujours pas retrouvé la voiture, Hester ? L'eau est vachement profonde à cet endroit. C'est un bon coin pour la pêche.

– Difficile de deviner, vu la distance.

– Quelle ironie du sort, quand même : se noyer dans la mer qu'on pollue. Je lui ai tapé dans l'œil, au gardien. Il m'a dit que la conductrice était soûle, c'est arrivé vers quatre heures du matin.

– C'est le même service de sécurité qui surveille le pont de Swannekke et l'île. Les gens de Seaboard raconteront ce qu'ils voudront. Personne n'ira vérifier. »

L'adolescente bâille. « Tu crois qu'elle s'est noyée dans sa voiture, la nana ? Ou bien qu'elle a réussi à sortir mais qu'elle s'est noyée après ?
— Pas la moindre idée.
— Si elle était assez soûle pour percuter la barrière de sécurité, impossible qu'elle ait pu nager jusqu'au rivage.
— Qui sait ?
— Horrible, comme façon de crever. » L'adolescente bâille et s'éloigne. Hester retourne à son camping-car sans se presser. Milton l'Amérindien est assis sur le marchepied, où il boit une brique de lait. Il s'essuie la bouche et annonce : « Wonder Woman est réveillée. »

Hester prend garde à ne pas marcher sur Milton et demande à la femme allongée sur le sofa comment elle se sent.

« Contente d'être en vie, répond Luisa Rey. J'ai l'impression d'avoir avalé une tonne de muffins. Enfin, au moins je suis sèche maintenant. Merci pour les vêtements.
— Une chance que nous fassions la même taille. Des hommes-grenouilles recherchent votre voiture.
— Le rapport Sixsmith, plutôt. Et mon cadavre, ce serait la cerise sur le gâteau. »

Milton ferme la porte. « Alors comme ça, vous avez foncé dans la barrière, chuté dans la mer, réussi à sortir de la voiture qui coulait et nagé sur trois cents mètres jusqu'au rivage, sans écoper d'autre chose que de petites égratignures.
— N'empêche, quand je pense à ce que je vais devoir raconter à mon assurance, ça me fait sacrément mal. »

Hester s'assoit. « Que comptez-vous faire, à présent ?
— D'abord, retourner chez moi récupérer quelques affaires. Puis aller chez ma mère, à Ewingsville Hill. Ensuite… retour à la case départ. Sans ce rapport en ma possession, ni la police, ni mon rédacteur en chef ne voudront savoir ce qu'il se passe à Swannekke.

— Vous serez en sécurité, chez votre mère ?
— Tant que chez Seaboard on me croit morte, Joe Napier ne viendra pas me chercher. Quand ils apprendront la nouvelle... » Elle hausse les épaules : les événements des six dernières heures l'ont affublée d'une carapace de fatalisme. « En parfaite sécurité, c'est impossible. Disons que le risque est acceptable. Ce genre de chose ne m'arrive pas souvent ; je ne suis pas experte en la matière. »

Milton enfouit les pouces dans ses poches. « Je vous ramène à Buenas Yerbas. J'en ai pour une minute, le temps d'appeler un ami pour qu'il ramène son pick-up.
— C'est un bon gars, dit Luisa, après qu'il est parti.
— Je n'hésiterai pas à lui confier ma vie », répond Hester.

44

Milton avance à grands pas vers une épicerie à la salubrité contestable approvisionnant le campement, le camping, les baigneurs, les automobilistes qui se rendent à Swannekke et les maisons isolées des environs. La radio placée derrière le comptoir diffuse une chanson des Eagles. Milton insère une pièce de dix *cents* dans le téléphone, vérifie que les murs n'ont pas d'oreilles et compose un numéro qu'il connaît par cœur. La vapeur s'élève des cheminées de refroidissement, tel un mauvais génie. Une partie de l'infanterie des pylônes prend la direction du nord, vers Buenas Yerbas, et l'autre celle du sud, vers Los Angeles. *C'est drôle*, songe Milton. *Le pouvoir, le temps, la gravité, l'amour. Toutes les forces qui cassent la baraque sont invisibles.* Au bout du fil, quelqu'un décroche. « Ouais ?
— Napier ? C'est moi. J'ai des nouvelles, à propos d'une

certaine Luisa *Rey*. Eh bien, imagine que non. Imagine qu'elle est encore là à flâner, manger des glaces et payer ses factures. Ça t'intéresserait de savoir où elle se trouve ? Ouais ? Combien tu donnes ? Non, vas-y, dis combien, toi. D'accord, le double alors… Ah bon ? Tant pis, ravi de t'avoir parlé Napier, faut que j'y aille… » Milton a un petit sourire aux lèvres. « Le compte habituel, d'ici un jour ouvré, je te prie. Bien. Quoi ? Non, non, personne d'autre ne l'a vue, à part cette vieille folle de Van Zandt. Non. Elle en a parlé, mais il repose au fond du grand bleu. Presque sûr. Les poissons l'ont bouffé. Mais non, tu sais bien que je te réserve l'exclusivité de mes infos… Ok, je la ramène à son appartement, ensuite elle ira chez sa mère… D'accord, dans une heure. Le compte habituel. Un jour ouvré. »

45

La porte d'entrée de Luisa s'ouvre sur les bruits d'un match dominical de base-ball et l'odeur du pop-corn. « Depuis quand t'ai-je permis de faire frire des trucs ? lance-t-elle à Javier. Et pourquoi les stores sont-ils baissés ? »

Javier trottine jusqu'au couloir, tout sourire. « Salut Luisa ! C'est ton oncle Joe qui a préparé le pop-corn. On regarde les Giants contre les Dodgers. Pourquoi t'es habillée comme une vieille ? »

Luisa sent son cœur défaillir. « Viens ici. Où est-il ? »

Javier ricane. « Sur le canapé ! Qu'est-ce que t'as ?

– Viens par ici ! Ta mère t'appelle.

– Elle fait des heures sup à l'hôtel.

– Luisa, ce n'était pas moi sur le pont, ce n'était pas moi ! »

Joe Napier apparaît derrière le garçon et montre les paumes de ses mains, comme pour calmer un animal effrayé. « Écoutez… »

La voix de Luisa Rey cahote. « Javi ! Sors ! Derrière moi ! »

Napier élève la voix. « Écoutez-moi… »

Oui, je suis bien en train de parler à mon assassin. « Pourquoi devrais-je écouter un seul mot de ce que vous dites ?

— Parce que je suis le seul type chez Seaboard qui ne souhaite pas votre mort ! » Napier a perdu son calme. « Dans le parking, j'essayais de vous prévenir. Réfléchissez ! Si j'étais votre assassin, vous croyez qu'on aurait cette conversation ? Ne partez pas, nom de Dieu ! Vous n'êtes pas en sécurité ! Votre appartement est peut-être encore sous surveillance. C'est pour cela que j'ai baissé les stores. »

Javier semble perdu. Luisa tient le garçon sans savoir quelle est la voie la moins dangereuse à suivre. « Pourquoi être venu ? »

Napier a retrouvé son calme, mais semble fatigué et soucieux. « Je connaissais votre père quand j'étais flic. Le jour de la victoire sur le Japon au wharf de Silvaplana. Venez vous asseoir, Luisa. »

46

Joe Napier avait prévu que le jeune voisin retiendrait Luisa assez longtemps pour qu'elle écoute. Il ne tire pas la moindre fierté de ce succès. Napier, davantage enclin à écouter qu'à prendre la parole, façonne ses phrases avec soin. « En 1945, j'étais flic depuis six ans au commissariat du quartier de Spinoza. Je n'ai pas eu de médailles, mais pas de blâmes non plus. Un flic honnête, aux mains propres, qui sortait avec une dactylo. Le quatorze août, quand la radio annonce la capitulation des Japonais, une fête du tonnerre de Dieu embrase tout Buenas Yerbas. La boisson coulait à flots, les voitures s'emballaient, partout les pétards détonaient, les gens prenaient leur journée, avec ou sans l'aval de leur patron. Vers neuf heures, mon coéquipier et moi recevons un appel pour un délit de fuite, un chauffard qui avait renversé un piéton dans le quartier de Little Korea. D'habitude, on ne s'embêtait jamais à se rendre de ce côté de la ville, mais la jeune victime était blanche : il fallait donc rendre des comptes aux parents. On était en route quand votre père a émis un code 8 et demandé à toutes les voitures de se rendre au wharf de Silvaplana. La règle numéro un, c'était de ne jamais aller fourrer son nez dans cette partie des docks, du moins pas si on souhaitait durer un peu dans le métier. La mafia y avait ses entrepôts, et la mairie les couvrait. De plus, à la dixième circonscription, Lester Rey » – Napier décide de ne pas mâcher ses mots – « avait cette réputation de flic du dimanche plutôt casse-couilles. Mais deux policiers à terre, ça change la donne. C'était comme si votre propre coéquipier pissait le sang sur le bitume. Pied au plancher, on a foncé au wharf de Silvaplana juste derrière une autre voiture de Spinoza, celle de Brozman et Harkins. D'abord, je n'ai rien vu. Ni Lester, ni voiture de patrouille. Les lampadaires du quai étaient éteints. Toujours dans le véhicule, on a franchi deux rangées de containers, puis on a tourné et pénétré dans un enclos où des hommes chargeaient un camion militaire. J'ai cru qu'on s'était trompés de zone. C'est à ce moment-là que nous avons essuyé des tirs. Brozman et Harkins se sont pris la première rafale – on freine, les vitres volent en éclats, notre voiture emboutit la leur ;

mon coéquipier et moi roulons hors du véhicule et allons nous planquer derrière des tuyaux en acier. Le klaxon de Brozman résonne à n'en plus finir, mais nos collègues n'apparaissent pas. D'autres tirs pétaradent autour de nous, je me chie dessus – j'étais devenu flic pour *éviter* les zones de guerre – mon coéquipier, lui, riposte. Je l'imite, même si on n'avait pas la moindre chance de toucher quoi que ce soit. Pour être franc, j'étais soulagé quand le camion a démarré. Crétin que j'étais, je me suis mis à découvert trop tôt – je voulais noter le numéro de plaque. » Napier a mal à la base de la langue. « C'est là que c'est arrivé. Un homme qui hurle de l'autre bout de l'enclos me fonce dessus. Je tire. Et je le rate – le plus beau raté de ma vie, et de la vôtre aussi, Luisa : si j'avais tué votre père, vous ne seriez pas là. Lester Rey désigne un truc derrière moi tout en courant, et il donne un coup de pied dans un objet lancé de l'arrière du camion, et qui roule dans ma direction. Puis une lumière aveuglante me grille, un son me fend le crâne et la douleur me pique le cul. Je reste étendu là où je suis tombé, à moitié conscient, jusqu'à ce qu'une ambulance vienne me ramasser. »

Luisa ne dit toujours rien.

« J'ai eu de la chance. Un éclat de grenade à fragmentation m'a percé les deux fesses. Je n'ai pas eu d'autre blessure. C'était la première fois que le docteur voyait un seul projectile perforer un corps en quatre points. Votre père, bien entendu, ne se portait pas aussi bien, lui. Lester ressemblait à un morceau de gruyère. La veille de ma sortie de l'hôpital, ils l'avaient opéré, mais n'étaient pas parvenus à sauver son œil. On s'est juste serré la main, puis je suis parti ; je ne savais pas quoi lui dire. La chose la plus humiliante qu'un homme puisse infliger à un autre, c'est de lui sauver la vie. Lester ne l'ignorait pas. Pourtant, il ne s'écoule pas une journée, pas même une heure sans que je pense à lui. À chaque fois que je m'assois, en fait. »

Luisa reste muette un instant. « Pourquoi ne pas m'avoir tout raconté quand j'étais à Swannekke ? »

Napier se gratte l'oreille. « J'avais peur que vous vous serviez de ce qui nous lie pour me cuisiner…

— Sur ce qui est véritablement arrivé à Rufus Sixsmith ? »

Napier n'acquiesce pas, mais ne nie pas non plus. « Je connais les méthodes des journalistes.

— Attendez, ce n'est pas *vous* qui allez mettre en cause *mon* intégrité ! »

Elle dit ça comme ça… Impossible qu'elle soit au courant pour Margo Roker. « Si vous continuez à chercher le rapport Sixsmith » – Napier se demande s'il doit l'annoncer devant le garçon –, « c'est bien simple, vous serez tuée. Pas par moi ! Mais ça arrivera. Je vous en prie. Quittez la ville. Mettez une croix sur cette vie et ce boulot, et partez.

— C'est Alberto Grimaldi qui vous a envoyé m'avertir, n'est-ce pas ?

— Personne ne sait que je suis ici – du moins, je l'espère, sinon je suis dans la même merde que vous.

— Une question, avant que vous partiez.

— Vous voulez savoir si… » – il aimerait que le gamin soit ailleurs – « … si le "destin" de Sixsmith est le fruit de mon travail. La réponse est non. Très peu pour moi, ce genre de… boulot. Je ne prétends pas être innocent. Je suis coupable de fermer les yeux. C'est l'homme de main de Grimaldi qui a tué Sixsmith et qui vous a poussée du pont, la nuit dernière. Un dénommé Bill Smoke – je suppose qu'on lui connaît d'autres pseudonymes. Je ne peux pas vous y forcer, mais j'espère en tout cas que vous me croirez.

— Comment avez-vous su que j'avais survécu ?

— Un espoir insensé. Écoutez, la vie vaut mieux qu'un scoop. Je vous demande une dernière fois, et je ne le répéterai plus, d'oublier votre investigation. Maintenant, je dois partir, et je prie Dieu pour que vous fassiez de même. » Il se lève. « Une dernière chose. Vous savez vous servir d'un flingue ?

— Je suis allergique aux armes à feu.

— Comment ça ?

— Les flingues me fichent la gerbe. Au sens propre.

— *Tout le monde* devrait apprendre à s'en servir.

— Oh oui, pour ensuite finir à la morgue. De toute façon, Bill Smoke n'attendra pas sagement que je sorte le flingue de mon sac à main ! La seule issue reste pour moi de trouver des preuves si accablantes que me tuer n'aurait plus d'importance.

— Vous sous-estimez l'amour que l'homme porte aux vengeances mesquines.

— En quoi cela vous concerne, de toute façon ? Vous avez payé votre dette envers mon père. Voilà votre conscience soulagée. »

Napier pousse un morne soupir. « Merci pour le match, Javi.

— T'es qu'un menteur, dit le petit garçon.

— J'ai menti, c'est vrai, pour autant je ne suis pas un menteur. C'est peut-être mal de mentir, mais quand le monde tourne à l'envers, un peu de mal fait parfois du bien.

— Ça veut rien dire.

— Tu as raison, ça ne veut rien dire. N'empêche que c'est vrai. »

Joe Napier sort.

Javier est aussi en colère contre Luisa. « Et après, tu me grondes comme si je risquais ma vie, tout ça parce que je saute de mon balcon sur le tien ? »

47

Les pas de Luisa et Javier se réverbèrent dans la cage d'escalier. Javier jette un œil par-dessus la rampe, les étages inférieurs s'éloignent comme les spires d'un coquillage. Le vent du vertige souffle, il étourdit le garçon. On éprouve la même sensation si on regarde vers le haut. « Si tu avais le pouvoir de connaître l'avenir, demande-t-il, tu t'en servirais ? »

Luisa remonte la bandoulière de son sac. « Cela dépend si j'ai la possibilité d'en changer le cours.

— Et si oui ? Imagine qu'au deuxième étage, des espions communistes viennent te kidnapper, tu descendrais par l'ascenseur jusqu'au rez-de-chaussée.

— Et si jamais les espions appellent l'ascenseur et décident de kidnapper celui qui s'y trouve ? Et si tenter d'éviter les événements futurs, c'était ce qui les déclenche ?

— Si tu pouvais voir l'avenir de la même façon qu'on voit le bout de la 16ᵉ Rue depuis le toit de Kilroy, le grand magasin, ça voudrait dire que le futur est déjà là. S'il est déjà là, impossible de le changer.

— D'accord, mais tu n'as aucune prise sur ce qui arrive au bout de la 16ᵉ Rue. Ce sont les architectes, urbanistes et concepteurs qui décident de son sort, à moins que tu fasses exploser un immeuble, un truc de ce genre. Par contre, ce qui va se passer dans la minute, c'est toi qui en décides.

— Alors c'est quoi, la réponse ? On peut changer l'avenir ou pas ? »

Peut-être que la réponse ne relève pas de la métaphysique mais plus prosaïquement du pouvoir. « Il n'y a pas de certitude possible, Javi. »

Ils arrivent au rez-de-chaussée. Les biceps de l'*Homme*

qui valait trois milliards cliquettent dans la télévision de Malcolm.

« Au revoir, Luisa.

– Je ne quitte pas la ville pour de bon, Javi. »

À l'initiative du garçon, ils se serrent la main. Luisa est surprise : le geste paraît formel, définitif et intime.

48

À une heure de l'après-midi, une horloge portative en argent tinte dans la demeure de Judith Rey à Ewingsville. Bill Smoke subit la conversation d'une femme de banquier. « Cette maison ne manque jamais de réveiller le démon de la convoitise qui se terre en moi, confie la quinquagénaire couverte de bijoux. Il s'agit d'une réplique de la demeure de Frank Lloyd Wright ; laquelle se trouve aux environs de Salem, m'a-t-on dit. » Elle s'est avancée de quelques centimètres de trop. *Et toi, tu ressembles à une sorcière de Salem qui aurait pété une durite chez Tiffany*, pense Bill Smoke, qui répond : « Ah oui, vraiment ? »

Des domestiques sud-américaines débauchées par les traiteurs portent des plateaux de nourriture à travers la foule blanche des invités. Chaque serviette de lin pliée en forme de cygne est accompagnée d'une carte où figure le nom d'un convive. « Ce chêne au feuillage argenté, sur la pelouse en façade, était certainement déjà présent au temps des premières missions espagnoles, dit l'épouse, vous ne croyez pas ?

– Sans aucun doute. On dit que les chênes vivent six siècles : deux cents ans pour pousser, deux cents ans pour vivre, deux cents ans pour mourir. »

Smoke aperçoit Luisa qui pénètre dans la pièce somptueuse et accepte un baiser sur les deux joues de la part de son beau-père. *Ce que j'attends de toi, Luisa Rey ?* Une autre invitée du même âge que Luisa serre la journaliste dans ses bras. « Luisa ! Cela fait bien trois ou quatre ans ! » À y regarder de près, l'invitée possède le charme des petites pestes indiscrètes. « Qu'est-ce que j'apprends ? Tu n'es pas encore mariée ?

– Ah ça, non, répond Luisa, catégorique. Pourquoi, tu l'es, toi ? »

S'apercevant que Luisa sent son regard posé sur elle, Smoke recentre son attention sur l'épouse : en effet, à moins de soixante minutes d'ici, on trouve des séquoias qui étaient sans doute déjà bien hauts à l'époque de Nabuchodonosor. Judith Rey se dresse sur un tabouret avancé pour l'occasion et fait tinter une bouteille de champagne rosé à l'aide d'une petite cuillère d'argent jusqu'à obtenir l'attention de tous. « Mesdames, messieurs, jeunes gens, clame-t-elle, on m'annonce que le déjeuner est servi ! Mais avant de passer à table, j'aimerais vous dire quelques mots sur le magnifique travail accompli par l'Association de Lutte Contre le Cancer de Buenas Yerbas, et sur la manière dont sera utilisé l'argent récolté par les collecteurs de fonds envers qui vous vous montrez si généreux aujourd'hui. »

Bill Smoke distrait deux enfants en faisant apparaître de nulle part un Krugerrand brillant. *Ce que j'attends de toi, Luisa, c'est un meurtre d'une intimité parfaite.* L'espace d'un instant, Bill Smoke songe à ces pouvoirs en nous qui ne sont pas nôtres.

49

Les bonnes ont débarrassé les assiettes à dessert, les vapeurs âcres du café se répandent dans l'air et la somnolence d'un dimanche suralimenté s'installe dans le salon. Les invités les plus âgés dénichent des recoins où piquer du nez. Le beau-père de Luisa rassemble plusieurs types de sa génération afin de leur montrer sa collection de voitures des années cinquante, les épouses et les mères jouent au jeu des allusions, les jeunes enfants sortent se chamailler au soleil, sous les arbres et autour de la piscine. À la table des entremetteuses, les Henderson monopolisent la conversation. Leurs yeux bleus et leurs mains couvertes d'or étant identiques, Luisa n'arrive pas à distinguer chacun des triplés de ses frères. « Ce que je ferais, déclare l'un, si j'étais président ? Premièrement, je tâcherais de remporter la guerre froide ; je ne me contenterais pas simplement d'éviter la défaite. »

Un autre poursuit : « Je ne courberais certainement pas l'échine devant des Arabes dont les ancêtres ont arrêté leurs chameaux sur des étendues de sable bénies des dieux...

– ... ni devant ces cocos de niakoués. J'établirais – et je n'ai pas peur de le dire – l'empire capitaliste qui revient de droit à notre pays. Car si nous ne le faisons pas...

– ... les Japs nous couperont l'herbe sous le pied. L'avenir, c'est l'entreprise. Si le pays est régi par les échanges commerciaux, une véritable méritocratie s'établira d'elle-même.

– Une méritocratie qui ne sera pas prise à la gorge par les aides sociales, syndicats et autres mesures de "discrimination positive" pour culs-de-jatte noirs, vagabonds, travestis et arachnophobes...

– Une méritocratie qui célébrera le sens des affaires. L'instauration d'une culture qui n'aura pas peur de reconnaître que la richesse appelle le pouvoir...

– ... Et que ceux qui créent des richesses – nous autres – doivent être récompensés. Devant un candidat au pouvoir, une seule question me vient à l'esprit : "Réfléchit-il en homme d'affaires ?" »

Luisa fait de sa serviette une boule compacte. « Trois questions me viennent à l'esprit. Ce pouvoir, comment l'a-t-il obtenu ? Comment l'utilise-t-il ? Et comment le lui reprendre, à ce salopard ? »

50

Judith Rey découvre Luisa dans le cabinet de son père, devant le flash de l'après-midi. « "Camionneuse", c'est un mot que j'ai entendu Anton Henderson prononcer, et s'il ne parlait pas de toi, trésor, je me demande bien de qui... Ce n'est pas drôle ! Tes problèmes de... révolte ne s'arrangent pas. Tu te plains d'être seule, alors je te présente des jeunes gens bien comme tout, et toi, tu leur fais ton numéro de "camionneuse" en prenant ce petit ton de journaliste à *Spyglass*.

— Me suis-je jamais plainte d'être seule ?

— Les garçons comme les Henderson ne tombent pas du ciel.

— Les calamités tombent du ciel, souvent. »

On frappe à la porte ; Bill Smoke passe la tête. « Madame Rey ? Pardonnez-moi cette intrusion, mais je vais bientôt partir. Très sincèrement, je n'ai jamais assisté à une collecte de fonds si bien menée où l'on aura réservé un accueil aussi chaleureux. »

La main de Judith Rey papillonne à son oreille. « C'est très gentil à vous...

— Herman Howitt, adjoint de direction de Musgrove Wyeland, aux bureaux de Malibu. Je n'ai pas eu l'occasion de me présenter avant ce déjeuner enchanteur – la réservation de dernière minute, ce matin, c'est moi. Mon père est décédé il y a plus de dix ans – le cancer, Dieu ait son âme. J'ignore comment ma mère et moi nous serions débrouillés sans l'aide de votre association. Quand Olly a évoqué par hasard cette journée d'action caritative, je me suis dit qu'il fallait vérifier si je ne pouvais pas remplacer quelqu'un se désistant à la dernière minute.

— Nous sommes *tellement* heureux que vous ayez appelé, bienvenue à Buenas Yerbas. » *Un peu petit*, estime Judith Rey, *mais musclé, un bon boulot et davantage de l'âge de Luisa que de la quarantaine. Adjoint de direction, voilà un poste prometteur.* « J'espère que la prochaine fois, Mme Howitt se joindra à nous. »

Bill Smoke, alias Herman Howitt, esquisse un sourire effacé. « Désolé, la seule Mme Howitt qui existe est ma mère. Jusqu'à présent, du moins.

— Oh, mais comment est-ce possible ? » réagit Judith Rey.

Il jette un œil à Luisa Rey, qui ne lui accorde aucune attention. « J'ai admiré les principes que votre fille a défendus, tout à l'heure, en bas. L'éthique personnelle semble faire défaut à tant de gens de notre génération.

— Comme je vous approuve ! Dans les années soixante, les gens ont jeté le bébé avec l'eau du bain. Le père de Luisa et moi sommes séparés depuis plusieurs années, néanmoins nous avons toujours veillé à inculquer le sens des valeurs à notre fille. Luisa ! Tu veux bien t'arracher de la télévision une minute, je te prie, ma chérie ? Herman va penser que… Luisa ? Trésor, qu'est-ce que tu as ? »

Le commentateur psalmodie : « La police a confirmé que parmi les douze passagers tués dans l'accident du Learjet survenu ce matin au-dessus du massif d'Allegheny figurait Alberto Grimaldi, président de Seaboard Power, cadre le mieux payé des États-Unis. D'après l'enquête préliminaire menée par des inspecteurs de l'Administration fédérale d'aviation, un défaut du système de carburant serait à l'origine de l'explosion. La carcasse est disséminée sur plusieurs kilomètres carrés...

– Luisa, mon trésor ? » Judith Rey s'agenouille auprès de sa fille, frappée d'horreur devant les images de morceaux d'avion sur le flanc d'une montagne.

« Mon Dieu, c'est... *horrible* ! » Bill Smoke savoure un mets sophistiqué dont lui-même, le chef, ne saurait se figurer tous les ingrédients. « Vous connaissiez un de ces malheureux, mademoiselle Rey ? »

51

Lundi matin. La salle de presse de *Spyglass* grouille de rumeurs. On prétend ici que le magazine est fichu ; là, que Kenneth P. Ogilvy, le propriétaire, va le vendre au plus offrant ; que la banque a récemment renfloué le capital du magazine ; qu'au contraire, on leur coupe les vivres. Luisa n'a confié à personne qu'elle a survécu à une tentative de meurtre survenue vingt-quatre heures plus tôt. Elle ne veut mêler à cette histoire ni sa mère, ni Grelsch, et si elle met de côté ses quelques contusions, l'événement lui paraît de plus en plus irréel.

Elle le connaissait à peine, pourtant la mort d'Isaac Sachs l'attriste. Elle éprouve également de la peur mais se concentre sur son travail. Son père lui avait raconté que les photographes de guerre parlent de l'objectif de leur appareil photo comme d'un rempart à la frayeur : ce matin, ces paroles prennent tout leur sens. *Si Bill Smoke se doutait qu'Isaac Sachs s'apprêtait à passer à l'ennemi, cela explique la mort du scientifique – mais qui aurait également souhaité celle de Grimaldi ?* L'équipe des journalistes migre dans le bureau de Dom Grelsch pour le rituel briefing de dix heures. Viennent dix heures et quart.

« Grelsch n'a jamais été aussi en retard, même le jour de l'accouchement de sa première femme, remarque Nancy O'Hagan, qui se vernit les ongles. Ogilvy n'arrive plus à le détacher de la table de torture. »

Roland Jakes extirpe du cérumen de ses oreilles à l'aide d'un crayon. « J'ai rencontré le batteur qui a joué sur le tube des Monkees. Il me cassait les pieds avec son tantrisme, ça, merci. Sa position préférée s'appelait le plombier : "On a attendu toute la journée, mais personne n'est *venu*." »

Long silence.

« Oh, j'essayais de décoincer l'ambiance. »

Grelsch arrive et ne perd pas une seconde. « *Spyglass* est en passe d'être vendu. Nous saurons plus tard dans la journée qui échappera au sacrifice. »

Les pouces de Jerry Nussbaum s'accrochent à sa ceinture. « Rapide, comme décision.

– Et comment. Les négociations ont débuté en fin de semaine dernière. » Grelsch bouillonne. « Depuis ce matin, c'est une affaire réglée.

– Eh ben, ils ont dû faire une putain d'offre, alors ? le cuisine Jakes.

– Demande ça à KPO.

– Qui est l'acheteur ? demande Luisa.

– La conférence de presse, c'est tout à l'heure.

– Allez, Dom, l'enjôle O'Hagan.

– Je vous répète que la conférence de presse, c'est pour tout à l'heure. »

Jakes roule une cigarette. « On dirait que notre, euh, mystérieux acheteur tient à acquérir, et comme on dit, si rien n'est cassé, il n'y a rien à réparer. »

Nussbaum s'ébroue. « Qui te dit que notre mystérieux acheteur ne nous croit pas irrécupérables ? Quand le groupe Allied News a racheté *Nouveau** l'année dernière, ils ont même viré les laveurs de carreaux.

– Bon, conclut Nancy O'Hagan, ma croisière sur le Nil tombe une fois de plus à l'eau. Encore un Noël à Chicago chez ma belle-sœur. Ses gamins. Dans la capitale mondiale du bœuf congelé. Une journée suffit à tout changer. »

52

Joe Napier se rend compte en étudiant les œuvres d'art choisies pour aller ensemble dans le vestibule du vice-président qu'on l'a mis sur la touche depuis des mois. Chacun s'est défait de ses engagements, puis le pouvoir a été détourné par les moyens habituels. *Je m'en moquais bien*, songe Napier, *il ne me restait plus qu'un an et demi à tirer*. Il entend des pas et sent un courant d'air. *Mais faire sauter un avion contenant une douzaine de passagers ne relève pas de questions de sécurité : c'est un homicide multiple. Qui en a donné l'ordre ? Bill Smoke travaille-t-il pour Wiley ? Est-ce un simple accident d'avion ? Ça arrive. Ce que je comprends, c'est que ne pas comprendre pose un réel danger.* Napier s'en veut d'avoir prévenu Luisa Rey la veille, cette prise de risque idiote n'a servi à rien.

La secrétaire de William Wiley apparaît dans l'embrasure de la porte. « M. Wiley va vous recevoir, monsieur Napier. »

Napier s'étonne de la présence de Fay Li dans le bureau. Le contexte appelle à un échange de sourires. « Joe ! Comment va ? » Les salutations de William Wiley recèlent autant de vigueur que sa poignée de main.

« Triste matinée, monsieur Wiley, répond Napier, qui accepte de s'asseoir mais refuse la cigarette. Je n'arrive toujours pas à réaliser ce qui est arrivé à M. Grimaldi. » *Je ne t'ai jamais aimé. Je n'ai jamais compris à quoi tu servais.*

« C'est si triste. Quelqu'un pourra toujours succéder à Alberto ; le remplacer, jamais. »

Napier s'autorise à poser une question travestie en menu propos. « Combien de temps attendra-t-on au conseil d'administration avant de désigner un nouveau président ?

– Nous nous réunissons cet après-midi pour en discuter. Alberto n'aurait pas aimé que le groupe parte à la dérive sans grand timonier à son bord plus de temps que nécessaire. Vous connaissiez le respect qu'il vous portait, c'était presque, euh…

– De la ferveur », suggère Fay Li.

Tiens donc, tu as grimpé d'un échelon, monsieur *Li.*

« Exactement ! C'est ça ! De la ferveur.

– M. Grimaldi était un chic type.

– Et comment, Joe, et comment. » Wiley se tourne vers Fay Li. « Fay. Si nous faisions part de notre offre à Joe ?

– En rétribution de ton passé professionnel exemplaire, M. Wiley te propose de partir plus tôt. Tu recevras la totalité de la rémunération des dix-huit derniers mois de ton contrat, la prime, puis la retraite correspondant à ton indice salarial. »

Le supplice de la planche ! Sur le visage de Napier se reflète la stupéfaction. *Bill Smoke est derrière tout ça.* L'expression qu'il affiche convient à la fois à cette proposition de retraite et au sentiment éprouvé sous cette secousse sismique qui le fait sauter du rôle d'initié à celui de gêneur. « C'est pour le moins… inattendu…

– Je sais bien, Joe », dit Wiley sans rien ajouter d'autre. Le téléphone sonne. « Non, répond sèchement Wiley dans le combiné, M. Reagan attendra son tour. Je suis occupé. »

Au moment où Wiley raccroche, Napier a pris sa décision. *Une occasion en or de quitter cette pièce macabre.* Il joue au vieux domestique béat de gratitude.

« Fay, monsieur Wiley. Je ne sais pas comment vous remercier. »

William Wiley écarquille les yeux comme le coyote du dessin animé. « En acceptant ? »

— Bien sûr que j'accepte ! »

Wiley et Fay Li le félicitent copieusement. « Vous comprenez, bien sûr, poursuit Wiley, qu'avec un poste aussi délicat que celui de la sécurité, votre succession sera prise dès que vous quitterez cette pièce. »

Nom de Dieu, vous ne perdez pas une seconde, hein ?

Fay Li ajoute : « Je te transmettrai tes effets personnels et la paperasse à remplir. Je sais que tu ne t'offusqueras pas si on t'escorte jusqu'à la côte. Tout le monde doit voir que M. Wiley respecte le protocole.

— Mais non, Fay, pas du tout. » Napier sourit, la maudissant. « C'est moi qui l'ai rédigé, ce protocole. » *Napier, garde ton .38 bien attaché à la cheville jusqu'à ton départ de Swannekke. Et bien après, même.*

53

La musique du magasin L'Accord perdu dissipe toute pensée relative à *Spyglass*, Sixsmith, Sachs et Grimaldi. Le son cristallin coule telle une rivière, spectral, hypnotique... *d'une intime familiarité*. Luisa se tient droite, elle est en transe, comme si elle revivait une époque parallèle. « Je connais cette musique, dit-elle à l'employé du magasin, qui finit par lui demander si elle se sent bien. Qu'est-ce que c'est, bon sang ?

— Je suis désolé, ce disque est réservé, il n'est pas à vendre. D'ailleurs, je ne devrais pas le jouer.

— Ah. » *Faisons les choses dans l'ordre.* « J'ai téléphoné la semaine dernière. Je suis Mlle Rey, Luisa Rey. Vous m'aviez dit pouvoir mettre la main sur un enregistrement rare de Robert Frobisher, *Cartographie des nuages*. Mais laissons cela un instant. J'aimerais acheter ce que vous venez de jouer. Il me la faut, cette musique. Qu'est-ce que c'est ? »

Le vendeur lui présente les poignets et attend des menottes imaginaires. « *Cartographie des nuages*, par Robert Frobisher. Je l'écoutais afin de m'assurer qu'il n'est pas rayé. Oh, je vous mens. Je l'écoutais parce que je ne suis pas maître de ma curiosité. Pas vraiment du Delius, n'est-ce pas ? Pourquoi les maisons de disques ne publient pas ce genre de merveille ? C'est un crime. En tout cas, j'ai le plaisir de vous annoncer que votre disque est en excellent état.

– Je l'ai déjà entendu quelque part, mais où ? »

Le jeune homme hausse les épaules. « Seuls quelques exemplaires circulent en Amérique du Nord.

– Pourtant je le connais. Je vous assure, je le connais. »

54

Nancy O'Hagan s'excite au téléphone lorsque Luisa retourne au bureau. « Shirl ? Shirl ! C'est Nancy. Écoute, il nous reste peut-être encore une chance de passer les fêtes de Noël à l'ombre du Sphinx. Le nouveau propriétaire du magazine s'appelle Trans Vision. » – elle hausse la voix – « *Trans Vision…* Moi non plus, mais » – O'Hagan baisse la voix – « je sors d'un entretien avec KPO, ouais, l'ancien patron, il est de nouveau à la direction. Mais non écoute, je t'appelais pour te dire qu'ils me gardent ! » Elle acquiesce frénétiquement en regardant Luisa. « Non, ils ne suppriment pratiquement aucun poste, alors téléphone à Janine et dis-lui qu'elle fêtera Noël seule avec ses abominables petits bonshommes de neige.

— Luisa, hèle Grelsch depuis la porte de son bureau, M. Ogilvy veut te voir. »

K. P. Ogilvy, qui occupe le fauteuil capricieux de Dom Grelsch, a contraint le rédacteur en chef à s'exiler sur une chaise en plastique. Le propriétaire de *Spyglass* qui fait face à Luisa rappelle à cette dernière une gravure sur acier. Celle d'un juge du Far West. « Il n'y a pas de manière agréable d'annoncer ce genre de chose, commence-t-il, j'irai donc droit au but. Vous êtes virée. Ordre du nouveau propriétaire. »

Luisa regarde la nouvelle ricocher contre elle. *Ce n'est rien, comparé à être projetée d'un pont dans la mer au crépuscule.* Grelsch évite de croiser son regard. « J'ai un contrat.

— Qui n'en a pas ? Vous êtes virée.

— Suis-je la seule de la rédaction à subir les foudres de vos nouveaux maîtres ?

— Oui, semble-t-il. » Un frémissement parcourt la mâchoire de K. P. Ogilvy.

« Je crois qu'il n'est pas injuste de demander "Pourquoi moi ?"

— Ce sont les propriétaires qui embauchent, qui virent et qui décident de ce qui est juste ou injuste. Quand un acheteur propose un plan de sauvetage comme la généreuse offre de Trans Vision, on ne chipote pas.

— "La chipoteuse". Cela ne vous dérange pas si je la fais graver sur ma montre en or, celle-là ? »

Dom Grelsch gesticule, mal à l'aise. « Monsieur Ogilvy, je crois que Luisa a droit à des explications.

— Qu'elle aille en demander à Trans Vision. Peut-être que son profil ne correspond pas à leur vision de

Spyglass. Trop radicale. Trop féministe. Trop sèche. Trop arriviste. »

Il essaie de brouiller les cartes. « J'aimerais poser à Trans Vision quelques questions. Où se trouve leur siège social ?

– Quelque part dans l'Est, seulement je doute que quiconque vous y recevra.

– Quelque part dans l'Est. Et qui figure parmi vos nouveaux collègues au conseil d'administration ?

– Vous êtes renvoyée, pas en train de mener un interrogatoire.

– Encore une question, monsieur Ogilvy. Eu égard à ces trois années magiques de service indéfectible, si vous pouviez me répondre : quelles sont les relations entre Trans Vision et Seaboard Power ? »

Dom Grelsch est curieux d'entendre la réponse, lui aussi. Ogilvy hésite une fraction de seconde, puis fulmine : « Une tonne de travail m'attend. Vous serez payée jusqu'à la fin du mois, pas besoin de venir. Merci et au revoir. »

Quand on fulmine, songe Luisa, *c'est qu'on a quelque chose à cacher*.

55

VOUS QUITTEZ LE COMTÉ DE SWANNEKKE,
PAYS DES VAGUES, PAYS DE L'ATOME,
REVENEZ NOUS VOIR BIENTÔT !

La vie est chouette. Joe Napier pousse sa Jeep à sa vitesse de croisière. *La vie est belle*. Seaboard Power, sa vie professionnelle, Margo Roker et Luisa Rey refluent dans le passé à cent trente kilomètres heure. *C'est génial, la vie*. Deux heures pour atteindre son chalet dans le massif de Santo Cristo. Il pourrait pêcher des poissons-chats et les manger au dîner s'il n'est pas trop fatigué du voyage. Il regarde dans le rétroviseur : la Chrysler argent tapie à une centaine de mètres derrière lui depuis deux ou trois kilomètres le dépasse et disparaît au loin. *Du calme*, se dit Napier, *te voilà tiré d'affaire*. Sa Jeep fait un drôle de cliquetis. Viennent quinze heures, l'après-midi a atteint son apogée. L'autoroute longe la rivière sur des kilomètres et des kilomètres, la montée est progressive. *L'arrière-pays s'est enlaidi depuis les trente dernières années, mais quel endroit n'a pas subi ce sort ?* De tous côtés, les chantiers de construction colonisent des coteaux que les bulldozers aplanissent. *Il m'aura fallu toute une vie pour m'en sortir.* Buenas Yerbas n'est plus qu'une petite tache qui fourmille dans le rétroviseur de Napier. *Ce n'est pas toi qui empêcheras la fille de Lester de jouer les Wonder Woman. Tu as fait de ton mieux. Laisse-la tranquille. Ce n'est plus une gamine.* Il parcourt les ondes, mais il n'y a que des hommes qui chantent comme des femmes et des femmes qui chantent comme des hommes, puis il tombe sur une station de radio diffusant de la country à l'eau de rose qui passe « Midnight Cow-boy ». Dans leur couple, c'était Milly la musicienne. Napier se remémore le premier soir où il l'a vue : elle jouait du violon pour Wild Oakum Hokum et ses Cow-girls ensablées. Les regards que les musiciens échangent quand la musique ne réclame aucun effort : voilà ce qu'il attendait de Milly, ce genre d'intimité. *Luisa Rey est aussi une gamine.* Napier emprunte la sortie 18 et se dirige vers Copperline en suivant l'ancienne route des mineurs. *Ce cliquetis ne veut pas cesser.* Ici, l'automne lèche déjà les bois de montagne. Sous les pins anciens, la route qui longe les gorges mène là où le soleil se couche.

Tout d'un coup, le voilà arrivé à destination, incapable de se remémorer les pensées qui l'ont traversé au cours des trois derniers quarts d'heure. Napier se gare devant l'épicerie, coupe le moteur et saute de sa Jeep. *Tu entends le torrent ? La rivière perdue.* Cela lui rappelle que Copperline n'est pas Buenas Yerbas ; il déverrouille sa Jeep. Le propriétaire de l'épicerie accueille son client en le saluant par son prénom, lui raconte les ragots des six derniers mois en autant de minutes et lui demande s'il est en vacances pour la semaine.

« Je serai désormais en vacances en permanence. On m'a proposé de partir en » – ce mot ne lui avait jamais servi directement – « retraite anticipée. Tu parles si j'ai accepté. »

L'œil du propriétaire du magasin devine tout. « Tu fêtes ça chez Duane, ce soir ? Ou tu attends demain pour noyer ton chagrin ?

– Donne-moi jusqu'à vendredi. Ce sera une fête, ça oui. Mais je préfère d'abord passer ma première semaine de liberté à me reposer au chalet, plutôt qu'à rouler sous la table. » Napier paie ses commissions et sort, saisi par une pressante envie de solitude. Les pneus de la Jeep écrasent la piste caillouteuse. Les phares balaient la forêt primitive qui s'illumine.

Là. Une fois de plus, Napier entend la rivière perdue. Il se remémore la première visite de Milly au chalet que son père, ses frères et lui-même avaient construit. À présent, il ne reste plus que lui. Ils s'étaient baignés à poil, ce soir-là. Ses poumons et sa tête s'emplissent de la forêt crépusculaire. Finis les téléphones, moniteurs de surveillance, télévisions, vérifications d'identité et réunions dans le bureau insonorisé du président. Plus jamais. L'ancien responsable de la sécurité s'assure que le cadenas de la porte n'a pas été crocheté avant d'ouvrir les volets. *Du calme, quoi. Seaboard t'a laissé partir, tu es libre, ciao, bon vent, plus de comptes à rendre.*

N'empêche qu'il a son .38 en main en entrant dans le chalet. *Tu vois ? Personne.* Napier allume un feu et se prépare des saucisses aux haricots accompagnées de pommes de terre cuites sous la cendre. Deux bières. Il va dehors et pisse, pisse. La Voie lactée pétille. Un sommeil profond, très profond.

Encore réveillé, assoiffé, la vessie pleine de bière. *La cinquième, ou la sixième fois ?* Les bruits de la forêt ne bercent pas Napier, ce soir : ils perturbent son impression de bien-être. Une voiture qui freine ? *Non, une chevêchette des Saguaros.* Des craquements de brindilles ? *Un rat, un colin des montagnes, je ne sais pas, tu es en forêt, ça peut être n'importe quoi. Rendors-toi, Napier.* Le vent. *Des voix sous la fenêtre ?* Napier ouvre les yeux et voit au-dessus de son lit le couguar tapi sur la poutre ; il se réveille en hurlant ; ce couguar, c'était Bill Smoke, le bras levé, sur le point de lui défoncer le crâne à coups de lampe torche ; sur la poutre, rien. *Il pleut, cette fois ?* Napier tend l'oreille.

La rivière. Ce n'est que la rivière.

De nouveau, il craque une allumette afin de voir s'il vaut la peine de se lever : quatre heures cinq du matin. Non. Cette heure n'en est plus une. Napier se blottit dans les replis de l'obscurité et cherche à se terrer dans les cavités du sommeil, mais le souvenir récent de la maison de Margo Roker vient l'en déloger. Bill Smoke, lui disant : *Monte la garde. Mon contact m'a précisé qu'elle conservait ses papiers dans sa chambre.* Napier acquiesce, content de ne pas être davantage impliqué. Bill Smoke allume sa lourde lampe torche en plastique et monte à l'étage.

Napier surveille le verger de Roker. La maison la plus proche se situe à un kilomètre. Il se demande pourquoi

Bill Smoke, qui d'habitude opère en solitaire, a tenu à ce que Napier l'accompagne pour cette opération.

Un faible cri. Qui cesse brusquement.

Napier gravit les marches quatre à quatre ; glissade, série de pièces vides.

Bill Smoke, agenouillé sur un vieux lit, frappant le matelas à coups de lampe torche. Le fouet du faisceau sur les murs et le plafond, le bruit presque inaudible de la lampe percutant la tête inconsciente de Margo Roker. Le sang de la femme sur les draps : humide, écarlate, obscène.

Napier, hurlant à Smoke d'arrêter.

Bill Smoke, qui tourne la tête et halète. *Quoi, Joe ?*

Tu disais qu'elle était sortie ce soir !

Non, non, tu as mal entendu. C'est ce que mon contact *disait. Pas facile à trouver, le personnel fiable.*

Merde, merde, merde, elle est morte ?

Deux précautions valent mieux qu'une, Joe.

Un joli petit coup monté, reconnaît Joe Napier dans le chalet déserté par le sommeil. Il était pieds et poings liés. Complicité de matraquage sur une activiste âgée et sans défense ? N'importe quel étudiant en droit bègue qui aurait abandonné ses études saurait l'envoyer en prison pour le restant de ses jours. Un merle chante. *J'ai mal agi envers Margo Roker, mais cette histoire appartient au passé*. Les quatre petites cicatrices causées par l'éclat de grenade – deux sur chaque fesse – le font souffrir. *J'ai pris d'énormes risques pour prévenir Luisa Rey.* La lumière de la fenêtre permet de distinguer Milly dans son cadre. *Je ne suis qu'un homme*, proteste-t-il, *pas une armée. Vivre un peu, voilà tout ce que j'attends de la vie. Et pêcher, aussi.*

Joe Napier soupire, s'habille, et commence à charger ses affaires dans la Jeep.

Milly gagnait à tous les coups : il suffisait qu'elle se taise.

56

Pieds nus, Judith Rey noue la ceinture de son peignoir imitation kimono et traverse le vaste tapis byzantin qui mène au sol marbré de la cuisine. Elle sort trois pamplemousses roses de sa caverne réfrigérée, les coupe en deux, puis fourre les hémisphères glacés et juteux dans la gueule d'un presse-agrumes. La machine bourdonne comme des guêpes emprisonnées, et une carafe se remplit d'un jus pulpeux et nacré, rose bonbon. Elle se sert dans un grand verre épais et bleu, et fait circuler bruyamment le liquide dans chaque recoin de sa bouche.

Sur le sofa à rayures de la véranda, Luisa parcourt le journal en mâchant un croissant. La vue magnifique – qui s'étend des toitures nanties et des pelouses veloutées jusqu'au centre-ville de Buenas Yerbas, où les gratte-ciel s'élèvent de la brume océane et de la pollution des automobilistes sur la route du travail – relève d'un onirisme particulier à cette heure-ci.

« Tu restes dormir à la maison ce soir, trésor ?

– Bonjour. Non, il faut que je récupère mes affaires au bureau ; je dois t'emprunter de nouveau une des voitures, si ça ne t'embête pas.

– Vas-y. » Judith lit dans les pensées de sa fille. « Tu gâchais ton talent, chez *Spyglass*, trésor. C'était un petit magazine sordide.

– C'est vrai, Maman. N'empêche que c'était le mien. »

Judith Rey s'assoit sur l'accoudoir du sofa et chasse une mouche insolente posée sur son verre. Elle examine un article entouré dans la rubrique économique.

Le « gourou de l'énergie » Lloyd Hooks
à la tête de Seaboard

Dans une déclaration commune, la Maison Blanche et Seaboard Power ont annoncé que le responsable de la commission fédérale à l'Énergie Lloyd Hooks occupera le siège laissé vacant suite à la disparition tragique d'Alberto Grimaldi survenue il y a deux jours dans un accident d'avion. Le cours des actions de Seaboard a bondi de quarante points à l'annonce de cette nomination. « Nous sommes ravis que Lloyd Hooks ait accepté notre offre de rejoindre la direction, confie William Wiley, vice-président de Seaboard, et malgré les circonstances infiniment tristes de cette désignation, la direction a l'impression que de là-haut, Alberto se joint à nous pour réserver un accueil très chaleureux à ce nouveau président visionnaire. » Menzies Graham, porte-parole de la commission fédérale à l'Énergie a déclaré : « L'expertise de Lloyd Hooks fera évidemment défaut à Washington, mais le président Ford respecte son choix et espère que perdureront ses relations avec un des hommes les plus aptes à relever les défis énergétiques et à travailler au rayonnement de notre nation. » M. Hooks prendra ses nouvelles fonctions dès la semaine prochaine. Son successeur sera connu cet après-midi.

« Tu suivais cette affaire ? demande Judith.
– J'y travaille encore.
– Au nom de quoi ?
– Au nom de la vérité. » L'ironie de sa fille est sincère. « Je bosse en indépendante.

— Depuis quand ?
— Depuis que KPO m'a virée. C'était une décision de nature politique, Maman. Cela prouve que j'ai ferré un gros poisson. Une baleine. »

Judith Rey regarde la jeune femme. *Il y a bien longtemps, j'avais une petite fille. Je l'ai habillée de fanfreluches, l'ai inscrite à des cours de danse classique et suis même allée jusqu'à l'envoyer cinq étés de suite dans un centre d'équitation. Mais regarde ta fille, aujourd'hui. Tu as beau t'être démenée, elle s'est transformée en Lester.* Elle embrasse son enfant sur le front. Luisa fronce les sourcils, suspicieuse, telle une adolescente. « Quoi ? »

57

Luisa Rey s'arrête au Snow White Diner pour prendre le dernier café de ses jours à *Spyglass*. La seule place libre se trouve à côté d'un homme caché derrière le *San Francisco Chronicle*. *Un bon journal*, songe Luisa qui s'assoit. Dom Grelsch la salue. « B'jour. »

Luisa éprouve une pointe de jalousie : c'est son territoire. « Que faites-vous ici ?
— Il faut bien que les rédac' chef se nourrissent, eux aussi. Je viens ici tous les matins depuis que ma femme… enfin, vous savez. J'arrive à mettre les gaufres dans le grille-pain, mais… » À sa manière de désigner les côtes de porc, on comprend : *Dois-je en dire davantage ?*

« Je ne vous ai jamais vu ici.
— C'est parce qu'il repart une heure avant ton arrivée, dit Bart, qui exécute trois tâches simultanées. Comme d'habitude, Luisa ?
— S'il te plaît. Pourquoi tu ne me l'as jamais dit, Bart ?
— Je ne parle pas non plus de tes allées et venues.

— Premier au bureau, dit Dom Grelsch en pliant le journal, dernier à en sortir. Le pain quotidien du rédac' chef. Je voulais vous toucher deux mots, Luisa.

— J'ai le souvenir distinct d'avoir été virée.

— Ravalez votre venin deux secondes. Je veux vous dire pourquoi — ou plutôt *comment* — je ne compte pas laisser passer la façon dégueulasse dont Ogilvy vous a traitée. Et puisque c'est l'heure des confessions, je savais depuis vendredi que vous figuriez parmi les sacrifiés du plan de sauvetage.

— Sympa de m'avoir prévenue. »

Le rédacteur en chef baisse la voix. « Vous étiez au courant, pour la leucémie de ma femme ? Notre problème d'assurance ? »

Luisa, magnanime, consent à acquiescer.

Grelsch se renfrogne. « La semaine dernière, au cours des négociations de la passation des pouvoirs... il a été insinué que si je restais chez *Spyglass* et niais avoir entendu parler d'un certain rapport, on ferait en sorte de s'arranger avec mon assurance. »

Luisa reste de marbre. « Vous croyez qu'ils tiendront parole ?

— Dimanche matin, je reçois un coup de fil de mon assureur, Arnold Frum. Il est désolé de nous déranger, bla bla bla, mais il pensait que nous aimerions apprendre que Blue Shield a changé d'avis et prendra à sa charge tous les frais médicaux de ma femme. Un chèque de remboursement de nos dernières dépenses est au courrier. Finalement, nous conservons notre maison. Je ne suis pas fier de moi, mais je n'ai pas honte de privilégier ma famille à la vérité.

— La vérité, ce sont les radiations qui retombent sur Buenas Yerbas.

— Nous acceptons tous d'encourir certains risques. Si

en protégeant ma femme, je favorise en contrepartie les chances qu'un accident se produise à Swannekke, eh bien, soit, il me faudra vivre avec. Ce que j'aimerais vraiment, c'est que vous songiez un peu plus aux risques que *vous*, vous encourez en affrontant ces gens-là. »

Le souvenir de l'engloutissement revient hanter Luisa, dont le cœur se met à frémir. Bart lui apporte une tasse de café.

Grelsch glisse une page dactylographiée sur le comptoir. Elle contient deux colonnes de sept noms. « Devinez de quelle liste il s'agit. » Deux noms ressortent : Lloyd Hooks et William Wiley.

« Celle des membres du conseil d'administration de Trans Vision ? »

Grelsch acquiesce. « Presque, oui. La liste des membres du conseil d'administration est publique. Il s'agit de celle des conseillers officieux rémunérés par Trans Vision. Les noms entourés devraient vous intéresser. Tenez : Hooks *et* Wiley. On y retrouve ces deux mêmes feignasses avides d'argent, c'est accablant pour eux. »

Luisa empoche la liste. « Merci pour le tuyau.

– C'est ce crétin de Nussbaum qui a fouiné. Une dernière chose. Fran Peacock, du *Western Messenger*, vous la connaissez ?

– Juste assez pour la saluer pendant ces superficielles soirées mondaines.

– Fran et moi nous connaissons depuis belle lurette. Je suis allé la voir à son bureau hier soir. J'ai évoqué les détails les plus troublants de votre enquête. Je ne me suis pas impliqué mais quand vous serez en possession de preuves suffisamment solides, elle aura autre chose à vous dire qu'un simple bonjour.

– Est-ce dans l'esprit de l'accord que vous avez conclu avec Trans Vision ? »

Grelsch se lève et replie son journal. « Ils ne m'ont jamais défendu de partager les relations que j'ai. »

58

Jerry Nussbaum restitue les clés de voiture à Luisa. « Notre Père qui êtes aux cieux, faites que je sois réincarné en voiture de sport de sa mère. Peu importe laquelle. C'est le dernier carton ?

– Oui, répond Luisa, et merci. »

Jerry Nussbaum hausse les épaules comme un modeste maestro. « Sans femme à qui raconter des blagues machistes, on va se sentir seul. Après tant d'années à pratiquer les salles de rédaction, Nanc' a fini par se transformer en homme. »

Nancy O'Hagan cogne sa machine à écrire enrayée et adresse un doigt d'honneur à Nussbaum.

« Ouais, d'ailleurs » – Roland Jakes pose un œil morne sur le bureau désert de Luisa –, « je n'arrive toujours pas à croire que, enfin tu sais, que le nouveau boss t'a poussée dans le vide mais a gardé cet invertébré de Nussbaum. »

Nancy O'Hagan siffle, tel un cobra : « Comment *Grelsch* » – elle pointe son cigare en direction du bureau concerné – « peut accepter de rouler sur le dos en agitant les pa-pattes et laisser KPO te liquider sans rien dire ?

– Souhaitez-moi bonne chance.

– De la chance ? se moque Jakes. Tu n'en as pas besoin. Je ne sais pas pourquoi tu es restée si longtemps chez *Spyglass*, ce requin qui n'avance plus. Les années soixante-dix verront la satire rendre son dernier souffle. Lehrer disait vrai. Dans un monde où Henry Kissinger obtient le prix Nobel de la paix, on finira tous au chômage.

– Au fait, se souvient Nussbaum, en remontant, je suis

passé par le courrier. J'ai quelque chose pour toi. » Il tend à Luisa une épaisse enveloppe kaki. Elle ne reconnaît pas les pattes de mouche de cette écriture arabesque. Elle fend l'enveloppe. À l'intérieur se trouve la clé d'un coffre-fort, enveloppée dans un bref message. L'expression sur le visage de Luisa s'intensifie à mesure que ses yeux avancent dans la lecture. Elle inspecte à deux reprises l'étiquette de la clé. « Troisième Banque de Californie, 9ᵉ Rue. Où est-ce ?

– Dans le centre, répond O'Hagan, au croisement entre la 9ᵉ et Flanders Boulevard.

– On se revoit bientôt. » Luisa s'en va. « Le monde est petit. On s'y recroise sans cesse. »

59

En attendant que le feu vire au vert, Luisa jette une fois de plus un œil à la lettre de Sixsmith afin de s'assurer qu'elle n'a rien omis. L'écriture du message est précipitée.

B.Y. International Airport,

le 03.09.1975

Chère mademoiselle Rey,

Veuillez pardonner ce gribouillis. Un bienfaiteur de Seaboard m'a prévenu d'un imminent danger de mort. Effectuer l'exposé des défauts de l'HYDRE-Zéro nécessite une excellente santé, aussi ai-je décidé d'agir immédiatement après cette mise en garde. Je vous recontacterai dès que possible depuis Cambridge ou par l'intermédiaire de l'AIEA. Entre-temps, j'ai pris la liberté de déposer mon rapport sur Swannekke B dans un

coffre-fort à la Troisième Banque de Californie, située sur la 9ᵉ Rue. Il vous sera utile si d'aventure malheur m'arrivait.
Prudence.
En hâte,
R. S.

Des klaxons fustigent Luisa, qui manie gauchement cette boîte de vitesses à laquelle elle n'est pas habituée. La 13ᵉ Rue franchie, l'apparence de riche ville de la côte Pacifique a disparu. Les caroubiers, arrosés aux frais de la mairie, cèdent la place à des lampadaires tordus. Les joggeurs ne viennent pas haleter sur ces trottoirs. Le quartier ressemble à une zone industrielle quelconque. Les clochards roupillent sur les bancs, les herbes fissurent la chaussée, les peaux s'assombrissent davantage à chaque pâté de maisons, des affichettes recouvrent les portes barricadées, les graffitis s'étalent sur tout ce qu'un adolescent muni d'une bombe de peinture peut atteindre. Comme les éboueurs sont de nouveau en grève, des montagnes d'ordures se décomposent au soleil. Les prêteurs sur gages, les laveries automatiques anonymes et les épiciers vivotent en ramassant les piécettes tombées de poches usées jusqu'à la trame. Quelques pâtés de maisons et lampadaires plus loin, les magasins cèdent la place à des usines et des logements sociaux. Luisa, qui n'a jamais roulé dans ce quartier, se sent déstabilisée par l'imprévisibilité des grandes villes. Était-ce dans la logique de Sixsmith de dissimuler son rapport, puis la cachette elle-même ? Arrivant au niveau de Flanders Boulevard, elle aperçoit juste devant elle la Troisième Banque de Californie, bordée de chaque côté d'un parking réservé à la clientèle. Luisa ne remarque pas la Chevy noire cabossée garée en face.

60

Arborant de larges lunettes de soleil et un chapeau, Fay Li compare l'heure qu'indique sa montre à celle de la banque. La climatisation perd sa bataille contre la torpeur de fin de matinée. À l'aide d'un mouchoir, elle éponge la transpiration sur son visage et ses avant-bras, s'évente, et récapitule ses dernières conclusions. *Joe Napier, tu as l'air d'un crétin mais au fond, tu es malin, suffisamment malin pour savoir quand tirer ta révérence.* Luisa Rey devrait arriver d'une minute à l'autre, si Bill Smoke a vu juste. *Bill Smoke, tu as l'air malin, mais au fond, tu es un crétin, et tes hommes de main ne sont pas aussi loyaux que tu l'imagines. Toi qui ne marches pas à l'argent, tu as tendance à oublier que les simples mortels se laissent facilement acheter.*

Deux élégants Chinois entrent. L'un d'eux lui indique du regard l'arrivée de Luisa Rey. Le trio se dirige vers un bureau situé à l'entrée d'un couloir qui part de côté : SALLE DES DÉPÔTS. L'endroit a été très peu fréquenté, ce matin. Fay Li a d'abord songé à infiltrer l'endroit, mais mieux vaut se contenter du manque de vigilance naturel d'un gardien payé au salaire de base afin d'éviter de donner à la Triade une idée du butin à la clé.

« Bozou » – Fay Li dégaine son pire accent chinois devant le gardien –, « frères et moi vouloi aller coffe-fort. » Elle agite la clé d'un coffre. « Gadez, on a un clé. »

Le jeune homme morose a de sacrés problèmes de peau. « Pièce d'identité ? »

– Dentité, là. Gadez dentité, gadez. »

Les idéogrammes et leur magie tribale millénaire ont raison de la vigilance occidentale. Le gardien leur indique le couloir de la tête et retourne à son magazine *Aliens !*

« La porte n'est pas fermée à clé. » *Si ça ne tenait qu'à moi, je te flanquerai à la porte illico, gamin*, songe Fay Li.

Le couloir se termine devant une porte blindée entrouverte. Derrière se trouve la salle des dépôts, dont le plan dessine un trident. Tandis que le premier homme de main la rejoint dans l'allée de gauche, Fay Li ordonne au second d'aller au fond de celle de droite. *Environ six cents coffres, ici. L'un d'eux contient un rapport à cinq millions de dollars, soit dix mille dollars la page.*

Dans le couloir, des bruits de pas se rapprochent. *Son sec : des talons de femme.*

La porte de la chambre forte s'ouvre. « Il y a quelqu'un ? » lance Luisa.

Silence.

La porte claque, et les deux hommes se précipitent sur la jeune femme. Luisa est attrapée et bâillonnée d'une main. « Merci. » Triomphante, Fay Li se saisit de la clé. Y est gravé le matricule 36/64. Fay Li ne gaspille pas sa salive. « Mauvaise nouvelle. Cette pièce est capitonnée et dépourvue de caméras de surveillance, et mes amis et moi sommes armés. Le rapport Sixsmith ne vous est pas destiné. Bonne nouvelle. Mes clients veulent tuer l'HYDRE dans l'œuf et jeter le discrédit sur Seaboard. Les trouvailles de Sixsmith parviendront aux médias d'ici deux à trois jours. Si chez Seaboard, ils souhaitent continuer à régler leurs comptes, c'est leur affaire. Ne me regardez pas comme ça, Luisa. La vérité se fiche bien de savoir qui la découvre ; alors à quoi bon vous en soucier ? J'ai de meilleures nouvelles, encore. Il ne vous arrivera rien. Mon partenaire va vous escorter dans un lieu de détention à B.Y. Ce soir, vous serez libre. Vous ne nous causerez aucun souci » – Fay Li agite sous le nez de Luisa une photo de Javier punaisée à son tableau en liège – « car nous répliquerions de la même façon. »

Dans le regard de Luisa, à la bravade succède la soumission.

« Je savais que vous aviez la tête sur les épaules. » Fay Li s'adresse en cantonais à l'homme qui tient Luisa. « Emmène-la au garage. Pas de saloperie avant son exécution. C'est peut-être une journaliste, mais pas pour autant la dernière des putains. Débarrasse-toi de son cadavre de la façon habituelle. »

Ils partent. Le second partenaire se place à côté de la porte, qu'il laisse entrouverte.

Fay Li repère le coffre 36/64, à hauteur de tête au fond de l'allée du milieu.

La clé tourne, puis le coffre s'ouvre.

Fay Li en sort un classeur vanille. *Le réacteur HYDRE-Zéro – Méthode d'évaluation opérationnelle – Responsable du projet : Pr Rufus Sixsmith – La détention illégale de ce document est un délit fédéral passible des sanctions définies par la loi sur l'espionnage militaire et industriel de 1971.* Fay Li s'autorise un sourire de jubilation. *Terre d'opportunités*. Puis elle aperçoit deux fils électriques qui partent du classeur et remontent jusqu'au fond du coffre. Elle y jette un œil. Une diode rouge clignote au sommet d'un paquetage constitué de deux couches de quatre cylindres proprement reliés à la bande adhésive, de fils et de composants.

Bill Smoke, sale fils de…

61

L'explosion soulève Luisa Rey et la pousse irrésistiblement en avant, comme les rouleaux du Pacifique. Le couloir pivote de quatre-vingt-dix degrés, plusieurs fois, lui martelant les côtes et la tête. Des pétales de douleur éclosent dans son champ de vision. Le bâtiment gronde. Une pluie de morceaux de plâtre, de dalles et de verre tombe, s'amenuise puis cesse.

Un silence de mauvais augure. *À quoi ai-je survécu ?* Des appels à l'aide jaillissent de la poussière et de la fumée, des cris résonnent dans la rue, des sonneries d'alarme stridentes retentissent dans l'air brûlé. Le cerveau de Luisa se ranime. *Une bombe.* Le gardien grogne et gémit. Du sang s'écoule de son oreille et forme un delta sur le col de sa chemise. Luisa tente de se dégager, mais sa jambe gauche a été emportée.

La confusion intérieure se dissipe : sa jambe est simplement coincée sous son inconsciente escorte chinoise. Elle parvient à se dégager ; groggy et mal en point, elle rampe à travers le hall, désormais changé en décor de film. Luisa y retrouve la porte blindée de la salle des dépôts que l'explosion a arrachée de ses gonds. *Elle a dû me frôler*. Verre brisé, chaises renversées, morceaux de mur, gens tailladés en état de choc. Les tuyaux éructent une fumée grasse et, vite, un système anti-incendie se déclenche : Luisa, trempée, étouffe, glisse sur le sol mouillé et trébuche sur d'autres personnes, étourdie, pliée de douleur.

Une main offre son secours au poignet de Luisa. « Là, madame, là, je vais vous aider à sortir, il pourrait y avoir d'autres explosions. »

Luisa se laisse guider vers la lumière du jour encombrée, où des murs de visages écarquillent les yeux, avides d'horreur. Le pompier l'aide à franchir un barrage de voitures grillagées qui lui rappelle le reportage de guerre d'avril dernier sur Saigon. La fumée continue à se déverser en quantités insensées. « Dégagez ! Par ici ! Reculez ! Par là ! » Luisa la journaliste essaie de dire quelque chose à Luisa la victime. Elle a des morceaux de gravats dans

la bouche. C'est urgent. Elle demande à son sauveteur :
« Comment êtes-vous arrivé si vite sur les lieux ?

— Tout va bien, insiste-t-il, vous êtes encore en état de choc. »

Un pompier ? « Ça ira, je saurai me débrouiller seule…

— Non, par ici, vous serez en sécurité… »

La porte d'une Chevy noire s'ouvre.

« Lâchez-moi ! »

Sa poigne est de fer. « Dans la voiture, tout de suite, marmonne-t-il, ou je te fais sauter la cervelle. »

D'abord, cette bombe qui m'était destinée, et maintenant…

L'agresseur de Luisa grogne et tombe en avant.

62

Joe Napier agrippe le bras de Luisa Rey et la sort de la Chevy. *Bon Dieu, il était moins une !* Il serre une batte de base-ball dans l'autre main. « Si vous tenez à la vie, vous feriez bien de me suivre. »

D'accord, songe Luisa. « D'accord. »

Napier la replonge dans l'attroupement général, tend la batte de base-ball à un garçon éberlué, et prend la direction de la Quatre-vingtième Avenue, à l'opposé de la Chevy. *Marcher discrètement ou prendre ses jambes à son cou, au risque de se mettre à découvert ?*

« Ma voiture est garée près de la banque, indique Luisa.

— Nous serions des proies faciles dans ces embouteillages, répond Napier. Il reste les deux gorilles de Bill Smoke, ils nous descendraient à travers la vitre. Vous pouvez marcher ?

— Je pourrais courir, Napier. »

Ils parcourent un tiers du premier trottoir, mais Napier

reconnaît alors le visage de Bill Smoke devant lui. Napier regarde derrière lui. Un deuxième gorille les prend en tenaille. Un troisième surgit de l'autre côté de la rue. La police ne sera pas sur place avant plusieurs minutes : eux n'ont que quelques secondes. Deux homicides en plein jour : pour les malfrats, le coup est risqué, mais le jeu en vaut la chandelle ; de plus, avec le chaos qui règne, ils s'en tireraient certainement. Napier désespère : les voilà devant un entrepôt sans fenêtres. « Grimpez l'escalier », ordonne-t-il à Luisa, en priant que la porte s'ouvre.

La porte s'ouvre.

Le hall d'entrée est un réduit lugubre, éclairé par un simple néon, véritable tombeau à mouches. Napier barre la porte. Derrière un bureau, une petite fille dans sa robe du dimanche et un vieux caniche dans son panier en carton les observent, impassibles. Au loin, trois issues. Le bruit des machines, monolithique.

Une Mexicaine aux yeux noirs jaillit de nulle part et papillonne sous le nez de Napier : « Pas dé clandestins ici, y en a pas ! Lé pas là, lé patron ! Lé pas là ! Rébénez démain ! »

Luisa s'adresse à elle dans un espagnol décrépit. La Mexicaine la fixe du regard, puis indique d'un pouce féroce les sorties. Un coup claque sur la porte d'entrée. Napier et Luisa traversent en courant l'entrepôt qui résonne. « À gauche ou à droite ? » demande Napier.

« 'sais pas ! » répond Luisa dans un souffle.

Napier jette un œil derrière lui dans l'éventualité d'un conseil de la Mexicaine, mais la porte d'entrée tremble au premier coup, se fendille au deuxième et vole en éclats au troisième. Napier entraîne Luisa par la sortie de gauche.

63

Bisco et Roper, les acolytes de Bill Smoke, enfoncent la porte. Dans son tribunal imaginaire, Bill Smoke déclare William Wiley et Lloyd Hooks coupables de grossière négligence. *Je vous avais prévenus que Joe Napier n'était pas du genre à troquer sa mauvaise conscience contre des cannes à pêche.*

La porte est fracassée.

À l'intérieur, une Mexicaine filiforme fait une crise d'hystérie. Une petite fille placide et un caniche toiletté sont assis sur un bureau. « FBI ! hurle Bisco, qui brandit son permis de conduire. Où sont-ils partis ? »

La Mexicaine répond d'une voix stridente : « Nous occupons bien la main-d'œuvre ! Très bien salaire ! Pas bésoin lé syndicat ! »

Bisco sort son revolver et tire sur le caniche, qui s'étale contre le mur. « Où ils sont partis, putain ? »

Bouddha de bordel de Dieu, voilà pourquoi je préfère bosser seul.

La Mexicaine se mord le poing, tremble et pousse une plainte qui va *crescendo*.

« Bravo, Bisco, comme si le FBI tirait sur les caniches. » Roper se penche sur l'enfant, que la mort du chien ne semble avoir nullement troublée. « Le monsieur et la dame, ils ont pris quelle sortie ? »

Elle le regarde comme on contemplerait un joli coucher de soleil.

« Tu parles notre langue ? »

Une hystérique, une muette et un chien mort – Bill Smoke se dirige vers les trois sorties – *et une paire royale de fouteurs de merde*. « On perd du temps ! Roper, à droite. Bisco, à gauche. Moi, je prends le milieu. »

64

Les rangées, les allées et les murs de cartons empilés par dix les empêchent d'appréhender les véritables dimensions de l'entrepôt. Napier barricade la porte à l'aide d'un chariot. « Dites-moi que depuis avant-hier, vous avez surmonté votre phobie des flingues », siffle-t-il.

Luisa hoche la tête, négative. « Vous en avez un ?
– Oui, un pistolet à bouchon. Six balles. Allez ! »

Dans sa course effrénée, Luisa entend les coups sur la porte qu'ils défoncent. Napier réduit le champ de vision ennemi en faisant tomber une pile de cartons. Il répète l'opération quelques mètres plus loin. Malheureusement, une troisième pile s'écroule devant eux cette fois, et des dizaines de Toccata – Luisa reconnaît l'émeu jaune hébété du programme pour enfants que Hal regardait entre deux journées de boulot – s'en échappent. Napier gesticule : *Baissez la tête quand vous courez.*

Cinq secondes plus tard, une balle rate le crâne de Luisa de quelques centimètres, déchire un carton et lui souffle au visage de la peluche destinée au rembourrage des Toccata. Elle trébuche et se cogne contre Napier ; un bruit de cravache fend l'air au-dessus de leurs têtes. Napier sort son revolver et tire deux fois de part et d'autre de Luisa. Ce son lui ordonne de se recroqueviller. « Courez ! » aboie Napier, qui la relève d'une main. Luisa obéit – Napier déclenche des avalanches de cartons afin de ralentir leurs poursuivants.

Dix mètres plus loin, Luisa arrive dans un coin. Une porte en contreplaqué indique ISSUE DE SECOURS.

Verrouillée. À bout de souffle, Joe Napier rejoint Luisa. Il ne parvient pas à l'enfoncer.

« Rends-toi, Napier ! entendent-ils. Ce n'est pas toi

qui nous intéresses ! » Napier tire à bout portant sur la serrure.

La porte ne s'ouvre toujours pas. Il envoie trois balles supplémentaires : à chaque détonation, Luisa tressaute. Le quatrième tir n'est qu'un déclic. Napier donne un coup de talon dans la porte.

Le fracas de cinq cents machines à coudre d'un atelier clandestin. Des brins de tissu flottent dans la moiteur et dessinent des halos autour des ampoules nues suspendues au-dessus de chaque couturière. Sans traîner, Luisa et Napier parcourent à demi accroupis le palier qui ceinture la salle. Des Donald estropiés et des Scooby-Doo crucifiés attendent qu'on leur couse successivement des entrailles, rangée après rangée, palette après palette. Les couturières gardant l'œil rivé sur le plateau à aiguille de leur machine à coudre, l'intrusion de Luisa et Napier ne suscite aucune agitation.

Comment sortir d'ici ?

Napier fonce littéralement sur la Mexicaine du hall d'accueil improvisé. Elle leur désigne un couloir sombre et encombré. Napier se tourne vers Luisa et crie par-dessus le vacarme du métal. L'expression sur son visage signifie : *Doit-on lui faire confiance ?*

Le visage de Luisa lui répond : *Vous avez une meilleure idée ?* Ils suivent la femme qui se faufile entre les rouleaux de tissu, les bobines de fil, les boîtes débordantes d'yeux de peluches, et les tas où gisent pêle-mêle des carcasses et des pièces détachées de machines à coudre. Le couloir tourne à droite et se termine par une porte en fer. Le jour filtre à travers une grille noircie par la pollution. La Mexicaine égrène son trousseau de clés. *On est en 1875, ici*, songe Luisa, *pas en 1975*. Impossible d'insérer la première clé. La deuxième entre, mais ne tourne pas. Trente secondes dans l'atelier clandestin ont suffi à affecter son ouïe.

À six mètres derrière eux, un cri de guerre retentit : « Les mains en l'air ! » Luisa fait volte-face. « J'ai dit : *les mains en l'air, bordel !* » Les mains de Luisa obéissent. Le malfrat garde son pistolet braqué sur Napier. « Tourne-toi, Napier ! *Doucement !* Lâche ton flingue ! »

D'une voix perçante, la *señora* hurle : « Pas mé touer ! Pas mé touer, *¡ Señor !* Ils m'obligé dé montrer la porte ! Ils disent qu'ils mé toué...

— Ta gueule, sale *wetback* de mes deux ! Gicle ! Dégage de ma vue ! »

La femme s'éloigne en l'évitant du mieux possible, collée au mur, criant : « *¡ No Dispares ! ¡ No Dispares ! ¡ No quiero morir !* »

Napier beugle à travers le vacarme que canalise l'entrepôt : « Mollo, Bisco, combien on te paie pour ça ? »

Bisco vocifère : « T'occupe, Napier. Tes dernières paroles.

— Je n'entends pas ! Qu'est-ce que tu dis ?

— Quelles... sont... tes... dernières... paroles ?

— Mes dernières paroles ? Tu te prends pour qui ? Dirty Harry ? »

Les lèvres de Bisco frémissent. « J'ai un cahier de dernières paroles. Ça, c'étaient les tiennes. Toi ? » Il regarde Luisa, gardant son pistolet toujours braqué sur Napier.

Un coup de feu perfore le vacarme, les paupières de Luisa se crispent. Quelque chose de dur percute son orteil. Elle se force à ouvrir les yeux. C'est le revolver qui termine sa course. Le visage de Bisco se tord d'une inexplicable douleur. La clé anglaise de la *señora* brille et fracasse le maxillaire inférieur du malfrat. S'ensuivent dix coups, voire davantage, d'une extrême férocité ; Luisa tressaute à chaque impact, successivement ponctué par les mots « *¡ Yo ! ¡ Amaba ! ¡ A ! ¡ Ese ! ¡ Jodido ! ¡ Perro !* »

Luisa cherche Joe Napier des yeux. Le regard fixe, indemne, l'homme est abasourdi.

La *señora* s'essuie la bouche et se penche sur Bisco qui gît, le visage en bouillie. « Et né m'appelle plous jamais *"wetback"* ! » Lui marchant sur la tête, elle retourne déverrouiller l'issue.

« Il serait sans doute bon que vous disiez aux autres que c'est moi qui lui ai fait cela », lui conseille Napier, tout en se saisissant du revolver de Bisco.

La *señora* s'adresse à Luisa. « *Quítatelo de encima, cariño. Anda con gentuza y ¡ Dios mío ! ese viejo podría ser tu padre.* »

65

Napier s'assoit dans le wagon de métro graffité et observe la fille de Lester Rey. Elle est là, sous le choc, débraillée, toute tremblante, les vêtements encore humides de l'arrosage à la banque. « Comment m'avez-vous trouvée ? » finit-elle par demander.

« Ce gros type à votre bureau. Nosboume, un truc dans ce genre.

— Nussbaum.

— C'est ça. J'ai eu du mal à le convaincre. »

Un long silence s'étire entre les stations Reunion Square et Dix-septième Avenue. Luisa joue avec un trou dans son jean. « J'imagine que vous ne travaillez plus pour Seaboard.

— Ils m'ont mis au vert hier.

— Ils vous ont viré ?

— Non. Retraite anticipée. Oui. Ils m'ont mis au vert.

— Et du "vert", vous êtes revenu ce matin.

— C'est à peu près ça. »

Le silence suivant s'étire entre les stations Dix-septième Avenue et McKnight Park.

« J'ai l'impression, hésite Luisa, que j'ai – non, que *vous* avez enfreint une espèce de décret, tout à l'heure. Comme si Buenas Yerbas avait décidé que je devais mourir aujourd'hui. Et pourtant, je suis toujours en vie. »

Napier prend la mesure de ces paroles. « C'est faux. La ville se moque bien de tout ça. Vous pourriez plutôt dire que c'est votre père qui vous a sauvé la vie, quand il a donné ce coup de pied dans la grenade qui roulait vers moi, il y a trente ans. » Le wagon grogne et frémit. « Il faudra s'arrêter chez un armurier. Ça me rend nerveux d'avoir un flingue sans munitions. »

Le métro émerge dans la lumière du jour.

Luisa plisse les yeux. « Où allons-nous ?

– Voir quelqu'un. » Napier regarde sa montre. « Une fille venue spécialement par avion. »

Luisa frotte ses yeux rougis. « Cette personne me fournira-t-elle une copie du rapport Sixsmith ? Ce document représente ma seule porte de sortie.

– Je ne sais pas encore. »

66

Megan Sixsmith, assise sur un banc du musée d'Art moderne de Buenas Yerbas en face d'un gigantesque portrait, soutient le regard d'une vieillarde au visage oursin restitué par le truchement de lignes grises et noires entrelacées sur la toile vide. Seule œuvre figurative dans une salle de Pollock, de De Kooning, et de Miró, ce tableau prend gentiment les visiteurs au dépourvu. « *Voilà ton avenir, dit-elle*, songe Megan. *Un jour, ton visage sera le mien.* » Le temps a tricoté sur sa peau des toiles d'araignée de rides. Des muscles flasques ici, tendus là ; ses paupières tombent. Ses perles sont vraisemblablement de piètre qualité, et ses cheveux ébouriffés témoignent d'un après-midi passé à courir après ses petits-enfants. *Mais elle perçoit des choses qui m'échappent.*

Une femme de l'âge de Megan s'assoit à côté d'elle. Une bonne douche et des vêtements propres ne seraient pas du luxe. « Megan Sixsmith ? »

Megan la regarde de biais. « Luisa Rey ? »

Elle désigne de la tête le portrait. « Je l'ai toujours bien aimée. Mon père la connaissait. En vrai, je veux dire. Une survivante de l'Holocauste installée à B.Y. Elle tenait une pension de famille du côté de Little Lisbon. Elle y logeait l'artiste. »

Le courage pousse partout, pense Megan, *comme les mauvaises herbes.*

« Joe Napier m'a dit que vous arriviez aujourd'hui de Honolulu.

— Il est ici ?

— C'est le type derrière moi, avec la chemise en jean, celui qui feint de s'intéresser au tableau d'Andy Warhol. Il veille sur nous. Sa paranoïa semble justifiée, j'en ai peur.

— Oui. Je dois m'assurer que vous êtes bien celle que vous dites.

— Heureuse que vous me le demandiez. Comment peut-on faire ?

— Quel était le Hitchcock préféré de mon oncle ? »

Celle qui prétend être Luisa Rey réfléchit un moment et sourit. « Nous avons discuté de Hitchcock dans l'ascenseur – j'imagine qu'il vous l'a raconté dans ses lettres, mais à mon souvenir, il ne m'a pas parlé de son préféré. Il admirait la scène muette de *Sueurs froides* où James Stewart traque la mystérieuse femme jusqu'au front de mer, avec San Francisco en toile de fond. Il a bien aimé *Charade*, aussi – je sais que ce n'est pas de Hitchcock, mais cela le faisait rire de vous entendre traiter Audrey Hepburn d'andouille. »

Megan s'adosse au banc. « C'est vrai, mon oncle m'a parlé de vous dans une carte postale écrite à l'hôtel de l'aéroport. L'agitation et l'inquiétude étaient palpables dans ce message ponctué de phrases du genre "Si quelque chose devait m'arriver"; pourtant, aucune intention suicidaire n'en transparaissait. Rien n'a pu contraindre Rufus à commettre ce que prétend la police. J'en suis sûre. » *Demande-lui, et arrête de trembler, nom d'un chien.* « Mademoiselle Rey... vous croyez que mon oncle a été assassiné, vous ? »

Luisa Rey lui répond : « J'en suis malheureusement certaine, oui. Désolée. »

La conviction de la journaliste a un effet cathartique. Megan pousse un profond soupir. « J'ai connaissance de la mission qu'il menait pour Seaboard et le ministère de la Défense. Je n'ai jamais vu le rapport complet. En revanche, j'ai pu en vérifier les équations lors de ma visite en juin. Nous validions mutuellement nos travaux.

– Le ministère de la Défense ? De l'Énergie, vous voulez dire ?

– Non, de la Défense. Parmi les sous-produits générés par le réacteur HYDRE-Zéro figure de l'uranium enrichi. Haute qualité, grosses quantités. » Megan laisse à Luisa le temps de mesurer l'ampleur de cette révélation. « De quoi avez-vous besoin ?

– Du rapport : lui seul permettra de porter cette affaire sur le devant de la scène médiatique et judiciaire. Et accessoirement, de me sauver la peau. »

Faire confiance à cette inconnue ou me lever et partir ?

En rangs deux par deux, des écoliers se rassemblent

autour du portrait de la vieillarde. Megan murmure, sa voix couverte par celle du bref discours du conservateur : « Rufus archivait ses travaux académiques, données, notes, premiers jets, etc., sur l'*Étoile de mer* – son yacht – en vue de consultations futures. Ses funérailles n'auront pas lieu avant la semaine prochaine et l'expertise testamentaire ne débutera pas d'ici là : ses archives devraient donc demeurer intactes. Je serais prête à parier qu'il y a conservé une copie du rapport. Peut-être que les types de Seaboard ont déjà passé le bateau au peigne fin, mais Rufus se gardait bien de prononcer le nom de l'*Étoile de mer* à son travail...

– Où est-il amarré en ce moment ? »

67

LA MARINA ROYALE DE CAP YERBAS
EST FIÈRE D'HÉBERGER LA *PROPHÉTESSE*
LA GOÉLETTE LA MIEUX PRÉSERVÉE AU MONDE !

Napier gare la Ford de location près du club, un ancien hangar à bateaux placardé de bardeaux. Ses grandes fenêtres font la promotion d'un bar attrayant et ses pavillons claquent dur dans le vent du soir. Des rires et des aboiements dans les dunes parviennent jusqu'à Luisa et Napier, qui traversent le jardin du club et descendent les marches menant à l'imposante marina. La silhouette d'un trois-mâts de bois se découpe dans l'est moribond et domine les yachts alentour, gominés à la fibre de verre. Quelques rares personnes s'affairent sur les pontons et les bateaux. « L'*Étoile de mer* est amarrée au dernier ponton, le plus éloigné par rapport au club » – Luisa consulte le plan de Megan Sixsmith –, « derrière la *Prophétesse*. »

En effet, ce navire construit au XIXe siècle a été magnifiquement restauré. En dépit de sa mission, un étrange vertige déconcentre Luisa et l'oblige à marquer une pause pour observer les gréements de la goélette et écouter le craquement de ses os de bois.

« Qu'est-ce qui ne va pas ? » chuchote Napier.

Ce qui ne va pas ? La tache de naissance de Luisa palpite. La jeune femme cherche à attraper les bouts de cet instant élastique, mais ceux-ci disparaissent dans le passé et l'avenir. « Rien.

– Il n'y a pas de honte à avoir la frousse. Moi-même, j'ai la frousse.

– Hmm.

– Nous y sommes presque. »

L'*Étoile de mer* se trouve à l'endroit indiqué sur le plan de Megan. Ils grimpent à bord. Napier insère un trombone dans la serrure de la cabine et glisse un bâtonnet d'esquimau entre le chambranle et la porte. Luisa guette d'éventuels guetteurs. « Je parie que vous n'avez pas appris cela à l'armée.

– Perdu. Les monte-en-l'air sont d'astucieux soldats, et au bureau du recrutement, on n'est pas bégueule... » Un déclic. « Ça y est. » La cabine bien rangée paraît dénuée de tout livre. La pendule digitale encastrée passe de 21 h 55 à 21 h 56. Le faisceau de la lampe torche de Napier s'arrête sur une table de navigation montée sur un meuble de classement miniature. « Si on y jetait un œil ? »

Luisa ouvre un tiroir. « C'est bien là. Éclairez-moi. » Une masse de dossiers et de reliures. Dans le lot, un classeur couleur vanille détonne. *Le réacteur HYDRE-Zéro – Méthode d'évaluation opérationnelle – Responsable du projet : Pr Rufus Sixsmith – La détention illégale de ce document est un délit fédéral passible des sanctions définies par la loi sur l'espionnage militaire et industriel de 1971.* « Je l'ai. Ça y est. Joe ? Ça va ?

— Oui. Simplement... pour une fois que quelque chose se déroule sans problème. »

Alors, tout compte fait, Joe Napier sait sourire.

Un mouvement dans l'embrasure de la porte ; un homme leur cache les étoiles. Sentant Luisa s'alerter, Napier se retourne. À la lumière de la torche, Luisa voit un tendon sur le poignet du malfrat se contracter, deux fois de suite, sans qu'un coup de feu éclate. *Cran de sûreté bloqué ?*

Joe Napier hoquette, tombe à genoux, et se fend le crâne sur le pied en acier de la table de navigation.

Il est étendu, immobile.

Luisa oublie tout, sauf l'infime sensation d'être elle-même. La lampe torche de Napier subit le faible roulis ; le faisceau qui pivote éclaire son buste déchiqueté. Le liquide vital se répand à toute vitesse, écarlate, luisant : le spectacle est obscène. Les gréements sifflent et vibrent au vent.

Le tueur referme la porte de la cabine derrière lui. « Posez le rapport sur la table, Luisa. » Le ton est amical. « Je ne voudrais pas l'éclabousser de sang. » Elle obéit. Son visage est caché. « Bon, le moment est venu de faire la paix avec votre créateur. »

Luisa s'agrippe à la table. « Vous êtes Bill Smoke. Celui qui a tué Sixsmith. »

Les ténèbres lui répondent. « Le vœu de forces supérieures, je dirais plutôt. Pour ma part, je me suis contenté de vider la douille. »

Concentre-toi. « Vous nous avez suivis, devant la banque, dans le métro, jusqu'au musée...

— La mort vous rend-elle toujours aussi bavarde ? »

La voix de Luisa tremble. « Comment ça, "toujours" ? »

68

Joe Napier part à la dérive dans un silence torrentiel.

Le fantôme de Bill Smoke flotte dans la noirceur de son champ de vision.

Plus de la moitié de lui-même est déjà partie.

De nouveau, des mots percutent le silence. *Il va la tuer. Ce .38 dans ta poche.*

J'ai fait mon devoir, je suis en train de mourir, bon Dieu.

Hé, là. Le devoir, la mort : parles-en à Lester Rey.

La main droite de Napier s'approche lentement de sa ceinture. Est-il un bébé dans son berceau ou un homme sur son lit de mort ? Des nuits entières – non : des vies entières défilent. Plusieurs fois, Napier se laisse partir, mais sa main refuse d'oublier. La crosse d'un revolver lui atterrit dans la paume. Son doigt pénètre dans une boucle d'acier, et un éclair de lucidité illumine l'objectif à atteindre. *La sécurité, ça, oui. Retire-la. Doucement...*

Oriente le flingue. Bill Smoke est à quelques mètres à peine.

La détente résiste à la pression de son index – puis une détonation incroyablement puissante pousse à la renverse Bill Smoke, qui agite des bras de pantin.

L'instant précédant l'antépénultième moment de sa vie, Napier tire un dernier coup sur le pantin dont la silhouette se dessine sur fond d'étoiles. Le mot *Silvaplana* lui vient sans crier gare.

À l'antépénultième moment de sa vie, Bill Smoke s'effondre et glisse contre la porte de la cabine.

À l'avant-dernier, une pendule digitale encastrée passe de 21 h 57 à 21 h 58.

L'œil de Napier sombre, le rayon d'un soleil venant tout juste de naître traverse des chênes ancestraux et danse sur une rivière perdue. *Regarde, Joe, des hérons.*

69

Dans la chambre de Margo Roker à l'hôpital du comté de Swannekke, Hester Van Zandt regarde sa montre. 21 h 57. Les visites s'achèvent à vingt-deux heures. « Une dernière pour la route, Margo ? » La visiteuse jette un œil à son amie comateuse, puis parcourt son *Anthologie de la poésie américaine*. « Un peu d'Emerson ? Ah, oui. Tu te souviens de celle-ci ? C'est toi qui me l'avais montrée. »

Si le tueur rouge croit avoir tué
Ou si la victime se croit assassinée,
C'est qu'ils ignorent les voies subtiles
Que je pratique pour passer et revenir.

Le lointain, l'oublié me sont proches
L'ombre et la lumière me sont unes ;
Les dieux évanouis m'apparaissent ;
La honte et la gloire me sont unes.

Ils se trompent quand ils croient m'abandonner ;
S'ils passent près de moi, je suis les ailes ;
Je suis celui qui doute, je suis le doute même,
Je suis l'hymne que chantent les brahmanes.

Les dieux puissants aspirent à mon séjour
Et les Sept languissent en vain...

« Margo ? Margo ? Margo ! » Les paupières de Margo Roker frémissent, comme en plein sommeil paradoxal. Un grognement se tortille dans son larynx. Elle prend une grande inspiration, ouvre de grands yeux qui clignent de confusion, et s'alarme à la vue des tubes qui lui jaillissent du nez. Hester Van Zandt s'affole, elle aussi, mais c'est l'espoir qui l'agite. « Margo ! Tu m'entends ? Margo ! »

La patiente pose son regard sur sa vieille amie, puis laisse retomber sa tête sur l'oreiller. « Mais oui, je t'entends, Hester, tu me hurles dans l'oreille, enfin. »

70

Luisa étudie l'édition du 1er octobre du *Western Messenger* dans le cliquetis des couverts et la vapeur du Snow White Diner.

**Lloyd Hooks disparaît sans payer la caution de 250 000 dollars
le président Ford promet de « débarrasser l'Amérique des escrocs
qui salissent le monde des affaires ».**

Un porte-parole de la police de Buenas Yerbas confirme que le nouveau président du groupe Seaboard Power et ancien commissaire fédéral à l'Énergie Lloyd Hooks s'est enfui du pays sans s'acquitter de la caution fixée lundi à un quart de million de dollars. Ce dernier rebondissement dans le « Seaboardgate » survient un jour après que Hooks a juré « défendre [son] intégrité et celle des grandes entreprises américaines » contre ce qu'il qualifiait de « ramassis d'infamies et de mensonges ». Le président Ford, qui est entré dans la mêlée lors d'une conférence de presse à la Maison Blanche, a condamné les agissements de son ancien conseiller et pris ses distances vis-à-vis de ce haut fonctionnaire nommé par Nixon. « Mon gouvernement punira sans distinction tous ceux qui enfreignent la loi. Nous débarrasserons l'Amérique des escrocs qui salissent le monde des affaires et nous leur infligerons les peines maximales. »

La fuite de Lloyd Hooks, que beaucoup considèrent comme un aveu de culpabilité, est le dernier rebondissement d'une série de révélations lancées après l'incident de la marina royale au cap Yerbas, où se sont entretués Joe Napier et Bill Smoke, agents de sécurité des très controversées centrales atomiques implantées sur l'île Swannekke. Le témoin oculaire Luisa Rey, correspondante de notre journal, a appelé la police à venir sur place, et l'enquête qui s'est ensuivie a d'ores et déjà établi des liens avec l'assassinat du Pr Rufus Sixsmith (ingénieur atomique britannique et consultant chez Seaboard), l'explosion du jet privé de l'ancien président du groupe survenue deux semaines plus tôt en Pennsylvanie, mais aussi la déflagration de la Troisième Banque de Californie située dans le centre de B.Y., au cours de laquelle deux personnes ont trouvé la mort. Cinq cadres supérieurs de Seaboard Power ont été accusés de complicité dans le complot, deux desquels se sont suicidés. Les trois autres – dont William Wiley, vice-président du groupe – ont accepté de témoigner à charge contre Seaboard.

Il y a deux jours, l'arrestation de Lloyd Hooks avait été perçue comme une confirmation du soutien accordé par notre journal aux révélations de Luisa Rey sur ce scandale majeur, révélations initialement qualifiées par William Wiley d'« élucubrations diffamatoires tirées d'un roman d'espionnage qui ne méritent pas la moindre réaction». (*Suite p. 2, article complet p. 5, commentaires p. 11*)

« La une ! » Bart sert un café à Luisa. « Eh bien, Lester serait sacrément fier.

– Il dirait juste que j'ai fait mon boulot de journaliste.

– Eh oui, exactement, Luisa ! »

Le scoop de l'affaire Seaboard ne lui appartient plus. Swannekke grouille de reporters, d'inspecteurs du Sénat, d'agents du FBI, de policiers du comté et de scénaristes de Hollywood. La centrale Swannekke B est à l'arrêt et le chantier de la C a été suspendu.

Luisa ressort la carte postale de Javier. On y voit trois ovnis foncer sous le Golden Gate Bridge :

Salut Luisa, ici, c'est chouette mais c'est une maison alors je ne peux pas sauter de balcon en balcon quand je vais chez des amis. Paul (c'est Wolfman mais Maman dit que je ne dois plus l'appeler comme ça, même si je sais qu'il aime bien) m'emmène à une foire aux timbres demain, et puis j'aurai le droit de choisir la peinture pour ma chambre, et il fait mieux la cuisine que Maman. Je t'ai encore vue à la télé hier soir et dans le journal aussi. C'est pas parce que tu es célèbre qu'il faut m'oublier, hein ?

Javi

Le deuxième courrier qu'elle a reçu était un colis expédié par Megan Sixsmith, à la demande de Luisa. Il contient les huit autres lettres écrites par Robert Frobisher à son ami Rufus Sixsmith. Luisa ouvre le paquet à l'aide d'un couteau en plastique. Elle extrait une des enveloppes jaunies ; le cachet indique la date du 10 octobre 1931 ; Luisa la porte à son nez et inhale. *Après quarante-quatre années d'hibernation dans cette feuille de papier, des molécules du château de Zedelghem et de la main de Frobisher tourbillonnent-elles en ce moment dans mes poumons, dans mon sang ?*

Qui saurait dire ?

LETTRES DE ZEDELGHEM

Zedelghem
le 10 octobre 1931,

Sixsmith,
Ayrs, alité depuis trois jours, embrumé par la morphine, crie de douleur. Déconcentre et trouble grandement. Dr Egret nous avertit J. et moi de ne pas confondre son état de santé avec sa joie de vivre musicale recouvrée, et interdit à V. A. de travailler au lit. Ce docteur me fiche les chocottes. N'ai jamais rencontré un médicastre sans l'avoir à demi suspecté de chercher à me plumer autant que sa créativité le lui permettrait.

Suis plongé dans mes compositions personnelles. Cruel à dire, mais quand Hendrick arrive au petit-déjeuner pour m'annoncer : « Pas aujourd'hui, Robert », je me sens presque soulagé. Ai passé la nuit dernière à travailler sur les grondements d'un violoncelle enflammé d'explosifs triolets. Silence troublé par le vif claquement des pièges à souris. Me souviens du clocher de l'église qui sonnait trois heures du matin. « J'ai entendu une chouette dans le lointain, dit Huckleberry Finn, elle hululait pour un mort, et il y avait un engoulevent et un chien qui pleuraient un mourant. » Ce passage m'a toujours hanté. Je me souviens ensuite d'avoir vu Lucille à la fenêtre gonfler les draps de lumière matinale. Morty Dhondt était en bas, m'a-t-elle annoncé, paré pour l'excursion. Je pensais rêver, mais non. J'avais les yeux chassieux et l'espace d'une seconde je me suis trouvé incapable de me rappeler mon nom. Ai grogné que je ne souhaitais me rendre nulle part avec Dhondt, je voulais dormir, du travail m'attendait. « Mais vous avez vous-même planifié cette promenade en automobile la semaine dernière ! » a objecté Lucille.

En effet. Je me suis lavé, ai enfilé des vêtements propres et me suis rasé. Ai envoyé Lucille chercher le valet qui m'avait astiqué les chaussures et le reste. Dans le salon réservé au petit-déjeuner, l'aimable diamantaire fumait un cigare et lisait le *Times*. « Rien ne presse, m'a-t-il coupé, quand je me suis excusé de mes atermoiements. Là où nous allons, personne ne remarquera que nous arrivons en avance ou sur le tard. » Mme Willems m'a servi du kedgeree[1], et J. est apparue, nonchalante. Elle n'avait pas oublié la date, et m'a tendu un bouquet de roses blanches retenues par un ruban noir, puis, égale à elle-même, elle a souri.

Dhondt possède une Bugatti Royale 1927 type 41 de livrée bordeaux. Un vrai voilier, Sixsmith. Elle fonce comme un diable mécanique : presque 75 km/h sur chaussée métallique ! Et il faut entendre le Klaxon avec lequel Dhondt fait feu à la moindre provocation. Une belle journée pour une triste expédition. Comme on peut présager, plus on se rapproche du front, plus la campagne est défigurée. Au-delà de Roeselare, le paysage est criblé de cratères, quadrillé de tranchées effondrées et grêlé de parcelles brûlées où aucune herbe ne pousse.

---

1. Plat indo-britannique à base de riz, d'œuf et de haddock fumé émincé. On le mange au petit-déjeuner. (*N.d.T.*)

Les quelques arbres qui, çà et là, tiennent encore debout se révèlent être, quand on les touche, des morceaux de charbon inertes. L'écheveau de verdure de ces terres ne célèbre pas tant le triomphe de la Nature que le mildiou qui la ronge. Dhondt criait par-dessus le bruit du moteur que les fermiers n'osent toujours pas cultiver ces terres par crainte de tomber sur un obus intact. Impossible d'arpenter le terrain sans songer à la densité de ceux qui s'y trouvent enfouis. L'assaut risquait d'être lancé à tout instant, et les soldats de l'infanterie surgiraient alors de terre pour balayer de nouveau le sol poudreux. Les treize années écoulées depuis l'armistice semblaient réduites à quelques heures.

Zonnebeke n'est qu'un village délabré qui rassemble des ruines rafistolées et le cimetière du 11e régiment de la 53e brigade du comté d'Essex. La commission des cimetières militaires m'a affirmé que c'était très probablement l'endroit où mon frère reposait. Adrian est mort au combat le 31 juillet sur les crêtes de Messines, au plus fort de la bataille. Dhondt m'a déposé devant le portail et souhaité bonne chance. Avec tact, il a prétendu avoir à faire dans les environs – plus d'une cinquantaine de kilomètres devait bien le séparer du premier joaillier – et m'a abandonné à ma chimérique quête. Quand il ne s'occupait pas de son piteux potager, un vétéran phtisique surveillait l'entrée. Occupant également la fonction de jardinier – autodésigné, selon toute vraisemblance – il a agité une sébile sous mon nez, pour le «bon entretien des lieux». Me suis acquitté d'un franc, puis le gaillard m'a demandé dans un anglais passable si je cherchais quelqu'un en particulier, car il avait appris par cœur tous les noms du cimetière. Ai écrit le nom de mon frère mais il a tiré cette moue gauloise qui signifie: «Chacun ses problèmes: celui-ci te concerne.»

Avais toujours cru que je devinerais parmi les « SOLDAT INCONNU » lequel serait Adrian. Des lettres dorées, une pie qui hocherait la tête ou une certitude musicale me mèneraient à la bonne parcelle. Ramassis de foutaises. Les innombrables pierres tombales, toutes identiques, étaient alignées comme pour un défilé. Des massifs de ronces envahissaient le périmètre. L'air sentait le renfermé, on aurait cru que le ciel nous gardait sous cloche. Je parcourais les allées et les rangées en cherchant les F. Les chances de succès étaient bien minces, mais savait-on jamais. Le ministère de la Défense commet des erreurs : si la première victime de la guerre est la vérité, la seconde est la fiabilité cléricale. Au bout du compte, nul Frobisher ne reposait sur ce carré perdu dans les Flandres. Le nom le plus proche était « Froames, B. W., Soldat 2389, 18ᵉ régiment (Division Est) » ; c'est donc sur sa pierre tombale que j'ai déposé les roses blanches. Qui saurait dire ? Peut-être que Froames avait demandé du feu à Adrian un soir de fatigue, ou encore, s'était recroquevillé près de lui tandis que les bombes pleuvaient, ou encore, avait partagé son bouillon de bœuf. Je suis un imbécile qui fait du sentiment, je sais.

L'on rencontre de parfaits crétins – ton camarade Orford à l'université, par exemple –, qui affichaient leur grand regret que la guerre fût terminée avant qu'ils eussent été en mesure de montrer ce dont ils étaient capables. D'autres – Friggis est le premier qui me vienne à l'esprit – confiaient leur soulagement de ne pas avoir eu l'âge requis pour servir la nation, mais s'en trouvaient quelque peu honteux. Je t'ai souvent cassé les pieds avec mon complexe d'avoir grandi dans l'ombre de ce légendaire frère – la moindre réprimande commençait toujours par « Adrian n'aurait jamais... » ou « Si ton frère était encore parmi nous, il aurait... » Ai grandi dans la détestation du son de ce prénom. Tandis que couvait mon éviction définitive du clan des Frobisher, l'on répétait à qui mieux mieux : « Tu fais honte à la mémoire d'Adrian ! » Ne pardonnerai jamais cela à mes parents, jamais. Me suis souvenu des derniers au revoir à Audley End, un après-midi d'automne pluvieux : Adrian était en uniforme, le Pater lui tapotait l'épaule. Les jours de pavoisement et d'acclamations avaient pris fin depuis longtemps – ai appris plus tard que les gendarmes escortaient les conscrits jusqu'à Dunkerque afin d'éviter les désertions en masse. Tous ces Adrian serrés comme des sardines en conserve dans les cimetières de l'est de la France, de l'ouest de la Belgique et d'ailleurs. Le contexte historique est une donne : notre génération, Sixsmith, a reçu des dix, des valets et des reines. Celle d'Adrian n'avait que des trois, des quatre et des cinq. Voilà tout.

Bien entendu, dans « voilà tout », il manque toujours quelque chose. Les sons qui peuplaient les lettres d'Adrian me hantent. L'on peut fermer les yeux mais pas les oreilles. Le grouillement des poux dans les replis du corps, la cavalcade des rats, le craquement des os qu'une balle fracture, le bégaiement des mitrailleuses, les détonations lointaines ou l'éclair des explosions plus proches, le tintement des pierres qui ricochent contre les casques métalliques, les mouches qui bourdonnent en été dans le no man's land. Plus tard, d'autres conversations ont ajouté à cette liste le hurlement des chevaux, le craquement de la boue gelée, le vrombissement de l'avion, les tanks embourbés dans des trous, les amputés qui surgissaient de l'éther, l'éructation des lance-flammes, les baïonnettes qu'on plongeait dans les cous. En Europe, la musique, intensément féroce, est ponctuée de longs silences.

Me demande si mon frère aimait les filles et les garçons lui aussi, ou bien si ce vice m'est propre. Me demande s'il est mort chaste. Pense à ces fantassins, étendus ensemble, recroquevillés, vivants ; transis, morts. Ai nettoyé la pierre tombale de B. W. Froames et suis retourné au portail. De toute façon, ma mission était vouée à l'échec. Le jardinier, qui jouait avec un bout de ficelle, n'a rien dit. Morty Dhondt est revenu pile à l'heure, puis nous sommes repartis sur les chapeaux de roues vers le monde civilisé : ouf. Avons traversé une ville nommée Poelkapelle, ou quelque chose dans ce goût, en empruntant une route bordée d'ormes qui s'étirait sur des kilomètres. Dhondt a choisi cette ligne droite pour pousser la Bugatti à sa vitesse maximale. Les ormes se sont fondus en un unique arbre qui se répétait à l'infini, comme les motifs d'une toupie. L'aiguille atteignait le haut du compteur lorsque la silhouette d'une folle a surgi devant nous : elle a heurté le pare-brise et virevolté par-dessus nos têtes. Mon cœur tirait de sacrés coups de canon ! Dhondt a freiné, la route s'est affaissée d'un côté, levée de l'autre, les pneus ont hurlé et roussi l'air de caoutchouc brûlant. Nous étions à court d'infini. Je m'étais profondément mordu la langue. Si les freins ne s'étaient pas bloqués de telle façon que la Bugatti avait poursuivi sa course sur la chaussée, nous aurions terminé la journée – voire notre existence – encastrés dans un orme. L'automobile a calé dans un grincement. Dhondt et moi avons bondi hors du véhicule et remonté la route en courant, pour découvrir le spectacle d'un énorme faisan qui agitait ses ailes brisées. Dhondt a proféré un juron sophistiqué en sanskrit ou je ne sais quoi, et poussé un « ah ! » qui traduisait le soulagement de ne pas avoir tué quelqu'*un*, mais indiquait également le désarroi d'avoir causé la mort d'une bête. Avais perdu la parole, me contentais d'éponger ma langue sanguinolente à l'aide d'un mouchoir. Ai proposé de mettre fin aux souffrances du volatile. Dhondt a répondu

par un proverbe à la stupidité sans doute délibérée :
« À ceux qui figurent sur le menu, peu importe la sauce. »
Il est retourné ranimer tendrement la Bugatti. N'ai pas
compris ce qu'il sous-entendait ; me suis donc dirigé
vers le faisan, qui s'est débattu avec encore davantage
de virulence à mon approche. Sur le médaillon formé par
les plumes de son poitrail s'entremêlaient sang et fientes.
La pauvre bête pleurait, Sixsmith, exactement comme un
nouveau-né. Aurais aimé disposer d'un fusil. Au bord
de la route, il y avait une pierre aussi grosse que mon
poing. L'ai écrasée sur la tête du faisan. Pénible – tirer
un oiseau au fusil n'a rien de comparable.

Ai essuyé le sang de mon mieux en utilisant les feuilles
des patiences qui poussaient sur le bas-côté. Dhondt ayant
réussi à faire redémarrer l'automobile, j'ai sauté à ma place
et nous sommes repartis jusqu'au prochain village. Une
bourgade sans nom, d'après ce que j'ai vu, qui disposait
cependant d'un café / garage / pompes funèbres occupé
par une bande de silencieux autochtones et de nombreuses
mouches qui tournoyaient dans l'air comme autant d'anges
de la mort enivrés. M. D. s'était arrêté afin qu'on jette un
œil à l'essieu avant de la Bugatti, le freinage brutal l'ayant
faussé. Nous nous sommes assis dehors, sur la margelle
d'un « square » : en réalité, une simple mare boueuse
et cailloutteuse flanquée en son centre d'un piédestal
dont l'occupant d'origine avait été jadis transformé en
munitions. Des gamins crasseux pourchassaient à travers
le square la seule poule grasse du pays. Celle-ci est allée se
réfugier sur le piédestal. Les enfants se sont alors mis à lui
jeter des pierres. Que fichait le propriétaire de la volaille ?
Ai questionné le tavernier : qui occupait le piédestal
auparavant ? Il l'ignorait, il venait du Sud. Mon verre
était sale ; j'ai demandé au tavernier de me le changer.
Il l'a mal pris et s'est ensuite montré moins loquace.

M. D. m'a posé des questions sur ma visite au cimetière de Zonnebeke. Ne lui ai pas vraiment répondu. La vision du faisan estropié et ensanglanté rejaillissait sans cesse. Ai demandé à M.D. où il avait passé la guerre. « Oh, vous savez, je faisais du commerce. » À Bruges ? J'étais surpris : difficile de concevoir qu'un diamantaire belge ait pu prospérer pendant l'occupation du Kaiser. « Dieu du ciel, non ! a répondu M. D. À Johannesburg. Ma femme et moi avions quitté le pays. » Je l'ai félicité de sa clairvoyance. Modeste, il s'est expliqué : « Les guerres n'éclatent jamais sans crier gare. Elles se déclarent telles de petits incendies à l'horizon. Les guerres font une approche. Le sage est celui qui guette la fumée et s'apprête à quitter les lieux, comme Ayrs et Jocasta. Ce qui me tracasse, c'est la prochaine guerre : elle sera si grande que plus un endroit comportant au moins un restaurant correct ne sera épargné. »

Était-il si certain qu'il y en aurait une autre ?

« Il y aura toujours d'autres guerres, Robert. L'on n'en vient jamais véritablement à bout. Ce qui les déclenche ? Cette soif de pouvoir propre à la nature humaine. La menace de violence, la peur de la violence, ou tout simplement la violence sont les instruments de cette terrible emprise qui s'exerce dans les chambres à coucher, les cuisines, les usines, les syndicats et aux frontières des États. Écoutez ceci et tâchez de vous en souvenir. L'État-nation est une incarnation de la nature humaine dans des proportions monstrueuses. CQFD : les nations sont des entités dont la violence dicte les lois. Cela a toujours été ainsi, il n'en sera donc jamais autrement. La guerre, Robert, est l'un des deux éternels compagnons de l'humanité. »

Et quel était le deuxième ?

« Les diamants. » Un boucher au tablier maculé de

sang a traversé le square au pas de course et les enfants se sont dispersés. Comment faire descendre la poule du piédestal à présent ?

Et la Société Des Nations ? Les nations ne connaissaient-elles pas d'autres arts que celui de la guerre ? Dans ce cas, que dire alors de la diplomatie ?

« Oh, la diplomatie, a répondu M. D., qui semblait dans son élément, elle sert surtout à éponger les traces de la guerre, à légitimer ses enjeux, à fournir à un État puissant les moyens d'imposer sa volonté sur un plus faible, et à réserver sa flotte et ses bataillons à l'affrontement d'adversaires plus imposants. Seuls les diplomates professionnels, les idiots invétérés et les femmes voient en la diplomatie une alternative durable à la guerre. »

En poussant à l'absurde la vision de M. D., on pouvait spéculer que si la science inventait des machines de guerre toujours plus destructrices, le pouvoir de destruction de l'humanité finirait par dépasser son pouvoir de création, et en conclure que notre civilisation était vouée à l'extinction. M. D. a embrassé mon objection avec une caustique allégresse. « Précisément. La soif de pouvoir, la science et les facultés qui nous ont fait passer du singe au sauvage, puis du sauvage à l'homme moderne, feront disparaître l'*Homo sapiens* avant la fin du siècle ! Vous vivrez sans doute assez vieux pour y assister, chanceux que vous êtes. Imaginez un peu le crescendo symphonique qui vous attend ! »

Le boucher est venu demander une échelle au tavernier. Je dois m'arrêter ici. Je n'arrive plus à garder l'œil ouvert.

Sincèrement,
R. F.

*

Zedelghem
le 21 octobre 1931,

Sixsmith,
Ayrs devrait pouvoir se lever demain après avoir passé quinze jours alité. Ne souhaiterais pas à mes pires ennemis d'attraper la syphilis. Ou alors à quelques-uns seulement. La santé d'un syphilitique se détériore graduellement, imitant la pourriture qui gagne d'abord les fruits situés à l'orée d'un verger. Le Dr Egret effectue sa visite tous les deux jours, malheureusement hormis des doses de morphine toujours accrues, il n'a somme toute rien à lui prescrire. V. A. déteste y avoir recours : le narcotique embrume sa musique.

J. sujette à des périodes d'asthénie. Certains soirs, elle s'accroche à moi comme si j'étais une bouée de sauvetage et qu'elle se noyait. Elle a ma compassion, mais c'est son corps, et non pas ses problèmes, qui m'intéresse. Qui m'intéressait.

Ai passé les quinze derniers jours au salon de musique, y ai refondu les ébauches de l'année en « sextuor de solistes empiétant les uns sur les autres » : piano, clarinette, violoncelle, flûte, hautbois et violon ; chaque instrument parle une langue définie par une clé, gamme et couleur. Dans le premier mouvement, chaque solo est coupé par le suivant ; dans le second, les soli reprennent successivement là où ils s'étaient interrompus. Véritable révolution ou simple procédé ? Ne saurai pas avant d'avoir terminé, et il sera alors trop tard ; n'empêche, c'est la première et la dernière chose à laquelle je songe au réveil et au coucher, même quand J. partage mon lit. Il faudra bien qu'elle comprenne : un artiste vit dans deux mondes à la fois.

Le lendemain

Terrible prise de bec avec V. A. L'étude qu'il me dictait – une sorte de toccata – pendant la séance de composition de ce matin me paraissait bigrement familière. J'ai alors reconnu le thème de mon « Ange de Mons » ! Si Ayrs s'imaginait que je ne m'en apercevrais pas, il se méprenait complètement. Je lui ai dit tout net : cette musique m'appartient. La tonalité a changé : « Comment cela, vous appartient ? Frobisher, quand vous serez grand, vous vous apercevrez que tous les grands compositeurs puisent leur inspiration de ce qui les entoure. Vous êtes un élément du décor ; élément qui de surcroît reçoit un juste salaire, goûte au privilège de suivre des cours avancés en composition et de côtoyer les plus grands génies de la musique. Si cela ne vous convient plus, Hendrick vous conduira à la gare. » Un homme bien différent du vieillard dont j'avais poussé le fauteuil roulant jusqu'à la loge du gardien où, plusieurs semaines auparavant, il m'avait imploré de remettre mon départ au printemps. Je lui ai demandé par qui il comptait me remplacer : Mme Willems ? Le jardinier ? Eva ? Néfertiti ? « Oh, je suis certain que sir Trevor Mackerras saura me dénicher le garçon adéquat. Je n'hésiterai pas à lui soumettre cette requête. Ne vous déplaise, vous n'êtes pas si singulier. Bien. Vous tenez à votre poste, oui ou non ? »

Ne pouvant trouver le moyen de recouvrer le terrain perdu, je suis sorti du salon en prétextant une douleur au gros orteil. Tandis que je battais en retraite, Ayrs m'a lancé un ultimatum : « Si l'état de votre orteil ne s'améliore pas d'ici demain matin, Frobisher, partez le soigner à Londres et ne revenez plus. » Parfois, j'aimerais allumer un grand feu de joie et jeter ce vieil imbécile dans les flammes rugissantes.

Quelques jours plus tard

Suis toujours au château. J. m'a rendu visite, a bafouillé je ne sais quoi sur la fierté d'Ayrs, combien il apprécie mon travail, tempérament artistique, etc., mais pitié, que je reste, par égard pour elle si ce n'est pour lui. Ai accepté ce pieux mensonge et ce brin d'olivier par procuration, et avons fait l'amour avec tendresse, ou presque. L'hiver arrivant, je n'ai guère l'intention de retourner sur les chemins d'Europe anéantir mon modeste pécule. Si je repartais, il me faudrait dénicher illico une stupide et riche héritière. As-tu une candidate en vue ? Vais expédier un autre colis à Jansch, histoire de consolider ma réserve de première nécessité. Ce n'est pas Ayrs qui rétribuerait les trouvailles qui figurent dans le « Todtenvogel » (l'œuvre en est à sa vingtième représentation depuis le festival de Cracovie) ; je devrais donc me payer moi-même. Suis résolu à montrer désormais davantage de prudence avant de dévoiler mes compositions à V. A. Vivre en sachant que le gîte ne tient qu'aux bons offices du patron est particulièrement détestable. Dieu seul sait comment les domestiques peuvent le supporter. Sont-ils contraints, eux aussi, à se mordre la langue en permanence ? Eva est revenue de son été en Suisse. Ou plutôt, la jeune femme qui se fait passer pour Eva, car la ressemblance est certes frappante ; il n'empêche que le petit canard morveux qui a quitté Zedelghem il y a trois mois nous est revenu sous la forme d'un magnifique cygne. Elle aide sa mère, recouvre les paupières de son père de morceaux de coton imbibés d'eau froide et lui lit du Flaubert des heures durant, s'adresse avec courtoisie aux domestiques, et s'enquiert même de la progression de mon sextuor. Étais persuadé qu'il s'agissait d'une nouvelle technique pour me chasser des lieux, cependant après sept jours, je commence à croire qu'Eva-la-peau-de-vache est bel et bien morte et enterrée. Il y a autre chose derrière la paix signée entre E. et moi, je l'avoue, mais il me faut d'abord te donner quelques détails. Depuis mon arrivée à Neerbeke, la « logeuse » d'Eva à Bruges, Mme Van de Velde, travaille au corps E. et J. afin que je lui rende visite et que ses cinq filles – les camarades de classe d'E. – puissent mettre leur anglais en pratique auprès d'un authentique gentleman britannique. M. Van de Velde, inutile de te le rappeler, est ce libertin présumé du parc de Minnewater, facteur de munitions avéré, citoyen important, respecté, tout le toutim. Mme Van de Velde appartient à cette catégorie de femmes épuisantes et insistantes dont les projets ne sauraient être contrariés par un simple : « Il est très occupé en ce moment. » En réalité, on soupçonnera J. de m'avoir délibérément mis devant le fait accompli – tandis que la fille se transforme en cygne, la mère, elle, se change en vieille corneille infecte.

Aujourd'hui était la date convenue de mon déjeuner chez les V. d. V. : cinq filles conçues à intervalles réguliers, plus Maman et Papa. J'avais besoin d'un nouveau jeu de cordes pour le violoncelle, et puis, en mon absence, Ayrs se retrouverait face à son inanité, ce qui ne lui ferait pas de mal : j'ai donc fait bonne contenance et prié pour que les V. d. V. disposent d'un chef cuisinier à la mesure des revenus d'un industriel. Et ainsi, à onze heures, l'automobile des Van de Velde – une Mercedes-Benz argentée, excuse du peu – est arrivée à Zedelghem ; son chauffeur, un bonhomme de neige en nage, sans cou et qui ne parlait pas français, nous a conduits à Bruges,

E. et moi. Autrefois, nous aurions fait la route dans un silence glacial, mais je me suis surpris à raconter un peu à E. mes années passées à Cambridge. E. m'a prévenu que l'aînée des Van de Velde était décidée à épouser un Anglais à n'importe quel prix : il me faudrait donc veiller à ma chasteté avec la plus grande vigilance.

Non mais tu entends cela ?

À la maison bourgeoise des Van de Velde, les filles s'étaient disposées dans l'escalier de la plus petite à la plus grande pour mon arrivée : je m'attendais presque à ce qu'elles entonnent une chanson, et bon sang de bois ! c'est ce qui s'est produit, Sixsmith. « Greensleeves », en anglais. Mielleux comme un berlingot. Puis, Mme V. d. V. m'a pincé la joue comme si j'étais un petit fugueur de retour à la maison et a hululé : « Comment allez-*vouuuus* ? » L'on m'a mené au « salon » – une chambre d'enfants – et me suis assis sur la « chaise aux questions » – un coffre à jouets. Les filles V. d. V., une hydre dont les têtes se prénommaient Marie-Louise, Stéphanie, Zénobie, Alphonsine et j'ai oublié la dernière ; la benjamine avait neuf ans tandis que Marie-Louise, l'aînée, un an de plus qu'Eva. Les sœurs possédaient une assurance parfaitement injustifiée. Un sofa très long ployait sous cette famille de petits cochons engraissés. La bonne a apporté de la limonade et Mme V. d. V. a commencé l'interrogatoire. « Eva nous a dit que votre famille était solidement établie à Cambridge, monsieur Frobisher. » Ai jeté un regard furtif en direction d'Eva ; elle feignait la fascination. Ai réprimé mon sourire, admis que ma famille figurait sur le *Domesday Book*[1], et que le Pater était un éminent homme

---

1. *Domesday Book* : recueil cadastral établi à la fin du XIᵉ siècle à la demande de Guillaume le Conquérant, qui cherchait à évaluer les ressources de son royaume. La population

d'Église. Toutes mes tentatives pour passer à un autre sujet que mon éligibilité ont été déjouées et, un quart d'heure plus tard, Marie-Louise, qui dardait sur moi des yeux de merlan frit, a décidé – avec l'approbation de sa mère – que j'étais son prince charmant. Elle m'a demandé : « Monsieur Frobisher, connaissez-vous M. Sherlock Holmes de Baker Street ? » Ah, ai-je pensé, la journée n'est peut-être pas entièrement gâchée. Une fille qui goûte à l'ironie possède sans doute de la profondeur. Mais non : Marie-Louise était sérieuse. Et imbécile de naissance. Non, ai-je répondu, je ne connaissais pas M. Holmes personnellement, cependant on pouvait l'apercevoir tous les mercredis en compagnie de David Copperfield au billard du club que je fréquentais. Le déjeuner était servi dans une délicate vaisselle de Saxe à la salle à manger, où une grande reproduction de *La Cène* recouvrait un papier peint fleuri. Nourriture décevante. Truite sèche, légumes que la vapeur avait réduits en bouillie, gâteau grossier ; je me croyais à Londres. Les filles gloussaient *glissando* à mes triviales maladresses en français – leur lamentable anglais grinçait aux oreilles de façon atroce. Mme V. d. V., qui avait également séjourné en Suisse l'été durant, a laborieusement raconté comment, à Berne, Marie-Louise était louée et surnommée la « Fleur des Alpes » par la comtesse Ratisch-Ravagéski ou la duchesse de Couillonville. N'ai pas été en mesure de sortir un « *Comme c'est charmant* !* » de circonstance. M. V. d. V. rentrait du bureau. M'a posé une centaine de questions sur le cricket afin de distraire ses filles avec ces drôles de coutumes anglaises où les entrées

---

comparait cette enquête préliminaire à de nouveaux impôts au « Jugement dernier » (*Domesday* ou, plus moderne, *Doomsday*). (*N.d.T.*)

correspondent à l'extérieur et les sorties à l'intérieur. Un crétin doublé d'un moralisateur aux proportions royales, tant occupé à préparer sa prochaine intervention balourde qu'il n'écoute jamais véritablement. S'autocomplimente sans se cacher en commençant ses phrases par « Vous me trouverez vieux jeu, mais... », ou bien « Traitez-moi de snob, n'empêche que... ». Eva m'a envoyé un regard désabusé qui disait : « Et vous pensiez sérieusement que ce lourdaud mettait ma réputation en péril ? »

Après le déjeuner, le soleil s'est montré, et Mme V. d. V. a annoncé que nous irions tous nous promener afin que leur invité d'honneur découvre les monuments de Bruges. Ai tenté de refuser, prétextant avoir déjà suffisamment abusé de leur hospitalité, malheureusement pour moi, je n'allais pas m'en sortir si facilement. Le Patriarche s'est donné une excuse : une pile de récépissés haute comme le Matterhorn l'attendait. S'il avait pu crever sous une avalanche. Quand les bonnes ont eu terminé de passer bonnets et gants aux jeunes filles, on a appelé une calèche pour me brinquebaler d'une église à l'autre. Ce bon vieux Kilvert l'avait remarqué : rien n'est plus ennuyeux que se voir montrer ce qu'il est digne d'admirer. À peine me souviens-je du nom d'un seul monument. À l'ultime étape de notre parcours, la grande tour de l'horloge, j'avais mal à la mâchoire d'avoir contenu tant de bâillements. Mme Van de Velde n'a jeté qu'un seul coup d'œil au pinacle avant de décréter qu'elle nous laisserait nous rendre au sommet entre jeunes gens et nous attendrait dans la pâtisserie située de l'autre côté de la place. Marie-Louise, dont le poids dépassait celui de sa mère, a fait remarquer qu'une fille comme il faut ne permettrait pas à sa *maman** d'attendre seule. Simplette ne pouvait pas monter à cause de son asthme et si Simplette n'y allait pas..., ce manège s'est poursuivi si bien qu'au final, Eva et moi fûmes les seuls à acheter des billets. J'ai payé, histoire de lui montrer que je ne la jugeais pas responsable du terrible gâchis que représentait cette journée. Suis monté le premier. La spirale de l'escalier allait en rétrécissant. À la hauteur de la main, une corde retenue par des anneaux de fer courait le long du mur. Nos pieds gravissaient les marches à l'aveuglette. Les rares et minces fenêtres constituaient l'unique source de lumière. Seuls sons perceptibles, nos pas et la respiration féminine d'E., qui me rappelait les nocturnes en compagnie de sa mère. Les Van de Velde sont six interminables *allegretti* joués sur un clavecin désaccordé : mes oreilles bourdonnaient de gratitude d'en être enfin délivré. « J'ai oublié de compter les marches », ai-je pensé tout haut. Ma voix semblait comme prisonnière d'une armoire remplie de couvertures. Lasse, Eva s'est contentée de répondre : « *Oui**… »

Ai émergé dans une pièce ventée abritant les engrenages de l'horloge, aussi grands que les roues d'une charrette. Cordes et câbles disparaissaient dans le plafond. Censé valider nos tickets – sur le continent, l'on doit en montrer un en toutes circonstances –, le factotum de la tour ronflait, étendu sur une chaise longue. Alors nous nous sommes glissés à pas feutrés jusqu'au dernier escalier de bois qui menait au belvédère, et l'avons gravi. En bas s'étalait une Bruges tricolore : tuiles orangées, pierre de taille grise, canaux marron. Les chevaux, les automobiles, les cyclistes, un cortège d'enfants de chœur, les toits en forme de chapeau de sorcière, le linge étendu à travers les ruelles. Ai cherché Ostende et l'ai repérée. Une bande de la mer du Nord éclairée par le soleil a viré au bleu outremer de Polynésie. Les mouettes tournoyaient dans les courants d'air ; ai attrapé le tournis à force de les suivre des yeux et pensé à la mouette d'Ewing. Eva a affirmé apercevoir les Van de Velde. Ai cru qu'il s'agissait d'un commentaire sur leur corpulence, mais en regardant dans la direction annoncée, effectivement, on distinguait six petites boules pastel assises autour d'un guéridon. E. a transformé son ticket en avion de papier et l'a lancé par-dessus le parapet. Le vent l'a emporté dans les hauteurs jusqu'à ce que le soleil le brûle. Comment comptait-elle s'y prendre si le bon à tout faire se réveillait et demandait à voir son billet ? « Je pleurerai et dirai qu'un horrible Anglais me l'a volé. » Alors, j'ai à mon tour plié mon ticket, dit à E. qu'elle n'en avait aucune preuve, et lancé l'avion de papier. Au lieu de s'élever dans les airs, il a brusquement piqué et disparu. Le caractère d'E. dépend de l'angle d'observation choisi ; les opales d'exception possèdent la même propriété. « Vous savez, je ne me souviens pas d'avoir vu Papa si comblé et vigoureux qu'aujourd'hui », a-t-elle remarqué.

L'abominable famille V. d. V. nous avait rendus complices. Lui ai demandé sans détour ce qu'il s'était produit en Suisse. Était-elle tombée amoureuse, avait-elle travaillé dans un orphelinat, fait une rencontre mystique dans une grotte enneigée ?

Eva a tenté plusieurs fois de dire quelque chose. Elle a fini par avouer (en rougissant !) : « Le jeune homme que j'avais rencontré en juin me manquait. »

Tu es surpris ? Mets-toi un peu à ma place ! Pourtant, j'étais resté trait pour trait le gentleman que tu connais. Au lieu de lui retourner quelque flatterie enjôleuse, je lui ai demandé : « Mais la première impression que ce jeune homme vous a donnée ? N'était-elle pas entièrement mauvaise ?

– En partie, seulement. » J'observais sa transpiration qui perlait après cette ascension, sa bouche, et le fin, très fin duvet de sa lèvre supérieure.

« Est-ce un grand, ténébreux et bel étranger à l'oreille musicale ? »

Elle a pouffé. « Il est... grand, oui ; ténébreux, assez ; beau, pas autant qu'il le croit, mais disons qu'il accroche le regard ; question musique, il est prodigieux ; étranger, jusqu'à la moelle. Incroyable que vous en sachiez tant à son propos ! L'espionnez-vous, lui aussi, quand il traverse le jardin de Minnewater ? » Il fallait que je rie. Et elle aussi. « Robert, j'ai l'impression... » Elle m'a regardé timidement. « Vous avez de l'expérience. Puis-je vous appeler Robert, d'ailleurs ? »

J'ai répondu qu'il était temps.

« Mes paroles ne sont pas... tout à fait convenables. Êtes-vous fâché ? »

Non, ai-je répondu, non. Surpris, flatté : certes. Mais fâché, pas le moins du monde.

« Je me suis mal comportée avec vous. J'espère que nous pouvons tout recommencer à zéro. »

Je l'espérais également, ai-je signalé. « Depuis mon enfance, a commencé E. qui scrutait le lointain, je m'imaginais que cette balustrade était mon belvédère, celui des *Mille et Une Nuits*. Je viens souvent ici après l'école. Je suis l'impératrice de Bruges, voyez-vous. Les citadins sont mes sujets. Les Van de Velde sont mes bouffons. Je leur ferai couper la tête. » Séduisante créature, vraiment. Mon sang bouillait et j'ai soudain eu l'envie de donner un baiser langoureux à l'impératrice de Bruges.

N'ai pas été plus loin ; un insupportable groupe de touristes américains a émergé de l'étroite entrée de la balustrade. Je feignis ne pas connaître Eva, crétin que j'étais. Ai contemplé le panorama de l'autre côté et essayé de retendre toutes les cordes de mon âme qui s'étaient désaccordées. Quand le factotum a annoncé la fermeture imminente de la tour, Eva avait disparu, telle une chatte. Je m'y attendais. Ai oublié de compter les marches à la redescente.

Dans le salon de thé, Eva jouait au jeu du berceau avec la plus petite. Mme Van de Velde s'éventait avec le menu et partageait une *boule de l'Yser** avec Marie-Louise tout en disséquant les toilettes des passantes. Eva évitait mon regard. Le charme était rompu. Marie-Louise dardait sur moi un œil de génisse globuleux. Sommes retournés en traînant au domicile des V. d. V., devant lequel, alléluia, Hendrick et la Cowley m'attendaient. Eva m'a adressé un *au revoir** depuis l'entrée – me suis retourné afin de surprendre son sourire. Instant de pur bonheur ! Soirée chaude et dorée. Tout le trajet du retour durant, je voyais le visage d'Eva, une mèche ou deux sur la figure, poussées là par le vent. Ne sois pas odieusement jaloux, Sixsmith. Tu sais ce que c'est.

J. devine la complicité entre Eva et moi ; cela ne lui plaît guère. La nuit dernière, j'imaginais que c'était le corps d'Eva sous le mien, plutôt que celui de sa mère. À peine quelques mesures de plus, et le crescendo a suivi, avec tout un mouvement d'avance sur J. Les femmes devinent-elles les cocufiages imaginaires ? Je me pose la question parce que, avec une extraordinaire intuition, elle m'a subtilement mis en garde : « Il faut que tu saches, Robert, que si jamais tu touches à Eva, je le découvrirai et je t'anéantirai.

– Pourquoi voudrais-tu que j'y pense ? ai-je menti.

– Je n'oserais même pas en rêver, si j'étais toi », a-t-elle averti.

Ne pouvais pas laisser la conversation se finir ainsi. « Comment peux-tu t'imaginer que ta désobligeante dégingandée de fille m'attire ? » Elle a pouffé, exactement comme Eva en haut de son belvédère.

Sincèrement,
R. F.

*

Zedelghem
le 24 octobre 1931,

Sixsmith,
Quand diable arrivera ta réponse ? Écoute, je sais que je te dois beaucoup mais si tu crois que je vais rester éternellement dans l'attente de tes lettres, détrompe-toi. Je trouve le geste tout bonnement odieux, aussi odieux que le comportement de mon hypocrite de père. J'aurais pu faire sa perte. C'est lui qui a causé la mienne. Se préparer à la fin du monde constitue le plus vieux passe-temps de l'humanité. Dhondt avait raison, maudits soient ses yeux de Belge, maudits soient tous les Belges. Adrian serait encore en vie si « la petite Belgique courageuse » n'avait pas existé. Il faudrait transformer ce pays gringalet en lac de plaisance et y jeter le fondateur de la Belgique, les pieds attachés à une statue de Minerve. S'il flotte, il est coupable. Crever les yeux de mon père à l'aide d'un tisonnier chauffé à blanc ! Nomme-m'en un. Allez, donne-moi le nom d'un seul Belge célèbre. Il a plus d'argent que les Rothschild, mais penses-tu qu'il me verserait le moindre sou ? Misère, quelle misère. Quel genre de chrétien est-ce pour déshériter son fils et le laisser dans la plus parfaite indigence ? La noyade serait un sort trop clément. Dhondt a raison, malheureusement. Les guerres ne sont jamais complètement soignées, leur rémission ne dure jamais qu'un petit nombre d'années. Nous avons faim de Fin ; très bien, alors ce plat figurera à notre menu. Voilà. Mets ces paroles en musique. Des timbales, des cymbales et un million de trompettes, je te prie. Payer de ma musique pour ce vieux. Cela me tue.
Sincèrement,
R. F.

Zedelghem
le 29 octobre 1931,

Sixsmith,
Eva. Parce que son nom est synonyme de tentation : y a-t-il une chose qui soit si proche du cœur de l'homme ? Parce que dans ses yeux nage son âme. Parce qu'en rêve, je rampais à travers des plis de velours jusqu'à sa chambre, où je me suis introduit, lui ai fredonné une mélodie bas, tout bas, si bas ; elle s'est levée, a posé ses pieds nus sur les miens, son oreille contre mon cœur, puis nous avons valsé telles des marionnettes. Après ce baiser, elle s'est écriée : « *Vous embrassez comme un poisson rouge* !* » et, dans l'éclat des miroirs illuminés de lune, nous sommes tombés amoureux, de toute notre jeunesse et notre beauté. Parce que de ma vie entière, je n'ai croisé que des femmes stupides et sophistiquées qui s'étaient mises en tête de me comprendre, de me soigner, tandis que, pour Eva, je suis *terra incognita* ; elle prend le temps de me découvrir sans se presser, comme tu l'as fait. Parce qu'elle a les minceurs d'un garçon. Parce qu'elle recèle des parfums d'amande et de pré. Parce que si je souris à son ambition de devenir égyptologue, elle me flanque un coup de pied dans le tibia sous la table. Parce qu'elle me permet de penser à autre chose qu'à moi-même. Parce que même sérieuse, elle resplendit. Parce qu'elle préfère les carnets de voyage à sir Walter Scott, Billy Mayerl à Mozart, et ne saurait distinguer un accord en *do* majeur d'une plume sergent-major. Parce que je suis le seul, le seul, à voir son sourire une fraction de seconde avant qu'il parvienne à son visage. Parce que, même si l'empereur Robert est mauvais (le meilleur

de sa personne, sa musique – qu'on ne joue pas – se l'accapare), elle lui offre néanmoins ce rarissime sourire. Parce que nous avons écouté les engoulevents. Parce que son rire jaillit d'un évent au sommet de son crâne et retombe toute la matinée durant. Parce qu'un homme comme moi n'a rien de commun avec cette substantifique « beauté », et pourtant, voilà qu'elle est entrée dans les chambres insonorisées de mon cœur.
Sincèrement,
R. F.

*

Hôtel Le Royal,
Bruges
le 6 novembre 1931,

Sixsmith,
Les divorces. Affaires en général délicates ; Ayrs et moi avons réglé le nôtre en une journée. Hier matin encore, nous travaillions sur le deuxième mouvement de son ambitieux projet de chant du cygne. Il m'a annoncé qu'il envisageait une nouvelle méthode de travail pour nos séances de composition. « Frobisher, aujourd'hui, j'aimerais que vous me fournissiez plusieurs thèmes pour ce *severo*. Une atmosphère "veille de guerre" en *mi* mineur, quelque chose dans ce goût. Quand vous m'aurez remis quelque chose de saisissant, je le reprendrai pour en tirer tout le potentiel. Compris ? »

Oh oui, j'avais compris. Si j'appréciais ? Non, pas du tout. Les rapports scientifiques s'écrivent à plusieurs, certes, et il arrive qu'un compositeur et un musicien virtuose partent ensemble explorer les confins de ce qui en musique est praticable – comme Elgar et W. H. Reed, par exemple – mais une œuvre symphonique collaborative ? L'idée me laissait pour le moins dubitatif, et je n'ai pas manqué de faire part de ma réserve à V. A. Il a clappé. « Qui vous a parlé d'œuvre "collaborative", mon garçon ? Vous rassemblerez la matière première puis, si cela me convient, je la raffinerai à ma guise. » Cela ne me rassurait guère. Il m'a réprimandé : « Tous les grands maîtres se servent ainsi de leurs apprentis. Autrement, comment voudriez-vous que Bach eût été capable de débiter de nouvelles messes chaque semaine ? »

À ma connaissance, nous vivions au XXe siècle, ai-je objecté. Le public payait pour entendre le compositeur dont le nom figurait sur le programme du concert. Ils ne versaient pas leur argent à Vyvyan Ayrs pour qu'au final, on leur serve du Robert Frobisher. V. A. commençait à gesticuler. « On ne leur "servira" pas de Frobisher ! C'est ma musique qu'ils entendront ! Vous n'écoutez pas, ma parole. À vous le gros œuvre, à moi l'orchestration, l'arrangement, la finition. »

Du gros œuvre, mon « Ange de Mons », dérobé sous la menace d'un revolver pour nourrir l'*adagio* de la dernière grande œuvre d'Ayrs ? L'on dissimulera le plagiat du mieux possible, la réalité n'en est pas moins identique. « Plagiat ? » Ayrs n'élevait pas la voix, mais le poing qui serrait sa canne blanchissait. « Fut un temps où vous me saviez gré de vous avoir pris sous mon aile et me considériez comme un des plus grands compositeurs contemporains d'Europe. Autant dire, du monde. Expliquez-moi donc pourquoi pareil artiste éprouverait-il le besoin de "plagier" un copiste qui, puis-je le lui rappeler, s'est montré incapable de décrocher une licence dans une faculté destinée aux nantis ? Vous n'avez pas suffisamment d'appétit, mon garçon, voilà votre problème. L'on croirait voir Mendelssohn singeant Mozart. »

La mise augmentait telle l'inflation en Allemagne, cependant je ne suis pas de nature à battre en retraite sous la pression, au contraire : je m'obstine. « Je vais vous dire pourquoi vous éprouvez le besoin de plagier : la sécheresse artistique. » Les meilleurs passages du « Todtenvogel » étaient les miens, ai-je affirmé. Toute l'ingéniosité des contrepoints dans l'*allegro ma non troppo* de sa nouvelle composition me revenait. Je n'avais pas débarqué en Belgique pour devenir son larbin, nom d'un chien.

Le vieux dragon crachait de la fumée. Dix mesures de silence en 6/8. A écrasé sa cigarette. « Votre pétulance ne mérite aucun égard. En réalité, elle vous vaudrait d'être congédié, mais ce serait agir à brûle-pourpoint. Je préfère que vous réfléchissiez. À la réputation. » Le mot était lâché. « Tout est dans la réputation. La mienne, mis à part l'exubérance de jeunesse qui m'a valu la chaude-pisse, demeure irréprochable. La vôtre, jeune flambeur déshérité et ruiné que vous êtes, est anéantie. Libre à vous de quitter Zedelghem. Mais soyez prévenu : si vous partez sans mon consentement, tous les cercles musicaux demeurant entre l'Oural, Lisbonne, Naples et Helsinki sauront qu'un vaurien du nom de Robert Frobisher s'est jeté sur la femme de ce pauvre aveugle de Vyvyan Ayrs, oui, sa chère femme, la charmante *Mevrouw* Crommelynck. Elle ne le niera pas. Songez au scandale ! Après tout ce qu'Ayrs avait fait pour Frobisher… Il n'y aura plus un mécène, riche ou pauvre, plus un organisateur de festival, plus un comité d'établissement, plus de parents dont la chère petite veut apprendre le piano qui voudront avoir la moindre affaire avec vous. »

Ainsi V. A. était-il au courant. Depuis des semaines, voire des mois. Sacré contre-pied. Ai attesté de mon impuissance en traitant Ayrs de noms d'oiseaux. « Oh, des compliments ! se félicitait-il. *Bis, maestro !* » Me suis retenu d'envoyer prématurément ce cadavre vérolé dans l'au-delà en lui assenant des coups de basson. N'ai pu me retenir d'éructer que si, dans sa vie maritale, il avait eu la moitié des dispositions qu'il possédait à manipuler et soutirer les bonnes idées d'autrui, sa femme n'éprouverait sans doute pas le besoin de coucher à droite ou à gauche. D'ailleurs, ai-je ajouté, quelle crédibilité attribuerait-on à ses allégations quand la bonne société d'Europe apprendrait à quel genre de femme Jocasta Crommelynck s'apparentait en privé ?

Cela ne l'a pas même égratigné. « Vous êtes un crétin doublé d'un ignare, Frobisher. Les nombreuses liaisons de Jocasta sont discrètes, et l'ont toujours été. Partout dans les hautes sphères, l'immoralité sévit : comment croyez-vous que l'on conserve le pouvoir ? La réputation est reine dans la vie publique, pas dans la vie privée. Ce sont les actes publics qui défont les réputations. Les exhérédations. Quitter des hôtels célèbres sans payer son dû. Faillir au remboursement des sommes que les prêteurs de dernier recours avancent à la petite noblesse. Jocasta avait ma bénédiction quand elle vous séduisait, jeune niais mondain. J'avais besoin que vous finissiez le "Todtenvogel". Vous vous croyez malin, pourtant vous n'imaginez pas une seconde l'alchimie qui opère entre Jocasta et moi. Elle se désamourachera de vous dès que vous brandirez vos menaces. Vous verrez. À présent, déguerpissez, faites vos devoirs et revenez demain. Nous feindrons que votre petit caprice n'a pas eu lieu. »

Ne demandais qu'à m'exécuter. Il me fallait réfléchir.

J. avait certainement en grande partie mené l'enquête sur mon passé récent. Hendrick ne parlait pas anglais, et V. A. aurait été incapable de fureter seul. J. doit aimer les hommes *louches**: voilà pourquoi elle a épousé Ayrs. Quant au rôle d'E. dans cette histoire, je l'ignorais car nous étions mercredi hier, et E. se trouvait à son école à Bruges. Impensable qu'elle soit au courant de mon aventure avec sa mère et me montre de si tangibles signes d'amour. Quoique.

Ai passé l'après-midi à ruminer ma rage en solitaire, arpentant les champs lugubres. Me suis abrité de la grêle sous le porche couvert d'une chapelle détruite par une bombe. Ai songé à Eva, Eva, Eva. Deux choses semblaient limpides : plutôt me pendre au mât de Zedelghem que permettre un jour de plus à son propriétaire parasitaire de s'arroger mes dons. Et ne plus jamais revoir E. m'était inconcevable. « Toute cette histoire finira par des larmes, Frobisher ! » Certes, c'est ce qui se produit souvent quand les amants fuguent, mais je l'aime, je l'aime vraiment, et c'est ainsi.

Suis retourné au château juste avant qu'il fasse nuit, ai mangé de la viande froide dans la cuisine de Mme Willems. Ai appris que J. avait emporté ses caresses circéennes à Bruxelles afin de régler quelque affaire immobilière et ne rentrerait pas cette nuit. Hendrick m'a informé que V. A. s'était retiré tôt dans ses appartements avec la TSF et qu'il ne souhaitait pas être dérangé. Parfait. Me suis prélassé dans un bon bain, ai écrit une série de lignes mélodiques de contrebasse. Dans les moments critiques, je me réfugie dans la musique : là, rien ne peut m'atteindre. Suis moi aussi monté tôt dans ma chambre, ai verrouillé la porte et bouclé ma valise. Me suis réveillé ce matin à quatre heures. Dehors, brouillard givrant. Ai voulu rendre une dernière visite à Ayrs. En chaussettes, je me suis glissé dans le couloir glacial jusqu'à la chambre d'Ayrs. Grelottant, j'ai ouvert la porte avec d'infinies précautions pour éviter le moindre bruit – Hendrick dormait dans la pièce voisine. La lumière était éteinte, mais à travers la lueur ambrée de l'âtre, j'ai vu Ayrs, étendu comme une momie du British Museum. Une odeur aigre de médicament empestait sa chambre. Ai avancé à pas feutrés jusqu'à la table de nuit. Le tiroir coinçait ; je l'ai ouvert d'un geste brusque et la bouteille d'éther posée là s'est mise à tituber. L'ai rattrapée juste à temps. Là gisait le Luger dont V. A. se vantait, emmailloté dans une peau de *chamois**, enroulée dans un tricot à grosses mailles, à côté d'une coupelle remplie de balles. Elles ont cliqueté dans la soucoupe. Le crâne fragile d'Ayrs ne se trouvait qu'à quelques centimètres, mais le maître ne s'est pas réveillé. Ses poumons sifflaient comme un vieil orgue de Barbarie miteux. Ai ressenti le besoin de voler une poignée de balles ; pourquoi me gêner ?

Une veine bleue palpitait sur sa pomme d'Adam, et j'ai réprimé une pulsion féroce qui me commandait de l'entailler d'un coup de canif. Sinistre, vraiment. Pas vraiment du *déjà-vu**, plutôt du *jamais vu**. Tuer, une expérience rare en dehors des périodes de guerre. Quelle est la sonorité du meurtre ? Ne t'inquiète pas, cette lettre ne porte pas la confession d'un homicide. J'aurais bien trop de mal à composer mon sextuor et échapper en même temps à une chasse à l'homme ; de plus, finir ma carrière pendu à une corde dans des sous-vêtements souillés ne me paraît pas un sort très digne. Pire : tuer de sang-froid le père ficherait en l'air les sentiments de la fille à mon égard. V. A. dormait, indifférent à ces tergiversations ; j'ai empoché le pistolet. J'en avais déjà volé les balles : la logique voulait que je m'empare également du Luger. Drôlement lourds, les pistolets. Contre ma cuisse, l'arme a émis une note grave : elle avait tué, j'en avais la certitude ; c'est mon petit Luger qui me le disait. Pourquoi m'en étais-je emparé, exactement ? Impossible à expliquer.

Mais presses-en le canon contre ta tempe et tu entendras le monde d'une autre oreille.

Dernière étape : la chambre vide d'Eva. Me suis allongé sur son lit, ai caressé ses vêtements – tu sais combien je deviens sentimental quand sonne l'heure des séparations. Ai abandonné sur la coiffeuse la plus brève des lettres que j'aie jamais écrite. « Impératrice de Bruges. Votre belvédère, votre heure. » Retour à ma chambre. Le lit à baldaquin et moi avons échangé de tendres adieux, puis ai ouvert cette obstinée de fenêtre à guillotine et pris mon envol sur le toit recouvert de givre. « Envol » est presque le bon mot : une tuile s'est décrochée et écrasée sur le chemin de gravier. Me suis couché à plat ventre, m'attendais à ce que l'on crie et donne l'alarme à tout instant, mais personne ne m'avait entendu. Ai retrouvé la terre ferme grâce à ce bon vieil if et me suis frayé un chemin à travers les herbes gelées du jardin, en prenant soin de laisser le topiaire s'interposer entre moi et les chambres des domestiques. Ai contourné la façade de la demeure et suivi la promenade des moines. Vent d'est en provenance directe des steppes. N'étais pas mécontent d'avoir fauché à Ayrs son manteau en peau de mouton. Entendais les peupliers arthritiques, les engoulevents dans la forêt fossilisée, un chien fou, mes pas sur le sol gelé, l'accélération du pouls dans mes tempes ; du chagrin aussi : vis-à-vis de moi-même, de cette année. Ai dépassé la vieille loge du gardien et emprunté la route de Bruges. Avais escompté grimper dans quelque camionnette de laitier ou autre charrette, mais la voie restait déserte. La lueur des étoiles faiblissait dans l'aube gelée. Quelques bougies brûlaient dans les chaumières, et bien que j'aie entrevu un visage rubicond dans une forge, la route du nord n'appartenait qu'à moi.

Du moins, le pensais-je, car le bruit d'une automobile me poursuivait. N'ayant pas l'intention de me cacher, je me suis retourné pour lui faire face. Les phares m'ont aveuglé, la voiture a ralenti, le moteur a calé, et une voix qui m'était familière s'est écriée : « Et où comptiez-vous vous échapper à cette heure indue ? »

Mme Dhondt, emmitouflée dans un manteau de fourrure en phoque noir. Les époux Ayrs l'avaient-ils envoyée capturer l'esclave en déroute ? Confus, j'ai bredouillé, en parfait crétin : « Oh, il y a eu un accident ! »

Me suis maudit d'avoir laissé échapper ce mensonge sans issue, car j'étais frais comme un gardon, seul, à pied, valise et cartable en main. « Quel terrible coup du sort ! » a répondu d'un enthousiasme martial Mme Dhondt, qui remplissait les blancs à ma place. « Un ami ou un proche ? »

Me suis accroché à cette bouée. « Un ami.

– Voilà pourquoi Morty tentait de dissuader M. Ayrs d'acheter une Cowley, vous savez ! En cas d'urgence, on ne peut jamais compter dessus. Jocasta est stupide : pourquoi ne m'a-t-elle pas téléphoné ? Montez donc ! Il y a une heure à peine, une de mes juments arabes a donné naissance à deux superbes poulains, et tous les trois se portent à merveille. Je rentrais à la maison, mais je suis bien trop excitée pour dormir. Aussi, je vous conduirai jusqu'à Ostende si vous ratez la correspondance à la gare de Bruges. J'aime tellement prendre la route à cette heure-ci. De quel genre d'accident s'agit-il ? Courage, Robert. Ne vous figurez pas le pire tant que vous n'avez pas toutes les cartes en main. »

Ai atteint Bruges à l'aube, grâce à quelques mensonges. Ai choisi l'hôtel de luxe situé en face de la cathédrale Saint-Wenceslas parce que sa façade me faisait penser à un serre-livres, et parce que dans ses pots de fleurs poussaient des sapins miniatures. Ma chambre surplombe un canal calme de la rive ouest. À présent que cette lettre est achevée, vais me jeter dans les bras de Morphée en attendant que sonne l'heure de mon rendez-vous au beffroi. E. y sera peut-être. Irai me cacher le cas échéant dans une ruelle près de son école et lui tomberai dessus. Si elle n'y est pas, une visite chez les Van de Velde s'imposera. Si mon nom est souillé, me déguiserai en ramoneur. Si je suis démasqué, longue lettre. Même si la longue lettre est interceptée, une autre l'attendra sur sa coiffeuse. Suis un homme résolu.

Sincèrement,
R. F.

P.-S. : Merci de ta lettre inquiète, mais à quoi bon jouer les mères couveuses? Oui, je vais bien, mis à part les syncopes sus-décrites. Me porte à merveille, à vrai dire. Mon esprit saura mener à bien toutes les créations qu'il concevra. Suis en train de composer la plus belle œuvre de ma vie, de la vie. Ai de l'argent caché dans mon carnet et davantage encore à la Première Banque de Belgique. À ce propos. Si Otto Jansch ne monte pas plus haut que trente guinées pour les deux Munthe, dis-lui qu'il peut écorcher sa mère et la rouler dans le sel. Va voir ce que le Russe de Greek Street est prêt à cracher.

P. P.-S. : Une ultime découverte, œuvre de la providence. À Zedelghem, tandis que je bouclais ma valise, j'ai regardé sous le lit afin de vérifier que rien n'y avait roulé. Ai trouvé une partie de livre déchiré sous un des pieds du lit par un invité du temps jadis. Un officier prussien peut-être, voire Debussy, qui sait? N'en ai rien pensé jusqu'à la minute suivante, quand le titre sur la reliure m'est revenu. Salissante tâche que de soulever le lit; ai néanmoins récupéré les folios. Oui : *Journal de la traversée du Pacifique d'Adam Ewing*. Du passage interrompu jusqu'à la fin du premier volume. Te rends-tu compte ? Ai glissé cette moitié de livre dans ma valise. Achèverai de le dévorer très vite. Bienheureux Ewing moribond, qui n'a jamais vu les épouvantables silhouettes guettant au tournant de l'histoire.

*

Hôtel Le Royal,
Bruges
fin novembre 1931,

Sixsmith,
Travaille sur mon sextuor *Cartographie des nuages*, jusqu'à littéralement tomber de fatigue – impossible de m'endormir autrement. Ma tête est une chandelle romaine d'invention. C'est la musique de toute une vie qui déboule. Les frontières qui séparent son et bruit se réduisent à de simples conventions, réalisé-je. Toutes les frontières sont conventionnelles, y compris celles qui séparent les nations. L'on peut transcender n'importe quel code, pour peu que l'on ose. Par exemple cette île perdue quelque part entre timbre et rythme ne figure dans aucun traité théorique, mais elle est pourtant bien réelle ! J'entends les instruments dans ma tête; limpidité parfaite; il me suffit d'imaginer. Quand j'aurai terminé, il ne restera plus rien en moi, je le sais, mais cet arrêt de mort que je serre en ma main moite est la pierre philosophale ! Tout au long de son interminable existence, Ayrs a utilisé ses ressources avec parcimonie. Ce n'est pas mon genre. N'ai pas eu de ses nouvelles, ni de son infidèle, coriace et pathétique épouse. Ils doivent s'imaginer que je suis

reparti illico pour l'Angleterre. Ai revécu en rêve ma chute de la descente de gouttière, à l'Imperial Western. Fausse note du violon, affreuse – ainsi s'achève mon sextuor.

Vais très bien. Diablement bien ! Si je pouvais te montrer cette clarté. Les prophètes devenaient aveugles lorsqu'ils voyaient Jéhovah. Pas sourds, mais aveugles, tu remarqueras. Ils continuaient à l'entendre. Parle tout seul toute la journée. Le faisais sans m'en rendre compte au début – entendre une voix est si apaisant – maintenant, m'arrêter demande un réel effort, alors tant pis, je laisse libre cours à mon bavardage. Me promène quand je ne travaille pas. Pourrais désormais écrire le guide Michelin de Bruges, si je disposais d'assez de place et de temps. Y inclurais les quartiers pauvres, pas simplement les coins riches. Derrière une fenêtre sale, une grand-mère disposait des saintpaulias dans un pot. Ai frappé aux carreaux et lui ai demandé de tomber amoureuse de moi. A pincé les lèvres ; je ne pense pas qu'elle parlait français, mais j'ai de nouveau tenté ma chance. Un type au crâne rond comme un boulet de canon et dépourvu de menton a surgi et s'est mis à cracher de sulfureuses malédictions sur moi et mon foyer.

Eva. Chaque jour, je suis monté en haut du beffroi en scandant une chanson porte-bonheur, une syllabe par temps : « Au—jour—d'hui—au—jour—d'hui—qu'elle—vienne—au—jour—d'hui—au—jour—d'hui. » Elle n'est pas encore venue, bien que je l'attende jusqu'à la nuit tombée. Journées d'or, de bronze, de fer, de pluie, de brouillard. Les couchers de soleil sont des loukoums. Le froid pince davantage à mesure que la nuit approche. Sur la terre, Eva est retenue dans une salle de classe, elle mordille son crayon, rêve de me rejoindre, je le sais, moi qui toise le monde en compagnie des apôtres écaillés, moi qui rêve de la rejoindre. Ses fichus parents auront découvert le message laissé sur sa coiffeuse. Regrette de ne pas avoir agi avec davantage de finesse. Regrette de ne pas avoir descendu ce vieil usurpateur quand l'occasion s'était présentée. Ayrs ne trouvera jamais de remplaçant à Frobisher : son *Éternel Recommencement* mourra avec lui. Les Van de Velde ont sans doute intercepté ma seconde lettre envoyée à Eva à Bruges. Ai tenté de rentrer au culot dans son école, en vain : ai été refoulé par deux flicards en livrée munis de sifflets et de bâtons. Ai suivi E. rentrant de l'école, mais les rideaux masquant le jour s'entrouvrent si brièvement, tout est si froid et aveuglant de noirceur lorsqu'elle quitte l'école encapuchonnée sous la sombre pèlerine autour de laquelle gravitent les V. d. V., chaperons et camarades de classe. L'épiais, caché derrière un chapeau et un cache-nez, guettant le moment où son cœur sentirait ma présence. Cela n'a rien de drôle.

Aujourd'hui j'ai frôlé la cape d'Eva, alors que je traversais la bruine et la foule. E. n'a pas remarqué. Quand je m'approche d'elle, une pédale de piano amplifie une vibration partant de l'aine, remontant depuis l'intérieur de mon buste jusqu'à l'arrière de mes yeux. Pourquoi tant de nervosité ? Demain, peut-être, oui, demain, c'est certain. Inutile de s'inquiéter. Elle a dit qu'elle m'aimait. Bientôt. Bientôt.

Sincèrement,
R. F.

*

Hôtel Le Royal,
Bruges
le 25 novembre 1931,

Sixsmith,
Nez qui coule et toux depuis dimanche. Superbement assortis à mes plaies et mes bleus. Tout juste ai-je fichu le pied dehors; n'en ai pas très envie, de toute façon. Des brumes glaciales surgissent des canaux; suffocantes, glacent le sang. Fais-moi parvenir une bouillotte en caoutchouc, tu veux bien? Il n'y en a qu'en terre cuite ici.

Le directeur de l'hôtel est passé tout à l'heure. Un pingouin sérieux dépourvu de fesses. L'on soupçonne que ce sont ses souliers vernis qui grincent quand il marche, mais dans le Plat Pays, il faut s'attendre à tout. Le véritable objet de sa visite était de vérifier si j'étais bien ce riche étudiant en architecture, et non pas un vulgaire gredin prêt à quitter la ville sans s'acquitter de son dû. Bref, lui ai promis de lui montrer la couleur de mon argent à la réception dès demain; un détour par la banque sera donc indispensable. Cette annonce a réjoui le bonhomme, qui espérait que mes études se déroulaient bien. À merveille, lui ai-je assuré. Je ne dis plus que je compose. Je ne supporte plus les interrogatoires de la crétine Inquisition: « Quel genre de musique écrivez-vous ? » « Aurais-je déjà entendu parler de vous ? » « D'où tirez-vous vos idées ? »

Ne suis pas d'humeur à écrire en fait, pas après cette rencontre toute fraîche avec E. L'allumeur de réverbères fait sa tournée. Si je pouvais remonter le temps, Sixsmith. J'aimerais tellement.

Le lendemain

Vais mieux. Eva. Ah. Je rirais si je ne souffrais pas tant. Ne me souviens pas où j'en étais dans ma lettre précédente. Depuis cette nuit d'Épiphanie, le temps, *allegrissimo*, devient flou. Il me paraissait clair que je n'arriverais pas à voir E. seule. Elle n'est jamais venue à quatre heures au beffroi. L'on interceptait mes messages : c'était pour moi la seule explication. (J'ignore si V. A. a mis à exécution sa menace de salir mon nom en Angleterre. As-tu entendu des rumeurs ? M'en contrefiche : simple curiosité.) Espérais presque que J. puisse retrouver ma trace et parvenir à cet hôtel – dans la seconde lettre, j'ai raconté mes pérégrinations. Serais prêt à coucher avec elle si cela me permettait de me rapprocher d'Eva. Me suis souvenu de n'avoir commis aucun délit – *va bene*, disséqueur de cheveux en quatre : aucun délit dont le couple Crommelynck-Ayrs ne s'est aperçu, j'entends –, ce qui me pousse à croire que J. joue une fois de plus sous la direction de son mari. Cela a sans doute toujours été le cas. N'ai donc pas eu d'autre choix que me rendre à la maison bourgeoise des Van de Velde.

Au crépuscule, ai traversé ce bon vieux jardin de Minnewater couvert de neige fondue. Froid de l'Oural. Le Luger d'Ayrs avait insisté pour m'accompagner ; j'avais donc enfermé cet ami d'acier dans la poche caverneuse de mon manteau en peau de mouton. Des prostituées fessues attendaient sous le kiosque à musique. N'étais pas le moins du monde tenté – il fallait vraiment ne plus tenir pour sortir par ce temps. La maladie qui a ravagé Ayrs m'a dégoûté à vie de ces demoiselles, je pense. Devant la maison des V. d. V. s'alignaient les cabriolets ; les chevaux renâclaient dans l'air froid, les cochers se blottissaient dans leurs longs manteaux, fumaient, sautillaient pour se réchauffer les pieds. Lampes aux lueurs vanille, débutantes dans tous leurs états, flûtes de champagne et chandeliers aux flammes vacillantes illuminaient les fenêtres. Une soirée d'importance avait lieu. Très bien. Je songeais au camouflage, tu comprends. Un couple heureux grimpait les marches avec prudence, la porte s'est ouverte – Sésame !... – la musique d'une gavotte s'est échappée dans l'air froid. Les ai suivis sur les marches couvertes de sel, puis ai frappé à l'aide du heurtoir doré, en essayant de conserver mon calme.

Le cerbère en queue-de-pie m'a reconnu – un majordome au regard surpris ne présage jamais rien de bon. « *Je suis désolé, monsieur, mais votre nom ne figure pas sur la liste des invités**. » Avais un pied dans la porte. La liste des invités ne s'appliquait pas aux amis avérés de la famille. Il a souri et s'est excusé – j'avais affaire à un professionnel. Un troupeau d'oisons pailletés en manteau est passé devant moi à ce moment précis, et le majordome a eu le tort de les laisser pénétrer. Avais franchi la moitié du couloir de l'entrée avant qu'une main gantée de blanc me saisisse l'épaule. Ai tempêté de la manière la plus indigne – je sors d'une passe épouvantable, je ne te le cache pas – rugissant le nom d'Eva à l'envi tel un enfant gâté faisant un terrible caprice, jusqu'à ce que la musique de danse cesse et que le couloir et les escaliers se remplissent de noceurs interloqués. Seul le tromboniste persistait à jouer. Toi qui aimes bien les trombonistes. Une ruchée de consternations exprimées dans les langues les plus courantes s'est constituée en essaim et s'est avancée vers moi. Du bourdonnement menaçant a surgi Eva, en robe bleu électrique, une rivière de perles vertes au cou. Pense avoir crié : « Pourquoi m'avoir évité tout ce temps ? », une édifiante invective de cet ordre.

Eva n'a pas traversé les airs pour atterrir dans mes bras ; elle n'a pas fondu sous mon étreinte et ne m'a pas susurré de mots d'amour. Premier mouvement, le dégoût : « Que vous arrive-t-il, Frobisher ? » Il y avait une glace dans le hall ; m'y suis miré afin de comprendre ce qu'elle voulait dire. Je m'étais laissé aller ; tu sais bien, je me soucie moins de mon rasage dans les périodes où je compose. Deuxième mouvement, la surprise : « Mme Dhondt m'avait informée de votre retour en Angleterre. » La situation empirait. Troisième mouvement, la colère : « Comment osez-vous vous montrer ici après... ce qui s'est passé ? » Ses parents n'avaient proféré que mensonges à mon encontre, l'assurai-je. Sinon, pourquoi auraient-ils intercepté les lettres que je lui avais adressées ? Les deux lui étaient parvenues, a-t-elle répondu, mais, « prise de pitié », elle les avait déchirées. Me sentais plutôt ébranlé. Ai réclamé un entretien en tête-à-tête. Nous avions tant à démêler. Un jeune type d'une superficielle beauté a posé son bras autour d'Eva ; m'a barré le passage et brandi quelque avertissement en flamand sur un ton de propriétaire. Lui ai rétorqué en français qu'il tripotait la fille que j'aimais, et ajouté que, depuis la guerre, les Belges devraient avoir appris à détaler devant une puissance supérieure. Eva lui a pris le bras droit et en a recueilli le poing des deux mains. Des marques d'intimité, très bien. Ai saisi le nom du chevalier servant, marmonné par un ami qui lui conseillait de ne pas répondre à cette provocation : Grigoire. Les bulles de jalousie tapies dans le tréfonds de mes entrailles avaient désormais un nom. Je demandai à Eva qui donc était ce féroce toutou. « Mon fiancé, a-t-elle annoncé, calme, et il n'est pas belge, mais suisse. »

Votre quoi ? Les bulles éclataient, mes veines s'emplissaient de poison.

« Je vous avais parlé de lui, l'après-midi au beffroi ! Pourquoi j'étais revenue de Suisse, si heureuse... Je vous en avais parlé, et puis vous m'avez envoyé ces lettres si... humiliantes. » Ni sa langue, ni ma plume n'ont fourché : Grigoire le fiancé. Tous ces cannibales soupaient de ma dignité. Voilà. Mon amour passionné ? Rien de tel. N'avait jamais existé. Le tromboniste invisible singeait l'« Hymne à la joie ». Lui ai lancé un rugissement d'une primitive violence (me suis salement esquinté la gorge) : qu'il joue l'air dans la tonalité choisie par Beethoven ou qu'il s'en abstienne. Ai demandé : « Suisse ? Pourquoi est-il si agressif dans ce cas ? » Le tromboniste a entonné une *Cinquième* de Beethoven tout en flatulence, et une fois de plus dans la mauvaise tonalité. La voix d'E. était un degré au-dessus du zéro absolu. « Je crois que vous êtes malade, Robert. Vous feriez mieux de partir. » Grigoire le fiancé suisse et le majordome se sont chacun emparés d'une épaule molle et m'ont ainsi fait traverser le troupeau à reculons jusqu'à l'entrée. Loin au-dessus, j'ai aperçu la silhouette de deux V. d. V. en bonnet de nuit qui scrutaient la cage d'escalier à travers les barreaux de la rampe sur le palier, telles de petites gargouilles. Leur ai adressé un clin d'œil.

L'éclat de triomphe dans les beaux yeux aux longs cils de mon rival, et son fort accent dans le « Retourne en Angleterre ! » qu'il m'a jeté ont malheureusement mis le feu aux poudres de Frobisher la crapule. Alors même que l'on me catapultait par-dessus le perron, j'ai agrippé Grigoire à la manière d'un rugbyman, bel et bien déterminé à l'entraîner dans ma chute. Dans le hall, les oiseaux de paradis hurlaient, les babouins beuglaient. Sur les marches nous avons rebondi – non : glissant et jurant, nous nous y sommes percutés, cognés et accrochés. Grigoire a crié à l'aide, puis de douleur – le remède par excellence du Dr Vengeance ! Les marches de pierre et le trottoir glacé ont autant noirci de bleus ma chair que la sienne, me suis fracassé les coudes et les hanches tout aussi violemment, mais au moins je n'étais pas le seul à avoir gâché ma soirée brugeoise, et j'ai vociféré, bottant ses côtes à chaque mot : « Mon amour, ma douleur ! », avant de fuir mi-courant, mi-claudiquant sur ma cheville tordue.

Suis à présent de meilleure humeur. C'est à peine si je me souviens à quoi E. ressemble. Fut un temps où son visage était imprimé dans mes imbéciles d'yeux ; la voyais partout, en n'importe qui. Grigoire a de splendides doigts longs et souples. Robert Schumann s'est estropié les mains à force d'y attacher des poids. Il pensait parvenir ainsi à couvrir de plus grands écarts au piano. A composé de majestueux quatuors à cordes – n'empêche, quel crétin ! Grigoire, en revanche, a hérité de mains parfaites mais ne fait sans doute pas la différence entre un sextolet et un pistolet.

Six ou sept jours plus tard

Avais oublié cette lettre inachevée, ou à moitié oublié plutôt : elle était enfouie derrière la partition posée sur le piano, et j'étais trop occupé à composer pour l'en extraire. Climat glacial de saison. La moitié des horloges de Bruges ont bien vite gelé. À présent, tu sais pour Eva. Cette histoire m'a vidé ; mais qu'est-ce qui résonne dans le vide ? La musique, Sixsmith, que la musique soit. Durant les six heures de bain prises auprès de la cheminée, j'ai écrit les cent deux mesures d'une marche funèbre basée sur l'« Hymne à la joie » que je destinais à mon clarinettiste.

Encore un visiteur ce matin – ne m'étais jamais senti aussi populaire depuis ce Derby dont je garde un cuisant souvenir[1]. Ai été réveillé vers midi par des frappements à la porte amicaux mais fermes. « Qui va là ? ai-je lancé.
— Verplancke. »

Le nom ne me revenait pas, cependant j'ai ouvert la porte, et mon policier musicien est apparu, celui qui m'avait prêté une bicyclette dans une ancienne vie. « Puis-je entrer ? *Je pensais vous rendre une visite de courtoisie**.

— Mais bien entendu, ai-je répondu, avant d'ajouter avec esprit : *Voilà qui est bien courtois, pour un policier**. » Ai débarrassé un fauteuil et proposé de faire monter du thé ; mon invité a refusé. N'arrivait pas à dissimuler son étonnement devant le désordre. Ai expliqué que je donnais des pourboires aux femmes de chambre afin de les tenir à distance. Ne supporte pas qu'on touche mon manuscrit. Compatissant, M. Verplancke a acquiescé, puis s'est demandé pourquoi un gentleman comme moi louait une chambre d'hôtel sous un pseudonyme. J'avais hérité cette excentricité de mon père, ai-je prétendu, un homme public qui tenait à ce que sa vie privée le demeure. J'usais du même stratagème pour protéger le secret de ma vocation, de sorte qu'on ne me demande pas de taquiner le piano à l'heure du cocktail, car un refus équivaut à une offense. V. semblait se satisfaire de mon explication. « Le Royal : luxueux chez-soi quand on séjourne loin des siens. » Il a promené son regard tout autour du salon. « J'ignorais que les assistants étaient si bien payés. » Ai confié ce que ce type plein de tact savait sans doute déjà : Ayrs et moi nous étions

---

1. Course de chevaux se déroulant à Epsom, en Angleterre. (*N.d.T.*)

séparés ; ai ajouté que j'avais mes propres ressources, ce qui à peine douze mois auparavant aurait été vrai. « Millionnaire et cycliste, c'est ça ? » Il a souri. Tenace, n'est-ce pas ? Pas vraiment millionnaire, ai-je répondu en lui souriant à mon tour, mais, grâce à la providence, un homme à la fortune assez conséquente pour s'offrir Le Royal.

Il en est enfin venu aux faits. « Vous vous êtes constitué un ennemi influent pendant votre court séjour dans notre ville, monsieur Frobisher. Un industriel – je crois que nous savons tous deux de qui il s'agit – a porté plainte auprès de mon supérieur à propos d'un incident survenu voilà plusieurs nuits. Son secrétaire – par ailleurs, excellent claveciniste et membre de notre petite formation – a reconnu votre nom et redirigé l'enquête vers mon service. D'où cette visite. » Ai eu toutes les peines du monde à lui faire comprendre qu'il s'agissait d'un absurde malentendu portant sur les sentiments d'une jeune fille. Ce chic type a hoché la tête. « Je vois, je vois. Quand on est jeune, le cœur joue *più fortissimo* que la tête. Malheureusement, le père du jeune homme en question est le banquier de plusieurs notables de la ville, et il laisse entendre de déplaisantes choses, comme vous attaquer en justice pour coups et blessures. »

Ai remercié M. Verplancke de son tact et de cette mise en garde, et lui ai promis de garder un profil bas. Pas si simple, hélas. « Monsieur Frobisher, ne trouvez-vous pas que le froid est intolérable en hiver, dans cette ville ? Les régions méditerranéennes n'inspireraient-elles pas mieux votre Muse ? »

Lui ai demandé si la colère de ce banquier s'apaiserait si je lui promettais de quitter la ville dans les sept jours, après la dernière relecture de mon sextuor. V. a estimé que oui, pareille mesure devrait permettre de désamorcer ce conflit. Je prendrai donc les dispositions nécessaires, parole de gentleman.

L'affaire réglée, V. a demandé s'il pourrait avoir un aperçu de mon sextuor. Lui ai montré la cadence pour clarinette. Tout d'abord dérouté par ses particularités spectrales et structurelles, il est resté une heure de plus à me poser de perspicaces questions sur les notations à moitié inventées et les singulières harmoniques présentes dans l'œuvre. Au moment de nous serrer la main, il a tendu sa carte de visite et réclamé avec insistance de lui envoyer un exemplaire de la partition finale pour son ensemble, avant de regretter que le personnage public ait eu à prendre le pas sur l'homme qu'il était en privé. Me suis senti triste quand il est parti. L'écriture est une maladie qui vous plonge dans une misérable solitude.

Tu t'en doutes, il me faut solder les affaires en cours d'ici la fin de mon séjour. Ne t'en fais pas pour moi, Sixsmith, je vais plutôt bien et suis trop occupé pour que la mélancolie m'envahisse ! Il y a une taverne de marins au bout de la rue ; je pourrais y trouver un compagnon si je le désirais (à toute heure, on en voit sortir ou y pénétrer de rudes garçons), mais la musique est la seule chose qui m'importe dorénavant. La musique, c'est le fracas, la houle, le roulis.

Sincèrement,
R. F.

*

Hôtel Memling,
Bruges
le 12 décembre 1931 à 4 h 15 du matin,

Sixsmith,
Me suis tiré une balle dans la tête par le palais à cinq heures du matin avec le Luger de V. A. Mais je t'ai vu, mon très cher ami ! Je suis si touché de tant d'égards. C'était sur le belvédère du beffroi, hier soir, au coucher du soleil. Une sacrée veine que tu ne m'aies pas vu le premier. Étais arrivé devant la dernière série de marches quand j'ai aperçu le profil d'un homme penché au balcon, qui scrutait la mer – ai reconnu ton élégante gabardine ainsi que ton seul et unique feutre. Une marche de plus, et tu aurais entrevu ma silhouette tapie dans l'ombre. Tu as avancé vers le côté nord : si tu t'étais tourné vers moi, j'aurais été débusqué. T'ai observé aussi longtemps que le courage me l'a permis (une minute ?), puis ai reculé et redescendu les marches quatre à quatre. Ne sois pas en colère. Te suis éternellement reconnaissant d'avoir tenté de me retrouver. Tu as fait la traversée sur la *Reine du Kent* ?

Question désormais futile, n'est-ce pas ?

Je t'ai vu le premier mais ce n'est pas tant une question de veine, en fait. Le monde est un théâtre d'ombres chinoises, un opéra : de telles péripéties sont écrites en gros caractères dans le livret. Ne m'en veux pas du rôle que je tiens. Tu ne pourrais pas comprendre, mes explications seraient vaines. Tu es un talentueux physicien, Rutherford et sa clique s'accordent à dire qu'un avenir radieux s'offre à toi, suis certain qu'ils voient juste. Cela dit, vis-à-vis de certaines choses élémentaires, tu es un âne. Le bien portant est incapable de comprendre celui qui se sent vidé, brisé. Tu essaierais d'énumérer toutes les raisons pour lesquelles la vie vaut la peine d'être vécue ; ces raisons, je les ai abandonnées l'été dernier à la gare Victoria. C'est ce qui m'a poussé à redescendre du belvédère : je ne voudrais pas que tu t'en veuilles d'avoir failli à me dissuader. Tu serais capable de t'en vouloir malgré tout, cependant je t'en prie, Sixsmith, ne sois pas stupide.

De même, j'espère que tu n'es pas trop déçu de ne pas m'avoir trouvé au Royal. Le directeur a eu vent de la visite de Verplancke. Était contraint de me demander de partir, a-t-il dit, en raison d'un grand nombre de réservations. Sottises que j'ai fait mine d'avaler. Frobisher-la-peau-de-vache était tenté de crier au scandale, mais Frobisher-le-compositeur n'aspirait qu'à la paix et au calme qui lui permettraient de conclure son sextuor. Ai payé rubis sur l'ongle – disparus, les derniers sous de Jansch – et bouclé ma valise. Ai erré dans les ruelles tortueuses et traversé les canaux gelés avant de dénicher ce caravansérail apparemment à l'abandon. La réception : un simple recoin rarement occupé situé sous l'escalier. L'unique ornement de ma chambre : un monstrueux *Cavalier riant* trop laid pour être volé et revendu. Dans ma chambre, à travers la saleté de la vitre, on aperçoit le vieux moulin délabré sur les marches duquel je m'étais assoupi au matin de mon arrivée. Le même, trait pour trait. Cela me plaît. La vie, un éternel recommencement.

Savais que je n'atteindrais jamais mon vingt-cinquième anniversaire. Pour une fois que je suis précoce. Les cœurs brisés, les pleurnichards et tous les tragédiens niaiseux qui dénigrent le suicide sont les mêmes idiots qui s'y livrent dans la précipitation. Le véritable suicide est une certitude qui réclame constance et discipline. Les gens pontifient que « le suicide est un acte égoïste ». Les arrivistes de l'Église tels que mon père vont un cran plus loin et disent qu'il s'agit d'une lâche atteinte à la Vie. D'autres raisons motivent les rustres à défendre cette position fallacieuse : pour éviter d'être montrés du doigt, pour exhiber leur force morale devant leur auditoire, pour laisser libre cours à leur colère, ou simplement parce qu'ils n'ont eux-mêmes jamais assez souffert pour éprouver de la compassion. Il ne s'agit nullement de lâcheté, ici : se suicider réclame un courage considérable. Les Japonais l'ont bien compris. Non : l'égoïsme réside en ce qu'on demande à quelqu'un d'endurer son insupportable existence afin d'épargner à la famille, aux amis et aux ennemis un petit effort d'introspection. S'il y a là quelque chose d'égoïste, ce serait de gâcher la journée d'autrui en lui imposant un spectacle grotesque. Voilà pourquoi je me suis enturbanné la tête d'une grosse épaisseur de serviettes de toilette destinées à étouffer la détonation et absorber le sang ; je ferai cela dans la baignoire, afin d'éviter autant que possible de maculer la tapisserie. Hier soir, j'ai glissé une lettre sous la porte du bureau du directeur – il la trouvera ce matin à huit heures – qui l'informera de mon changement de statut existentiel : avec un peu de chance, cela épargnera à la femme de chambre une désagréable surprise. Tu vois, je pense aux petites gens.

N'autorise personne à dire que je me suis tué par amour, Sixsmith, ce serait trop ridicule. Me suis entiché, le temps d'un battement de cils, d'Eva Crommelynck, mais nous savons tous les deux au fond de notre cœur qui est l'unique amour de ma courte et lumineuse vie.

En plus de cette lettre et de la fin du livre d'Ewing, je me suis arrangé pour qu'une chemise contenant la version finale de mon manuscrit t'attende au *Royal*. Sers-toi de l'argent de Jansch pour défrayer les coûts de la publication et envoies-en un exemplaire à chaque personne figurant sur la liste ci-jointe. Empêche à tout prix ma famille de mettre la main sur les originaux. Le Pater dirait en soupirant : « Cela ne vaut guère une *Eroica*, n'est-ce pas ? » avant de le fourrer dans un tiroir ; n'empêche, il s'agit bien d'une création sans précédent. On y trouve les échos de la *Messe blanche* de Scriabine, les pas perdus de Stravinski, les chromatiques d'un Debussy lunaire, et pourtant au final, je ne sais pas d'où la musique m'est venue. Une rêverie. Ne composerai plus jamais rien qui vaille le centième de cette œuvre. Aimerais qu'il s'agisse là d'un constat prétentieux ; malheureusement, c'est la réalité. Ce sextuor, *Cartographie des nuages*, renferme ma vie, il en a même pris la place, maintenant que le feu d'artifice est terminé ; au moins, j'aurais été feu d'artifice.

Les gens sont obscènes. Je préfère être musique qu'une tuyauterie pompant en boucle toutes sortes de semi-solides pendant plusieurs décennies avant que la machinerie fuie de toute part et finisse par tomber en panne.

Le Luger. Plus que trente minutes. J'ai le trac, bien entendu, mais mon amour de la coda est plus fort. Ce frisson m'électrise ; comme Adrian, je sais que je vais mourir. Je suis fier de savoir que je tiendrai jusqu'au bout. Les convictions. Débarrassé des croyances inculquées par les gouvernantes, les écoles et les nations, on découvre d'éternelles vérités au fond de son cœur. De nouveau, le déclin et la chute de Rome surviendront, Cortés réduira à néant Tenochtitlán, puis, plus tard, Ewing repartira en mer, Adrian explosera en mille éclats, toi et moi dormirons sous le ciel étoilé de Corse, je reviendrai à Bruges, m'éprendrai et me déprendrai d'Eva, tu reliras cette lettre, le soleil refroidira. Le gramophone de Nietzsche. Quand il sera terminé, le Vieillard le rejouera encore, pendant une éternité d'éternités.

Le temps est incapable de s'infiltrer dans cette retraite. Nous ne restons pas morts bien longtemps. Une fois que

mon Luger m'aura libéré, il suffira d'un battement de cœur pour que je renaisse. Dans treize ans, nous nous reverrons à Gresham ; dix ans de plus, et je retournerai dans cette pièce, tiendrai le même pistolet, écrirai la même lettre, avec une détermination aussi parfaite que mon sextuor aux cent têtes. En cette heure tranquille, ces élégantes convictions me réconfortent.
Sunt lacrimæ rerum.
R. F.

JOURNAL DE LA TRAVERSÉE
DU PACIFIQUE D'ADAM EWING

semblait pas être appliquée (depuis l'épisode d'Autua, le mépris manifesté à l'endroit de « M. Vit-en-plume » est, ainsi que ce sobriquet, moins fréquent). Tigetorse entonna une dizaine de couplets sur les lupanars du monde assez ignoble pour mettre en déroute le plus vicieux des satyres. Henry se porta volontaire pour un onzième couplet (sur Marie-la-poilue d'Inverary) et l'on franchit un pas de plus dans le salace. Rafael fut à son tour contraint de chanter. Il s'assit sur le « faiseur de veuves » et chanta ces vers d'une voix indomptée mais cependant honnête et juste :

Oh, Shenandoah, I long to see you
Hurrah, you rolling river.
Oh, Shenandoah, I'll not deceive you,
We're bound way 'cross the wide Missouri.
Oh, Shenandoah, I love your daughter,
I love the place across the water.
The ship sails free, the wind is blowing,
The braces taut, the sheets a-flowing,
Missouri, she's a mighty river,
We'll brace her up till her topsails shiver,
Oh, Shenandoah, I'll leave you never,
Till the day I die, I'll love you ever[1].

1. *Oh, Shenandoah, je me languis de toi / Hourra, rivière houleuse. / Oh, Shenandoah, je te serai fidèle, / Nous qui sommes séparés par le grand Missouri. / Oh, Shenandoah, j'aime ta fille, / J'aime cet endroit de l'autre côté des eaux. / Le bateau démarre, le vent souffle, / Les cordages se tendent, les voiles ondulent. / Le Missouri, quel fleuve puissant, / Nous tirerons ses cordages et ses huniers faseyeront. / Oh, Shenandoah, jamais je ne te quitterai, / Jusqu'à ma mort, toujours je t'aimerai.* (« Shenandoah » est un vieux chant de marin américain aux origines incertaines. Il en existe de nombreuses variantes.) (*N.d.T.*)

Le silence de frustes marins est bien plus éloquent que le panégyrique de quelque érudit. Pourquoi Rafael, qui était né en Australie, connaissait-il par cœur cette chanson américaine ? « J'savais pas que c'était une chanson d'Yankee, répondit-il, maladroit. Ma mère m'l'avait apprise avant d'mourir. C'est tout c'qu'il me reste d'elle. C'est gravé en moi. » Il se remit à l'ouvrage, brusque et gauche dans ses manières. Henry et moi sentîmes un regain de cette hostilité que manifestent les ouvriers au contact d'observateurs oisifs ; nous abandonnâmes les corvéables à leur industrie.

En relisant ma notation du 15 octobre, date où je fis la connaissance de Rafael, avec qui je partageais mon *mal de mer** en mer Tasmane, je suis sidéré de constater comment l'enfant lutin enjoué par son tout premier voyage et si prompt à satisfaire autrui est devenu en l'espace de seulement six semaines un jeune garçon maussade. Son éclatante beauté est ébréchée, et laisse entrevoir le marin aux muscles sylvestres qu'il deviendra. Il semble déjà s'adonner au rhum et à la boisson. Henry dit que, *bon gré mal gré**, cette métamorphose était inévitable, et je me résous à cette idée. Les bribes d'éducation et de sensibilité que Rafael a reçues de sa tutrice – Mme Fry, résidente de Brisbane – desservent assurément un mousse qui gravite dans le monde farouche du gaillard d'avant. Comme je souhaiterais pouvoir l'aider à mon tour ! N'eussé-je point croisé la route de M. et Mme Channing, mon propre destin aurait été semblable à celui de Rafael. Je demandais à Finbar si le garçon « s'insérait bien ». La delphique réponse de Finbar – « Ça dépend de c'qu'on insère, m'sieur Ewing » – déclencha les gloussements dans la cambuse mais me laissa dans l'obscurité la plus complète.

Samedi 7 décembre

Les albatros volent haut, les sternes fuligineuses barbotent et les pétrels sont juchés sur le gréement. Des poissons semblables aux borettos poursuivent des congénères semblables aux sprats. Tandis que Henry et moi prenions notre souper, un blizzard de papillons pourprés jaillit des craquelures de la lune et recouvrit les lanternes, les visages, la nourriture et la moindre surface d'une couche d'ailes frémissantes. Confirmant ces présages d'îles toutes proches, un homme situé en proue cria que la profondeur retombait à dix-huit brasses. M. Boerhaave ordonna de jeter l'ancre, de peur que l'on ne dérivât sur un écueil au cours de la nuit.

Le blanc de mes yeux a une nuance jaune citron, tandis que le pourtour en est rouge et irrité. Henry, qui m'assure que ce symptôme est le bienvenu, a néanmoins répondu de manière favorable à ma demande d'une dose accrue de vermicide.

Dimanche 8 décembre

Le repos du dimanche n'étant pas observé à bord de la *Prophétesse*, Henry et moi décidâmes ce matin d'organiser une courte lecture biblique dans sa cabine, à la mode de l'« Église évangélique » de la congrégation de la baie de l'Océan, et ce, « à cheval » sur les quarts de jour et du matin, de sorte que les bordées de bâbord et de tribord pussent se joindre à nous. Triste m'est de rapporter sur ces pages qu'aucun équipier n'osa défier le mécontentement du second en se présentant à notre célébration ; cependant, nous poursuivrons nos efforts sans nous décourager.

Rafael, en vigie, interrompit nos prières par un triple « Terrrrre ! Drrrrroit devant ! »

Nous mîmes un terme prématuré à nos prières, bravâmes les embruns afin d'apercevoir la terre qui émergeait de l'horizon instable. « Raiatea, nous indiqua M. Roderick, une des îles de la Société » (une fois de plus, le sillage de la *Prophétesse* croisait celui de l'*Endeavour*. Le capitaine Cook en personne avait baptisé l'archipel). Je demandai si l'on y effectuerait une escale. M. Roderick acquiesça. « Le capitaine souhaite s'arrêter à une certaine mission. » Les îles de la Société s'élargirent et, après trois semaines de grisaille océane et de bleu aveuglant, nos yeux jouirent du spectacle des montagnes aux flancs couverts de mousse, miroitants de cascades, barbouillés de jungle cacophonique. La *Prophétesse* mouillait à quinze brasses du rivage mais si claire était l'eau que l'on distinguait d'iridescents coraux. Henry et moi spéculions sur la meilleure façon de convaincre le capitaine Molyneux de nous permettre de descendre à terre quand celui-ci sortit du rouf, barbe taillée et bouc huilé. Dérogeant à son habitude de feindre de ne pas nous remarquer, le capitaine Molyneux vint à nous, un sourire de détrousseur aux lèvres. « Monsieur Ewing, docteur Goose, nous feriez-vous l'amabilité de nous accompagner sur l'île, le second et moi-même, en cette matinée ? Une colonie de méthodistes y occupe une baie sur la côte nord. "Nazareth", l'ont-ils baptisée. Les gentlemen que la curiosité anime trouveront l'endroit divertissant. » Henry accepta, enthousiaste ; quant à moi, je ne m'abstins pas de consentir, quoique je misse en doute le bien-fondé des raisons invoquées par ce vieux gredin. « Voilà qui est réglé », déclara le capitaine.

Une heure plus tard, la *Prophétesse* jetait l'ancre dans la baie de Bethlehem, crique de sable noir, protégée des alizés par le coude du cap Nazareth. Sur le rivage, à quelques pas de l'eau, s'étiraient en strates de rustiques habitations de chaume érigées sur « pilotis » où des Indiens convertis logeaient, présumai-je à juste titre. En amont, s'étageaient une douzaine de constructions de bois façonnées par quelque main civilisée, et plus haut encore, avant le sommet de la colline, se dressait une fière église qu'un crucifix blanc permettait d'identifier. Le plus grand des esquifs fut appareillé pour l'occasion. Les quatre rameurs étaient Guernsey, Tigetorse et deux des couleuvres de Boerhaave. Le second arborait un chapeau et un gilet plus adaptés à un salon de Manhattan qu'à la navigation côtière. Nous atteignîmes le rivage sans plus de travers qu'une bonne rincée, mais le seul émissaire de la colonie que nous rencontrâmes fut un chien des îles qui pantelait sous un massif de jasmins dorés et de fleurs trompettes vermillon. Les huttes du rivage et la « Grand'rue » qui montait jusqu'à l'église semblaient dénuées de vie. « Vingt hommes, vingt mousquets, commenta M. Boerhaave, et cet endroit serait nôtre avant l'heure du dîner. Cela laisse songeur, n'est-ce pas, capitaine ? » Le capitaine Molyneux ordonna aux rameurs de rester dans l'ombre pendant que nous « rendions visite au roi à la salle du trésor ». Les grâces nouvelles du capitaine me paraissaient superficielles, et j'en eus pour preuve le vénéneux juron qu'il lâcha quand il découvrit le comptoir, barricadé. « Les nègres, spécula le Hollandais, se seraient-ils excommuniés puis repus de leur pasteur au dessert ? »

Le clocher de l'église sonna et le capitaine se frappa le front. « Fich—, à quoi pensais-je ? C'est dimanche, nom de D—, et ces c–s-bénits sont assurément en train de braire dans leur boiteuse église. » Nous gravîmes la colline escarpée, ralentis dans notre ascension par la goutte du capitaine Molyneux (au moindre effort, je ressens comme un essoufflement. Me souvenant de la vigueur encore en ma possession à Chatham, je m'inquiète de la gravité avec laquelle le parasite affecte ma constitution). Nous atteignîmes la maison du culte de Nazareth à l'instant même où la congrégation en émergeait. Le capitaine se découvrit et lança un chaleureux « Bien le bonjour ! Jonathon Molyneux, capitaine de la *Prophétesse*. » Il désigna notre vaisseau d'un revers de la main. Les Nazaréens manifestèrent moins d'entrain : les hommes nous gratifièrent d'un geste las de la tête valant pour salut, les femmes et les filles se cachaient derrière leurs éventails. L'on s'écria « Qu'on amène le prédicateur Horrox ! » et cette alarme résonna dans les recoins de l'église, tandis qu'à leur tour, les aborigènes sortaient pour mieux voir les visiteurs. Parmi les soixante hommes et femmes, je ne comptais qu'un tiers de Blancs, accoutrés dans leurs « habits du dimanche » (tels qu'on les conçoit lorsque deux semaines de mer vous séparent de la mercerie la plus proche). Les Noirs nous regardèrent avec une curiosité non dissimulée. Les femmes indigènes étaient décemment vêtues, mais plus d'une avait un goitre fort disgracieux. Les boys, qui, à l'aide d'une ombrelle en feuilles de palme, protégeaient leurs blanches maîtresses de la férocité solaire, avaient un léger rictus aux lèvres. Une « section » privilégiée de Polynésiens portait en guise d'uniforme un astucieux brassard marron brodé d'un crucifix blanc.

Déboula ensuite un homme dont l'habit de prêtre annonçait le titre. « Je suis Giles Horrox, annonça le patriarche, prédicateur de la baie de Bethlehem et représentant de la Guilde missionnaire de Londres à Raiatea. Exposez la raison de votre venue, messieurs, faites vite. »

Le capitaine Molyneux reprit son introduction et présenta au prédicateur M. Boerhaave « de l'Église réformiste de Hollande », le Dr Henry Goose, « médecin au service de la noblesse de Londres et dernièrement à celui de la mission des îles Fidji » et Adam Ewing, « notaire américain, homme de lettres et de loi » (j'étais soudain devenu estimable aux yeux du vieux filou!). « Nous autres dévots péripatéticiens du Pacifique Sud évoquons avec respect les noms du prédicateur Horrox et de la baie de Bethlehem. Nous espérions célébrer le repos du dimanche devant votre autel » – le capitaine lança un triste regard vers l'église –, « hélas! des vents contraires nous ont retardés. Cependant, j'ose espérer que la corbeille de l'église n'est pas encore fermée. »

Le prédicateur Horrox toisa le capitaine. « Commandez-vous à un pieux vaisseau, monsieur? »

Le capitaine Molyneux détourna le regard, feignant l'humilité. « Il ne peut rivaliser ni de piété ni d'insubmersibilité avec votre église, monsieur, néanmoins M. Boerhaave et moi-même tentons de nous occuper au mieux des âmes que nous recueillons, en effet. La lutte est incessante, peiné-je à vous confier. Les marins retombent dans le vice sitôt que nous leur tournons le dos.

– Oh, mais sachez, capitaine, dit une femme au col de dentelles, que Nazareth compte également un lot de récidivistes! Veuillez pardonner à mon mari sa prudence. L'expérience nous enseigne que la plupart des vaisseaux qui naviguent sous un prétendu pavillon chrétien ne nous apportent que maladies et ivrognes. Nous sommes dans l'obligation de présumer de leur culpabilité tant que leur innocence n'est pas prouvée. »

Le capitaine se découvrit derechef. « Madame, je ne puis vous pardonner, puisque nulle avanie n'a été infligée, ni reçue.

– Vos préjugés à l'encontre de ces "Wisigoths des

mers" sont amplement justifiés, madame Horrox, intervint M. Boerhaave. Aussi, sachez que je suis homme à ne tolérer aucune goutte de grog à bord de la *Prophétesse*, en dépit des braillements protestataires de l'équipage ! Oh, brailler, ils savent faire, mais je braille plus fort, et toujours en dernier : "Le seul spiritueux nécessaire est la spiritualité !" »

Ce cabotinage portait ses fruits. Le prédicateur Horrox nous présenta ses deux filles et trois fils, tous nés à Nazareth (les filles semblaient tout juste sorties d'un couvent, tandis que les garçons, sous leurs cols amidonnés, étaient aussi basanés que des *kanaka*). Réticent à l'idée de devoir participer malgré moi à la fallacieuse comédie orchestrée par le capitaine, j'étais toutefois curieux d'en apprendre davantage au sujet de cette théocratie insulaire, aussi me laissai-je porter par le cours des événements. Bientôt, notre groupe se rendit au presbytère des Horrox, demeure que n'aurait pas renâclé à habiter le dernier des consuls de l'hémisphère Sud. L'intérieur recelait un grand salon agrémenté de fenêtres de verre et de meubles en bois de tulipier, un cabinet d'aisances, deux cases destinées aux domestiques, et une salle à manger, où l'on nous servit des légumes fraîchement cueillis et un tendre filet de porc. Chaque pied de la table baignait dans une assiette d'eau. « Les fourmis, un des fléaux de Bethlehem. Il faut régulièrement retirer les défuntes, si l'on veut éviter qu'elles ne construisent une chaussée de cadavres. »

Je les complimentai sur leur demeure. « Le prédicateur Horrox, confia non sans fierté la maîtresse des lieux, a fait l'apprentissage de la charpenterie dans le comté de Gloucester. La majeure partie de Nazareth a été bâtie de sa main. L'étalage des biens impressionne le païen, voyez-vous. Il se dit : "Comme les maisons des chrétiens sont impeccables ! Comme nos masures sont sales ! Comme le Dieu des Blancs est généreux ! Comme le nôtre est mesquin !" Et ainsi, l'on amène davantage de païens à se convertir.

– S'il m'était possible de commencer une nouvelle vie, opina M. Boerhaave sans rougir le moins du monde, je choisirais la voie de l'abnégation missionnaire. Prédicateur, vous nous donnez à voir une mission fort bien établie, aux racines profondément ancrées ; cependant comment entreprend-on pareille œuvre de conversion sur une plage plongée dans les ténèbres et que nul pied chrétien n'a jamais foulée ? »

Le prédicateur Horrox posa son regard au-dessus de son interrogateur, scrutant un futur auditoire. « La ténacité, monsieur, la compassion et la loi. Il y a quinze ans de ça, l'accueil que l'on nous réserva fut moins cordial que le nôtre, monsieur. Cette île en forme d'enclume, voyez-vous là-bas ? Bora Bora, l'ont baptisée les Noirs, quoique « Sparte » eût été plus à propos, tant les guerriers qui la peuplaient étaient belliqueux ! Dans la crique de Bethlehem nous avons lutté, et certains sont tombés au combat. Si nous n'avions point emporté les batailles de la première semaine, la mission Raiatea n'eût été qu'une chimère. Mais la volonté du Seigneur fut de nous voir allumer et entretenir la lumière d'un phare en ces lieux. Un semestre plus tard, nous pûmes rapatrier les femmes restées à Tahiti. Je déplore les morts du côté aborigène, pourtant lorsque les Indiens comprirent que Dieu protège son troupeau, les Spartiates eux-mêmes nous enjoignirent de leur envoyer des prédicateurs. »

Mme Horrox poursuivit le récit. « Lorsque la vérole fit son funeste office, les Polynésiens eurent besoin d'un secours tant matériel que spirituel. Notre compassion guida les païens jusqu'aux fonts baptismaux. Et revint alors à la Loi divine de préserver notre troupeau de la Tentation… et des marins en maraude. Les chasseurs de baleines nous méprisent tout particulièrement d'avoir enseigné chasteté et pudeur aux femmes. Les hommes de la mission se doivent de veiller au bon entretien de nos armes à feu.

— Néanmoins, si un baleinier courait au naufrage, remarqua le capitaine, je donnerais ma parole que l'équipage prierait le destin de le pousser sur ces mêmes plages où les "maudits missionnaires" ont apporté l'Évangile, n'est-ce pas ? »

Approbation outrée et partagée.

Mme Horrox répondit à ma question sur le maintien de la loi et de l'ordre en cet avant-poste du progrès. « Le conseil ecclésial – composé de mon mari et de trois sages – décide des lois nécessaires que la prière nous inspire. Les gardes du Christ, aborigènes se révélant de fidèles serviteurs de l'Église, appliquent la loi en contrepartie d'un crédit au comptoir de mon mari. Une vigilance de tous les instants n'en demeure pas moins primordiale, à défaut de quoi, en quelques jours… » Mme Horrox frémissait devant les spectres de l'apostasie dansant la *hula* sur sa tombe.

Le repas achevé, nous passâmes au salon, où un boy nous servit du thé frais dans de plaisantes tasses de calebasses. Le capitaine Molyneux demanda : « Monsieur, comment finance-t-on une mission industrieuse telle que la vôtre ? »

Sentant le sujet se profiler à l'horizon, le prédicateur Horrox dévisagea le capitaine d'un œil nouveau. « L'amidon de racine de marante et l'huile de cacao couvrent nos dépenses, capitaine. Les Noirs travaillent sur nos plantations afin de payer les frais de l'école, de l'étude de la Bible et de l'église. Dans une semaine, Dieu nous entende, nous effectuerons une abondante récolte de coprah. »

Je demandai si les Indiens travaillaient de leur plein gré.

« Certainement ! s'exclama Mme Horrox. Ils savent que s'ils succombent à la paresse, les gardes du Christ les puniront. »

Je voulus en savoir davantage sur ces mesures dissuasives, mais le capitaine reprit sans ménagement sa conversation. « Le navire de la Guilde missionnaire rapporte donc ces denrées périssables jusqu'à Londres, en passant par le cap Horn ?

– Votre conjecture est juste, capitaine.

– Avez-vous songé, prédicateur Horrox, à ce que le statut séculier – et par extension, spirituel – de votre mission gagnerait en stabilité, si vous établissiez des échanges commerciaux en un lieu plus proche des îles de la Société ? »

Le prédicateur ordonna au boy de quitter la pièce. « J'ai longuement retourné la question. Mais où ? Les petits marchés du Mexique sont à la merci des bandits. Au Cap, l'on ne trouve guère que des inspecteurs de la régie de l'excise corrompus et d'avides Afrikaners. Au large de la Chine, les mers du Sud grouillent d'impudents pirates sans foi ni loi. Sans compter ces colons hollandais qui vous saignent à blanc. Sans vouloir vous offenser, monsieur Boerhaave. »

Le capitaine me désigna. « M. Ewing réside à » – il marqua une pause avant de dévoiler sa proposition – « San Francisco, en Californie. Vous avez certainement eu vent de la croissance de cette insignifiante bourgade de sept cents âmes changée depuis en une métropole dont la population s'élève à... un quart de million ? Tâche impossible que d'en tenir le cens ! Chinois, Chiliens, Mexicains, Européens, des étrangers de toutes complexions y débarquent chaque jour. Un œuf, monsieur Ewing : veuillez nous indiquer le prix actuel d'un œuf à San Francisco, je vous prie.

– Un dollar, si j'en crois la lettre de ma femme.

– Un dollar américain pour un banal œuf. » (Le sourire du capitaine Molyneux me rappelait celui d'un crocodile empaillé accroché au mur d'un magasin d'articles de bonneterie en Louisiane.) « Vous qui avez du flair, cela ne vous laisse-t-il pas songeur ? »

Mme Horrox ne s'en laissait guère conter. « Les mines d'or seront bientôt épuisées.

– Certes, madame, mais à San Francisco – trois petites semaines de traversée sur une fringante goélette telle que la *Prophétesse* suffisent à la rallier –, les affamés, les clameurs et les richesses perdureront. La destinée de cette cité me paraît limpide comme de l'eau de roche : San Francisco sera le Londres, le Rotterdam et le New York de l'océan Pacifique. »

Notre *capitán de la casa* se cura les dents à l'aide d'une arête de thon rouge. « Et vous, monsieur Ewing, pensez-vous que les produits issus de nos plantations sont susceptibles d'être vendus à bon prix dans votre cité » – qu'il était étrange d'entendre appeler ainsi notre modeste canton ! – « pendant cette ruée vers l'or et par la suite ? »

Le capitaine Molyneux mettait mon honnêteté au profit de ses viles fins, mais fût-ce pour le desservir ou l'avantager, j'étais résolu à ne point mentir. « En effet. »

Giles Horrox retira son col de curé. « Me feriez-vous le plaisir de m'accompagner à mon cabinet, Jonathon ? Je suis assez fier de la toiture. Je l'ai dessinée moi-même afin qu'elle résiste au terrible *t'ai fung*.

– Vraiment, Giles ? répliqua le capitaine Molyneux. Je vous suis. »

Quoique le nom du Dr Henry Goose fût encore inconnu à Nazareth ce matin, à la nouvelle qu'un médecin de renom avait débarqué, les femmes de la baie de Bethlehem se remémorèrent toutes sortes d'affections, et une foule compacte prit la route du presbytère. (Curieux de se trouver à nouveau en présence du beau sexe après avoir passé tant de semaines reclus en si laide compagnie !) Généreux, mon ami ne refusa pas la moindre patiente, et l'on réquisitionna le salon comme salle de consultation où, pour la décence, l'on tendit des draps de lin en guise de rideaux. M. Boerhaave retourna à bord de la *Prophétesse* afin de ménager davantage d'espace en cale.

Je donnai mon congé aux Horrox et partis explorer la baie de Bethlehem, cependant, assailli par une insupportable chaleur et les pestilentielles mouches de sable accablant ses plages, je retournai dans la « Grand'rue » que nous avions précédemment empruntée et remontai jusqu'à l'église, où l'on entendait psalmodier. Je voulus me joindre à l'office de l'après-midi. Pas une âme, pas un chien, pas même un indigène ne perturbait la sérénité de ce dimanche. Je jetai un œil dans l'obscurité de l'église, et j'y trouvai une fumée si épaisse que je crus – à tort – le bâtiment en proie aux flammes ! Le chant fut interrompu par un chœur de tousseurs. Une cinquantaine de dos noirs me faisaient face et je compris que la fumée qui épaississait l'air n'émanait pas d'un feu ni de la combustion d'encens, mais de celle du tabac brut ! car tous, sans la moindre exception, tiraient sur une pipe.

Depuis la chaire, un Blanc girond prêchait dans cet accent hybride baptisé « cockney des antipodes ». Lorsque le contenu du « sermon » devint apparent, cette démonstration de religiosité informelle me choqua. En voici un extrait : « 'voyez, c'est ainsi que saint Pierre, là, que m'sieur Jésus appelait "le gentil petit Pierre", il partit de Rome et enseigna tout sur tout à ces Juifs de Palestine aux nez crochus grâce au tabac des Anciens, et d'ailleurs, c'est c'que j'm'en vais vous apprendre, là. » Puis il s'arrêta afin de prodiguer ses conseils à un individu. « Non, Nicotin, tu fais tout de traviole, regarde, tu mets le tabac dans le *gros* bout, hein, celui-ci, tu vois, oh c'est pas D—possible ! Combien de fois l'ai-je répété ? Ça, c'est le tuyau ; il est *là*, ton f—u fourneau ! Imite ton voisin Mange-vase. Non, attends que je te montre ! »

Un Blanc au dos voûté et au teint cireux qui s'appuyait contre un cabinet (contenant, je pus le vérifier par la suite, des centaines d'exemplaires de la sainte Bible en langue polynésienne – je me dois d'en acquérir un en souvenir avant notre départ) observait la fumeuse cérémonie. Je m'introduisis en chuchotant afin de ne pas distraire les fumeurs de leur sermon. Le jeune homme, un dénommé Wagstaff, m'expliqua que la personne en chaire n'était autre que le « directeur de l'école des fumeurs de Nazareth ».

Pareille académie m'était inconnue, lui confiai-je.

« Une idée du père Upward, de la mission de Tahiti. Vous devez comprendre, monsieur, que le Polynésien rejette toute forme d'industrie car il n'a nulle raison d'apprécier la valeur de l'argent. "Si moi faim, dira-t-il, moi cueillir, moi pêcher. Si moi froid, moi dire à femme 'Tisse !'" Ce sont des désœuvrés, monsieur Ewing, et nous savons tous quel sort le Diable leur réserve. Mais en instillant chez ces paresseux gredins une douce addiction à cette feuille bénigne, nous les encourageons à gagner de l'argent, de sorte qu'ils puissent acheter leur tabac aux comptoirs de la mission – mais point d'alcool, notez bien : seulement du tabac. Ingénieux, n'est-ce pas ? »

Comment eussé-je prétendu le contraire ?

La lumière baisse. J'entends des voix d'enfants, d'exotiques octaves aviaires, le ressac sur la plage de la crique. Henry peste contre les entraves de ses engagements. Mme Horrox, qui nous offre à tous deux l'hospitalité pour la nuit, a envoyé sa bonne nous informer que le dîner est servi.

Lundi 9 décembre

Voici la suite du récit de la veille. Lorsque la classe des fumeurs prit fin (plusieurs élèves vacillaient et se montraient nauséeux mais leur professeur, un colporteur de tabac, nous le certifia : « En un rien de temps, ils seront ferrés comme des diodons »), la chape de chaleur se rompit, malgré le soleil radieux qui grillait le cap Nazareth. M. Wagstaff m'accompagna sur les bandes de terrain plantées qui remontaient de la baie de Bethlehem vers le nord. Dernier-né d'un vicaire de Gravesend, en Angleterre, mon guide s'était découvert une vocation de missionnaire dès l'enfance. La Guilde, grâce à un accord passé auprès du prédicateur Horrox, l'avait envoyé sur cette île afin qu'il y épousât une veuve de Nazareth – Eliza, *née** Mapple – et remplaçât le père du garçon, Daniel. Wagstaff avait débarqué sur ces rivages au mois de mai dernier.

Quelle chance, commentai-je, d'habiter pareil Éden ; mais mon aimable propos porta une estocade à la bonne humeur du jeune homme. « C'est ce que je croyais les premiers jours, monsieur ; à présent, je ne sais plus trop quoi penser. Voyez : l'Éden est un endroit bien comme il faut, alors qu'ici, chaque être vivant devient farouche : tout mord et tout gratte. Un païen que l'on amène à Dieu est une âme sauvée, je sais bien, cependant il y a ce soleil qui vous *brûle* en permanence, et puis ces vagues et les pierres brillent tant que j'ai mal aux yeux jusqu'aux vêpres. Parfois, je donnerais n'importe quoi pour revoir le brouillard de la mer du Nord. Ce sont nos âmes que cette île met à rude épreuve, monsieur Ewing. Ma femme y habite depuis l'enfance et, pourtant, les choses ne sont guère plus faciles pour elle. Les sauvages éprouveraient de la gratitude, pensait-on : nous les éduquons, nous les soignons, nous les tirons de leur oisiveté et nous leur apportons la vie éternelle ! Oh, de "s'il vous plaît, monsieur" et de "merci, monsieur", ils nous gratifient en suffisance, mais là » – Wagstaff se frappa le cœur du poing –, « on ne ressent *rien*. Raiatea a beau ressembler à l'Éden, on ne s'y sent pas moins déchu qu'ailleurs. Oh, il n'y a pas de serpents, mais ici aussi le Diable fait son œuvre. Tenez, les fourmis ! Elles vont partout. Dans la nourriture, dans les vêtements, même dans votre nez. À moins de convertir ces maudites fourmis, ces îles ne seront jamais vraiment nôtres. »

Nous arrivâmes devant sa modeste demeure, bâtie par le premier mari de sa femme. M. Wagstaff ne m'invita pas à entrer et partit chercher une gourde d'eau pour notre promenade. Je fis un tour rapide de l'humble jardin situé devant l'entrée, où un Noir bêchait. Je lui demandai ce qu'il y cultivait.

« David est muet », lança depuis le seuil une femme vêtue d'une robe chasuble crasseuse et distendue. Il m'est hélas impossible de qualifier son apparence et ses manières sans évoquer la désinvolture. « Muet comme une carpe. Vous êtes le médecin anglais qui loge chez les Horrox ? »

J'expliquai que j'étais un notaire américain et demandai si je m'adressai à Mme Wagstaff.

« Si l'on se fie aux bans de mariage et aux répliques échangées lors de la cérémonie, c'est bien cela. »

Si elle désirait consulter, le Dr Goose offrait des consultations *ad hoc* au presbytère des Horrox, l'informai-je. Henry était un excellent médecin.

« Excellent au point de me transporter loin d'ici, me rendre ces années perdues et me procurer un logement à Londres ainsi qu'un traitement annuel de trois cents livres sterling ? »

Pareille requête dépassait les pouvoirs de mon ami, admis-je.

« Dans ce cas, votre excellent médecin ne peut rien pour moi, monsieur. »

J'entendis ricaner dans les buissons derrière moi, je tournai la tête et aperçus une myriade de petits garçons noirs (parmi lesquels je remarquai, non sans curiosité, de nombreux rejetons métis, fruits d'unions « interraciales »). Faisant mine de les ignorer, je fis volte-face et vis un jeune Blanc de douze ou treize ans aussi souillon que Mme Wagstaff ; il manqua de bousculer sa mère, qui ne se donna guère la peine de l'intercepter. Son fils gambadait tout aussi nu que ses camarades de jeu indigènes ! « Holà, mon jeune ami, réprimandai-je, ne risques-tu pas d'attraper un coup de soleil à courir ainsi dévêtu ? » Les yeux bleus de l'enfant avaient comme un éclat d'ensauvagement et sa réplique, qu'il aboya en quelque langue polynésienne, provoqua tant ma sidération que les rires des négrillons, qui se dispersèrent telle une volée de verdiers.

Suivant le sillage du garçon, M. Wagstaff était hors de lui-même. « Daniel ! Reviens ! *Daniel !* Je sais que tu m'entends ! Je te fouetterai ! Tu entends ? Je te fouetterai ! » Il se tourna vers sa femme. « *Madame* Wagstaff ! Tenez-vous tant à ce que votre fils devienne un parfait sauvage ? Forcez-le à enfiler des vêtements, c'est la moindre des choses ! Que va penser M. Ewing ? »

Mis en bouteille, le mépris que Mme Wagstaff affichait à l'égard de son mari eût fourni une excellente mort-aux-rats. « M. Ewing pourra bien penser ce qu'il voudra. Demain, il emportera ses réflexions avec lui sur sa belle goélette. Contrairement à vous et moi, *monsieur* Wagstaff, qui mourrons ici. Et bientôt, Dieu entende mes prières. » Elle reporta son regard vers moi. « Mon mari n'a pas achevé son instruction scolaire, monsieur, et c'est à moi que revient le fardeau de lui rappeler des évidences à longueur de journée. »

Réticent à l'idée d'assister à la séance d'humiliation à laquelle Mme Wagstaff soumettait son mari, j'exécutai une impartiale courbette et franchis la haie. Percevant les cris d'indignation masculine que piétine le mépris féminin, je me concentrai sur un oiseau tout proche, dont le refrain sonnait ainsi à mes oreilles : *Toutou ne dit pas tout, nooooon… Toutou ne dit pas tout*.

Mon guide, dont la morosité était plus que visible, me rejoignit. « Je vous demande pardon, Mme Wagstaff est d'épouvantable humeur aujourd'hui. Elle ne trouve guère le sommeil, à cause de la chaleur et des mouches. » Je l'assurai que l'« éternel après-midi » des mers du Sud avait raison des constitutions les plus robustes. Nous marchâmes dans la moiteur sous les frondes d'un étroit promontoire à la fertilité néfaste, où des chenilles velues, épaisses comme le pouce, se laissaient choir des serres de balisiers exquis.

M. Wagstaff me raconta comment à la mission on avait vanté son irréprochable éducation à sa future famille. Le prédicateur Horrox avait marié les promis le lendemain de l'arrivée du jeune homme, encore sous le charme des tropiques. (Les raisons qui avaient poussé Eliza Mapple à consentir à ce mariage arrangé restent obscures. Henry spécule que la latitude et le climat « déstabilisent » le sexe faible et le rendent plus malléable.) L'encre du contrat de mariage à peine séchée, les « infirmités » et l'âge véritable de l'épouse de M. Wagstaff ainsi que la rétiveté de Daniel apparurent au grand jour. Le beau-père chercha le moyen de se soustraire à cette nouvelle responsabilité, mais la tentative mena à de si « vilaines récriminations » de la mère et du beau-fils que Wagstaff ne sut plus à quel saint se vouer. Loin de l'aider, le prédicateur Horrox stigmatisa sa faiblesse de caractère et, à dire vrai, neuf jours sur dix, mon guide se sent pauvre comme Job. (Quelle que soit la nature des malheurs de M. Wagstaff, sont-ils comparables à un ver parasitaire qui vous ronge les canaux cérébraux ?)

Pensant distraire ce jeune ressasseur avec des problèmes d'ordre logistique, je demandai pourquoi à l'église, tant de bibles demeuraient-elles intactes (et – soyons honnêtes – uniquement lues par les poux de livre). « Il reviendrait au prédicateur Horrox de vous l'expliquer, mais enfin : la Mission de la baie de Matavia a été la première à traduire les paroles du Seigneur en langue polynésienne, et les missionnaires indigènes qui utilisèrent ces bibles parvinrent à tant de conversions que l'Aîné Whitlock – un des fondateurs de Nazareth trépassé depuis – convainquit notre Mission de renouveler l'expérience sur cette île. Il était naguère apprenti chez un graveur de Highgate, vous savez. Outre leurs pistolets et outils, les premiers missionnaires apportèrent une presse, des bouteilles d'encre, des casses de caractères et des rames de papier. Durant les dix premiers jours d'existence de la baie de Bethlehem, trois mille manuels élémentaires destinés aux écoles de la Mission furent imprimés, alors que les potagers n'étaient même pas encore tracés. On a ensuite tiré les Évangiles de Nazareth, qui répandirent la bonne parole des îles de la Société jusqu'aux îles

Cook et Tonga. Mais aujourd'hui que la presse a rouillé, des milliers de bibles attendent toujours preneurs et savez-vous pourquoi ? »

Je ne sus en deviner la raison.

« Pas assez d'Indiens. Les bateaux apportent des miasmes, les Noirs les inhalent, enflent sous l'effet de la maladie et tombent comme des mouches. Nous enseignons la monogamie et le mariage aux survivants, malheureusement leurs unions ne sont point fécondes. » Je me surpris à me demander depuis combien de mois M. Wagstaff n'avait pas souri. « Tuer ce qui nous est cher, opina-t-il, il semblerait que ce soit dans le cours des choses. »

Le chemin se terminait dans la mer par une sorte de lingot croulant de corail noir d'une vingtaine de mètres de long et aussi haut que deux hommes. « *Marae*, on les appelle, m'informa M. Wagstaff. Partout dans les mers du Sud, on peut en voir, à ce qu'il paraît. » Nous le gravîmes à quatre pattes puis je profitai d'une splendide vue sur la *Prophétesse*, qu'un vigoureux nageur aurait ralliée en quelques brasses. (Finbar vidait un baquet par-dessus bord, et je pus même épier en haut du mât d'artimon la silhouette noire d'Autua, qui enroulait les haussières du petit contre-cacatois.)

Je m'enquis des origines et de la fonction remplie par ce *marae*, et M. Wagstaff, concis, s'exécuta. « Une génération auparavant, à l'endroit même où nous nous tenons, les Indiens beuglaient et perpétraient massacres et autres sacrifices devant leurs fausses idoles. » Mes pensées repartirent vers la plage du Banquet sur les îles Chatham. « Les gardes du Christ infligent une sévère flagellation à tout Noir qui ose fouler ce monticule. Enfin, c'est ce qui arriverait. Les enfants des natifs ne connaissent même plus le nom de ces vieilles statues. Ce n'est guère plus qu'un tas de nids de rats et de gravats. C'est à cela que toutes les croyances retournent, tantôt. À un tas de nids de rats et de gravats. »

Les pétales et le parfum des frangipaniers me submergèrent.

Ma voisine de table au dîner fut Mme Derbyshire, veuve et sexagénaire avancée, aussi acerbe et coriace que les glands verts. « Je dois vous confier mon aversion des Américains, me dit-elle. Ils ont tué mon cher oncle Samuel, colonel de l'artillerie au service de Sa Majesté, lors de la guerre de 1812. » Je lui présentai mes (indésirables) condoléances, et ajoutai qu'en dépit d'un très cher oncle tombé sous les balles des Anglais au cours de ce même conflit, mes plus proches amis n'en demeuraient pas moins britanniques. Le docteur rit trop fort et s'exclama : « Bravo, Ewing ! »

Mme Horrox reprit la barre avant que la conversation n'échouât. « Vos employés ont assurément foi en vos compétences, monsieur Ewing, pour vous confier une affaire vous entraînant dans un voyage si long et ardu. » J'avais l'expérience suffisante pour qu'on me confie cette mission, répondis-je, mais point assez pour qu'on me permette de la décliner. Des gloussements entendus rétribuèrent mon humilité.

Après avoir dit le bénédicité devant les bols de soupe de tortue et demandé la bénédiction de Dieu sur le nouvel accord commercial conclu avec le capitaine Molyneux, le prédicateur Horrox se lança dans un sermon sur un sujet qu'il affectionnait particulièrement, alors que nous commencions à manger. « Je n'ai jamais démordu que Dieu, dans ce monde qui s'ouvre à la civilisation, ne se manifeste non pas à travers les miracles de la Bible, mais au détour du progrès. C'est le progrès qui guide l'humanité en haut de l'échelle qui mène à Dieu. Nulle échelle de Jacob que cela, non, il s'agirait plutôt d'une "échelle de la civilisation". Au sommet de cette échelle se trouvent les Anglo-Saxons. Les Latins se situent un ou deux échelons en dessous. Plus bas encore, les Asiatiques : un peuple industrieux – nul ne peut le nier – à qui il manque cependant la bravoure aryenne. Les sinologues prétendent que les Asiatiques aspiraient autrefois à la grandeur, mais avez-vous vu quelque Shakespeare au teint jaune, ou quelque de Vinci à l'œil en amande ? Voilà qui est prouvé. Plus bas encore, nous avons les Nègres. L'on peut profitablement dresser les plus dociles à travailler, quoique les plus récalcitrants soient l'incarnation du Diable ! De même, les Indiens d'Amérique font d'utiles corvéables dans les *barrios* californiens, n'est-ce pas, monsieur Ewing ? »

J'acquiesçai.

« Passons aux Polynésiens. Celui qui visite Tahiti, Hawaï ou Bethlehem avec ces choses à l'esprit conviendra que les indigènes du Pacifique sont capables – pourvu qu'on leur délivre de scrupuleuses instructions – d'acquérir l'"A-B-C" de la grammaire, de l'arithmétique et de la piété, et, par conséquent, dépassent les Nègres et rivalisent même d'industrie avec les Asiatiques. »

Henry l'interrompit et fit remarquer que les Maori étaient passés au « D-E-F » du mercantilisme, de la diplomatie et du colonialisme.

« Ce qui va dans le sens de ma démonstration. Enfin, en bas de l'échelle, viennent les races moindres, les "irrécupérables" – les aborigènes d'Australie, les Patagoniens, diverses peuplades africaines, *et cætera* – situés un échelon au-dessus des grands singes, et tant fermés au progrès qu'à l'instar des mastodontes et des mammouths, une prompte "déscalestration" qui ferait suite à celle de leurs cousins des îles Canaries et de Tasmanie reste le meilleur projet envisageable.

— Voulez-vous dire » — le capitaine Molyneux terminait sa soupe — « leur extinction ?

— En effet, capitaine. Les lois de la nature et le progrès sont indissociables. Ce siècle verra les tribus de l'humanité accomplir les prophéties inscrites dans leur sang. La race supérieure ramènera les sauvages en surnombre à un cens naturel. De détestables scènes nous attendent, cependant les hommes pourvus de courage intellectuel ne devront pas fléchir. Un glorieux ordre s'établira, et alors les races connaîtront et accepteront pleinement leur place sur l'échelle de la civilisation que Dieu a voulue. La baie de Bethlehem laisse entrevoir l'aube qui point.

— Amen, prédicateur Horrox », répliqua le capitaine Molyneux. Un certain M. Gosling (fiancé à la fille aînée du prédicateur Horrox) se tordit les mains, mû par une obséquieuse admiration. « Passez-moi cette hardiesse, monsieur, mais il me semblerait que ce serait une… oui, une *privation* de ne pas publier votre théorème, monsieur. "L'échelle Horrox de la civilisation" ébranlerait toute la Cour ! »

M. Horrox répondit : « Non, monsieur Gosling, mon œuvre est ici. Le Pacifique devra se trouver un autre Descartes, un autre Cuvier.

— Sage décision, prédicateur » — Henry écrasa un insecte en plein vol puis examina ce qu'il en restait —, « que de garder cette théorie pour vous. »

Notre hôte ne put dissimuler son agacement. « Qu'est-ce à dire ?

— Eh bien, après examen, il apparaît qu'un "théorème" se révèle superflu quand une simple loi suffit.

— Et quelle loi serait-ce, monsieur ?

– La première des "deux lois de Goose sur la survie". Ainsi va-t-elle : "Les faibles sont la chair dont les forts font bonne chère."

– Mais votre "simple loi" évince le mystère fondamental : "Pourquoi la race blanche domine-t-elle le monde ?" »

Henry pouffa, puis il arma un mousquet imaginaire, en abaissa le canon, plissa les yeux et effraya la compagnie en criant : « Pan ! Pan ! Pan ! Vous avez vu ? Il n'a pas eu le temps de souffler dans sa sarbacane ! »

Mme Derbyshire laissa échapper un « Oh ! » consterné.

Henry haussa les épaules. « Voyez-vous un mystère fondamental à cela ? »

Le prédicateur Horrox avait perdu sa bonne humeur. « Prétendez-vous que la race blanche ne domine point par la grâce divine mais par le mousquet ? Ne voyez-vous pas que pareille assertion offre un mystère équivalent, travesti derrière des habits d'emprunt ? Pourquoi le mousquet fut-il donné à l'homme blanc et non pas, disons, aux Esquimaux ou aux Pygmées, si l'auguste volonté du Tout-Puissant n'entrait pas en jeu ? »

Henry consentit à répondre. « Notre armurerie ne nous est pas tombée du ciel un beau matin. Nulle *manne céleste* que cela. Depuis la bataille d'Azincourt, l'homme blanc a raffiné et développé son art de la poudre à canon, si bien qu'aujourd'hui, nos armées possèdent des dizaines de milliers de mousquets ! "Aha ! vous écrierez-vous, certes, mais pourquoi à nous autres Aryens ? Pourquoi pas aux Unipèdes d'Ur ou aux Mandragores de l'île Maurice ?" Parce que, prédicateur, d'entre toutes les races du monde, la nôtre est dotée d'un amour – ou plutôt d'une *rapacité* – nous poussant vers les trésors, l'or, les épices et la domination – ô douce domination ! – et pourvue d'une vivacité, d'une insatiabilité et d'une indélicatesse infinies ! C'est cette rapacité qui engendre le progrès ; à des fins infernales ou divines, je ne saurais dire. Vous non plus, monsieur. Et de cette affaire, je n'ai cure. J'éprouve une simple reconnaissance envers le Créateur, qui m'a fait naître dans le camp des vainqueurs. »

L'on prit la franchise de Henry pour de l'incivilité, et le prédicateur Horrox, Napoléon de cette Elbe équatoriale, rougissait d'indignation. Je complimentai notre hôtesse sur la soupe (bien qu'en vérité mon besoin impérieux de vermicide entravât l'absorption du moindre repas) et demandai si les tortues étaient chassées sur les plages alentour ou bien importées d'ailleurs.

Plus tard, alors que nous reposions dans les ténèbres lourdes et humides, et que d'indiscrets geckos écoutaient notre conversation, Henry me confia que la séance de la journée s'était résumée à « un défilé de femmes hystériques desséchées par le soleil qui n'avaient nul besoin d'un médecin mais de bonnetiers, modistes, chausseurs, parfumeurs et autres vendeurs d'attrape-nigauds ! » Ses « consultations », décrivit-il, comportaient un dixième de médecine pour neuf autres de commérages. « Ces épouses vous jurent que leurs maris chevauchent des Indiennes ; elles vivent dans la crainte mortifère de contracter "quelque chose". Elles se relaient pour faire sécher leurs mouchoirs. »

Ces confidences me mirent mal à l'aise ; je me hasardai à demander davantage de réserve à Henry lorsque celui-ci était en désaccord avec notre hôte. « Mais je faisais preuve de réserve, très cher Adam, je vous assure ! Comme j'aurais voulu lancer à ce vieil idiot : "Pourquoi tergiverser et ne pas admettre que nous menons les autres races à leur perte pour mieux les déposséder de leurs terres et ressources naturelles ? Dans leur tanière, les loups ne concoctent pas de crapuleuses théories raciales destinées à justifier les ravages qu'ils perpètrent dans les troupeaux de moutons! 'Courage intellectuel'? Le véritable 'courage intellectuel' serait d'abandonner ces fards et admettre qu'il n'y eut point de peuple qui ne fût prédateur; le prédateur blanc, avec sa funeste alliance de maladies et d'armes à feu, en est une parfaite illustration : pourquoi le taire ?" »

Je souffre de voir ce médecin dévoué et bon chrétien succomber à pareil cynisme. Je demandai à entendre la seconde loi de Goose sur la survie. Henry gloussa dans le noir et se racla la gorge. « La seconde loi est qu'il n'y en a point. Manger ou être mangé. Tout est dit. » Peu après, il ronflait; quant à moi, mon ver me tint en éveil jusqu'à ce que la lueur des étoiles faiblît. Les geckos se nourrissaient et glissaient doucement sur mes draps.

L'aube était moite et aussi écarlate qu'un fruit de la passion. Les indigènes – hommes et femmes confondus – gravissaient avec peine la « Grand'rue » afin de gagner le sommet de la colline et les plantations de l'église où ils travaillaient jusqu'à ce que la chaleur de l'après-midi devînt intolérable. En attendant l'arrivée de l'esquif destiné à nous ramener Henry et moi à bord de la *Prophétesse*, je partis observer les ouvriers chargés d'arracher les mauvaises herbes qui poussaient entre les cocotiers. D'aventure, ce matin-là, le jeune M. Wagstaff occupait le poste de contremaître, et il envoya un jeune indigène nous apporter du lait de coco. Je m'abstins de m'enquérir de sa famille, et lui n'y fit guère plus allusion. Il avait un fouet, « mais je m'en sers rarement, cette tâche revient aux gardes du Christ Roi. Je me contente de surveiller les surveillants », précisa-t-il.

Trois de ces dignitaires observaient leurs camarades; ils entonnaient des hymnes (des « chants de marins-sur-terre ») et réprimandaient les fainéants. M. Wagstaff, moins d'humeur à converser que la veille, laissait mes civilités retomber dans un silence que seules venaient briser les clameurs de la jungle et des travailleurs. « Vous vous dites, n'est-ce pas, que nous avons assujetti des hommes libres ? »

Je contournai la question et citai M. Horrox, qui avait expliqué que leur labeur constituait une contrepartie au progrès apporté par la mission. M. Wagstaff ne m'entendit point. « Il existe une espèce de fourmis nommées "esclavagistes". Ces insectes assaillent les colonies de fourmis communes, s'emparent des œufs et les ramènent dans leur propre fourmilière, ainsi, à leur éclosion, ces esclaves soustraites à leur tribu d'origine deviennent les ouvrières d'un empire plus puissant, sans jamais se douter de leur enlèvement. Moi, je crois que le Seigneur Jéhovah a créé ces fourmis comme une sorte de modèle, monsieur Ewing. » Le regard de M. Wagstaff était gravide d'un futur ancestral. « Un modèle destiné à ceux qui ont leurs yeux pour voir. »

Les gens d'humeur changeante m'insupportent, et M. Wagstaff était de ceux-là. J'invoquai quelque excuse et poursuivis jusqu'à la prochaine escale : la salle de classe. Là, de jeunes Nazaréens des deux couleurs étudiaient les Écritures, l'arithmétique et l'alphabet. Mme Derbyshire dirigeait la classe des garçons et Mme Horrox, celle des filles. L'après-midi, les enfants blancs profitaient d'une tutelle supplémentaire de trois heures dont le contenu seyait à leur statut (quoique Daniel Wagstaff semblât tout à fait insensible aux ruses de ceux qui l'éduquaient), pendant que leurs camarades basanés rejoignaient leurs parents aux champs jusqu'à ce qu'on sonnât les vêpres.

L'on procéda à une courte cérémonie en mon honneur. Dix filles, cinq blanches et cinq noires, récitèrent à tour de rôle chacun des dix commandements. Puis on entonna

« Ô foyer où Tu es le mieux aimé », accompagnés par Mme Horrox qui jouait sur un piano droit dont la gloire appartenait davantage au passé qu'au présent. Les filles furent ensuite invitées à poser leurs questions au visiteur, mais seules les demoiselles blanches levèrent la main. « Monsieur, connaissez-vous George Washington ? » (Hélas, non.) « Combien de chevaux sont attelés à votre diligence ? » (Mon beau-père en possède quatre, mais je préfère monter à cheval.) La plus petite me demanda : « Est-ce que les fourmis ont mal à la tête ? » (Si les gloussements de ses camarades n'eussent point provoqué les larmes de mon examinatrice, je serais encore sans doute sur place à retourner la question.) Je recommandai aux élèves de suivre les préceptes de la Bible et d'obéir à leurs aînés, puis donnai mon congé. Mme Horrox me raconta qu'autrefois, l'on offrait à ceux qui partaient un collier de fleurs de frangipanier, mais les sages de la mission jugèrent ces présents immoraux. « Si nous autorisons les colliers aujourd'hui, demain, ce sera la danse. Si demain nous autorisons la danse… » Elle frémit.

Quel dommage.

L'après-midi venu, les hommes avaient fini de charger la cargaison à bord, et la *Prophétesse* repartit contre les vents défavorables. Henry et moi nous sommes retirés au mess pour échapper aux embruns et aux injures. Mon ami compose un poème épique en strophes byroniennes intitulé « La véritable histoire d'Autua, dernier Moriori » et m'interrompt dans l'écriture de mon journal pour savoir quelle rime ferait l'affaire : « "Torrents de sang" ? "Sédiments" ? "Prince d'Orient ?" »

Il me souvient des crimes que M. Melville impute aux missionnaires du Pacifique dans son récit de naguère sur *Typee*. À l'instar des cuisiniers, des médecins, des notaires, des hommes de Dieu, des capitaines et des rois, existerait-il autant de bons évangélistes que de mauvais ? Les Indiens des îles de la Société et de Chatham ne seraient-ils pas plus heureux si on ne les eût point découverts ? C'est demander la lune. Ne devrions-nous pas saluer les efforts de M. Horrox et de ses frères visant à assister les Indiens dans leur ascension sur « l'échelle de la civilisation » ? Cette élévation constitue-t-elle leur seul salut possible ?

J'ignore où se trouvent les réponses, ainsi que l'assurance de ma jeunesse passée.

Profitant de mon gîte au presbytère des Horrox, un voleur s'est introduit dans mon cercueil, mais, ne pouvant mettre la main sur les clés de mon coffre en jacquier (je les porte au cou), le malfrat avait tenté d'en forcer la serrure. S'il avait réussi, les titres et documents légaux de M. Busby eussent nourri les hippocampes. Comme je souhaiterais que le capitaine Molyneux possédât la fiabilité du capitaine Beale ! Je n'ose pas lui confier la garde de mes biens de valeur et, par ailleurs, Henry m'a conseillé de ne pas ébruiter l'affaire auprès de M. Boerhaave, de peur qu'une enquête n'incite les voleurs se trouvant à bord à tenter leur chance dès que je tournerai le dos. Henry doit avoir raison.

Lundi 16 décembre

Aujourd'hui, à midi, le soleil était à la verticale ; on s'est alors livrés à cette coutume charlatanesque baptisée "passage de la ligne", selon laquelle les « vierges » (ces marins qui franchissent l'équateur pour la première fois) doivent subir diverses brimades et autres immersions décidées par les loups de mer en charge de la cérémonie.

En homme de bon sens, le capitaine Beale n'avait pas perdu de temps à ces bagatelles lors de ma traversée vers l'Australie, mais on ne priva pas l'équipage de la *Prophétesse* de cet amusement. (Je pensais que M. Boerhaave jetait l'anathème sur la moindre notion de distraction jusqu'à ce que je constate à quelles cruautés ces « divertissements » amenaient.) Finbar nous annonça que les deux « Vierges » étaient Rafael et Tigetorse. Ce dernier bourlinguait depuis deux années, cependant il n'avait effectué que la route reliant Sydney au Cap.

Pendant les petits quarts, les hommes dressèrent un taud sur le pont avant et se rassemblèrent autour d'un cabestan où le « roi Neptune » (Pocock, vêtu d'une robe absurde et coiffé d'une serpillière à frange en guise de perruque) trônait parmi ses sujets. Les vierges étaient attachées au bossoir tels deux saint Sébastien. « Scie-l'os et M. Vit-en-plume ! » cria Pocock en nous apercevant, Henry et moi. « Êtes-vous venus sauver nos sœurs vierges des assauts de mon galedragon ? » Équipé d'un rostre d'espadon disposé de vulgaire façon, Pocock dansa, ce qui déclencha les applaudissements et les rires gras des marins. Henry, qui riait, rétorqua que sa préférence allait aux vierges imberbes. La riposte de Pocock à propos de la barbe des jeunes filles fut trop obscène pour être rapportée ici.

Sa Majesté Bernaclée retourna à ses victimes. « Tigetorse du Cap, Rif-raf' de Sydney-la-bagnarde, êtes-vous prêts à rejoindre l'ordre des Fils de Neptune ? » Rafael, dont l'espièglerie était en partie ranimée par cette bouffonnerie, répondit d'un vif « Oui, Votre Majesté ! » Tigetorse acquiesça d'un hargneux signe de tête. Neptune grogna : « Neeeenni ! Pas avant qu'on vous ait écaillés, b–gres de c—illons ! Qu'on m'apporte la crème à raser ! » Torgny accourut, muni d'un seau de goudron qu'il appliqua à l'aide d'un blaireau. Guernsey apparut, travesti en reine Amphitrite, et retira le goudron à l'aide d'un rasoir. L'Afrikaner beugla des jurons qui provoquèrent l'amusement de l'auditoire et quelques « dérapages » de la lame. Rafael eut le bon sens d'endurer son calvaire en silence. « C'est mieux, grogna Neptune avant de hurler : Qu'on leur bande les yeux et qu'on emmène le jeune Rif au prétoire ! »

Le « prétoire » était une barrique d'eau de mer dans laquelle on plongea Rafael tête la première pendant que les hommes comptaient jusqu'à vingt, après quoi Neptune demanda à ses « courtisans » de repêcher « son nouveau citoyen » ! On retira son bandeau au garçon, qui s'appuya contre le bastingage afin de se remettre de cette immersion forcée.

Tigetorse montra davantage de réticence et hurla : « Détachez-moi, enfants de p——n ! » Le roi Neptune, horrifié, leva les yeux au ciel. « Cette gueule puante mérite un décompte de quarante, mes enfants, ou bien alors j'ai les yeux de quinconce ! » Après avoir compté jusqu'à quarante, on ressortit l'Afrikaner, qui beugla : « Je vous tuerai jusqu'au dernier, enfants de truie, je jure que je vous… » Dans l'hilarité générale, on replongea Tigetorse et compta derechef jusqu'à quarante. Quand Neptune déclara la peine purgée, le condamné se contenta de tousser et vomir faiblement. M. Boerhaave mit fin à cette récréation et les nouveaux fils adoptifs de Neptune se lavèrent le visage à l'aide de filasse et de savon de toilette.

Finbar ricanait encore au dîner. La cruauté ne m'a jamais fait sourire.

Mercredi 18 décembre

Mer démontée, à peine un souffle de vent, température d'environ 90° F. L'équipage a lavé les hamacs et les a hissés afin qu'ils sèchent. Mes migraines commencent plus tôt chaque jour et Henry a dû une fois de plus augmenter la dose de vermicide. Je prie pour que sa réserve ne tarisse pas avant notre escale à Hawaï, car si ma douleur ne pouvait plus être atténuée, mon crâne exploserait. Mon médecin est par ailleurs affairé à soigner les cas d'érysipèle et de choléra bileux qui se sont déclarés à bord de la *Prophétesse*.

La sieste réparatrice de l'après-midi a été interrompue par une clameur ; je me suis rendu sur le pont et j'ai découvert un jeune requin que l'on tourmentait et hissait à bord. Il se contorsionna un long moment dans des humeurs rubis avant que Guernsey le déclarât bel et bien mort. Sa gueule et ses yeux rappelèrent la mère de Tilda à ma mémoire. Finbar découpa la carcasse à même le pont et, une fois en cuisine, ne parvint pas à faire disparaître toute la succulence de cette chair (la moruette qu'il prépara était dure comme le bois). Les marins les plus superstitieux dédaignèrent ce mets de choix, leur raisonnement édictant que si les requins étaient des mangeurs d'hommes, alors manger de la chair de requin était du cannibalisme par procuration. L'après-midi fut profitable à M. Sykes, qui, à partir de la peau du squale, tira du papier de verre.

Vendredi 20 décembre

Les cafards se repaîtraient-ils de moi pendant mon sommeil ? Ce matin, je fus réveillé par l'un d'eux ; il me grimpait sur le visage et cherchait à se sustenter dans ma narine. Sans mentir, il mesurait six pouces de long ! Je fus pris d'un violent besoin de tuer l'énorme bestiole, mais il tira parti de l'exiguïté et de la noirceur de ma cabine. Je me plaignis auprès de Finbar, qui m'enjoignit de lui donner un dollar contre un « rat à cafards ». Plus tard, assurément, il voudra me vendre un « chat à rats » afin de me débarrasser du rat à cafards, puis il me faudra un « chien à chats », et qui sait où cela finira ?

Dimanche 22 décembre

J'ai chaud, si chaud, je fonds, tout me gratte, je suis boursouflé. Ce matin, je m'éveillais sous les lamentations d'anges déchus. J'écoutais, tapi dans mon cercueil, chaque seconde s'étirant telle une minute ; je me demandais quelle nouvelle diablerie mon ver fomentait, quand j'entendis un cri tonitruant provenant du ciel : « La voilà qui souffle ! » J'ouvris le hublot, mais il faisait encore trop sombre pour que l'on y vît distinctement, aussi, en dépit de mon état de faiblesse, je gravis l'escalier qui menait au pont. « Là, monsieur, là-bas ! » Rafael me maintenait par la taille d'une main, tandis que de l'autre, il désignait la mer. Je m'agrippai à la rambarde, car je ne puis désormais plus me fier à mes jambes. Le garçon montrait l'eau. « Là, n'est-ce pas qu'elles sont magnifiques, monsieur ? » Sous la lumière crépusculaire, j'aperçus un jet d'écume à une distance de seulement trente pieds à tribord de la proue. « Banc de six ! » cria Autua, en mâture. J'entendais la respiration des cétacés et sentais des gouttelettes retomber sur nous ! J'en convins avec le garçon, le spectacle était sublime. Une baleine se dressa au-dessus des vagues, retomba et plongea. La silhouette de la nageoire caudale du poisson se découpait dans le rosé de l'est. « J'en dis qu'c'est dommage qu'on n'a pas de harpon, commenta Newfie. On devrait tirer une centaine de barriques de blanc rien qu'avec la grande ! » Pocock aboya : « Très peu pour moi ! Je travaillais sur un baleinier avant, le capitaine était la pire des brutes jamais connues. Comparée à ces trois années, la *Prophétesse*, c'est un tour en barque le dimanche ! »

Je suis retourné me reposer dans mon cercueil. Nous traversons une zone de reproduction de baleines à bosse. Le cri « La voilà qui souffle ! » est si souvent entendu que plus personne ne daigne les regarder. J'ai les lèvres brûlées et gercées.

Le bleu est la couleur de la monotonie.

Veille de Noël

Grand vent, mer agitée, beaucoup de roulis. Mon doigt est si gonflé que Henry a dû couper mon alliance de peur que celle-ci n'entrave la circulation et ne provoque ainsi un début de gangrène. La perte de ce symbole d'union avec Tilda m'a anéanti au plus haut point. Henry me traite de « petit macareux stupide » et répète que ma femme donnerait sa préférence à ma santé plutôt qu'à une boucle de métal dont je resterais séparé une seule quinzaine. Mon alliance est sous la bonne garde de mon médecin ; il connaît un forgeron espagnol à Honolulu qui la réparera en échange d'une modique somme.

Noël

Ample houle résiduelle des rafales de la veille. À l'aube, les vagues ressemblaient à des chaînes montagneuses dont le soleil, au-dessous de nuages prenant des teintes de bourgogne, parsemait d'or les crêtes. Je ralliai toutes mes forces pour atteindre le carré, car M. Sykes et M. Green avaient accepté l'invitation au déjeuner privé de Noël que Henry et moi avions arrangé. Finbar servit un repas moins nocif qu'à l'accoutumée, un « lobscouse » (ragoût de bœuf salé, légumes, patates douces et oignons à la mode de Liverpool), et je pus en ingérer la plupart sans encombre, jusqu'à plus tard du moins. Il n'y avait pas le moindre grain de raisin dans le plum-pudding. Le capitaine Molyneux indiqua à M. Green de doubler la ration d'alcool de l'équipage, et dès le quart du midi, les marins étaient gris. Une saturnale semblable à mille autres. L'on fit boire de la petite bière à un malheureux cercopithèque diane, qui conclut cette crapuleuse cérémonie en sautant par-dessus bord. Je me retirai dans la cabine de Henry et nous lûmes ensemble le deuxième chapitre de Matthieu.

Le dîner mit à mal ma digestion et je dus partir fréquemment au cabinet d'aisances en proue. À ma dernière visite, Rafael patientait à l'extérieur. Je m'excusai de l'avoir fait attendre, mais c'était moi que le garçon était venu chercher. Il me confia qu'il était soucieux et me posa cette question : « Dieu nous laisse entrer, n'est-ce pas, si on regrette... qu'importe c'qu'on a fait, il ne nous envoie pas en... vous savez bien... » – et l'apprenti marmonna – « en Enfer. »

Je dois admettre que ma digestion, non pas la théologie, accaparait mon esprit, aussi lâchai-je que, tout au plus, Rafael avait cumulé quelques péchés mortels, depuis le début de sa vie. La lampe-tempête se balança et je vis le visage tordu de misère du brave garçon. Regrettant de m'être montré léger, je lui affirmai qu'*il y aura plus de joie dans le ciel pour un seul pécheur qui se repent, que pour quatre-vingt-dix-neuf justes qui n'ont pas besoin de repentance*. Rafael souhaitait-il se confier à moi, demandai-je, comme le font deux amis, deux orphelins ou deux relatifs inconnus ? Je lui dis que j'avais remarqué combien il semblait abattu depuis peu ; que j'étais peiné de constater combien avait changé cet insouciant garçon de Sydney si désireux de découvrir le monde. Sans lui laisser le temps de répondre, une soudaine laxité me contraignit à retourner au cabinet d'aisances. Lorsque j'en ressortis, Rafael avait disparu. Ne pressons point l'affaire. Le garçon saura où me trouver.

Plus tard

Les sept coups du premier quart ont tout juste été frappés. Mon ver provoque de tels maux de tête que le battant de la cloche semble cogner contre mon crâne. (Les fourmis ont-elles mal à la tête ? J'accepterais volontiers d'être changé en fourmi si cela me permettait d'échapper à ce martyre.) J'ignore comment Henry et les autres membres de l'équipage parviennent à dormir dans le vacarme de la débauche et des chants de Noël blasphématoires ; cependant comme je les envie !

J'inhalai une dose de vermicide, quoique désormais le produit ne me procurât plus d'allégresse. À peine cela m'aidait-il à me rapprocher d'un état ordinaire. Puis je fis un tour sur les ponts, mais d'épais nuages dissimulaient l'étoile de David. Quelques cris sobres en mâture (parmi lesquels celui d'Autua), et la présence à la barre de M. Green témoignaient que tout l'équipage n'était pas « perdu corps et biens ». Des bouteilles vides roulaient à la cadence de la houle, de bâbord à tribord, et inversement. Je trébuchai sur Rafael, inconscient, recroquevillé sur le guindeau, son jeune torse nu était souillé d'ocre coulures. Mon humeur s'ébranla de ce que le garçon avait trouvé réconfort dans la boisson plutôt qu'en l'amitié du Christ.

« Des pensées coupables tourmentent votre sommeil, monsieur Ewing ? » me souffla à l'oreille un succube ; je perdis ma pipe. C'était Boerhaave. J'assurai au Hollandais que j'avais la conscience somme toute tranquille, et je doutais qu'il pût en dire autant. M. Boerhaave lança un crachat par-dessus bord, et sourit. Que des crocs et des cornes lui eussent poussé, je n'aurais guère été étonné. Il jeta Rafael sur son épaule, claqua le postérieur de l'apprenti endormi et emporta son somnolent fardeau sous l'écoutille de l'arrière afin de le déposer en lieu sûr, imaginé-je.

Jeudi 26 décembre

La notation de la veille me condamne à demeurer prisonnier du remords jusqu'à la fin de mes jours. Quelle terrible ironie du sort quand je la relis ; que d'incurie dans mon comportement ! Oh, devoir écrire ces mots me rend malade. Rafael s'est pendu. Pendu à l'aide d'une corde accrochée à une vergue. Il a gravi l'échafaud entre la fin de son quart et celui de minuit. Le destin voulut que je figurasse parmi ceux qui le découvrirent. J'étais penché par-dessus le bastingage – l'expulsion de mon ver engendre ces nausées. J'entendis retentir un cri dans la lueur bleutée et je vis M. Roderick scruter le ciel. La confusion déformait son visage, l'incrédulité y apparut, puis retomba en chagrin. Ses lèvres esquissèrent un mot mais rien ne jaillit. Il désigna ce qu'il ne pouvait nommer.

Là-haut se balançait un corps, une forme grise qui caressait la voilure. Des bruits surgirent de tous quartiers, mais qui criait ? Que criait-on ? À qui criait-on ? Je ne me souviens pas. Rafael : pendu, fixe comme une plombée alors que la *Prophétesse* tanguait de tous côtés. Cet aimable enfant était éteint, tel le mouton au crochet du boucher ! Autua, qui avait grimpé en mâture, ne put que redescendre doucement le garçon. J'entendis Guernsey marmonner : « Jamais 'l'aurait dû prendre la mer un vendredi, c'est l'jour de Jonas. »

Mon cerveau brûle de cette question : Pourquoi ? Personne n'ose discuter de cela sauf Henry, qui se sent aussi scandalisé que moi, et m'a confié qu'en secret, Tigetorse lui avait laissé entendre que le crime contre nature de Sodome avait été perpétré par Boerhaave et ses « couleuvres » sur le garçon. Et non pas simplement la nuit de Noël, mais chaque soir depuis bien des semaines.

Il me faut remonter à la source de cette sombre rivière et faire justice de ces mécréants : hélas, Seigneur, je parviens à peine à me redresser pour me nourrir ! Henry prétend que je ne puis me flageller dès lors que l'innocence est en proie à la barbarie, et pourtant, comment pourrais-je laisser passer cela ? Rafael avait l'âge de Jackson. J'éprouve tant d'impuissance que cela m'est insupportable.

Vendredi 27 décembre

Tandis que Henry était appelé à soigner quelque blessure, je me traînai jusqu'à la cabine du capitaine Molyneux afin de lui parler à cœur ouvert. Cette visite le désobligea, cependant j'étais déterminé à ne pas quitter ses quartiers avant d'avoir terminé mon réquisitoire, à savoir que Boerhaave et ses hommes avaient martyrisé Rafael en exerçant chaque nuit leur bestialité sur le garçon qui, ne voyant point de rémission possible, s'était suicidé. Enfin, le capitaine m'interrogea : « Vous disposez, j'imagine, de preuves attestant de ce crime ? Une lettre de suicide ? Des déclarations écrites ? » Tout l'équipage savait que je disais la vérité ! Le capitaine n'allait tout de même pas se montrer indifférent à la brutalité de Boerhaave ! J'exigeai une enquête sur la part de responsabilité du second dans le suicide de Rafael.

« Exigez tant que vous voudrez, monsieur Vit-en-plume ! cria le capitaine Molyneux. Moi seul décide qui monte à bord de la *Prophétesse*, qui maintient l'ordre, qui forme les apprentis : moi *seul*, pas un f——u plumitif, ni ses f——us délires et, bon sang de Dieu, encore moins ses f——ues "enquêtes" ! Hors d'ici, monsieur, et soyez maudit ! »

Je m'exécutai et me heurtai dans l'instant à Boerhaave. Je lui demandai si moi aussi, il allait m'enfermer avec ses couleuvres dans sa cabine en espérant qu'à mon tour, je me pendrais avant l'aube. Il montra les crocs et, la voix chargée de venin et de haine, me mit en garde : « L'odeur de la pourriture est sur toi, Vit-en-plume, pas un de mes hommes n'oserait te toucher : ils auraient trop peur de contracter la "petite fièvre" qui t'emportera bientôt. »

Les notaires américains, eus-je l'esprit de le prévenir, ne disparaissent pas aussi aisément que les mousses des colonies. Je pense qu'il caressait l'idée de m'étrangler. Qu'importe, je suis trop souffrant pour craindre un sodomite hollandais.

Plus tard

Le doute assaille ma conscience ; et m'accuse de complicité. Ai-je donné à Rafael l'assentiment qu'il recherchait avant de se suicider ? Eussé-je pressenti son chagrin lors de notre dernier entretien, deviné ses intentions et répondu : « Non, Rafael : le Seigneur ne peut pardonner un suicide prémédité, car la repentance n'est point véritable si on la conçoit avant de pécher », peut-être ce garçon respirerait-il encore. Henry souligne que je ne pouvais suspecter cela, mais voici que les paroles de mon ami sonnent creux à mes oreilles. Ah ! aurais-je envoyé ce pauvre innocent en Enfer ?

Samedi 28 décembre

Une lanterne magique projette en mon esprit l'image du garçon se saisissant d'une corde, grimpant au mât, faisant un nœud coulant, se redressant, s'adressant au Créateur et se jetant dans le vide. Lorsqu'il s'est précipité dans les ténèbres, était-il serein ou terrorisé ? Le craquement de son cou.

Que n'eussé-je su ! J'aurais pu aider l'enfant à sauter dans un autre bateau, à changer le cours de sa destinée ainsi que les Channing m'y avaient favorisé, ou l'aider à comprendre que la tyrannie ne dure qu'un temps.

La *Prophétesse* navigue toutes voiles dehors et « vole comme une sorcière » (non pas pour mon salut, mais pour celui de la cargaison, qui pourrit), et traverse trois degrés de latitude chaque jour. Je suis si malade que je suis confiné dans mon cercueil. Boerhaave imaginera que je me cache. Qu'il se détrompe, car la juste vengeance que je lui réserve demeure l'une des quelques flammes inextinguibles, en dépit de cette terrible torpeur qui est mienne. Henry me supplie de continuer à écrire ce journal qui distrait mes pensées, mais ma plume devient maladroite et lourde. Nous serons à Honolulu dans trois jours. Une fois sur terre, mon fidèle médecin promet de me suivre, de ne s'épargner aucune dépense pour obtenir de précieux parégoriques et de rester à mon chevet jusqu'à mon total rétablissement, et au diable si la *Prophétesse* repartait vers la Californie sans nous attendre. Dieu bénisse ce saint homme. Je ne puis écrire davantage aujourd'hui.

Dimanche 29 décembre

Je suis au plus mal.

Lundi 30 décembre

Le ver aggrave mon état. Ses glandes à venin ont éclaté. La douleur, les escarres et une horrible soif me rongent. L'île d'Oahu se trouve encore à deux ou trois jours de route au nord. La mort n'est qu'à quelques heures. Je ne puis boire et j'ignore à quand remonte mon dernier repas. J'ai fait promettre à Henry de remettre ce journal aux Bedford, lorsqu'il arrivera à Honolulu. De là, on le renverra à ma pauvre famille. Il jure que je le leur remettrai en personne, une fois rétabli, cependant j'ai perdu tout espoir. De lui-même, Henry a donné le meilleur, mais la virulence du parasite est trop forte, et je dois à présent confier mon âme au Créateur.

Jackson, quand tu seras homme, ne laisse pas ta profession te séparer de ceux que tu chéris. Durant ces mois d'absence, avec constance, j'ai tendrement songé à toi et ta mère, et s'il advenait que je [...]*

---

* L'écriture de mon père glisse alors dans une intermittente illisibilité. – J. E.

Dimanche 12 janvier

Grande est la tentation de commencer par la perfide fin, néanmoins l'auteur de ce journal saura rester fidèle à la chronologie. Au jour de l'an, mes maux de tête tempêtaient avec tant de véhémence qu'il me fallut prendre les médicaments de Goose toutes les heures. Le roulis m'empêchant de me tenir debout, je restais alité dans mon cercueil ; je vomissais dans une poche, quoique mes entrailles fussent vides, et je tremblais, transi d'une brûlante fièvre. L'on ne put dissimuler davantage mon affection à l'équipage, et mon cercueil fut mis en quarantaine. Goose avait dit au capitaine Molyneux que mon parasite était contagieux ; le docteur semblait alors le parangon même du courage et de l'abnégation (la complicité du capitaine Molyneux et de Boerhaave dans le méfait subséquent ne saurait être attestée, ni contestée. Boerhaave jurait ma perte, mais force m'est de reconnaître l'improbabilité de sa participation au crime décrit plus bas).

Je me souviens d'avoir émergé des hauts-fonds de la fièvre. Le visage de Goose se trouvait à quelques centimètres du mien. Sa voix plongeait et murmurait amoureusement : « Très cher Adam, votre ver est moribond, il sécrète ses ultimes gouttes de poison ! Buvez ce purgatif qui permettra d'en expulser les restes calcifiés. Vous vous endormirez et, à votre réveil, ce ver qui vous a tant tourmenté aura disparu ! La fin de vos souffrances est proche. Ouvrez la bouche, une dernière fois, là, c'est très bien, mon tendre ami... Là, de cette saveur amère et infecte, la myrrhe est responsable, mais avalez ! Songez à Tilda et Jackson... »

Je sentais le contact du verre contre mes lèvres et la main de Goose qui me berçait le crâne. Je tentais de le remercier. La potion avait un goût de sentine et d'amande. Goose me releva la tête et me caressa la pomme d'Adam jusqu'à ce que j'eusse dégluti. J'ignore combien de temps passa. Mes os et la coque craquaient à l'unisson.

L'on frappa à la porte. La lumière adoucit les ténèbres de mon cercueil et j'entendis la voix de Goose qui émanait du couloir. « Oui, vraiment mieux, monsieur Green ! Oui, le pire est derrière nous. J'étais très inquiet, je le confesse, mais M. Ewing reprend des couleurs et son pouls est vigoureux. Plus qu'une heure ? Excellentes nouvelles ! Non, non, il dort à présent. Dites au capitaine que nous descendrons à terre ce soir : s'il pouvait se charger de nous trouver le gîte, je suis certain que le beau-père de M. Ewing saura s'en souvenir. »

Le visage de Goose flottait de nouveau devant moi. « Adam ? »

Un autre poing frappa à la porte. Goose proféra un juron et disparut. Je ne parvenais plus à mouvoir la tête ; en revanche j'entendais la voix d'Autua : « Je veux voir méssié Ewing ! » Goose le chassa, mais tenace, l'Indien n'allait pas se laisser assujettir si facilement. « Non ! Méssié Green dit il va mieux ! Méssié Ewing a sauvé la vie à moi ! Lui, c'est mon devoir ! » Goose répondit alors ceci à Autua : que je voyais en lui le fauteur de ma maladie, le rebelle qui projetait d'exploiter mon infirmité jusqu'à me déposséder de mes boutons de chemise. J'avais demandé à Goose, prétendit ce dernier, de « tenir ce sat-né moricaud à distance », et ajouta que je regrettais de lui avoir sauvé la peau. Puis le docteur claqua la porte de mon cercueil et poussa le verrou.

Pourquoi Goose avait-il menti de la sorte ? Pourquoi s'évertuait-il à empêcher quiconque de me voir ? La réponse leva le loquet d'une porte d'illusion qu'une terrible vérité poussa avec fracas : le médecin était un empoisonneur, et j'étais sa victime. Depuis le début de mon « traitement », le docteur me tuait à petit feu par le biais de prétendus remèdes.

Le ver ? Une affabulation instillée par le docteur grâce à ses pouvoirs de suggestion ! Goose, un médecin ? Non : un vagabond, un meurtrier qui filoutait les confidences de ses victimes !

Je luttai pour me relever, mais le liquide maléfique dont m'avait nourri mon succube instillait une si grande lassitude dans mes membres que je parvenais à peine à en remuer les extrémités. Je tentai de crier à l'aide, en vain : mes poumons refusèrent de se gonfler. J'entendis Autua remonter l'escalier des cabines et priai Dieu que le Moriori retournât sur ses pas, mais son intention fut tout autre. Goose grimpa sur la haussière et atteignit ma couche. Il vit mon regard. Y lisant la peur, le démon leva le masque.

« Que dites-vous, Ewing ? Comment voulez-vous que je comprenne si vous bavez ainsi ? » J'émis une frêle plainte. « Laissez-moi deviner ce que vous essayez de dire : "Oh, Henry, nous étions amis, Henry, comment avez-vous pu ?" » Il imita mon murmure rauque de moribond. « Est-ce bien cela ? » Goose m'arracha la clé du cou et entreprit d'ouvrir ma malle. « Les chirurgiens forment une confrérie singulière, Adam. Pour nous, les gens ne sont point ces êtres sacrés que le Tout-Puissant a créés à son image, non : les hommes ne sont qu'un amas de chair ; chair parfois malade ou racornie, mais néanmoins bonne pour la broche et la rôtissoire. » Il contrefit ma voix ordinaire, fort bien d'ailleurs. « "Pourquoi moi, Henry, ne sommes-nous pas amis ?" Sachez, très cher Adam, que de chair, les amis sont eux-mêmes constitués. C'est ridiculement simple. J'ai besoin d'argent et votre malle contient tout un patrimoine, voilà pourquoi je vous ai tué. Quel mystère voyez-vous à cela ? "Mais Henry, cela est mal !" Mais Adam, le monde est mauvais. Les Maori s'en prennent aux Moriori, les Blancs à leurs cousins basanés, les puces aux souris, les chats aux rats, les chrétiens aux infidèles, les seconds aux mousses, la mort au vivant. "Les faibles sont la chair dont les forts font bonne chère." »

Goose rechercha une lueur de conscience dans mes yeux avant de m'embrasser sur les lèvres. « À votre tour d'être mangé, cher Adam. Vous n'étiez pas plus naïf que n'importe lequel de mes patients. » Le couvercle de la malle s'ouvrit. Goose fit tourner les pages de mon livre de poche, ricana, y découvrit l'émeraude de von Weiss et l'examina à l'oculaire. Il ne fut pas le moins du monde impressionné. Le démon détacha la liasse de documents relatifs à la propriété des Busby et déchira les enveloppes scellées afin d'en extraire les billets de banque. Je l'entendis compter mon modeste pécule. Il frappa les parois de la malle, espérant déceler quelque compartiment secret, mais n'en trouva pas, car il n'y en avait point. Enfin, il arracha les boutons de mon gilet.

Dans mon délire, je percevais les remarques de Goose, qui semblait adresser des reproches à un outil incommode. « Pour être honnête, je suis déçu. J'ai connu des matelots irlandais plus fortunés. Votre magot couvre à peine mes dépenses en arsenic et opiacés. Si Mme Horrox n'avait pas fait don de sa myriade de perles noires pour financer ma juste cause, c'en aurait été fini du Dr Goose ! Bien, il est temps de nous séparer. Vous mourrez dans l'heure ; quant à moi, la route m'attend ! »

Dans la première souvenance consciente qui suivit, j'avais l'impression de me noyer dans une mer d'une clarté telle que cela en était douloureux. Boerhaave ayant découvert mon cadavre m'avait-il jeté par-dessus bord, s'assurant ainsi d'un silence lui évitant d'assommantes procédures devant le consul américain ? Mon esprit était encore actif et, par là, j'avais encore voix au chapitre en ce qui concernait ma destinée. Consentir à cette noyade ou tenter de nager ? La première option paraissant la moins pénible, je me mis en quête d'une ultime pensée, et arrêtai mon choix sur Tilda, qui, des mois en arrière, agitait la main en direction du *Belle-Hoxie* depuis le wharf de Silvaplana ; Jackson à ses côtés criait : « Papa ! Rapporte-moi une patte de kangourou ! »

Ne plus jamais les revoir me parut intolérable, aussi choisis-je de nager ; je découvris alors que je n'étais pas dans la mer mais recroquevillé sur le pont : je vomissais à profusion et tremblais violemment sous l'emprise de la fièvre, des douleurs, des crampes et pincements. Autua me soutenait (il m'avait forcé à avaler un seau d'eau de mer afin de me « rincer » l'estomac du poison absorbé). Je vomissais encore et encore. Boerhaave traversa l'assistance des dockers et marins, et gronda : « Je t'ai déjà prévenu, le nègre : ne t'occupe pas de ce Yankee ! Et si un ordre ne suffit pas... » Bien que le soleil m'aveuglât à demi, je pus voir le second porter un terrible coup de pied aux côtes d'Autua, puis un autre. Autua saisit d'une main ferme le tibia de l'atrabilaire Hollandais tout en reposant délicatement ma tête sur le pont, se redressa de toute sa hauteur et entraîna la jambe de son assaillant, privant ainsi Boerhaave de son équilibre. Dans un rugissement, le Hollandais chut tête la première. Autua saisit alors l'autre pied et projeta Boerhaave par-dessus bord, tel un sac de légumes.

L'équipage était-il sous le coup d'une peur, d'une surprise ou d'une admiration trop vive pour qu'il s'interposât ? Je ne le saurai jamais. Toujours est-il qu'Autua me souleva et descendit à quai par une passerelle sans qu'on l'eût malmené. Boerhaave ne pouvant être au paradis, ni Autua en enfer, nous étions selon toute vraisemblance à Honolulu. Nous quittâmes le port et traversâmes une artère où se mêlaient d'innombrables langues, complexions, croyances et parfums. Mes yeux croisèrent ceux d'un Chinois qui se reposait derrière un dragon sculpté. Deux femmes dont les fards et l'allure annonçaient l'ancestrale profession me dévisagèrent et firent le signe de croix. Je voulus leur dire que je n'étais pas encore mort, mais elles avaient disparu. Le cœur d'Autua, qui battait contre mon flanc, encourageait le mien. Par trois fois il demanda à des inconnus : « Où c'est le docteur, l'ami ? » Par trois fois, on l'ignora (un répondit : « Pas de médecin pour les sales moricauds ! ») avant qu'un vieux marchand de poisson lui grognât la direction d'un dispensaire. Je fus privé de mes sens un temps, puis j'entendis le mot *infirmerie*. L'atmosphère fétide empreinte d'immondices et de putréfaction me fit vomir à nouveau, quoique mon estomac fût aussi vide qu'un vieux gant. Le bourdonnement de mouches bleues flottait et un vieil homme braillait que Jésus voguait à la dérive sur la mer des Sargasses. Autua se parlait tout bas dans sa langue. « Encore de la patience, méssié Ewing, ici ça sent la mort, j'emmène vous chez les sœurs. »

Comment les sœurs d'Autua avaient-elles réussi à fuir si loin des îles Chatham ? Incapable de commencer à résoudre cette énigme, je m'en remis néanmoins à ses soins. Il quitta ce charnier et bien vite, les tavernes, habitations et magasins s'amenuisèrent pour céder la place aux champs de canne. J'avais à l'esprit la nécessité de questionner – ou plutôt, de mettre en garde – Autua au sujet de Goose, toutefois je demeurais dans l'incapacité d'articuler le moindre mot. Un sommeil nauséeux m'empoigna puis relâcha son étreinte. Une colline distincte des autres s'éleva et son nom remua les sédiments de la mémoire : la tête du Diamant. La route n'était qu'un chemin de rochers, poussière et trous qu'emmurait une incessante végétation. Autua n'interrompit qu'une fois son ascension, pour porter à mes lèvres l'eau fraîche d'un ruisseau ; puis nous arrivâmes à une mission catholique, située derrière la dernière plantation. Une nonne tenta de nous chasser à coups de balai, mais Autua l'enjoignit, dans un espagnol aussi escamoté que son anglais, d'accorder l'asile au Blanc dont il s'occupait. Enfin survint une sœur qui, de toute évidence, connaissait Autua et persuada les autres que ce n'était point le mal qui guidait ce sauvage, mais la miséricorde.

Dès le troisième jour, je pus m'asseoir, manger seul, remercier mes anges gardiens et Autua, dernier Moriori libre de ce monde, adjuvant de ma délivrance. Autua persiste à répéter que si je n'avais point empêché qu'on jetât le clandestin par-dessus bord, il n'aurait jamais pu me porter secours et voilà pourquoi, d'une certaine manière, ce n'est pas Autua qui m'a sauvé la vie, mais moi-même. Ne lui déplaise, il n'est d'infirmière qui ait pourvu si tendrement à mes besoins quotidiens qu'Autua lors de ces dix derniers jours. Sœur Véronique (au balai) répète sur le ton de la plaisanterie que l'on devrait instituer mon ami directeur d'hôpital.

Se gardant bien d'évoquer Henry Goose (ou l'empoisonneur qui se cache derrière ce nom), ou le bain de mer prodigué par Autua à Boerhaave, le capitaine Molyneux, considérant des dégâts que mon beau-père pourrait infliger à l'activité marchande qu'il comptait orchestrer de San Francisco, fit porter mes effets personnels par un employé des Bedford. En outre, Molyneux aura eu à cœur de dissocier son nom de celui du Dr Arsenic, criminel désormais de sinistre notoriété. Le diable n'a toujours pas été appréhendé par l'administration portuaire et, qui plus est, je doute que jamais poignît ce jour. À Honolulu, fourmilière sans foi ni loi où, chaque jour, des vaisseaux de toutes les nations arrivent et repartent, l'on peut changer de nom et de passé en un tournemain.

Je suis épuisé, je dois me reposer. Aujourd'hui est le jour de mon trente-quatrième anniversaire. Je demeure reconnaissant envers Dieu pour toutes ses miséricordes.

Lundi 13 janvier

Comme il est plaisant l'après-midi de s'asseoir sous le *kukui* de la cour. La dentelle des ombres, les frangipaniers et les « lanternes japonaises » chassent les mésaventures de naguère. Les sœurs vaquent à leurs occupations, sœur Martinique entretient le potager, les chats jouent leurs tragicomédies félines. Je fais de nouvelles rencontres parmi l'avifaune locale. La tête et la queue du *palila* ont une couleur d'or bruni ; quant à l'*ākohekohe*, quel splendide voleur de miel huppé.

Derrière le mur se trouve un hospice pour orphelins également tenu par les sœurs. Les orphelins scandent leurs leçons (tout comme moi et mes camarades les scandions, avant que la philanthropie de M. et Mme Channing m'offrît d'accéder à un meilleur avenir). L'étude achevée, les enfants se livrent à leurs jeux et forment une séduisante Babel. Parfois, les plus téméraires bravent l'ire des nonnes : ils escaladent le mur et effectuent une longue promenade autour du jardin de notre hospice, aidés dans cette entreprise par les branches accommodantes du *kukui*. Si « la voie est libre », les éclaireurs donnent le change à leurs camarades plus timorés qui les rejoignent dans cette volière humaine où les visages blancs, bruns, canaques, chinois ou mulâtres surgissent d'un monde arborescent. Certains ont l'âge de Rafael et quand il me souvient de cet enfant, la bile du remords me monte à la gorge, mais les orphelins se moquent de moi, imitent les singes, tirent la langue ou tentent de laisser choir des noix de *kukui* dans la bouche des convalescents qui ronflent et, bien vite, ma mélancolie disparaît. Ils quémandent un *cent* ou deux. Alors je lance en l'air une pièce qu'infailliblement, d'habiles doigts saisiront en vol.

Mes aventures dernières me rendent philosophe, notamment à la nuit tombée, lorsque je n'entends que le bruit du ruisseau qui réduit les rochers en cailloux dans une tranquille éternité. Ainsi voguent mes pensées. Les érudits relèvent les mouvements de l'histoire puis en déduisent des règles régissant l'avènement et le déclin des civilisations. Cependant, ma croyance est tout autre. À savoir, que l'histoire n'admet aucune règle : seuls les résultats importent.

Ce qui provoque des résultats ? Les agissements, vils ou vertueux.

Ce qui provoque les agissements ? La foi.

La foi est victoire et bataille ; elle siège tant en l'esprit qu'en son miroir : le monde. Si nous *avons foi* en ce que l'humanité est semblable à une échelle que gravissent les tribus, un Colisée où sévissent le conflit, l'exploitation d'autrui et la sauvagerie, pareille humanité sera assurément amenée à exister, et tous les Horrox, Boerhaave et Goose de l'histoire l'emporteront. Vous et moi qui sommes aisés, privilégiés, fortunés, ne devrions pas souffrir de ce monde, chanceux que nous sommes. Grand bien nous fasse si notre conscience nous démange : pourquoi renoncer à la prédominance de notre race, de nos flottes, héritage et legs ? Pourquoi lutter contre le « naturel » (ô perfide mot) ordre des choses ?

Pourquoi ? En voici la raison : un beau jour, un monde totalement voué à la prédation brûlera de lui-même. Et j'ajoute que le Diable procédera du moindre au majeur, jusqu'à ce que le majeur devienne moindre. À l'échelle d'un individu, l'égoïsme enlaidit l'âme ; à l'échelle humaine, l'égoïsme signifie l'extinction.

Notre perte serait donc inscrite en notre nature ?

Si nous *avons foi* en ce qu'il demeure possible à l'humanité de transcender ses crocs et griffes, si nous *avons foi* en ce que des hommes de races et de croyances diverses sauront partager la planète et rester en paix, à l'image de ces enfants juchés sur leur *kukui*, si nous *avons foi* en ce que les dirigeants doivent être justes ; que la violence doit être muselée ; le pouvoir, responsable ; et les ressources de la Terre et de ses océans, équitablement réparties, alors ce monde-là verra le jour. Je ne me fais point d'illusions. Parmi les possibles, celui-ci est le plus difficile à concrétiser. De laborieux progrès obtenus sur plusieurs générations menaceront à tout instant de disparaître sous la plume d'un président myope ou l'épée d'un général vaniteux.

Me dévouer à la construction d'un monde que je *veux* léguer à Jackson, et non point celui que je le *crains* voir hériter, voilà ce à quoi la vie vaut la peine d'être vécue. Dès mon retour à San Francisco, j'embrasserai la cause des abolitionnistes, car je dois d'être encore en vie à un esclave auto-affranchi ; car enfin, il me faut bien commencer quelque part.

J'entends déjà la réaction de mon beau-père : « Ho ! ho ! Joli sentimentalisme de *whig*, Adam. Me parler de justice, à moi ! Enfourchez donc un âne et allez convaincre ces culs-terreux du Tennessee qu'ils ne sont rien d'autre que des Nègres délavés, et leurs Nègres, des Blancs grimés ! Voguez jusqu'à l'Ancien Monde, allez donc y clamer qu'à l'instar de la reine de Belgique, les esclaves des empires coloniaux ont des droits ! Oh, vous finirez vieux, pauvre et enroué, à force de haranguer les foules lors des comités électoraux ! Les rustres vous conspueront, vous tirailleront, vous lyncheront, vous amadoueront par des décorations, vous mépriseront ! Ils vous crucifieront ! Vous n'êtes qu'un rêveur doublé d'un naïf, Adam. Celui qui compte livrer bataille à l'hydre aux cent têtes de la nature humaine paiera le prix de tous les maux du monde et fera subir aux siens le poids de cette dette. Et seulement à votre dernier souffle, enfin comprendrez-vous que votre vie n'a guère davantage compté qu'une goutte dans l'infini de l'océan ! »

Cependant qu'est-ce qu'un océan, sinon une multitude de gouttes ?

Remerciements

Manuel Berri, Susan M. S. Brown, Amber Burlinson, Angeles Marín Cabello, David Ebershoff, Late Junction, Rodney King, David Koerner, Sabine Lacaze, Jenny Mitchell, Jan Montefiore, Scott Moyers, David De Neef, John Pearce, Jonathan Pegg, Steve Powell, Mike Shaw, Douglas Stewart, Marnix Verplancke, Carole Welch.

Les recherches nécessaires à l'écriture des chapitres d'Ewing et de Zachry ont pu être menées grâce à la bourse de voyage accordée par la Society of Authors. Dans *A Land Apart*, ouvrage de référence sur les Moriori, Michael King propose un exposé rigoureux sur l'histoire des îles Chatham. Certaines scènes des lettres de Robert Frobisher sont inspirées de *Delius : As I Knew Him* d'Eric Fenby (Icon Books, 1966. Première parution chez G. Bell & Sons Ltd., 1936). Le personnage de Vyvyan Ayrs cite Nietzsche plus librement qu'il ne veut bien l'admettre, et le poème d'Emerson lu par Hester Van Zandt à Margo Roker s'intitule « Brahma » [traduction de Katharyn Van Spanckeren].

Table

Journal de la traversée du Pacifique d'Adam Ewing	9
Lettres de Zedelghem.	61
Demi-vies, la première enquête de Luisa Rey	125
L'épouvantable calvaire de Timothy Cavendish	203
L'oraison de Sonmi~451	257
La croisée d'Sloosha pis tout c'qu'a suivi	333
L'oraison de Sonmi~451	441
L'épouvantable calvaire de Timothy Cavendish	495
Demi-vies, la première enquête de Luisa Rey	547
Lettres de Zedelghem.	611
Journal de la traversée du Pacifique d'Adam Ewing	661
Remerciements	715

COMPOSITION : PAO ÉDITIONS DU SEUIL

Cet ouvrage a été imprimé en France par
CPI Bussière
à Saint-Amand-Montrond (Cher)
en septembre 2012.
N° d'édition : 107215-3. - N° d'impression : 123232.
Dépôt légal : janvier 2012.